U0034796
典藏風華，品悅智識
典藏閣

智慧，

不是死的默念，而是生的沉思。

——巴魯赫・斯賓諾莎（Baruch de Spinoza）

典藏風華，品悅智識

典藏閣

智慧，

不是死的默念，而是生的沉思。

——巴魯赫・斯賓諾莎（Baruch de Spinoza）

魏晉南北朝的風情與人文

紀錄魏晉風流名士的一段歷史

《世說新語》是魏晉南北朝「筆記小說」的代表作，記載東漢至東晉間高士名流的言行風貌和軼文趣事。全書共分為上、中、下三卷，再依內容分有三十六類，每類收有若干則，全書收錄共一千多則。每則文字長短不一，長則百來字，短則三言兩語，由此就可見志人小說「隨手而記」的特色。

除了記述士人的生活思想，及統治階級當時的情況外，全書亦反映魏晉時期門閥社會的生活面貌，也讓後世讀者得以一窺古人所處的時代狀況及政治社會環境，更清楚地見識所謂「魏晉清談」的風貌。

全書善用對比、譬喻、誇飾與摹寫等文學技巧，不僅使它保留下許多佳言成語，例如，七步成詩、坦腹東床、卿卿我我……等，也為全書增添無限光彩。如今，《世說新語》除了文學欣賞的價值外，其中的人物事蹟、文學典故等也多為後世所取材引用，對後來的小說發展產生巨大影響。

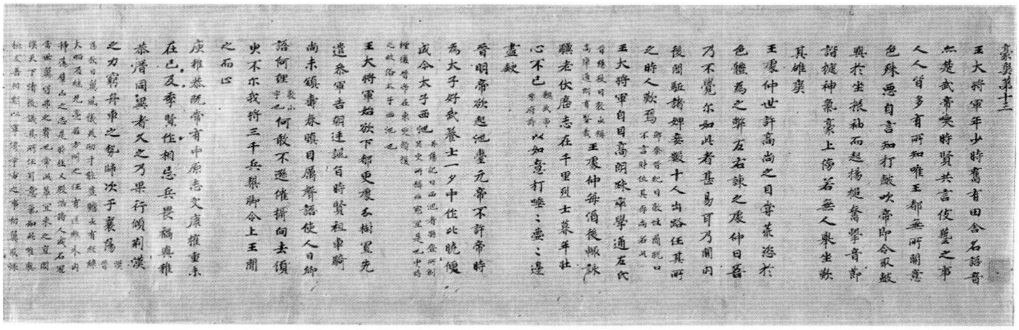

▲《世說新語》唐寫本殘卷

西元189年

漢靈帝崩，東漢末年陷入紛亂。三國各據一方，分為曹魏、蜀漢、東吳，稱為「三國時代」。

西元265年

晉武帝司馬炎逼迫魏元帝曹奐禪讓，即位為帝，稱為「西晉」。

◀司馬炎 ── 唐代閻立本《歷代帝王圖卷》

西元291年

司馬氏諸王爭奪皇位，最後由晉懷帝司馬熾奪得，史稱「八王之亂」。北方各族亦趁此時中原混亂之際，紛紛建國，形成五胡十六國的局面，史稱「五胡亂華」。

西元316年

北方匈奴劉曜向南攻打西晉，擒擄晉懷帝，西晉滅亡。晉元帝司馬睿藉機奪位，建都建康，稱為「東晉」。自此開啟長達三百多年的南北朝對立時代。

司馬睿 ── 明代佚名▶《歷代古人像贊》

南朝　北朝

南朝：東晉、宋、齊、梁、陳

北魏

西元524年

北魏首都南遷洛陽後，六鎮地區的鮮卑貴族待遇及升遷不如洛陽的漢化鮮卑貴族，最後六鎮軍民發起反漢化起事，史稱「六鎮之亂」。

東魏

高歡 ── 東魏的實際掌權者，亦是北齊政權的奠基者，其子文宣帝高洋建立北齊。

西魏

宇文泰 ── 西魏的實際掌權者，亦是北周政權的奠基者，其侄宇文護為實際上北周的掌權者。

北齊

北周

西元577年

主張胡漢融合的北周，攻滅北齊，統一北方。

西元581年

楊堅篡奪北周，掌握北方政權。

楊堅 ── 唐代閻立本《歷代帝王圖卷》▶

隋

西元589年

隋文帝楊廣攻滅南朝陳，再造統一之局，開啟隋唐盛世，執政期間被稱為「開皇之治」。

◀楊廣 ── 唐代閻立本《歷代帝王圖卷》

食

魏晉南北朝的柴米油鹽

中國最早的毒品——寒食散

清代末年的鴉片傾覆了一個朝代，間接使得大清帝國毀於一旦。但還有比鴉片更令人心驚膽戰的毒品嗎？清代學者余嘉錫在其著作《寒食散考》中曾提到：「以為其（寒食散）殺人之烈，較鴉片尤為過之……自魏正始至唐天寶，五百年間，死者數十百萬。」被後人喻為「藥王」的唐代藥物學家孫思邈也說：「遇此方，即須焚之，勿久留也。」寒食散令後人如此畏懼，那為什麼魏晉名士爭相服用呢？明明是害人害己的毒品，又為什麼在魏晉時代蔚為風潮呢？

寒食散的成分是什麼，如今已不可考。現在我們只能確定它是由五種礦石類的藥物所配合而成，所以也被喻為「五石散」。雖然民間一直流傳好幾條關於五石散的配方，但是都無法確切證明為寒食散的配方。其藥性為猛烈的熱毒性，

▲ 張仲景，名機，字仲景，東漢末年著名醫學家。

以現代的觀點來看，這種藥品會對人體造成嚴重損害，長期服用將會縮短壽命，加速死亡。相傳寒食散的配方源於秦代，而興於魏晉，唐代後逐漸不為人所用。東漢末年，醫聖張仲景通過臨床經驗，將此藥方載入其著作《傷寒雜病論》中，才因此廣為流傳。

魏晉時期，著名的風流名士何晏首先服用寒食散。《世說新語・言語》曾記載他說：「服五石散，非惟治病，亦覺神明開朗。」何晏在當時是當朝駙馬，又是曹操的養子，這樣權傾一時的身分地位，也產生名人效應，使得人們爭相仿效服用寒食散。服用寒食散成為當時

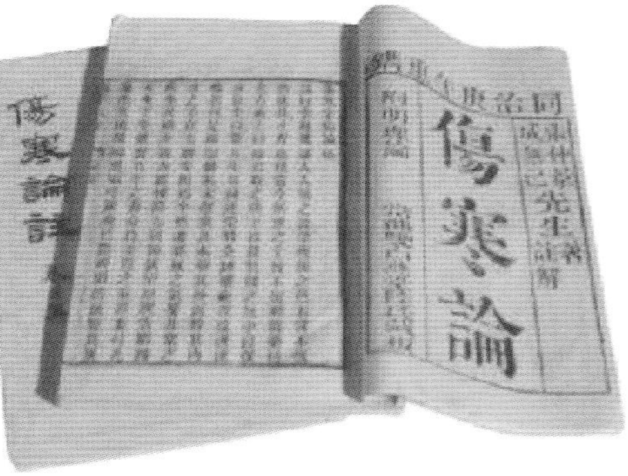

風流名士的風潮之一，我們所熟知的當朝人物無一倖免。如王弼、嵇康、阮籍、王導、謝玄、謝靈運、陶淵明……等，都沉浸在服用寒食散的飄飄欲仙之感中。

寒食散在服藥後，必須注意許多繁複的細節，只要其中有些許差錯，都有可能立即喪命。因為寒食散是猛烈的熱毒性，因此在服藥後，人體會全身發燙，隨後變冷，症狀像是輕度的瘧疾。但儘管身體發冷，卻絕對不能吃熱的食物和穿厚重的衣服，但只有酒必須是溫的，否則必定身亡。而且不能靜臥，一定要不停地走路以發散藥性，稱為「行散」。必須「寒食、寒飲（但酒必須是溫的）、寒衣、寒浴、寒臥、散步，極寒益善。」

諸多服散後的細節，也成為魏晉社會上常見的風景，成為後人回顧魏晉南北朝時，所看見的時代風氣。長期服用寒食散，皮膚會日漸白嫩細緻。因此六朝的美男子，皮膚皆以白皙聞名，例如《世說新語・言語》記載：「（王衍）下捉白玉柄麈尾，與手都無分別。」王衍的手非常白皙，如同白玉做的拂塵一般。《世說新語・容止》記載：「（何晏）美姿儀，面至白；魏明帝疑其傅粉……大汗出，以朱衣自拭，色轉皎然。」何晏的皮膚非常白皙，魏明帝以為他擦了粉。想不到他流了一身大汗後，臉色反而更加白裡透紅。裴楷更因有俊美的白皙皮膚，不論穿冠服或粗服亂頭，外表皆好看，故當時的人便以「玉人」稱之。《世說新語・容止》記載：「裴令公有儁容儀，脫冠冕，麤服，亂頭皆好；時人以為『玉人』。見者曰：『見裴叔則

▲《傷寒雜病論》，中國第一部理法方藥皆備、理論搭配實際的中醫臨床著作，漢醫學之內科學經典。

▲北齊楊子華《北齊校書圖》

如玉山上行，光映照人！』」又如潘岳及夏侯湛兩大美男子，因天生俊美，兩人同行時被人譽為「連璧」，皆因兩人白皙光滑的膚色，仿似無瑕之白璧一般，光彩照人。也因為藥性發熱，再加上服用後皮膚會日漸敏感脆弱，魏晉名士大多喜歡穿薄而寬大並且未清洗過的軟舊衣履，不能穿過於厚重或者是硬挺的新衣，以免散熱受阻或衣服摩擦皮膚導致不適。因此，魏晉時期的文人也給後人一種衣袖飄飄的瀟灑之感。但也正因這個原故，當時的名士們就和蝨子結下了不解之緣。例如《晉書．王猛傳》中提到：「(王猛）一見桓溫，便談當世之務，捫蝨而言，旁若無人。」兩人一邊抓著蝨子，一邊談論當世之務。嵇康亦在《與山巨源絕交書》中說：「性復多蝨，把搔無已，而當裹以章服，揖拜上官，三不堪也。」嵇康想到當官之後，必須穿著清洗乾淨並且嚴實厚重的朝服揖拜上官，就無法忍受。

▲清代任伯年《竹林七賢圖》

長期服用寒食散，會產生很

強烈的副作用。管輅曾形容何晏：「魂不守宅，血不華色，精爽煙浮，容若槁木，謂之鬼幽。」（《管輅別傳》）。《晉書．皇甫謐傳》提到：「又服寒食藥，違錯節度，辛苦荼毒，於今七年。隆冬裸袒食冰，當暑煩悶，加之逆咳，或若溫瘧，或類傷寒，浮氣流腫，四肢酸重。」皇甫謐因服寒食散後，違背服散的規則，造成毒害。盛冬時必須袒露身體服食冰雪，酷暑更覺煩悶，並伴有咳嗽氣喘。魏晉名士裴秀更因服用寒食散後誤飲冷酒，而不幸逝世，終年四十八歲。北魏道武帝拓跋珪晚年也因服食寒食散，剛愎自用、猜忌多疑，時常因為想

▲ 明代陳洪綬《竹林七賢圖》

起昔日些許不滿就要誅殺大臣，使得大臣們惶恐度日。最後被其次子拓跋紹所殺，不得善終而亡。

魏晉風流時代可以說是因寒食散而起，也因寒食散而亡。

養生之道

養生飲膳是中華飲食文化中重要的環節，自古代以來，人們即有食療的觀念，中醫就有「藥食同源」、「醫膳同功」的說法。《周禮．天官冢宰》記載的宮廷飲食機構中，即有食醫、疾醫、瘍醫、獸醫四種醫官，可見其高度重視飲食衛生和保健，其中「食醫」掌管「六食、六飲、六膳、百饈、百

醬、八珍之齊」，證明許多菜餚已使用於周朝天子的食療之中了。

魏晉南北朝時期，上流社會就頗為講究飲食養生，醫學家對食療的療效也有了更進一步的認識。例如南朝梁陶弘景所編撰的《名醫別錄》，便是魏晉間的名醫們繼漢代的《神農本草經》後，所集錄的中國第二部本草著作。原書的收藥數目，應有七百三十種以上，可惜此書早佚，其中亦記載許多可作為藥物的食療方法。又如東晉葛洪《肘後方》中，曾記載「治消渴（糖尿病）得效取烏豆置牛膽中，陰乾百日，吞之即瘥。」便是用黑豆治療糖尿病的一種魏晉食療祕方。

▲《本草經集注》敦煌抄本殘卷

外國舶來品——胡床

於漢代傳入的諸多胡族食品，到了魏晉南北朝時，已逐漸在黃河流域普及，受到廣大漢族人民的青睞，其中尤以煮或涮羊、烤羊最為典型。傳統飲食方式逐漸發生變化，也改變了進食的姿勢和習慣。東漢以後，胡床作為一種坐具從西域傳入中原地區，逐漸被漢族人民普遍使用。例如《世說新語·德

▲北齊楊子華《北齊校書圖》

行》中提到：「晉簡文為撫軍時，所坐床上塵不聽拂，見鼠行跡，視以為佳。」還有《世說新語．任誕》中記載：「阮方醉，散髮坐床，箕踞不哭。」都證明胡床已成為日常生活的一部分。由於坐胡床必須兩腳垂地，這也就改變了漢族傳統跪坐的姿式。從魏晉南北朝開始的傢俱新變化，到隋唐時期也走向高潮。一方面表現在傳統的床榻几案的高度繼續增高；另一方面是新式的高足傢俱品種增多，現在所熟知的椅子、桌子等在那時都已開始使用。桌椅出現以後，華人民族所熟悉的圍坐一桌進餐的習慣，也就從這個時候流傳至今。

衣 魏晉南北朝的衣冠楚楚

男性的漆紗籠冠

自於漢代，盛行於魏晉南北朝，男女皆可配戴。以黑漆細紗製成，故名之漆紗籠冠。其為平頂，似一個圓型的套子，兩邊有耳垂下。戴時必須罩於冠幘之外，才能成為帽子，下用絲帶系縛。

▲ 籠冠，古代中國冠飾之一。

男性的半袖衫

半袖衫是一種短袖式的衣衫。《晉書．五行志》曾記載：「魏明帝著繡帽，披縹紈半袖，常以見直臣楊阜，諫曰：『此禮何法服邪！』帝默然。」魏明帝曾著繡帽，披著縹紈半袖衫與臣屬相見。由於半袖

▲ 東晉顧愷之《洛神賦圖》

衫多用縹（淺青色），與漢族傳統章服制度中的禮服相違，因此被斥為「服妖」，不合乎於禮法。

男性的衫

魏晉南北朝的漢族服飾仍繼承秦漢遺制。但傳統的上衣和下裳相連，將整個身體均包裹在內的深衣已不被男子採用，袍服亦先後消失，男子以長衫為尚。衫和袍的區別在於袍服的袖口有收斂的袪，而衫則為敞口袖。由於不受衣袪限制，服裝日趨寬鬆。據《宋書・周郎傳》記載：「凡一袖之大，足斷為兩，一裾之長，可分為二。」

▲ 東晉顧愷之《洛神賦圖》

▲ 北齊徐顯秀墓壁畫局部

男性的褲褶

褲褶原為北方遊牧民族的傳統服裝，基本款式為上身穿齊膝大袖衣，下身穿寬管褲。這種服裝的面料，常用較粗厚的毛布來製作。穿寬褲和短上襦則合稱「襦褲」，但貴族必須在襦褲外加穿袍裳，只有騎馬者、廝徒等從事勞動的人，才會為了行動方便直接把褲子露在外面。這種服飾在魏晉南北朝時期，流傳至南方後，南方漢人把袖子改得更寬大，褲子也改成更為寬鬆的大口褲。無事時就敞開褲管，飄逸自在，遇到急事時就用錦帶將褲管縛住，兼具美感和實用的功能，成為當代男性最為流行的時尚裝扮。

▲ 北魏加彩陶俑

女性的帔子

帔子裝飾在領口和胸前，背後斜交，類似披領的服飾，在當時的詩詠中常出現帔子的身影，亦成為這個時期的服飾特點。南朝梁簡文帝《倡婦怨情詩二十韻》：「散誕披紅帔，生情新約黃。」北周庾信《美人春日》：「步搖釵梁動，紅輪帔角斜。」唐代張鷟《游仙窟》：「迎風帔子鬱金香，照日裙裾石榴色。」帔子的出現，可能與刺繡工藝的興盛大有關係，流傳到隋唐仍被廣泛採用，成為貴族婦女的主要服飾之一。

▲古代婦女披在肩背上的服飾。

▲東晉顧愷之《洛神賦圖》

▲東晉顧愷之《列女仁智圖》

女性的抱腰

魏晉時期的著作中多有記載有關抱腰的文句。《釋名．釋衣服》：「抱腹（抱腰），上下有帶，抱裹其腹，上無襠者也。」北周庾信《夢入堂內》：「小衫裁裹臂，纏紘掐抱腰。」南朝梁吳均《去妾贈前夫》：「鳳凰簪落鬢，蓮華帶緩腰。」南朝梁劉孝綽《古意》：「蕩子十年別，羅衣雙帶長。」南朝梁武帝《有所思》：「腰中雙綺帶，夢為同心結。」

女性的襦裙

又稱裙襦、衫裙，由上襦（襦為短上衣）與下裙（裳）組成，這種上襦下裙的女服樣式早在戰國時代就已出現，到了魏晉年間，襦裙重新被人們所重視且占據當時服飾的主導地位。《晉書・五行志》記載：「至元康末，婦人出裲襠，加乎交領之上。」元康末年，婦女流行將內衣裲襠套在交領襦裙之上。

▲ 北齊徐顯秀墓壁畫局部

南北朝時則出現衣在裙外、在衣上束上腰帶的襦裙，並流傳至朝鮮半島和日本。

▲ 彩繪女舞俑

女性的雜裾垂髾服

戰爭和民族大遷徙使得不同民族和不同地域的文化相互碰撞、交流，因應當時魏晉時代的社會風氣，女性亦追求「仙風道骨」的飄逸脫俗。此時女子的服飾已開始趨向華麗、瀟灑之風尚，這一點可以從雜裾垂髾服明顯看出。此衣雖寬大，但束高腰，這樣在視覺上就延長了下身，予人一種修長輕盈感，巧用寬大與瘦長的對比關係，同時裙的下擺形成的曲綫十分優美挺拔，再加上披帛的使用和高髻髮式，使著裝者顯得非常端莊華貴。

▼ 魏晉南北朝時期流行的女子服飾，又稱袿衣。

▲ 司馬金龍墓「彩繪人物故事」漆屏

樂 魏晉南北朝的閒暇之餘

六博

又作六簙，是戰國到魏晉時期流行的一種行棋遊戲，兩人或四人為單位，以多得籌為勝，行棋模擬貓頭鷹等鳥類在池塘獵魚的行為。魏晉時期六博依然盛行，甘肅嘉峪關的魏晉壁畫墓中就繪有六博的圖像，但魏晉以後逐漸不再發現。

晉葛洪曾在《西京雜記》中記載：「許博昌，安陵人也，善陸博。竇嬰好之，常與居處。其術曰：『方畔揭道張，張畔揭道方，張究屈玄高，高玄屈究張。』又曰：『張道揭畔方，方畔揭道張，張究屈玄高，高玄屈究張。』三輔兒童皆誦之。法用六箸，或謂之究，以竹為之，長六分。或用二箸。博昌又作《大博經》一篇，今世傳。」一人名許博昌，他善於六博，就連大臣竇嬰都因為如此與他往來密切。他還創編了一套六博棋的棋術口訣，使得兒童都朗朗上口，後來又作《六博經》一篇。

▲ 東漢陶六博俑

投壺

最早由先秦時期的射禮演變而來，射箭是古代男子必備的六藝之一，在很多重要社交場合，大家都必須輪流展示射箭能力。其中有兩條很重要的規定，一是射不中靶的人要罰酒，二是不會射箭的人不能說你不會，而是要以身體不舒服告假。但這兩種情況都非常損傷顏

▲ 明代商喜《明宣宗行樂圖》

面，尤其是第二種。久而久之，為了不讓那些無法射箭的人難堪，投壺遊戲就應運而生。因為投壺的運動量較小，所以即使你手無縛雞之力，也能參與。

投壺流傳到魏晉時期，已經非常成熟，對於投壺的壺也有所改進，即在壺口兩旁增添兩耳。因此在投壺的花式上就多了許多名目，如「依耳」、「貫耳」、「倒耳」、「連中」、「全壺」等。晉孫盛《晉陽秋》中寫道：「王胡之善於投壺，言手熟可閉目。」一位名王胡之的人，閉上眼睛投壺還可以百發百中。《晉書》中記載：「石崇有妓，善投壺，隔屏風投之。」西晉大臣石崇的家裡有個歌女，就算隔著一架屏風投壺也百發百中。

流觴曲水

夏曆的三月人們舉行祓禊儀式後，大家坐在河渠兩旁，在上游放置酒杯，酒杯順流而下，停在誰的面前，誰就取杯飲酒。此遊戲源於周代就有的上巳祓禊古老風俗，上巳指的是夏曆三月的第一個巳日，祓禊則是洗濯身體以除去凶疾的一種祭祀儀式。魏晉以後上巳改為三月初三，正式成為一個重要節日，洗濯身體的風俗也逐漸演化成臨水宴客和郊外踏春。

東晉永和九年三月初三的上巳

節，會稽內史王羲之偕同親朋好友謝安、孫綽等四十二人，相聚會稽山陰的蘭亭，在修禊祭祀儀式後，舉行流觴曲水的遊戲，人人飲酒詠詩，所作詩句就集結成《蘭亭集》，王羲之為該集所作的〈蘭亭集序〉也名留千古。從此流觴曲水，詠詩論文，飲酒賞景，歷經千年而盛傳不衰，為文人雅士的愛好之一。

▲江戶時期山本若麟《蘭亭曲水圖》

彈棋

魏晉時期的著作中多有記載有關彈棋的文句。《世說新語．巧藝》：「彈棋始自魏宮內，用妝奩戲。文帝於此戲特妙，用手巾角拂之，無不中。有客自云能，帝使為之。客箸葛巾角，低頭拂棋，妙踰於帝。」彈棋是魏代後宮的一種遊戲，一開始是使用梳妝的鏡匣。魏文帝對彈棋特別精通，甚至不需要用手，只要用手中的巾角就可以彈起棋子，而且沒有他所彈不中的。有位客人自認為也能像他一樣，魏文帝就讓他試試看。剛好，那位客人戴著葛斤（用葛布做的頭巾），就低著頭用葛巾角去撥動棋子，他甚至比魏文帝更加神乎其技。魏曹丕《彈棋賦》：「局則荊山妙璞，發藻揚暉。豐腹高隆，庳根四頹。平如砥礪，滑若柔荑。棋則玄木北幹素樹西枝。洪纖若一，修短無差。象籌列植，一據雙螭。滑石霧散，雲布四垂。」棋局採用華美的聯玉料精工做成，正方形，局中心高隆，四周平如砥礪，光彩映人。

人 魏晉南北朝的竹林七賢

阮籍

阮籍，字嗣宗，曾任步兵校尉，人稱阮步兵。父親阮瑀，為曹操文吏，位列「建安七子」之一。阮籍年幼喪父，家貧但勤學，少年即通詩書。阮籍本有輔佐天子、濟世安民之大志，但苦於時運，在司馬懿、司馬昭執政下任官，只好動輒飲酒佯狂。司馬昭想為兒子司馬炎求娶阮籍的女兒，阮籍因此連續醉酒六十多日，司馬昭找不到提出求親的機會，只得作罷。

王戎

王戎，字濬沖，小字阿戎。西晉大臣，官至司徒，封安豐侯，人稱王安豐。出自魏晉高門士族琅邪王氏，為幽州刺史王雄之孫，涼州刺史王渾之子，與太保王祥同宗。是竹林七賢中最年少的一位。後世對王戎的評價毀譽參半，認為王戎貪圖高官厚祿，依附司馬氏。

▲ 王戎 — 唐代孫位《高逸圖》

嵇康

嵇康，字叔夜，官至曹魏中散大夫，故稱嵇中散。與阮籍齊名，並稱「嵇阮」，兩人同為魏末文學界與思想界的代表人物。他激烈抨擊世俗規範，主張順應自然，積極推廣養生理論，在當時即具有非常高的聲望及號召力。後因捲入朋友呂安的訴訟而入獄，權臣司馬昭忌憚他的言論影響力，在鍾會的建議下將其處死。在他死後，其思想主張在東晉及南朝受到極大的推崇，成為魏晉玄學的重要構成理論。而後，隨著道教的興起，嵇康也被神仙化，關於他的生平事蹟參雜了相當多神怪、傳奇的內容。

山濤

山濤，字巨源。好老莊之學，為人謹慎，生平節儉。山濤在竹林七賢中年齡最大，一直到四十歲才開始為官，投靠司馬氏後，仕途扶搖直上，平步青雲。後山濤見司馬懿與曹爽爭權，乃隱身不問事務。雖積極追求功名，但潔身自好。

阮咸

阮咸，字仲容，阮籍之侄。官至始平太守，人稱阮始平。阮咸善彈琵琶。據說他改造了漢代流行的「秦琵琶」，與從西域傳入的曲項琵琶不同。唐人在阮咸墓中發現這種琵琶，不識其名，便稱為「阮咸」。

▲ 阮咸 ── 元代劉貫道《消夏圖》

劉伶

劉伶，字伯倫。晉武帝泰始初，對朝廷策問，強調無為而治，後以無能遭到罷免。嗜酒，曾作〈酒德頌〉，宣揚老莊思想和縱酒之情趣，對傳統「禮法」表示蔑視。

向秀

向秀，字子期，向秀喜讀書，與嵇康、呂安等人為友，在山陽中隱居。嵇康打鐵，向秀為其佐鼓排；呂安種菜，向秀助其灌園。喜談老莊之學，曾注《莊子》一書，但最後沒注完便去世。郭象承其餘緒，成書《莊子注》。

編者序

政治最動盪混亂的朝代，精神上卻最自由熱情的年代

魏晉南北朝是中國歷史上一段長達四百年的混亂時期，也是中國史上歷時最久的分裂時期。其中朝代更迭快速，並且存在著多個政權並存的局面。被稱為「中國現代美學先行者和開拓者」的宗白華先生，曾在其著作〈論世說新語和晉人的美〉中提到：「漢末魏晉六朝是中國政治上最混亂、社會上最苦痛的時代，然而卻是精神史上極自由、極解放、最富於智慧、最濃於熱情的一個時代。因此也就是最富有藝術精神的一個時代。」文學評論家劉再復，亦在其著作《紅樓夢悟》中說到：「《世說新語》不寫帝王功業，只寫日常生活，它記錄了許多遺聞趣事，呈現了許多人物的音容笑貌，從而奠定了中國小說的喜劇基石。《儒林外史》可以說是《世說新語》的伸延與擴大。中國小說有輕重之分，「重」的源於《史記》「輕」的源於《世說新語》。」那我們該如何穿越古今，透視戰禍裡人性的善良與罪惡，揭開風流名士縱情瀟灑下的神秘面紗，領略當代士族極樂之下的極苦呢？作為魏晉南北朝的代表著作——《世說新語》，便是能夠看盡魏晉時代政治社會和人文風采的最佳書籍。

《世說新語》是魏晉南北朝時期「筆記小說」的代表作，也是中國筆記小說的初祖，在中國小說發展史上占據重量級的地位。此書是由南朝宋的劉義慶召集門下食客所共同編撰，內容大多記載東漢至東晉年間高士名流的言行風貌和軼文趣事，詳細記載士人的生活和思想，以及統治階級當時的情況，反映魏晉時期文人的思想言行和門閥社會的生活面貌。這樣的描寫也讓後人得以了解當時的人所處的時代狀況及政治社會環境，更清楚地見識所謂「魏晉清談」的全貌。

那劉義慶究竟是誰？又是在什麼情況下編撰出這本影響深遠的魏晉風流歷史呢？劉義慶出生於西元四〇三年，是彭城（今江蘇徐州市）人。他是當時南朝劉宋的宗室，劉宋武帝劉裕的侄兒，是顯貴一時的皇親國戚。他承襲臨川王的封號，在任官期間政績頗佳，其中曾任祕書監一職，工作是掌管國家的圖書著作，這也讓劉義慶有機會得以接觸和博覽皇家的典籍，對之後編撰《世說新語》奠定下良好的基礎。而後，三十八歲的劉義慶開始邀集門下食客，共同編錄《世說新語》，也因此與當時的文人雅士、僧人往來頻繁。最後，他於四十一歲時，病逝於京師。他的一生中著有《徐州先賢傳》，編有《幽明錄》、《宣驗記》，但大部分都已散佚，僅存《世說新語》一書，大傳於世。

《世說新語》全書共分為上、中、下三卷，依內容再細分為若干類別，全書共計一千多則。每則文字長短不一，有的長達數行，有的則只有三言兩語，由此體現志人小說「隨手而記」的特性。

此外，《世說新語》書中善用對比、譬喻、誇飾與描摹等文學技巧，不僅使它保留下許多膾炙人口的佳言名句，更為全書增添無限光彩。如今，《世說新語》除了文學欣賞的價值外，其中的人物事蹟、文學典故等也多為後世作者所取材引用，對後來的小說發展影響尤其廣大。例如，唐代王讜的《唐語林》、唐代王方慶的《續世說新書》、明代何良俊的《何氏語林》、清代王卓的《今世說》、清代吳肅公的《明語林》等，都是模仿《世說新語》的作品，被後人稱之為「世說體」。《世說新語》成書以後，敬胤、劉孝標等人也相繼為之作注，在當時形成一股風氣。此書也與《詩經》、《春秋左氏傳》、《戰國策》等經典文學同樣被視為出現大量成語的文言文典籍。

本書根據學測、指考的出題範圍，精選大考必中篇目；再集結各冊教科書中的選文；最後輔以文學大師魯迅，於其著作《中國小說史略》中所推薦的必讀篇章，嚴選二十三篇精華篇目匯編成書。希望藉由本書得以讓讀者領略魏晉時期的風流之美，一本看盡魏晉風骨玄遠放曠、瀟灑綺麗的名士風流。

編者　謹識

魯迅——《世說新語》與其前後

漢末士流，已重品目，聲名成毀，決于片言，魏晉以來，乃彌以標格語言相尚，惟吐屬則流于玄虛，舉止則故為疏放，與漢之惟俊偉堅卓為重者，甚不侔矣。蓋其時釋教廣被，頗揚脫俗之風，而老莊之說亦大盛，其因佛而崇老為反動，而厭離于世間則一致，相拒而實相扇，終乃汗漫而為清談。渡江以後，此風彌甚，有違言者，惟一二梟雄而已。世之所尚，因有撰集，或者掇拾舊聞，或者記述近事，雖不過叢殘小語，而俱為人間言動，遂脫志怪之牢籠也。

記人間事者已甚古，列禦寇韓非皆有錄載，惟其所以錄載者，列在用以喻道，韓在儲以論政。若為賞心而作，則實萌芽于魏而盛大于晉，雖不免追隨俗尚，或供揣摩，然要為遠實用而近娛樂矣。晉隆和中，有處士河東裴啟，撰漢魏以來迄于同時言語應對之可稱者，謂之《語林》，時頗盛行，以記謝安語不實，為安所詆，書遂廢（詳見《世說新語．輕詆篇》）。後仍時有，凡十卷，至隋而亡，然群書中亦常見其遺文也。

婁護字君卿，歷遊五侯之門，每旦，五侯家各遺餉之，君卿口厭滋味，乃試合五侯所餉之鯖而食，甚美。世所謂「五侯鯖」，君卿所致。（《太平廣記》二百三十四）

魏武云：「我眠中不可妄近，近輒斫人不覺。左右宜慎之！」後乃陽凍眠，所幸小兒竊以被覆之，因便斫殺，自爾莫敢近。（《太平御覽》七百七）

鍾士季嘗向人道：「吾年少時一紙書，人云是『阮步兵書』，皆字字生義，既知是吾，不復道也。」（《續談助》四）

祖士言與鍾雅語相調，鍾語祖曰：「我汝潁之士利如錐，卿燕代之士鈍如槌。」祖曰：「以我鈍槌，打爾利錐。」

鍾曰：「自有神錐，不可得打。」祖曰：「既有神錐，必有神槌。」鍾遂屈。（《御覽》四百六十六）

王子猷嘗暫寄人空宅住，使令種竹。或問暫住何煩爾？嘯詠良久，直指竹曰：「何可一日無此君。」（《御覽》三百八十九）

《隋志》又有《郭子》三卷，東晉中郎郭澄之撰，《唐志》云：「賈泉注。」今亡。審其遺文，亦與《語林》相類。

宋臨川王劉義慶有《世說》八卷，梁劉孝標注之為十卷，見《隋志》。今存者三卷曰《世說新語》，為宋人晏殊所刪並，于注亦小有剪裁，然不知何人又加新語二字，唐時則曰新書，殆以《漢志》儒家類錄劉向所序六十七篇中，已有《世說》，因增字以別之也。《世說新語》今本凡三十八篇，自〈德行〉至〈仇隙〉，以類相從，事起後漢，止于東晉，記言則玄遠冷俊，記行則高簡瑰奇，下至繆惑，亦資一笑。孝標作注，又徵引浩博。或駁或申，映帶本文，增其雋永，所用書四百餘種，今又多不存，故世人尤珍重之。然《世說》文字，間或與裴郭二家書所記相同，殆亦猶《幽明錄》、《宣驗記》然，乃纂緝舊文，非由自造。《宋書》言義慶才詞不多，而招聚文學之士，遠近必至，則諸書或成于眾手，未可知也。

阮光祿在剡，曾有好車，借者無不皆給。有人葬母，意欲借而不敢言。阮後聞之，歎曰：「吾有車而使人不敢借，何以車為？」遂焚之。（卷上〈德行篇〉）

阮宣子有令聞，太尉王夷甫見而問曰：「老莊與聖教同異？」對曰：「將無同。」太尉善其言，辟之為掾，世謂「三語掾」。（卷上〈文學篇〉）

祖士少好財，阮遙集好屐，並恆自經營，同是一累，而未判其得失。人有詣祖，見料視財物，客至，屏當未盡，余兩小簏，著背後傾身障之，意未能平。或有詣阮，見自吹火蠟屐，因歎曰：「未知一生當著幾量屐？」神色閑暢。于是勝負始分。（卷中〈雅量篇〉）

世目李元禮：「謖謖如勁松下風。」（卷中〈賞譽篇〉）

公孫度目邴原：「所謂雲中白鶴，非燕雀之網所能羅也。」（同上）

劉伶恆縱酒放達，或脫衣裸形在屋中。人見譏之。伶曰，「我以天地為棟宇，屋室為褌衣，諸君何為入我褌中？」（卷下〈任誕篇〉）

石崇每要客燕集，常令美人行酒，客飲酒不盡者，使黃門交斬美人。王丞相與大將軍嘗共詣崇，丞相素不能飲，輒自勉強，至于沉醉。每至大將軍，固不飲以觀其變，已斬三人，顏色如故，尚不肯飲，丞相讓之，大

將軍曰：「自殺伊家人，何預卿事？」（卷下〈汰侈篇〉）

梁沈約（西元四四一年—西元五一三年，《梁書》有傳）作《俗說》三卷，亦此類，今亡。梁武帝嘗敕安右長史殷芸（西元四七一年—西元五二九年，《梁書》有傳）撰《小說》三十卷，至隋僅存十卷，明初尚存，今乃止見于《續談助》及原本《說郛》中，亦採集群書而成，以時代為次第，而特置帝王之事于卷首，繼以周漢，終于南齊。

晉咸康中，有士人周謂者，死而復生，言天帝召見，引升殿，仰視帝，面方一尺。問左右曰，「是古張天帝耶？」答云：「上古天帝，久已聖去，此近曹明帝也。」（《紺珠集》二）

孝武未嘗見驢，謝太傅問曰：「陛下想其形當何所似？」孝武掩口笑云：「正當似豬。」（《續談助》四。原注云，出《世說》。案今本無之。）

孔子嘗遊于山，使子路取水。逢虎于水所，與共戰，攬尾得之，內懷中；取水還。問孔子曰：「上士殺虎如之何？」子曰：「上士殺虎持虎頭。」又問曰：「中士殺虎如之何？」子曰：「中士殺虎持虎耳。」又問：「下士殺虎如之何？」子曰：「下士殺虎捉虎尾。」子路出尾棄之，因恚孔子曰：「夫子知水所有虎，使我取水，是欲死我。」乃懷石盤欲中孔子，又問：「上士殺人如之何？」子曰：「上士殺人使筆端。」又問曰：「中士殺人如之何？」子曰：「中士殺人用舌端。」又問：「下士殺人如之何？」子曰：「下士殺人懷石盤。」子路出而棄之，于是心服。（原本《說郛》二十五。原注云，出《沖波傳》。）

鬼谷先生與蘇秦、張儀書云：「二君足下，功名赫赫，但春華到秋，不得久茂。日數將冬，時訖將老。子獨不見河邊之樹乎？僕禦折其枝，波浪激其根；此木非與天下人有仇怨，蓋所居者然。子見嵩岱之松柏，華霍之樹檀？上葉干青雲，下根通三泉，上有猿狖，下有赤豹麒麟，千秋萬歲，不逢斧斤之伐：此木非與天下之人有骨肉，亦所居者然。今二子好朝露之榮，忽長久之功，輕喬松之求延，貴一旦之浮爵，夫『女愛不極席，男歡不畢輪』，痛夫痛夫，二君二君！」（《續談助》四。原注云，出《鬼谷先生書》。）

《隋志》又有《笑林》三卷，後漢給事中邯鄲淳撰。淳一名竺，字子禮，潁川人，弱冠有異才，元嘉元年（西元一五一年），上虞長度尚為曹娥立碑，淳者尚之弟子，于席間作碑文，操筆而成，無所點定，遂知名，黃初初（約西元二二一年），為魏博士給事中，見《後漢書‧曹娥傳》及《三國‧魏志‧王粲傳》等注。《笑林》今佚，遺文存二十餘事，舉非違，顯紕繆，實《世說》之一體，亦後來誹諧文字之權輿也。

魯有執長竿入城門者，初，豎執之不可入，橫執之亦不可入，計無所出。俄有老父至曰：「吾非聖人，但見事多矣，何不以鋸中截而入！」遂依而截之。（《太平廣記》二百六十二）

平原陶丘氏，取渤海墨臺氏女，女色甚美，才甚令，復相敬，已生一男而歸。母丁氏，年老，進見女婿。女婿既歸而遣婦。婦臨去請罪，夫曰：「曩見夫人年德已衰，非昔日比，亦恐新婦老後，必復如此，是以遣，實無他故。」（《太平御覽》四百九十九）

甲父母在，出學三年而歸。舅氏問其學何所得，並序別父久。乃答曰：「渭陽之思，過于秦康。」既而父數之：「爾學奚益。」答曰：「少失過庭之訓，故學無益。」（《廣記》二百六十二）

甲與乙爭鬥，甲嚙下乙鼻，官吏欲斷之，甲稱乙自嚙落。吏曰：「夫人鼻高而口低，豈能就嚙之乎？」甲曰：「他踏床子就嚙之。」（同上）

《笑林》之後，不乏繼作，《隋志》有《解頤》二卷。楊松玢撰，今一字不存，而群書常引《談藪》，則《世說》之流也。《唐志》有《啟顏錄》十卷，侯白撰。白字君素，魏郡人，好學有捷才，滑稽善辯，舉秀才為儒林郎，好為誹諧雜說，人多愛狎之，所在之處，觀者如市。隋高祖聞其名，召令于秘書修國史，後給五品食，月餘而死。見《隋書·陸爽傳》。

《啟顏錄》今亦佚，然《太平廣記》引用甚多，蓋上取子史之舊文，近記一己之言行，事多浮淺，又好以鄙言調謔人，誹諧太過，時復流于輕薄矣。其有唐世事者，後人所加也；古書中往往有之，在小說尤甚。

開皇中，有人姓出名六斤，欲參素，齎名紙至省門，遇白，請為題其姓，乃書曰：「六斤半」。名既入，素召其人，問曰：「卿姓六斤半？」答曰：「是出六斤。」曰：「何為六斤半？」曰：「向請侯秀才題之，當是錯矣。」即召白至，謂曰：「卿何為錯題人姓名？」對云：「不錯。」素曰：「若不錯，何因姓出名六斤，請卿題之，乃言六斤半？」對曰：「白在省門，會卒無處覓稱，既聞道是出六斤，斟酌只應是六斤半。」素大笑之。（《廣記》二百四十八）

山東人娶蒲州女，多患癭，其妻母項癭甚大。成婚數月，婦家疑婿不慧，婦翁置酒盛會親戚，欲以試之。問曰：「某郎在山東讀書，應識道理。鴻鶴能鳴，何意？」曰：「天使其然。」又曰：「松柏冬青，何意？」曰：「天使其然。」又曰：「道邊樹有骨，何意？」曰：「天使其然。」婦翁曰：「某郎全不識道理，何因浪住山東？」

因以戲之曰：「鴻鶴能鳴者頸項長，松柏冬青者心中強，道邊樹有骨者車撥傷：豈是天使其然？」婿曰：「蝦蟆能鳴，豈是頸項長？竹亦冬青，豈是心中強？夫人項下癭如許大，豈是車撥傷？」婦翁羞愧，無以對之。（同上）

其後則唐有何自然《笑林》，今亦佚，宋有呂居仁《軒渠錄》，沈征《諧史》，周文　《開顏集》，天和子《善謔集》，元明又十餘種，大抵或取子史舊文，或拾同時瑣事，殊不見有新意。惟託名東坡之《艾子雜說》稍卓特，顧往往嘲諷世情，譏刺時病，又異于《笑林》之無所為而作矣。

至于《世說》一流，仿者尤眾，劉孝標有《續世說》十卷，見《唐志》，然據《隋志》，則殆即所注臨川書。唐有王方慶《續世說新書》（見《新唐志》雜家，今佚），宋有王讜《唐語林》，孔平仲《續世說》，明有何良俊《何氏語林》，李紹文《明世說新語》，焦竑《類林》及《玉堂叢話》，張墉《廿一史識余》，鄭仲夔《清言》等；然纂舊聞則別無穎異，述時事則傷于矯揉，而世人猶復為之不已，至于清，又有梁維樞作《玉劍尊聞》，吳肅公作《明語林》，章撫功作《漢世說》，李清作《女世說》，顏從喬作《僧世說》，王　作《今世說》，汪琬作《說鈴》而惠棟為之補注，今亦尚有易宗夔作《新世說》也。

淺談筆記小說

簡介

一種筆記式的短篇故事，特點就是篇幅短小、內容繁雜。基本上受到史書體例的影響，多標榜其記事之確實，是以史家的態度書寫，所以並非有意識的小說創作。而在藝術表現上，其故事情節多為直線發展的筆記體，缺乏人物形貌與心理的描寫，也沒有特別鋪張情節的發展。基於以上理由，再加上作者欠缺創作的自覺意識，所以筆記小說還不能算是真正成熟的小說，只能算是唐傳奇的前身而已。

分類

學界一般均依魯迅的觀點，概分為「志人小說」和「志怪小說」兩種主要類型。

志人小說或稱「軼事小說」，在真人真事的基礎上選取生活片斷來表現人物。「志人」一詞是魯迅在《中國小說史略》中首次提出，用以和「志怪」相對，並廣為學界接受使用。此類小說在魏晉時主要是以記述歷史上真實人物的逸事與瑣碎言談為主，故在某種程度上可以被當作史料引用。如南朝梁劉義慶《世說新語》、東晉裴啟《語林》、東晉郭澄之《郭子》、南朝梁沈約《小說》、三國邯鄲淳《笑林》、北齊楊松玢《解頤》、隋代侯白《啟顏錄》等。

志怪小說則談論鬼神怪異的故事，如託名三國曹丕的《列異傳》、東晉干寶《搜神記》、南朝梁劉義慶《幽明錄》、託名東晉陶淵明的《搜神後記》、南朝宋吳均《續齊諧記》、南朝齊王琰《冥祥記》、南朝梁顏之推《冤魂志》等。也有炫耀地理博物的瑣聞，如西晉張華《博物志》、三國郭憲《漢武洞冥記》、託名西漢東方朔的《神異經》、《十洲記》等。

◆影響

開後代筆記小說的先風

志怪小說為後世神仙鬼怪類的筆記小說開闢道路，如宋代徐鉉《稽神錄》、宋代吳淑《江淮異人傳》、《京本通俗小說》中的「西山一窟鬼」和「志誠張總管」、明代崔佑《剪燈新話》、清代紀昀《閱微草堂筆記》、清代蒲松齡《聊齋志異》。

志人小說則成為筆記小說的重要流派，如南朝梁劉義慶《世說新語》啟發了唐代王方慶《續世說新書》、唐代王讜《唐語林》，明代何良俊《何氏語林》、明代馮夢龍《古今譚概》、清代王卓《今世說》、清代梁維樞《玉劍尊聞》等，三國邯鄲淳《笑林》則啟導了託名北宋蘇軾的《艾子雜說》等。

蘊育唐傳奇的誕生

筆記小說也影響了後世一般文學的創作。其創作方法和表現技巧，足為後世同類文學創作的借鏡。創作方法方面，能結合現實與想像；表現技巧方面，則能刻劃人物性格、描摹細節，安排曲折結構。最明顯的莫過於唐代的傳奇，如《古鏡記》、《補江總白猿傳》、《枕中記》、《南柯太守傳》、《離魂記》、《柳毅傳》等，都深受魏晉南北朝筆記小說的影響。

目錄

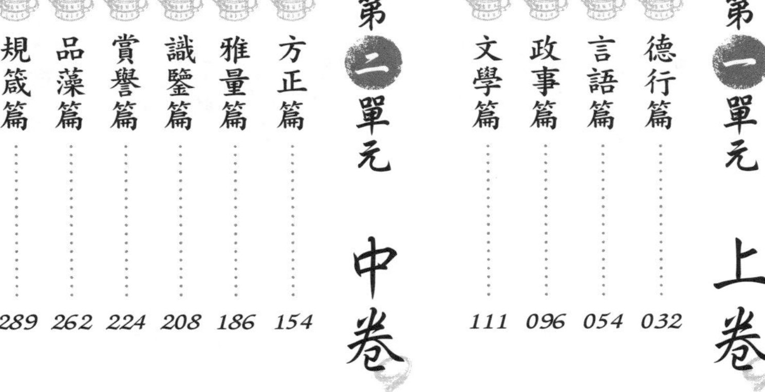

特質檢索

孔門四科

個人特質

人際互動

社會文化

第一單元

上卷

德行篇　　政事篇

言語篇　　文學篇

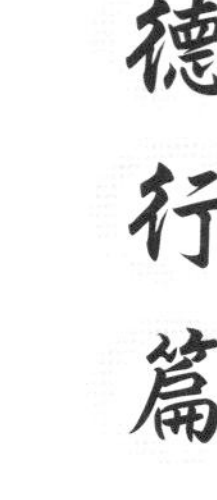

德行篇

主要反映兩方面的內容，一是讚揚儒家的傳統美德，二是反映魏晉時期獨有的道德觀點。皆是當時士族階層認為可以作為準則和規範的言語行動。

古文鑑賞

陳仲舉言為士則❶，行為世範，登車攬轡❷，有澄清天下之志。為豫章太守❸，至，便問徐孺子所在，欲先看之。主簿白❹：「群情欲府君先入廨❺。」陳曰：「武王式商容之閭❻，席不暇暖。吾之禮賢，有何不可！」

周子居常云❼：「吾時月不見黃叔度❽，則鄙吝之心已復生矣。」

郭林宗至汝南造袁奉高❾，車不停軌，鸞不輟軛❿。詣黃叔度，乃彌日信宿⓫。人問其故？林宗曰：「叔度汪汪如萬頃之陂⓬。澄之不清，擾之不濁，其器深廣，難測量也。」

李元禮風格秀整⓭，高自標持⓮，欲以天下名教是非為己任。後進之士，有升其堂者⓯，皆以為登龍門⓰。

【說文解字】

❶士：讀書人。

❷登車攬轡：坐上車子，拿起韁繩，此處指走馬上任。攬，拿住。

❸豫章：豫章郡。太守：郡的行政長官。

❹主簿：官名，主管文書簿籍，是屬官之首。白：陳述，稟報。

❺府君：對太守的稱呼，因太守辦公的地方稱府，所以稱太守爲府君。廨：官署，衙門。

❻式：表彰。商容：商紂大夫，被認爲是賢人。閭：里巷。

❼周子居：東漢人，不畏強暴，陳仲舉曾讚他爲「治國之器」。

❽時月：時日。黃叔度：出身貧寒，德行佳，受到人們讚譽。

❾郭林宗：東漢人，博學有德，爲人所重。造：造訪。袁奉高：多次辭謝官府任命，頗有名望。郭泰曾說他的才德像小水，雖清，卻容易舀起。

❿鸞：裝飾在車上的鈴子，此處指車子。軛：架

李元禮嘗歎荀淑、鍾皓曰⑰：「荀君清識難尚⑱，鍾君至德可師。」

陳太丘詣荀朗陵⑲，貧儉無僕役。乃使元方將車，季方持杖後從⑳。長文尚小，載箸車中。既至，荀使叔慈應門，慈明行酒，餘六龍下食㉑。文若亦小，坐箸膝前㉒。于時太史奏㉓：「真人東行㉔。」

客有問陳季方：「足下家君太丘㉕，有何功德，而荷天下重名？」季方曰：「吾家君譬如桂樹生泰山之阿㉖，上有萬仞之高㉗，下有不測之深；上為甘露所霑，下為淵泉所潤㉘。當斯之時，桂樹焉知泰山之高，淵泉之深，不知有功德與無也！」

陳元方子長文有英才，與季方子孝先，各論其父功德，爭之不能決，咨於太丘㉙。太丘曰：「元方難為兄，季方難為弟。」

荀巨伯遠看友人疾，值胡賊攻郡㉚，友人語巨伯曰：「吾今死矣，子可去㉛！」巨伯曰：「遠來相視，子令吾去；敗義以求生，豈荀巨伯所行邪？」賊既至，謂巨伯曰：「大軍至，一郡盡空，汝何男子，而敢獨止？」巨伯曰：「友人有疾，不

在牲口脖子上的曲木。

⑪彌日：終日，整天。信宿：連宿兩夜。

⑫汪汪：形容水又寬又深。陂：湖泊。

⑬李元禮：東漢人，當時朝廷綱紀廢弛，他卻獨持法度。後謀誅宦官未成而被殺。風格秀整：風度出眾，品性端莊。

⑭高自標持：自視甚高。

⑮升其堂：登上此人的廳堂，指有機會接受此人的教誨。

⑯龍門：傳說在此處能逆水而上的魚類，都能蛻變爲龍。

⑰荀淑：荀淑是戰國荀子的第十一世孫，年少時即有高名。荀淑雖博學但不喜歡鑽研章句，所以常被一般的儒學家所批評。和鍾皓兩人都以清高有德顯著，名重當時。

⑱尚：超過。

⑲陳太丘：名寔，字仲弓，曾任太丘縣長，所以又名陳太丘。修德清靜，百姓以安，後居鄉閭，平心率物，有爭訟者，輒求判正，謚文範先生。

⑳元方、季方：陳寔的兒子。元方爲長，季方爲少，父子三人皆才德兼備。

㉑叔慈、慈明、六龍：荀淑有八個兒子，號稱八龍。叔慈、慈明是其中兩位的名字，其餘就是六龍。下食：上菜。

㉒膝前：膝上。

忍委之，寧以我身代友人命。」賊相謂曰：「我輩無義之人，而入有義之國！」遂班軍而還㉜，一郡並獲全。

華歆遇子弟甚整㉝，雖閒室之內㉞，嚴若朝典。陳元方兄弟恣柔愛之道㉟，而二門之裡㊱，兩不失雍熙之軌焉㊲。

管寧、華歆共園中鋤菜，見地有片金，管揮鋤與瓦石不異，華捉而擲去之。又嘗同席讀書㊳，有乘軒冕過門者㊴，寧讀如故，歆廢書出看㊵。寧割席分坐曰：「子非吾友也。」

王朗每以識度推華歆㊶。歆蠟日㊷，嘗集子姪燕飲㊸，王亦學之。有人向張華說此事，張曰：「王之學華，皆是形骸之外㊹，去之所以更遠。」

華歆、王朗俱乘船避難㊺，有一人欲依附，歆輒難之㊻。朗曰：「幸尚寬，何為不可？」後賊追至，王欲舍所攜人。歆曰：「本所以疑㊼，正為此耳。既已納其自託㊽，寧可以急相棄邪？」遂攜拯如初。世以此定華、王之優劣。

王祥事後母朱夫人甚謹，家有一李樹，結子殊好，母恒使守之㊾。時風雨忽至，祥抱樹而泣。祥嘗在別牀眠，母自往闇斫之㊿。值祥私起(51)，空斫得被。既還，知母憾之不已，因跪

㉓太史：官名，掌管天文曆法。
㉔眞人：修眞得道之人，指德行最爲高潔的人。
㉕家君：父親，對自己或他人父親的尊稱。
㉖阿：山的轉彎處。
㉗仞：長度單位。
㉘淵泉：深泉。
㉙咨：詢問。
㉚胡：古時對各少數民族的統稱。
㉛子：對他人的尊稱，相當於您。
㉜班軍：班師，把出征的軍隊調回。
㉝華歆：與邴原、管寧在外求學時，三人友好。人們稱他們爲一龍，華歆是龍頭，管寧是龍腹，邴原是龍尾。
㉞閒室：靜室，此處指家庭。
㉟恣：任憑。
㊱二門：兩家。
㊲雍熙：和樂。軌：法則，準則。
㊳席：坐席，古人的坐具。
㊴軒冕：貴族乘坐的車或配戴的禮帽。此處指達官貴人經過門口。
㊵寧、歆：上文稱管，此處稱寧，同樣指管寧；上文稱華，此處稱歆，同樣指華歆。廢：放棄，放下，捨棄。
㊶識度：識見，氣度。
㊷蠟：祭祀名，古代的年終祭祀，於十二月合祭萬物之神。

前請死。母於是感悟，愛之如己子。

晉文王稱阮嗣宗至慎[52]，每與之言，言皆玄遠，未嘗臧否人物[53]。

王戎云：「與嵇康居二十年[54]，未嘗見其喜慍之色。」

王戎、和嶠同時遭大喪[55]，俱以孝稱。王雞骨支牀[56]，和哭泣備禮。武帝謂劉仲雄曰：「卿數省王、和不[57]？聞和哀苦過禮，使人憂之。」仲雄曰：「和嶠雖備禮，神氣不損；王戎雖不備禮，而哀毀骨立[58]。臣以和嶠生孝[59]，王戎死孝[60]。陛下不應憂嶠，而應憂戎。」

梁王、趙王[61]，國之近屬，貴重當時。裴令公歲請二國租錢數百萬[62]，以恤中表之貧者[63]。或譏之曰[64]：「何以乞物行惠？」裴曰：「損有餘，補不足，天之道也。」

王戎云：「太保居在正始中[65]，不在能言之流。及與之言，理中清遠[66]，將無以德掩其言[67]！」

王安豐遭艱[68]，至性過人。裴令往弔之，曰：「若使一慟果能傷人，濬沖必不免滅性之譏[69]。」

王戎父渾有令名[70]，官至涼州刺史。渾薨[71]，所歷九郡義

---

[43] 燕：通「宴」。

[44] 形骸：人的身體。

[45] 避難：此處指躲避漢魏之交的動亂。

[46] 輒：立即，就。

[47] 疑：遲疑，猶豫不決。

[48] 納其自托：接受他的託身請求，此處指同意他搭船。

[49] 守：守護，此處指防止李樹被風雨侵襲或被鳥雀糟蹋。

[50] 闇斫：偷偷地砍殺。

[51] 私：小便。

[52] 阮嗣宗：即阮籍，竹林七賢之一。行爲狂放，不拘禮法。

[53] 臧否：褒貶，評論。

[54] 嵇康：又稱嵇中散，竹林七賢之一。後遭誣害，被司馬昭處死。

[55] 王戎：竹林七賢之一。和嶠：因母親喪事離職。服喪期間，謹守禮法，量米而食，但不如王戎憔悴。大喪：父母之喪。

[56] 雞骨支牀：骨瘦如柴。

[57] 卿：君王稱臣下爲卿。省：探望。

[58] 哀毀骨立：形容悲哀過度而瘦弱不堪，只剩骨架站立。

[59] 生孝：遵守喪禮並能注意不傷身體的孝行。

[60] 死孝：對父母盡哀悼之情而至於死的孝行。

[61] 梁王、趙王：梁王爲晉武帝司馬懿的孫子，趙

故[72]，懷其德惠，相率致賻數百萬[73]，戎悉不受。

劉道真嘗為徒，扶風王駿以五百疋布贖之[74]，既而用為從事中郎。當時以為美事。

王平子、胡毋彥國諸人，皆以任放為達[75]，或有裸體者[76]。樂廣笑曰：「名教中自有樂地[77]，何為乃爾也！」

郗公值永嘉喪亂，在鄉里甚窮餒[78]。鄉人以公名德，傳共飴之[79]。公常攜兄子邁及外生周翼二小兒往食[80]。鄉人曰：「各自饑困，以君之賢，欲共濟君耳，恐不能兼有所存。」公於是獨往食，輒含飯著兩頰邊，還吐與二兒。後並得存，同過江[81]。郗公亡，翼為剡縣，解職歸，席苫於公靈牀頭[82]，心喪終三年[83]。

顧榮在洛陽，嘗應人請，覺行炙人有欲炙之色[84]，因輟己施焉。同坐嗤之。榮曰：「豈有終日執之，而不知其味者乎？」後遭亂渡江，每經危急，常有一人左右已[85]，問其所以，乃受炙人也。

祖光祿少孤貧，性至孝，常自為母炊爨作食[86]。王平北聞其佳名，以兩婢餉之，因取為中郎[87]。有人戲之者曰：「奴價

王爲司馬懿的兒子。

[62] 二國：指梁王、趙王兩人的封國。

[63] 恤：救濟。中表：指表親，異姓的兄弟姊妹等親戚。

[64] 或：有人。

[65] 太保：王祥，此處以官名代人名。正始：三國魏帝曹芳年號。

[66] 理中：正理。

[67] 將無：恐怕。

[68] 艱：父母喪。

[69] 滅性：因哀傷過度而傷害自身性命，古人認爲如此不合聖人之教的。

[70] 令名：好名聲。

[71] 薨：古代王侯死。

[72] 義故：義從和故吏，指自願受私人召募從軍的官佐和舊部下。

[73] 賻：送給別人辦理喪事的財物。

[74] 扶風王駿：晉宣王司馬懿的兒子司馬駿，被封爲扶風王。

[75] 任放：任性放縱，指行爲放縱，不拘禮法。

[76] 或：又。

[77] 名教：禮教。

[78] 餒：飢餓。

[79] 傳：輪流。飴：通「飼」，給人吃。

[80] 外生：外甥。

[81] 過江：永嘉之亂時，中原人士紛紛過江避難。

倍婢。」祖云：「百里奚亦何必輕於五羖之皮邪88？」

周鎮罷臨川郡還都，未及上住，泊青溪渚89。王丞相往看之。時夏月，暴雨卒至90，舫至狹小，而又大漏，殆無復坐處91。王曰：「胡威之清，何以過此！」即啟用為吳興郡。

鄧攸始避難，於道中棄己子，全弟子。既過江，取一妾，甚寵愛。歷年後訊其所由92，妾具說是北人遭亂，憶父母姓名，乃攸之甥也。攸素有德業，言行無玷93，聞之哀恨終身，遂不復畜妾。

王長豫為人謹順94，事親盡色養之孝95。丞相見長豫輒喜，見敬豫輒嗔96。長豫與丞相語，恒以慎密為端。丞相還臺97，及行，未嘗不送至車後。恆與曹夫人併當箱篋98。長豫亡後，丞相還臺，登車後，哭至臺門。曹夫人作簏99，封而不忍開。

桓常侍聞人道深公者100，輒曰：「此公既有宿名101，加先達知稱102，又與先人至交，不宜說之。」

庾公乘馬有的盧103，或語令賣去。庾云：「賣之必有買者，即當害其主。寧可不安己而移於他人哉？昔孫叔敖殺兩頭蛇以

---

82 席苫：鋪草墊爲席，坐臥於上。靈牀：爲死者設置的坐臥用具。

83 心喪：父母死，服喪三年；外親死，服喪五個月。郗鑒爲周翼的舅父，但他卻守孝三年，所以稱之爲心喪。

84 行炙人：傳遞菜餚的僕役。炙，烤肉。

85 左右：幫助。

86 炊爨：生火做飯。

87 取：任用。中郎：近侍之官，擔任護衛侍從，下文戲稱爲奴。

88 百里奚：人名。春秋時虞國大夫，晉國滅虞國時俘虜了他。逃跑後被楚人抓住，秦穆公聽說他有才德，就用五張羊皮贖了他，授以國政。羖：黑色的公羊。

89 泊：停泊。青溪渚：地名。

90 卒：通「猝」，突然。

91 殆：幾乎。

92 歷：經過。所由：根由，此處指身世。

93 玷：污點，過失

94 王長豫：王悅，王導的長子，承歡膝下，得到王導的偏愛。

95 色養：指奉養父母時有喜悅的容色。

96 敬豫：王恬，王導的次子，放縱好武，並且不拘禮法。

97 臺：中央機關的官署，此處指尚書省。

98 併當：也作「屏當」，整理，收拾，整頓。

為後人，古之美談，效之，不亦達乎！」

阮光祿在剡，曾有好車，借者無不皆給。有人葬母，意欲借而不敢言。阮後聞之，嘆曰：「吾有車而使人不敢借，何以車為？」遂焚之。

謝奕作剡令[104]，有一老翁，犯法，謝以醇酒罰之[105]，乃至過醉，而猶未已。太傅時年七、八歲[106]，著青布絝，在兄膝邊坐[107]，諫曰[108]：「阿兄！老翁可念[109]，何可作此。」奕於是改容曰[110]：「阿奴欲放去邪[111]？」遂遣之。

謝太傅絕重褚公，常稱[112]：「褚季野雖不言，而四時之氣亦備[113]。」

劉尹在郡，臨終綿惙[114]，聞閣下祠神鼓舞[115]。正色曰：「莫得淫祀[116]！」外請殺車中牛祭神[117]。真長答曰：「丘之禱久矣，勿復為煩。」

謝公夫人教兒，問太傅：「那得初不見君教兒？」答曰：「我常自教兒。」

晉簡文為撫軍時，所坐牀上塵不聽拂[118]，見鼠行跡，視以為佳。有參軍見鼠白日行，以手板批殺之[119]，撫軍意色不說，

篋：小箱子。

99 簏：竹箱子。

100 深公：竺法深，德行高潔，善談玄理的和尚。

101 宿名：久為人知的名望。

102 先達：前輩賢達。

103 的盧：馬名。古代一種白額馬，據傳說是兇馬，養牠的主人會遭遇禍患。

104 令：縣令，一縣的行政長官。

105 醇酒：含酒精度高的酒。

106 太傅：官名，謝安。謝安，是謝奕的弟弟。

107 膝邊：膝上。

108 諫：規勸。

109 念：憐憫，同情。

110 容：面容，臉上的神色。

111 阿奴：對幼小者的愛稱。指哥哥稱呼弟弟。

112 常：通「嘗」，曾經。

113 氣：氣象。

114 綿惙：氣息微弱，指奄奄一息。

115 祠：祭祀，此處為除病禱告。鼓舞：擊鼓舞蹈，祭神的一種儀式。

116 淫祀：濫行祭祀。不該祭祀而祭祀，即不合禮制的祭祀。

117 車中牛：駕車的牛。晉代常坐牛車，常殺駕車的牛用以祭祀。

118 坐牀：一種坐具，胡床。聽：聽憑，任憑。

119 手板：即「笏」，下屬謁見上司時所拿的狹長

門下起彈[120]。教曰[121]：「鼠被害，尚不能忘懷，今復以鼠損人，無乃不可乎[122]？」

范宣年八歲，後園挑菜，誤傷指，大啼。人問：「痛邪？」答曰：「非為痛，身體髮膚，不敢毀傷，是以啼耳！」宣潔行廉約[123]，韓豫章遺絹百匹[124]，不受。減五十匹，復不受。如是減半，遂至一匹，既終不受。韓後與范同載，就車中裂二丈與范，云：「人寧可使婦無幝邪[125]？」范笑而受之。

王子敬病篤[126]，道家上章應首過[127]，問子敬：「由來有何異同得失？」子敬云：「不覺有餘事，惟憶與郗家離婚[128]。」

殷仲堪既為荊州，值水儉[129]，食常五碗盤[130]，外無餘肴。飯粒脫落盤席閒，輒拾以噉之。雖欲率物[131]，亦緣其性真素。每語子弟云：「勿以我受任方州，云我豁平昔時意[132]。今吾處之不易。貧者士之常[133]，焉得登枝而捐其本？爾曹其存之！」

初桓南郡、楊廣共說殷荊州，宜奪殷覬南蠻以自樹。覬亦即曉其旨，嘗因行散[134]，率爾去下舍[135]，便不復還。內外無預知者，意色蕭然，遠同鬥生之無慍[136]。時論以此多之[137]。

王僕射在江州，為殷、桓所逐，奔竄豫章，存亡未測。王

板子，上面可以記事。批殺：打死。

[120] 門下：門客。

[121] 教：告訴

[122] 無乃：恐怕，用來表示語氣比較緩和的反問。

[123] 潔行：品行高潔。廉約：廉潔儉省。

[124] 遺：贈送。

[125] 幝：褌子。

[126] 王子敬：王獻之，晉代王羲之的兒子，信奉五斗米道。

[127] 道家：此處指五斗米道。上章：生病時請道家作章表，寫明病人姓名、服罪之意，向上天禱告除難消災。首過：病人要坦白自己的罪過。

[128] 王獻之娶郗曇的女兒爲妻，後離婚。

[129] 水儉：因水災而年成不好。

[130] 五碗盤：南方的一種成套食器，由一個托盤和放在其中的五隻碗組成，形制較小。

[131] 率物：率人，爲人表率。

[132] 豁：拋棄。

[133] 常：常態。

[134] 因：趁著。行散：魏晉士人喜服五石散，吃後要走路以便散發，名爲行散。

[135] 率爾：輕率，隨便。下舍：住宅。

[136] 門生：春秋時楚國令尹子文，他三次任令尹時，沒有高興的神色，又三次被罷官，也沒有怨恨的神色。

[137] 多：稱讚。

綏在都，既憂感在貌138，居處飲食，每事有降。時人謂為「試守孝子139」。

桓南郡既破殷荊州，收殷將佐十許人，咨議羅企生亦在焉。桓素待企生厚，將有所戮，先遣人語云：「若謝我140，當釋罪。」企生答曰：「為殷荊州吏，今荊州奔亡，存亡未判，我何顏謝桓公？」既出市141，桓又遣人問：「欲何言？」答曰：「昔晉文王殺嵇康，而嵇紹為晉忠臣142。從公乞一弟以養老母。」桓亦如言宥之。桓先曾以一羔裘與企生母胡，胡時在豫章，企生問至143，即日焚裘。

王恭從會稽還，王大看之144。見其坐六尺簟145，因語恭：「卿東來146，故應有此物，可以一領及我147。」恭無言。大去後，即舉所坐者送之。既無餘席，便坐薦上148。後大聞之甚驚，曰：「吾本謂卿多，故求耳。」對曰：「丈人不悉恭149，恭作人無長物150。」

吳郡陳遺，家至孝，母好食鐺底焦飯151。遺作郡主簿，恒裝一囊，每煮食，輒貯錄焦飯，歸以遺母。後值孫恩賊出吳郡，袁府君即日便征，遺已聚斂得數斗焦飯，未展歸家152，遂

---

138 憂感：憂愁。

139 試守孝子：見習孝子。官吏正式任命前，先主持其事以試其才能，稱爲試守。王綏在父親存亡未測之時便做出居喪的樣子，所以人們模仿職官稱謂，稱他爲試守孝子。

140 謝我：向我謝罪。

141 市：刑場。

142 嵇紹：嵇康的兒子。嵇康被司馬昭誣害處死後，嵇紹在晉朝廷內累升至散騎常侍。晉惠帝親征成都王，敗於盪陰時，唯獨嵇紹一人以身保衛惠帝而死。

143 問：消息。

144 王大：王忱，小名佛大，也稱阿大。是王恭的同族叔父輩。

145 簟：竹席。

146 卿：稱呼晚輩，或同輩熟人間的親熱稱呼。東來：從東邊來。

147 可：可以。以：拿。

148 薦：草席。

149 丈人：晚輩對長輩的尊稱。

150 長物：多餘的東西。

151 鐺：一種鐵鍋。

152 未展：未及。

153 豫：喜悅，幸福。眷接：恩寵和接待。山陵：帝王的墳墓，此處指歸山陵，藉此作爲死亡的委婉代稱。

帶以從軍。戰於滬瀆，敗。軍人潰散，逃走山澤，皆多饑死，遺獨以焦飯得活。時人以為純孝之報也。

孔僕射為孝武侍中，豫蒙眷接烈宗山陵[153]。孔時為太常，形素羸瘦，著重服[154]，竟日涕泗流漣，見者以為真孝子。

吳道助、附子兄弟[155]，居在丹陽郡。後遭母童夫人艱，朝夕哭臨[156]。及思至，賓客弔省，號踊哀絕，路人為之落淚。韓康伯時為丹陽尹，母殷在郡，每聞二吳之哭，輒為悽惻。語康伯曰：「汝若為選官，當好料理此人。」康伯亦甚相知[157]。韓後果為吏部尚書。大吳不免哀制[158]，小吳遂大貴達。

154 重服：孝服中之重者，即父母喪時所穿的。
155 吳道助、附子：吳坦之，小名道助。吳隱之，小名附子。
156 哭臨：哭弔死者的哀悼儀式。
157 知：友愛。
158 不免哀制：指經不起喪親的悲痛而死。

白話賞析

陳仲舉的言論和行為被認為是讀書人的準則、世人的模範。他初次任官就胸懷大志。出任豫章太守時，才剛到郡中，就馬上打聽徐孺子的住處，想前去拜訪此人。主簿稟報他：「大家都希望府君可以先行進入官署。」陳仲舉則說：「周武王剛戰勝殷時，甚至連席子都還沒有坐熱，就隨即表彰賢人商容。我尊敬賢人，不先進入官署工作，又有什麼不可以的呢？」

周子居常說：「如果一段時間無法見到黃叔度，心中就會滋長庸俗貪婪的想法。」

郭林宗到汝南郡拜訪袁奉高時，停留的時間非常短暫，才見面一會兒就走了。去拜訪黃叔度時，卻留宿了一、兩天。別人問他這是什麼原因，他說：「叔度就好像萬頃的湖泊一樣寬闊、深邃，沉澱之後不會清澈空無，攪和之後也不會混濁骯髒，他的氣量又深又廣，是很難以測量的呀！」

李元禮風度出眾，品性端莊，頗為自負。他以推行儒家禮教、辨明是非為己任。能夠得到他教誨的後生晚輩，都認為自己有如魚躍龍門。

李元禮曾經讚嘆荀淑和鍾皓，說：「荀君的識見高明，人們難以超越；鍾君具有最高潔的德行，可以作為人們的老師。」

陳太丘去拜訪朗陵侯相荀淑時，因為家貧儉樸，所以沒有僕役伺候，就讓長子元方駕車，少子季方拿著手杖跟在車後，孫子長文年紀尚小，就坐在車上。到了荀家後，荀淑讓自己的兒子叔慈迎接客人，慈明依次斟酒，其餘六個兒子招待飯菜。他的孫子文若也還小，就坐在荀淑膝上。而後，太史啟奏朝廷：「德行最為高潔的人往東邊離去了。」

有位客人問陳季方：「令尊太丘長具有哪些功勳和品德，使他得以在天下享有崇高的聲望呢？」季方說：「我的父親就像生長在泰山一角的桂樹一樣，上有萬丈高峰，下有深不可測的深淵，上受雨露澆灌，下受深泉滋潤。在這種情況下，桂樹又怎麼會知道泰山有多高，深泉有多深呢？也不知道這樣算不算是功德啊！」

陳元方的兒子陳長文具有傑出的才能，他和陳季方的兒子陳孝先各自論述自己父親的事業和品德，兩人爭執不下，便去詢問祖父太丘長陳寔。陳寔說：「他們兩人的才能是伯仲之間，元方的才能無法強大到稱為兄長，季方的才能也沒有軟弱到稱為弟弟。」

荀巨伯遠道而來探望朋友的病，正好遇到外族強盜攻打郡城。朋友對巨伯說：「我今天可能會死在這裡了，您趕快走吧！」巨伯說：「我遠道來看望您，您卻叫我走。這樣損害道義以求活命的行為，是我荀巨伯會做的事情嗎？」

強盜進入郡城時，對巨伯說：「大軍已到，全城的人都逃跑了，你是有什麼本領的男子漢？竟然還敢一個人留下來啊！」巨伯說：「我的朋友因生病無法逃走，我不忍心扔下他，所以我寧願代替他去死。」強盜聽到這番話，就互相議論說：「我們只是一些不講道義的人，卻入侵了有道義的國家。」於是強盜就將軍隊撤回，全城也得以保全。

華歆對待子弟非常嚴格，雖然在家中，但禮儀還是要像在朝廷一般莊敬嚴肅。陳元方兄弟則是實施和睦友愛的方式。兩個家庭的內部，都沒有喪失安樂的治家準則。

管寧和華歆一起在菜園中刨地種菜。當看見地上有一小片金子時，管寧不予理會，繼續舉鋤挖地，就像鋤掉瓦塊或石頭一樣，華歆卻把金子撿起來後扔出去。有一次，兩人同坐在一張坐席上讀書，有達官貴人坐車從門口經過時，管寧繼續讀書，華歆則放下書本跑出去觀看。管寧馬上割開席子，分開座位，說：「你再也不是我的朋友了。」

王朗常常在識見和氣度方面推崇華歆。華歆曾經在蠟祭那天，將子侄們都聚在一起宴飲，王朗也學習他的做法。有人向張華說起此事，張華說：「王朗學習華歆，都只學一些表面膚淺的做法，這樣反而會距離華歆越來越遠。」

華歆和王朗一起乘船避難時，有一個人也想搭他們的船，華歆馬上表示為難。王朗說：「船還很寬敞，為什麼不讓他一同搭船呢？」後來強盜追來時，王朗便想甩掉那個剛剛上船的人。華歆說：「我當初猶豫不決時，就是因為這個原因啊！現在既然已經答應他的請求了，怎麼可以因為情況緊迫就拋棄他呢？」華歆便仍舊幫助這個搭船之人。世人憑藉此事判定華歆和王朗的優劣。

王祥伺候後母朱夫人時，非常謹慎小心。家中有一棵李樹，結的李子特別好，後母一直派他看管。有時風雨忽然來臨時，王祥就抱著李樹哭泣。有一次，趁著王祥在床上睡覺時，後母親自去暗殺他，恰巧這個時候王祥起床上廁所，後母只有砍到空被子。王祥回來後，知道後母對此遺憾不已，便跪在後母面前，請求她處死自己。後母因此受到感動而醒悟，從此就將王祥作為親生兒子疼愛。

晉文王稱讚阮籍是最謹慎的，每逢和他談論玄學時，他的言辭都奧妙深遠，也未曾評論過他人的好壞。

王戎說：「和嵇康相處的這二十年，我從未見過他有喜怒的表情。」

王戎與和嶠同時喪母，兩人都因為盡孝得到讚揚。王戎骨瘦如柴，和嶠哀痛哭泣但禮儀周到。晉武帝對劉仲雄說：「你經常去探望王戎與和嶠嗎？聽說和嶠過於悲痛而違反禮法常規，真令人擔憂。」仲雄說：「和嶠禮儀周到，精神狀態並沒有受到損傷；王戎雖然禮儀不周，但因傷心過度而傷了身體，骨瘦如柴。臣認為和嶠是生孝，王戎是死孝。陛下不應為和嶠擔憂，應為王戎擔憂。」

梁王和趙王同是皇帝的近親，貴極一時。中書令裴楷請求他們從各自的封國中，每年撥出幾百萬賦稅來救濟皇親國戚中貧窮的人。有人指責他：「為什麼要向人乞求以做好事呢？」裴楷說：「有餘的人補足不夠的人，這是天理。」

王戎說：「太保在正始時，是不擅長清談的那一類人。但和他談論時，才發現原來他心中的義理清新深遠。他不以能言見長，恐怕是因為崇高的德行掩蓋了他的善談吧！」

安豐侯王濬沖在服喪期間，哀毀之情遠遠超越一般人。中書令裴楷去弔唁後，說：「如果一次極度的悲哀能傷害人的身體，那麼濬沖一定免不了會被指責是不要性命了。」

王戎的父親王渾，很有名望，官職做到涼州刺史。王渾死後，他在各州郡當官時的隨從和部下，因為懷念他的恩惠，便相繼湊足幾百萬錢給王戎當作喪葬費，但王戎一概不收。

劉道真原本是一個被罰服勞役的罪犯，扶風王司馬駿用五百匹布來替他贖罪。不久又任用他擔任從事中郎，傳為當時佳話。

王平子、胡毋彥國等人，都以放蕩不羈為曠達，還有人赤身裸體。樂廣笑著說：「遵循禮法的派別中也有這般令人快意的境地，為什麼偏要這樣做啊！」

郗鑒在永嘉戰亂時期，住在家鄉裡，生活困頓，經常挨餓。鄉里因為他德高望重，便輪流供應他飯菜，郗鑒經常帶著兄長的兒子郗邁和外甥周翼去吃。鄉里的人說：「大家也都窮困挨餓，只是因為您的賢德，想合夥接濟您。我們怕是無法救濟這兩個小孩了。」後來，郗鑒便單獨去吃，吃完後兩個腮幫子總是含滿了飯，回去反哺給兩個小孩。最後，三個人一起艱難地活了下來，抵達江南。郗鑒死時，周翼正任剡縣縣令，他馬上辭職返鄉，在郗鑒靈床前盡孝子禮，睡在草墊上，頭枕著土塊，守孝足足三年。

顧榮在洛陽時，有一次應邀赴宴，發現上菜的人臉上露出想吃烤肉的神情，就把自己的那一份讓給他。同座的人都恥笑顧榮，顧榮說：「哪有讓人整天端著烤肉，卻不知肉味的道理呢？」後來遇上戰亂過江避難時，每逢危急時刻，便總是有一個人在身邊護衛自己。顧榮問他為何如此，原來他就是當年得到烤肉的那個人。

光祿大夫祖納在少年時，父親便去世，家境貧寒，他生性最孝順，經常親自替母親做飯。平北將軍王義聽到他的名聲，就把兩個婢女送給他，並任用他為中郎。有人開玩笑地對祖納說：「奴僕的身價比婢女多了一倍。」祖納說：「百里奚又怎麼會比五張羊皮輕賤呢？」

周鎮從臨川郡卸任，坐船回到京都途中，還來不及上岸，船便停在青溪渚。丞相王導去看望他，當時正是夏天，突然下起暴雨，周鎮因為清廉貧窮，所以乘坐的船非常狹窄，且雨水不斷滲透，幾乎沒有可以坐的地方。王導說：「就是三國時代清廉的胡威，也不過如此啊！」立刻起用他擔任吳興郡太守。

當初鄧攸躲避永嘉之亂，逃到江南時，在半路上扔下了自己的兒子，保全弟弟的兒子。過江以後，他娶了一個妾，非常寵愛。一年以後，鄧攸詢問她的身世，她便詳細訴說自己是北方人，只因遭逢戰亂，而逃難南下，回憶起父母的姓名，原來她竟是鄧攸的外甥女。鄧攸一向德行高潔，言談舉止沒有污點，聽了這件事後，一輩子傷心悔恨，從此不再娶妾。

王長豫為人謹慎和順，侍奉父母時神色愉悅，克盡孝道。丞相王導看見長豫就十分高興，看見敬豫就生氣。長豫和王導談話時，總是謹慎細密。王導要去尚書省，臨走時長豫也總是送他上車。長豫常常替母親曹夫人收拾箱裡的衣物。長豫死後，王導每次到尚書省時，一上車就想起長豫，便一路痛哭至官署門口；曹夫人收拾箱裡衣物時，把長豫收拾過的封存，不忍心再打開。

散騎常侍桓彝聽到有人議論竺法深時，就說：「這位先生素來有名望，而且受到前輩賢達的賞識和讚揚，又和先父是最好的朋友，所以不該議論他。」

庾亮駕車的馬中有一匹的盧馬，有人說他應該把那匹兇馬賣掉。庾亮說：「如果賣了牠，那必定會有買主，這就會害了那個買主，怎麼可以因為對自己不利就把禍害轉嫁他人呢？從前孫叔敖打死兩頭蛇，為的是保護後來的人，此事古人津津樂道。我學習他，不也是曠達嗎？」

光祿大夫阮裕在剡縣時，曾經有過一輛很好的車，不管誰向他借車，他都會出借。有一個人要葬母，想著借車但卻不敢開口。阮裕聽說後，嘆息道：「我有車，可是別人卻不敢借用，那還要車子做什麼呢？」於是，便把車燒毀。

謝奕任剡縣令時，有一個人犯法，謝奕就罰他喝烈酒，犯法的人喝醉了，謝奕卻還是不停止處罰。謝奕的弟弟謝安，當時只有七、八歲，穿著一條藍布褲，在他哥哥膝上坐著，勸道：「哥哥，這個老人那麼可憐，怎麼可以做這種事呢？」謝奕的臉色立刻緩和下來，說：「你要把他放走嗎？」於是就聽從弟弟的勸說，把老人放走。

太傅謝安非常敬重褚季野，常常稱頌：「褚季野雖然不說，但是心裡明辨是非，就像一年四季的氣象一樣，樣樣俱全。」

丹陽尹劉真長在郡內奄奄一息時，聽見樓下正在擊鼓舞蹈，舉行祭祀，就神色嚴肅地說：「不要進行沒有必要的祭祀！」屬下請求殺掉駕車的牛以祭神，劉真長回答：「我早就禱告過了，不要再做煩擾眾人的事。」

謝安的夫人教導兒子時，問太傅謝安：「我怎麼從來沒有看見您教導過兒子呢？」謝安回答：「我經常以言教和身教來教導兒子。」

晉簡文帝還是撫軍將軍時，從不讓屬下擦乾淨坐床上的灰塵，只要看到老鼠在上面走過的腳印，就覺得很有趣。有個參軍看到老鼠白天行走在房內，便拿手板把老鼠打死，晉簡文帝很不高興。他的門客起身批評，勸告他：「老鼠被打死了，您都不能忘懷。現在竟然還為一隻老鼠傷害屬下，這是不可以的吧？」

范宣八歲時，有一次在後園挖菜，無意傷了手指，就大哭起來。別人問他：「很痛嗎？」他回答：「不是痛，是因為身體髮膚受之父母，不敢任意毀傷，所以才哭的。」范宣品行高潔，為人清廉節儉。有一次豫章太守韓康伯送他一百匹絹，他不肯收下；減到五十匹，他還是不接受；一路減半，當減至一匹時，他還是不肯接受。後來韓康伯邀范宣一同坐車，在車上撕了兩丈絹給范宣說：「一個人難道可以讓妻子沒有褲子穿嗎？」范宣才笑著收下。

王子敬病重時，請道家主持，上表文禱告，這時本人應該坦白過錯。道家問：「您一直以來有什麼異常或過錯嗎？」子敬說：「想不起有別的事，只記得和郗家離婚。」

殷仲堪就任荊州刺史時，正遇上水災，導致農作物歉收。吃飯只用五個小碗裝盤，除此之外沒有其他葷菜，飯粒掉在盤裡或坐席上，也馬上撿起來吃掉。這樣做，不僅是想給人民作為好榜樣，更是因為他的本性便是如此質樸。他常常告誡子侄們：「不要認為我擔任一個州的長官，就覺得我把平時的生活習慣拋棄了，我的習慣並沒有變。貧窮是讀書人的常態，怎麼能因為當官就丟失做人的根本呢？你們要記住我的話。」

當初，南郡公桓玄和楊廣一起去勸說荊州刺史殷仲堪，認為他應該奪取殷覬主管的南蠻地區，以建立自己的勢力，殷覬也馬上明白他們的意圖。他趁著一次行散時，便離開家不再回來，家中內外沒有人事先知道此事。他神態悠閒，和楚國令尹子文一樣沒有怨恨。當時的人們便為此事讚揚他。

僕射王愉任江州刺史時，被殷仲堪、桓玄發兵驅逐，逃亡到豫章後，生死未卜。他的兒子王綏在京都聽到消息時，滿面愁容，起居飲食都降低欲望。當時的人們便稱他為試守孝子。

南郡公桓玄打敗荊州刺史殷仲堪後，逮捕殷仲堪身邊的高級將領十來人，咨議參軍羅企生也在其中。桓玄向來對企生很好，當他打算殺掉這些人時，便先派人告訴企生：「如果向我認罪，一定免你一死。」企生回答：「我是殷荊州的官吏，現在荊州正在走向滅亡，生死不明，我還有什麼臉面向桓公謝罪呢？」綁赴刑場後，桓玄又差人問他還有什麼話要說。企生答：「過去晉文王殺了嵇康，可是他的兒子嵇紹卻做了晉室的忠臣，因此我想請桓公留下我一個弟弟，以奉養老母親。」桓玄就按他的要求饒恕他的弟弟。桓玄曾經送給羅企生的母親胡氏一件羔皮袍子，當胡氏聽到企生被害的消息時，就馬上把那件袍子燒了。

王恭從會稽回來後，王大去看望他。看見他坐在一張六尺長的竹蓆子上，便對王恭說：「你從東邊回來，自然會有這種好東西，拿一張給我吧！」王恭什麼也沒說。王大走後，王恭就拿起自己所坐的那張竹蓆送給王大，如此一來，自己就沒有多餘的竹蓆了，於是便坐在草蓆上。王大聽說這件事後，吃驚地對王恭說：「我以為你有多餘的竹蓆，才向你要的。」王恭回答：「你不了解我，我為人處世從沒有多餘的東西。」

吳郡人陳遺，在家裡非常孝順。他母親喜歡吃鍋巴，陳遺在郡裡做主簿時，總是收拾好一個口袋，每逢煮飯就把鍋巴儲存起來，等回到家後，再帶給母親。後來遇到孫恩侵入吳郡，內史袁山松隨即徵兵討伐。此時，陳遺已經積攢了幾斗鍋巴，但還來不及回家就必須隨軍出征。雙方在滬瀆開戰，袁山松戰敗後，軍隊潰散，逃亡到山林沼澤裡，那裡沒有食物，因此多數人都餓死了，唯獨陳遺靠著鍋巴活下來。人們認為這是他純厚孝心的回報。

僕射孔安國任晉孝武帝的侍中時，幸運地得到孝武帝的恩寵。孝武帝死時，孔安國任太常，他的身體一向瘦弱，因此穿著重孝服時，便眼淚和鼻涕不斷，看見他的人都認為他是真正的孝子。

吳道助和吳附子兄弟住在丹陽郡時，母親童夫人逝世，他們早晚哭弔。思念深切或賓客來弔唁時，都頓足號哭，哀慟欲絕，路過的人也因此落淚。當時韓康伯任丹陽尹，母親殷氏住在郡府中，每逢聽到吳家兄弟的哭聲，總是深為哀傷。她對康伯說：「你如果做了吏部的官吏，應該妥善照顧這兩個人。」韓康伯也和他們結為知己。後來，韓康伯果然出任吏部尚書，這時大吳已經逝世，於是便讓小吳當了大官，非常顯貴。

源來如此

德行指美好的道德品行。本篇所談的是當時社會士族階層認為值得學習的，或是可以作為準則和規範的言語行動。從不同的面向、不同的角度反映出當時的道德觀念。

忠和孝，即效忠君主和尊重侍奉父母，自古就是立身行事的基本準則，此篇章必然加以重視。所以，寧死不投降、為舊主殉節的人會得到頌揚。亦有很多則從多方面宣揚孝行，甚至認為孝能感動冥頑不靈者，還能驚天地而泣鬼神，於冥冥之中善有善報，讓孝子得到回報。

篇中還強調自身修養的重要性。不能自命不凡，要謙虛謹慎；應心平氣和，喜怒不形於色；不畏懼犯錯，知過必改才是有德；生活要儉樸，不能暴殄天物，連掉落的米飯也要撿起；為官清廉，不能汲汲於名利，這多是值得肯定的。但其中也暗暗隱藏司馬氏統治的陰森恐怖，如阮籍「未嘗臧否人物」和「未嘗見其（嵇康）喜慍之色」。

亦提到當代道德觀念。例如人們認為隱士是清高的，並不把歸隱看成逃避現實的表現，所以隱士也成為高潔的名士而受到尊敬。又如強調做人曠達，氣量恢宏，「如萬頃之陂」雖深不可測，也同樣受人尊敬。

作文撇步

1. 偏義複詞：拆開來的兩個字皆具有意義，可是當兩個字組合在一起時，卻只取其中一個字的意思。

例1：王子敬病篤，道家上章應首過，問子敬：「由來有何**異同得失**？」

Tips：異同意為「異」，得失意為「失」。

例2：故遣將守關者，備他盜**出入**與非常也。（《史記．項羽本紀》）

Tips：出入意為「入」。

例3：天有不測風雲，人有旦夕**禍福**。

Tips：禍福意為「禍」。

成語集錦

1. 席不暇暖：席子還沒坐暖就得起身離去再忙別的事。形容奔走極為忙碌，沒有得以休息的時候。

原典 陳仲舉言為士則，行為世範，登車攬轡，有澄清天下之志。為豫章太守，至，便問徐孺子所在，欲先看之。主簿白：「群情欲府君先入廨。」陳曰：「武王式商容之閭，席不暇暖。吾之禮賢，有何不可！」

書證1：白孤劍誰託，悲歌自憐。迫於悽惶，席不暇暖。（唐代李白〈上安州李長史書〉）

書證2：卻得宋江等平定河北班師，復奉詔征討淮西。真是席不暇暖，馬不停蹄。（元代施耐庵《水滸傳》）

2. 難兄難弟：原為形容兄弟二人才德相當，難分高下。後世多反用其義，諷刺兩人同樣差勁，表現差不多。也用來形容同處困境、共同患難的朋友。

原典 陳元方子長文有英才，與季方子孝先，各論其父功德，爭之不能決，咨於太丘。太丘曰：「元方難為兄，季方難為弟。」

書證1：遲衡山道：「弟輩碌碌，怎比老先生大才！」武正字道：「高老先生原是老先生同盟，將來自是難兄難弟可知。」（清代吳敬梓《儒林外史》）

書證2：齊雲嗟嘆道：「雷兄，你昆仲二人，真乃難兄難弟，我昨日狂言唐突，正所謂以小人之心度君子之腹矣！」（清代褚人獲《隋唐演義》）

高手過招

1.（　）**下列成語所指涉的主旨，與勸學無關的選項是：**

A. 懸梁刺股。
B. 鑿壁偷光。
C. 寒窗映雪。
D. 管寧割席。

2.（　）**下列何者不是志同道合、情誼深摯的友情？**

A.「管鮑之交」講春秋時齊國的管仲和鮑叔牙的故事。
B.「羊左之交」講戰國時羊角哀和左伯桃的故事。
C.「知音之交」春秋時鍾子期能知伯牙琴音所表達之意，兩人情誼深厚。
D.「管寧割席」三國魏人管寧篤志向學，與華歆同坐一席讀書，後與之割席分坐。

3.（　）下列成語，何者不是指刻苦治學而有所成就？

A. 割蓆絕交。

B. 牛角掛書。

C. 斷虀畫粥。

D. 韋編三絕。

4.（　）依照詞性可將「詞」分為「實詞」與「虛詞」，下列「」中的字，何者為虛詞？

A. 世以此定華、王「之」優劣。

B. 歆輒難「之」。

C. 齧破即吐「之」。

D. 寧可以急相「棄」邪？

5.（　）「華歆、王朗俱乘船避難，有一人欲依附，歆輒難之。朗曰：「幸尚寬，何為不可？」後賊追至，王欲舍所攜人。歆曰：「本所以疑，正為此耳。既已納其自託，寧可以急相棄邪？」遂攜拯如初。世以此定華、王之優劣。」（《世說新語》）關於上引選文的說明，何者正確？

A. 從文章中可知，本則以性質言應出自《世說新語．任誕》。

B. 於此篇文章可知，王朗德行優於華歆。

C. 此故事中的投靠者，最後被丟入水中失去生命。

D.「寧可以急相棄邪？」句中的「相」字意同於「本是同根生，相煎何太急」的「相」字。

解答：

1. D　2. D　3. A　4. A　5. D

雖荒唐但還是值得一讀——《二十四孝》

《二十四孝》全名《全相二十四孝詩選集》，是元代郭居敬編錄，一說為其弟郭守正。由歷代二十四個孝子從不同角度、不同環境、不同遭遇行孝的故事集。由於後來的印本大都配以圖畫，故又稱《二十四孝圖》。為古代宣揚儒家思想及孝道的通俗讀物。大都取材於西漢經學家劉向編輯的《孝子傳》，也有一些取材自《藝文類聚》、《太平御覽》等書籍。

以現代的觀點回看這些二十四孝故事，很多內容當然已經荒唐的不合時宜，但其中的文學價值，和流傳至今依然深深影響華人社會的孝道精神，還是值得我們細細品味其中的奧秘。

鹿乳奉親：郯子的父母年老，患眼疾，需飲鹿乳治療。他便披鹿皮進入深山，鑽進鹿群中，擠取鹿乳，供奉雙親。一次取乳時，看見獵人正要射殺一隻鹿，郯子急忙掀起鹿皮走去，將擠取鹿乳為雙親醫病的實情告知獵人，獵人敬他孝順，以鹿乳相贈，護送他下山。

臥冰求鯉：王祥生母早喪，繼母朱氏多次在父親面前說他的壞話，使他失去父愛。但在父母患病時，他還是衣不解帶地侍奉他們。繼母想吃鯉魚，適值天寒地凍，他便解開衣服臥在冰上，冰忽然自行融化，躍出兩條鯉魚。繼母吃了鯉魚後，果然病癒。

賣身葬父：董永少年喪母，因避兵亂遷居安陸。其後父親亡故，董永賣身至一富家為奴，換取喪葬費用。上工路上，於槐蔭下遇見一個女子，她說自己無家可歸，希望依靠董永，二人便結為夫婦。女子以一個月的時間織成三百匹錦緞，為董永抵債贖身。返家途中，行至槐蔭，女子告訴董永自己是天帝之女，奉命幫助董永還債，說完就淩空而去。

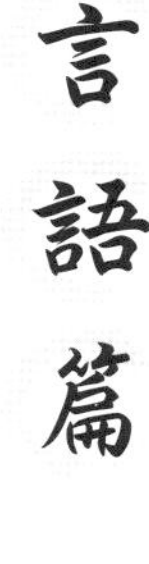

言語篇

本篇記載魏晉士人的機智言辭。魏晉士人學識淵博，語言生動，加上受到當代清談風氣的影響，更使得他們的言談顯現出簡約曠遠和清新俊逸的風格，在文學史上獨樹一幟。

古文鑑賞

邊文禮見袁奉高，失次序❶。奉高曰：「昔堯聘許由❷，面無怍色❸，先生何為顛倒衣裳❹？」文禮答曰：「明府初臨，堯德未彰❺，是以賤民顛倒衣裳耳。」

徐孺子年九歲，嘗月下戲。人語之曰：「若令月中無物❻，當極明邪？」徐曰：「不然，譬如人眼中有瞳子，無此必不明。」

孔文舉年十歲，隨父到洛。時李元禮有盛名，為司隸校尉，詣門者皆儁才清稱及中表親戚乃通❼。文舉至門，謂吏曰：「我是李府君親。」既通，前坐。元禮問曰：「君與僕有何親❽？」對曰：「昔先君仲尼與君先人伯陽，有師資之尊，是僕與君奕世為通好也❾。」元禮及賓客莫不奇之❿。太中大

【說文解字】

❶ 失次序：舉止失措，舉動失常。

❷ 許由：相傳爲堯時高士，堯想要把君位禪讓於他，但他不肯接受，便逃到箕山下農耕而食。而後，堯又請他擔任九州長官，他便到潁水邊洗耳，表示名祿之言玷汙了他的耳朵。

❸ 怍色：羞愧的臉色。

❹ 顛倒衣裳：把衣和裳倒過來穿，後比喻舉動失常。衣，上衣。裳，下衣，裙的一種。古代男女都穿裳。語出《詩經》：「東方未明，顛倒衣裳。」

❺ 堯德：如堯之德，大德。

❻ 若令：如果。神話的月亮裡有嫦娥、玉兔、桂樹等物。

❼ 詣：到。清稱：有清高稱譽之人。

❽ 僕：謙稱。

❾ 奕世：累世，世世代代。

❿ 奇：認爲他特殊、不尋常。

⓫ 了了：聰明，明白通曉。

⓬ 踧踖：局促不安的樣子。

夫陳韙後至，人以其語語之。韙曰：「小時了了⑪，大未必佳！」文舉曰：「想君小時，必當了了！」韙大踧踖⑫。

孔文舉有二子，大者六歲，小者五歲。晝日父眠，小者牀頭盜酒飲之。大兒謂曰：「何以不拜？」答曰：「偷，那得行禮！」

孔融被收，中外惶怖⑬。時融兒大者九歲，小者八歲。二兒故琢釘戲⑭，了無遽容⑮。融謂使者曰：「冀罪止於身，二兒可得全不？」兒徐進曰：「大人豈見覆巢之下⑯，復有完卵乎⑰？」尋亦收至。

潁川太守髡陳仲弓⑱。客有問元方：「府君何如？」元方曰：「高明之君也。」「足下家君何如？」曰：「忠臣孝子也。」客曰：「《易》稱：『二人同心，其利斷金⑲；同心之言，其臭如蘭⑳。』何有高明之君而刑忠臣孝子者乎？」元方曰：「足下言何其謬也㉑！故不相答。」客曰：「足下但因傴為恭不能答㉒。」元方曰：「昔高宗放孝子孝己㉓，尹吉甫放孝子伯奇㉔，董仲舒放孝子符起。唯此三君，高明之君；唯此三子，忠臣孝子。」客慚而退。

---

⑬中外：指朝廷內外。
⑭琢釘戲：小孩玩的一種遊戲。
⑮了：完全。遽容：恐懼的臉色。
⑯大人：對父親的敬稱。
⑰完：完整。
⑱髡：古代剃去男子頭髮的一種刑罰。
⑲金：金屬。
⑳臭：氣味。
㉑何其：怎麼如此，表示程度很深。
㉒此話表示元方無法回答，便說不值得回答。
㉓孝己：《太平御覽》記載，孝己母親早死，繼母妣辛虐待孝己，並捏造事實、誹謗孝己。他的父親，殷代高宗武丁聽信妣辛，因此流放孝己，使他餓死於野外。妣辛生祖庚，後即位爲商王。
㉔伯奇：周代卿士尹吉甫的兒子，侍奉後母，卻受到後母誣陷，被父親放逐。
㉕因：依靠。
㉖經：常規，原則。
㉗國士：全國推崇的才德之士。
㉘尤：指責，責問。
㉙祁奚：春秋時期的晉國大夫，姬姓，祁氏，字黃羊，晉國的公族。祁奚擔任中軍尉，後請求告老，晉悼公問他接班人選，他便向晉悼公舉薦和自己有私人恩怨的解狐。解狐死後，晉悼公再問他接班人選，祁奚又推薦自己的兒子祁

荀慈明與汝南袁閬相見，問潁川人士，慈明先及諸兄。閬笑曰：「士但可因親舊而已乎㉕？」慈明曰：「足下相難，依據者何經㉖？」閬曰：「方問國士㉗，而及諸兄，是以尤之耳㉘。」慈明曰：「昔者祁奚內舉不失其子㉙，外舉不失其讎，以為至公。公旦〈文王〉之詩㉚，不論堯舜之德，而頌文武者，親親之義也㉛。《春秋》之義，內其國而外諸夏㉜。且不愛其親而愛他人者，不為悖德乎㉝？」

禰衡被魏武謫為鼓吏，正月半試鼓。衡揚枹為〈漁陽摻檛〉㉞，淵淵有金石聲㉟，四坐為之改容。孔融曰：「禰衡罪同胥靡㊱，不能發明王之夢。」魏武慚而赦之。

南郡龐士元聞司馬德操在潁川，故二千里候之㊲。至，遇德操采桑，士元從車中謂曰：「吾聞丈夫處世，當帶金佩紫，焉有屈洪流之量㊳，而執絲婦之事。」德操曰：「子且下車，子適知邪徑之速㊴，不慮失道之迷。昔伯成耦耕㊵，不慕諸侯之榮；原憲桑樞，不易有官之宅。何有坐則華屋，行則肥馬，侍女數十，然後為奇。此乃許、父所以忼慨㊶，夷、齊所以長歎。雖有竊秦之爵㊷，千駟之富㊸，不足貴也！」士元曰：

午。因此，眾人便認爲他內舉不避親，外舉不避仇。

㉚公旦：周公旦。周公，姓姬，名旦。

㉛親親：愛親人。

㉜諸夏：屬於漢民族的各諸侯國。

㉝悖德：違背道德。

㉞枹：鼓槌。漁陽摻檛：摻，通「參」，即三。檛，鼓槌。此曲爲禰衡所創，取名漁陽，借用東漢彭寵據漁陽反漢，諷刺曹操反漢。

㉟淵淵：鼓聲深沉。金石：鐘磬一類的樂器。

㊱胥靡：指服勞役的囚徒。

㊲故：特地。

㊳洪流之量：比喻才識氣度很大。

㊴邪徑：斜徑，小路。

㊵耦耕：一種耕作方法，戰國之前普遍實行，以兩人協作爲特徵的耕作方法。當時因工具和技術較爲落後，許多生產活動均非一人所能獨立完成。此耕作法即兩人各扶一張犁，並肩而耕。後泛指務農。

㊶許、父：許由、巢父。巢父，唐堯時的道家隱士，許由的朋友。是陽城的大賢，居山不營世利，在樹上築巢而居，當時的人便因此稱他爲巢父。上古時禽獸多而人類少，於是人類就在樹上築巢居住以避野獸。傳說帝堯將天下禪讓給巢父，巢父不肯受，又讓給許由，許由亦不肯受。

「僕生出邊垂㊹，寡見大義。若不一叩洪鍾㊺，伐雷鼓㊻，則不識其音響也。」

劉公幹以失敬罹罪㊼，文帝問曰：「卿何以不謹於文憲㊽？」楨答曰：「臣誠庸短㊾，亦由陛下網目不疏㊿。」

鍾毓、鍾會少有令譽(51)。年十三，魏文帝聞之，語其父鍾繇曰：「可令二子來。」於是敕見(52)。毓面有汗，帝曰：「卿面何以汗？」毓對曰：「戰戰惶惶(53)，汗出如漿(54)。」復問會：「卿何以不汗？」對曰：「戰戰慄慄(55)，汗不敢出。」

鍾毓兄弟小時，值父晝寢，因共偷服藥酒(56)。其父時覺，且託寐以觀之(57)。毓拜而後飲，會飲而不拜。既而問毓何以拜，毓曰：「酒以成禮，不敢不拜。」又問會何以不拜，會曰：「偷本非禮，所以不拜。」

魏明帝為外祖母築館於甄氏(58)。既成，自行視，謂左右曰：「館當以何為名？」侍中繆襲曰：「陛下聖思齊於哲王(59)；罔極過於曾、閔(60)。此館之興，情鍾舅氏(61)，宜以『渭陽』為名(62)。」

何平叔云(63)：「服五石散，非唯治病，亦覺神明開朗。」

㊷ 竊秦：戰國末年，呂不韋把一個懷孕的妾獻給秦王子楚，生下秦始皇嬴政。

㊸ 千駟：指有一千輛車，共四千匹馬。駟，同拉一輛車的四匹馬。

㊹ 邊垂：也作「邊陲」，邊疆。

㊺ 洪鍾：大鐘。

㊻ 伐：敲打。雷鼓：古時祭天神時所用的鼓。

㊼ 劉公幹：劉楨，字公幹，著名詩人，建安七子之一。建安年間，劉楨被曹操召爲丞相掾屬，後與曹丕兄弟頗有往來。曹丕曾稱讚他「其五言詩之善者，妙絕時人」，他的詩作平易通俗，長於比興。劉楨創作的弱點便是辭藻不夠豐富，因此鍾嶸在《詩品》說他「氣過其文，雕潤恨少」。詩作傳世不多，今僅存詩十五首，〈贈從弟〉三首爲代表作。傳世有《劉公幹集》。罹：遭受。

㊽ 文憲：法紀。

㊾ 庸短：平庸淺陋。

㊿ 陛下：對君主的敬稱。網目：法網。

(51) 令譽：美好的聲譽。

(52) 敕：皇帝的命令。

(53) 戰戰惶惶：害怕得發抖。

(54) 漿：較濃的液體稱爲漿。惶、漿兩字押韻。

(55) 戰戰慄慄：害怕得發抖。慄、出兩字押韻。

(56) 因：於是，就。

(57) 託寐：假裝睡著。

嵇中散語趙景真64：「卿瞳子白黑分明，有白起之風65，恨量小狹66。」趙云：「尺表能審璣衡之度67，寸管能測往復之氣68；何必在大，但問識如何耳！」

司馬景王東征，取上黨李喜，以為從事中郎。因問喜曰：「昔先公辟君不就69，今孤召君70，何以來？」喜對曰：「先公以禮見待，故得以禮進退71；明公以法見繩72，喜畏法而至耳！」

鄧艾口喫，語稱艾艾73。晉文王戲之曰：「卿云艾艾，定是幾艾？」對曰：「鳳兮鳳兮74，故是一鳳。」

嵇中散既被誅，向子期舉郡計入洛75，文王引進76，問曰：「聞君有箕山之志77，何以在此？」對曰：「巢、許狷介之士78，不足多慕79。」王大咨嗟80。

晉武帝始登阼81，探策得「一」82。王者世數83，繫此多少。帝既不說，群臣失色，莫能有言者。侍中裴楷進曰：「臣聞天得一以清，地得一以寧，侯王得一以為天下貞。」帝說，群臣歎服。

滿奮畏風84。在晉武帝坐，北窗作琉璃屏85，實密似疏，

---

58 魏明帝：曹叡，字元仲，文帝曹丕的兒子，是曹魏的第二位皇帝，從西元二二六年到西元二三九年在位，享年三十五歲。館：華麗的房屋。甄氏：明帝的母親姓甄，此處指甄家。

59 聖思：皇帝的思慮。哲王：賢明的君主。

60 罔極：指父母的恩德像天一般無窮無盡，難以報答。曾、閔：曾，曾子，名參。閔，閔子騫，都是孔子的學生，著名的孝子。

61 鍾：集中。

62 渭陽：語出《詩經》：「我送舅氏，曰至渭陽。」此詩爲春秋秦康公爲送別舅舅而思念亡母時作的，後人以此說明舅甥之情。

63 何平叔：何晏，字平叔，曹操女婿、養子。

64 嵇中散：嵇康。趙景眞：趙至，字景眞。

65 白起：戰國時秦國的名將。據說他的瞳孔白黑分明，從前認爲這樣的人見解高明。

66 恨：遺憾。

67 尺：不是單位，只是用以形容其短。同下文的「寸」。表：觀測天象的一種標竿。璣衡：測量天象的儀器，即渾天儀。

68 管：古代校正樂律的竹管。

69 先公：稱自己或他人的亡父。就：到。

70 孤：侯王的謙稱。

71 進退：指出仕任官或辭官。

72 明公：對尊貴者的敬稱。繩：約束。

73 艾艾：古代和別人說話時，多自稱名。鄧艾因

奮有難色。帝笑之。奮答曰：「臣猶吳牛，見月而喘。」

諸葛靚在吳，於朝堂大會86。孫皓問87：「卿字仲思，為何所思88？」對曰：「在家思孝，事君思忠，朋友思信，如斯而已89。」

蔡洪赴洛，洛中人問曰：「幕府初開90，群公辟命91，求英奇於仄陋92，采賢儁於巖穴93。君吳楚之士94，亡國之餘，有何異才，而應斯舉？」蔡答曰：「夜光之珠95，不必出於孟津之河；盈握之璧96，不必采於崑崙之山97。大禹生於東夷98，文王生於西羌99，聖賢所出，何必常處100。昔武王伐紂，遷頑民於洛邑，得無諸君是其苗裔乎101？」

諸名士共至洛水戲。還，樂令問王夷甫曰：「今日戲樂乎？」王曰：「裴僕射善談名理，混混有雅致102；張茂先論《史》、《漢》，靡靡可聽103；我與王安豐說延陵、子房104，亦超超玄箸105。」

王武子、孫子荊各言其土地、人物之美。王云：「其地坦而平，其水淡而清，其人廉且貞。」孫云：「其山嶵巍以嵯峨106，其水泙渫而揚波107，其人磊砢而英多108。」

有口吃，自稱時便會連說「艾艾」。

74 鳳兮鳳兮：《論語．微子》記載，楚國的接輿走過孔子身旁時，唱：「鳳兮鳳兮，何德之衰。」以鳳比喻孔子。雖連說「鳳兮鳳兮」，但只有一隻鳳。

75 向子期：向秀，字子期，和嵇康友好。郡計：列上郡內眾事。計，計簿，帳簿。

76 引進：推薦。

77 箕山之志：歸隱之志。箕山，堯時巢父和許由曾在箕山隱居。

78 狷介：孤高，潔身自好。

79 多慕：稱讚，羨慕。

80 咨嗟：讚嘆。

81 登阼：登上帝位。阼，大堂前東邊的臺階。帝王登上阼階主持祭祀，因此也用以代指帝位。

82 策：古代占卜用的蓍草。

83 世數：指帝位傳承世代的數目。

84 滿奮：字武秋，曾任尚書令、司隸校尉。

85 琉璃屏：琉璃窗扇。

86 朝堂：皇帝議政的地方。

87 孫皓：吳國末代君主。

88 仲思的思，字面意義爲思考、考慮。

89 如斯：如此，這樣。

90 幕府：原指將軍的官署，後也用以指稱軍政大員的官署。

91 群公：眾公卿，指朝廷中的高級官員。闢命：

樂令女適大將軍成都王穎。王兄長沙王執權於洛，遂構兵相圖[109]。長沙王親近小人，遠外君子，凡在朝者，人懷危懼。樂令既允朝望[110]，加有婚親，群小讒於長沙。長沙嘗問樂令，樂令神色自若，徐答曰：「豈以五男易一女[111]？」由是釋然，無復疑慮。

陸機詣王武子，武子前置數斛羊酪[112]，指以示陸曰：「卿江東何以敵此[113]？」陸云：「有千里蓴羹[114]，但未下鹽豉耳[115]！」

中朝有小兒[116]，父病，行乞藥。主人問病，曰：「患瘧也。」主人曰：「尊侯明德君子[117]，何以病瘧？」答曰：「來病君子，所以為瘧耳。」

崔正熊詣都郡[118]。都郡將姓陳[119]，問正熊：「君去崔杼幾世[120]？」答曰：「民去崔杼，如明府之去陳恒[121]。」

元帝始過江，謂顧驃騎曰：「寄人國土，心常懷慚。」榮跪對曰：「臣聞王者以天下為家，是以耿、亳無定處[122]，九鼎遷洛邑[123]。願陛下勿以遷都為念[124]。」

庾公造周伯仁[125]。伯仁曰：「君何所欣說而忽肥？」庾曰：「君復何所憂慘而忽瘦？」伯仁曰：「吾無所憂，直是清虛日

徵召。

[92] 仄陋：指出身貧賤的人。

[93] 采：搜求。巖穴：山中洞穴，此處指隱居山中的隱士，亦泛指山野村夫。

[94] 吳楚：春秋時代的吳國和楚國，都在南方，所以也泛指南方。

[95] 夜光之珠：夜明珠，又名隋侯珠，或隋珠。

[96] 盈握：滿滿一把，此處形容大小。璧：中間有孔的圓形玉器。

[97] 崑崙：古代盛產美玉的山。

[98] 東夷：東部的各少數民族。

[99] 西羌：西部的一個少數民族。

[100] 常處：固定的地方。

[101] 得無：莫非，表示揣測。苗裔：後代。

[102] 混混：說話滔滔不絕。雅緻：高雅的情趣。

[103] 靡靡：娓娓，動聽的樣子。

[104] 王安豐：王戎，封安豐侯。延陵：地名，此處以地代人。春秋時吳王壽夢的少子季禮封在此，名延陵季子。子房：張良，字子房。幫助劉邦擊敗項羽，封爲留侯。

[105] 超超玄箸：指議論超塵拔俗，奧妙透澈。

[106] 嶵巍：山勢險峻。嵯峨：形容山勢高峻。

[107] 㳌渫：水波連續的樣子。

[108] 磊砢：人才卓越眾多。英多：傑出眾多。

[109] 構兵：出兵交戰。

[110] 允：確實。朝望：在朝廷中有聲望。

來[126]，滓穢日去耳[127]。」

過江諸人[128]，每至美日[129]，輒相邀新亭[130]，藉卉飲宴[131]。周侯中坐而歎曰：「風景不殊，正自有山河之異[132]！」皆相視流淚。唯王丞相愀然變色，曰[133]：「當共戮力王室[134]，克復神州[135]，何至作楚囚相對[136]？」

衛洗馬初欲渡江[137]，形神慘悴，語左右云：「見此芒芒[138]，不覺百端交集[139]。苟未免有情[140]，亦復誰能遣此[141]！」

顧司空未知名，詣王丞相。丞相小極[142]，對之疲睡[143]。顧思所以叩會之[144]，因謂同坐曰：「昔每聞元公道公協贊中宗[145]，保全江表[146]，體小不安，令人喘息[147]。」丞相因覺，謂顧曰：「此子珪璋特達[148]，機警有鋒。」

會稽賀生[149]，體識清遠[150]，言行以禮。不徒東南之美[151]，實為海內之秀。

劉琨雖隔閡寇戎[152]志存本朝[153]，謂溫嶠曰[154]：「班彪識劉氏之復興，馬援知漢光之可輔。今晉阼雖衰[155]，天命未改。吾欲立功於河北，使卿延譽於江南[156]。子其行乎？」溫曰：「嶠雖不敏，才非昔人，明公以桓、文之姿[157]，建匡立之功[158]，豈

---

111 意指如果依附司馬穎，五個兒子就會被殺。

112 斛：古代量器名，一斛爲十斗。酪：乳酪。

113 江東：長江下游南岸地區。敵：相當。

114 千里：千里湖。蓴羹：用蓴菜和鯉魚作爲主料，煮熟後加入鹽鼓製成的一種名菜。蓴，蓴菜，一種水草。

115 豉：豆豉。

116 中朝：西晉。晉帝室南渡後，稱渡江前的西晉爲中朝。

117 尊侯：尊稱對方的父親。傳說行瘧的瘧鬼形體極小，不敢使大人物得病。

118 都郡：大郡。

119 都郡將：郡的軍事長官。

120 去：距離。崔杼：春秋齊國的大夫，殺了齊國國君齊莊公。此處是用同姓開玩笑，意在取笑崔正熊是犯有殺君之罪的崔杼後代。

121 陳恒：春秋齊國的大夫，殺了國君齊簡公。

122 耿、亳：商代成湯遷國都到亳邑，祖乙又遷到耿邑，盤庚再遷回亳邑。

123 九鼎：傳說夏禹鑄九鼎，爲權力的象徵。周武王定都鎬京，卻把九鼎遷到東都洛邑。

124 遷都：指遷移鎮守地。都，都邑。

125 造：去，造訪。

126 直是：只是。清虛：清靜淡泊。

127 滓穢：污穢，醜惡。

128 過江諸人：西晉末年戰亂不斷，中原人士過江

敢辭命159！」

溫嶠初為劉琨使來過江。于時江左營建始爾160，綱紀未舉161。溫新至，深有諸慮。既詣王丞相，陳主上幽越162，社稷焚滅163，山陵夷毀之酷164，有黍離之痛。溫忠慨深烈165，言與泗俱166，丞相亦與之對泣敘情既畢，便深自陳結，丞相亦厚相酬納167。既出，懽然言曰：「江左自有管夷吾，此復何憂？」

王敦兄含為光祿勳。敦既逆謀，屯據南州，含委職奔姑孰168。王丞相詣闕謝。司徒、丞相、揚州官僚問訊169，倉卒不知何辭170。顧司空時為揚州別駕171，援翰曰172：「王光祿遠避流言，明公蒙塵路次173，群下不寧174，不審尊體起居何如？」

郗太尉拜司空，語同坐曰：「平生意不在多，值世故紛紜175，遂至臺鼎176。朱博翰音177，實愧於懷。」

高坐道人不作漢語178，或問此意，簡文曰：「以簡應對之煩。」

周僕射雍容好儀形179，詣王公，初下車，隱數人180，王公含笑看之。既坐，傲然嘯詠181。王公曰：「卿欲希嵇、阮邪182？」答曰：「何敢近舍明公，遠希嵇、阮！」

避難。「過江諸人」本指這些人，但此處指特其中的朝廷大官、士族大家。

129 美日：風和日麗的日子。

130 新亭：又名勞勞亭。

131 藉卉：坐在草地上。

132 正自：只是。

133 愀然：形容臉色變得不愉快。

134 戮力：並力，合力。

135 神州：中國，此處指淪陷的中原地區。

136 楚囚：楚國的囚犯。《左傳．成公九年》記載，一個楚囚彈琴時奏南方樂調，表示不忘故舊。後借指處境窘迫的人。

137 衛洗馬：衛玠，字叔寶，任太子洗馬。

138 芒芒：也作「茫茫」，形容遼闊，沒有邊際。

139 端：頭緒。

140 未免有情：未能免除「有情」，表示無法不產生情感。

141 亦復：又。

142 極：疲乏。

143 疲睡：打瞌睡。

144 叩會：詢問，會見。

145 元公：顧榮，顧和的族叔，謚號元。中宗：晉元帝的廟號。

146 江表：長江之外，即江南。

147 喘息：呼吸急促，比喻焦急不安。

148 珪璋特達：珪和璋爲可單獨送達的玉器，是諸庾公嘗入佛圖183，見臥佛，曰：「此子疲於津梁184。」于時以為名言。

摯瞻曾作四郡太守，大將軍戶曹參軍，復出作內史，年始二十九。嘗別王敦，敦謂瞻曰：「卿年未三十，已為萬石，亦太蚤185。」瞻曰：「方於將軍186，少為太蚤187；比之甘羅188，已為太老。」

梁國楊氏子，九歲，甚聰惠189。孔君平詣其父，父不在，乃呼兒出，為設果。果有楊梅，孔指以示兒曰：「此是君家果。」兒應聲答曰：「未聞孔雀是夫子家禽190。」

孔廷尉以裘與從弟沈191，沈辭不受。廷尉曰：「晏平仲之儉，祠其先人，豚肩不掩豆192，猶狐裘數十年，卿復何辭此？」於是受而服之。

佛圖澄與諸石遊193，林公曰：「澄以石虎為海鷗鳥194。」

謝仁祖年八歲，謝豫章將送客195，爾時語已神悟196，自參上流197。諸人咸共歎之曰：「年少一坐之顏回。」仁祖曰：「坐無尼父198，焉別顏回？」

陶公疾篤，都無獻替之言199，朝士以為恨200。仁祖聞之

侯朝見天子時的重禮，不需別的禮品爲輔。後用以比喻有才德的人，不需要別人推薦也會有所成就。

149 賀生：賀循，字彥先。生，讀書人的稱呼。

150 體識：稟性見識。

151 不徒：不只。

152 寇戎：入侵的外族。戎，西部少數民族。

153 存：思念。

154 溫嶠：字太眞，在劉琨手下任右司馬。

155 晉阼：晉王朝所維持的時間長度。

156 延譽：傳播美名。

157 桓、文：齊桓公、晉文公，春秋霸主。姿：天資，才能。

158 匡立：輔助帝室，扶立天子。

159 辭命：不接受命令。

160 始爾：開始。

161 綱紀：國家的法制。

162 主上：此處指晉愍帝司馬鄴，西晉的末代君主。幽越：流亡、監禁。

163 社稷：帝王諸侯所祭的土地神和穀神，後也泛指國家。

164 山陵：皇帝的墳墓。

165 忠慨：忠誠憤慨。

166 泗：鼻涕。

167 酬納：接納。

168 委職：棄職，離開職位。

曰：「時無豎刁201，故不貽陶公話言202。」時賢以為德音。

竺法深在簡文坐203，劉尹問204：「道人何以游朱門205？」答曰：「君自見其朱門，貧道如游蓬戶206。」或云下令207。

孫盛為庾公記室參軍208，從獵，將其二兒俱行。庾公不知，忽於獵場見齊莊，時年七八歲。庾謂曰：「君亦復來邪？」應聲答曰：「所謂『無小無大，從公于邁』。」

孫齊由、齊莊二人小時詣庾公，公問：「齊由何字？」答曰：「字齊由。」公曰：「欲何齊邪209？」曰：「齊許由。」「齊莊何字？」答曰：「字齊莊。」公曰：「欲何齊？」曰：「齊莊周。」公曰：「何不慕仲尼而慕莊周？」對曰：「聖人生知210，故難企慕211。」庾公大喜小兒對。

張玄之、顧敷，是顧和中外孫212，皆少而聰惠。和並知之，而常謂顧勝，親重偏至213，張頗不懨214。于時張年九歲，顧年七歲，和與俱至寺中。見佛般泥洹像215，弟子有泣者，有不泣者，和以問二孫。玄謂：「被親故泣216，不被親故不泣。」敷曰：「不然，當由忘情故不泣217，不能忘情故泣。」

庾法暢造庾太尉，握麈尾至佳218，公曰：「此至佳，那得

---

169 官僚：官屬，官府所統屬的官吏。
170 倉卒：匆忙。
171 別駕：刺史的屬官，隨刺史外出視察。
172 翰：筆。
173 路次：路中。
174 群下：僚屬，部下。
175 世故：世事。
176 臺鼎：以三臺和鼎足比喻三公。
177 翰音：聲音高飛，比喻空名。翰，高飛。
178 高坐：西域和尚名，西晉永嘉年間至中國。道人：和尚。
179 周僕射：周顗。儀形：外貌，儀表。
180 隱：依靠。出入需要攙扶，爲貴族的習慣。
181 嘯詠：嘯，吹口哨。詠，歌詠，即吹出曲調。嘯詠爲名士風流的一種姿態，更是放誕不羈、傲世的表現。
182 希：企望，仰慕。嵇、阮：嵇康、阮籍。
183 佛圖：佛寺。
184 津梁：橋梁。此句比喻爲接引眾生而奔忙。
185 蚤：通「早」。
186 方：相比。
187 少：稍，略微。
188 甘羅：戰國時秦人，十二歲爲外交使節，被封爲上卿。
189 聰惠：聰慧，聰明。
190 夫子：對他人的尊稱。

在？」法暢曰：「廉者不求，貪者不與，故得在耳。」

庾稚恭為荊州，以毛扇上武帝[219]。武帝疑是故物。侍中劉劭曰：「柏梁雲構[220]，工匠先居其下；管弦繁奏[221]，鍾、夔先聽其音[222]。稚恭上扇，以好不以新。」庾後聞之曰：「此人宜在帝左右。」

何驃騎亡後，徵褚公入。既至石頭，王長史、劉尹同詣褚。褚曰：「真長何以處我？」真長顧王曰：「此子能言。」褚因視王，王曰：「國自有周公。」

桓公北征經金城，見前為琅邪時種柳，皆已十圍[223]，慨然曰：「木猶如此，人何以堪！」攀枝執條，泫然流淚[224]。

簡文作撫軍時，嘗與桓宣武俱入朝，更相讓在前[225]。宣武不得已而先之，因曰：「伯也執殳，為王前驅[226]。」簡文曰：「所謂『無小無大，從公于邁』。」

顧悅與簡文同年，而髮蚤白。簡文曰：「卿何以先白？」對曰：「蒲柳之姿[227]，望秋而落；松柏之質，經霜彌茂。」

桓公入峽，絕壁天懸，騰波迅急。迺歎曰：「既為忠臣，不得為孝子，如何？」

---

191 裘：皮衣。從弟：堂弟。

192 豚：小豬。豆：盛裝食物的器具。

193 佛圖澄：和尚名，晉代永嘉年間至洛陽，諸石：指石勒、石虎等人，羯族人。

194 海鷗鳥：《列子．黃帝篇》記載，有一個人每日都到海上跟海鷗玩，有一天父親令他捉一隻回來，結果當他到海上時，海鷗就再也不飛下來了。

195 謝豫章：謝鯤，曾任豫章太守。將：帶領。

196 神悟：指領悟神速。

197 自參上流：自認爲處於上等名流之中。

198 尼父：孔子，字仲尼，被尊稱爲尼父。

199 獻替：對君主勸善規過，建議興革。

200 朝士：朝廷的官吏。

201 豎刁：齊桓公寵信的宦官，後發動叛亂。

202 貽：遺留。話言：善言，此處指遺言。

203 竺法深：和尚名。簡文：晉簡文帝司馬昱。

204 劉尹：劉惔。

205 朱門：紅漆的大門，指達官貴人之家。

206 蓬户：用蓬草編成的門，指窮苦人家。

207 卞令：卞壼，字望之，曾任尚書令。

208 記室參軍：官名，於將軍幕府中主管文書。

209 齊：同等。

210 聖人：才德最高的人，此處指孔子。

211 企慕：仰慕。

212 中外孫：孫子和外孫。

初，熒惑入太微[228]，尋廢海西[229]。簡文登阼，復入太微，帝惡之。時郗超為中書在直[230]。引超入曰：「天命脩短，故非所計，政當無復近日事不[231]？」超曰：「大司馬方將外固封疆[232]，內鎮社稷[233]，必無若此之慮。臣為陛下以百口保之。」帝因誦庾仲初詩曰：「志士痛朝危，忠臣哀主辱。」聲甚悽厲。郗受假還東[234]，帝曰：「致意尊公，家國之事，遂至於此！由是身不能以道匡衛[235]，思患預防，愧歎之深，言何能喻？」因泣下流襟。

簡文在暗室中坐，召宣武。宣武至，問上何在？簡文曰：「某在斯[236]。」時人以為能[237]。

簡文入華林園，顧謂左右曰：「會心處，不必在遠。翳然林水[238]，便自有濠、濮閒想也[239]。覺鳥獸禽魚，自來親人。」

謝太傅語王右軍曰：「中年傷於哀樂[240]，與親友別，輒作數日惡。」王曰：「年在桑榆[241]，自然至此，正賴絲竹陶寫[242]。恒恐兒輩覺，損欣樂之趣。」

支道林常養數匹馬。或言：「道人畜馬不韻[243]。」支曰：「貧道重其神駿[244]。」

---

213 偏至：特別深，非常真摯。

214 不慊：不滿意。

215 般泥洹像：臥佛像。般泥洹，洹槃，佛教用語，指修行的最高境界，亦表示僧尼死亡。

216 被親：受到寵愛。

217 忘情：指哀樂不動於心，不爲感情所動。

218 麈尾：拂麈。形狀似羽扇，在扇柄左右扎上麈尾毛，談話時藉助它指畫。魏晉清談之士喜愛使用。

219 毛扇：羽毛扇。原產於江南，後來才傳入中原一帶，因此成爲進獻給皇帝的貢品。

220 柏梁：漢武帝在長安城所築的柏梁臺。雲構：高聳入雲的建築，大廈。

221 管弦：管，管類樂器。弦，弦類樂器。

222 鍾、夔：鍾子期、夔，用以代指懂得鑑賞的音樂家。

223 圍：兩手的拇指和食指合攏的圓周長。

224 泫然：形容淚珠滴落。

225 更相：互相。更，交替。

226 殳：一種有稜無刃的兵器。

227 蒲柳：水楊。因它早凋，故常用以比喻早衰的體質。姿：通「資」，資質。

228 熒惑：星名，火星。太微：古人把星空分爲若干區域，其中一區即太微垣，亦稱太微。

229 海西：海西公司馬奕。西元三七一年十月，熒惑入太微垣，十一月大司馬桓溫廢晉帝爲東海劉尹與桓宣武共聽講《禮記》。桓云：「時有入心處，便覺咫尺玄門245。」劉曰：「此未關至極246，自是金華殿之語247。」

羊秉為撫軍參軍，少亡，有令譽248。夏侯孝若為之敘249，極相讚悼。羊權為黃門侍郎，侍簡文坐。帝問曰：「夏侯湛作羊秉敘絕可想。是卿何物250？有後不？」權潸然對曰251：「亡伯令問夙彰252，而無有繼嗣。雖名播天聽253，然胤絕聖世254。」帝嗟慨久之。

王長史與劉真長別後相見，王謂劉曰：「卿更長進。」答曰：「此若天之自高耳255。」

劉尹云：「人想王荊產佳，此想長松下當有清風耳。」

王仲祖聞蠻語不解256，茫然曰：「若使介葛盧來朝257，故當不昧此語258。」

劉真長為丹陽尹，許玄度出都就劉宿。牀帷新麗，飲食豐甘。許曰：「若保全此處，殊勝東山259。」劉曰：「卿若知吉凶由人，吾安得不保此！」王逸少在坐曰：「令巢、許遇稷、契260，當無此言。」二人並有愧色。

王右軍與謝太傅共登冶城。謝悠然遠想261，有高世之志262。

王，後又降封海西縣公。十二月熒惑又逆行入太微，簡文帝便害怕再次出現廢立。

230 直：值班。

231 政當：也作「正當」，只是。

232 封疆：邊界，邊境。

233 鎮：安定。

234 受假還東：指獲准請假回會稽探望父親。

235 匡衛：糾正和保衛。

236 某在斯：有一個盲人樂師去見孔子，孔子介紹在座的人，說：「某在斯，某在斯（其人在這裡，某人在這裡）。」

237 能：有才能。

238 翳然：形容蔭蔽。

239 濠：《莊子·秋水》記載，莊子和惠子到濠水游玩，自己認爲很快活，就覺得河中的魚亦如此。濮：《莊子·秋水》記載，楚威王請莊子主持國政，他表示寧可當一隻污泥中的活龜，也不願做一隻在宗廟裡的死龜。

240 哀樂：偏義複詞，偏向指「哀」。

241 桑榆：晚年。太陽下山，陽光只照到桑樹和榆樹的樹梢，以此比喻黃昏。

242 陶寫：陶冶、抒發。

243 韻：風雅。

244 貧道：和尚的謙稱。神駿：良馬的姿態。

245 咫尺：很近。咫，長度單位，八寸爲咫。玄門：奧妙的門徑，指高深的境界。

王謂謝曰：「夏禹勤王[263]，手足胼胝[264]；文王旰食[265]，日不暇給[266]。今四郊多壘[267]，宜人人自效。而虛談廢務[268]，浮文妨要[269]，恐非當今所宜。」謝答曰：「秦任商鞅[270]，二世而亡[271]，豈清言致患邪[272]？」

謝太傅寒雪日內集[273]，與兒女講論文義[274]。俄而雪驟[275]，公欣然曰：「白雪紛紛何所似？」兄子胡兒曰：「撒鹽空中差可擬[276]。」兄女曰：「未若柳絮因風起。」公大笑樂。即公大兄無奕女[277]，左將軍王凝之妻也。

王中郎令伏玄度、習鑿齒論青、楚人物。臨成[278]，以示韓康伯。康伯都無言，王曰：「何故不言？」韓曰：「無可無不可。」

劉尹云：「清風朗月，輒思玄度。」

荀中郎在京口，登北固望海云：「雖未睹三山[279]，便自使人有凌雲意[280]。若秦、漢之君，必當褰裳濡足[281]。」

謝公云：「賢聖去人，其閒亦邇[282]。」子姪未之許[283]。公歎曰：「若郗超聞此語，必不至河漢[284]。」

支公好鶴[285]，住剡東岇山。有人遺其雙鶴[286]，少時翅長欲

---

246 至極：頂點。
247 金華殿：漢成帝時，鄭寬中、張禹曾在金華殿爲皇帝講解《尚書》和《論語》。此處用金華殿之語，借代儒生的老生常談。
248 令譽：美好的名聲。
249 夏侯孝若：夏侯湛，字孝若。
250 何物：何人。
251 潸然：形容流淚。
252 令問：美好的名聲。夙彰：一向顯著。
253 天聽：皇帝的聽聞，臣下稱頌君王的用詞。
254 胤：後代。聖世：聖代，對皇帝的諛辭。
255 以天自比，表現出好清談者的狂誕。
256 蠻語：指少數民族的語言。
257 介葛盧：春秋東部少數民族名爲介國，國君名葛盧。《左傳．僖公二九年》記載，介葛盧懂得牛的語言。王仲祖此處指蠻語爲牛語。
258 故當：想必，自然。
259 東山：隱居之處。謝安曾在東山隱居。
260 稷：后稷，周的始祖，堯時任稷官。契：商的始祖，舜時爲司徒，輔助大禹治水。
261 悠然：悠閒的樣子。
262 高世：超脫世俗。
263 勤王：爲王事盡力。
264 胼胝：繭子。
265 旰食：天黑才吃飯。指勤於國事。
266 日不暇給：給，足夠。《尚書．無逸》記載，

飛。支意惜之，乃鎩其翮287。鶴軒翥不復能飛288，乃反顧翅，垂頭視之，如有懊喪意。林曰：「既有凌霄之姿，何肯為人作耳目近玩？」養令翮成置，使飛去。

謝中郎經曲阿後湖，問左右：「此是何水？」答曰：「曲阿湖。」謝曰：「故當淵注渟著289，納而不流。」

晉武帝每餉山濤恒少290。謝太傅以問子弟291，車騎答曰：「當由欲者不多，而使與者忘少。」

謝胡兒語庾道季：「諸人莫當就卿談292，可堅城壘。」庾曰：「若文度來，我以偏師待之；康伯來，濟河焚舟293。」

李弘度常歎不被遇294。殷揚州知其家貧，問：「君能屈志百里不295？」李答曰：「〈北門〉之歎296，久已上聞。窮猿奔林，豈暇擇木！」遂授剡縣。

王司州至吳興印渚中看。歎曰：「非唯使人情開滌297，亦覺日月清朗。」

謝萬作豫州都督，新拜，當西之都邑，相送累日，謝疲頓。於是高侍中往，徑就謝坐，因問：「卿今仗節方州298，當疆理西蕃299，何以為政？」謝粗道其意。高便為謝道形勢，作

周文王處理政事時，忙碌得從早晨到下午都沒時間吃飯。

267 四郊：此處指國都四郊，即都城郊外。

268 廢務：荒廢事務。

269 浮文：不切實際的文辭。要：重要的事情。

270 商鞅：輔佐秦國變法，秦國因此一統中國。

271 二世：指秦始皇和秦二世兩代。

272 清言：清談。不務實際，空談玄學。

273 內集：家人之間的聚會。

274 文義：文章的內容。

275 驟：又大又急。

276 差：甚，很。

277 無奕女：謝道韞。

278 臨：到。

279 三山：傳說中東海的蓬萊、方丈、瀛洲三座神山，相傳山中有不死藥。

280 凌雲：此處指超脫塵世，登上仙境。

281 褰裳濡足：提起衣裳，沾濕腳。

282 間：間隔，差別。邇：近。

283 許：贊同。

284 河漢：本指銀河，比喻言論不切實際，此處指不置信，忽視。

285 支公：支遁，字道林，晉時和尚。

286 遺：贈送。

287 鎩：摧殘。翮：羽毛硬管，此指翅膀毛。

288 軒翥：高飛的樣子。

數百語。謝遂起坐。高去後，謝追曰[300]：「阿酃故麤有才具[301]。」謝因此得終坐。

袁彥伯為謝安南司馬，都下諸人送至瀨鄉[302]。將別，既自悽惘[303]，歎曰：「江山遼落[304]，居然有萬里之勢。」

孫綽賦〈遂初〉，築室畎川，自言見止足之分[305]。齋前種一株松[306]，恒自手壅治之[307]。高世遠時亦鄰居，語孫曰：「松樹子非不楚楚可憐[308]，但永無棟梁用耳！」孫曰：「楓柳雖合抱[309]，亦何所施[310]？」

桓征西治江陵城甚麗，會賓僚出江津望之[311]，云：「若能目此城者有賞[312]。」顧長康時為客[313]，在坐，目曰：「遙望層城[314]，丹樓如霞。」桓即賞以二婢。

王子敬語王孝伯曰：「羊叔子自復佳耳，然亦何與人事[315]？故不如銅雀臺上妓[316]。」

林公見東陽長山曰：「何其坦迤[317]！」

顧長康從會稽還，人問山川之美，顧云：「千巖競秀[318]，萬壑爭流[319]，草木蒙籠其上[320]，若雲興霞蔚[321]。」

簡文崩，孝武年十餘歲立，至暝不臨。左右啟：「依常應

[289] 淵注停著：匯聚儲存。據說秦始皇曾因曲阿湖有王氣，便鑿過湖的入口水道，使它彎曲，以破壞王氣。
[290] 餉：賞賜。
[291] 子弟：子侄輩。
[292] 莫：也許。
[293] 濟河焚舟：渡過黃河便燒掉渡船，用以比喻下定決心拼到底。
[294] 遇：遇合，指得到君主的賞識與重用。
[295] 屈志：降低心願。百里：百里方圓的地方，即一個縣。
[296] 〈北門〉：《詩經》中的一篇，詩中描寫小官吏慨嘆自己位卑多勞，生活貧困的苦況。
[297] 開滌：開朗。
[298] 仗節：拿著符節。
[299] 疆理：治理。西蕃：即西藩，西邊的屏障。
[300] 追：回顧。
[301] 才具：才能。
[302] 都下：京都。
[303] 悽惘：傷感愁悶。
[304] 遼落：遼闊。
[305] 止足之分：知足，即安分守己。分，本分。
[306] 齋：房屋。
[307] 壅：在作物生長期中，把株間的土培在作物莖的基部周圍，有防止植株傾倒、利於排水灌溉、促進作物根部發育等作用。

臨[322]」。帝曰：「哀至則哭，何常之有！」

孝武將講《孝經》[323]，謝公兄弟與諸人私庭講習。車武子難苦問謝[324]，謂袁羊曰：「不問則德音有遺[325]，多問則重勞二謝。」袁曰：「必無此嫌。」車曰：「何以知爾？」袁曰：「何嘗見明鏡疲於屢照，清流憚於惠風[326]。」

王子敬云：「從山陰道上行，山川自相映發[327]，使人應接不暇。若秋冬之際，尤難為懷[328]。」

謝太傅問諸子姪：「子弟亦何預人事[329]，而正欲使其佳[330]？」諸人莫有言者，車騎答曰：「譬如芝蘭玉樹[331]，欲使其生於階庭耳。」

道壹道人好整飾音辭，從都下還東山，經吳中[332]。已而會雪下[333]，未甚寒。諸道人問在道所經。壹公曰：「風霜固所不論，乃先集其慘澹[334]。郊邑正自飄瞥[335]，林岫便已皓然[336]。」

張天錫為涼州刺史，稱制西隅[337]。既為苻堅所禽[338]，用為侍中。後於壽陽俱敗，至都，為孝武所器。每入言論，無不竟日。頗有嫉己者，於坐問張：「北方何物可貴？」張曰：「桑椹甘香[339]，鴟鴞革響[340]。淳酪養性[341]，人無嫉心。」

---

308 楚楚可憐：茂盛可愛。

309 合抱：兩臂圍攏，形容粗大。

310 施：用。

311 江津：指漢江的渡口。

312 目：品評。

313 顧長康：顧愷之，字長康，著名畫家。

314 層城：崑崙山的最高處，即天庭，此處用以比喻高峻的城牆。

315 與：參與，牽涉。

316 妓：通「伎」，歌女、舞女。

317 坦迤：指山勢平緩而曲折。

318 巖：高峻的山峰。秀：高出。

319 壑：山溝。

320 蒙籠：茂密覆蓋。

321 雲興霞蔚：彩雲興起，形容絢麗多彩。

322 臨：哭，親人死時哭喪。

323 講：研究，討論。

324 難苦：疑難，不精密。

325 德音：善言，對他人言辭的敬稱。

326 憚：害怕。惠風：和風。

327 映發：互相映襯，彼此顯現。

328 為懷：忘懷，忘記。

329 預：參與，牽涉。

330 正：只。

331 芝蘭：芝草和蘭草，芳香的草。玉樹：傳說中的仙樹。兩者都用以比喻才德之美。

顧長康拜桓宣武墓，作詩云：「山崩溟海竭[342]，魚鳥將何依。」人問之曰：「卿憑重桓乃爾[343]，哭之狀其可見乎[344]？」顧曰：「鼻如廣莫長風[345]，眼如懸河決溜[346]。」或曰：「聲如震雷破山[347]，淚如傾河注海[348]。」

毛伯成既負其才氣，常稱：「寧為蘭摧玉折[349]，不作蕭敷艾榮[350]。」

范甯作豫章，八日請佛有板[351]。眾僧疑，或欲作答[352]。有小沙彌在坐末曰[353]：「世尊默然[354]，則為許可。」眾從其義。

司馬太傅齋中夜坐，于時天月明淨，都無纖翳[355]。太傅歎以為佳。謝景重在坐，答曰：「意謂乃不如微雲點綴。」太傅因戲謝曰：「卿居心不淨，乃復強欲滓穢太清邪[356]？」

王中郎甚愛張天錫，問之曰：「卿觀過江諸人經緯，江左軌轍[357]，有何偉異[358]？後來之彥[359]，復何如中原？」張曰：「研求幽邃[360]，自王、何以還；因時脩制[361]，荀、樂之風。」王曰：「卿知見有餘，何故為苻堅所制？」答曰：「陽消陰息[362]，故天步屯蹇[363]；否剝成象[364]，豈足多譏？」

謝景重女適王孝伯兒，二門公甚相愛美[365]。謝為太傅長史

---

[332] 吳中：指春秋時吳國舊都。
[333] 已而：不久。會：正好。
[334] 慘澹：慘淡，色彩暗淡。
[335] 飄瞥：飛掠。
[336] 林岫：樹林，山峰。皓然：形容潔白。
[337] 稱制：僞稱皇帝。西隅：西部地區。
[338] 禽：通「擒」。
[339] 桑椹：桑葚。
[340] 鴟鴞：鳥名。革：鳥的翅膀。
[341] 淳酪：醇厚的奶酪。
[342] 溟海：海。
[343] 憑重：倚重。
[344] 見：顯現。
[345] 廣莫：廣漠，此指廣漠的原野。
[346] 懸河：瀑布，比喻河水傾瀉不止。決溜：指河堤決口，河水急流。
[347] 震雷：響雷。
[348] 注：倒入。
[349] 蘭：蘭草，一種香草。
[350] 蕭：艾蒿。敷：花開。
[351] 八日請佛：四月八日是佛的生日，要請佛像供奉。板：寫字的木簡，請佛時必須上文書說明，寫在板上。
[352] 晉時制度，板必須答覆。
[353] 沙彌：初出家的年輕和尚。
[354] 世尊：佛教徒對釋迦牟尼佛的尊稱。

[366]，被彈；王即取作長史，帶晉陵郡。太傅已構嫌孝伯[367]，不欲使其得謝，還取作咨議[368]。外示縶維[369]，而實以乖間之[370]。及孝伯敗後，太傅繞東府城行散[371]，僚屬悉在南門要望候拜[372]，時謂謝曰：「王甯異謀，云是卿為其計。」謝曾無懼色[373]，斂笏對曰：「樂彥輔有言：『豈以五男易一女？』」太傅善其對，因舉酒勸之曰：「故自佳！故自佳！」

桓玄義興還後，見司馬太傅，太傅已醉，坐上多客，問人云：「桓溫來欲作賊[374]，如何？」桓玄伏不得起。謝景重時為長史，舉板答曰：「故宣武公黜昏暗，登聖明，功超伊、霍。紛紜之議，裁之聖鑒[375]。」太傅曰：「我知！我知！」即舉酒云：「桓義興，勸卿酒。」桓出謝過。

宣武移鎮南州，制街衢平直。人謂王東亭曰[376]：「丞相初營建康，無所因承，而制置紆曲，方此為劣。」東亭曰：「此丞相乃所以為巧。江左地促，不如中國；若使阡陌條暢[377]，則一覽而盡。故紆餘委曲[378]，若不可測。」

桓玄詣殷荊州，殷在妾房晝眠，左右辭不之通。桓後言及此事，殷云：「初不眠，縱有此，豈不以『賢賢易色』也[379]。」

---

[355] 纖翳：微小的遮蔽，指雲彩。
[356] 滓穢：污穢，玷污。太清：天。
[357] 軌轍：準則，法度。
[358] 偉異：突出，特別。
[359] 彥：有才學的人。
[360] 幽邃：幽深，此指玄學。
[361] 脩制：修定規章制度。
[362] 息：增長。
[363] 天步：國家的命運。屯蹇：《周易》卦名，象徵艱難險阻。
[364] 否剝：《周易》卦名，此處比喻時運不利。
[365] 門公：即家公，指父親。
[366] 太傅：司馬道子。長史：主管事務的長官。
[367] 構嫌：結怨。
[368] 咨議：官名，王府的咨議參軍。
[369] 縶維：搜羅人才。
[370] 乖間：離間。
[371] 東府：司馬道子的府第。
[372] 要望：迎候。
[373] 曾：加強否定語氣的副詞。
[374] 來：從來。
[375] 聖鑒：帝王的鑑識，此處指太傅的鑑識。
[376] 王東亭：王珣，字元琳，王導之孫。
[377] 阡陌：田間小路，此指街道。條暢：直又長，暢通無阻。
[378] 紆餘委曲：曲折。

桓玄問羊孚：「何以共重吳聲？」羊曰：「當以其妖而浮380。」

謝混問羊孚：「何以器舉瑚璉381？」羊曰：「故當以為接神之器。」

桓玄既篡位，後御牀微陷，群臣失色。侍中殷仲文進曰：「當由聖德淵重，厚地所以不能載。」時人善之。

桓玄既篡位，將改置直館382，問左右：「虎賁中郎省，應在何處？」有人答曰：「無省。」當時殊忤旨。問：「何以知無？」答曰：「潘岳〈秋興賦敘〉曰：『余兼虎賁中郎將，寓直散騎之省383。』」玄咨嗟稱善。

謝靈運好戴曲柄笠384，孔隱士謂曰385：「卿欲希心高遠386，何不能遺曲蓋之貌387？」謝答曰：「將不畏影者388，未能忘懷。」

379 賢賢易色：意指尊重賢人，不重女色。
380 妖：嬌美。浮：輕柔。
381 瑚璉：祭祀時盛糧食的器皿，相當尊貴。
382 直館：值班用的館舍。
383 散騎：散騎常侍，在皇帝左右規諫過失。
384 曲柄笠：形似曲柄車蓋的斗笠。
385 孔隱士：孔淳之，在上虞山隱居。
386 希心：仰慕，傾心。高遠：指德行高尚，志趣遠大。
387 曲蓋：帝王或大官外出時的儀仗，蓋如傘狀，柄彎曲。
388 將不：恐怕，表示測度，意思偏於肯定。畏影者：害怕自己影子的人。

邊文禮謁見袁奉高時，舉止失措。袁奉高說：「堯請許由擔任官職時，許由的臉上沒有任何愧色。先生為什麼手足無措，甚至將衣裳穿反了呢？」文禮諷刺地說：「您這位賢德的府君才剛就任，如堯一般的大德尚未展現，所以我才會舉動失常啊！」

徐孺子九歲，有一次在月下玩耍時，有人對他說：「如果月亮裡面什麼也沒有的話，那一定會更加明亮吧？」徐孺子說：「不是的。就像人的眼睛裡有瞳孔一樣，如果沒有的話，就會看不見。」

孔文舉十歲時，隨著他的父親來到洛陽。當時李元禮聲名遠播，擔任司隸校尉，必須是才子、名流或內外親屬，才讓他們登門拜訪。孔文舉到他家時，對掌門官說：「我是李府君的親戚。」經通報後，入門就坐。元禮問道：「您和我有什麼親戚關係呢？」孔文舉回答：「我的祖先仲尼曾經拜您的祖先伯陽為師，這樣看來，我和您已經是老交情了。」李元禮和賓客們無不讚賞他聰明過人。太中大夫陳韙來得比較晚，他人就把孔文舉的應對告訴他，陳韙說：「小時候雖然聰明伶俐，但長大後未必出眾。」文舉回答：「那您小時候想必很聰明了。」陳韙聽了之後感到很難為情。

孔文舉有兩個兒子，大的六歲，小的五歲。有一次白天時，孔文舉正在睡覺，小兒子就到床頭偷酒喝，大兒子對他說：「你喝酒為什麼不先行禮呢？」小兒子回答：「這是偷來的酒，怎麼可以行禮啊！」

孔融被捕時，朝廷內外都很驚恐。這時，孔融的大兒子才九歲，小兒子八歲，兩個孩子依舊在玩琢釘戲，一點也沒有露出害怕的神色。孔融對來逮捕他的差使說：「希望可以只懲罰我一個人，能不能保全兩個孩子的性命呢？」這時孔融的兒子從容地上前說：「父親難道看過打翻的鳥巢下，還有完整的蛋嗎？」隨即，拘捕兩個兒子的差使也到了。

潁川太守將陳仲弓判了髡刑。有位客人問陳仲弓的兒子元方：「你覺得太守這個人怎麼樣呢？」陳元方說：「他是個高尚明智的人。」又問：「那您的父親呢？」元方說：「他是個忠臣孝子。」客人說：「《易經》記載：『兩個人只要一條心，就像一把鋼刀，鋒利的刀刃能斬斷金屬；如果同一條心，氣味就像蘭花一樣芳香。』那麼，怎麼會有高尚明智的人懲罰忠臣孝子的事情發生呢？」元方說：「您的話好荒謬，因此我不回答你。」客人說：「您不過是顧左右而言他，其實是不能回答。」元方說：「從前高宗放逐孝子孝己，尹吉放逐孝子伯奇，董仲舒放逐孝子符起。這三位也都是高尚明智的人，被放逐的三位也都是忠臣孝子。」客人聽完便羞愧地走了。

荀慈明和汝南郡袁閬見面時，袁閬問起潁川郡有哪些才德之士，慈明馬上提到自己的幾位兄長。袁閬譏笑他說：「這些才德之士只能靠親朋故舊來揚名嗎？」慈明說：「您責備我是根據什麼道理呢？」袁閬說：「我剛才問的是國士，你卻談論自己的諸位兄長，因此我才責備你。」慈明說：「從前祁奚推薦人才時，對待熟人不忽略自己的兒子，對待外人不忽略自己的仇人，人們都認為他是最公正無私的。周公旦作〈文王〉時，不敘說遠古帝王堯和舜的德政，卻歌頌周文王和周武王，符合愛親人這一項大義。《春秋》記事的原則，就是將本國當成最親近的，將諸侯國當成最疏離的。再說不愛自己的親人而愛別人，豈不是違反道德準則嗎？」

禰衡被魏武帝曹操貶謫為鼓吏。恰好正遇八月大會賓客，必須檢驗鼓的音節。禰衡揮動鼓槌奏〈漁陽摻檛〉，鼓聲深沉，有金石之音，滿座的人都為之動容。孔融說：「禰衡的罪和服勞役的囚徒相同，只是尚不能如商代君主武丁的賢相一般，也引發英明魏王的夢。」魏武帝聽了之後感到很慚愧，便赦免了禰衡。

南郡龐士元聽說司馬德操住在潁川，特地走了兩千里路去拜訪他。到了那裡，恰巧遇上德操正在採桑葉，士元在車裡對德操說：「我聽說大丈夫處世，就應擔任大官，哪裡會壓抑如同長江大河般的奔騰志向，卻去做蠶婦的事。」德操說：「您先下車，您只知道抄捷徑比較快，卻不擔心迷路。從前伯成寧願回家耕種，也不羨慕身為諸侯的榮耀；原憲寧願住在破敗的屋子裡，也不願意換到達官貴人的住宅。怎麼會認為住在豪華的宮室裡，出門有肥馬輕車相伴，左右有幾十個婢妾伺候才算是與眾不同呢？這便是隱士許由和巢父感慨的原因，也是清廉之士伯夷和叔齊長嘆的來由。就算有呂不韋那樣的官爵，有齊景公那樣的錢財，也不值得尊敬。」士元說：「我出生在偏遠的地方，很少能夠見識大道理。如果不叩擊大鐘和雷鼓，就不會知曉它的聲響啊！」

劉楨因為失敬而被判罪。魏文帝問他：「你為什麼不注意法紀呢？」劉楨回答：「臣確實平庸淺陋，但也是因為陛下的法網太過縝密。」

鍾毓和鍾會兩兄弟，年少時就已名聞天下。鍾毓十三歲時，魏文帝聽說他們兄弟的名聲，便對他們的父親鍾繇說：「可以叫兩個孩子來見見我。」於是便下令賜見。晉見時鍾毓的臉上有汗，文帝問：「你的臉上為什麼會出汗呢？」鍾毓回答：「因為戒慎恐懼，所以汗水如漿一般湧出。」文帝又問鍾會：「那你的臉上為什麼不會出汗呢？」鍾會回答：「因為戒慎恐懼，所以汗水不敢流出。」

在鍾毓兄弟小時候，有一次，父親在白天睡覺，於是兩人便一起去偷藥酒喝。其實父親當時已經醒了，只是繼續裝睡以觀察他們會怎麼做。鍾毓行過禮後才喝酒，但鍾會只顧著喝，並沒有行禮。過了一會，他父親起床問鍾毓為什麼行禮，鍾毓說：「酒是完成禮儀用的，所以我不敢不行禮。」父親又問鍾會為什麼不行禮，鍾會說：「偷酒來喝本就不合於禮，因此我不行禮。」

魏明帝在甄家替外祖母修建了一所華麗的住宅。建成以後，親自前去察看，並且問隨從的人：「這所住宅應該取什麼名字呢？」侍中繆襲說：「陛下的思慮和賢明的君主一樣周全，孝心超過曾參和閔子騫。這處府第的興建，是為了舅家，也是為了紀念您的母親，所以應該用『渭陽』作為它的名字。」

何平叔說：「服食五石散，不只能治病，還會覺得精神清爽。」

中散大夫嵇康對趙景真說：「你的眼睛黑白分明，有白起的風度，遺憾的是眼界狹小。」趙景真說：「一尺長的尺就能審定渾天儀，一寸長的竹管就能測量樂音的高低。因此，何必在乎大小，只要在意識見如何就可以了。」

司馬景王東征時，選擇上黨的李喜就任從事中郎。李喜到任時，他問李喜：「從前先父召您任事，您不肯到任。現在我召您來，為什麼就答應呢？」李喜回答：「當年令尊以禮相待，所以我能按禮節來決定進退，現在您用法令限制我，我只是因為害怕犯法才來的啊！」

鄧艾說話結巴，自稱時常重複「艾艾」。晉文王開玩笑說：「你說艾艾，那到底是幾個艾呢？」鄧艾回答：「鳳兮鳳兮，依舊只有一隻鳳而已。」

中散大夫嵇康被殺後，向子期呈送郡國的帳簿到京都洛陽，司馬文王推薦他，問他：「聽說您隱居不出，那現在又為什麼會在這裡呢？」向子期回答：「巢父和許由都是孤高傲世的人，不值得我們稱讚和羨慕。」文王聽了之後，大為讚賞。

晉武帝登基時，用蓍草占卜得到「一」。這個數字便是推斷帝位能傳多少代，因為只得到一，所以武帝很不高興，群臣也嚇得臉色發白，沒人敢出聲。這時，侍中裴楷說：「臣聽說，天得到一就清明，地得到一就安寧，侯王得到一就能做天下的中心。」武帝一聽便很高興，群臣都讚嘆並且佩服裴楷。

滿奮怕風。有一次，他在晉武帝旁坐著，北窗是琉璃窗，雖然實際上很嚴實，但看起來卻像可以透風一樣，滿奮看了就面有難色。武帝笑他，滿奮回答：「臣就像是吳地的牛，看見月亮便如同看見太陽一樣大口喘氣。」

諸葛靚在吳國時，有一次在朝堂大會上，孫皓問：「你的字為仲思，是思什麼呢？」諸葛靚回答：「在家思盡孝，侍奉君主思盡忠，和朋友交往思誠實，不過是這些而已。」

蔡洪到洛陽後，洛陽的人問他：「官府設置不久，眾公卿正在徵召人才。在平民百姓中尋找才華出眾的人，在山林隱逸中尋找才德高深之士。先生是南方人士，亡國遺民，有什麼特別的才能而來接受選拔呢？」蔡洪回答：「夜明珠不一定都出產在孟津一帶的河中，如手掌一樣大的璧玉，不一定都是從崑崙山開採的。大禹出生在東夷，周文王出生在西羌，聖賢的出生地，為什麼一定要在某個固定的地方呢？從前周武王打敗殷紂後，把殷代的頑民遷移到洛邑，難道諸位先生就是那些人的後代嗎？」

名士們一起到洛水邊遊玩，回來時，尚書令樂廣問王夷甫說：「今天玩得高興嗎？」王夷甫說：「裴僕射擅長談論名理，滔滔不絕，意趣高雅；張茂先談論《史記》和《漢書》，娓娓動聽；我和王安豐談論延陵和子房，也極為奧妙透徹，超塵拔俗。」

王武子和孫子荊各自談論家鄉土地和人物的出色之處。王武子說：「我們那裡的土地坦而平，那裡的水淡而清，那裡的人廉潔又公正。」孫子荊說：「我們那裡的山險峻巍峨，那裡的水浩浩湯湯，那裡的人才傑出而眾多。」

尚書令樂廣的女兒嫁給大將軍成都王司馬穎。成都王的哥哥長沙王正在京都洛陽掌管朝政，成都王於是起兵圖謀取代他。長沙王平時親近小人，疏遠君子；凡是在朝居官的人，都感到不安和疑懼。樂廣在朝廷中既有威望，又和成都王有姻親關係，一些小人就在長沙王面前進讒言。長沙王為此曾經查問過樂廣，樂廣神色自然，從容地回答說：「我難道會用五個兒子去換一個女兒嗎？」長沙王從此釋然，不再懷疑和顧慮他。

陸機去拜訪王武子時，王武子面前剛好擺著幾斛羊奶酪，他指著給陸機看，問道：「你們江南有什麼名菜能和這個相比呢？」陸機說：「我們那裡有千里湖出產的蓴羹可以媲美，甚至還不必放鹽豉就可以超越呢！」

西晉時代，有一個小孩的父親病了，他外出求醫討藥。主人問他病情如何，他說：「是患了瘧疾。」主人又問：「令尊是位德行高潔的君子，為什麼會患瘧疾呢？」小孩回答：「正因為它來禍害君子，才是瘧鬼啊！」

崔正熊前往拜訪大郡太守，郡將姓陳，他問正熊：「您距離犯有殺君之罪的崔杼有多少代呢？」崔正熊回答說：「小民距離崔杼的世代，正如府君您距離犯有殺君之罪的陳恒一樣。」

晉元帝剛到江南時，對驃騎將軍顧榮說：「寄居在他人國土上，心裡常常感到慚愧。」顧榮跪著回答：「臣聽說帝王把天下當作家，因此商代的君主或者遷都耿邑，或者遷都亳邑，沒有固定的居所，周武王也把九鼎搬到洛邑。所以，希望陛下不要再惦記遷都的事了。」

庾亮前往拜訪周伯仁，伯仁說：「您最近有什麼開心的事，怎麼忽然胖了呢？」庾亮說：「您又有什麼難過的事，怎麼忽然消瘦了呢？」伯仁說：「我沒有什麼憂傷的事，只是清靜和淡泊之志一天天增加，污濁的思慮一天天消除而已啊！」

到江南避難的那些人，每逢風和日麗的日子，總是互相邀約到新亭，坐在草地上喝酒作樂。有一次，武城侯周顗在飲宴的途中，嘆著氣說：「這裡的風景和中原沒有什麼不同，只是山河不一樣了啊！」大家相視後，潸然淚下。只有丞相王導臉色大變地說：「大家應齊心合力為朝廷收復中原，為什麼要像囚犯一樣相對流淚？」

太子洗馬衛玠剛要渡江時，面容憔悴，神情悽慘，對隨從的人說：「看著這茫茫大江，不覺百感交集。只要還有一絲感情，又有誰能排遣掉這種憂傷！」

司空顧和還未出名時，前往拜訪丞相王導。王導有點疲累，對著他打瞌睡。顧和思索如何才能和王導見面並請教他，便對同座的人說：「過去常常聽元公談論王公輔佐中宗，保全江南。現在王公貴體不太舒服，真令人焦急不安。」王導聽見後便醒來，對在座的人評論顧和：「這個人才德可貴，很機警，詞鋒犀利。」

會稽郡賀循，稟性純真，見識高深，言語行動都合於禮。他不只是東南地區的傑出人物，更是國內的優秀人才。

劉琨雖然被入侵者阻隔在黃河以北，但心中總不忘朝廷。他對溫嶠說：「班彪知曉劉氏王室能夠復興，馬援知道漢光武帝可以輔佐。如今晉室的國運雖然衰微，可是天命還沒有改變。我想在黃河以北建功立業，而且想讓你在江南揚名，你應該會一起去吧？」溫嶠說：「我雖然不聰敏，才能也比不上前輩。但明公想以齊桓公和晉文公那樣的才智，建立救國中興的功業，我怎麼敢不受命啊！」

溫嶠擔任劉琨的使節來到江南時，江南的政權建立工作剛起步，法紀還沒有制定，社會秩序不穩定。溫嶠來時，對這種情況感到擔憂，便去拜訪丞相王導，訴說晉帝遭囚禁流放、社稷宗廟被焚燒、先帝陵墓被毀壞的慘烈情況，表現亡國的深深哀痛。溫嶠忠誠憤慨的感情尤為深厚激烈，邊說邊哭，王導也隨著他一起流淚。溫嶠說完後，就真誠地表達結交之意，王丞相也以深厚的情感回報。走出來後，他高興地說：「江南自有管夷吾那樣的人，還擔心什麼呢？」

王敦的哥哥王含擔任光祿勳。王敦謀反後，領兵駐紮在南州，王含就棄職投奔到姑孰城。丞相王導為了這件事上朝謝罪。這時候，司徒、丞相、揚州府中的官員都來打聽消息，匆忙間不知道應該如何解釋。司空顧和任揚州別駕，拿起筆寫道：「王光祿逃避到遠方，躲開流言，明公卻每天風塵僕僕地往朝廷謝罪，下屬們心裡都很不安，不知道您飲食起居是否安康呢？」

太尉郗鑒就任司空一職，他和同座的人說：「我平生志向不高，因為遇上世事紛亂，這才升到三公之位。想起自己如同朱博一般徒有空名，內心實在有愧。」

高坐和尚不說漢語。有人問起這是為什麼呢？晉簡文帝說：「這是因為要省去應酬的煩憂。」

尚書僕射周顗舉止溫和從容，儀表堂堂。他前往拜訪王導，剛下車時，就要幾個人攙扶著，王導含笑看著他。坐下後，便旁若無人地開始吹口哨。王導說：「你是想學習嵇康和阮籍嗎？」周凱回答：「怎麼敢捨棄近在眼前的明公，而去學習前代的嵇康、阮籍呢！」

庾亮曾經去過佛寺，看見臥佛就說：「這位先生因普渡眾生而疲累。」當時的人們將這句話作為名言。

摯瞻曾經就任四個郡的太守和大將軍戶曹參軍，現在又調為內史，年齡才二十九歲。他曾向王敦告別，王敦對他說：「你還沒三十歲，就已經做了五任二千石的官，也太早了。」摯瞻說：「與將軍您相比，稍微早了一點；但和甘羅相比，已經太老了。」

梁國有一家姓楊的，有個兒子才九歲，非常聰明。有一次孔君平前去拜訪他父親，父親不在，便叫兒子出來替孔君平擺上果品。果品裡有楊梅，孔君平指著楊梅給他看，說：「這是你家的果子。」孩子應聲回答：「我從沒聽說過孔雀是夫子您家的鳥。」

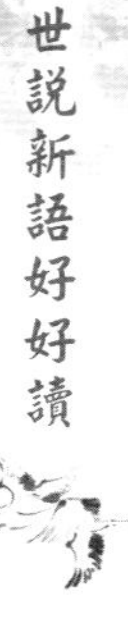

廷尉孔君平把一件皮衣送給堂弟孔沈，孔沈辭謝不肯收。孔君平說：「晏平仲那麼儉省，祭祀祖先時，使用的小豬都那麼小，就算撐開兩隻豬也蓋不滿盤子，可是他幾十年來都還是穿狐皮袍子。你又為什麼不肯收下這件呢？」孔沈這才把皮衣收下來並穿上。

和尚佛圖澄和侵略中原的石氏諸人交往，支道林說：「他把石虎他們都當作海鷗鳥，不分敵我。」

謝仁祖八歲時，父親豫章太守謝鯤領著他送客。那時他的言談便顯示出超越常人的悟性，已經自居於名流之中。大家都讚許地說：「雖然年紀小，但已是座中的顏回。」謝仁祖說：「座中如果沒有孔子，怎麼能分辨顏回呢？」

陶侃病情加重，但是關於朝廷興利除弊、官吏進退等大事，他都沒有留下任何遺言，朝中官員都感到遺憾。謝仁祖聽到後說：「因為如今沒有像豎刁那樣的小人，所以陶公不用留下遺訓。」被認為是有德者的佳句。

竺法深被邀請為簡文帝的座上賓，丹陽尹劉惔問他：「和尚為什麼和官宦人家來往呢？」竺法深回答：「您看見的是官宦人家，我卻認為就和與貧苦人家交往一樣。」也有人說發問的人是卞壼。

孫盛擔任庾亮的記室參軍，有一次他隨著庾亮打獵，並帶著自己兩個兒子前往。但庾亮不知道，忽然在獵場看見他的次子齊莊，當時只有七、八歲，庾亮問他：「你也來了嗎？」齊莊回答：「正所謂不論大小臣子，都跟隨您一同出遊。」

孫齊由、齊莊兩人小時候拜見庾亮時，庾亮問：「你的字是什麼呢？」齊由回答：「字齊由。」又問：「是想向誰看齊呢？」齊由說：「向許由看齊。」接著又問齊莊的字為何。齊莊回答：「字齊莊。」問：「是想向誰看齊呢？」齊莊說：「向莊周看齊。」庾亮問：「為什麼不仰慕孔子而仰幕莊周呢？」齊莊回答：「聖人生來就知曉一切，所以難以仰慕。」庾亮對齊莊的回答非常滿意。

張玄之和顧敷是顧和的外孫和孫子，兩人小時候都很聰明，顧和對他們皆讚賞有加。但常說顧敷略勝一籌，因此特別偏愛他，張玄之為此相當不滿。這時候顧玄之九歲，顧敷六歲。有一次顧和帶他們一起到廟裡，看見臥佛像時，有的弟子正在哭泣，有的不哭，顧和就問兩個孫子為什麼如此。顧玄之說：「因為得到佛的寵愛，所以哭；沒有得到寵愛，所以不哭。」顧敷說：「不對，應該是因為不動情，所以不哭；不能忘情，所以哭。」

庾法暢拜訪太尉庾亮時，手裡拿著極好的拂塵。庾亮問：「這麼好的東西，怎麼還能留得住呢？」庾法暢說：「廉潔的人不會向我索要，貪心的人我也不會相贈，所以就留下了。」

庾稚恭任荊州刺史時，向晉武帝進獻羽毛扇，晉武帝懷疑那是用過的舊物。侍中劉劭說：「柏梁臺如此高大的樓臺，是工匠先在裡面；管弦齊奏，也是知音的人和樂工們先審察音色。稚恭進獻扇子，是因為它新。」庾稚恭聽見後，便說：「這個人適合在皇帝身邊。」

驃騎將軍何充逝世後，徵召褚裒入朝。褚裒到石頭城後，左長史王濛和丹陽尹劉真長一起去拜訪他。褚裒問：「真長，朝廷將如何安置我呢？」真長看著王濛說：「這一位善於言談。」褚裒於是看著王濛，王濛說：「朝中本來就有一位周公了。」

桓溫北伐時，經過金城，看見從前擔任琅邪內史時所種的柳樹，都已經有十圍那麼粗了，就感慨地道：「樹木尚且如此，人又如何承受啊！」他攀著樹枝，抓住柳條，淚流不止。

晉簡文帝任撫軍將軍時，有一次和桓溫一起上朝，兩人多次互相謙虛禮讓對方走在前面。桓溫最後不得已只好在前，一邊走一邊說：「手裡拿著兵器，為君王衝鋒陷陣。」簡文帝回答：「正所謂不論大小臣子，都跟隨君王左右。」

顧悅和簡文帝同年，但頭髮卻早已花白。簡文帝問他：「你的頭髮為什麼比我先白呢？」顧悅回答：「以蒲柳的特性來說，一到秋天就凋零；但以松柏而言，卻是經歷過秋霜反而更加茂盛。」

桓溫率兵進入三峽時，看見陡峭的山崖就好像懸掛在天上一樣，翻騰的波濤迅猛飛奔，嘆息道：「既然要做忠臣，就沒有辦法做孝子，怎麼辦呢？」

當初，火星進入太微區域不久，海西公被廢。簡文帝即位後，火星又進入太微，簡文帝很擔憂。這時郗超任中書侍郎，剛好輪到他值班，簡文帝宣他進殿說：「國家壽命的長短，本就不是我所能計畫的，但是應該不會重複最近發生的事吧？」郗超說：「大司馬正要對外鞏固邊疆，對內安定國家，一定不會有這樣的打算。臣用上百口家人的性命來給陛下擔保。」簡文帝於是朗誦庾仲初的兩句〈從征詩〉：「志士痛朝危，忠臣哀主辱。」聲音非常悽厲。後來，郗超請假回會稽看望父親時，簡文帝對他說：「向令尊轉達我的問候之意，王室和國家的事情，竟落到這個地步啊！都是因為我不能用正確的道理糾正失誤，保衛國家，思慮災難之將至，防患於未然。我感到非常羞愧和感嘆，這些如何能用言語說清呢？」說完便哭得淚滿衣襟。

簡文帝在暗室裡坐著，召桓溫進宮，桓溫到後，問皇上在哪裡。簡文帝說：「某在斯。」當時的人們因此認為他有才能。

簡文帝進華林園遊玩時，回頭對隨從說：「令人心領神會的地方不一定在遠處，林木蔽空，山水掩映之時，便自然會產生如同莊子於濠水和濮水上的悠然想法，鳥獸禽魚都會靠近。」

太傅謝安對右軍將軍王羲之說：「中年以來，我受到哀傷情緒的折磨，和親友話別時，總是會有好幾天悶悶不樂。」王羲之說：「到了晚年，自然會這樣，只能借助音樂寄興消愁，還常常擔憂子侄輩會不會因為我，而減少歡樂的情趣。」

支道林和尚養著數匹馬。有人說：「和尚養馬並不風雅。」支道林說：「我是看重馬的神采姿態。」

丹陽尹劉惔和桓溫一起聽講《禮記》。桓溫說：「有所領悟時，便覺得離高深境界不遠了。」劉惔卻說：「這還沒有涉及最精妙的境界，還只是如同金華殿上的談論一般老生常談。」

羊秉擔任撫軍將軍的參軍，年紀很輕就死了，他很有名望。夏侯湛為他寫敘文，極力讚頌並哀悼他。羊權擔任黃門侍郎時，有一次陪侍簡文帝，簡文帝問他：「夏侯湛寫的〈羊秉敘〉，令人懷念羊秉。不知道他是你的什麼人呢？有後嗣嗎？」羊權流著淚回答：「亡伯聲譽一向很好，可是沒有後代。雖然陛下聽到了他的名聲，但只可惜他沒有後嗣領受聖世的隆恩。」簡文帝聽後感嘆了很久。

司徒左長史王濛和劉真長兩人別後重逢，王濛對劉真長說：「你更加有成就了。」劉真長道：「我就好像天一樣，本來就非常高啊！」

劉真長說：「人們想像王荊產一樣才能出眾，其實就像幻想高大的松樹下定會有清風罷了。」

王仲祖聽見外族人說話時，完全聽不懂，他喪氣地說：「如果懂得牛語的介葛盧來朝見，必定懂得這種語言。」

劉真長任丹陽尹時，許玄度到京都便住在他那裡。他設置的床帳簇新華麗，飲食豐盛味美。許玄度說：「如果得以保全這個地方，此處甚至比隱居東山更好。」劉真長說：「你如果能確保禍福能夠由人決定，我又怎麼會無法保全這裡啊！」當時王逸少也在座，就說：「如果巢父和許由遇見稷和契，一定不會說這樣的話。」劉真長和許玄度聽了都面有愧色。

右軍將軍王羲之和太傅謝安登上冶城，謝安悠閒地凝神遐思，有超塵脫俗的志趣。王羲之就對他說：「夏禹操勞國事，直到手腳都長繭；周文王忙到天黑才得以吃飯，卻還是覺得時間不夠用。如今國家戰亂四起，人人都應當自覺地為國效勞。空談荒廢政務，浮辭妨害國事，這些恐怕不是現在應該做的。」謝安回答：「秦國任用商鞅，可是秦朝卻只傳承兩代就滅亡，這難道也是清談所造成的災禍嗎？」

太傅謝安在一個寒冷的下雪天把家人聚在一起，和兒女們談論文章。一會兒後，雪下得又大又急，謝安興致勃勃地問：「白雪紛飛像是什麼呢？」侄子胡兒說：「差不多可以比擬為撒一把鹽在空中。」侄女說：「不如柳絮因風而起。」謝安非常高興地大笑。這位侄女就是謝安大哥謝無奕的女兒，左將軍王凝之的妻子謝道韞。

北中郎將王坦之命伏玄度和習鑿齒評論青州與荊州兩地的歷代人物。評論完後，王坦之拿評論給韓康伯看，韓康伯一句話也沒說。王坦之問他：「為什麼不說話呢？」韓康伯說：「他們的評論無所謂對，也無所謂不對。」

丹陽尹劉真長說：「每逢風清月明時，我就不免思念玄度。」

北中郎將荀羨在京口任職時，登上北固山遠望東海說：「雖然不曾望見三座仙山，但此處已讓人有超塵出世的意想。如果像秦始皇和漢武帝那樣渴望成仙的人，一定會迫不及待地入海，尋找長生不老之藥。」

謝安說：「聖人、賢人和普通人之間的距離其實很近。」他的子侄不同意這種看法。謝安嘆息道：「如果郗超聽見這番話，一定不會不相信。」

支道林喜歡養鶴，他住在剡縣東邊的岇山上。有人送他一對小鶴，不久之後，小鶴翅膀長成，將要飛遠，支道林捨不得，便剪短牠們的翅膀。鶴高舉翅膀卻不能飛時，回頭看著翅膀，低垂著頭，好像沮喪一般。支道林說：「既然有直衝雲霄的資質，又怎麼肯屈就於就近觀賞的玩物呢？」於是便餵養小鶴至翅膀再度長起，就讓牠們飛走了。

西中郎將謝萬路過曲阿後湖時，問隨從的人：「這是什麼湖呢？」隨從的人回答：「曲阿湖。」謝萬就說：「那自然要聚積儲存，只許注入不許流出。」

晉武帝每次賞賜東西給山濤時，總是很少。太傅謝安就以此事問子侄們是什麼意思，謝玄回答：「因為受賜者要求不多，使得賞賜者亦不覺得給予得少。」

謝胡兒告訴庾道季：「大家可能會到這裡進行辯論，你應該鞏固城池堡壘，小心防備他人的口舌。」庾道季說：「如果是王文度，我用部份兵力就能對付他；如果是韓康伯，我便跟他拚個你死我活。」

李弘度經常慨嘆沒有得到賞識提拔的機會。揚州刺史殷浩知道他家境貧困，就問他：「您能否屈就到一個小地方呢？」李弘度回答：「像《詩經．北門》那樣的慨嘆，您早就聽聞。我現在就像無路可走的猿猴，在山林中奔竄，怎麼還顧得上去挑選要逃往哪棵樹啊！」殷浩於是就委任他為剡縣縣令。

王胡之到吳興郡的印渚觀賞景緻，讚嘆地說：「這裡不只能讓人心情開朗清淨，也覺得日月更加明朗。」

謝萬出任豫州都督，剛接到任命便要西行到任所，親友連日替他送行，謝萬疲憊不堪。這時，侍中高崧去見他，便坐在謝萬身旁問：「你現在受命主管一州，即將治理西部地區，你打算如何處理政事呢？」謝萬大略地說出自己的想法後，高崧就為他長篇大論起當地的地理和人事情況。謝萬邊聽邊認真地坐起身，高崧走後，謝萬回想剛剛，便說：「阿酃確實有點才能。」謝萬也因此始終奉陪不倦。

袁彥伯出任安南將軍謝奉的司馬，京都的友人替他送行一直到瀨鄉。分別時，他非常傷感愁悶，慨嘆說：「江山遼闊，顯然是有萬里的氣勢。」

孫綽創作〈遂初賦〉以表明自己的志向，在畎川建一所房子居住，說明已明白安分守己才是本分。房前種著一棵松樹，他經常親手培土灌溉。高世遠此時住在他的隔壁，對他說：「小松樹雖然茂盛可愛，但卻永遠無法作為棟梁啊！」孫綽說：「楓樹和柳樹雖然長得如合抱一般粗，但又能派上什麼用場呢？」

征西大將軍桓溫將江陵城修築得非常壯麗，完工後，匯集賓客僚屬出漢江渡口，從遠處觀賞城景。他說：「如果有能品評這座城者，有賞。」顧長康也是客人之一，正在座上，他評論：「從遠處遙望高聳的城牆，紅色的城樓就如同天邊的晚霞。」桓溫立即賞給他兩個婢女。

王子敬對王孝伯說：「羊叔子是不錯，但是他個人的德行又如何對世事產生助益呢？所以他甚至比不上銅雀臺上的歌姬舞女。」

支道林和尚看見東陽郡的長山時，說：「怎麼如此平緩又曲折啊！」

顧長康從會稽回來，人們問他那邊的山川情狀，顧長康形容：「那裡千峰競相比高，萬壑爭先奔流，茂密的草木籠罩其上，有如彩雲湧動，霞光燦爛。」

簡文帝逝世後，孝武帝十幾歲時便登上帝位。服喪期間，天黑了他也不哭喪。侍從向他啟奏：「按慣例，此時應該哭了。」孝武帝說：「悲痛時自然會哭，哪有慣例不慣例的！」

孝武帝將要和眾臣談論《孝經》，謝安、謝石兄弟和眾人先在家裡研討學習。車武子提出一些疑難來問謝安兄弟，並且對袁羊說：「不問，怕漏掉精湛的言論；問多了，又怕勞累二謝兄弟。」袁羊說：「他們一定不會抱怨的。」車武子說：「如何得知呢？」袁羊說：「哪裡有見過明亮的鏡子會因為連續照影而疲憊，清澈的流水又怎麼會害怕微風呢？」

王子敬說：「從山陰道上走過時，一路上山光水色交相輝映，使人眼花撩亂，應接不暇。如果是秋冬之交，更是讓人難以忘懷。」

太傅謝安問眾子侄：「為什麼子侄們需要過問政事，並培養他們成為優秀子弟呢？」大家都不說話，車騎將軍謝玄回答：「這就好像芝蘭玉樹，總想讓它們生長在自家的庭院中。」

道壹和尚喜歡修飾華麗的字詞，他從京都回東山時，經過吳中。遇到下雪天，但還不會很冷。回來後，和尚們問他途中見聞，道壹說：「風霜固然不用說，率先凝聚一片色彩黯淡之地；郊野和村落還只有雪花飛掠，樹林和山峰就已白茫茫一片。」

張天錫任涼州刺史，在西部地區稱王。他被苻堅俘虜後，擔任侍中。後來隨苻堅攻晉，在壽陽縣大敗，便歸順晉朝，到京都得到晉孝武帝的器重。每次入朝與孝武帝談論，都談論整整一天。一些妒忌他的人當眾問他：「北方有什麼東西是貴重的呢？」張天錫回答：「桑葚香甜，鴟鴞振翅作響。醇厚的乳酪怡情養性，所以人們沒有妒忌之心。」

顧長康拜謁桓溫的陵墓時，作詩：「山崩塌，海枯竭，魚和鳥應該依靠什麼。」有人問：「因為你過去倚重桓溫，所以才會這樣說，可以敘述一下你為桓溫痛哭的情狀嗎？」顧長康說：「鼻息像曠野生風，眼淚像瀑布傾瀉。」又一說是：「哭聲像疾雷震破山岳，眼淚像江河傾瀉大海。」

毛伯成自負有才氣，常說：「寧可做被摧殘的香蘭或被打碎的美玉，也不願做開花的艾蒿。」

范甯任豫章太守，四月八日時使用需要答覆的文書，向廟請佛像。眾和尚不知道是否應該答應，這時坐在末座上的小和尚說：「世尊不說話，就是准許了。」大家都讚同他的意見。

太傅司馬道子夜裡在書房閒坐，這時天空明朗，月光皎潔，一點雲彩都沒有，太傅讚嘆不已，認為美極了。當時謝景重也在座，說：「我認為倒不如有點微雲點綴。」太傅打趣謝景重說：「你自己心不淨，難道還要強迫天空也不淨嗎？」

北中郎將王坦之很喜愛張天錫，問：「你看從北方渡江南來的這些人，他們治理江南的準則有什麼特別的地方嗎？這些後起之秀和中原人士相比如何呢？」張天錫說：「說到研討深奧的玄學，是自王弼和何晏以來是最優秀的；說到根據時勢修訂的規章制度，也有荀顗、荀勖和樂廣的作風。」王坦之說：「你很有遠見卓識，為什麼會被苻堅挾制呢？」張天錫回答說：「陽衰陰盛，所以國運艱難；時運不好，難道這也值得大加譏笑嗎？」

謝景重的女兒嫁給王孝伯的兒子，兩位親家翁都互相讚賞敬重。謝景重任太傅司馬道子的長史，被他人檢舉時，王孝伯就請謝景重做他的長史，並兼管晉陵郡。太傅跟孝伯早有嫌隙，不想讓他帶走謝景重，所以就安排謝景重任咨議。表面上彰顯自己要網羅人才，實際上是用這種做法離間他們。王孝伯起兵失敗後，有一次，太傅繞著住宅的圍牆行散，一班僚屬都在南門迎候參拜。太傅對謝景重說：「王寧謀反，聽說是你出的主意。」謝景重聽後毫無懼色，從容地收攏手板回答：「樂彥輔有句話是說：『難道會用五個兒子去換一個女兒嗎？』」太傅認為他答得好，便舉起杯來邀他喝酒，並說：「這當然很好！這當然很好！」

桓玄從義興郡回到京城後，謁見司馬太傅。這時太傅喝醉，在座還有很多客人，太傅就問大家：「一直以來桓溫都想造反，這是怎麼回事呢？」桓玄拜伏在地不敢起來。謝景重當時任長史，拿起手板回答：「已故的宣武公廢黜昏庸的人，扶助聖明君主登上帝位，功勳超越伊尹和霍光。至於那些紛亂的議論，只有靠太傅英明的識見來裁決了。」太傅說：「我知道！我知道！」隨即舉起酒杯說：「桓義興，我敬你一杯。」桓玄便離開座位向太傅謝罪。

桓溫移鎮南州，他規劃修建的街道都很平直。有人對東亭侯王珣說：「丞相當初籌劃修築建康城的街道時，沒有現成的圖樣可以仿效，所以修築得彎彎曲曲，和這裡相比就比較差。」王珣說：「這正是丞相規劃得巧妙的地方。江南地方狹窄，比不上中原。如果街道暢通無阻，就會一眼到底，刻意拐彎抹角，就給人一種幽深莫測的感覺。」

桓玄拜訪荊州刺史殷仲堪時，殷仲堪正在侍妾的房裡睡午覺，左右伺候的人不幫他通報。桓玄後來談起此事，殷仲堪說：「我從來不睡午覺。如果有這樣的事，豈不是把重賢之心變成重色之心。」

桓玄問羊孚：「為什麼喜愛吳地歌曲呢？」羊孚說：「自然是因為它婉轉動聽又輕柔。」

謝混問羊孚：「為什麼說到器皿就要舉出瑚璉呢？」羊孚說：「自然是因為它是迎神的器皿。」

桓玄篡位後，他的床微微地陷下去，大臣們大驚失色。此時，侍中殷仲文上前說：「這是由於皇上德行深厚，以致大地承受不起。」當時的人很讚賞這句話。

桓玄篡位後，想要另行設立值班官署，就問手下的人：「虎賁中郎省應該設置在哪裡呢？」有人回答：「沒有這個省。」這個回答在當時是違抗聖旨的。桓玄問：「你怎麼知道沒有呢？」那個人回答：「因為潘岳在〈秋興賦敘〉裡說：『我兼任虎賁中郎將，寄宿在散騎省值班。』」桓玄讚賞他說得好。

謝靈運喜歡戴曲柄笠，隱士孔淳之對他說：「你仰慕德高志遠的人，為什麼不能拋開曲蓋的形狀呢？」謝靈運回答：「畏懼影子的人，心中便永遠不能忘記影子。」

源來如此

言語指善於說話，擅長言談應對。魏晉時代，清談之風大行，不僅要求言談寓意深刻，見解精闢，而且要求言辭簡潔得當，聲調要抑揚頓挫，舉止揮灑自如。受此風氣影響，士人在待人接物中特別注重言辭風度的修養，悉心磨練語言技巧，使自己具有高超的言談本領以保持身分。

本篇所記載的是在各種語言環境中，為了各種目的而說的佳句名言，大多僅有一、兩句話，但是卻得體巧妙，或哲理深遠，或含而不露，或意境高遠，或機警多鋒，或氣勢磅礡，或善於抓住要害一語中的，值得回味。

作文撇步

1. **類疊：**接二連三地反覆使用相同的一個字詞或語句的修辭技巧。可以增加文章的節奏感，凸顯文章的重點，避免單調、枯燥、固定的缺點。

疊字 同一字詞連接的使用，又名「重言」。

疊句 同一語句連續的出現，又名「連接反覆」。

類字 同一字詞隔離的使用。

類句 同一語句隔離的出現，又名「隔離反覆」。

例1：謝太傅寒雪日內集，與兒女講論文義。俄而雪驟，公欣然曰：「白雪**紛紛**何所似？」

Tips：疊字。

例2：少年不識愁滋味，**愛上層樓，愛上層樓**，為賦新詞強說愁。（宋代辛棄疾〈醜奴兒〉）

Tips：疊句。

例3：**關心**石上的苔痕，**關心**敗草裡的鮮花，**關心**這水流的緩急，**關心**水草的滋長。（徐志摩〈我所知道的康橋〉）

Tips：類字。

成語集錦

1. 小時了了：人在幼年時聰慧敏捷。

原典 孔文舉年十歲，隨父到洛。時李元禮有盛名，為司隸校尉，詣門者皆儁才清稱及中表親戚乃通。文舉至門，謂吏曰：「我是李府君親。」既通，前坐。元禮問曰：「君與僕有何親？」對曰：「昔先君仲尼與君先人伯陽，有師資之尊，是僕與君奕世為通好也。」元禮及賓客莫不奇之。太中大夫陳韙後至，人以其語語之。韙曰：「小時了了，大未必佳！」文舉曰：「想君小時，必當了了！」韙大踧踖。

書證1：不合小時了了，可堪長夜茫茫。（宋代劉克莊〈兑女余最小孫也慧而夭悼以六言〉）

2. 帶金佩紫：指帶金印、佩紫綬。金，金印。紫，紫綬。比喻地位顯貴。

原典 南郡龐士元聞司馬德操在潁川，故二千里候之。至，遇德操采桑，士元從車中謂曰：「吾聞丈夫處世，當帶金佩紫，焉有屈洪流之量，而執絲婦之事。」德操曰：「子且下車，子適知邪徑之速，不慮失道之迷。昔伯成耦耕，不慕諸侯之榮；原憲桑樞，不易有官之宅。何有坐則華屋，行則肥馬，侍女數十，然後為奇。此乃許、父所以慷慨，夷、齊所以長歎。雖有竊秦之爵，千駟之富，不足貴也！」士元曰：「僕生出邊垂，寡見大義。若不一叩洪鍾，伐雷鼓，則不識其音響也。」

3. 箕山之志：相傳堯欲將天下讓給許由，許由不受而避居箕山。故後以箕山之志指隱居避世，不慕虛榮的高尚志節。

原典 嵇中散既被誅，向子期舉郡計入洛，文王引進，問曰：「聞君有箕山之志，何以在此？」對曰：「巢、許狷介之士，不足多慕。」王大咨嗟。

書證1：而偉長獨懷文抱質，恬惔寡欲，有箕山之志，可謂彬彬君子者矣。（東漢曹丕〈與吳質書〉）

4. 吳牛喘月：吳地的水牛見到月亮以為是太陽，便自以為熱，氣喘不已。後也用以比喻人見到曾受其害的類似事物，而過分驚懼害怕。也用來形容天氣酷熱。

原典 滿奮畏風。在晉武帝坐，北窗作琉璃屏，實密似疏，奮有難色。帝笑之。奮答曰：「臣猶吳牛，見月而喘。」

書證1：吳牛喘月時，拖船一何苦。（唐代李白〈丁都護歌〉）

書證2：六月南風吹白沙，吳牛喘月氣成霞。（唐代李白〈送蕭三十一之魯中兼問稚子伯禽〉）

書證3：我似吳牛喘月光，領瘡磨鞅巧相妨。何時飽聽林間笛，了卻官租稼滌場。（宋代張侃〈次韻竹林玉老〉）

高手過招

1.（　）《世說新語．言語》中，謝安問：「白雪紛紛何所似？」謝朗答：「灑鹽空中差可擬。」其中的「差」字的意義與下列何者相同？

A. 鬼使神「差」。
B. 參「差」不齊。
C. 陰錯陽「差」。
D.「差」強人意。

2.（　）「支公好鶴」被列在《世說新語．言語》，最有可能的原因是：

A. 支公所說的「既有凌霄之姿，何肯為人作耳目近玩？」一句，除了說明鶴的生活形態，也說明了魏晉士人崇尚自然、渴望自由的人生態度，一語雙關，言論精妙。
B. 原文本被收錄在〈獸禽〉，因為後人傳抄錯誤，才被歸到〈言語〉。
C. 支公縱鶴的美談，被世人以訛傳訛，以為支公能解鶴語，所以將此篇歸在〈言語〉。
D. 因為《世說新語》是志人小說，因此，所有難以分類的篇章，都被放到與志人較不相關的〈言語〉。

解答：

1. D
2. A

典故　一代才女——謝道韞

謝安在一個下雪天和子侄們討論可用何物比喻飛雪。謝道韞說：「未若柳絮因風起。」因其精妙受到眾人的稱許。也因為這個故事，她成為中國古代才女的代表人物，而「詠絮之才」也被後人用以稱許有文才的女性時，所常用的詞語。

謝道韞，字令姜，生卒年不詳，東晉時人。是當朝宰相謝安的姪女，安西將軍謝奕的女兒，後來嫁給著名書法家王羲之的兒子王凝之，兩家是當時門當戶對的家族，也就是「舊時王謝堂前燕，飛入尋常百姓家」中的王、謝兩家。但是謝道韞嫁王凝之為妻後，婚姻並不幸福。《晉書．列女傳．王凝之妻謝氏》：「（謝道韞）初適凝之，還，甚不樂。安曰：『王郎，逸少子，不惡，汝何恨也？』答曰：『一門叔父，有阿大（謝尚）、中郎（謝據）；群從兄弟復有封、胡、羯、末，不意天壤之中乃有王郎！』」當謝道韞回家省親時，快快不樂，謝安問她怎麼了，謝道韞悵然道：「謝家從老到少，個個都俊雅不凡。有封（謝韶），胡（謝朗），羯（謝玄），末（謝川）。沒想到竟然會有王凝之這樣的平庸之輩。」

王羲之的三兒子王獻之傳其衣缽，頗得其真諦，被後世合稱為「二王」。晉代的名士多喜清談，一炷香，一盞清茶，一杯醇酒便可不分白天黑夜地談論不休。王獻之也不例外，常邀請文苑中頂尖的人物來家中相聚，在高手如雲中論戰，不亦樂乎。一次，王獻之與友人談論詩文時，窘於應對，一時間處於下風，被經過的謝道韞得知窘境，欲為之解圍，就派遣婢女悄悄遞給他一張紙條，上書「欲為小郎解圍」。

謝道韞便在垂下的一方青簾後，接著王獻之他們的話題，從容不迫地引經據典，侃侃而談，不到一柱香的時間，便讓在座客人無言以對，理屈詞窮而甘拜下風。於是，謝道韞便順利為小叔子的論戰解了圍。謝道韞「泰山崩於前而色不變」的氣質不僅體現在論戰中，更體現在她為自己丈夫的突圍中。她一介弱女子，在危難時刻，連丈夫都寄希望於神佛之時，她臨危不懼、挺身而身，帶領家丁突圍。

在孫恩之亂時，丈夫王凝之為會稽內史，但因守備不力，出逃未遂為敵軍所捕，被殺。謝道韞聽聞敵至，舉措自若，拿刀出門殺敵數人才被抓。孫恩因感其節義，故赦免謝道韞及其族人。後半生，謝道韞便在會稽獨居，與詩書為伴，終生未改嫁。

政事篇

本篇記載當時居官任職者的政務事蹟和故事，反映統治階層的道德觀念與思想，表達魏晉時期以仁德治國的政治主張。

古文鑑賞

陳仲弓為太丘長，時吏有詐稱母病求假。事覺收之，令吏殺焉。主簿請付獄，考眾姦❶。仲弓曰：「欺君不忠，病母不孝。不忠不孝，其罪莫大。考求眾姦，豈復過此？」

陳仲弓為太丘長，有劫賊殺財主主者❷，捕之。未至發所❸，道聞民有在草不起子者❹，回車往治之。主簿曰：「賊大，宜先按討。」仲弓曰：「盜殺財主，何如骨肉相殘？」

陳元方年十一時，候袁公。袁公問曰：「賢家君在太丘，遠近稱之，何所履行？」元方曰：「老父在太丘，彊者綏之以德，弱者撫之以仁，恣其所安，久而益敬。」袁公曰：「孤往者嘗為鄴令❺，正行此事。不知卿家君法孤？孤法卿父？」元方曰：「周公、孔子，異世而出，周旋動靜❻，萬里如一。周

【說文解字】

❶考：查究。眾姦：指諸多犯法的事。

❷財主：財貨的主人。

❸發所：出事地點。

❹在草：生孩子。草，產蓐。晉時分娩多用草作爲墊子。

❺孤：古代王侯的自稱。

❻周旋：指應酬、揖讓一類的禮節活動。動靜：行止，行動。

❼賀太傅：賀邵，字興伯，會稽郡山陰縣人，三國時吳國人，任吳郡太守，後升任太子太傅。賀邵非常注重自己的儀容舉止，起居休息十分規律。與人交往時間越久，對方就越敬重他。他常穿著襪子，即便是親近的人也很少看見到他光著腳。

❽吳中：吳郡的政府機關在吳，即今江蘇省吳縣，亦稱吳中。強族：豪門大族。

❾檢校：查核。逋亡：逃亡。戰亂之時，賦役繁重，貧民多逃亡到士族大家中藏匿，替他們做苦工，官府也因畏懼大族不敢調查。

公不師孔子，孔子亦不師周公。」

賀太傅作吳郡❼，初不出門。吳中諸強族輕之❽，乃題府門云：「會稽雞，不能啼。」賀聞故出行，至門反顧，索筆足之曰：「不可啼，殺吳兒！」於是至諸屯邸，檢校諸顧、陸役使官兵及藏逋亡❾，悉以事言上，罪者甚眾。陸抗時為江陵都督，故下請孫皓❿，然後得釋。

山公以器重朝望，年踰七十，猶知管時任⓫。貴勝年少⓬，若和、裴、王之徒，並共言詠。有署閣柱曰：「閣東⓭，有大牛，和嶠鞅⓮，裴楷鞦⓯，王濟剔嬲不得休⓰。」或云潘尼作之⓱。

賈充初定律令，與羊祜共咨太傅鄭沖。沖曰：「皐陶嚴明之旨⓲，非僕闇懦所探。」羊曰：「上意欲令小加弘潤⓳。」沖乃粗下意。

山司徒前後選，殆周遍百官，舉無失才。凡所題目⓴，皆如其言。唯用陸亮，是詔所用，與公意異，爭之不從㉑。亮亦尋為賄敗。

嵇康被誅後，山公舉康子紹為秘書丞。紹咨公出處㉒，公

---

❿孫皓：字元宗，幼名彭祖，又字皓宗，吳大帝孫權之孫，在位十七年，是三國時期孫吳的第四位皇帝，也是最後一位。孫皓即位後，初期雖然英明施政並多行善舉，在西陵之戰後一度挽回吳國的厄運，但中後期實行暴政並過度役使民力，加深了亡國危機。最終，吳國被晉王朝征服，三國時代也因此宣告終結。孫皓和陸抗有親戚關係。

⓫知管時任：山濤當時任吏部尚書時，親自主持官吏的任免考選工作。知管，主管。時任，當時的重任。

⓬貴勝：權貴。

⓭閣：閣道，樓與樓之間的架空便道。

⓮鞅：駕車時套在牛、馬脖子上的皮套。

⓯鞦：駕車時拴在牛、馬屁股後的皮帶。

⓰剔嬲：挑逗糾纏。

⓱潘尼：字正叔，潘岳之侄。他在山濤死後才入朝爲官，因此不可能作此。《晉書．潘岳傳》記載，潘岳才名冠世，但不得志，又看見王濟、裴楷備受皇帝所寵愛，便題閣道說：「閣道東，有大牛，王濟鞅，裴楷鞦，和嬌刺促不得休。」

⓲皐陶：舜時的法官，制定法令。

⓳弘潤：擴充潤色。

⓴題目：品評。《晉書．山濤傳》記載，山濤兩次任選職共十多年，每一官缺，就擬出數人，

曰：「為君思之久矣！天地四時，猶有消息㉓，而況人乎？」

王安期為東海郡，小吏盜池中魚，綱紀推之。王曰：「文王之囿㉔，與眾共之。池魚復何足惜！」

王安期作東海郡，吏錄一犯夜人來㉕。王問：「何處來？」云：「從師家受書還，不覺日晚。」王曰：「鞭撻甯越以立威名㉖，恐非致理之本。」使吏送令歸家。

成帝在石頭，任讓在帝前戮侍中鍾雅、右衛將軍劉超㉗。帝泣曰：「還我侍中！」讓不奉詔，遂斬超、雅。事平之後，陶公與讓有舊，欲宥之。許柳兒思妣者至佳，諸公欲全之。若全思妣，則不得不為陶全讓，於是欲並宥之。事奏，帝曰：「讓是殺我侍中者，不可宥！」諸公以少主不可違㉘，並斬二人。

王丞相拜揚州，賓客數百人並加霑接㉙，人人有說色。唯有臨海一客姓任及數胡人為未洽㉚，公因便還到過任邊云：「君出，臨海便無復人。」任大喜說。因過胡人前彈指云㉛：「蘭闍，蘭闍㉜。」群胡同笑，四坐並懽。

陸太尉詣王丞相咨事，過後輒翻異。王公怪其如此，後以

由皇帝挑選。凡所奏甄拔人物，都各作品評。

㉑當時吏部郎出缺，山濤推薦阮咸，賈充則推薦自己的親信陸亮。晉武帝選用陸亮，山濤的反對無效。後來陸亮因犯罪撤職。

㉒出處：出仕和退隱。嵇康是被晉文帝司馬昭殺害，而山濤卻把他的兒子嵇紹推薦到晉武帝朝中為官，嵇紹必然有所考慮。

㉓消息：消長，減少和增長。山濤認為四季有所變化，人的進退出處也應按不同情況而定。

㉔文王：周文王。囿：養禽獸的園子。《孟子．梁惠王下》記載，周文王有個方圓七十里的園囿，人們可以到那裡去打柴或打獵。

㉕錄：拘捕。犯夜：觸犯夜行禁令。《晉律》禁止夜間通行。

㉖甯越：人名，此處代指讀書人。《呂氏春秋》記載，有人告訴甯越，必須學習三十年才能學有所成。甯越說：「我不休息，刻苦學習十五年就可以了。」十五年後，他果然成為周威公的老師。

㉗晉成帝咸和二年，歷陽內史蘇峻起兵反帝室，咸和三年攻陷建康，並把晉成帝遷到石頭城。不久蘇峻敗死，其弟蘇逸立為主。咸和四年正月，侍衛成帝的鍾雅、劉超兩人密謀把成帝救出，但被發覺，蘇逸便派部將任讓領兵入宮殺了鍾、劉。二月蘇逸敗死。

㉘少主：指晉成帝司馬衍。成帝即位時年僅四

問陸。陸曰：「公長民短㉝，臨時不知所言，既後覺其不可耳。」

丞相嘗夏月至石頭看庾公。庾公正料事，丞相云：「暑可小簡之。」庾公曰：「公之遺事，天下亦未以為允。」

丞相末年，略不復省事，正封籙諾之㉞。自歎曰：「人言我憒憒，後人當思此憒憒㉟。」

陶公性檢厲，勤於事。作荊州時，敕船官悉錄鋸木屑，不限多少，咸不解此意。後正會㊱，值積雪始晴，聽事前除雪後猶濕㊲，於是悉用木屑覆之，都無所妨。官用竹皆令錄厚頭㊳，積之如山。後桓宣武伐蜀，裝船㊴，悉以作釘。又云，嘗發所在竹篙，有一官長連根取之，仍當足㊵，乃超兩階用之。

何驃騎作會稽，虞存弟謇作郡主簿，以何見客勞損，欲白斷常客㊶，使家人節量，擇可通者作白事成㊷，以見存。存時為何上佐，正與謇共食，語云：「白事甚好，待我食畢作教。」食竟，取筆題白事後云：「若得門庭長如郭林宗者㊸，當如所白。汝何處得此人？」謇於是止。

王、劉與林公共看何驃騎，驃騎看文書不顧之。王謂何

歲，此時也只有七、八歲。

㉙ 霑接：款待。

㉚ 胡人：此指胡僧，即外國和尚。洽：指沾光，受到款待。

㉛ 彈指：搓手指出聲。在佛經中也用來表示歡喜、許諾等意。

㉜ 蘭闍：應爲梵語的音譯，對它的意義有不同解釋，有寂靜處、宣講佛法的法師、請高興一點、尊美他人的敬稱等意思。

㉝ 公長民短：您名位尊貴，我名位卑微。王導兼任揚州刺史，陸玩是揚州吳郡人，所以謙稱自己爲民。

㉞ 封籙：文書，泛指奏章、公文、簿籍等。諾：畫諾，簽字。王導輔佐晉元帝、明帝、成帝三世皇帝，爲政寬和得眾，事從簡易，晚年更是如此。

㉟ 憒憒：糊塗，昏亂。

㊱ 正會：正月初一皇帝朝會群臣，接受眾臣朝賀的禮儀。

㊲ 聽事：處理政事的大堂。除：臺階。

㊳ 厚頭：靠近根部的竹頭。

㊴ 裝船：組裝戰船，即多個船組成大船。

㊵ 當足：作爲竹篙的鐵足。在撐船的竹篙頭部，包上鐵製的部件就是鐵足。官長用竹根代替鐵足，既善於取材，又節省鐵足。

㊶ 白：下對上的說明陳述。《世說新語．品藻》

曰：「我今故與林公來相看，望卿擺撥常務，應對玄言，那得方低頭看此邪？」何曰：「我不看此，卿等何以得存？」諸人以為佳。

桓公在荊州，全欲以德被江、漢[44]，恥以威刑肅物。令史受杖，正從朱衣上過[45]。桓式年少，從外來，云：「向從閣下過[46]，見令史受杖，上捎雲根[47]，下拂地足。」意譏不著。桓公云：「我猶患其重。」

簡文為相，事動經年，然後得過。桓公甚患其遲，常加勸免。太宗曰：「一日萬機，那得速！」

山遐去東陽，王長史就簡文索東陽云：「承藉猛政，故可以和靜致治。」

殷浩始作揚州，劉尹行，日小欲晚[48]，便使左右取袝[49]，人問其故？答曰：「刺史嚴，不敢夜行[50]。」

謝公時，兵廝逋亡，多近竄南塘，下諸舫中[51]。或欲求一時搜索，謝公不許，云：「若不容置此輩，何以為京都？」

王大為吏部郎，嘗作選草[52]，臨當奏，王僧彌來，聊出示之。僧彌得便以己意改易所選者近半，王大甚以為佳，更寫即

記載：「何次道爲宰相，人有譏其信任不得其人。」可知何充和任何人都交往，所以虞謇希望斷常客。

[42] 白事：陳述意見的呈文和報告。

[43] 門庭長：主管守門的官員。郭林宗：郭泰，字林宗，品評人物準確。

[44] 被：施加。

[45] 朱衣：紅色的官服。

[46] 閣：官署。

[47] 捎：輕輕擦過。高拂雲朵，擦過地面，譏諷唯獨沒有碰到令史身上。

[48] 小欲：將要。

[49] 袝：包袱，行李。

[50] 當時有宵禁，夜行者犯禁。

[51] 謝安輔政時，中原戰亂，豪強兼併，賦役繁重，百姓流離失所，沒有戶口者無數。謝安主張施行德政，不宜擾民，因此不同意搜索這些流浪的人。

[52] 選草：草擬舉薦授官的人員名單初稿。

[53] 此處說明兩人目的都是爲國家舉薦賢能人士，王僧彌不怕逾越權限，王大也不認爲他侵犯自己的職權。

[54] 張冠軍：張玄，字祖希，任吏部尚書，後任冠軍將軍（冠軍是將軍的名號）。有才學，名望很高。

[55] 小令：王峯，字僧彌，王珣的弟弟。王獻之先

奏53。

王東亭與張冠軍善54。王既作吳郡，人問小令曰55：「東亭作郡，風政何似？」答曰：「不知治化何如，唯與張祖希情好日隆耳56。」

殷仲堪當之荊州57，王東亭問曰：「德以居全為稱，仁以不害物為名。方今宰牧華夏58，處殺戮之職，與本操將不乖乎？」殷答曰：「皐陶造刑辟之制59，不為不賢；孔丘居司寇之任60，未為不仁。」

任中書令，後來王峯接任中書令，當時稱他們爲大小王令。

56 情好：交情。王峯沒有直接讚美自己的哥哥，而是通過說明與張玄的關係肯定他。

57 殷仲堪：《晉書．殷仲堪傳》記載，他主張「王澤廣潤，愛育蒼生」，故有下文疑問。

58 宰牧：治理。華夏：中國古稱華夏，實指晉朝的中部地區。

59 刑辟：刑法，法律。

60 司寇：掌管刑獄的官吏。孔子曾任魯國司寇。

白話賞析

陳仲弓任太丘縣縣長時，有個小官吏假稱母親有病請假，事情被察覺後，陳仲弓就逮捕他，並命獄吏將他處死。主簿請求交給訴訟機關查究其他犯罪事實，陳仲弓說：「欺騙君主是不忠，詛咒母親生病是不孝；不忠不孝，沒有比這個更大的罪狀了。如果追查其他罪狀，難道還有能超越這件事的罪刑嗎？」

陳仲弓任太丘縣縣長時，有強盜劫財害命。主管官吏捕獲強盜後，陳仲弓便前去處理，還沒到出事地點，在半路上聽說有一家生下孩子後卻不肯養育，便掉頭去處理。主簿說：「殺人事大，應優先查辦。」仲弓說：「強盜殺物主，怎麼比得上骨肉相殘重大呢？」

陳元方十一歲時，有一次去問候袁公。袁公問他：「令尊在太丘縣任職時，遠近的人都稱頌他，他是怎麼治理的呢？」元方說：「父親在太丘時，對強者就用恩德安撫，對弱者就用仁愛撫慰，讓他們安居樂業，時間久了，就更加受到敬重。」袁公說：「我過去曾經是鄴縣縣令，正是用這種辦法。不知道是你父親效法我，還是我效法你父親呢？」元方說：「周公和孔子生在兩個不同的時代，縱使時空相隔很遠，但他們的禮儀舉止也如出一轍。周公沒有效法孔子，孔子也沒有效法周公。」

太子太傅賀邵擔任吳郡太守時，到任之初，足不出門。吳中所有豪門士族都輕視他，在官府大門寫上「會稽雞，不能啼」的字樣。賀邵聽說後，故意外出，走出門口回過頭看，並拿筆在句下補上一句：「不可啼，殺吳兒。」於是便開始到各大族的莊園，查核豪門顧姓與陸姓奴役官兵和窩藏逃亡戶口的情況，並把事情本末報告朝廷，獲罪的人非常多。當時陸抗正任江陵都督，亦受牽連，便特地前往建業請求孫皓幫助，事情才得以了結。

山濤由於受到器重，並且在朝廷中有威望，雖然年紀已過七十歲，但還是照舊擔當重任。一些權貴家子弟，如和嶠、裴楷、王濟等人都為他歌功頌德。有人在閣道的柱子上題：「閣道東邊有大牛，和嶠在牛前，裴楷在牛後，王濟在中間糾纏不得休。」有人說這是潘尼所作。

賈充剛制定出法令，就和羊祜一起徵求太傅鄭沖的意見。鄭沖說：「皋陶制定法令嚴肅且公正的宗旨，不是我這種愚昧軟弱的人能推測的。」羊祜說：「聖上只是想要請你稍加補充潤色。」鄭沖這才概略地說出自己的意見。

司徒山濤前後兩次擔任吏部官職，幾乎考察了所有朝廷內外百官，沒有漏掉任何人才，凡是他品評過的人物，都像他所下的評語一樣。只有任用陸亮是皇帝的命令，和山濤的意見不同，山濤為此事力爭，但是皇帝沒有聽從。不久陸亮便因為受賄而被撤職。

嵇康被殺後，山濤推薦嵇康的兒子嵇紹任秘書丞。嵇紹和山濤商量是否要出任，山濤說：「我替您考慮很久了。

天地間一年四季，尚有交替變化的時候，更何況是人呢？」

王安期任東海郡內史時，有個小吏偷了池塘中的魚，主簿要徹查此事。王安期說：「周文王的獵場，是和百姓共用的。池塘中的幾條魚又有什麼可惜的呢！」

王安期任東海郡內史時，差役逮捕了一個犯宵禁的人。王安期審問他：「你從哪裡來的？」那個人回答：「從老師家學完功課回來，沒想到時間太晚了。」王安期聽後說：「以處分一個讀書人樹立威名，不是獲得治績的根本辦法。」之後，便派差役送他出去，令他回家。

晉成帝被遷到石頭城後，叛軍任讓在成帝面前斬殺侍中鍾雅和右衛將軍劉超。成帝哭著說：「把侍中還給我！」任讓不聽，還是殺了兩人。叛亂平定後，陶侃因為和任讓是老朋友，所以想赦免他。叛軍許柳有個兒子名思妣，很有才德，大臣們也想保全他。但是想要保全思妣，就不得不為陶侃保全任讓，於是大臣們就想將兩人共同赦罪。當處理辦法上奏成帝時，成帝說：「任讓是殺了侍中的人，不能赦罪！」大臣們認為不能違抗成帝命令，於是便把兩人殺了。

丞相王導出任揚州刺史時，幾百名來道賀的賓客都得到款待，人人都很高興。只有臨海郡一位任姓客人和幾位外國和尚還沒被接待。王導找機會轉身，走過任氏身邊對他說：「您離開臨海，那裡就沒有人才了。」任氏聽了非常高興。王導又走過胡僧面前，彈著手指說：「蘭闍，蘭闍。」胡僧們都笑了，四周的人都很高興。

太尉陸玩向丞相王導請示時，商量好的事情常常改變。王導感到奇怪，後來便問陸玩，陸玩回答：「您名高位尊，而我職卑微，臨時不知道該說些什麼，後來才覺得那樣做不行。」

有一年夏天，丞相王導曾到石頭城探望庾亮。庾亮正在處理公事，王導說：「天氣熱，可以稍為簡略一些。」庾亮說：「如果您留下公事不理，天下人未必認為妥當。」

王導晚年時，幾乎不再處理政事，只在文件上簽字同意。他感嘆地說：「他人說我老糊塗，但後人一定會想念這種糊塗的。」

陶侃本性檢點認真，工作勤懇。擔任荊州刺史時，吩咐負責建造船隻的官員把木屑全都收集起來，不論多寡，大家都不明白這是什麼用意。直到正月初一賀年時，歷經連日下雪後，剛剛轉晴，正堂前的臺階都潮濕不已，於是便用木屑鋪上，就不會妨礙出入了。官府用的竹子，陶侃也命他們把竹頭收集起來，堆積如山。後來桓溫討伐後蜀，組裝戰船時，這些竹頭就被用來作為釘子。又聽說陶侃曾經徵調過當地的竹篙，有一個主管官員把竹子連根砍下，用根部作為鐵足，陶侃便將他連升兩級任用之。

驃騎將軍何充任會稽內史時，虞存的弟弟虞謇任郡主簿，他認為何充要接見的客人太多，勞累傷神，想稟告何充謝絕常客，讓部下酌量選擇可以交往的再行通報。他擬定呈文，拿來給虞存。虞存這時正擔任何充的上佐，正和虞謇一起吃飯，他說：「這個呈文很好，等我吃完飯再批示。」飯後，他拿起筆在呈文後寫道：「如果能找到一個像郭林宗那樣有說服力的人任門亭長，就一定照所陳述的意見辦理。可是你到哪裡去找這樣的人呢？」虞謇於是作罷。

王濛、劉惔和支道林一起去看望驃騎將軍何充時，何充正在看公文，沒有理會他們。王濛便對何充說：「我們今天特意和林公來看望你，希望你放下日常事務，和我們談論玄學，你怎麼還低頭看這些東西呢？」何充說：「我不看這些東西，你們這些清談家如何生存呢？」大家都認為他說得很好。

桓溫兼任荊州刺史時，想用道德對待江、漢地區的百姓，恥於用威勢嚴刑整治人民。有一次，一位令史受杖刑，木棒只從令史的紅衣上擦過。桓溫的兒子桓式年紀尚小，他從外面進來，對桓溫說：「我剛才從官署門前走過，看見令史受杖刑，木棒舉起來高拂雲朵，落下時擦過地面。」桓溫說：「我還擔心太重了呢。」

簡文帝擔任丞相時，一件政務就要耗費一整年才能批覆。桓溫擔心太慢了，經常勸說他。簡文帝說：「一天有成千上萬件事，哪裡快得了啊！」

山遐離開東陽太守的職位後，左長史王濛向簡文帝要求出任東陽太守，他說：「因為前任嚴厲的措施，所以我可以用寬和並清靜無為的辦法使社會安定。」

殷浩初次任楊州刺史時，有一天丹陽尹劉惔到外地，太陽將要下山，便命隨從拿出被褥住下。有人問他為什麼，他回答：「因為刺史非常嚴厲，所以我不敢夜間趕路。」

謝安輔政時，兵員差役時常逃亡，大多就近躲藏在南岸下的船裡。有人請求謝安同時搜索所有船隻，謝安不答應。他說：「如果不能寬恕這種人，又怎麼能治理好京都呢？」

王大任吏部郎時，曾經起草一份舉薦人員的名單，直到上奏時，王僧彌來訪，王大便隨手拿來給他看。王僧彌趁機按自己的意見改換了將近半數的候選名字，王大認為他改得很恰當，就另外謄寫一份上奏。

東亭侯王珣和冠軍將軍張玄兩人交好。王珣擔任吳郡太守後，有人問中書令王珉：「東亭任郡太守時，民風和政績如何？」王珉回答：「我不知道政績教化如何，只看到他和張祖希的交情一天比一天深厚。」

殷仲堪正要到荊州就任刺史，東亭侯王珣問：「德行完備稱為德，不害人稱為仁。現在你將要治理中部地區，擔任有生殺大權的職位，這恐怕違背你原來的操守吧？」殷仲堪回答：「帝舜時的法官皋陶制定刑法，不是不賢德；孔子擔任司寇，也不是不仁愛。」

源來如此

要實行德政或是依靠法治馭民，一直以來都是從政者關注的焦點。《世說新語》中較傾向仁德治國。例如「彊者綏之以德，弱者撫之以仁，恣其所安」，和「桓公在荊州，全欲以德被江、漢，恥以威刑肅物」。

但是按照歷史的教訓，統治者通常都不會寬厚待民和施以百姓恩惠，所謂德政，常是停留在口號。其中就提出了主張仁政和「處殺戮之職」是否矛盾的問題。而施政方針，多主張施行「猛政」，使人不敢輕易犯法。還有提到晉武帝登基時，便命令賈充訂定律令，因不立法，就無以執法。而主張嚴懲違法亂紀，決不饒恕的篇章，例如「不忠不孝，其罪莫大」，和「盜殺財主，何如骨肉相殘」。也有篇幅記載鎮壓無視國法的豪強。

魏晉時代清談盛行，甚至因此廢棄政務。但那時也有很多人對此持否定態度，主張看重功勞，勤於政事。其中提到選拔官員時，應選賢任能，做到「舉無失才」。對為官者也有多方面的要求，諸如要注意待人接物，要有遠見卓識，做事不能唯命是從……等。可見本篇所涉範圍之廣。

作文撇步

1. 設問：語文中，故意採用詢問語氣，以引起對方注意的一種修辭技巧。

提問 作者先假設問題，激發讀者疑惑，再說出答案。有引起注意、加深印象、凸顯論點、啟發思考的效用。

激問 又名「反問」或「詰問」，為激發本意而問，表面上雖然沒有說出答案，其實答案就在問題的反面，所以「問而不答」。

懸問 作者內心確實存有疑惑，並刻意將此疑惑說出詢問。

例1：紹咨公出處，公曰：「為君思之久矣！天地四時，猶有消息，**而況人乎？**」

Tips：激問

例2：**人生什麼事最苦呢？貧嗎？不是。失意嗎？不是。老嗎？死嗎？都不是。**我說人生最苦的事，莫

若於身上背著一種未了的責任。（梁啟超〈最苦與最樂〉）

Tips：提問

例3：**這個世界，究竟有什麼是永久的，又有什麼是值得認真的呢？**（琦君〈髻〉）

Tips：懸問

成語集錦

1. 竹頭木屑：比喻可以利用的廢棄物。

原典 陶公性檢厲，勤於事。作荊州時，敕船官悉錄鋸木屑，不限多少，咸不解此意。後正會，值積雪始晴，聽事前除雪後猶濕，於是悉用木屑覆之，都無所妨。官用竹皆令錄厚頭，積之如山。後桓宣武伐蜀，裝船，悉以作釘。又云，嘗發所在竹篙，有一官長連根取之，仍當足，乃超兩階用之。

書證1：取士若取才，肯棄竹頭木屑？（明代吳寬〈禮部試擬宋以范仲淹為樞密副使謝表〉）

書證2：時造船，木屑及竹頭，悉令舉掌之。（《晉書．陶侃傳》）

書證3：竹頭木屑之積，亦云多矣，將欲一旦而用之可也。（宋代鄭樵〈上宰相書〉）

高手過招

1.（　）「王安期為東海郡，小吏盜池中魚，綱紀推之（督察者追究此事）。王曰：『文王之囿，與眾共之，池魚復何足惜！』」（《世說新語．政事》）王安期處理此事的態度與下列那一選項相合？

A. 無為而治。
B. 為政寬仁。
C. 勿以善小而不為。
D. 獨樂樂不若與眾樂樂。

2.（　）閱讀下文，選出□內依序最適合填入的詞語：陶公性檢厲，勤於事。作荊州時，□船官悉錄鋸木屑，不限多少。咸不解此意。後正會，□積雪始晴，聽事前除雪後□濕，於是悉用木屑覆之，都無所妨。（《世說新語．政事》）

A. 敕／值／猶。
B. 敕／輒／必。
C. 諫／值／必。
D. 諫／輒／猶。

解答：
1. B　2. A

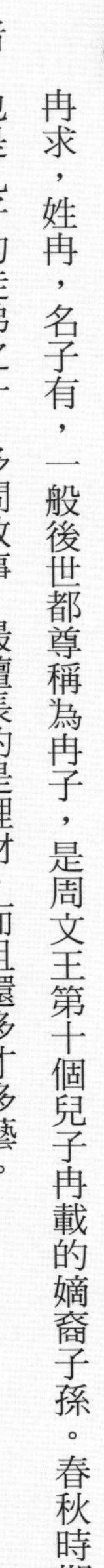

典故 孔門政事科——冉求

冉求，姓冉，名子有，一般後世都尊稱為冉子，是周文王第十個兒子冉載的嫡裔子孫。春秋時期有名的學者，也是孔子的徒弟之一。多問政事，最擅長的是理財，而且還多才多藝。

冉求曾經擔任過季氏的宰臣。在西元前四八四年的時候，冉求帶著一隊軍隊入侵齊軍，而且還身先士卒衝在最前面奮勇殺敵，以步兵和長矛打突擊戰，最終取得勝利。之後又趁機說服季康子，接回了在外面流亡十六年的孔子。

冉求也充分發揮自己的才能，幫助季康子進行田賦改革，聚斂許多老百姓的財富，也因此受到孔子的嚴厲批評，孔子還因此一度將冉求逐出師門。但是冉求終歸是孔子的得意門生，在孔子的教導之下，冉求的品行也逐漸向儒家所倡導的「仁德」靠攏，漸漸臻於完美。

有一次季康子問孔子：「冉求可以從事政治嗎？」孔子回答他：「冉求多才多藝，政事對他來說有什麼困難的呢？」又有一次，子路問孔子：「怎樣才算是一個完美的人呢？」孔子回答他：「要有臧武仲的智慧，孟公綽的克制，及卞莊子的勇敢，再加上冉求的才能、技藝以及禮樂的陶養，也就可以算是一個人格完備的人了。」所以這樣看來，冉求還真是一個多才多藝的男子啊！

又有一回，子路、曾皙、冉求還有公西華四個人在陪著孔子的時候，孔子就引導他們各自談論自己將來的志向，孔子問他們四個人：「如果將來有人能夠知道你們，又能夠任用你們，你們想想自己身上究竟有什麼本領能讓別人用呢？」當時冉求就說：「嘉定有一個六、七十里寬的地方，或者更小一點的地方，讓我來治理的話，只要三年，我就可以使人民富足起來。但是要談到興禮樂這類的事情，冉求我就沒有這個本領了，只能等賢能的人來實施了。」

冉求的志向是從政，但是他卻十分的謙虛，因為憑他的才能，治理一個千乘之國都不在話下。而且冉求非常關心百姓，有一次他隨孔子去了衛國，冉求看到衛國人口很多，於是就問孔子：「人口這麼多了，那還要增加什麼呢？」孔子說：「使他們富有。」冉求又問：「他們富有了以後，要怎樣呢？」孔子又說：「要教育他們。」其實冉求是一個能夠發現問題，並且虛心求教的人。

實際上，孔子是很欣賞冉求的。《論語．雍也》記載，季康子問孔子子路、子貢、冉求是否可以從政，孔子回答三人皆可從政，並分別道出三人之優點各不相同，「由（子路）也果」、「賜（子貢）也達」、「求（冉求）也藝」。《論語．先進》則記載：「德行：顏淵、閔子騫、冉伯牛、仲弓。言語：宰我、子貢。政事：冉有、季路。文學：子遊、子夏。」孔子按照學生的專長，將優秀子弟加以分類。也可見冉求的政治長才備受肯定。

冉求不重仕德的修養，從來沒有發表過關於仁、義、禮、孝等儒家道德觀念方面的看法，也沒有向孔子請教過這方面的問題。他認為自己學習「仁」的力量不夠，孔子批評他根本不努力學習有關「仁」的學說。他不重禮樂修養，認為禮樂教化之事，要等待賢人君子去做。他對孔子不是絕對的服從，具有一定的改革精神。

文學篇

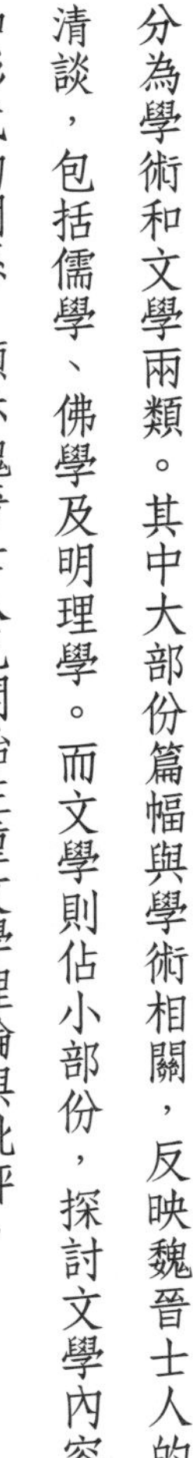

分為學術和文學兩類。其中大部份篇幅與學術相關，反映魏晉士人的清談，包括儒學、佛學及明理學。而文學則佔小部份，探討文學內容和形式的關係，顯示魏晉士人已開始注重文學理論與批評。

古文鑑賞

鄭玄在馬融門下，三年不得相見，高足弟子傳授而已。嘗算渾天不合❶，諸弟子莫能解。或言玄能者，融召令算，一轉便決，眾咸駭服。及玄業成辭歸，既而融有「禮樂皆東」之歎❷。恐玄擅名而心忌焉。玄亦疑有追，乃坐橋下，在水上據屐。融果轉式逐之❸，告左右曰：「玄在土下水上而據木，此必死矣。」遂罷追，玄竟以得免。

鄭玄欲注《春秋傳》❹，尚未成時，行與服子慎遇宿客舍，先未相識，服在外車上與人說己注傳意。玄聽之良久，多與己同。玄就車與語曰：「吾久欲注，尚未了。聽君向言，多與吾同。今當盡以所注與君。」遂為服氏注。

鄭玄家奴婢皆讀書。嘗使一婢，不稱旨，將撻之。方自陳

【說文解字】

❶渾天：古代的一種天體學說和天體算法，與蓋天說、宣夜說並稱爲「論天三家」。渾天說最早起源於戰國時期，之後經過不斷的發展和補充，逐漸完善。東漢的天文學家張衡對渾天說有很大的貢獻，他在《渾天儀注》中指出天是一個圓球，而不是蓋天說中的半圓，地球在天之中類似於雞蛋黃在雞蛋內部。渾天說認爲天像鳥蛋，地像蛋黃，日月星辰圍繞南、北兩極旋轉。人們就運用這種觀點，去推算日月星辰位置。

❷禮樂皆東：禮和樂是儒家的重要課程。此處讚鄭玄已掌握禮樂的精髓，隨著他東歸，東方就成爲講授禮樂的中心。

❸轉式：旋轉式盤推演吉凶，是一種占卜方法。式，通「栻」，占卜工具。

❹《春秋傳》：《春秋左氏傳》，即《左傳》。

❺語出《詩經．邶風．式微》。

❻語出《詩經．邶風．柏舟》。薄言，助詞無義。

❼崔烈：字成考，漢靈帝時官至司徒、太尉，

說，玄怒，使人曳箸泥中。須臾，復有一婢來，問曰：「胡為乎泥中❺？」答曰：「薄言往愬，逢彼之怒❻。」

服虔既善《春秋》，將為注，欲參考同異；聞崔烈集門生講傳❼，遂匿姓名，為烈門人賃作食❽。每當至講時，輒竊聽戶壁間❾。既知不能踰己，稍共諸生敘其短長。烈聞，不測何人，然素聞虔名，意疑之。明蚤往，及未寤，便呼：「子慎！子慎！」虔不覺驚應，遂相與友善。

鍾會撰〈四本論〉，始畢，甚欲使嵇公一見。置懷中，既定，畏其難，懷不敢出，於戶外遙擲，便回急走。

何晏為吏部尚書，有位望，時談客盈坐，王弼未弱冠往見之❿。晏聞弼名，因條向者勝理語弼曰⓫：「此理僕以為極，可得復難不？」弼便作難，一坐人便以為屈，於是弼自為客主數番⓬，皆一坐所不及。

何平叔注《老子》，始成，詣王輔嗣。見王注精奇，迺神伏曰⓭：「若斯人，可與論天人之際矣⓮！」因以所注為〈道〉、〈德〉二論。

王輔嗣弱冠詣裴徽，徽問曰：「夫無者⓯，誠萬物之所資

封陽平亭侯。崔烈出身於博陵崔氏，在當時的北方非常有名望。漢靈帝的時候賣官，從公卿到地方官員都明碼標價。有錢的人先交錢後授官，沒錢的先授官再交兩倍的錢。崔烈給了漢靈帝的保姆程夫人五百萬錢之後，被授予司徒。拜官的那天，漢靈帝對身邊的近侍說：「這官賣得便宜了，本應可以賣到一千萬錢。」程夫人說：「崔烈是冀州的名士，怎麼會買官呢？要不是我牽線連這些都沒有。」朝堂上的人聽見之後，便將此事傳開，崔烈的聲譽就此受到損傷。崔烈很憂慮，問當時任虎賁中郎將的兒子崔鈞：「我現在位列三公，大家怎麼評論我呢？」崔鈞說：「人們說你年輕的時候就有名聲，不會成不了三公。但是你現在上位，大家卻覺得很失望。」崔烈問爲什麼，崔鈞說：「眾人嫌棄你身上的銅臭。」這亦是「銅臭」一詞的由來。崔烈聞言大怒，拿起手杖就要打他。崔鈞狼狽地逃走，崔烈罵道：「你父親打你，你還趕跑，這是孝順嗎？」崔鈞回答：「舜伺候他父親，打得輕時就忍耐，打得重時就逃跑，所以這不算是不孝。」崔烈聽了之後，便也覺得這件事情是自己的不對。門生：弟子，學生。

❽ 賃：擔任僱工。

❾ 戶壁間：門外。

❿ 弱冠：古代男子二十歲行冠禮，因爲還沒有達

⑯，聖人莫肯致言⑰，而老子申之無已，何邪？」弼曰：「聖人體無⑱，無又不可以訓，故言必及有；老、莊未免於有，恒訓其所不足。」

傅嘏善言虛勝，荀粲談尚玄遠。每至共語，有爭而不相喻。裴冀州釋二家之義，通彼我之懷，常使兩情皆得，彼此俱暢。

何晏注《老子》未畢，見王弼自說注《老子》旨。何意多所短，不復得作聲，但應諾諾⑲。遂不復注，因作〈道德論〉。

中朝時，有懷道之流，有詣王夷甫咨疑者。值王昨已語多，小極，不復相酬答，乃謂客曰：「身今少惡，裴逸民亦近在此⑳，君可往問。」

裴成公作〈崇有論〉㉑，時人攻難之，莫能折。唯王夷甫來，如小屈。時人即以王理難裴，理還復申㉒。

諸葛宏年少不肯學問㉓。始與王夷甫談，便已超詣㉔。王歎曰：「卿天才卓出，若復小加研尋，一無所愧。」宏後看《莊》、《老》，更與王語，便足相抗衡㉕。

衛玠總角時問樂令「夢」㉖，樂云：「是想」。衛曰：「形

到壯年，稱弱冠。也泛指二十歲左右的男子。冠禮，從原始社會的成丁禮（又名「入社禮」）演變而來，與之相對應的女子成年禮被稱爲「笄禮」，一般在女子十五歲時舉行。《儀禮》十七篇中的第一篇就是〈士冠禮〉，足見冠禮的重要程度。《朱子童蒙須知》記載，孩童的禮教由冠禮、服飾開始，在冠禮之前，「衣不帛襦褲」，年滿二十歲後方可以裘帛爲衣。周朝士大夫年及二十行冠禮，王公則年及十五就行冠禮。《禮記．冠義》曰：「已冠而字之，成人之道也」。

⑪條：分條列出。向者：以前。

⑫自爲客主：既做提問的一方，也做答辯的一方，自問自答。

⑬神伏：神服，傾心佩服。

⑭天人之際：指天和人的關係。天人關係是中國傳統哲學的核心問題。

⑮無：「無」和「有」，是道家的兩個哲學範疇。

⑯資：憑藉。

⑰聖人：指有最高尚道德和最高超智慧的人，此處指孔子。

⑱體：本體，此處作動詞使用，即以之爲本體。王弼用道家思想解釋儒家的學說，主張「無」是萬物的本體，認爲孔子也是以無爲本體。但「無」是不可知曉的神秘精神性實體，所以不可以解釋。

神所不接而夢，豈是想邪？」樂云：「因也。未嘗夢乘車入鼠穴，擣齏噉鐵杵㉗，皆無想無因故也。」衛思「因」，經日不得，遂成病。樂聞，故命駕為剖析之㉘。衛既小差㉙。樂歎曰：「此兒胸中當必無膏肓之疾㉚！」

庾子嵩讀《莊子》㉛，開卷一尺許便放去㉜，曰：「了不異人意㉝。」

客問樂令「旨不至」者㉞，樂亦不復剖析文句，直以麈尾柄确几曰㉟：「至不？」客曰：「至！」樂因又舉麈尾曰：「若至者，那得去？」於是客乃悟服。樂辭約而旨達㊱，皆此類。

初，注《莊子》者數十家，莫能究其旨要。向秀於舊注外為解義，妙析奇致，大暢玄風。唯〈秋水〉、〈至樂〉二篇未竟而秀卒。秀子幼，義遂零落，然猶有別本。郭象者，為人薄行，有儁才。見秀義不傳於世，遂竊以為己注。乃自注〈秋水〉、〈至樂〉二篇，又易〈馬蹄〉一篇，其餘眾篇，或定點文句而已㊲。後秀義別本出，故今有向、郭二莊，其義一也。

阮宣子有令聞，太尉王夷甫見而問曰：「老、莊與聖教同異㊳？」對曰：「將無同㊴？」太尉善其言，辟之為掾㊵。世

---

⑲ 諾諾：連聲答應，表示同意。

⑳ 裴逸民：裴頠，字逸民，河東聞喜人，西晉哲學家，著有〈崇有論〉。出身於官宦世家，祖父裴潛，曹魏尚書令。父裴秀，西晉尚書令、地圖學家。姨父賈充。裴頠少時聰穎，善談《老子》、《易經》等著作。曹魏時爲權臣司馬昭的僚屬，至晉朝立國時任散騎常侍，爲晉武帝司馬炎的近臣。晉惠帝時爲國子祭酒，兼任右軍將軍。後因誅楊駿有功，而封武昌侯奏修國學，刻石寫經累遷尚書。每授一職，殷勤固讓，博引古今成敗以爲言。而後，又進尚書左僕射，專任門下事。後爲趙王司馬倫所殺害。惠帝追尊諡號爲成。

㉑ 裴成公：裴逸民，死後的諡號是成，所以稱裴成公。裴逸民抨擊當時的「貴無」思想，反對以我爲本體，寫出〈崇有論〉，承認世界的根本是「有」，而非虛無。

㉒ 申：展開。

㉓ 學問：學習求教。

㉔ 超詣：造詣高深。

㉕ 抗衡：不相上下。

㉖ 總角：未成年的人。頭髮紮成抓髻，名爲總角，借指幼年。

㉗ 搗虀：把蔥、蒜、薑等搗碎，製成醃鹹菜。

㉘ 命駕：吩咐人駕車，即坐車前往。

㉙ 差：病好了。

謂「三語掾」。衛玠嘲之曰：「一言可辟，何假於三？」宣子曰：「苟是天下人望，亦可無言而辟，復何假一？」遂相與為友。

裴散騎娶王太尉女。婚後三日，諸婿大會，當時名士，王、裴子弟悉集。郭子玄在坐，挑與裴談。子玄才甚豐贍㊶，始數交未快。郭陳張甚盛㊷，裴徐理前語，理致甚微㊸，四坐咨嗟稱快。王亦以為奇，謂諸人曰：「君輩勿為爾，將受困寡人女婿㊹！」

衛玠始度江㊺，見王大將軍。因夜坐，大將軍命謝幼輿。玠見謝，甚說之，都不復顧王，遂達旦微言。王永夕不得豫㊻。玠體素羸，恒為母所禁。爾夕忽極，於此病篤，遂不起。

舊云：王丞相過江左，止道聲無哀樂、養生、言盡意㊼，三理而已。然宛轉關生，無所不入。

殷中軍為庾公長史，下都，王丞相為之集，桓公、王長史、王藍田、謝鎮西並在。丞相自起解帳帶麈尾，語殷曰：「身今日當與君共談析理。」既共清言，遂達三更。丞相與殷共相往反，其餘諸賢，略無所關。既彼我相盡，丞相乃歎曰：

㉚ 膏肓：心尖脂肪名膏，心臟和隔膜之間名肓。古人認爲這是藥力達不到的地方，病入膏肓就無藥可治。此處說明，衛玠有問題就一定要弄明白才心安，因此就不會積憂成病。

㉛ 庾子嵩：庾敳，字子嵩，潁川鄢陵人。諫議大夫庾峻之子，西晉時期名士、清談家，出身於魏晉名門潁川庾氏。先爲陳留相，後爲吏部郎，皆靜默無爲，不涉世事。又任太傅、東海王司馬越參軍，轉任軍咨祭酒。永嘉五年，與太尉王衍等西晉王公被石勒俘虜，不久即遇害，時年五十歲。著有文集二卷傳於世。庾敳身高不滿七尺而體肥，擅長清談，爲王衍所推重。時人認爲庾敳善於託身高位，自我隱藏。但因聚斂巨財，而爲人們所譏笑。自稱是老莊之徒。在他未讀《莊子》之時，認爲書中談的都是最高的眞理，讀了以後才發現和自己的心意相合。

㉜ 一尺許：一尺左右。古代的書寫在帛或紙上，捲起收藏，因此可以計算長度。

㉝ 了：全。

㉞ 旨不至：《莊子．天下篇》記載：「指不至，至不絕。」意爲，指向一個物體並不能達到它的實質，就算達到也無法窮盡。此處說明，樂廣以麈尾确几一事，是先至然後去，說明所謂至，並沒有達到事物的本體。

㉟ 确几：敲著小桌子。

「向來語，乃竟未知理源所歸，至於辭喻不相負。正始之音㊽，正當爾耳！」明旦，桓宣武語人曰：「昨夜聽殷、王清言甚佳，仁祖亦不寂寞，我亦時復造心㊾，顧看兩王掾㊿，輒翣如生母狗馨51。」

殷中軍見佛經云：「理亦應阿堵上52。」

謝安年少時，請阮光祿道〈白馬論〉53。為論以示謝，于時謝不即解阮語，重相咨盡。阮乃歎曰：「非但能言人不可得，正索解人亦不可得！」

褚季野語孫安國云：「北人學問，淵綜廣博54。」孫答曰：「南人學問，清通簡要55。」支道林聞之曰：「聖賢固所忘言56。自中人以還57，北人看書，如顯處視月；南人學問，如牖中窺日58。」

劉真長與殷淵源談，劉理如小屈，殷曰：「惡，卿不欲作將善雲梯仰攻59。」

殷中軍云：「康伯未得我牙後慧60。」

謝鎮西少時，聞殷浩能清言，故往造之。殷未過有所通61，為謝標榜諸義，作數百語。既有佳致62，兼辭條豐蔚63，甚足

㊱約：簡約簡要。

㊲定點：改正。

㊳聖教：聖人的教化，儒學。

㊴將無：恐怕，別是。

㊵辟：徵召，調用。掾：屬官。下文的「三語掾」，即三個字的屬官。

㊶豐贍：富足，此處指才識淵博。

㊷陳張：鋪陳。

㊸理致：義理情致。

㊹寡人：王侯的謙稱。王夷甫居宰輔之重，亦自稱寡人。

㊺度：通「渡」。

㊻永夕：長夜，整夜。豫：通「與」，參加。

㊼聲無哀樂：嵇康著有〈聲無哀樂論〉，提到音聲無常，隨人的感情而分哀樂，其本身並不具有哀樂的表情意義。養生：嵇康著有〈養生論〉，論養生之道，要求修身養性，順應自然，自足於懷，不逆天性。言盡意：晉代歐陽建著有〈言盡意論〉，反對玄學所主張「言不盡意」的不可知論，認爲語言能表達人們對客觀事物及其規律的認識，交流思想感情。

㊽正始之音：正始年間談玄的風尚。也就是揉合儒家經義，高談老莊，辨名析理，故作狂放。正始是三國時魏齊王曹芳的年號，當時名士風流，盛於國都，王弼、何晏等人，開始迷醉於玄理之中。

以動心駭聽。謝注神傾意，不覺流汗交面64。殷徐語左右：「取手巾與謝郎拭面。」

宣武集諸名勝講《易》65，日說一卦。簡文欲聽，聞此便還。曰：「義自當有難易，其以一卦為限邪？」

有北來道人好才理，與林公相遇於瓦官寺，講《小品》66。于時竺法深、孫興公悉共聽。此道人語，屢設疑難，林公辯答清析，辭氣俱爽。此道人每輒摧屈。孫問深公：「上人當是逆風家67，向來何以都不言？」深公笑而不答。林公曰：「白旃檀非不馥68，焉能逆風？」深公得此義，夷然不屑69。

孫安國往殷中軍許共論70，往反精苦，客主無間。左右進食，冷而復暖者數四71。彼我奮擲麈尾，悉脫落，滿餐飯中。賓主遂至莫忘食。殷乃語孫曰：「卿莫作強口馬72，我當穿卿鼻。」孫曰：「卿不見決鼻牛，人當穿卿頰73。」

《莊子．逍遙篇》74，舊是難處，諸名賢所可鑽味，而不能拔理於郭、向之外。支道林在白馬寺中，將馮太常共語，因及〈逍遙〉。支卓然標新理於二家之表，立異義於眾賢之外，皆是諸名賢尋味之所不得。後遂用支理。

---

49 造心：進到心裡，指心有所得。

50 兩王掾：指王濛和王述，兩人都是王導的麾下屬官。

51 翣：用羽毛做的扇子。馨：一樣，這樣。此句譏二王不懂卻裝模作樣。

52 阿堵：這。指佛經和玄學義理相符，東晉以後，玄學和佛學趨於合流。

53 〈白馬論〉：戰國公孫龍著〈白馬論〉，提出白馬非馬的著名命題，認爲「馬」這一個概念是指形體，「白」這一個概念是指顏色，所以白馬非馬。

54 淵綜：深厚而且融會貫通。

55 清通：清新通達。

56 忘言：指默識其意，無需用言語說明。

57 中人：中等人，指具有中等才質的人。以還：以下。

58 牖：窗戶。顯處視月，視野開闊，但不易專一；牖中窺日，視野狹窄，但能專一。

59 惡：何，怎麼。作將：做。雲梯：長梯。

60 康伯：韓康伯，殷浩的外甥，殷浩很喜歡他。牙後慧：指言外的義理情趣，殷浩善清談，此處說明韓康伯還不善談玄。

61 過：過分。通：陳述，闡發。

62 佳致：風致，指談吐舉止風雅。

63 辭條：文辭的條目，此處指辭藻。豐蔚：豐富，華美。

殷中軍嘗至劉尹所清言。良久，殷理小屈，遊辭不已75，劉亦不復答。殷去後，乃云：「田舍兒，強學人作爾馨語76。」

殷中軍雖思慮通長，然於才性偏精77。忽言及〈四本〉78，便苦湯池鐵城79，無可攻之勢。

支道林造〈即色論〉，論成，示王中郎。中郎都無言。支曰：「默而識之乎80？」王曰：「既無文殊81，誰能見賞？」

王逸少作會稽82，初至，支道林在焉。孫興公謂王曰：「支道林拔新領異83，胸懷所及，乃自佳，卿欲見不？」王本自有一往雋氣，殊自輕之。後孫與支共載往王許，王都領域84，不與交言。須臾支退，後正值王當行，車已在門。支語王曰：「君未可去，貧道與君小語。」因論《莊子．逍遙遊》。支作數千言，才藻新奇，花爛映發。王遂披襟解帶85，留連不能已。

三乘佛家滯義86，支道林分判，使三乘炳然。諸人在下坐聽87，皆云可通。支下坐，自共說，正當得兩，入三便亂。今義弟子雖傳，猶不盡得。

許掾年少時，人以比王苟子，許大不平。時諸人士及於法師並在會稽西寺講，王亦在焉。許意甚忿，便往西寺與王論

---

64 交面：在臉上交織。殷浩只比謝尚大三歲，便成名士，且談玄能將人引入勝境，所以謝尚不覺汗顏。

65《易》：即《周易》，推測爲殷周時逐漸成書，包括六十四卦的卦辭和對卦辭的著述。

66《小品》：指佛教經典《小品般若波羅密經》。這是略本，稱小品，另有詳本，稱大品。

67 上人：佛教用語，稱有上德的人，也用來尊稱僧人。此處指竺法深本不在支道林之下，應當不會甘拜下風，一定會迎風而上。

68 白旃檀：白檀香樹。這種樹只能順風聞香味，意指竺法深也不是自己的對手。

69 夷然：平靜地，坦然。不屑：不顧，不理會。

70 許：處所。

71 數四：再三，三番兩次。

72 強口馬：比喻嘴硬，不服輸。

73 此處說明，如果不認輸，就會像穿牛鼻那樣穿你的腮，就無法掙脫了。馬不穿鼻，牛才穿鼻，但牛能掙脫鼻繩，孫安國利用殷浩的急不擇言，予以反擊。

74《莊子．逍遙篇》：〈逍遙遊〉是《莊子》中的第一篇，論述萬物要無所依靠，才能逍遙自得的思想。

75 遊辭：不切實際的閃躲言辭。

76 爾馨：這樣。譏笑殷浩硬要談論玄學。

77 才性：才能和本性，指才、性的含義及其之間

理，共決優劣。苦相折挫，王遂大屈。許復執王理，王執許理，更相覆疏；王復屈。許謂支法師曰：「弟子向語何似88？」支從容曰：「君語佳則佳矣，何至相苦邪？豈是求理中之談哉！」

林道人詣謝公89，東陽時始總角，新病起，體未堪勞。與林公講論，遂至相苦。母王夫人在壁後聽之，再遣信令還90，而太傅留之。王夫人因自出云：「新婦少遭家難91，一生所寄，唯在此兒。」因流涕抱兒以歸。謝公語同坐曰：「家嫂辭情慷慨，致可傳述92，恨不使朝士見。」

支道林、許掾諸人共在會稽王齋頭93。支為法師，許為都講94。支通一義，四坐莫不厭心95。許送一難，眾人莫不抃舞96。但共嗟詠二家之美，不辯其理之所在。

謝車騎在安西艱中97，林道人往就語，將夕乃退。有人道上見者，問云：「公何處來？」答云：「今日與謝孝劇談一出來98。」

支道林初從東出99，住東安寺中。王長史宿構精理100，並撰其才藻，往與支語，不大當對。王敘致作數百語，自謂是名

的關係。

78〈四本〉：即〈四本論〉，涉及才性的異同離合四種關係。

79湯池鐵城：流著沸水的護城河和鐵造的城牆，比喻非常堅固。

80默而識之：語出《論語．述而》。識，記住。

81文殊：文殊菩薩。《維摩詰經》記載：「文殊菩薩問維摩詰：『例者是菩薩入不二法門？』維摩詰默然無言，文殊嘆道：『是眞入不二法門也。』」王坦之意指文殊從維摩詰的默然無言中領悟其意，現在既無文殊，誰能賞識我的默然無言呢？王坦之對支道林不置可否，實際是不欣賞。

82王逸少：王羲之，字逸少。

83拔新領異：標新立異。拔，提出。領，領會。

84領域：指心存界限。

85披襟解帶：寬衣解帶，指脫下禮服。

86三乘：佛教用語。佛教認爲人有深淺不同，分爲三種得道解脫的修行途徑，就好像乘坐的三種車，即三乘。

87下坐：下座。座位分尊卑，尊貴的是上座，卑下的是下座。

88弟子：佛教或道教信徒對教徒談話時的自稱。

89林道人：即支道林，下文又稱林公。謝公：謝安，下文又稱太傅。

90信：送信的人，此處指傳話的人。

理奇藻。支徐徐謂曰：「身與君別多年，君義言了不長進。」王大慚而退。

殷中軍讀《小品》，下二百籤101，皆是精微，世之幽滯。嘗欲與支道林辯之，竟不得102。今《小品》猶存。

佛經以為袪練神明103，則聖人可致。簡文云：「不知便可登峰造極不？然陶練之功104，尚不可誣。」

于法開始與支公爭名，後精漸歸支，意甚不忿105，遂遁跡剡下。遣弟子出都，語使過會稽。于時支公正講《小品》。開戒弟子：「道林講，比汝至，當在某品中。」因示語攻難數十番，云：「舊此中不可復通。」弟子如言詣支公。正值講，因謹述開意。往反多時，林公遂屈。厲聲曰：「君何足復受人寄載來！」

殷中軍問：「自然無心於禀受106。何以正善人少，惡人多？」諸人莫有言者。劉尹答曰：「譬如寫水著地107，正自縱橫流漫，略無正方圓者。」一時絕歎，以為名通108。

康僧淵初過江，未有知者，恒周旋市肆109，乞索以自營110。忽往殷淵源許，值盛有賓客，殷使坐，麤與寒溫，遂及義理。

---

91 新婦：婦女謙稱。家難：家裡的不幸遭遇，此處指丈夫亡。
92 致：通「至」，最。
93 會稽王：指晉簡文帝司馬昱。齋頭：書房。
94 都講：主持講學的人。凡和尚開講佛經，主講者爲法師，唱經者爲都講。講授四書五經等也如此，負責宣讀的也稱爲都講。
95 厭心：滿足，滿意。
96 抃舞：鼓掌跳躍，比喻非常高興。
97 艱：父喪。
98 謝孝：謝玄在服喪期間的代稱，相當於稱謝孝子。一出：一番，一次。來：語氣詞。
99 從東出：支道林原居會稽，在京都建康東部，晉哀帝派人將他接到建康，所以稱「從東出」。但此時王濛已死，這一則所記可能是傳聞之誤。
100 宿構：事先構思。
101 籤：注記。讀書遇到疑難之處，夾上字條作爲記號。
102 東晉裴啟《語林》記載，殷浩因爲對佛經有所不解，派人去請支道林。王羲之卻認爲，殷浩不了解的，支道林也未必能講通，如果講錯了，更是影響名聲。支道林同意他的觀點，便沒有去見殷浩。
103 袪練：佛教用語，指稱擺脫煩惱、修練智慧。神明：精神，智慧。佛經說：「一切眾生皆有語言辭旨，曾無愧色111。領略麤舉，一往參詣。由是知之。

般、謝諸人共集。謝因問般：「眼往屬萬形112，萬形來入眼不？」

人有問般中軍：「何以將得位而夢棺器113，將得財而夢矢穢114？」般曰：「官本是臭腐，所以將得而夢棺屍；財本是糞土，所以將得而夢穢汙。」時人以為名通。

般中軍被廢東陽，始看佛經。初視《維摩詰》，疑般若波羅密太多115，後見《小品》，恨此語少。

支道林、般淵源俱在相王許116。相王謂二人：「可試一交言。而才性殆是淵源崤、函之固，君其慎焉！」支初作，改轍遠之117，數四交，不覺入其玄中。相王撫肩笑曰：「此自是其勝場118，安可爭鋒！」

謝公因子弟集聚，問《毛詩》何句最佳119？遏稱曰120：「昔我往矣，楊柳依依；今我來思，雨雪霏霏121。」公曰：「訏謨定命，遠猷辰告122。」謂此句偏有雅人深致。

張憑舉孝廉出都123，負其才氣，謂必參時彥124。欲詣劉尹，鄉里及同舉者共笑之。張遂詣劉。劉洗濯料事，處之下

佛性，但能修智慧，斷煩惱，萬行具足，便成佛也。」

104 陶練：陶冶鍛鍊，指道家的煉丹。

105 不忿：不平，不服氣。

106 稟受：指人所承受於自然的天性。

107 寫：通「瀉」，傾瀉。說明一切都是任其自然。

108 名通：精妙通達的解釋。

109 市肆：市中商店，市場。

110 自營：自己謀生活。

111 曾：簡直，表示加強語氣。

112 屬：通「矚」，看。謝安意指能否不看而知。

113 位：官位，爵位。

114 矢：通「屎」。

115 般若波羅密：指菩薩修行法之一。波羅密是佛教的「到彼岸」（指超脫生死的境界）。

116 相王：晉簡文帝，他未登帝位時，以會稽王身分任丞相，因此稱為相王。

117 改轍：改道，比喻改變方向、話題。

118 勝場：穩操勝算的處所，傑出之處。

119 《毛詩》：即《詩經》，周代的詩歌總集，現今流傳下來的是由毛亨作傳。

120 遏：謝玄的小名，謝玄為謝安的侄子。

121 語出《詩經．小雅．采薇》。意為，想起我離家的時光，楊柳輕輕擺盪；如今我回到家鄉，雪花漫天飄揚。

122 語出《詩經．大雅．抑》。意為，國家大計一

坐，唯通寒暑，神意不接。張欲自發無端。頃之，長史諸賢來清言。客主有不通處，張乃遙於末坐判之，言約旨遠，足暢彼我之懷，一坐皆驚。真長延之上坐，清言彌日，因留宿至曉。張退，劉曰：「卿且去，正當取卿共詣撫軍125。」張還船，同侶問何處宿？張笑而不答。須臾，真長遣傳教覓張孝廉船126，同侶惋愕。即同載詣撫軍。至門，劉前進謂撫軍曰：「下官今日為公得一太常博士妙選127！」既前，撫軍與之話言，咨嗟稱善曰：「張憑勃窣為理窟128。」即用為太常博士。

汰法師云：「六通、三明同歸129，正異名耳。」

支道林、許、謝盛德，共集王家。謝顧謂諸人：「今日可謂彥會，時既不可留，此集固亦難常。當共言詠，以寫其懷。」許便問主人有《莊子》不？正得〈漁父〉一篇。謝看題，便各使四坐通。支道林先通，作七百許語，敘致精麗，才藻奇拔，眾咸稱善。於是四坐各言懷畢。謝問曰：「卿等盡不？」皆曰：「今日之言，少不自竭。」謝後麤難，因自敘其意，作萬餘語，才峰秀逸130。既自難干131，加意氣擬託132，蕭然自得133，四坐莫不厭心。支謂謝曰：「君一往奔詣，故復自

定要號召，重大方針政策要及時宣告。

123 孝廉：指孝順父母，品行良好的人。漢武帝時令郡國每年考察並推薦孝、廉各一人，魏晉沿用此制。

124 時彥：當代有才德名望的人士。

125 撫軍：指簡文帝司馬昱。晉穆帝永和元年，以會稽王司馬昱爲撫軍大將軍，故稱撫軍。

126 傳教：主管宣布教令的郡吏。

127 下官：下屬官吏的自稱。

128 勃窣：形容才華迸發而出。理窟：義理聚集之處，義理的淵藪。

129 六通：佛教用語，認爲有六種通爲天眼通、天耳通、身通、它心通、宿命通，漏盡通。三明：指心得到解脫，能知過去、現在、未來三世。宿命明，知過去之生命相；天眼明，知未來之生命相；漏盡明，知現在之苦相，能割斷一切煩惱。所以六通、三明，殊名同歸。

130 才峰：比喻才能突出。秀逸：特異超俗。

131 干：觸犯，此處指趕上。

132 擬托：比擬寄託。

133 蕭然：瀟灑。

134 道：道家思想體系的核心，道家認爲「道」是產生物質世界的總根源。

135 干雲：衝上雲霄。

136 唱理：領頭提出義理。

137 籌算：籌碼，計算的用具。

佳耳。」

殷中軍、孫安國、王、謝能言諸賢，悉在會稽王許。殷與孫共論易象妙於見形。孫語道合134，意氣干雲135。一坐咸不安孫理，而辭不能屈。會稽王慨然歎曰：「使真長來，故應有以制彼。」既迎真長，孫意己不如。真長既至，先令孫自敘本理。孫麤說己語，亦覺殊不及向。劉便作二百許語，辭難簡切，孫理遂屈。一坐同時拊掌而笑，稱美良久。

僧意在瓦官寺中，王苟子來，與共語，便使其唱理136。意謂王曰：「聖人有情不？」王曰：「無。」重問曰：「聖人如柱邪？」王曰：「如籌算137，雖無情，運之者有情。」僧意云：「誰運聖人邪？」苟子不得答而去。

司馬太傅問謝車騎138：「惠子其書五車，何以無一言入玄139？」謝曰：「故當是其妙處不傳。」

殷中軍被廢，徙東陽，大讀佛經，皆精解。唯至「事數」處不解140。遇見一道人，問所籤，便釋然141。

殷仲堪精覈玄論，人謂莫不研究。殷乃歎曰：「使我解〈四本〉，談不翅爾142。」

138 司馬太傅：司馬道子。

139 語出《莊子．天下》，惠施所著的書可以裝滿五車（極言著書之多），可是其中所講的道理很雜亂，言辭也不當。

140 事數：佛教用語，指一切事物的名相（耳可聞者爲名，眼可見者爲相）。即佛經中的五陰、十八入、四諦、十二因緣、五根、五力之類，敘述佛教的內容和教義。

141 釋然：形容疑難排除後，心裡安寧。

142 不翅：也作「不啻」，不只。

143 體：本體。《繫辭》記載：「故神無方而《易》無體。」

144 感：感應。例如，陰陽二氣交感相應，而產生萬物。

145 《漢書．東方朔傳》記載，孝武帝時期，未央宮前殿的銅鐘無故鳴響，東方朔就說會有山崩。他認爲，銅是山之子，山是銅之母，母子相感所以鐘鳴，而後果然有臣上書山崩。又《後漢書．樊英別傳》記載，東漢順帝時宮殿裡的銅鐘自鳴，而蜀地山崩。

146 《易》精微廣大，惠遠難加可否，所以不答。

147 雅：很，甚。理義：此處指辯析名理的學問。

148 〈齊物〉：〈齊物論〉，是《莊子》中的一篇。

149 乃：而，表示上下句連接。一：竟然，表示事情出乎意料。

150 間強：生硬。此處指對理論根據生疏，才思就殷荊州曾問遠公：「《易》以何為體[143]？」答曰：「《易》以感為體[144]。」殷曰：「銅山西崩，靈鐘東應[145]，便是《易》耶？」遠公笑而不答[146]。

羊孚弟娶王永言女。及王家見婿，孚送弟俱往。時永言父東陽尚在，殷仲堪是東陽女婿，亦在坐。孚雅善理義[147]，乃與仲堪道〈齊物〉[148]。殷難之，羊云：「君四番後，當得見同。」殷笑曰：「乃可得盡，何必相同？」乃至四番後一通[149]。殷咨嗟曰：「僕便無以相異。」歎為新拔者久之。

殷仲堪云：「三日不讀《道德經》，便覺舌本間強[150]。」

提婆初至[151]，為東亭第講《阿毗曇》。始發講，坐裁半[152]，僧彌便云[153]：「都已曉。」即於坐分數四有意道人更就餘屋自講[154]。提婆講竟，東亭問法岡道人曰：「弟子都未解，阿彌那得已解？所得云何？」曰：「大略全是，故當小未精覈耳。」

桓南郡與殷荊州共談，每相攻難。年餘後，但一兩番。桓自歎才思轉退。殷云：「此乃是君轉解[155]。」

文帝嘗令東阿王七步中作詩[156]，不成者行大法[157]。應聲便為詩曰：「煮豆持作羹，漉菽以為汁[158]。萁在釜下然，豆在釜

不敏捷，言談就不流暢。

[151] 提婆：外國和尚名。

[152] 裁：通「才」，剛剛。

[153] 僧彌：王珣的弟弟王珉，小名僧彌。提婆剛開始便抓住實質問題，且明暢易曉，如醍醐灌頂，因此僧彌一聽便懂。

[154] 數四：三、四個或四、五個，表示大約的數量。有意：指有意趣，有見解。

[155] 此處說明桓玄更加了解殷氏所談的玄理，所以攻難就減少了。

[156] 文帝：魏文帝曹丕，曹操的兒子，後逼迫漢獻帝讓位，自立爲帝。東阿王：曹植，字子建，曹丕的同母弟弟，天資聰敏，是爲當時的傑出詩人。曹丕登帝後，便將他一再貶爵徙封，後封爲東阿王。

[157] 大法：大刑，重刑，此處指死刑。

[158] 煮熟豆子做成豆羹，濾去豆渣做成豆汁。漉：過濾。菽：豆類的總稱。

[159] 豆萁在鍋下燃燒，豆子在鍋中哭泣。然：通「燃」，燒。

[160] 豆子和豆萁本來是同根所生，爲什麼要如此急迫地折磨我啊！曹植藉豆子的哭訴，諷喻胞兄曹丕對自己的無理迫害。

[161] 晉文王：司馬昭。三國魏國人，任大將軍。他逼迫魏帝曹髦封自己爲晉公，加九錫，他假裝謙讓，不肯接受。曹髦氣憤地說：「司馬昭之

中泣[159]。本自同根生，相煎何太急[160]？」帝深有慚色。

魏朝封晉文王為公[161]，備禮九錫[162]，文王固讓不受。公卿將校當詣府敦喻。司空鄭沖馳遣信就阮籍求文。籍時在袁孝尼家，宿醉扶起[163]，書札為之[164]，無所點定[165]，乃寫付使。時人以為神筆。

左太沖作〈三都賦〉初成[166]，時人互有譏訾，思意不愜[167]。後示張公。張曰：「此〈二〉、〈京〉可三[168]，然君文未重於世，宜以經高名之士。」思乃詢求於皇甫謐[169]。謐見之嗟歎，遂為作敘。於是先相非貳者[170]，莫不斂衽讚述焉[171]。

劉伶著〈酒德頌〉，意氣所寄。

樂令善於清言，而不長於手筆[172]。將讓河南尹，請潘岳為表。潘云：「可作耳。要當得君意[173]。」樂為述己所以為讓，標位二百許語[174]。潘直取錯綜[175]，便成名筆。時人咸云：「若樂不假潘之文，潘不取樂之旨，則無以成斯矣。」

夏侯湛作〈周詩〉成[176]，示潘安仁。安仁曰：「此非徒溫雅，乃別見孝悌之性。」潘因此遂作〈家風詩〉。

孫子荊除婦服[177]，作詩以示王武子。王曰：「未知文生於

心，路人所知也。」魏元帝景元年間，又封他為晉公，加九錫，他再度辭讓，於是公卿將校皆到府喻旨，他才受命。

[162] 九錫：錫，通「賜」。古代天子對有大功的諸侯大臣加以九錫，即賞賜車馬、衣物等九種禮物。王莽篡奪漢朝前，亦先加九錫，這是篡位前的一種做法。

[163] 司馬昭辭讓九錫，公卿勸進，請阮籍寫勸進文，阮籍因大醉而忘了寫，直到眾人要去拜見司馬昭時，他才立即寫出。

[164] 札：古代寫字用的小木片。

[165] 點定：修改。

[166] 左太沖：左思，字太沖，晉代詩人，曾用十年時間寫成〈三都賦〉。三都指魏、蜀、吳三國的國都。

[167] 愜：滿意，舒服。

[168] 二京：指東漢班固〈兩都賦〉和張衡〈二京賦〉。東漢張衡擬班固〈兩都賦〉作〈二京賦〉。

[169] 詢：請教，徵求意見。

[170] 非貳：非難，不同意。

[171] 斂衽：整理衣襟，表示敬意。

[172] 手筆：文辭，文章。

[173] 要當：總歸，必須。

[174] 標位：闡述，揭示。

[175] 錯綜：交叉編排。

[176] 〈周詩〉：《詩經．小雅》裡有〈南陔〉、〈白

情，情生於文。覽之悽然[178]，增伉儷之重[179]。」

太叔廣甚辯給[180]，而摯仲治長於翰墨[181]，俱為列卿[182]。每至公坐，廣談，仲治不能對。退著筆難廣[183]，廣又不能答。

江左殷太常父子[184]，並能言理，亦有辯訥之異[185]。揚州口談至劇[186]，太常輒云：「汝更思吾論。」

庾子嵩作〈意賦〉成，從子文康見[187]，問曰：「若有意邪？非賦之所盡[188]；若無意邪？復何所賦[189]？」答曰：「正在有意無意之間。」

郭景純詩云：「林無靜樹，川無停流[190]。」阮孚云：「泓崢蕭瑟[191]，實不可言。每讀此文，輒覺神超形越。」

庾闡始作〈揚都賦〉[192]，道溫、庾云：「溫挺義之標，庾作民之望。方響則金聲，比德則玉亮。」庾公聞賦成，求看，兼贈貺之[193]。闡更改「望」為「儁」，以「亮」為「潤」云[194]。

孫興公作〈庾公誄〉[195]。袁羊曰：「見此張緩[196]。」于時以為名賞。

庾仲初作〈揚都賦〉成，以呈庾亮。亮以親族之懷，大為其名價云：「可三〈二〉、〈京〉，四〈三都〉。」於此人人競

華〉等六篇，詩已失傳，只存篇名。夏侯湛用其篇名作成詩，稱爲〈周詩〉。

[177] 除婦服：按照禮俗，爲妻子服喪期滿後，脱去喪服。

[178] 悽然：形容悲傷。

[179] 伉儷：夫妻。

[180] 辯給：口齒伶俐。

[181] 翰墨：筆墨，借指文章。

[182] 列卿：諸卿。卿是古代高級官名，此句說明兩人官位相同。

[183] 著筆：撰寫文章。筆，散文，即不講究韻律的文章。

[184] 父子：叔侄，六朝時叔侄通稱爲父子。

[185] 訥：說話遲鈍。

[186] 揚州：指殷浩，因曾官拜揚州刺史。

[187] 從子：侄子。

[188] 賦：文體的一種，有韻而句式不拘，如同散文句式，性質在詩和散文之間。敘事成分多，抒情成分少。

[189] 賦：此處作動詞使用，創作，作賦。

[190] 山林中沒有靜止不動的樹，江河中沒有停滯不前的水流。

[191] 泓崢：喧鬧，形容流水聲。蕭瑟：形容風吹樹木的聲音。

[192] 揚都：指建康，是揚州的首府，晉元帝司馬睿建都於此。

寫，都下紙為之貴。謝太傅云：「不得爾。此是屋下架屋耳197，事事擬學，而不免儉狹。」

習鑿齒史才不常，宣武甚器之198，未三十，便用為荊州治中。鑿齒謝牋亦云199：「不遇明公200，荊州老從事耳201！」後至都見簡文，返命202，宣武問：「見相王何如203？」答云：「一生不曾見此人！」從此忤旨，出為衡陽郡，性理遂錯。於病中猶作《漢晉春秋》，品評卓逸。

孫興公云：「〈三都〉、〈二京〉，五經鼓吹204。」

謝太傅問主簿陸退205：「張憑何以作母誄，而不作父誄？」退答曰：「故當是丈夫之德，表於事行；婦人之美，非誄不顯。」

王敬仁年十三，作〈賢人論〉。長史送示真長，真長答云：「見敬仁所作論，便足參微言206。」

孫興公云：「潘文爛若披錦，無處不善；陸文若排沙簡金207，往往見寶。」

簡文稱許掾云：「玄度五言詩，可謂妙絕時人208。」

孫興公作〈天臺賦〉成，以示范榮期，云：「卿試擲地，

---

193 贈貺：贈送。

194 因爲「亮」犯庾亮的名諱，所以更改。又因「亮、望」押韻，改了「亮」就必須改「望」。

195 〈庾公誄〉：敘述庾亮生平事蹟並表示哀悼的文章。誄是哀悼死者的一種文體。

196 張緩：緊張和輕鬆，比喻處理政事有節奏，所謂文武之道，一張一弛。

197 屋下架屋：比喻結構、內容重複。此處指與〈二京〉、〈三都〉重複。

198 宣武：桓溫的謚號。桓溫爲東晉權臣，逐漸總攬大權，久懷篡奪之志，故有下文所敘之事。

199 謝牋：答謝的信。牋是一種文體，用以寫給尊貴者。

200 明公：對尊貴者的敬稱，此處指桓溫。

201 從事：官名。桓溫在一年內將習鑿齒提升三次，最後升爲治中。

202 返命：覆命，執行命令後回來報告。

203 相王：指晉簡文帝司馬昱。

204 五經：包括《詩經》、《尚書》、《周禮》、《周易》、《春秋》五種經書。

205 陸退：張憑的女婿。

206 參：參悟，領悟。微言：精微的言辭，此處指玄言。

207 排沙簡金：披沙揀金，比喻從大量的事物中挑選精華。簡，選擇。

208 絕：獨一無二，無人能比。

要作金石聲[209]。」范曰：「恐子之金石，非宮商中聲[210]！」然每至佳句，輒云：「應是我輩語[211]。」

桓公見謝安石作簡文謚議[212]，看竟，擲與坐上諸客曰：「此是安石碎金[213]。」

袁虎少貧，嘗為人傭載運租。謝鎮西經船行，其夜清風朗月，聞江渚間估客船上有詠詩聲[214]，甚有情致。所誦五言，又其所未嘗聞，歎美不能已。即遣委曲訊問[215]，乃是袁自詠其所作〈詠史詩〉。因此相要[216]，大相賞得。

孫興公云：「潘文淺而淨，陸文深而蕪。」

裴郎作《語林》[217]，始出，大為遠近所傳。時流年少，無不傳寫，各有一通[218]。載王東亭作〈經王公酒壚下賦〉，甚有才情。

謝萬作〈八賢論〉[219]，與孫興公往反，小有利鈍[220]。謝後出以示顧君齊，顧曰：「我亦作，知卿當無所名[221]。」

桓宣武命袁彥伯作〈北征賦〉，既成，公與時賢共看，咸嗟歎之。時王珣在坐云：「恨少一句，得『寫』字足韻[222]，當佳。」袁即於坐攬筆益云：「感不絕於余心，泝流風而獨寫

---

[209] 金石：指用金屬和玉石製成的鐘磬樂器。此句自誇文章之美，擲地有聲。

[210] 宮商：五音（宮、商、角、徵、羽）中的兩音，代指音樂、音律。

[211] 范榮期以文才自負，把自己和孫興公當作文章高手，認爲只有他們才足以構思佳句。

[212] 簡文謚議：晉帝司馬昱死後，商議稱號的奏表。議是一種文體，用以呈給皇帝議論事情的奏表。

[213] 碎金：優美的短文。桓溫圖謀篡位，又希望晉簡文帝臨終禪讓於自己，但事皆不成，心懷怨憤，故有「擲與坐上諸客」的舉動。

[214] 渚：江邊。估客：商販。

[215] 委曲：詳盡。

[216] 要：邀請。

[217] 裴郎：裴啓，字榮期，撰漢魏以來言語應對之可稱述者爲《語林》一書，與《世說新語》類似，已散佚。

[218] 一通：一份，一本。

[219] 〈八賢論〉：評述屈原、賈誼等古代八個賢人，認爲隱處者較優，出仕者爲劣。孫興公反駁此論，認爲不能以出處定優劣。

[220] 利鈍：此處指勝負。

[221] 無所名：指無法替文章標題目，暗示不同意〈八賢論〉的觀點。

[222] 足韻：賦體是韻文，通常在敘述一件事後，轉

[223]。」公謂王曰：「當今不得不以此事推袁。」

孫興公道：「曹輔佐才如白地明光錦，裁為負版褲[224]，非無文采，酷無裁製[225]。」

袁伯彥作《名士傳》成，見謝公。公笑曰：「我嘗與諸人道江北事[226]，特作狡獪耳[227]！彥伯遂以箸書。」

王東亭到桓公吏，既伏閣下[228]，桓令人竊取其白事[229]。東亭即於閣下更作，無復向一字。

桓宣武北征，袁虎時從，被責免官[230]。會須露布文[231]，喚袁倚馬前令作。手不輟筆，俄得七紙，殊可觀。東亭在側，極歎其才。袁虎云：「當令齒舌間得利[232]。」

袁宏始作〈東征賦〉，都不道陶公。胡奴誘之狹室中[233]，臨以白刃，曰：「先公勳業如是！君作〈東征賦〉，云何相忽略？」宏窘蹙無計[234]，便答：「我大道公，何以云無？」因誦曰：「精金百鍊，在割能斷[235]。功則治人，職思靖亂[236]。長沙之勳，為史所讚[237]。」

或問顧長康：「君〈箏賦〉何如嵇康〈琴賦〉？」顧曰：「不賞者，作後出相遺[238]。深識者，亦以高奇見貴[239]。」

敘另一件事時換韻。如果感到某一韻中所敘之事未盡，就加幾句以補足，稱爲足韻。

[223] 流風：遺風。寫：抒發。心裡的感觸綿延不斷，傾慕前人遺風而抒發自己的情懷。

[224] 負版：身負建築工具的人，代表差役或勞動者。褲：指套褲。

[225] 裁制：剪裁，比喻寫文章時的取捨安排。

[226] 江北事：指晉室南渡以前的事。南渡前，國都在江北。

[227] 狡獪：遊戲。

[228] 伏閣下：在官署裡。閣，官署。

[229] 白事：報告，文書的一種。

[230] 桓溫自姑孰北伐前燕，途中袁宏頂撞桓溫，被責免官就是因爲此事。

[231] 會須：恰巧需要。露布文：軍中不封口的文書，多指征討的檄文或捷報。

[232] 文才受到東亭侯王珣的口頭讚賞，也算是從齒舌間得到一點好處。

[233] 胡奴：陶侃兒子陶範的小名。狹室：指內室，密室。

[234] 窘蹙：窘迫，非常爲難。

[235] 精金經過千錘百鍊後，切割任何東西都能輕易切斷。

[236] 提到他的事業，就是使人安居樂業；說到他的職責，就是希望平定禍亂。

[237] 長沙郡公的功勳，是史家所讚美的。

殷仲文天才宏贍，而讀書不甚廣，博亮歎曰：「若使殷仲文讀書半袁豹，才不減班固。」

羊孚作〈雪贊〉云：「資清以化，乘氣以霏[240]。遇象能鮮，即潔成輝[241]。」桓胤遂以書扇。

王孝伯在京行散，至其弟王睹戶前，問：「古詩中何句為最？」睹思未答。孝伯詠：「『所遇無故物，焉得不速老[242]？』此句為佳。」

桓玄嘗登江陵城南樓云：「我今欲為王孝伯作誄。」因吟嘯良久，隨而下筆。一坐之閒[243]，誄以之成。

桓玄初并西夏，領荊、江二州，二府一國。于時始雪，五處俱賀，五版並入[244]。玄在聽事上，版至即答。版後皆粲然成章[245]，不相揉雜。

桓玄下都，羊孚時為兗州別駕，從京來詣門，牋云：「自頃世故睽離[246]，心事淪藴[247]。明公啟晨光於積晦[248]，澄百流以一源。」桓見牋，馳喚前，云：「子道，子道[249]，來何遲？」即用為記室參軍。孟昶為劉牢之主簿，詣門謝，見云：「羊侯，羊侯[250]，百口賴卿[251]！」

---

[238] 相遺：遺它，拋棄它。

[239] 見貴：貴我，推崇我。

[240] 霏：形容雪花飄揚。雪靠純淨的雨幻化而成，趁空氣的流動而漫天飛揚。

[241] 各種景象接觸到雪就鮮豔奪目，潔白的物體附上雪就熠熠生輝。

[242] 語出《古詩十九首》。意爲，一路上看到的再也不是曾經的景物，人怎麼可能不快速衰老呢？王孝伯藉此感嘆時光流逝、生死無常。

[243] 一坐：坐一下，表示時間短暫。

[244] 版：書寫用的木簡，此處指賀喜的來信，即喜雪的賀信。

[245] 粲然：鮮明華美的樣子。

[246] 世故：世事，變亂。睽離：離散，闊別。

[247] 淪藴：消沉鬱結。

[248] 積晦：久暗，長夜，比喻當時的世道。

[249] 子道：羊孚，字子道。

[250] 羊侯：對羊孚的敬稱。

[251] 百口賴卿：全家人的性命就依靠你來保護。百口，比喻人口眾多。

鄭玄在馬融門下求學，過了三年也沒見到馬融，只由高才弟子為他講授。馬融曾用渾天算法演算，結果不相符，弟子們也沒有人理解。有人說鄭玄可以演算，馬融便叫他演算，鄭玄一算就馬上解決了，大家都很驚訝佩服。等到鄭玄完成學業，辭別回家時，馬融隨即感嘆禮和樂的中心就要轉移到東方了，擔心鄭玄會獨享盛名，心裡忌恨。鄭玄也猜測馬融會追趕他，便走到橋底下，在水裡墊著木板坐在水中。馬融果然運用旋轉式盤占卜鄭玄的蹤跡，並告訴身邊的人說：「鄭玄在土下水上，靠著木頭，表示他一定死了。」便決定不再追趕，鄭玄因此得免一死。

鄭玄想要注釋《左傳》，但還沒有完成。這時他有事前往外地，和服子慎相遇。兩人住在同一個客棧裡，起初並不認識。服子慎在店外的車上，和他人談論自己注《左傳》的想法，鄭玄聽了很久，發現服子慎的多數見解和自己相同。鄭玄就走到車前對服子慎說：「我早就想要注釋《左傳》了，但還沒有完成。聽到您剛才的言論，大多與我見解相同，現在我應該把作的注全部送給您。」最後，服子慎便著成服氏注。

鄭玄家裡的奴婢都有讀書。有一次曾使喚一個婢女，但是婢女做的不稱職，鄭玄便要打她。她剛要解釋，鄭玄就生氣了，命人將她拉到泥裡。此時，又有一個婢女走來問她：「為什麼你會在泥水之中？」她回答：「我想要跟他訴說，反而惹得他生氣了。」

服虔對《左傳》研究頗深，將要為它作注，想參考各家的異同。他聽說崔烈召集學生講授《左傳》，便隱姓埋名，當崔烈學生的煮飯傭人。每當講授時，他便躲在門外偷聽。等他發現崔烈無法超過自己後，便和那些學生談論崔烈的長短。崔烈聽說後，猜不出是誰，但他一向聽聞服虔的名聲，便猜測是他。第二天一大早就去拜訪，趁著服虔還沒睡醒時，便突然叫：「子慎！子慎！」服虔驚醒地答應，從此兩人就結為好友。

鍾會剛剛完成〈四本論〉，很想讓嵇康看一看。便拿在懷裡，但又怕嵇康質疑問難，因此不敢拿出。最後，他走到嵇康家門外，遠遠地扔進去，便轉身急忙跑了。

何晏任吏部尚書時，很有地位聲望，當時與他清談的賓客常常滿座，王弼不到二十歲時，就去拜會他。何晏聽聞王弼的名聲，便條列出自己從前精妙的玄理，告訴他：「這些道理是我認為談得最透徹的，你還有什麼要反駁的嗎？」王弼提出反駁的言論後，在座的人都覺得何晏比較正確。而後，王弼反覆自問自答，所談的玄理竟是在座的人都不可企及的。

何平叔剛注釋完《老子》，就去拜會王輔嗣，看見王輔嗣的《老子注》見解精微獨到，非常佩服。他說：「可以和這個人討論天人關係的問題啊！」而後，便把自己的注改寫為〈道論〉和〈德論〉兩篇。

王弼年輕時拜訪裴徽，裴徽問：「無，確實是萬物的根源，可是聖人不肯對它發表想法，老子卻反覆地陳述，為什麼呢？」王弼說：「聖人認為『無』是本體，可是又無法解釋清楚，所以言談之間必定涉及『有』；老子和莊子不能去掉『有』，所以要經常去解釋還無法充分掌握的『無』。」

傅嘏擅長談論虛無，荀粲談論則崇尚玄遠。每當兩人互相談論，發生爭辯時，都無法理解對方。冀州刺史裴徽能夠解釋兩家的道理，溝通雙方的心意，常使他們都感到滿意，彼此能通曉。

何晏注釋《老子》還沒完成時，有一次聽王弼談起自己注釋《老子》的意旨，對比之下，何晏發現自己的見解還有很多地方有所欠缺，便不敢再開口，只是連聲答應。而後便不再注釋，另寫〈道德論〉。

西晉時，有一群傾慕道家學說的人，其中有人登門向王夷甫請教。恰巧王夷甫在前一天已經談論很久，有點疲憊，不想再應對客人，便對客人說：「我現在有點不舒服，裴逸民住在附近，您可以去問他。」

裴逸民作〈崇有論〉時，人們責難他，但是卻沒有人可以駁倒他。只有王夷甫和他辯論時，他有點理虧。時人就用王夷甫的理論反駁裴逸民，反而顯得他的理論頭頭是道。

諸葛宏年少不肯學習，但一開始和王夷甫清談時，便已顯示出他的造詣頗深。王夷甫感嘆地說：「你的聰明才智出眾，如果再稍加探討，就不會比當代名流差了。」而後，諸葛宏閱讀《莊子》和《老子》，再和王夷甫清談時，便可以和他旗鼓相當了。

衛玠年幼時，詢問尚書令樂廣為什麼會做夢，樂廣說：「因為心有所想。」衛玠說：「身體和精神都不曾接觸過的事物，卻在夢裡出現，哪裡是心有所想呢？」樂廣說：「是沿襲過去曾做過的事。人們不曾夢見坐車進入老鼠洞，或搗碎薑蒜餵鐵杵，是因為沒有這些想法，沒有可以模仿的先例。」衛玠便思索這個問題，每天思考卻得不出答案，甚至因此生病。樂廣聽說後，特意坐車去替他分析問題。衛玠的病有了起色後，樂廣感慨地說：「這孩子打破砂鍋問到底，一定不會積憂成疾啊！」

庾子嵩讀《莊子》時，打開書讀了一尺左右的篇幅便放下，說：「和我的想法完全相同。」

有位客人問尚書令樂廣，「旨不至」這句話是什麼意思，樂廣也不分析這句話的詞句，直接用拂塵柄敲著小桌子問：「指向物體了嗎？」客人回答：「指向了。」樂廣又舉起拂塵說：「如果指向物體了，又怎麼會離開呢？」客人這才醒悟，表示信服。樂廣解釋問題時，言辭簡明扼要，意思透徹，就像上面這個例子一樣。

起初，注《莊子》的有幾十家，可是沒有一家能探究它的要領。向秀擺脫舊注，另求新解，精妙的分析，新奇的意趣，使《莊子》玄奧的意旨大為暢達。當剩下〈秋水〉和〈至樂〉兩篇的注還沒完成時，向秀就死了。向秀的兒子還很小，不能完成父業，這兩篇注釋便無疾而終，但還留有一個副本。郭象為人品行不佳，卻才智出眾。他看到向秀所釋的《莊子》在當時還沒有流傳，便偷來作為自己的注。自己注釋〈秋水〉和〈至樂〉，又改換〈馬蹄〉一篇的注，其餘各篇，只有改正一些文句而已。而後，向秀釋義的副本被發現，所以如今有向秀、郭象兩本《莊子注》，但兩本的內容是一樣的。

阮宣子很有名望，太尉王夷甫見到他時，問：「老莊和儒家有什麼異同呢？」阮宣子回答：「恐怕沒有什麼不同。」太尉很讚賞他的回答，徵調他擔任下屬。世人稱他為「三語掾」。衛玠嘲諷他：「只說一個字就可以了，何必借助三個字呢？」宣子說：「如果是天下所仰望的人，甚至不說話就可以調用，又何必要借助一個字呢？」後來，兩人便結為好友。

散騎郎裴遐娶太尉王夷甫的女兒為妻。婚後三天，王家邀請諸女婿聚會，當時的名士和王、裴兩家子弟都齊聚王家。郭子玄也在座，他首先開始與裴遐談玄。子玄才識淵博，交鋒數回合後，覺得還不痛快。郭子玄將玄理充分鋪陳，裴遐卻慢條斯理地梳理議論，義理情趣也都很精微，讓滿座的人都讚嘆不已，表示痛快。王夷甫也覺得新奇罕見，對大家說：「你們不要再辯論了，不然就要被我的女婿困住了。」

衛玠避亂渡江之初，拜見大將軍王敦。一同夜坐清談，大將軍也邀來謝幼輿。衛玠見到謝幼輿，非常喜歡他，便不再理會王敦，兩人一直談到第二天早晨，王敦整夜也插不上話。衛玠向來體質虛弱，常常被他母親管束，不讓他多加談論。這一夜突然感到疲乏，從此病情加重，最後去世。

過去有種說法，丞相王導到江南以後，只有談論聲無哀樂、養生和言盡意這三方面的道理而已，但這就已經間接關係到人的一生，可以滲透到每一個方面。

中軍將軍殷浩任庾亮屬下的長史時，有一次進京，丞相王導為他將大家聚在一起，桓溫、左長史王濛、藍田侯王述、鎮西將軍謝尚都在座。丞相離座親自解下掛在帳帶上的拂塵，對殷浩說：「我今天要和您一起辨析玄理。」兩人清談完後，已是三更時分。丞相和殷浩來回辯難，其餘賢達絲毫沒有說話。彼此盡情辯論後，丞相嘆道：「常常談論玄理，竟然不知道玄理的本源在什麼地方。旨趣和比喻不能互相違背，正始年間的清談，正是這樣的啊！」第二天早上，桓溫告訴別人：「昨夜聽殷、王兩人清談，非常美妙。仁祖亦不感到寂寞，我也時時心有所得，回頭看那兩位王屬官，就像身上插著漂亮羽毛扇的母狗一樣，裝模作樣。」

中軍將軍殷浩看了佛經後，說：「玄理也應在這裡面。」

謝安年輕時，請光祿大夫阮裕講解〈白馬論〉，阮裕寫了一篇論說給謝安看。當時謝安無法立即理解阮裕的話，就反覆請教以求理解。阮裕讚嘆道：「雖然能夠解釋清楚的人難得，但想要尋求透澈了解的人也很難得啊！」

褚季野對孫安國說：「北方人做學問，深厚廣博而且融會貫通。」孫安國回答：「南方人做學問，清新通達而且簡明扼要。」支道林聽到後說：「對聖賢，自然不需要言語說明。就中等才質以下的人來說，北方人讀書，像是在敞亮處看月亮；南方人研究學問，像是從窗戶裡看太陽。」

劉真長和殷淵源談玄，劉真長有點理虧，殷淵源便說：「你怎麼不做一架好的長梯，從低處向高處進攻呢？」

中軍將軍殷浩說：「康伯還沒有學到我牙縫裡額外的義理情趣。」

鎮西將軍謝尚年輕時，聽說殷浩擅長清談，特意去拜訪他。殷浩沒有給他過多的闡發，只是提示一些道理，說了幾百句話。不但談吐舉止風雅，加上辭藻豐富多采，動人心弦，使人震驚。謝尚全神貫注，傾心嚮往，不覺汗流滿面。殷浩從容地吩咐手下：「拿手巾給謝郎擦臉。」

桓溫聚集許多著名人士講解《周易》，每日解釋一卦。簡文帝本來想去聽講，一聽是這樣就回來了，說：「卦的內容有難有易，怎麼可以限制每天只講一卦呢？」

有位從北方渡江來的和尚很有才思，他和支道林和尚在瓦官寺相遇，兩人一起研討《小品》。當時竺法深和尚、孫興公等人都去聽講。這位和尚的談論中，屢次設下疑難問題，但支道林的答辯透澈，言辭氣概都很爽朗，這位和尚總是被駁倒。孫興公問竺法深：「上人應該不會甘拜下風，為什麼一句話也不說呢？」竺法深笑著沒有回答。支道林說：「白檀香並不是不香，但逆風中怎麼聞得到香味呢？」竺法深知曉這段話的含義，坦然自若。

孫安國到中軍將軍殷浩家中一起清談，兩人來回辯駁，精心竭力，賓主都無懈可擊。伺候的人端上飯菜也顧不得吃，飯菜涼了又熱，熱了又涼，反覆好多次。雙方奮力甩動拂塵，以致拂塵的毛全部脫落，連飯菜上都落滿羽毛。賓主竟然直到傍晚都沒有想起吃飯。殷浩對孫安國說：「你不要再做硬嘴馬，我就要穿你鼻子了。」孫安國說：「你沒看過掙破鼻子的牛嗎？當心你的臉頰被穿破。」

《莊子．逍遙遊》一篇，一直以來都是難題。名流們都可以鑽研玩味，但是對它的義理闡述卻無法超越郭象和向秀。有一次，支道林在白馬寺裡，和太常馮懷一起論述時，便談到〈逍遙遊〉。支道林在郭、向兩家的見解之外，卓越地闡述出新穎的義理，在眾名流之外提出特異的見解，這都是諸名流探求玩味時沒有得到的。後來解釋〈逍遙遊〉時，便採用支道林闡明的義理。

中軍將軍殷浩曾到丹陽尹劉惔處所清談，談了很久，殷浩有點理虧，就不斷地用浮辭應對，劉惔也不再答辯。殷浩走後，劉惔就說：「鄉巴佬，硬要學別人發表這樣的議論。」

中軍將軍殷浩不僅才思精深廣闊，特別對才性問題最為精到。他隨便談到〈四本論〉，便像湯池鐵城一般，使人找不到可以進攻的地方。

支道林和尚著述〈即色論〉後，拿給北中郎將王坦之看。王坦之一句話也沒說。支道林說：「你是默記在心裡嗎？」王坦之說：「既然沒有文殊菩薩在這裡，又有誰能賞識我的默默無言呢？」

王逸少出任會稽內史，初到任，支道林也在郡裡。孫興公對王逸少說：「支道林的見解新穎，對問題有獨到的體會，心裡所思考的都非常優秀，你想見他嗎？」王逸少本就有優越的氣質，很輕視支道林，後來孫興公和支道林一起坐車到王逸少那裡時，他總是有意矜持，不願和他交談。一會兒後，支道林就告退了。而後，有一次王逸少準備外出時，車子在門外等候，支道林對王逸少說：「您還不能走，我想和您稍微談論一下。」於是就談論到《莊子．逍遙遊》。支道林一談便是洋洋數千言，才氣不凡，辭藻新奇，如繁花燦爛，交映生輝。最後，王逸少脫下外衣不再出門，留戀不止。

三乘的教義是佛教中很難講解的，支道林登座宣講，詳加辯析，使三乘內容豁然開朗。大家在下座聽講，都能理解。支道林離開講壇，眾人互相說解時，卻只能解通兩乘，進入三乘便混亂了。現在的三乘教義，雖然弟子們已傳習，但仍然不能融會貫通。

司徒掾許詢年輕時，人們將他和王苟子並列，許詢非常不服氣。當時許多名士和支道林一起在會稽的西寺講論，王苟子也在座。許詢心裡不平，便到西寺去和王苟子辯論玄理，一決勝負。許詢極力想要挫敗對方，結果王苟子被徹底駁倒。接著許詢又反過來用王苟子的義理，王苟子用許詢的義理，再度互相反覆陳說，王苟子又被駁倒。許詢就問支道林：「弟子剛才的談論如何呢？」支道林從容地回答：「你們的談論非常好，但是為何要互相困辱呢？這哪裡是探求真理的談論啊！」

支道林前往拜訪謝安。當時東陽太守謝朗年幼，大病初癒，身體禁不起勞累，和支道林一起研討辯論玄理後，弄到互相困辱的地步。他的母親王夫人在隔壁房中聽見，就一再派人命他進房休息，但太傅謝安一直將他留住。王夫人只好親自出來，說：「我早年寡居，如今一輩子的寄託就在這孩子身上了。」最後流著淚把兒子抱進房。謝安告訴同座的人：「家嫂言辭情意慷慨激昂，很值得傳誦，可惜無法讓朝官聽見。」

支道林和司徒掾許詢等人一起在會稽王的書房裡講解佛經，支道林為主講法師，許詢為主持講經的人。支道林每闡明一個義理，在座的人沒有不滿意的；許詢每提出一個疑難，大家也無不高興得手舞足蹈。大家只是一齊讚揚兩人辭采的精妙，並沒有辨別兩人的義理。

車騎將軍謝玄在服父喪時，支道林就前往他家和他談玄，直到太陽快下山了才告辭。有人在路上遇見支道林，問：「林公從哪裡來呀？」支道林回答：「今天和謝孝暢談了一番。」

支道林從會稽到建康時，住在東安寺裡。左長史王濛事先預備精微的義理，並且準備了富有才情文采的言辭和支道林清談，但和支道林的談論不相當。王濛作了長篇論述，自以為講的都是至理名言，用的都是奇麗辭藻。支道林聽後，慢吞吞地說：「我和您分別多年，看來您在義理和言辭兩方面完全沒有長進。」王濛聽後，非常慚愧地告辭了。

中軍將軍殷浩讀《小品》時，遇到很多疑難，加了二百張字條標明，都是一些精深奧妙的地方，在當時隱晦難明。殷浩曾想和支道林辯明這些問題，終究無法如願。現在《小品》依舊有保存下來。

佛經認為只要擺脫煩惱和修練智慧，就可以成佛。簡文帝說：「不知這樣是否就可以達到最高的境界呢？然而，道家陶冶鍛鍊的功效，還是不可以抹滅的。」

於法開和尚起初和支道林爭名，後來眾人逐漸傾向支持支道林，他非常不服氣，便到剡縣隱居。有一次，於法開派弟子到京都，吩咐弟子經過會稽山陰縣，那時支道林正在那裡宣講佛經《小品》。於法開提醒他的弟子：「道林正開講《小品》，等你到達時，就該講某品了。」於是為弟子示範，告訴他來回數十次的攻防辯難，並說：「這裡面的問題，不可能有比我講的更明白了。」弟子依照他的囑咐拜訪支道林。恰巧遇到支道林宣講，便小心地陳述於法開的見解，兩人來回辯論，最後支道林辯輸了。於是厲聲說：「您何苦替他人傳話啊！」

中軍將軍殷浩問：「大自然賦予人類天性時，是無心而為。為什麼世上恰好善人少，惡人多呢？」在座沒有人能回答，只有丹陽尹劉惔說：「這就好像把水傾瀉在地，水四處流淌，絕不會剛好流成方形或圓形。」眾人對此讚嘆不已，認為這句話是名言通論。

康僧淵到江南時，還沒有人認識他，他經常在街市商場上徘徊，靠乞討維生。有一次，他突然拜訪殷淵源，恰巧有很多賓客在座，殷淵源讓他坐下，和他寒暄幾句後，便談及義理。康僧淵的言談意趣，毫無愧色，不管是有深刻領會的，還是粗略提出的義理，都是他深入鑽研過的。正是這次清談，眾人才因此認識他。

殷浩、謝安等人聚會時。謝安問殷浩：「人們用眼睛去看一切物像，一切物像是否就會進入眼睛呢？」

有人問中軍將軍殷浩：「為什麼未來會得到官爵就夢見棺材，得到錢財就夢見糞便呢？」殷浩回答：「官爵本就是腐臭的東西，因此得到它時就夢見棺材和屍體；錢財本就是糞土，因此得到它時就夢見糞便。」當時的人認為這是名言通論。

中軍將軍殷浩被免職，遷到東陽郡時，才開始看佛經。看《維摩詰經》時，懷疑「般若波羅密」這句話太多了。後來看《小品》後，了解這句話的意旨，又可惜這樣的話太少了。

支道林、殷淵源都在相王府中，相王對兩人說：「你們可以試著辯論一下。可是才性關係恐怕是殷淵源的堅固堡壘，支道林可要謹慎啊！」支道林開始論述問題時，便改變方向，避開才性問題。但論辯數回合後，便不知不覺進入殷淵源的玄理。相王拍著肩膀笑道：「這本來是他的特長，你怎麼可能和他爭勝啊！」

謝安趁子侄們聚會時，問：「《詩經》裡面哪一句最佳呢？」謝玄稱讚：「最好的是『昔我往矣，楊柳依依；今我來思，雨雪霏霏。』」謝安說：「應該是『訏謨定命，遠猷辰告』最好。」他認為這一句有高雅之士的深遠意趣。

張憑被舉為孝廉後，到京都時，他仗著自己的才氣，認為必定能躋身名流。他想去拜訪丹陽尹劉真長，他的同鄉和一同被察舉的人都譏笑他。張憑前往拜訪劉真長時，劉真長正在處理事務，就將他安排在下座，只是和他寒暄一番，神態心意都沒有注意他。張憑想自己找個話題，但又無從談起。不久，長史王濛等名流前來清談，當主客間有無法溝通的地方時，張憑便遠遠地在末座替他們分析，言辭精練並內容深刻，能夠將雙方心意表述清楚，在座的人都很驚奇。於是，劉真長請他坐到上座，和他清談整整一天，又留他住宿。第二天，張憑告辭時，劉真長說：「你暫時先回去，我將邀你一起去謁見撫軍。」張憑回到船上時，同伴問他在哪裡過夜，張憑笑著沒有回答。一會兒後，劉真長派郡吏來找張憑坐的船，同伴們都很驚愕。劉真長立即和他一起坐車去謁見撫軍。到了大門口，劉真長先進去對撫軍說：「下官今天替您找到一個太常博士的最佳人選。」張憑晉見，撫軍和他談話時，不住讚嘆並且連聲稱好，說：「張憑才華橫溢，是義理匯聚之所。」於是就任用他為太常博士。

汰法師說：「六通和三明殊名同歸，只是名稱不同罷了。」

支道林、許詢、謝安諸位品德高尚人士，一起到王濛家裡聚會。謝安環顧左右對眾人說：「今天可以說是賢士雅會。時光既不可挽留，這樣的聚會當然也難常有，我們應該一起談論吟詠，抒發情懷。」許詢便問主人有沒有《莊子》這部書，主人只找到〈漁父〉一篇。謝安看了題目，便叫眾人分別講解其義理。支道林先講解，說了七百來句，義理精妙優美，才情辭藻新奇，大家都稱讚。在座的人各自談完了自己的體會後，謝安問：「你們盡興了嗎？」眾人說：「今天的談論，沒有保留，沒有不盡意的。」而後，謝安大致提出一些疑問，暢談自己的意見，洋洋萬餘言，才思敏銳高妙，特異超俗，難以企及，再加上情意有所比擬寄託，瀟灑自如，滿座的人無不心悅誠服。支道林對謝安說：「您一向抓緊時間鑽研，自然很優異。」

中軍將軍殷浩、孫安國、王濛、謝尚等擅長清談的名士，集結在會稽王官邸聚會。殷浩和孫安國兩人辯論〈易象妙於見形論〉，孫安國把它和道家思想結合談論時，意氣高昂，眾人都覺得孫安國的道理不妥，可是又無法反駁。會稽王感慨地嘆息：「如果劉真長來了，自然會有辦法制服他。」隨即派人去接劉真長，孫安國料到自己辯不過。劉真長來後，先叫孫安國談談自己原本的道理，孫安國大致複述自己的言論，也覺得不如剛才所講的精彩。劉真長發表了二百來句話，論述和質疑都很簡明貼切，孫安國的道理因此被駁倒。眾人同時拍手，讚美不已。

僧意住在瓦官寺，王苟子到來時，和他一起談論玄理，讓他先領頭提出問題。僧意問王苟子：「佛有感情嗎？」

王苟子說：「沒有」。僧意又問：「那麼佛像柱子一樣嗎？」王苟子說：「像籌碼一樣，雖然沒有感情，但使用它的人有感情。」僧意又問：「誰可以使用佛呢？」王苟子因為無法回答便走了。

太傅司馬道子問車騎將軍謝玄：「惠子所著的書有五車之多，為什麼沒有任何一句話涉及玄言呢？」謝玄回答：「因為玄言的精微處難以言傳。」

中軍將軍殷浩被罷官後，遷居東陽，暢讀佛經，能精通其義理，只有讀到「事數」處無法理解，便用字條標記。後來遇見一個和尚，就將標出的問題請教於他，便全都解決了。

殷仲堪深入地探究道家的學說，人們認為他沒有哪方面不研究的。殷仲堪卻嘆息說：「如果我能解說〈四本論〉，言談就不只現在這樣了。」

荊州刺史殷仲堪問惠遠和尚：「《周易》是以什麼作為本體呢？」惠遠回答：「《周易》以感應為本體。」殷仲堪又問：「西邊的銅山崩塌了，東邊的靈鐘就有感應，這就是《周易》嗎？」惠遠笑著沒有回答。

羊孚的弟弟羊輔娶王永言的女兒為妻。王家接待女婿時，羊孚親自送他弟弟到王家。這時王永言的父親王臨之還在世，殷仲堪身為王臨之的女婿也在座。羊孚擅長名理，便和殷仲堪談論《莊子．齊物論》。殷仲堪反駁羊孚的見解，羊孚說：「經過四個回合後，您就會見到彼此的見解相同。」殷仲堪笑著說：「只能說盡，怎麼會知道相同呢？」四個回合後，兩人的見解竟然相通了。殷仲堪感慨地說：「如此一來，我就沒有見解與你不同了。」並且不斷地讚嘆羊孚是後起之秀。

殷仲堪說：「三天不讀《道德經》，就會覺得舌根發硬，無法言語流暢。」

提婆剛到京都不久，就被請到東亭侯王珣家中講解《阿毘曇經》。第一次開講時，僧彌中途便說：「我已經全都都懂了。」隨即在眾人中分出幾個有見解的和尚，另外到別的房間自行講解。提婆講完後，王珣詢問法岡和尚：「弟子尚且沒有體悟，阿彌怎麼已經理解了呢？他的心得如何？」法岡說：「大致上都正確，只是稍稍不夠詳實而已。」

南郡公桓玄和荊州刺史殷仲堪一起談玄，互相辯駁，一年多後，辯駁減少，只有一兩次。桓玄慨嘆自己的才思倒退，殷仲堪說：「這其實是您更加領悟了。」

魏文帝曹丕曾命東阿王曹植在七步之內作成一首詩，如果作不出，就處以死刑。曹植應聲便作成一詩：「煮豆持作羹，漉菽以為汁。萁在釜下然，豆在釜中泣。本自同根生，相煎何太急？」魏文帝聽後深感慚愧。

魏朝封晉文王司馬昭為晉公，準備了加九錫的禮物，司馬昭堅決推辭，不肯受命。朝中文武官員準備前往司馬昭府第恭請接受，這時司空鄭沖急忙派人到阮籍那裡求寫勸進文。阮籍當時在袁孝尼家，隔宿酒醉未醒，被人扶起來，在木札上打草稿，寫完後無所改動，馬上抄好交給來人。當時人們稱他為神筆。

左思剛寫完〈三都賦〉時，人們都譏笑非難，左思心裡不舒服。後來他把文章拿給張華看，張華說：「這可以和〈兩都〉、〈二京〉鼎足而三。可是您的文章還沒有受到世人重視，應該求請名士推薦。」左思便拿去請教皇甫謐。皇甫謐看了這篇賦後，很讚賞，就替賦寫了一篇敘文。而後，非難和懷疑這篇賦的人，都懷著敬意讚揚它。

劉伶著作〈酒德頌〉，是他心意情趣的寄託。

尚書令樂廣擅於清談，可是不擅長寫作。他想辭去河南尹的職務，便請潘岳替他寫奏章。潘岳說：「我可以寫，不過我必須知道您的想法。」樂廣便說明自己決定讓位的原因，說了二百來句話後，潘岳便將他的話直接編排一番，就成了一篇名作。當時的人都說：「如果樂廣不借重潘岳的文辭，潘岳不明白樂廣的意思，就無法寫成這篇優美的文章了。」

夏侯湛寫成〈周詩〉，拿給潘安仁看，潘安仁說：「這些詩不但寫得溫煦高雅，還能看出孝順友愛的情性。」潘安仁也因而寫了〈家風詩〉。

孫子荊為妻子服喪，期滿後，作了一首悼亡詩，拿給王武子看。王武子說：「真不知是文由情生，還是情由文生。看了你的詩後，我感到十分悲傷，也增加我對夫妻情義的珍重。」

太叔廣很有才華，摯仲治擅長寫作，兩人都擔任卿的官職。每當官府聚會時，太叔廣談論，仲治就無法對答；仲治寫成文章反駁後，太叔廣也無法對答。

東晉時，太常殷融和侄子殷浩都擅長談論玄理，但是兩人也有能言善辯和不善於言談之別。揚州刺史殷浩的口頭辯論最厲害，殷融辯不過他時便說：「你再想想我的道理。」

庾子嵩寫成〈意賦〉。他的侄子庾亮看見，便問：「有那樣的心意嗎？那也不是賦體能說盡的；沒有那樣的心意嗎？那又寫賦做什麼呢？」庾子嵩回答：「正是在有意和無意之間。」

郭景純有兩句詩：「林無靜樹，川無停流。」阮孚評價：「川流洶洶，山風呼嘯，的確不可言傳。每當讀到這兩句詩時，總覺得身心都超塵脫俗了。」

庾闡開始作〈揚都賦〉時，賦中稱讚溫嶠和庾亮：「溫氏樹立道義的準則，庾氏成為人們仰慕的對象。比擬聲音，就像銅鐘的音響一樣鏗鏘；比擬品德，就像寶玉一樣晶瑩發亮。」庾亮聽說賦已經寫好，便想要看一看，同時希望他送給自己。於是庾闡又把其中的「望」改為「儁」，把「亮」改為「潤」。

孫興公作〈庾公誄〉，袁羊看後說：「從文章中能看出一張一弛的治國之道。」當時，人們認為這是著名的鑑賞評語。

庾仲初作〈揚都賦〉，將它呈給庾亮，庾亮出於同宗的情分，大力抬高這篇賦的聲價，聲稱它足以和〈兩都賦〉、〈二京賦〉、〈三都賦〉等名篇媲美。人人爭相傳抄後，京都建康的紙張價格也因此大漲。太傅謝安說：「不行如此，這只是屋上架屋而已。如果撰寫文章處處模仿別人，就免不了內容貧乏，視野狹窄。」

習鑿齒治史的才學異於常人，桓溫非常看重他，不到三十歲，便任用他為荊州治中。鑿齒寫給桓溫的答謝信裡說：「如果不是受到閣下的賞識，我只是荊州的一個老從事罷了！」後來，桓溫派他到京都見丞相，回來報告時，桓溫問：「你見到相王，覺得他如何呢？」鑿齒說：「從來不曾見過這樣的人。」他因此觸犯桓溫，被降職為衡陽郡太守，從此心神錯亂。但他在病中還是堅持撰寫《漢晉春秋》，品評人物史實，見解卓越。

孫興公說：「〈三都賦〉和〈二京賦〉是五經的羽翼，得以宣揚五經。」

太傅謝安問主簿陸退：「張憑為什麼作悼念母親的誄文，而不作悼念父親的呢？」陸退回答：「這自然是因為男子的品德已經在他的事蹟中彰顯，而婦女的美德，就一定要運用誄文才能顯揚了。」

王敬仁十三歲撰寫〈賢人論〉，他的父親王濛將文章送給劉真長看，劉真長看後說：「看了敬仁所作的論述，便知道他已經參悟玄言了。」

孫興公說：「潘岳的文章好似攤開錦繡一般文采斑斕，沒有任何地方不好；陸機的文章好似從砂礫中尋找黃金，常常能發現瑰寶。」

晉簡文帝稱讚司徒掾許玄度：「玄度的五言詩，精妙過人。」

孫興公作〈天臺賦〉，拿給范榮期看，並說：「你試著將它扔在地上，一定會發出金石般的聲音。」范榮期說：「恐怕您的金石聲，是不成曲調的。」但每當看到優美的句子時，還是會說：「這正是我們這一類人的語言。」

桓溫看到謝安石上呈了晉簡文帝謚號的奏議，看完後，扔給座上的賓客說：「這是安石的優美文章。」

袁虎年輕時家裡貧窮，曾受僱替人運送租糧。這時，鎮西將軍謝尚坐船出遊，那一夜風清月明，忽然聽見江邊商船上有人吟詩，很有情調。所吟誦的五言詩，又是自己不曾聽過的，不禁讚嘆不絕。隨即派人打聽，原來是袁虎吟詠自作的〈詠史詩〉。因此，謝尚便邀請袁虎過來，對他非常讚賞，彼此十分投合。

孫興公說：「潘岳的文章淺顯而純淨，陸機的文章深刻而蕪雜。」

裴啟作《語林》一書。剛拿出來時，遠近的人廣為傳看。當時的名流和後生晚輩，沒有人不傳抄的，人人手執一卷。其中記載東亭侯王珣作〈經王公酒壚下賦〉之事，很有才情。

謝萬作〈八賢論〉，並就其內容和孫興公來回辯論，小有勝負。後來，謝萬把文章拿給顧君齊看，顧君齊說：「如果我也寫這幾個人，你一定無從給文章標下題目。」

桓溫命袁彥伯作一篇〈北征賦〉，賦寫好後，桓溫和在座的賢士一起閱讀，眾人都讚嘆寫得很好。當時王珣也在座，他說：「遺憾的是少了一句，如果用『寫』字足韻會更好。」袁彥伯立刻即席拿筆增加：「感不絕於余心，泝流風而獨寫。」桓溫對王珣說：「從這件事來看，當今不能不推重袁氏。」

孫興公談論曹輔佐時，說：「他的文才就像一幅白底的明光錦，卻裁成差役所穿的褲子，不是沒有文采，只是沒有取捨安排。」

袁彥伯作《名士傳》，拿給謝安看，謝安笑著說：「我曾經和大家講過江北時期的事，不過是說著好玩而已啊！彥伯竟將那些寫成書。」

東亭侯王珣就任桓溫的屬官時，到了官署裡，桓溫命人偷偷拿走他的報告。王珣立即在官署裡重新寫了一份，竟沒有一個字和前一份報告重複。

桓溫率師北伐時，袁虎也隨從出征，因頂撞桓溫受責備，遭到罷官。恰巧桓溫急需寫一份告捷公文，便命袁虎起草。袁虎靠在馬旁，手不停筆，一會兒便寫了七張紙，而且寫得很好。當時，東亭侯王珣也在旁邊，極力讚賞他的才華。袁虎說：「我從你的齒舌間得到好處了。」

袁宏作〈東征賦〉時，沒有一句話提到陶侃。陶侃的兒子胡奴將他騙到一個密室中，拔出刀指著他問：「先父的功業這麼大，您寫〈東征賦〉時為什麼忽略他呢？」袁宏很窘急，無計可施之下，便說：「我大大地稱道了陶公一番，你怎麼說沒有寫呢？」朗誦道：「精金百鍊，在割能斷。功則治人，職思靖亂。長沙之勳，為史所讚。」

有人問顧長康：「您的〈箏賦〉和嵇康的〈琴賦〉相比，哪一篇更好呢？」顧長康回答：「不會鑑賞的人認為我後於嵇康，便遺棄它。鑑賞力強的人則會因為高妙新奇而稱許我。」

殷仲文天賦甚高，但是讀書不廣博。博亮感嘆地說：「如果殷仲文讀的書有袁豹的一半，才華就不次於班固了。」

羊孚作〈雪贊〉，其中寫道：「資清以化，乘氣以霏。遇象能鮮，即潔成輝。」桓胤便把這兩句寫在扇子上。

王孝伯在京都時，有一次行散到他弟弟王睹家門前，詢問王睹古詩裡哪一句最好。王睹正在考慮，還沒回答，孝伯便說：「『所遇無故物，焉得不速老？』這兩句最好。」

桓玄曾登上江陵城城牆的南樓，說：「我現在想替王孝伯寫一篇誄文。」於是吟詠歌嘯一段時間後，便開始動筆。只坐了一會兒，誄文便大功告成。

桓玄管轄西部一帶，同時兼任荊和江兩州刺史，任兩個府的長官，還襲封一個侯國。年初下雪時，五處官府都來祝賀，五封賀信一起送到。桓玄在官廳上，賀信一到，就在信後起草回覆，每封信都下筆成章，文采斑爛，而且不相重複。

桓玄東下京都時，羊孚任充州別駕，從京都登門拜訪，他在給桓玄的求見信上說：「自從不久前因戰亂分別，我意志消沉，心情鬱結，明公替漫漫長夜送來晨光，用源頭澄清百流。」桓玄見到信後，急忙將他請來，對他說：「子道，子道，你怎麼來得這麼晚啊！」立即任他做記室參軍。當時孟昶在劉牢的手下擔任主簿，登門向羊孚告辭時，說：「羊侯，羊侯，我一家百口就託付給你了。」

源來如此

文學指文章博學，包括辭章修養、學識淵博等內容。

魏晉時代，清談的名士們不僅高談老莊，還有一些人留心佛教經義，與佛教徒關係密切，形成一種文學風氣。他們經常聚會，清談名理。所談內容，有些條目會具體點明是某一篇或某一問題。例如談及《莊子．逍遙遊》篇，佛教經典《小品》，道家的「有、無」哲學範疇等。有時又只泛泛說是「共談析理」、「標榜諸義」、「標新理」、「立異義」。從這些記載中，足以看出當時士大夫對清談的迷戀，他們認為善談名理就是博學多通的表現。

本篇亦用部分條目記下對人物、文章的各種評論。對文章、書籍的評論更為常見，有對古詩文中某一兩句的讚賞，也有對一書、一文的評價，有的直接談論是非得失，有的藉討論問題間接流露自己的看法。另外還有一些探討問題的問答，也因受到賞識而收錄。

作文撇步

***1.* 轉化：**將抽象或無生命的事物以具體事例代替。描述一件事物時，轉變它原來的性質，化成另一種與本質截然不同的事物。

擬人化 將無生命的物品賦予具體的行為，使它們似乎有了生命。

擬物化 將有生命的人物轉變為虛構的狀態，或是將此物擬彼物。

形象化 把抽象的事物當成具體的事物描寫。

例1：**煮豆持作羹，漉菽以為汁。萁在釜下然，豆在釜中泣。本自同根生，相煎何太急？**

Tips：擬物化。

例2：羊隊和牛群**告別**了田野回家了。（楊喚〈夏夜〉）

Tips：擬人化。

例3：那就摺一張闊些的荷葉／**包一片月光回去**／回去夾在唐詩裏／扁扁地／像壓過的相思（余光中〈滿月下〉）

Tips：形象化

成語集錦

***1.* 牖中窺日：** 牖，窗戶。指從窗內看太陽。比喻見識狹隘淺薄。

原典 褚季野語孫安國云：「北人學問，淵綜廣博。」孫答曰：「南人學問，清通簡要。」支道林聞之曰：「聖賢固所忘言。自中人以還，北人看書，如顯處視月；南人學問，如牖中窺日。」

***2.* 拾人牙慧：** 牙慧，言談間流露出的智慧。後用以比喻抄襲他人的言論或主張。

原典 殷中軍云：「康伯未得我牙後慧。」

書證1：某甲本不知文，而偏又習知文家似是而非之說，宜其拾人牙慧而又失所指，其不通二也。（清代章學誠《文史通義》）

書證2：大概著書立說，最怕雷同，拾人牙慧。（清代袁枚〈寄奇方伯書〉）

書證3：余凡諸立論，斷不肯拾人牙慧。（清代吳雷發《說詩管蒯》）

3. 登峰造極：本指登上山峰，到達絕頂。後比喻成就達到極點或造詣高深精絕。

原典 佛經以為袪練神明，則聖人可致。簡文云：「不知便可登峰造極不？然陶練之功，尚不可誣。」

書證1：（王羲之）尤善書草隸、八分、飛白、章行，備精諸體，自成一家法。千變萬化，得之神功。自非造化發靈，豈能登峰造極！（唐代張彥遠《法書要錄》）

書證2：煙霞為我驩喜，松竹為我鼓舞。便如揖絕俗出塵之標，聆登峰造極之論。（宋代楊萬里〈答葛寺丞書〉）

4. 屋下架屋：在房屋之下架設房屋。比喻重複模仿，無所創新。

原典 庾仲初作〈揚都賦〉成，以呈庾亮。亮以親族之懷，大為其名價云：「可三〈二〉、〈京〉，四〈三都〉。」於此人人競寫，都下紙為之貴。謝太傅云：「不得爾。此是屋下架屋耳，事事擬學，而不免儉狹。」

書證1：魏、晉已來，所著諸子，理重事複，遞相模斅，猶屋下架屋，床上施床耳。（北齊顏之推《顏氏家訓》）

高手過招

1.（　）文帝嘗令東阿王七步中作詩，不成者行大法。應聲便為詩曰：「煮豆持作羹，漉菽以為汁。萁在釜下然，豆在釜中泣。本自同根生，相煎何太急？」帝深有慚色。（《世說新語．文學》）由這段文字無法得知以下哪一個資訊？

A. 曹植文思敏捷，才高八斗。
B. 表現曹丕的氣度狹小，對兄弟的殘酷無情。
C. 曹植以豆萁自比，以釜中之豆喻曹丕。
D. 警惕世人勿作出手足相殘的愚昧作為，禍起蕭牆，人間憾事。

2.（　）**文帝嘗令東阿王七步中作詩，不成者行大法。應聲便為詩曰：「煮豆持作羹，漉菽以為汁。萁在釜下然，豆在釜中泣。本自同根生，相煎何太急？」帝深有慚色。（《世說新語．文學》）下列的成語，何者最不可能由此故事衍生？**
A. 妙筆生花。
B. 下筆成章。
C. 同根相煎。
D. 七步成詩。

3.（　）**文帝嘗令東阿王七步中作詩，不成者行大法。應聲便為詩曰：「煮豆持作羹，漉菽以為汁。萁在釜下然，豆在釜中泣。本自同根生，相煎何太急？」帝深有慚色。（《世說新語．文學》）根據這則故事，曹植寫這首詩是想要突顯**
A. 七步成詩之機敏。
B. 兄弟相殘之苦楚。
C. 曹丕性格之陰險。
D. 兄弟二人之情誼。

解答：
1. C　2. A　3. B

曹操父子開闢的建安文學

建安文學指東漢末年，建安年間（西元一九六年－西元二二〇年）及其前後撰寫的各種文學作品，風格獨特，在文學史上獲得崇高評價。

建安文學源自時代環境的刺激。漢末政治動蕩，戚宦爭權，黨錮之禍，州牧割據，連年戰爭，社會動亂，民生困苦，給文人提供了創作題材，藉文學作品發出感嘆，反映社會實況及個人遭遇。詩人也繼承漢末以天下為己任的士風，發展出一種昂揚奮發的建功立業精神。

由於政治混亂，國家體制崩壞，人們對禮教產生懷疑，相信佛道思想，擺脫儒家經學的束縛，正統思想失去約束力，士人思想解放，開闊了創作的空間，文學的作用不再只是闡發經義，而是反映現實生活，展現建安士人的個性，抒發個人的思想感情。

受漢朝樂府民歌的影響，漢代樂府「感於哀樂，緣事而發」，寫成大量反映社會民生的作品。建安時代，環境劇變，使詩人得以繼承漢樂府的精神而大量創作。此外，建安文學也受《詩經》、《楚辭》及《古詩十九首》等文學傳統的影響。

其領導人物有曹操、曹丕、曹叡、曹植，和建安七子：孔融、陳琳、王粲、徐幹、應瑒、劉楨、阮瑀。建安末年，曹氏父子掌握政治大權，他們雅好文學，於是便形成以曹氏為中心的文學集團，以及盛極一時的「建安文學」。

「建安七子」與「三曹」構成建安文學的主力作家，對詩、賦、散文的發展，都曾有過貢獻。王粲在詩賦上的成就高於其他六人，南朝梁劉勰《文心雕龍・才略》記載：「仲宣溢才，捷而能密，文多兼善，辭少瑕累，摘其詩賦，則七子之冠冕乎。」王粲的哀思可以直接表現在作品上，其代表作有〈七哀詩〉與〈登樓賦〉，也是最能代表建安文學精神的作品。王粲的〈七哀詩〉寫道：「出門無所見，白骨蔽平原。路有飢婦人，抱子棄草間。」他把在亂世的經歷見聞，融入於作品之中，留下最真實的記錄。

建安七子當中，除了孔融與曹操不睦外，其他六人都歸順曹操幕下。孔融被曹操斬殺後，曹丕仍以重金向天下廣徵孔融的文章。

建安二十二年冬天，北方發生了一場大瘟疫，除孔融、阮瑀早死外，建安七子之中剩下的五人竟然全部死於此次傳染病。當時為魏王世子的曹丕，在第二年給吳質的信中提到：「親故多離其災，徐、陳、應、劉一時俱逝。」曹丕非常憂傷，因他與此五人「行則連輿，止則接席」，曹植〈說疫氣〉亦描述當時疫病流行的慘狀道：「建安二十二年，癘氣流行，家家有僵屍之痛，室室有號泣之哀。或闔門而殪，或覆族而喪。」

第二單元

中卷

方正篇
雅量篇
識鑒篇
賞譽篇
品藻篇
規箴篇
捷悟篇
夙惠篇

方正篇

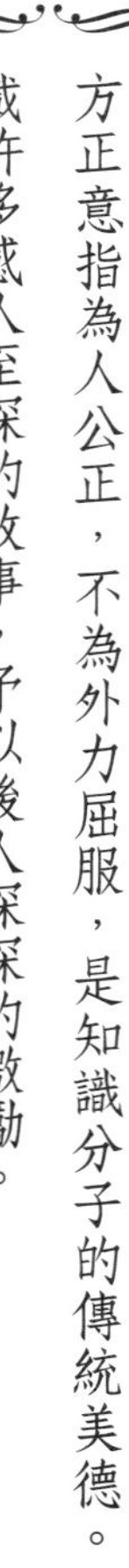

方正意指為人公正，不為外力屈服，是知識分子的傳統美德。本篇記載許多感人至深的故事，予以後人深深的激勵。

陳太丘與友期行❶，期日中❷。過中不至，太丘舍去，去後乃至。元方時年七歲，門外戲。客問元方：「尊君在不？」答曰：「待君久不至，已去。」友人便怒曰：「非人哉！與人期行，相委而去❸。」元方曰：「君與家君期日中。日中不至，則是無信；對子罵父，則是無禮。」友人慚，下車引之❹。元方入門不顧。

南陽宗世林，魏武同時，而甚薄其為人，不與之交。及魏武作司空❺，總朝政，從容問宗曰：「可以交未？」答曰：「松柏之志猶存。」世林既以忤旨見疏❻，位不配德。文帝兄弟每造其門❼，皆獨拜牀下❽，其見禮如此。

魏文帝受禪❾，陳群有慼容❿。帝問曰：「朕應天受命⓫，

【說文解字】

❶陳太丘：陳寔。

❷期：約定時間。日中：日到中天，中午。

❸委：拋棄。

❹引：招呼，拉。

❺司空：西周始置，位次三公，與六卿相當，與司馬、司寇、司士、司徒並稱五官，掌水利、營建之事。春秋、戰國時沿置，孔子曾任魯國的司空。宋國因宋武公名叫司空，所以又將司空改爲司城。漢朝本無此官，成帝時改御史大夫爲大司空，但職掌與周代的司空不同。東漢將大司空改爲司空，與太尉、司徒並稱三公。一直延續到宋徽宗時，仿周制，以太師、太傅、太保爲三公。遼朝、金朝的三公依舊是太尉、司徒、司空。明朝、清朝還是以太師、太傅、太保爲三公。曹操在漢獻帝時爲司空，總攬朝政。

❻見疏：被疏遠。

❼文帝兄弟：指曹操的兒子曹丕、曹植等，曹丕爲魏文帝。造：前往，到。

卿何以不樂？」群曰：「臣與華歆，服膺先朝⑫，今雖欣聖化⑬，猶義形於色。」

郭淮作關中都督⑭，甚得民情，亦屢有戰庸⑮。淮妻，太尉王凌之妹，坐凌事當并誅⑯。使者徵攝甚急⑰，淮使戒裝⑱，克日當發⑲。州府文武及百姓勸淮舉兵，淮不許。至期，遣妻，百姓號泣追呼者數萬人。行數十里，淮乃命左右追夫人還，於是文武奔馳，如徇身首之急⑳。既至，淮與宣帝書曰：「五子哀戀，思念其母，其母既亡，則無五子。五子若殞，亦復無淮。」宣帝乃表，特原淮妻。

諸葛亮之次渭濱㉑，關中震動。魏明帝深懼晉宣王戰㉒，乃遣辛毗為軍司馬㉓。宣王既與亮對渭而陳㉔，亮設誘譎萬方㉕。宣王果大忿，將欲應之以重兵。亮遣間諜覘之㉖，還曰：「有一老夫㉗，毅然仗黃鉞㉘，當軍門立，軍不得出。」亮曰：「此必辛佐治也。」

夏侯玄既被桎梏㉙，時鍾毓為廷尉㉚，鍾會先不與玄相知㉛，因便狎之㉜。玄曰：「雖復刑餘之人㉝，未敢聞命㉞！」考掠初無一言，臨刑東市㉟，顏色不異。

---

❽牀下：坐床前。

❾受禪：接受禪讓帝位。指曹丕登位稱帝。西元二二〇年農曆正月，曹操死，其子曹丕繼位爲漢丞相。十月，曹丕廢漢獻帝爲山陽公，自稱皇帝。

❿感容：憂傷的神色。

⓫應天受命：指登帝位。

⓬服膺先朝：指不忘漢朝。兩人皆曾爲漢朝臣子，表示不忘漢室之恩。

⓭聖化：聖人的教化，此處指盛世。

⓮都督：官名，地方軍政長官，

⓯戰庸：戰功。庸，功勞。

⓰坐凌事：王凌，字彥雲，太原祁縣人，三國時曹魏的將領，東漢末年謀誅董卓的司徒王允之侄。嘉平三年，趁著吳軍在塗水有軍事行動時，王凌決定藉此機會行動，上表要求討伐東吳，但未有回音。王凌於是派將軍楊弘將計劃通知兗州刺史黃華，但他們卻報告給司馬懿。司馬懿於是討伐王凌，但先下令赦免王凌罪行。王凌自知不敵，於是投降，司馬懿納降，並派兵送王凌回洛邑。王凌害怕事情無法了結，因此向司馬懿取棺材釘以窺探其心意，司馬懿命人送了他一顆棺材釘。王凌因此知曉自己必定會被殺，於是飲毒藥自殺。後來司馬懿將相關人等，包括王凌及令狐愚等都被誅滅三族，王凌和令狐愚更被開棺暴屍三日。王凌有

夏侯泰初與廣陵陳本善。本與玄在本母前宴飲㊱，本弟騫行還，徑入，至堂戶。泰初因起曰：「可得同，不可得而雜㊲。」

高貴鄉公薨㊳，內外諠譁。司馬文王問侍中陳泰曰：「何以靜之？」泰云：「唯殺賈充，以謝天下。」文王曰：「可復下此不？」對曰：「但見其上，未見其下。」

和嶠為武帝所親㊴重，語嶠曰：「東宮頃似更成進㊵，卿試往看。」還問：「何如？」答云：「皇太子聖質如初㊶。」

諸葛靚後入晉㊷，除大司馬㊸，召不起㊹。以與晉室有讎，常背洛水而坐。與武帝有舊，帝欲見之而無由，乃請諸葛妃呼靚㊺。既來，帝就太妃間相見。禮畢，酒酣，帝曰：「卿故復憶竹馬之好不㊻？」靚曰：「臣不能吞炭漆身㊼，今日復睹聖顏。」因涕泗百行。帝於是慚悔而出。

武帝語和嶠曰：「我欲先痛罵王武子㊽，然後爵之。」嶠曰：「武子儁爽，恐不可屈。」帝遂召武子，苦責之，因曰：「知愧不？」武子曰：「『尺布斗粟』之謠㊾，常為陛下恥之！它人能令疏親，臣不能使親疏㊿，以此愧陛下。」

杜預之荊州，頓七里橋(51)，朝士悉祖(52)。預少賤，好豪

一妹爲郭淮妻，因郭淮求情，終得免罪。

⑰徵攝：逮捕。

⑱戒裝：準備行裝。

⑲克日：定期。

⑳徇：謀求。身首：此處指性命。

㉑次：臨時駐紮。

㉒魏明帝：曹叡。諸葛亮伐魏正值他在位。晉宣王：司馬懿，字仲達，三國時期魏國的政治家、軍事家，西晉王朝的奠基人。曾任職曹魏的大都督、大將軍、太尉、太傅，是輔佐了魏國四代的託孤輔政之重臣，後期成爲掌控魏國朝政的權臣。善謀奇策，多次征伐有功，其中最顯著的功績便是，兩次率大軍成功抵禦諸葛亮北伐和遠征平定遼東。對屯田、水利等農耕經濟發展有重要貢獻。七十三歲去世，葬於首陽山，謚號宣文。魏咸熙元年晉國初建時，追尊他爲宣王，其孫司馬炎建立晉朝時，追尊他爲宣帝。

㉓辛毗：字佐治，任行軍司馬，將軍府的官員，平時總理事務，作戰時負參謀之責。建安七年，袁紹死後，袁譚及袁尚兄弟內訌，當袁尚攻袁譚於平原時，袁譚戰敗，後命辛毗爲使向曹操求和。當時曹操正欲攻荊州，聽辛毗陳述來意後大感喜悅，更望先攻克荊州，其間任由二袁相鬥。辛毗卻認爲現在是消滅袁尚及袁氏殘餘勢力的最佳時機，建議曹操應先平河北，

俠，不為物所許。楊濟既名氏53，雄俊不堪，不坐而去。須臾，和長輿來，問：「楊右衛何在？」客曰：「向來，不坐而去。」長輿曰：「必大夏門下盤馬54。」往大夏門，果大閱騎。長輿抱內車55，共載歸，坐如初。

杜預拜鎮南將軍，朝士悉至，皆在連榻坐56。時亦有裴叔則。羊稚舒後至57，曰：「杜元凱乃復連榻坐客！」不坐便去。杜請裴追之，羊去數里住馬，既而俱還杜許。

晉武帝時，荀勖為中書監，和嶠為令58。故事59，監、令由來共車。嶠性雅正60，常疾勖諂諛61。後公車來，嶠便登，正向前坐，不復容勖。勖方更覓車，然後得去。監、令各給車自此始。

山公大兒著短帢62，車中倚。武帝欲見之，山公不敢辭，問兒，兒不肯行。時論乃云勝山公。

向雄為河內主簿63，有公事不及雄，而太守劉淮橫怒，遂與杖遣之。雄後為黃門郎64，劉為侍中，初不交言。武帝聞之，敕雄復君臣之好65，雄不得已，詣劉，再拜曰：「向受詔而來，而君臣之義絕，何如？」於是即去。武帝聞尚不和，乃

否則若袁尚日後實力變強，就白白失去了平定河北的最佳機會。辛毗最終說服曹操，翌年曹操攻打袁尚據守的鄴，攻克後表辛毗爲議郎。辛毗後來便跟隨曹操。

24 陳：通「陣」，排列成陣。

25 誘譎：誘惑欺詐。司馬懿害怕諸葛亮而不敢出戰，故意向朝廷請戰虛張聲勢，魏明帝派辛毗持君命阻止，也有爲司馬懿遮羞之意。

26 覘：偵察。

27 老夫：年老男子。

28 黃鉞：黃金裝飾的斧，帝王賜給主管征伐的重臣。此處說明辛毗奉命監軍。

29 桎梏：腳鐐和手銬，拘捕。

30 廷尉：九卿之一，掌管訴訟刑獄之事。秦朝初置，在秦漢時期以廷尉爲最高司法之官。《漢書．百官公卿表》記載爲「掌刑辟」。漢文帝時，張釋之擔任廷尉，文帝車隊經過渭橋，有一人突然從橋下跑出，驚動了皇家車隊。此人被逮捕後，交給廷尉處理，張釋之最後僅判處罰金四兩。代表張釋之堅守「法律之前，人人平等」的價值。

31 鍾會：鍾毓的弟弟。鍾會因夏侯玄爲名士，曾想與之結交遭拒。

32 狎：親近而不莊重。

33 刑餘之人：受過刑的人。

34 聞命：此處說未敢聞命，意即不願交往。

怒問雄曰：「我令卿復君臣之好，何以猶絕？」雄曰：「古之君子，進人以禮，退人以禮[66]；今之君子，進人若將加諸膝，退人若將墜諸淵。臣於劉河內，不為戎首[67]，亦已幸甚，安復為君臣之好？」武帝從之。

齊王冏為大司馬輔政[68]，嵇紹為侍中，詣冏咨事。冏設宰會[69]，召葛旟、董艾等共論時宜[70]。旟等白冏：「嵇侍中善於絲竹，公可令操之。」遂送樂器。紹推卻不受。冏曰：「今日共為歡，卿何卻邪？」紹曰：「公協輔皇室，令作事可法。紹雖官卑，職備常伯[71]。操絲比竹[72]，蓋樂官之事[73]，不可以先王法服[74]，為伶人之業。今逼高命，不敢苟辭，當釋冠冕，襲私服，此紹之心也。」旟等不自得而退。

盧志於眾坐問陸士衡[75]：「陸遜、陸抗，是君何物？」答曰：「如卿於盧毓、盧珽。」士龍失色[76]。既出戶，謂兄曰：「何至如此，彼容不相知也？」士衡正色曰：「我父祖名播海內，寧有不知？鬼子敢爾[77]！」議者疑二陸優劣，謝公以此定之[78]。

羊忱性甚貞烈[79]。趙王倫為相國[80]，忱為太傅長史，乃版

---

35 東市：行刑的地方，法場。漢代在長安東邊的市場行刑，故後代通稱行刑處爲東市。

36 夏侯泰初：即夏侯太初、夏侯玄。陳本：字休元。弟弟陳騫，字休淵，當時年輕，任中領軍（掌管衛兵）。

37 夏侯玄因和陳本友好去拜見其母，當時陳騫的年齡和德位都不如夏侯玄，如果想和夏侯玄交往，應先登門拜訪。陣騫回家直接與夏侯玄見面，不合乎禮。

38 高貴鄉公：曹髦，魏文帝曹丕的孫子。

39 和嶠曾多次向晉武帝司馬炎說起，擔心太子不能繼承國家大業，但武帝不以爲然。

40 東宮：太子居住的宮室，此處指稱太子。

41 聖質：資質。「聖」字是敬辭。

42 諸葛靚：三國時於吳國當官。因父親諸葛誕被晉武帝的父親司馬昭所殺害，所以不肯爲晉室所用。回到家鄉後，終身不面向朝廷所在的方向坐。

43 除：授官，任命。大司馬：官名，八公之一。

44 起：出任。

45 諸葛妃：司馬懿的兒子琅邪王的王妃，晉武帝的嬸母，諸葛靚的姐姐。

46 竹馬之好：比喻兒童時代的交情。竹馬，兒童當馬騎的竹竿。

47 呑炭漆身：比喻爲父報仇。《史記．刺客列傳》記載，春秋末年，晉國的大夫趙襄子滅智伯，

以參相國軍事81。使者卒至82，忱深懼豫禍83，不暇被馬84，於是帖騎而避85。使者追之，忱善射，矢左右發，使者不敢進，遂得免。

王太尉不與庾子嵩交，庾卿之不置86。王曰：「君不得為爾87。」庾曰：「卿自君我，我自卿卿。我自用我法，卿自用卿法。」

阮宣子伐社樹88，有人止之。宣子曰：「社而為樹，伐樹則社亡；樹而為社，伐樹則社移矣89。」

阮宣子論鬼神有無者，或以人死有鬼，宣子獨以為無，曰：「今見鬼者，云箸生時衣服，若人死有鬼，衣服復有鬼邪？」

元皇帝既登阼90，以鄭后之寵，欲舍明帝而立簡文。時議者咸謂：「舍長立少，既於理非倫91，且明帝以聰亮英斷，益宜為儲副92。」周、王諸公93，並苦爭懇切。唯刁玄亮獨欲奉少主94，以阿帝旨。元帝便欲施行，慮諸公不奉詔。於是先喚周侯、丞相入，然後欲出詔付刁。周、王既入，始至階頭，帝逆遣傳詔95，遏使就東廂。周侯未悟，即卻略下階96。丞相披

智伯的家臣豫讓便殺了趙襄子替智伯報仇。他用漆塗身，使身上長癩瘡以改變形貌，吞炭弄壞嗓子，使聲音沙啞。毀容變音，使人不識，再去報仇。

48 王武子：晉武帝曾命弟弟齊王司馬攸離開京都回到封國，王濟極力勸諫，觸怒武帝。

49 尺布鬥粟之謠：比喻兄弟不和。《史記．淮南衡山列傳》記載，漢文帝的弟弟淮南王劉長謀反，漢文帝便將他流放到蜀郡，劉長於途中絕食而死。而後有首民歌唱：「一尺布，尚可縫；一斗粟，尚可舂。兄弟二人，不能相容。」漢文帝和淮南王是兄弟，晉武帝和齊王也是兄弟，所以王武子便引用這首民謠用以諷刺晉武帝。

50 語出《晉書．王濟傳》。意謂未能順從武帝意旨變親爲疏，因此有愧。諷刺武帝不聽勸諫，疏遠手足兄弟。

51 頓：停留。七里橋：京都士人送往迎來之處。

52 祖：餞行的一種隆重儀式。

53 楊濟：與杜預都是晉室的外戚，雖杜預功名比他高，但他認爲杜預是罪人之子，因此不願與之同坐。

54 大夏門：洛陽的一座城門樓。

55 抱內：抱持放入。內，通「納」。

56 連榻：榻分獨榻和連榻，坐獨榻爲尊，坐連榻爲卑。

撥傳詔，逕至御牀前曰：「不審陛下何以見臣。」帝默然無言，乃探懷中黃紙詔裂擲之。由此皇儲始定。周侯方慨然愧歎曰：「我常自言勝茂弘，今始知不如也！」

王丞相初在江左，欲結援吳人97，請婚陸太尉98。對曰：「培塿無松柏99，薰蕕不同器100。玩雖不才，義不為亂倫之始101。」

諸葛恢大女適太尉庾亮兒，次女適徐州刺史羊忱兒。亮子被蘇峻害，改適江彪。恢兒娶鄧攸女。于時謝尚書求其小女婚102。恢乃云：「羊、鄧是世婚103，江家我顧伊，庾家伊顧我，不能復與謝裒兒婚。」及恢亡，遂婚。於是王右軍往謝家看新婦104，猶有恢之遺法，威儀端詳，容服光整。王歎曰：「我在遺女裁得爾耳105！」

周叔治作晉陵太守106，周侯、仲智往別。叔治以將別，涕泗不止。仲智恚之曰107：「斯人乃婦女，與人別唯啼泣！」便舍去。周侯獨留，與飲酒言話，臨別流涕，撫其背曰：「奴好自愛108。」

周伯仁為吏部尚書，在省內夜疾危急。時刁玄亮為尚書

---

57 羊稚舒：晉室外戚，恃貴而驕。
58 中書監、令：晉代設中書監和中書令，是中書省的長官，掌管機要。
59 故事：前代的制度和成例。
60 雅正：正直。
61 疾：憎恨。諂諛：諂媚阿諛，巴結奉承。
62 短帢：一種輕便小帽。戴著帢帽見客，不合乎於禮節。
63 《晉書．向雄傳》記載，太守劉毅以強加之罪使向雄受杖刑，後來吳奮爲太守時，又因事下向雄於獄。後來，司隸鍾會於獄中調向雄爲都官從事。
64 黃門郎：職責爲侍從皇帝，傳達詔命。
65 君臣之好：上下級的和睦關係。
66 語出《禮記．檀弓下》。君子：達官貴人。
67 戎首：挑起爭端的人。
68 齊王冏：司馬冏，字景治，封爲齊王。
69 宰會：招待僚屬的宴會。
70 時宜：當時的需要，此處指時政。
71 備常伯：謙辭，表示自己不稱職。常伯，官名，上古曾設此官，後也用以稱天子左右的近臣，如侍中、散騎常侍等。
72 操絲比竹：吹彈演奏。
73 樂官：掌管音樂的官吏。
74 法服：法定的服裝，先王按尊卑等級所制定的

令，營救備親好之至。良久小損。明旦，報仲智，仲智狼狽來。始入戶，刁下牀對之大泣，說伯仁昨危急之狀。仲智手批之[109]，刁為辟易於戶側[110]。既前，都不問病，直云：「君在中朝，與和長輿齊名[111]，那與佞人刁協有情[112]？」逕便出。

王含作廬江郡[113]，貪濁狼籍[114]。王敦護其兄，故於眾坐稱：「家兄在郡定佳，廬江人士咸稱之！」時何充為敦主簿，在坐，正色曰：「充即廬江人，所聞異於此！」敦默然。旁人為之反側[115]，充晏然[116]，神意自若。

顧孟著嘗以酒勸周伯仁，伯仁不受。顧因移勸柱，而語柱曰：「詎可便作棟梁自遇。」周得之欣然，遂為衿契[117]。

明帝在西堂，會諸公飲酒，未大醉，帝問：「今名臣共集，何如堯、舜？」時周伯仁為僕射[118]，因厲聲曰：「今雖同人主，復那得等於聖治[119]！」帝大怒，還內，作手詔滿一黃紙，遂付廷尉令收，因欲殺之。後數日，詔出周，群臣往省之。周曰：「近知當不死，罪不足至此。」

王大將軍當下，時咸謂無緣爾[120]。伯仁曰：「今主非堯、舜，何能無過？且人臣安得稱兵以向朝廷？處仲狼抗剛愎[121]，

五服。

75 魏晉人重視避諱，不能當面說出對方長輩的名字，直指祖父和父親的名字，更是非常無禮。

76 士龍：陸雲，字士龍，陸機的弟弟。

77 鬼子：對人的憎稱。《孔氏志怪》記載，盧志的遠祖盧充曾因打獵入鬼府，與崔少府的亡女結婚生子。陸機因此罵盧志是鬼的子孫。

78 謝安認爲陸士衡爲優。

79 羊忱：字長和，歷任太傅長史、揚州刺史，遷侍中。

80 趙王倫：趙王司馬倫於晉惠帝永康元年殺皇后賈氏，並殺司空張華等，自爲相國。因此羊忱不願在他手下做官，害怕因此遭禍。

81 版：此處指版授，以版授與職位。參相國軍事：在相府中任事者多稱此名。

82 卒：通「猝」，突然。

83 豫：通「與」，涉及。

84 被馬：替馬備好馬鞍。

85 帖騎：騎沒有備鞍的馬。

86 卿：對官爵和輩分低於自己的同輩之間較親熱，不拘禮節的稱呼。庾子嵩官至豫州長史，職位在太尉之下，不應用此稱呼王太尉。置：放下。

87 君：對他人的尊稱。王太尉對庾子嵩原可稱呼「卿」，但他使用尊稱。

88 社：稱呼土地神和祭土地神的祭壇。

王平子何在122？」

王敦既下，住船石頭，欲有廢明帝意。賓客盈坐，敦知帝聰明，欲以不孝廢之。每言帝不孝之狀，而皆云溫太真所說。溫嘗為東宮率123，後為吾司馬，甚悉之。須臾，溫來，敦便奮其威容，問溫曰：「皇太子作人何似？」溫曰：「小人無以測君子。」敦聲色並厲，欲以威力使從己，乃重問溫：「太子何以稱佳？」溫曰：「鉤深致遠124，蓋非淺識所測。然以禮侍親，可稱為孝。」

王大將軍既反，至石頭，周伯仁往見之。謂周曰：「卿何以相負？」對曰：「公戎車犯正，下官忝率六軍125，而王師不振126，以此負公。」

蘇峻既至石頭127，百僚奔散，唯侍中鍾雅獨在帝側。或謂鍾曰：「見可而進，知難而退128，古之道也。君性亮直，必不容於寇讎，何不用隨時之宜129、而坐待其弊邪130？」鍾曰：「國亂不能匡，君危不能濟，而各遜遁以求免，吾懼董狐將執簡而進矣131！」

庾公臨去132，顧語鍾後事，深以相委。鍾曰：「棟折榱崩

---

89 祭壇周圍要種樹，祭壇和樹互相依存。

90 元皇帝：晉元帝司馬睿，東晉的第一個皇帝，西元三一八年即位，並立司馬紹爲皇太子。晉元帝的妃子，即司馬紹的母親先死。西元三一八年納鄭氏爲夫人，甚爲寵愛，生簡文帝司馬昱。孝武帝後追尊爲太后，所以此處稱鄭后。

登阼：登上帝位。

91 倫：順序。宗法制度下，立嗣要立嫡、立長，否則就不合倫理。

92 儲副：太子，下文又稱皇儲。

93 周、王：周顗、王導（字茂弘），即下文的周侯、丞相。

94 刁玄亮：刁協，字玄亮，累遷尚書令。少主：年少之君，此處指簡文帝。

95 逆：預先。傳詔：傳達皇帝命令的官吏。

96 卻略：卻步，往後退。

97 結援：結交，攀附。吳人：吳地人士。東晉王朝偏安江左，即在春秋時代的吳國舊地。

98 陸太尉：陸玩，吳郡人，晉元帝時，任爲丞相參軍。

99 培塿：小土丘

100 薰：香草。蕕：臭草。

101 陸玩是南方士族，渡江之初，論功勳名望，王不如陸，加上南方人瞧不起北方人，因此陸玩不願與王導聯姻。

102 謝尚書：謝裒，字幼儒，任吏部尚書。

[133]，誰之責邪？」庾曰：「今日之事，不容復言，卿當期克復之效耳[134]！」鍾曰：「想足下不愧荀林父耳[135]。」

蘇峻時，孔群在橫塘為匡術所逼。王丞相保存術[136]，因眾坐戲語，令術勸酒，以釋橫塘之憾。群答曰：「德非孔子，厄同匡人[137]。雖陽和布氣[138]，鷹化為鳩[139]，至於識者，猶憎其眼。」

蘇子高事平，王、庾諸公欲用孔廷尉為丹陽。亂離之後，百姓彫弊，孔慨然曰：「昔肅祖臨崩[140]，諸君親升御牀，並蒙眷識，共奉遺詔。孔坦疏賤，不在顧命之列[141]。既有艱難，則以微臣為先[142]，今猶俎上腐肉[143]，任人膾截耳[144]！」於是拂衣而去，諸公亦止。

孔車騎與中丞共行，在御道逢匡術[145]，賓從甚盛，因往與車騎共語。中丞初不視，直云：「鷹化為鳩，眾鳥猶惡其眼。」術大怒，便欲刃之。車騎下車，抱術曰：「族弟發狂，卿為我宥之！」始得全首領。

梅頤嘗有惠於陶公。後為豫章太守，有事，王丞相遣收之。侃曰：「天子富於春秋[146]，萬機自諸侯出[147]，王公既得錄，

---

103 世婚：世代聯姻的人家。諸葛恢爲士族，庾亮更是士族的代表。當時謝裒功業不顯，所以諸葛恢不肯與他結親。諸葛恢死後，謝家興起，才肯嫁女於謝家。

104 看新婦是古代的嫁娶習俗。

105 遣：送走。裁：通「才」，僅僅。

106 周叔治：周謨，字叔治。周侯（名顗，字伯仁）和周嵩（字仲智）的弟弟。

107 恚：生氣。

108 奴：即阿奴，是尊對卑和兄對弟的愛稱。

109 批：用手掌打。

110 辟易：退避。

111 和長輿，即和嶠。

112 佞人：慣於用花言巧語奉承討好他人的人。

113 王含：字處弘，王敦的哥哥。

114 狼籍：行爲不法。

115 反側：惶恐不安。

116 晏然：形容心情平靜，沒有顧慮。

117 衿契：意氣相投的朋友。

118 僕射：官名，尚書省的副職。

119 聖治：太平時代。

120 緣：緣由，藉口。

121 狼抗：狂妄自大，乖戾。剛愎：倔強固執。

122 王平子：名望超過王敦，爲王敦所忌憚。王敦任江州刺史時，王澄因輕侮王敦，被王敦殺害。此處以王平子爲例說明王敦爲人。

陶公何為不可放？」乃遣人於江口奪之。頣見陶公，拜，陶公止之。頣曰：「梅仲真膝，明日豈可復屈邪？」

王丞相作女伎，施設牀席。蔡公先在坐148，不說而去，王亦不留。

何次道、庾季堅二人並為元輔149。成帝初崩，於時嗣君未定150，何欲立嗣子151，庾及朝議以外寇方強，嗣子沖幼，乃立康帝152。康帝登阼，會群臣，謂何曰：「朕今所以承大業，為誰之議？」何答曰：「陛下龍飛153，此是庾冰之功，非臣之力。于時用微臣之議，今不睹盛明之世。」帝有慚色。

江僕射年少154，王丞相呼與共棋。王手嘗不如兩道許155，而欲敵道戲156，試以觀之。江不即下。王曰：「君何以不行？」江曰：「恐不得爾。」傍有客曰：「此年少戲迺不惡。」王徐舉首曰：「此年少非唯圍棋見勝。」

孔君平疾篤，庾司空為會稽，省之，相問訊甚至，為之流涕。庾既下牀，孔慨然曰：「大丈夫將終，不問安國寧家之術，迺作兒女子相問157！」庾聞，回謝之，請其話言158。

桓大司馬詣劉尹，臥不起。桓彎彈彈劉枕，丸迸碎牀褥

---

123 率：衛率，官名，太子屬官，主管門衛。

124 鉤深致遠：指才識的廣博精深。

125 忝：謙辭，表示有愧，不敢承當。

126 王師不振：不振作的委婉說法，意指被打敗。

127 蘇峻起兵退守石頭城，逼皇帝遷石頭城。

128 語出《左傳・宣公十二年》。

129 用隨時之宜：因時制宜。

130 弊：通「斃」，死。

131 董狐：春秋時晉國的史官，以記事不加隱諱、秉筆直書著名。此處說明，擔心史官記其事於史籍而遺臭萬年。

132 晉成帝幼年時即位，庾亮與王導等參輔朝政。後蘇峻反，百僚奔散。

133 棟折榱崩：房子塌陷了，比喻國家危亡之際。榱，椽子。

134 克復之效：指收復京城，迎帝還都。

135 荀林父：《左傳・宣公十二年》記載，楚莊王圍攻鄭國，晉國派荀林父率師救鄭國，大敗。宣公十五年時，荀林父打敗赤狄，滅潞國。證明荀林父可以打勝仗。

136 保存：保護使之活下來。

137 匡：地名。孔子到宋國途中，經過匡地，匡簡子派兵圍攻他。當時孔子和他的弟子子路一起唱歌，以示禮義教化。

138 陽和：春天和暖之氣。布：散布。

139 鷹化爲鳩：分二十四節氣，每一節氣又分三

間。劉作色而起曰159：「使君如馨地160，寗可鬥戰求勝？」桓甚有恨容。

後來年少，多有道深公者。深公謂曰161：「黃吻年少，勿為評論宿士162。昔嘗與元明二帝、王庾二公周旋163。」

王中郎年少時164，江虨為僕射領選165，欲擬之為尚書郎。有語王者。王曰：「自過江來，尚書郎正用第二人166，何得擬我？」江聞而止。

王述轉尚書令167，事行便拜168。文度曰169：「故應讓杜許。」藍田云：「汝謂我堪此不？」文度曰：「何為不堪！但克讓自是美事，恐不可闕。」藍田慨然曰：「既云堪，何為復讓？人言汝勝我，定不如我。」

孫興公作〈庾公誄〉，文多託寄之辭。既成，示庾道恩170。庾見，慨然送還之，曰：「先君與君，自不至於此。」

王長史求東陽171，撫軍不用172。後疾篤，臨終，撫軍哀歎曰：「吾將負仲祖於此，命用之。」長史曰：「人言會稽王癡，真癡。」

劉簡作桓宣武別駕173，後為東曹參軍，頗以剛直見疏。嘗

候，每一候記載應時出現的生物現象。驚蟄的三候是桃始華、倉庚鳴、鷹化爲鳩。

140 肅祖：晉明帝，明帝的廟號爲肅宗。

141 顧命：君主臨終時的命令，即遺詔。

142 微臣：輕微之臣，自稱的謙辭。

143 俎：砧板。

144 膾截：細細地切割。

145 御道：皇帝通行的道路。

146 富於春秋：年輕。

147 萬機：萬事。

148 蔡公：蔡謨，字道明。《晉書．蔡謨傳》記載「謨性方雅」，故不喜王導所爲。

149 何次道：成帝死後。他主張由成帝的兒子繼位，認爲父子相傳是先王舊典，遭到庾冰反對。庾季堅：成帝的舅舅。成帝死後，他認爲國有強敵，宜立年長君主，主張由成帝的弟弟（即康帝）繼位。元輔：輔政大臣。

150 嗣君：繼位的君主，帝位的繼承人。

151 嗣子：嫡長子。

152 康帝：晉成帝的同母弟，琅邪王司馬岳。

153 龍飛：君主登位。

154 江僕射：江虨，字思玄。

155 手：手段，技藝。道：圍棋子。

156 敵道：不讓子。戲：遊藝，此指下圍棋。

157 兒女子：婦孺。

158 話言：有益的話。

聽記(174)，簡都無言。宣武問：「劉東曹何以不下意(175)？」答曰：「會不能用(176)。」宣武亦無怪色。

劉真長、王仲祖共行，日旰未食(177)。有相識小人貽其餐(178)，肴案甚盛(179)，真長辭焉。仲祖曰：「聊以充虛，何苦辭？」真長曰：「小人都不可與作緣(180)。」

王脩齡嘗在東山甚貧乏(181)。陶胡奴為烏程令(182)，送一船米遺之，卻不肯取。直答語：「王脩齡若飢，自當就謝仁祖索食，不須陶胡奴米(183)。」

阮光祿赴山陵(184)，至都，不往殷、劉許，過事便還。諸人相與追之，阮亦知時流必當逐己，乃遄疾而去(185)，至方山不相及(186)。劉尹時為會稽，乃歎曰：「我入當泊安石渚下耳(187)。不敢復近思曠傍，伊便能捉杖打人，不易。」

王、劉與桓公共至覆舟山看。酒酣後，劉牽腳加桓公頸。桓公甚不堪，舉手撥去。既還，王長史語劉曰：「伊詎可以形色加人不？」

桓公問桓子野：「謝安石料萬石必敗(188)，何以不諫？」子野答曰：「故當出於難犯耳！」桓作色曰：「萬石撓弱凡才(189)，

---

(159) 作色：顯現出怒色。

(160) 如馨地：這樣。劉惔諷刺桓溫當兵出身，做事不離兵的本行。

(161) 深公：竺法深。

(162) 宿士：老成博學的人，資深人士。

(163) 周旋：交往，打交道。

(164) 王中郎：王坦之，字文度。

(165) 領選：兼任吏部尚書。

(166) 第二人：晉人注重門第，所謂第二流人，就是指家世貧寒的人。

(167) 王述：封藍田侯。轉：調動官職，升官。

(168) 事行：指詔命下達。拜：接受官職。

(169) 文度：王坦之，王述的兒子。

(170) 庾道恩：庾羲，字叔和，小名道恩。

(171) 王長史：王濛，字仲祖。

(172) 撫軍：晉簡文帝，登位前曾任撫軍大將軍。

(173) 劉簡：字仲約，官至大司馬參軍。

(174) 聽記：處理公文。記，公文。

(175) 下意：表示意見。

(176) 會：一定，終歸。

(177) 旰：天色晚。

(178) 小人：晉代注重門第，士族階層把府中吏役和老百姓等地位低的人，都當作小人。

(179) 肴案：菜餚。案，食盤。

(180) 作緣：打交道，交朋友。

(181) 東山：山名，在會稽郡，是隱居的地方。

有何嚴顏難犯190？」

羅君章曾在人家，主人令與坐上客共語。答曰：「相識已多，不煩復爾。」

韓康伯病，拄杖前庭消搖191。見諸謝皆富貴192，轟隱交路193，歎曰：「此復何異王莽時194？」

王文度為桓公長史時，桓為兒求王女，王許咨藍田。既還，藍田愛念文度，雖長大猶抱著膝上。文度因言桓求己女婚。藍田大怒，排文度下膝曰：「惡見，文度已復癡，畏桓溫面？兵，那可嫁女與之！」文度還報云：「下官家中先得婚處。」桓公曰：「吾知矣，此尊府君不肯耳195。」後桓女遂嫁文度兒196。

王子敬數歲時，嘗看諸門生樗蒲197。見有勝負，因曰：「南風不競198。」門生輩輕其小兒，迺曰：「此郎亦管中窺豹199，時見一斑。」子敬瞋目曰200：「遠慚荀奉倩，近愧劉真長！」遂拂衣而去。

謝公聞羊綏佳，致意令來201，終不肯詣。後綏為太學博士202，因事見謝公，公即取以為主簿203。

---

182 陶胡奴：陶範，小名胡奴，陶侃的兒子。

183 王脩齡拒絕贈米，是出於門第之見。

184 山陵：指帝王歸山陵的葬禮。

185 遄疾：急速。

186 方山：地名，在丹陽郡江寧縣東。

187 安石：謝安，字安石，劉惔的妹婿，當時正在會稽東山隱居，故劉惔這樣說。

188 萬石：謝萬，字萬石，謝安的弟弟。

189 撓弱：軟弱。凡才：平庸的人。

190 嚴顏：威嚴的面孔。

191 消搖：也作「逍遙」，安閒自得。

192 諸謝：指謝安一家。當時謝安任尚書僕射、中書令，兄弟叔侄亦皆升官受封。韓康伯和謝家不相投，因此不滿。

193 轟隱交路：指車馬、儀仗、僕從往來於路。轟隱，群車聲。

194 王莽：西漢末，王莽獨攬朝政。其在位時，宗族共有十侯和五大司馬，氣焰囂張。

195 尊府君：指令尊，府君在此是尊稱。

196 桓溫雖名位很高，但不是士族名門，所以王述不肯把孫女嫁進他家。

197 樗蒲：一種賭博遊戲。

198 南風不競：出自《左傳．襄公一八年》。古人常用樂律占卜出兵的吉凶，有一次，楚國出兵攻打鄭國時，晉國的樂師師曠說：「我屢次唱北方的曲調，又唱南方的曲調。但南風不競王右軍與謝公詣阮公[204]，至門語謝：「故當共推主人。」謝曰：「推人正自難[205]。」

太極殿始成[206]，王子敬時為謝公長史，謝送版[207]，使王題之。王有不平色，語信云：「可擲箸門外。」謝後見王曰：「題之上殿何若？昔魏朝韋誕諸人[208]，亦自為也。」王曰：「魏阼所以不長[209]。」謝以為名言。

王恭欲請江盧奴為長史[210]，晨往詣江，江猶在帳中。王坐，不敢即言。良久乃得及，江不應。直喚人取酒，自飲一碗，又不與王。王且笑且言：「那得獨飲？」江云：「卿亦復須邪？」更使酌與王，王飲酒畢，因得自解去。未出戶，江歎曰：「人自量[211]，固為難。」

孝武問王爽[212]：「卿何如卿兄？」王答曰：「風流秀出[213]，臣不如恭，忠孝亦何可以假人[214]！」

王爽與司馬太傅飲酒[215]。太傅醉，呼王為小子[216]。王曰：「亡祖長史[217]，與簡文皇帝為布衣之交。亡姑、亡姊，伉儷二宮。何小子之有？」

張玄與王建武先不相識，後遇於范豫章許，范令二人共

（南方的曲調不強盛），象徵死亡的聲音多，因此楚國無法建功。」此處則比喻坐在南邊的人即將要輸了。

199 郎：古稱尊敬的青少年，門生和僮僕也稱主人之子爲郎。

200 瞋目：發怒時睜大眼睛。下文說明，荀奉倩和劉眞長兩人嚴於擇交，而王子敬自悔看門生賭博，且輕易發言，終於受欺。

201 致意：轉達傾慕之意。

202 太學博士：學校的教官。太學是一般官員和庶民俊秀子弟的學校。

203 主薄：地位高，常爲將帥大臣的幕僚長。

204 阮公：阮裕，隱居會稽剡山。

205 阮裕年紀最大，王右軍次之，謝安最小，但是謝安不肯降低地位和身分，推尊阮裕。

206 太極殿：晉孝武帝修築的新宮室。

207 版：指做匾額用的木板。

208 據傳魏明帝築陵雲殿時，誤先釘匾但忘了題字，於是吊起一張椅子，讓侍中韋誕坐在上面懸空題匾，題完後他的鬚髮全白了。韋誕回家告誡子弟，不要再學這樣的書法。韋誕，魏朝宮觀題字多是他的手筆。

209 魏阼：魏朝的帝位維持時間。王子敬認爲不能這樣對待大臣，因此這樣說。

210 王恭：王恭曾任前將軍，青、兗二州刺史。

211 自量：指估量自己的才德。

語。張因正坐斂衽，王孰視良久，不對。張大失望，便去。范苦譬留之，遂不肯住。范是王之舅，乃讓王曰：「張玄，吳士之秀，亦見遇於時，而使至於此，深不可解。」王笑曰：「張祖希若欲相識，自應見詣。」范馳報張，張便束帶造之[218]。遂舉觴對語，賓主無愧色。

212 王爽：其兄爲王恭。
213 秀出：才能出眾。
214 王爽以忠孝正直聞名。
215 司馬太傅：指會稽王司馬道子。
216 小子：尊對卑之稱，有輕慢之意。
217 亡祖：已故的祖父，指王濛，曾任長史。
218 束帶：紮好衣帶，指穿好禮服。

白話賞析

太丘長陳寔和朋友約好一起外出，約定中午出發，過了中午，那位朋友卻沒有來，陳寔便捨棄他，自己先走。他走了以後，那位朋友才到。當時陳寔的兒子元方六歲，正在門外玩耍。客人問元方：「令尊在家嗎？」元方回答：「家父等了您很久，見您不來，已經走了。」那位朋友便很生氣地說：「真不是人啊！和別人約好，卻丟下他人不管，自己先走。」元方說：「您跟家父約定中午，但到了中午卻沒有來，這是不守信用；對著他人的兒子罵他的父親，這是不禮貌。」那位朋友聽後很慚愧，就下車招呼他。但元方掉頭回家，再也沒有回看一眼。

南陽郡人宗世林，和魏武帝曹操處於同個時代，他瞧不起曹操的為人，不肯和曹操結交。曹操擔任司空，總攬朝廷大權時，曾從容地問宗世林：「現在我們可不可以結交了呢？」宗世林回答：「我如松柏一般的意志還是沒有改變。」宗世林因為不合曹操心意被疏遠後，官職很低，和他的德行不相襯。但是曹丕兄弟每次登門拜訪時，都以晚輩的身分，特地在他的坐床前行拜見禮，宗世林備受他們兄弟的尊敬。

魏文帝稱帝時，陳群面帶愁容。文帝問：「朕順應天命即帝位，你為什麼不高興呢？」陳群回答：「臣與華歆銘記先朝，雖然如今欣逢盛世，但是懷念故主恩義的心情，還是不免流露。」

郭淮出任關中都督時，甚得民心，多次建功立業。郭淮的妻子，是太尉王凌的妹妹，因為王凌犯罪而事受株連，應當一同處死。逮捕她的官吏急著捉拿他回京覆命，郭淮讓妻子準備行囊，不久就要出發。州和都督府的文武官員和百姓都勸說郭淮起兵反抗，但郭淮不同意。直到妻子上路的那天，百姓嚎啕大哭，幾萬人跟隨送行，呼喚不捨。走了幾十里路後，郭淮還是命手下將夫人追回，文武官員飛快地傳命，如同拯救自己性命那般著急。把夫人追回後，郭淮寫了一封信給宣帝司馬懿說：「五個孩子因為思念他們的母親，哀痛欲絕，戀戀不捨。如果他們的母親死了，我就會失去這五個孩子。如果五個孩子死了，也就不會再有郭淮了。」最後，宣帝司馬懿特准赦免了郭淮的妻子。

諸葛亮屯兵於渭水南岸時，關中地區人心震動。魏明帝害怕晉宣王司馬懿出戰，便派辛毗擔任軍司馬。司馬懿和諸葛亮隔著渭水列陣後，諸葛亮千方百計地設法誘騙他出戰，司馬懿果然非常憤怒，打算用重兵對付諸葛亮。諸葛亮派間諜偵察他的行動，間諜回報：「有一個老人拿著金斧，堅定地面對軍營口站著，軍隊都無法出動。」諸葛亮說：「那一定是辛佐治。」

夏侯玄被逮捕時，鍾毓擔任廷尉，他的弟弟鍾會之前和夏侯玄不相交好，便態度輕佻地對待夏侯玄。夏侯玄說：「我雖已是罪人，卻也還不敢與你結交。」受刑拷打時，始終不出聲，臨到解赴法場行刑時，也依然面不改色。

夏侯泰初和廣陵郡人陳本是好朋友。當陳本和夏侯泰初在陳本母親面前宴飲時，陳本的弟弟陳騫從外面返家，直接進入堂屋門口。夏侯泰初馬上站起來說：「相同的事可以一起做，但不同的事不能混雜在一起做。」

高貴鄉公被殺時，朝廷內外群情激憤，議論紛紛。文王司馬昭問侍中陳泰：「如何才能使輿論平息呢？」陳泰說：「殺掉賈充向天下人謝罪。」司馬昭說：「還有比這更輕一點的處理辦法嗎？」陳泰回答：「我只知道有比這更重的，不知道比這更輕的。」

和嶠是晉武帝所親近和器重的人，有一次武帝對和嶠說：「太子近來似乎更加成熟長進了，你去看一看吧！」和嶠去了之後再回來，武帝問他如何，和嶠回答：「皇太子的資質和從前一樣。」

諸葛靚到晉朝首都洛陽時，被任命為大司馬，但他不肯應召赴任，因他和晉室有仇，常常背對洛河的方向坐著。他和晉武帝曾有交情，武帝很想見他，卻又找不到緣由，就請嬸母諸葛太妃召諸葛靚。而後，武帝便到太妃那裡和他見面。行禮後，喝酒正痛快時，武帝問：「你還記得我們從前的交情嗎？」諸葛靚說：「臣無法為父報仇，今天又看見聖上。」說完便涕淚縱橫，武帝聽完，便既慚愧又懊悔地離開。

晉武帝對和嶠說：「我想先痛罵王武子一番，再封給他爵位。」和嶠說：「武子才智出眾，性情直爽，這樣恐怕不能使他屈服。」武帝還是召見了武子，並狠狠地責罵他，問：「你知道羞愧了嗎？」王武子說：「我想起尺布鬥粟的民謠，便經常替陛下感到羞愧。他人能使關係疏遠的人親近，臣卻不能使關係親近的人疏遠。就因為這一點始終對陛下有愧。」

杜預到荊州任職時，走到七里橋，朝廷的官員都替他餞行。社預年輕時家境貧賤，卻喜為豪俠之士，沒有得到眾人的讚許。楊濟是名門中的傑出人物，無法忍受杜預以罪人身分受眾人餞行，還沒落座便走了。而後，和長輿問：「楊右衛在哪裡呢？」有位客人說：「剛才來了，還沒坐下就又走了。」和長輿說：「他一定是到大夏門下，騎馬游樂了。」便到大夏門，果然看到楊濟在觀看大規模的兵馬操練。長輿便摟住他，把他拉上車，兩人一起坐車回到七里橋，就如同剛來訪一樣入座。

杜預任鎮南將軍時，朝廷的官員都來慶賀，眾人坐在連榻上，當時裴叔則也在座。羊稚舒後來才到，說：「杜元凱竟然用連榻待客！」生氣地不落座就走了。杜預請裴叔則去追他回來，羊稚舒騎馬走了幾里地便停下，而後便和裴叔則一起回到杜預家中。

晉武帝時，荀勖任中書監，和嶠任中書令。按照舊例，監和令都是同坐一輛車上朝。和嶠本性正直，一向憎惡荀勖阿諛逢迎的作風。每逢官車接他們上朝時，和嶠便上車往前坐，不給荀勖留位子，荀勖便只好另找一輛車，才能上朝。監和令分別派車，便是從這個時候開始。

山濤的大兒子戴著一頂便帽，靠在車上。晉武帝想召見他，山濤不敢替他推辭，便詢問兒子的意見，但他兒子卻不肯去。當時的輿論就說這個兒子超越山濤。

向雄任河內郡主簿，有一件公事本來與他無關，但郡太守劉淮為此事大為震怒，便對他動杖刑，並打發他離開。向雄調任黃門郎後，劉淮任侍中，兩人雖在同個衙門，卻從來不交談。晉武帝聽說此事後，便命令向雄恢復兩人原有的和睦關係。向雄不得已，便到劉淮那裡，行再拜禮後說：「我奉皇上的命令而來，但我們之間已經恩斷義絕了，怎麼辦呢？」說完就馬上就走了。後來，武帝聽說兩人還是不和，就生氣地問向雄：「我命你恢復和睦關係，為什麼還要絕交呢？」向雄說：「古代君子按禮法舉薦官員，也按禮法貶黜官員。現在的君子，舉薦他人時就像要把你抱到膝上那般親近，貶黜他人時就像要把你推下深淵那般凶狠。臣下不對劉河內挑起爭端，就已經很幸運了，怎麼可能維持曾經的友好關係呢？」晉武帝聽後，也就不再勉強他了。

齊王司馬冏任大司馬，輔理國政，嵇紹任侍中，向司馬冏請示。司馬冏安排了一個僚屬的宴會，召來葛旟、董艾等人一起討論政務。葛旟等人告訴司馬冏：「嵇侍中擅長樂器，您可以命他演奏。」左右送上樂器，嵇紹卻拒絕接受。司馬冏說：「今天眾人一起飲酒作樂，你為什麼拒絕呢？」嵇紹說：「輔助皇室的責任，應該是使眾人做事有榜樣能夠效法。我雖然官職卑下，但畢竟忝居常伯之位，吹彈演奏本是樂官之事，因此不能穿著官服做樂工的事。我現在迫於尊命，不敢隨便推辭，但應該脫下官服，穿上便服。這是我的願望。」葛旟等人聽後，便不自在地退出。

盧志在大庭廣眾中問陸士衡：「陸遜和陸抗是您的什麼人呢？」陸士衡回答：「正如你和盧毓、盧珽一樣。」陸士龍聽後大驚失色。出門後，士龍便對哥哥說：「為何如此，他如果真的不了解我們的關係呢？」士衡很嚴厲地說：「父親和祖父海內知名，他怎麼可能不知道呢？鬼子竟敢這樣無禮犯諱！」眾人對陸家兄弟的優劣一向難以斷定，謝安就用此事判定兩人的優劣。

羊忱的性格非常堅貞剛烈。趙王司馬倫任相國時，羊忱任太傅府長史，司馬倫便任命他為參相國軍事。傳達任命的使者突然來訪，羊忱害怕牽連受禍，匆忙間來不及備馬，於是便騎著沒有馬鞍的馬逃避。使者追他時，因為羊忱擅長射箭，不斷向使者左右開弓。使者不敢再追，羊忱這才得以逃脫。

太尉王夷甫不與庾子嵩交往，但庾子嵩卻用卿稱呼他，非常親密。王夷甫說：「君不能用這種稱呼。」庾子嵩回答：「卿稱我為君，我稱卿為卿；我用我的叫法，卿用卿的叫法。」

阮宣子要砍掉土地廟的樹，有人阻止他。宣子說：「如果為社而種樹，那砍了樹，社就不存在了；如果為樹而立社，那砍了樹，社也就遷走了。」

阮宣子談論有無鬼神時，有人認為人死後有鬼，唯獨宣子認為沒有，他說：「自稱看過鬼的人說，鬼穿著自己在世時的衣服。那如果人死了有鬼，衣服也有鬼嗎？」

晉元帝即位後，因為鄭后得寵，因此想廢明帝司馬紹，改立簡文帝司馬昱為太子。朝廷輿論認為棄長子而立幼子，不但不合立嗣的順序，而且太子司馬紹聰明誠實，英明果斷，更適合做太子。周顗、王導諸位大臣竭力爭辯，情辭懇切，只有刁玄亮一人想尊奉少主以迎合元帝的心意。元帝付諸實施時，擔心諸大臣不接受命令，於是先召武城侯周顗和丞相王導入朝，接著就想把詔令交給刁玄亮發布。周顗和周顗進來後，才走到臺階而已，元帝就已事先派傳詔官迎接，攔住他們不讓入內，請他們到東廂房。周顗此時還沒醒悟，於是退下臺階。王導揮開傳詔官，走到元帝座前說：「不明白陛下為什麼召見臣呢？」元帝啞口無言，於是就從懷裡摸出黃紙詔書，撕碎扔掉，自此太子才算確立。周顗感慨又慚愧地嘆道：「我常常自以為勝過茂弘，現在才知道比不上他啊！」

丞相王導到江南之初，想結交攀附吳地人士，於是便向太尉陸玩提出結為兒女親家。陸玩回覆：「小土丘上無法生長松柏那樣的大樹，香草和臭草不能放在同一個器物裡。我雖然沒有才能，但是也不能帶頭做破壞人倫的事。」

諸葛恢的大女兒嫁給太尉庾亮的兒子，二女兒嫁給徐州刺史羊忱的兒子。庾亮的兒子被蘇峻殺害，大女兒又改嫁江虨，諸葛恢的兒子娶了鄧攸的女兒為妻。當時尚書謝裒為兒子謝石向諸葛恢求娶他的小女兒，諸葛恢說：「羊家、鄧家和我們是世代姻親，我看顧江家，庾家看顧我，我不能再和謝裒的兒子結親。」一直到諸葛恢死後，兩家才終於結親。結婚時，右軍將軍王羲之到謝家，看到新娘還保持著諸葛恢舊有的禮法，容貌舉止，端莊安詳，風采服飾，華美整齊。王羲之嘆道：「我嫁女兒時，也僅僅如此啊！」

周叔治出任晉陵太守時，他的哥哥武城侯周伯仁和仲智與他告別。叔治因為兄弟就要離開，哭個不停。仲智生氣地說：「你真是個婦人，和他人告別，只會哭哭啼啼。」不理他便走了。伯仁獨自留下來和他喝酒說話，臨別時流著淚，拍著他的背說：「阿奴要好好地愛惜自己。」

周伯仁任吏部尚書時，有一夜在官署裡病情危急。當時刁玄亮任尚書令，想方設法地搶救他，展現親密友好的情感，最後，病情才稍稍減輕。次日早晨，便派人通知周伯仁的弟弟仲智，仲智急忙趕到。剛進門，刁玄亮就離座對他大哭，並述說伯仁夜裡病危的情況。仲智揚手給了他一耳光，刁玄亮被打得退到門邊。仲智走到伯仁床前，不問任何病況，直接了當地說：「您在西晉時，跟和長輿名望相等。如今，怎麼會跟刁協這樣諂佞的人有交情呢？」說完便頭也不回地走了。

王含任廬江郡太守，貪贓枉法。王敦袒護哥哥，有一次特意在眾人前讚揚：「我哥哥在郡內政績一定很好，廬江知名人士都稱頌他。」當時在王敦手下任主簿的何充也在座，他嚴肅地說：「我就是廬江人，我所聽到的和你說的不一樣。」王敦啞口無言。旁人都替何充捏一把汗，何充卻十分坦然，神態自若。

顧孟著有一次曾向周伯仁勸酒，但伯仁不肯喝。顧孟著便轉向柱子勸酒，並對柱子說：「你可以自認為自己是棟梁。」周伯仁聽了很高興，兩人便成為要好的朋友。

晉明帝在西堂召集眾大臣舉行宴會，尚未大醉時，明帝問：「今天名臣都聚集在一起，和堯、舜時相比，如何？」當時周伯仁任尚書僕射，便聲音激昂地回答：「如今聖上和堯、舜雖同是君主，但怎麼能和那個太平盛世相同呢？」明帝大怒，回到內宮，親自寫了滿滿一張黃紙的詔令交給廷尉，命令廷尉逮捕周伯仁，想殺掉他。幾天後，卻又下令釋放他。眾大臣去探望周伯仁時，他說：「一開始我就知道不會死，因為罪不至此。」

大將軍王敦率兵東下，當時人們都以為他沒有藉口。周伯仁說：「現在的君主不是堯、舜，怎麼會沒有過失呢？但臣下又怎麼能興兵指向朝廷呢？處仲他狂妄自大，剛愎自用，看看王平子在哪裡呢？」

王敦從武昌東下後，把船停在石頭城，他的願望是廢掉明帝。有一次正當賓客滿座，王敦知道明帝聰敏明慧，想藉不孝的罪名廢掉他，每次說到明帝不孝時，都說：「這是溫太真說的。他曾經做過東宮的衛率，後來又在我手下擔任司馬，非常熟悉太子的情況。」一會兒後，溫太真來了，王敦便擺出威嚴的神色，問：「皇太子為人如何？」溫太真說：「小人沒辦法估量君子。」王敦聲色俱厲，想靠威嚴迫使對方順從，重新問道：「你根據什麼稱頌太子的好呢？」溫太真說：「太子才識的廣博精深，不是我這種見識膚淺的人可以估量的。太子按照禮法侍奉雙親，這就可以稱為孝了。」

大將軍王敦反叛後，到了石頭城，周伯仁去見他。王敦問周伯仁：「你為什麼辜負我呢？」周伯仁回答：「您舉兵謀反，下官有愧，率六軍出戰，可是軍隊無法奮勇殺敵，因此才辜負您。」

蘇峻率叛軍到石頭城後，朝廷百官逃散，只有侍中鍾雅獨自留在晉成帝身邊。有人對鍾雅說：「看到情況允許就前進，困難就後退，這是自古以來的常理。您本性忠誠正直，一定不會被仇敵寬容。為什麼不採取權宜之計，卻要坐著等死呢？」鍾雅說：「國家有戰亂而不拯救，君主有危難而不救助，各自逃避以求免禍，我怕會因此被董狐寫入竹簡，遺臭萬年啊！」

庾亮逃走時，回頭向鍾雅交代自己走後的事，將朝廷重任託付給他。鍾雅說：「國家危在旦夕，這是誰的責任呢？」庾亮說：「當前不容許再談論此事了，你應該期望收復京都啊！」鍾雅說：「想必您不愧於荀林父啊！」

蘇峻叛亂時，孔群在橫塘受到匡術的威脅。後來，丞相王導保全匡術，並趁著眾人談笑時，命匡術向孔群敬酒，以消除橫塘一事的不滿。孔群回答：「我的德行雖不能和孔子相比，但卻同孔子遇到匡人一般困苦。雖然春氣和暖，鷹不再出現，轉而出現布穀鳥，但有識之士還是厭惡牠的眼睛。」

蘇子高的叛亂平定後，王導和庾亮諸大臣想任廷尉孔坦治理丹陽郡。經過戰亂而顛沛流離後，百姓生活困苦。孔坦激憤地說：「往日先帝臨終時，諸君親上御床前，共同受先帝的關懷賞識，接受先帝的遺詔。我才疏位卑，不在接受遺詔之列。如今你們有了困難，便把我推到前面，我就像砧板上的臭肉，任人細剁細切而已啊！」說完便拂袖而去，大臣們也不再提起此事。

車騎將軍孔愉和御史中丞孔群外出，在御道遇見匡術，後面跟隨的賓客和侍從很多，匡術上前和孔愉說話。孔群卻不看他，說：「就算鷹變成布穀鳥，所有的鳥都還是討厭牠的眼睛。」匡術聽了大怒，便想殺掉孔群。孔愉趕緊下車抱住匡術，說：「我的堂弟發瘋了，你看在我的面上饒了他吧！」這才得以保全孔群。

梅頤曾對陶侃有恩。後來，梅頤任豫章郡太守時，犯了罪，丞相王導派人逮捕他。陶侃說：「天子還年輕，政令都由大臣發出。王公既然能逮捕人，我陶公為什麼就不能放呢？」於是便派人到江口奪回梅頤。梅頤見到陶侃時，下拜，但陶侃攔住他不讓拜。梅頤說：「我梅仲真的膝頭，難道還會再向您以外的人跪拜嗎？」

丞相王導召集歌舞女，並安排床榻坐席。蔡謨已在座，看見後便很不高興地走了，王導也不挽留他。

何次道、庾季堅兩人受命為輔政大臣。晉成帝剛去世時，尚未定下由誰繼位。何次道主張立皇子，庾季堅和大臣們都認為外來之敵正強大，皇子年幼，於是便立康帝。康帝即位後，會見群臣時，問何次道：「朕如今能繼承國家大業，是誰的主張呢？」何次道回答：「陛下登帝位是庾冰的功勞，不是我的。當時如果採納臣的主張，就看不到如今的太平盛世了。」康帝聽後面有愧色。

左僕射江虨年輕時，丞相王導喚他一起下棋。王導的棋藝和他有兩子左右的差距，可是王導不想讓子，試圖以此事觀察江虨的為人。江虨沒有馬上下子，王導問：「你為什麼不下棋呢？」江虨說：「恐怕不行。」旁邊一位客人說：「這年輕人的棋藝不錯。」王導慢慢抬起頭來說：「這個年輕人豈止圍棋勝過我而已。」

孔君平病重，司空庾冰當時任會稽郡內史，前來探望他，十分懇切地問候病情，並因他病重而流淚。庾冰告辭後，孔君平感慨地說：「大丈夫快死了，卻不問我安邦定國的辦法，竟像婦孺一樣地問候我啊！」庾冰聽後，便回來向他道歉，請他留下教誨。

大司馬桓溫探望丹陽尹劉惔時，劉惔躺著沒有起床。桓溫用彈弓射他的枕頭，彈丸在被褥上破碎。劉惔生氣地起床說：「使君怎麼這樣，難道這也可以靠打仗取勝嗎？」桓溫的臉色大變，非常不滿。

後生晚輩都在談論竺法深，竺法深告訴他們：「黃口小兒，不要認為自己是評論界的資深人士。以前我曾和元帝、明帝兩位皇帝，還有王導、庾亮兩位名公周旋。」

北中郎將王坦之年輕時，江虨任尚書左僕射，兼吏部尚書職務，他考慮任命王坦之為尚書郎。有人將此事告訴他，坦之說：「自過江以來，尚書郎便只讓第二流的人擔任，為什麼要考慮我呢？」江虨聽說後，就不再考慮他。

王述任尚書令時，詔命一下達便去就職。他的兒子王文度說：「本來應該讓給杜許的。」王述說：「你認為我能否勝任這個職務呢？」文度說：「怎麼會不勝任啊！不過謙讓一下總是好事，在禮節上是不可缺少的。」王述感慨地說：「既然能勝任，為什麼又要謙讓呢？他人說你勝過我，我看終究不如我。」

孫興公作〈庾公誄〉，文中有許多寄託情誼的言辭。寫好後他拿給庾道恩看，道恩看後，憤激地還給他說：「先父和您的交情並沒有到達這一步。」

左長史王仲祖請求出任東陽太守，但撫軍不肯委任他。王仲祖病重，臨去世時，撫軍哀嘆道：「我將因此事對不起仲祖。」於是下命令委任他。王仲祖說：「人們說會稽王痴心，確實痴心。」

劉簡在桓溫手下任別駕，後又任東曹參軍，個性剛強正直，導致桓溫疏遠他。有一次處理公文時，劉簡一句話也不說。桓溫問：「劉東曹為什麼不提出意見呢？」劉簡回答：「我提出的意見一定不會被採納的。」桓溫聽了也沒有露出責怪的臉色。

劉真長和王仲祖一起外出，天色晚了卻還沒有吃飯。有個認識他們的吏役送來飯食，菜餚很豐盛，但劉真長卻辭謝了。王仲祖說：「暫且充飢，何苦推辭呢？」劉真長說：「絕不能和小人打交道。」

王脩齡在東山隱居時很貧困，陶胡奴當時任烏程縣令，就運了一船米送給他。王脩齡推辭著不肯收下，說：「王脩齡如果挨餓，自然會到謝仁祖那裡要吃的，不需要陶胡奴的米。」

光祿大夫阮思曠為參加晉成帝的葬禮而到京都時，沒有去殷浩和劉惔家探望，事情結束便往回走，眾人知道後便一起追趕他。阮思曠也知道名士們一定會追趕自己，便急忙地離開，一直走到方山，直到他們趕不上為止。丹陽尹劉惔當時正請求出任會稽太守，便嘆息地說：「我如果到會稽，就要在靠近安石的小洲旁停船，不敢靠近思曠身旁。否則他就會拿木棒打人，這是改不了的。」

王濛、劉惔和桓溫一起到覆舟山賞景。當喝得半醉時，劉惔把腿放在桓溫脖子上，桓溫受不了地抬起手撥開。回來以後，王濛對劉惔說：「他難道可以隨便對別人使臉色嗎？」

桓溫問桓子野：「謝安石已預料謝萬石一定會失敗，為什麼不勸他改正錯誤呢？」子野回答：「當然是因為他難以冒犯啊！」桓溫生氣地說：「謝萬石是個軟弱的庸才，有什麼威嚴讓人難以冒犯呢？」

羅君章曾在別人家裡作客，主人叫他和在座的客人談話，他回答：「大家相識已久，就用不著再講客套話了。」

韓康伯生病在家時，經常拄著拐杖在前院漫步閒逛。他眼看著謝家諸人逐漸富貴，進出的車子往來於馬路，便嘆道：「這和王莽時代有什麼不一樣呢？」

王文度在桓溫手下任長史時，桓溫為兒子求娶文度的女兒，文度答應他回去和父親藍田侯王述商量。回家後，王述因寵愛文度，雖然他長大了還是把他抱在膝上。文度便說到桓溫求娶自己女兒的事，王述聽了非常生氣，把文度從膝上推下去，說：「我不喜歡看到文度又糊塗了，你是害怕桓溫那張面孔嗎？他只是一個當兵的，怎麼可以把女兒嫁到他們家啊！」於是，文度回覆桓溫：「下官的家中已替女兒找了婆家。」桓溫說：「我知道了，是令尊不答應。」而後，桓溫的女兒嫁給文度的兒子。

在王子敬只有幾歲時，曾觀看一些門客賭博。當看見他們在輸贏的關卡時，便說：「南邊的人要輸了。」門客們輕視他是小孩子，就說：「這位小郎管中窺豹，可見一斑。」子敬氣得瞪大眼睛說：「與遠的相比，我愧對荀奉倩；近的相比，我愧對劉真長。」說完便拂袖而去。

謝安聽說羊綏很優秀，就派人向他致意並請他拜訪，但羊綏卻始終不肯上門。而後，羊綏任太學博士時，因事去面見謝安，謝安馬上將他調任主簿。

右軍將軍王羲之和謝安去看望阮裕，走到門口時，王羲之對謝安說：「我們應當一同推尊主人。」謝安說：「推尊別人恰巧是最難的。」

太極殿剛建成時，王子敬任丞相謝安的長史，謝安派人送來一塊木板命王子敬題匾。子敬露出不滿的神色，告訴來人：「把它扔在門外。」後來，謝安看見王子敬，說：「這是替正殿題匾，如何？從前魏朝的韋誕等人也寫過。」王子敬說：「這就是魏朝帝位不能長久的原因。」謝安認為這是至理名言。

王恭想請江盧奴任長史，早晨前往江家，江盧奴在帳子裡尚未起床。王恭坐下來時，不敢馬上開口，過了很久才有機會說到此事。江盧奴沒有回答，只叫人拿酒來，自己喝了一碗，也不給王恭喝。王恭一邊笑一邊說：「怎麼能一個人喝呢？」江盧奴說：「你也要喝嗎？」便命僕人倒酒給王恭，王恭喝完酒後，藉機告辭。還沒有出門，江盧奴便嘆氣道：「一個人要有自知之明，確實是很難。」

晉孝武帝問王爽：「你跟你的哥哥相比，如何？」王爽回答：「風雅超群，臣比不上他，至於忠孝，這怎麼可以讓給別人啊！」

王爽和太傅司馬道子一起飲酒，太傅酒醉之後，便喚王爽為小子。王爽說：「先祖長史和簡文皇帝是布衣之交，已故的姑母和姐姐是兩宮的皇后。怎麼能稱我為小子呢？」

張玄和建武將軍王忱兩人本不認識，後來在豫章太守范甯家相遇。范甯讓兩人交談時，張玄正襟危坐，王忱卻久久地看著他，不答話。張玄非常失望地告辭，范甯苦苦解釋並挽留他，他依舊不肯留下。范甯是王忱的舅舅，便責怪王忱：「張玄是吳地名士中的優秀人物，又是當代名流所看重的人物，你卻讓他難堪，真是難以理解。」王忱笑著說：「如果張祖希想認識我，自然會上門探望。」范甯急忙把這番話告訴張玄，張玄便穿好禮服去拜訪他。而後，兩人一邊喝酒一邊談論，賓主都沒有愧對的表情。

源來如此

方正指正直。正直是古人一貫重視的優良品德，歷來都得到讚美。本篇主要記載從言語、行動、態度等方面表現出的正直品德。

首先表現在禮制方面。當時，由於社會生活的影響，形成了很多行為準則和道德規範，還有相應的禮節。堅持這些規定，才合乎禮，才稱得上正直。例如記載嵇紹為侍中，參加官吏的集會時不肯演奏樂器，認為穿著官服而去做樂工的工作是不合禮法。還有記載太尉王夷甫反對他人用不拘禮節的「卿」字稱呼自己，堅持要使用尊稱。對待無禮的言語和行動堅決反對，義形於色。

其次堅持正確的說法和做法並反對錯誤，亦不能因為受到壓力或其他緣故而退讓，放棄原先的主張，違心地隨聲附和。就算面對君主或上司的錯誤言行，也不能讓步，因為直言勸諫正是德行大正的表現。例如和嶠寧可違背晉武帝的意願，也要堅持自己正確的看法。

除此以外，剛直不阿、不信鬼神、當仁不讓、義不受辱、不肯屈身事人、不受吹捧、不吹捧他人等，都是本篇所稱道的。

作文撇步

1. **引用：**援用前賢經典的警句、名言、典故、俗語等，以闡明自己的論點，表達自己的思想或感情。

明引 明白指出所引文字的出處和來源。

暗用 引用時未指明出處，直接將引文編織在自己的文章或講詞中。

例1：雄曰：「古之君子，**進人以禮，退人以禮**；今之君子，進人若將加諸膝，退人若將墜諸淵。臣於劉河內，不為戎首，亦已幸甚，安復為君臣之好？」

Tips：暗用。

例2：王冕看了一回，心裡想道：「**古人說：『人在畫圖中』**，實在不錯；可惜我這裡沒有一個畫工，把這荷花畫他幾枝，也覺有趣。」（清代吳敬梓《儒林外史》）

Tips：明引。

例3：「**月明星稀，烏鵲南飛**。」此非曹孟德詞解之詩乎？（宋代蘇軾〈前赤壁賦〉）

Tips：明引。

成語集錦

1. 管中窺豹：從管中只能看見豹的一小部份。比喻所見甚小，未得全貌。

原典 王子敬數歲時，嘗看諸門生樗蒲。見有勝負，因曰：「南風不競。」門生輩輕其小兒，迺曰：「此郎亦管中窺豹，時見一斑。」子敬瞋目曰：「遠慚荀奉倩，近愧劉真長！」遂拂衣而去。

書證1：故知領下採珠，難求十斛；管中窺豹，但取一斑。（前蜀韋莊〈又玄集序〉）

書證2：向管中窺豹那知外，坐井底觀天又出來，運斧般門志何大，出削個好歹。（元代周德清〈一枝花．正伯牙志未諧套．隔尾〉）

書證③：有人議論唐人選唐詩不甚佳。余曰：「前人畢竟不同，切勿管中窺豹。」（清代薛雪《一瓢詩話》）

書證④：不是心，不是佛，不是物。古人恁麼道，譬如管中窺豹，但見一斑。（《五燈會元》）

高手過招

1.（　）**陳太丘與友期行，期日中。過中不至，太丘舍去，去後乃至。元方時年七歲，門外戲。客問元方：「尊君在不？」答曰：「待君久不至，已去。」友人便怒曰：「非人哉！與人期行，相委而去。」元方曰：「君與家君期日中。日中不至，則是無信；對子罵父，則是無禮。」友人慚，下車引之。元方入門不顧。（《世說新語．方正》）**下列有關本故事之說明，何者最正確？

A.陳元方之應對：機智方正。

B.元方入門不顧：過猶不及。

C.友人慚而引之：矯揉造作。

D.友人失約而慚：前倨後恭。

2.（　）**陳太丘與友期行，期日中。過中不至，太丘舍去，去後乃至。元方時年七歲，門外戲。客問元方：「尊君在不？」答曰：「待君久不至，已去。」友人便怒曰：「非人哉！與人期行，相委而去。」元方曰：「君與家君期日中。日中不至，則是無信；對子罵父，則是無禮。」友人慚，下車引之。元方入門不顧。（《世說新語．方正》）**下列解釋，何者錯誤？

A.「尊君在不？」的「尊君」是指陳元方的父親。

B.「待君久不至，已去。」的「君」是指陳元方的父親。

C.元方曰：「君與家君期日中。」的「家君」是指陳元方的父親。

D.「陳太丘與友期行，期日中。」兩個「期」字意思相同，詞性相同。

3.（　）陳太丘與友期行，期日中。過中不至，太丘舍去，去後乃至。元方時年七歲，門外戲。客問元方：「尊君在不？」答曰：「待君久不至，已去。」友人便怒曰：「非人哉！與人期行，相委而去。」元方曰：「君與家君期日中。日中不至，則是無信；對子罵父，則是無禮。」友人慚，下車引之。元方入門不顧。（《世說新語．方正》）下列敘述，何者最合乎陳元方的表現？

A. 自作聰明。
B. 天真頑皮。
C. 率真明理。
D. 喜歡取笑。

解答：

1. A　2. B　3. C

魏晉南北朝的門閥制度

魏晉時期相當重視門閥方面的禮儀，從《世說新語》中的許多對話都可以找到蛛絲馬跡。例如，丞相王導到江南之初，因為想結交攀附吳地人士，便向太尉陸玩提出結為兒女親家。但是陸玩是南方的士族豪門，王導的先人雖也不乏名臣，但渡江之初，論功勳名望，王不如陸，加上南方人瞧不起北方人，因此陸玩不願與王導聯姻。還有王文度在桓溫手下任長史時，桓溫為兒子求娶文度的女兒，文度答應他回去和父親藍田侯王述商量。他的父親馬上生氣地說：「他只是一個當兵的，怎麼可以把女兒嫁到他們家啊！」桓溫雖名位很高，但不是士族名門，所以王述不肯把孫女嫁進他家。還有劉真長和王仲祖一起外出時，有個認識他們的吏役送來飯食，但劉真長卻拒絕了，只因為士族階層把府中吏役和老百姓等地位低的人，都當作小人。可見當時的社會風氣和觀念，那這樣的門閥制度是怎麼形成的呢？

曹魏、西晉是門閥制度的初步形成時期。

曹魏創行的九品中正制，對門閥制度的形成，在形式方面影響甚大。其在官吏的選拔任用上，呈現最明顯、最主要的特徵，便是西晉的「二品系資」。此爲一種正式制度，而非僅社會風氣。其目的是「平次人才之高下」，與官品不同。其衡量標準本爲德、才，西晉又增加一個標準，資。換言之，如果資不夠，即使德、才合格，一般也不能取得二品。資包括自己的功勞，和父祖的功勞，這也就逐漸形成以身家背景為主的評選系統。

東晉及南北朝前期是門閥制度的確立與鼎盛時期。

魏晉時期按官位高低形成的門閥制度，東晉後逐漸轉化成按血統高貴與否區別的門閥制度，出現了「膏腴之族」、「華族」、「高門」、「次門」、「役門」等長時期不因官位有無或高低而發生變動的社會階級。門閥制度鼎盛時期的特點有三：第一，人品的評定由西晉「二品系資」進一步演化，成為完全以血緣關係區別高下的系統，德、才已不在考慮之列。第二，戶籍上的士庶界限不再以九品官品之有無，而是由血緣關係區別的門閥高低來劃分。第三，在社會風氣上，士庶界限森嚴，即所謂「士庶之際，實自天隔」。士族如與比庶人地位還低的工商雜戶通婚，劉宋時曾規定「皆補將吏」，即降爲比役門還賤的兵戶或吏家；北魏則規定「犯者加罪」，並「著之律令，永爲定准」。士族如與庶人通婚，雖打擊沒有這麼重，但也會成爲門閥之玷。南齊士族王源與寒族滿氏聯姻，就遭到御史中丞沈約彈劾，請求免王源「所居官，禁錮終身」。

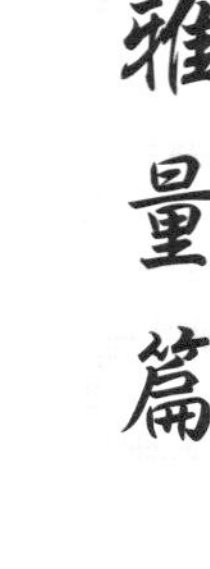

雅量篇

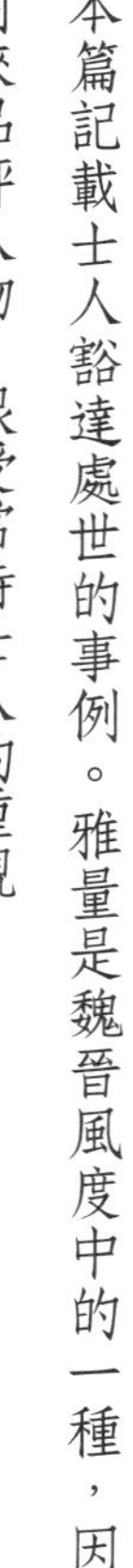

本篇記載士人豁達處世的事例。雅量是魏晉風度中的一種，因此常被用來品評人物，很受當時士人的重視。

古文鑑賞

豫章太守顧邵，是雍之子❶。邵在郡卒，雍盛集僚屬，自圍棋。外啟信至，而無兒書，雖神氣不變，而心了其故。以爪掐掌，血流沾褥。賓客既散，方歎曰：「已無延陵之高❷，豈可有喪明之責❸？」於是豁情散哀❹，顏色自若。

嵇中散臨刑東市，神氣不變。索琴彈之，奏〈廣陵散〉❺。曲終曰：「袁孝尼嘗請學此散，吾靳固不與，〈廣陵散〉於今絕矣！」太學生三千人上書，請以為師，不許。文王亦尋悔焉。

夏侯太初嘗倚柱作書。時大雨，霹靂破所倚柱❻，衣服焦然❼，神色無變，書亦如故。賓客左右，皆跌蕩不得住。

王戎七歲，嘗與諸小兒遊。看道邊李樹多子折枝❽。諸兒

【說文解字】

❶雍：顧雍，字元歎，吳郡吳縣人，三國時期東吳的政治家和丞相。黃武元年，孫權稱吳王，顧雍多次升遷至大理奉常、尚書令，封陽遂鄉侯。黃武四年，顧雍迎接母親到吳，孫權親自慶賀，親自向其母親拜禮。顧雍爲人不喝酒，寡言少語，舉止大體。孫權感嘆道：「顧雍不說話，話中必有理。」後改任太常，封醴陵侯，此時東吳第一任丞相孫邵逝世，顧雍接任丞相，平尚書事。任內選調朝中各官都以其能力作依據，並不存有私心。顧雍又派人到民間搜集資訊，以設計合適的政令或建議上呈，孫權亦因此而對顧雍十分器重。赤烏六年，任丞相十九年的顧雍逝世，謚號肅侯。

❷延陵：地名，此處指延陵季子。春秋吳國的季札受封於此，他熟悉禮制，兒子死後，葬喪都合乎禮。

❸喪明：《禮記．檀弓上》記載，孔子弟子子夏的兒子過世後，便哭瞎眼睛。曾子爲此責備他，認爲這是子夏的罪過之一。

競走取之，唯戎不動。人問之，答曰：「樹在道邊而多子，此必苦李。」取之，信然❾。

魏明帝於宣武場上斷虎爪牙❿，縱百姓觀之⓫。王戎七歲，亦往看。虎承間攀欄而吼⓬，其聲震地，觀者無不辟易顛仆⓭。戎湛然不動⓮，了無恐色。

王戎為侍中，南郡太守劉肇遺筒中箋布五端⓯，戎雖不受，厚報其書。

裴叔則被收⓰，神氣無變，舉止自若。求紙筆作書。書成，救者多，乃得免。後位儀同三司⓱。

王夷甫嘗屬族人事⓲，經時未行，遇於一處飲燕⓳，因語之曰：「近屬尊事，那得不行？」族人大怒，便舉樏擲其面⓴。夷甫都無言，盥洗畢，牽王丞相臂，與共載去。在車中照鏡語丞相曰：「汝看我眼光，迺出牛背上㉑。」

裴遐在周馥所，馥設主人㉒。遐與人圍棋，馥司馬行酒㉓。遐正戲，不時為飲。司馬恚，因曳遐墜地。遐還坐，舉止如常，顏色不變，復戲如故。王夷甫問遐：「當時何得顏色不異？」答曰：「直是闇當故耳。」

---

❹豁情：敞開胸懷，心情開朗。

❺〈廣陵散〉：古琴曲。

❻霹靂：響聲巨大的雷電。

❼焦然：形容燒焦的樣子。

❽折枝：使樹枝彎曲。

❾信然：確實這樣。

❿宣武場：場地名，在洛陽城北。斷：隔絕。

⓫縱：任憑。

⓬承間：也作「乘間」，趁著機會。

⓭顛仆：跌倒。

⓮湛然：形容鎮靜。

⓯筒中箋布：一種細布，卷作筒形。端：二丈爲一端。

⓰裴叔則：裴楷，字叔則。

⓱儀同三司：儀仗同於三公，又稱三司。三公以下有「位從公」，儀同三司都是位從公，即非三公卻給予和三公同等的待遇。

⓲王夷甫：王衍，字夷甫，瑯琊臨沂人。出身瑯琊王氏，司徒王戎的堂弟，在西晉官至司徒。王衍爲人喜好清談，不喜歡參與實質政事，並以求自保爲首要，雖然西晉末年在經歷八王之亂後已民變四起，更有匈奴人劉淵建立漢國對抗晉室，但身爲三公之一的王衍仍不以拯救國家爲己任，反而在方鎮樹立親族作爲外援和退路。最終王衍被石勒俘殺。後世指責王衍「清談誤國」，應爲西晉覆亡承擔責任。屬：囑託。

劉慶孫在太傅府㉔，于時人士，多為所構㉕。唯庾子嵩縱心事外㉖，無跡可間㉗。後以其性儉家富㉘，說太傅令換千萬㉙，冀其有吝，於此可乘。太傅於眾坐中問庾，庾時頹然已醉㉚，幘墜几上㉛，以頭就穿取，徐答云：「下官家故可有兩娑千萬㉜，隨公所取。」於是乃服。後有人向庾道此，庾曰：「可謂以小人之慮，度君子之心。」

王夷甫與裴景聲志好不同㉝。景聲惡欲取之㉞，卒不能回㉟。乃故詣王，肆言極罵㊱，要王答己㊲，欲以分謗。王不為動色，徐曰：「白眼兒遂作。」

王夷甫長裴成公四歲㊳，不與相知。時共集一處，皆當時名士，謂王曰：「裴令令望何足計㊴！」王便卿裴㊵。裴曰：「自可全君雅志。」

有往來者云：庾公有東下意㊶。或謂王公：「可潛稍嚴㊷，以備不虞㊸。」王公曰：「我與元規雖俱王臣，本懷布衣之好。若其欲來，吾角巾徑還烏衣㊹，何所稍嚴。」

王丞相主簿欲檢校帳下㊺。公語主簿：「欲與主簿周旋，無為知人几案間事㊻。」

---

⑲飲燕：也作「飲宴」。
⑳樏：食盒。
㉑王夷甫自認為風采神韻優美出眾，眼光高人一等，不屑計較剛才發生的事。
㉒設主人：以主人身分備辦酒食。
㉓顗司馬：周顗手下的司馬。行酒：在宴會上主持行酒令、斟酒勸飲等事。
㉔劉慶孫：劉輿，字慶孫，西晉末年中山魏昌人。其祖父劉邁官至相國參軍、散騎常侍，父親劉蕃也曾出任高官。
㉕構：羅織罪狀陷害他人。
㉖縱心：放開心思，不關心事情。
㉗間：插在中間，乘間。
㉘儉：吝嗇。
㉙換：借。
㉚頹然：形容精神不振的樣子。
㉛幘：頭巾。几：座位旁放物品的小桌子。
㉜兩娑：二、三。
㉝裴景聲：裴邈，字景聲，河東聞喜人。晉朝大臣，書法家，八裴之一（魏晉裴氏家族八大人物）。少有通才，深得從兄裴頠器賞。歷太傅從事中郎、左司馬。
㉞惡：討厭。
㉟回：改變。
㊱肆言：肆無忌憚地說。
㊲要：要挾，強迫。

祖士少好財㊼，阮遙集好屐㊽，並恒自經營㊾，同是一累㊿，而未判其得失51。人有詣祖，見料視財物。客至，屏當未盡52，餘兩小簏箸背後，傾身障之，意未能平53。或有詣阮，見自吹火蠟屐54，因歎曰：「未知一生當箸幾量屐？」神色閑暢。於是勝負始分55。

許侍中、顧司空俱作丞相從事56，爾時已被遇，遊宴集聚，略無不同。嘗夜至丞相許戲，二人歡極，丞相便命使入己帳眠。顧至曉回轉，不得快孰57。許上床便咍臺大鼾58。丞相顧諸客曰：「此中亦難得眠處。」

庾太尉風儀偉長59，不輕舉止，時人皆以為假。亮有大兒數歲，雅重之質60，便自如此，人知是天性。溫太真嘗隱幔怛之61，此兒神色恬然62，乃徐跪曰：「君侯何以為此63？」論者謂不減亮。蘇峻時遇害。或云：「見阿恭64，知元規非假。」

褚公於章安令遷太尉記室參軍65，名字已顯而位微，人未多識。公東出，乘估客船，送故吏數人投錢唐亭住66。爾時吳興沈充為縣令，當送客過浙江67，客出，亭吏驅公移牛屋下68。潮水至，沈令起彷徨，問：「牛屋下是何物？」吏云：「昨有

㊳ 裴成公：裴頠，字逸民，謚號成。

㊴ 裴令：裴楷，裴頠的叔父。令望：受人敬重的聲望。

㊵ 卿裴：稱裴爲卿。將裴頠當作小輩，不合乎禮法的稱呼。

㊶ 庾公：庾亮，字元規。晉成帝登位後，王導和庾亮等參輔朝政。後來庾亮進號征西將軍，有人勸他起兵東下入首都，最後作罷。

㊷ 潛：暗中，秘密地。嚴：戒備。

㊸ 虞：預料。

㊹ 角巾：有棱角的頭巾，此處指家居時的服飾。烏衣：建康城內的烏衣巷，東晉王導、謝安等貴族都住在這裡。此處指棄官家居。

㊺ 檢校：檢查核對。帳下：幕府中，此指幕僚。

㊻ 几案間事：指案犢，即官府文牘案卷之事。

㊼ 祖士少：祖約，字士少，曾任豫州刺史。

㊽ 屐：木板鞋，鞋底下多有二齒。

㊾ 經營：料理。

㊿ 累：累贅。

51 失：高下，優劣。晉人推崇超脱曠達，所以有一種嗜好，就被看成是一個累贅。

52 屏當：也作「摒當」，料理，收拾。

53 意未能平：心神還不能平靜，指有點慌張。

54 蠟屐：用蠟塗在屐上，使它滑潤。

55 此處並不從兩種嗜好品評，而從心胸開闊與否判斷。阮孚「不爲外物所累」，勝於祖約。

一傖父來寄亭中[69]，有尊貴客，權移之。」令有酒色，因遙問「傖父欲食餅不？姓何等？可共語。」褚因舉手答曰：「河南褚季野。」遠近久承公名[70]，令於是大遽[71]，不敢移公，便於牛屋下修刺詣公[72]。更宰殺為饌，具於公前，鞭撻亭吏，欲以謝慚。公與之酌宴，言色無異，狀如不覺。令送公至界。

郗太傅在京口[73]，遣門生與王丞相書，求女婿。丞相語郗信：「君往東廂，任意選之。」門生歸，白郗曰：「王家諸郎，亦皆可嘉，聞來覓婿，咸自矜持[74]。唯有一郎，在床上坦腹臥[75]，如不聞。」郗公云：「正此好！」訪之，乃是逸少[76]，因嫁女與焉。

過江初，拜官，輿飾供饌[77]。羊曼拜丹陽尹，客來蚤者[78]，並得佳設[79]。日晏漸罄，不復及精，隨客早晚，不問貴賤。羊固拜臨海，竟日皆美供[80]。雖晚至，亦獲盛饌。時論以固之豐華，不如曼之真率。

周仲智飲酒醉，瞋目還面謂伯仁曰：「君才不如弟，而橫得重名[81]！」須臾，舉蠟燭火擲伯仁。伯仁笑曰：「阿奴火攻，固出下策耳！」

---

56 顧司空：顧和，字君孝。

57 孰：指習慣。

58 哈臺：打呼的聲音。

59 庾太尉：庾亮，字元規。

60 雅重之質：高雅穩重的氣質。

61 幔：帷帳。怛之：使他害怕，驚嚇他。

62 恬然：安靜、無動於衷的樣子。

63 君侯：對列侯和地方高級官吏的尊稱。

64 阿恭：庾亮大兒子庾彬的小名。

65 褚公：褚裒，字季野。蘇峻叛亂時，車騎將軍郗鑒（後晉升爲太尉）調他爲參軍。

66 送故：長官離任或歿於任所，屬吏贈錢遠送或護送靈柩返鄉，爲當時的風氣。錢唐亭：錢唐縣的驛亭，驛亭是供旅客留宿的公家客店。

67 浙江：江名。

68 牛屋：晉人多以牛駕車，所以客店有牛棚。

69 傖父：意爲粗鄙的人，吳人稱中州人爲傖人。

70 承：聞知。

71 遽：惶恐。

72 修刺：備辦名片。

73 郗太傅：郗鑒，曾兼任徐州刺史，鎮守京口。

74 矜持：拘謹。

75 坦腹：敞開上衣，露出腹部。

76 逸少：王羲之，字逸少，王導的侄子。

77 輿飾：都要整治。輿，全部都要。供饌：酒宴，宴席。

顧和始為楊州從事[82]。月旦當朝[83]，未入頃，停車州門外。周侯詣丞相，歷和車邊。和覓蝨，夷然不動[84]。周既過，反還，指顧心曰：「此中何所有？」顧搏蝨如故，徐應曰：「此中最是難測地。」周侯既入，語丞相曰：「卿州吏中有一令僕才[85]。」

庾太尉與蘇峻戰[86]，敗，率左右十餘人，乘小船西奔。亂兵相剝掠，射誤中柂工，應弦而倒。舉船上咸失色分散，亮不動容，徐曰：「此手那可使箸賊[87]！」眾迺安。

庾小征西嘗出未還[88]。婦母阮是劉萬安妻，與女上安陵城樓上[89]。俄頃翼歸，策良馬[90]，盛輿衛[91]。阮語女：「聞庾郎能騎，我何由得見？」婦告翼，翼便為於道開鹵簿盤馬[92]，始兩轉，墜馬墮地，意色自若。

宣武與簡文、太宰共載[93]，密令人在輿前後鳴鼓大叫。鹵簿中驚擾，太宰惶怖求下輿。顧看簡文，穆然清恬[94]。宣武語人曰：「朝廷間故復有此賢。」

王劭、王薈共詣宣武[95]，正值收庾希家[96]。薈不自安，逡巡欲去[97]；劭堅坐不動，待收信還，得不定迺出[98]。論者以劭

---

[78] 蚤：通「早」。

[79] 佳設：盛宴，美味佳餚。

[80] 美供：精美的酒宴。

[81] 橫：意外，無緣無故。

[82] 顧和：字君孝。

[83] 月旦：農曆每月初一。朝：下屬晉見長官。

[84] 夷然：安然。

[85] 令僕才：指作尚書令和僕射之才。

[86] 庾太尉：庾亮。晉成帝時，庾亮任中書令，蘇峻起兵時，爲都督征討諸軍事。

[87] 箸賊：指射中盜賊。賊，蘇峻等人。

[88] 庾小征西：庾翼，庾亮的弟弟。

[89] 安陵：地名，庾翼屯駐之地。

[90] 策：用鞭子趕。

[91] 輿衛：隨隊的車子和衛士。

[92] 鹵簿：儀仗。

[93] 宣武：桓溫，諡號宣武。太宰：武陵王司馬晞，晉穆帝即位後，升任太宰。

[94] 穆然：鎮靜的樣子。清：心神平和安適。

[95] 王劭、王薈：王導的兩個兒子。

[96] 庾希：皇親國戚，兄弟皆爲顯貴。桓溫忌恨他們，而後庾希聚眾反時，桓溫派兵討伐。

[97] 逡巡：有所顧慮而徘徊不敢前進。

[98] 得不定：得與不得已成爲定局。

[99] 郗超：任大司馬桓溫的參軍，接著調任散騎侍郎，爲桓溫所器重。芟夷：除去。

為優。

桓宣武與郗超議芟夷朝臣[99]，條牒既定[100]，其夜同宿。明晨起，呼謝安、王坦之入，擲疏示之[101]。郗猶在帳內，謝都無言，王直擲還，云：「多！」宣武取筆欲除，郗不覺竊從帳中與宣武言。謝含笑曰：「郗生可謂入幕賓也[102]。」

謝太傅盤桓東山時[103]，與孫興公諸人汎海戲[104]。風起浪涌，孫、王諸人色並遽，便唱使還[105]。太傅神情方王[106]，吟嘯不言。舟人以公貌閑意說[107]，猶去不止。既風轉急，浪猛，諸人皆諠動不坐。公徐云：「如此，將無歸！」眾人即承響而回[108]。於是審其量，足以鎮安朝野。

桓公伏甲設饌[109]，廣延朝士，因此欲誅謝安、王坦之。王甚遽，問謝曰：「當作何計？」謝神意不變，謂文度曰：「晉阼存亡[110]，在此一行。」相與俱前。王之恐狀，轉見於色。謝之寬容，愈表於貌。望階趨席[111]，方作洛生詠[112]，諷「浩浩洪流[113]」。桓憚其曠遠[114]，乃趣解兵。王、謝舊齊名，於此始判優劣。

謝太傅與王文度共詣郗超，日旰未得前，王便欲去。謝

---

[100] 條牒：分項的文書。

[101] 疏：給皇帝的奏議。

[102] 入幕賓：將帥辦公的地方稱幕府，幕府中的屬官是幕僚或幕賓。

[103] 謝太傅：謝安。謝安出任官職前，曾在會稽郡的東山隱居。盤桓：徘徊，逗留。

[104] 汎海：坐船出海。

[105] 唱：提議。

[106] 神情：精神興致。王：通「旺」。

[107] 說：通「悅」，愉快。

[108] 承響：應聲。響，聲音。

[109] 甲：甲士，披鎧甲的士兵。晉簡文帝死時，桓溫出鎮在外，遺詔沒有滿足他的篡位野心，他認為是謝安和王坦之的手筆。入朝後屯兵新亭，便要謝、王前來迎接，企圖殺掉兩人。

[110] 阼：皇位，此處指國家。

[111] 望階趨席：指到臺階上，馬上疾行就座。

[112] 方作：也作「仿作」，仿效。洛生詠：用洛陽書生讀書的語音吟詩。

[113] 浩浩洪流：嵇康〈贈秀才入軍〉詩中的句子，意謂大河浩浩湯湯。

[114] 曠遠：曠達，心胸寬闊。

[115] 郗超受桓溫器重，掌握生殺大權。

[116] 支道林原在建康，要回到東邊的會稽郡東山。

[117] 徵虜亭：亭名，此亭為送客之處。

[118] 褥：坐墊。

曰：「不能為性命忍俄頃115？」

支道林還東116，時賢並送於征虜亭117。蔡子叔前至，坐近林公。謝萬石後來，坐小遠。蔡暫起，謝移就其處。蔡還，見謝在焉，因合褥舉謝擲地118，自復坐。謝冠幘傾脫119，乃徐起振衣就席，神意甚平，不覺瞋沮120。坐定，謂蔡曰：「卿奇人，殆壞我面。」蔡答曰：「我本不為卿面作計。」其後，二人俱不介意。

郗嘉賓欽崇釋道安德問121，餉米千斛122，修書累紙123，意寄殷勤124。道安答直云：「損米125。」愈覺有待之為煩126。

謝安南免吏部尚書還東127，謝太傅赴桓公司馬出西，相遇破岡。既當遠別，遂停三日共語。太傅欲慰其失官，安南輒引以它端。雖信宿中塗128，竟不言及此事。太傅深恨在心未盡，謂同舟曰：「謝奉故是奇士。」

戴公從東出129，謝太傅往看之。謝本輕戴，見但與論琴書。戴既無吝色130，而談琴書愈妙。謝悠然知其量131。

謝公與人圍棋，俄而謝玄淮上信至。看書竟，默然無言，徐向局132。客問淮上利害？答曰：「小兒輩大破賊。」意色舉

---

119 冠幘：頭巾。
120 瞋沮：生氣，頹喪。
121 釋：出家人的姓氏。道安：和尚名。
122 斛：十斗爲一斛。
123 累紙：一張紙疊著一張紙。
124 意寄：所寄託的心意。
125 損米：對饋贈的客套語，指破費了對方的米。
126 有待：有所待，有依靠的東西。《莊子》認爲無待才可得到精神上的自由。釋道安感嘆自己還不能擺脫有待，心靈得不到解脫。
127 謝安南：謝奉，字弘道。謝奉是會稽郡山陰縣人。還東：回到會稽。謝安隱居在會稽郡東山，桓溫請他出任司馬時，謝安才赴召。
128 信宿：連住兩夜。中塗：中途，半路。
129 戴公：戴逵，字安道居，擅長棋琴書畫。
130 吝色：受辱的表情，不樂意的神色。
131 悠然：閒適的樣子。
132 向局：面向棋局。
133 王子猷、子敬：王徽之，字子猷。王獻之，字子敬。都是王羲之的兒子。
134 遽：匆忙。
135 不惶：沒有時間。惶，通「遑」，空閒。
136 扶憑：攙扶。當時貴族走路有人攙扶，才能顯現氣派。
137 神宇：神情氣宇。
138 遊魂：流散的魂魄，對敵寇的憎稱。

止，不異於常。

王子猷、子敬曾俱坐一室[133]，上忽發火。子猷遽走避[134]，不惶取屐[135]；子敬神色恬然，徐喚左右，扶憑而出[136]，不異平常。世以此定二王神宇[137]。

符堅遊魂近境[138]，謝太傅謂子敬曰：「可將當軸[139]，了其此處。」

王僧彌、謝車騎共王小奴許集[140]。僧彌舉酒勸謝云：「奉使君一觴。」謝曰：「可爾。」僧彌勃然起[141]，作色曰：「汝故是吳興溪中釣碣耳[142]！何敢譸張[143]！」謝徐撫掌而笑曰：「衛軍，僧彌殊不肅省[144]，乃侵陵上國也[145]。」

王東亭為桓宣武主簿，既承藉[146]，有美譽，公甚欲其人地為一府之望[147]。初，見謝失儀[148]，而神色自若。坐上賓客即相貶笑。公曰：「不然，觀其情貌，必自不凡。吾當試之。」後因月朝閣下伏，公於內走馬直出突之，左右皆宕仆[149]，而王不動。名價於是大重[150]，咸云：「是公輔器也[151]。」

太元末[152]，長星見[153]，孝武心甚惡之。夜，華林園中飲酒，舉栢屬星，云[154]：「長星！勸爾一栢酒。自古何時有萬歲

---

139 當軸：朝廷中的當權人物。

140 王僧彌：王珉，小名僧彌。謝車騎：謝玄。叔父謝安曾任吳興太守，當時謝玄曾隨叔父住在吳興，因此下文說到吳興。王小奴：王薈，字敬文，小名小奴，王導的兒子，王珉的叔父。進號鎮軍將軍，死後追贈衛將軍，因此下文謝玄以衛軍稱呼王薈，應當稱鎮軍爲是。

141 勃然：盛怒的樣子。

142 碣：謝玄的小名。謝玄喜歡釣魚，此處既直稱他的小名，又鄙視他爲垂釣的賤民。僧彌以謝玄對他不禮貌而生氣，而謝玄則以玩笑對待。

143 譸張：欺騙，胡說。

144 肅省：嚴肅地明白。

145 上國：對周圍夷狄等部族而言，春秋時的中原各國。用上國指自己，就是認爲對方爲夷。

146 承藉：憑藉祖先的福蔭。

147 人地：人品和門第。

148 謝：問。儀：禮節。

149 宕仆：搖擺著跌倒。宕，同「盪」。

150 名價：名聲，身價。

151 公輔器：相當於三公、輔弼大臣一類人材。

152 太元：晉孝武帝的年號，太元二十年出現蓬星（即此處的長星，彗星的一種）。古人認爲蓬星不吉利，此處表示帝王之死，因此下文說沒有萬歲天子。

153 見：通「現」。

天子？」

殷荊州有所識，作賦，是東晳慢戲之流155。殷甚以為有才，語王恭：「適見新文，甚可觀。」便於手巾函中出之。王讀，殷笑之不自勝156。王看竟，既不笑，亦不言好惡，但以如意帖之而已157。殷悵然自失158。

羊綏第二子孚，少有儁才，與謝益壽相好，嘗蚤往謝許，未食。俄而王齊、王睹來。既先不相識，王向席有不說色159，欲使羊去。羊了不眄160，唯腳委几上161，詠矚自若162。謝與王敘寒溫數語畢，還與羊談賞，王方悟其奇，乃合共語。須臾食下，二王都不得餐，唯屬羊不暇。羊不大應對之，而盛進食，食畢便退。遂苦相留，羊義不住，直云：「向者不得從命，中國尚虛163。」二王是孝伯兩弟。

154 屬：勸。
155 東晳：曾作〈勸農賦〉、〈餅賦〉等，文筆詼諧。慢戲：不莊重，開玩笑。
156 自勝：自制，克制自己。
157 帖：通「貼」，壓著。
158 悵然：失意、不痛快的樣子。
159 向席：走到座位上，入座。說：同「悅」。
160 眄：斜看。
161 委：放。
162 詠矚：吟詠，顧盼。
163 中國：指腹中。二王原想趕他走，後又獻殷勤，羊孚說之所以不走是因腹中尚空。

白話賞析

豫章太守顧劭是顧雍的兒子。顧劭死在任內時，顧雍聚集下屬飲酒作樂，正在下圍棋。左右稟報有送信人到，卻沒有他兒子的書信。顧雍雖然神態不變，但心中已明白其緣故，他悲痛得用指甲緊掐手掌，血甚至沾濕了座褥。直到賓客散去後，才嘆氣道：「已經不可能有延陵季子那麼高尚的人了，難道還要哭瞎眼睛而受人責備嗎？」於是便放開胸懷，捨棄哀痛之情，神色自若。

中散大夫嵇康在法場遭處決時，神態不變，要求取琴彈奏〈廣陵散〉。彈完後說：「袁孝尼曾向我請求學習這支曲子，我吝惜固執，不肯傳授給他，如今〈廣陵散〉就要失傳了啊！」當時，三千名太學生曾上書請求拜他為師，但朝廷不許。嵇康被殺後，文王司馬昭隨即也後悔了。

夏侯太初有一次靠著柱子寫字，當時正下著大雨，雷電擊中他靠著的柱子，衣服燒焦了，但他依舊神色不變，繼續寫字。賓客和隨從都跌跌撞撞，無法站立。

王戎七歲時，有一次和一些小孩遊玩，看見路邊的李樹掛了很多果子，都把樹枝壓彎了，小孩們爭先恐後地上前摘李子，只有王戎站著不動。別人問他，他回答：「這棵樹長在路邊，還有這麼多李子，那這李子一定是苦的。」拿李子一嚐，果然如此。

魏明帝將老虎的爪牙包裹，在宣武場上舉行人和虎的搏鬥表演，讓百姓觀看。王戎當時七歲，他也去看。老虎趁機攀住柵欄大吼，吼聲震天動地，圍觀的人都嚇得倒退並跌倒在地。王戎卻平靜地一動也不動，一點也不害怕。

王戎任侍中時，南郡太守劉肇送他十丈筒中細布，王戎雖然沒有受禮，但還是慎重地寫了一封回信給他。

裴叔則被逮捕時，神態不變，舉動如常。要了紙筆寫信給親朋故舊，信送出後，前來營救他的人很多，最後終於得以免罪。後來位至儀同三司。

王夷甫曾託族人辦事，但一段時間後都沒有下文。後來兩人恰巧一同宴飲，王夷甫便問那位族人：「原本託您辦的事，為什麼沒有辦呢？」族人非常生氣地舉起食盒扔到他臉上，王夷甫一言不發地洗乾淨後，便挽著丞相王導的手，和他一起坐上牛車。他在車裡照著鏡子，對王導說：「你看我的眼光，竟然超出牛背之上。」

裴遐到周馥家，周馥以主人的身分宴請大家。裴遐和他人下圍棋，周馥的司馬負責勸酒。裴遐下棋時，不斷地要酒喝，司馬很生氣，便把他拽倒在地上。裴遐爬起來回到座位上，舉動如常，臉色不變，依舊繼續下棋。王夷甫問他：「當時你是如何能做到面不改色呢？」他回答：「只不過是暗地忍受而已。」

劉慶孫在太傅府任職期間，許多名人被他陷害，只有庾子嵩，因為不把心思放在世事上，使他沒有縫隙可鑽。後來，他抓住庾子嵩生性吝嗇而家境富裕這點，慫恿太傅向庾子嵩借千萬錢，希望他表現得吝嗇而不肯借，以便找到可乘之機。而後，太傅就在大庭廣眾之下向庾子嵩借錢，這時庾子嵩已經醉醺醺的了，頭巾掉落在小桌上，他把頭伸進頭巾裡戴上，慢吞吞地回答：「下官的家裡大約有兩、三千萬，隨您取多少。」劉慶孫終於佩服於他。有人日後向庾子嵩談起此事，庾子嵩說：「這是以小人之心，度君子之腹。」

王夷甫和裴景聲兩人的興趣和愛好不同，景聲不希望王夷甫任用自己，但卻始終無法讓王夷甫打消念頭。於是，他就故意到王夷甫那裡，肆意攻擊，痛罵一番，迫使王夷甫也怒罵自己，想用這種辦法讓王夷甫分散別人對他的指責。王夷甫卻不動聲色，從容地說：「那個小人開始胡作非為了。」

王夷甫比裴頠大四歲，兩人不相交好。有一次，兩人在一個聚會上恰巧碰面，在座的都是當時的名士，有人對王夷甫說：「裴令的名望哪裡值得顧慮啊！」於是，王夷甫便輕慢地直呼裴頠為卿，裴頠說：「我自然可以成全君的高雅情趣。」

往來首都的人說：「庾公有起兵東下的意圖。」有人對王導說：「您應該暗中略作戒備，以防備不測。」王導說：「我和元規雖然都是國家大臣，但是本就懷有布衣之交的情誼。如果他想來朝廷，我就直接回鄉當老百姓，何必略作戒備。」

丞相王導的主簿想查核部下，王導對他說：「我想和主簿你討論，我們應該不需要了解別人文牘案卷上的事。」

祖士少喜歡錢財，阮遙集喜歡木屐，兩人經常親自動手做。兩種嗜好都是身外之物，但從這點還無法判定兩人的優劣。有人到祖士少家中，看見他正在收拾和查點財物，客人到的時候，還沒有收拾完。剩下的兩小箱財物，祖士少放在自己身後，側身擋著，還會心神不定。又有人到阮遙集家中，看見他一邊點火替木屐打蠟，一邊嘆息道：「不知道這輩子還可以再穿幾雙木屐呢？」神態安詳自在，兩人的格局立見高下。

侍中許璪和司空顧和一起在丞相王導的手下擔任從事，兩人都已得到賞識，凡是遊樂、宴飲、聚會，兩人都一起參加，沒有絲毫不同。有一次晚上，兩人到王導家遊玩，玩得很高興，王導便叫他們到自己的床上睡。顧和輾轉反側直到天亮，無法習慣；許璪一上床就鼾聲如雷。王導回頭對客人們說：「此處也難得到一個安心睡覺的地方啊！」

太尉庾亮風度儀容，奇偉出眾，舉止穩重，當時人們都認為這是一種假象。庾亮有個只有幾歲的大兒子，他從小便擁有高雅穩重的氣質，眾人才知道這是他們的本性。溫太真曾經藏在帷帳後面嚇唬他，但這孩子神色安詳，只是慢慢地跪下問：「君侯為什麼要做這樣的事呢？」輿論都認為他的氣質不亞於庾亮。後來，他在蘇峻叛亂時遭殺害。有人說：「看見阿恭的模樣，便知道元規不是假裝的。」

褚季野從章安縣令升任太尉郗鑒的記室參軍，雖然名聲遠播，但是官位很低，還是有很多人不認識他。褚季野坐著商船往東，和幾位送行舊官的屬吏在錢唐亭投宿。這時，吳興人沈充任錢唐縣令，正好要送客過浙江，客人來了之後，亭吏就把褚季野趕出去，將他移到牛屋裡。夜晚江水漲潮，沈縣令在亭外徘徊，問牛屋裡是什麼人，亭吏說：「昨天有個粗鄙的人到亭中寄宿，因為有尊貴客人，所以就將他挪到那裡。」縣令這時已有幾分酒意，問：「粗鄙的客人想吃餅嗎？你姓什麼？可以出來交談。」褚季野拱手回答：「河南褚季野。」附近的人都久仰褚季野的大名，縣令大為惶恐，但又不敢再勞駕他，便在牛屋裡呈上名片拜謁，並宰殺牲畜，整治酒食。還當著褚季野的面鞭責亭吏，想藉此表示歉意。褚季野和縣令對飲時，言談和臉色沒有什麼異樣，好像對這一切都不在意似的。而後，縣令便一直將他送到縣界。

太傅郗鑒在京口時，派門生送信給丞相王導，想在他家中挑個女婿。王導告訴郗鑒的來人：「您到東廂房隨意挑選。」來人回去稟告郗鑒：「王家的那些公子都不錯，聽說是來挑女婿的，便都十分拘謹。只有一位公子在東邊的床上，袒胸露腹地躺著，好像沒有聽見一般。」郗鑒說：「這個好！」查訪之後，發現原來是王逸少。後來，郗鑒便把女兒嫁給他。

晉室南渡初期，新宮接受任命時，都要備辦酒宴招待前來祝賀的人。羊曼出任丹陽尹時，早來的客人，都能吃到豐盛的酒食。晚來的，因為備辦的東西漸漸吃完，就無法吃到精美的酒食了。食物只是隨客人來得早晚而不同，不論官位高低。羊固出任臨海太守時，從早到晚都有華美的酒宴。儘管到得很晚，但還是能吃到豐盛的酒食。眾人認為羊固的酒宴雖然豐盛精美，但是比不上羊曼的本性真誠直率。

周仲智喝醉後，瞪著眼，扭著頭，對他的哥哥伯仁說：「您才能比不上我，卻意外地獲得大好名聲啊！」接著，便舉起點燃的蠟燭扔到伯仁身上，伯仁笑著說：「阿奴用火攻，是下策啊！」

顧和任揚州州府從事，初一應該晉見長官時，他還沒有進府，暫時在州府門外停車。這時武城侯周顗也到丞相王導那裡去，恰巧從顧和的車子旁經過，顧和正在抓蝨子，安閒自在，沒有理他。周顗經過又折回來，指著顧和的胸口問：「這裡面裝些什麼呢？」顧和依舊掐著蝨子，慢吞吞地回答：「這是最難捉摸的地方。」周顗進府後，告訴王導：「你的下屬裡有一個可以作為尚書令或僕射的人才。」

太尉庾亮率軍和蘇峻作戰，戰敗後帶著十幾個隨從坐小船往西邊逃。這時叛亂的士兵正在搶劫百姓，小船上的人用箭射賊兵，卻不小心失手射中舵工，舵工隨即倒下，全船的人都嚇得臉色發白。庾亮神色自若，慢慢地說：「這樣的手怎麼可以用來殺賊啊！」大家這才安定下來。

征西將軍庾翼有一次外出未歸，他的岳母阮氏，也就是劉萬安的妻子，和女兒一起上安陵城樓觀望。一會兒後，他回來了，騎著高頭駿馬，帶領著浩大的車馬衛隊。阮氏對女兒說：「聽說庾郎會騎馬，我要如何才得以看見呢？」庾翼的妻子便告訴庾翼，庾翼就為她在道上擺開儀仗，騎著馬繞圈子。才剛轉了兩圈，便從馬上摔下來，但他神態自如，毫不在意。

桓溫和簡文帝、太宰共坐一輛車，桓溫暗中叫人在車子前後敲鼓，大聲喊叫。儀仗隊伍受驚，太宰驚惶恐懼地要求下車。桓溫回頭看簡文帝，他鎮定自若，毫不受影響。後來，桓溫告訴別人：「朝廷裡仍有這樣的賢能之才。」

王劭和王薈一起去拜訪桓溫，恰巧遇到桓溫派人逮捕庾希一家。王薈心裡不安，徘徊猶豫地想離開，王劭卻坐著不動，直到派去逮捕庾希一家的官吏回來，知道事情的結果後才退出。眾人因此認為王劭比王薈優秀。

桓溫和郗超商議撤換朝廷大臣，上報名單擬定後，當晚兩人便在同一處歇息。第二天桓溫一早起來，便傳呼謝安和王坦之，把擬好的奏疏給他們看，當時郗超還在帳子裡沒起床。謝安看了奏疏後，一句話也沒說，王坦之直接還給桓溫，說：「太多了！」桓溫拿起筆想刪去一些，這時郗超不自覺地偷偷從帳子裡和桓溫說話。謝安含笑道：「郗生真可說是入幕之賓。」

太傅謝安在東山居留期間，時常和孫興公等人坐船到海上游玩。有一次起了風，浪濤洶湧，孫興公和王羲之等人驚慌失色，便提議掉轉船頭回去。謝安這時精神振奮，不發一言。船夫因為謝安神態安閒，心情舒暢，便依舊搖船向前。一會兒後，風勢更急，浪更兇猛，眾人都叫嚷騷動，無法安坐。謝安這才慢條斯理地說：「這樣看來，是應該回去了啊！」大家立即響應。從此事眾人明白了謝安的氣度，認為他能夠鎮撫朝廷內外並安定國家。

桓溫埋伏甲士後，設宴遍請朝中百官，想趁此機會殺害謝安和王坦之。王坦之非常驚恐地問謝安：「我們應該採取什麼辦法呢？」謝安神色不變地對王坦之說：「晉朝的存亡，就在這一次了。」兩人一起前去赴宴時，王坦之臉上流露明顯驚恐的神色，謝安則表現得寬宏大量。他走到臺階上快步入座，模仿洛陽書生讀書的聲音，朗誦起「浩浩洪流」的詩篇。桓溫忌憚他曠達的氣量，便急忙撤走埋伏的甲士。原本王坦之和謝安名望相當，自此事後才分出高低。

太傅謝安和王文度一起前往拜見郗超，一直到天黑都還無法上前會見。王文度便想離開，謝安說：「你就不能為了性命，再忍耐一會兒嗎？」

支道林要回到東方時，當時的名士一起到徵虜亭替他餞行。蔡子叔先到，就坐在支道林身旁，謝萬石後到，坐得遠一點。蔡子叔離開一會兒時，謝萬石就移坐到他的座位上。蔡子叔回來後，看見謝萬石坐在自己的位子上，就將謝萬石連坐墊一起摔到地上，自己再坐回原位。謝萬石跌得頭巾都掉了，他慢慢地爬起來，拍乾淨衣服後，便回到自己的座位，神色很平靜，看不出他生氣或頹喪。坐好後便對蔡子叔說：「你真是個怪人，差點摔傷我的臉了。」蔡子叔回答：「我本來就沒有替你的臉做打算。」而後，兩個人都不介意此事。

郗嘉賓很推崇道安和尚的道德名望，送他千斛米，並寫了一封長信，情意懇切深厚。道安的回信只說：「承蒙餽贈，也更加覺得我還需要依靠外物，真是煩惱。」

安南將軍謝奉被免去吏部尚書的官職後，便回到東邊的老家。太傅謝安則應召出任桓溫的司馬，前往西方。兩人在破岡相遇，既然即將久別，便索性停留三天敘舊。謝安對謝奉丟官一事想安慰幾句，但謝奉總顧左右而言他。兩人同住兩夜，卻始終沒有談及此事。謝安因無法表達心意而深感遺憾，對同船的人說：「謝奉確實是個奇特的人。」

戴逵從會稽到京都時，太傅謝安去看望他。謝安本輕視他，見了面後，也只和他談論琴法和書法。戴逵不但沒有不樂意的表情，而且談及琴法和書法，反而更加高妙。謝安從此事了解到他閒適自得的氣量。

謝安和客人下了一會兒圍棋後，謝玄從淮上派出的信使抵達。謝安看完信，默不作聲，又慢慢地繼續下棋。客人問他戰場上的勝敗情況，謝安回答：「他們大破賊兵。」神色舉動都和平時一樣。

王子猷和子敬曾同坐在一個房裡，前方忽然起火。子猷急忙躲避，連鞋子都來不及穿。子敬卻神色安詳，慢慢地呼喚隨從，攙扶著他走出去，就跟平時一樣。眾人從此事判斷二王氣度的優劣。

苻堅的賊兵逼近邊境時，太傅謝安對王子敬說：「可以將一個執政大臣作為統帥，讓他們就地消滅。」

王僧彌和車騎將軍謝玄一起到王小奴家中聚會，僧彌舉起酒杯向謝玄勸酒道：「敬使君一杯。」謝玄說：「好啊！」僧彌生氣地站起來，滿臉怒色地說：「不過是在吳興山溪裡垂釣的碣，怎麼敢如此胡言亂語啊！」謝玄慢慢地拍著手笑道：「衛軍，僧彌太不莊重懂事了，竟敢欺凌上國的人。」

東亭侯王珣任桓溫的主薄，既受祖輩的福蔭，名聲又很好，桓溫希望他在人品和門第上都能成為官府所敬仰的榜樣。當初，他回答桓溫的問話時，有失禮之處，但神色自若，在座的賓客立刻嘲笑他。桓溫說：「不是這樣的，看他的神情態度，一定不平凡。我且測試他看看。」而後，趁著初一僚屬晉見，王珣正在官廳裡時，桓溫從後院騎著馬衝出來。左右都被嚇得跌跌撞撞，只有王珣穩坐不動，名聲於是大為提高，眾人都說：「這是輔弼大臣的人材。」

太元末年，長星出現，晉孝武帝心裡非常厭惡它。入夜時，他在華林園飲酒，舉杯向長星勸酒說：「長星，敬你一杯酒。從古到今，何時有過萬歲天子呢？」

荊州刺史殷仲堪有一點見解後，便寫成一篇賦，是如同束皙所寫的遊戲文章。殷仲堪自認很有才華，告訴王恭：「我剛看到一篇新作，很值得一看。」便從手中的套子裡拿出文章。王恭一邊讀，殷仲堪一邊得意地笑個不停。王恭看完後，既不笑也不說文章好壞，只是拿個如意壓著它。殷仲堪因此悵然若失。

羊綏的次子羊孚，少年時才智出眾，和謝益壽交好。有一次，他一大早就到謝家，還沒吃早餐。一會兒後，王齊和王睹也來了，他們本不認識羊孚，落座後，臉色有點不高興，想讓羊孚離開。羊孚看也不看他們，把腳搭在小桌子上，無拘無束地吟詩。謝益壽和二王寒暄幾句後，回頭和羊孚談論品評，二王這才知曉他的不同，才和他一起說話。

擺上飯菜後，二王也顧不上吃，只是不停地勸羊孚吃喝。羊孚不太理會，大口大口地吃，吃完便告辭。二王苦苦挽留，羊孚不肯留下，只說：「剛才我不能順應你們的心意離開，是因為肚子還空空的。」二王是王孝伯的兩個弟弟。

源來如此

雅量指寬宏的氣量。魏晉時代講究名士風度，要求注意舉止和姿勢的曠達瀟灑，強調七情六欲都不能流露於神情態度上。不管內心活動如何，只能深藏不露，表現出的應是寬容、平和、若無其事。也就是說，見喜不喜，臨危不懼，處變不驚，這才不失名士風流。

本篇所記的就是士人們的雅量。在遇到喜怒哀樂等方面的事情時神色自若，應付自如。如果因身心暢快而面露歡娛之色，這就顯得有所計較而不寬容了。例如記載謝安得知淝水之戰大捷後，「意色舉止，不異於常」。還有記載久負盛名的褚季野旅居驛亭時，被亭吏驅移牛屋下住宿，縣令了解原委後，「於公前鞭撻亭吏」。對前後截然不同的態度，褚季野表現得襟懷磊落，「言色無導，狀如不覺」。

除此以外，只要沒有虛偽的表現，純任自然，都可以被看成雅量。例如不為威逼利誘所動、不吝惜財物、不怕丟失官職、保持真誠直率等。其中記郗家到王家選女婿時，王家子弟「咸自矜持」，只有王羲之「在床上坦腹臥，如不聞」，這正是直率、不掩蓋、不做作的最佳寫照。

作文撇步

1. 轉品：改變其原來詞性而在語文中出現。

例1：謂王曰：「裴令令望何足計！」王便**卿**裴。裴曰：「自可全君雅志。」

Tips：名詞作動詞使用。

例2：曰：「亡國之君，各**賢**其臣，豈知不忠而任之？」（《世說新語．規箴》）

Tips：形容詞作動詞使用。

例3：況以**膠漆**之心，置於**胡越**之身，進不得相合，退不能相忘，牽攣乖，各欲白首。（唐代白居易〈與元微之書〉）

Tips：名詞作形容詞使用。

例4：忽逢桃花林，夾岸數百步，中無雜樹，芳草鮮美，**落**英繽紛，漁人甚異之，復前行，欲窮其林，林盡水源，便得一山，山有小口，彷彿若有光，便捨船，從口入。（東晉陶淵明〈桃花源記〉）

Tips：動詞作形容詞使用。

成語集錦

1. 坦腹東床：坦露腹部，臥於東床。指當女婿，或指稱女婿。

原典 郗太傅在京口，遣門生與王丞相書，求女婿。丞相語郗信：「君往東廂，任意選之。」門生歸，白郗曰：「王家諸郎，亦皆可嘉，聞來覓婿，咸自矜持。唯有一郎，在床上坦腹臥，如不聞。」郗公云：「正此好！」訪之，乃是逸少，因嫁女與焉。

書證1：坦腹東床下，由來志氣疏。遙知向前路，擲果定盈車。（唐代李白〈送族弟凝之滁求婚崔氏〉）

書證2：書生愚見，忒不通變。不肯坦腹東床，謾自去哀求金殿。（明代高明《汲古閣本琵琶記》）

書證3：我操國柄佐聖明，我是九棘三槐位裡人，要擇個坦腹東床，豈無個貴戚王孫？（明代沈受先《三元記》）

書證4：弟想姑夫聲勢赫赫，表弟青年矯矯，怕沒有公侯大族坦腹東床？（《隋唐演義》）

2. 入幕之賓：指參與機要或充當幕僚的人，亦比喻關係親近。

原典 桓宣武與郗超議芟夷朝臣，條牒既定，其夜同宿。明晨起，呼謝安、王坦之入，擲疏示之。郗猶在帳內，謝都無言，王直擲還，云：「多！」宣武取筆欲除，郗不覺竊從帳中與宣武言。謝含笑曰：「郗生可謂入幕賓也。」

書證1：東坡自此將佛印愈加敬重，遂為入幕之賓。（清代馮夢龍《醒世恆言》）

高手過招

1.（　）郗太傅在京口，遣門生與王丞相書，求女婿。丞相語郗信：「君往東廂，任意選之。」門生歸，白郗曰：「王家諸郎，亦皆可嘉，聞來覓婿，咸自矜持。唯有一郎，在床上坦腹臥，如不聞。」郗公云：「正此好！」訪之，乃是逸少，因嫁女與焉。（《世說新語．雅量》）郗太尉並沒有親眼看到王羲之，只憑門生轉述，而認為王羲之的好的最重要原因是什麼？

A. 他很了解女兒的個性，王羲之的率性和他女兒很匹配。
B. 凡事能以平常心看待者，必是人中之龍。
C. 王羲之胃口好，身體一定很健康。
D. 他的個性不喜歡別人奉承，找個性相同的女婿比較自在。

2.（　）謝太傅盤桓東山時，與孫興公諸人汎海戲。風起浪涌，孫、王諸人色並遽，便唱使還。太傅神情方王，吟嘯不言。舟人以公貌閑意說，猶去不止。既風轉急，浪猛，諸人皆諠動不坐。公徐云：「如此，將無歸！」眾人即承響而回。於是審其量，足以鎮安朝野。（《世說新語．雅量》）下列敘述中，最貼近謝太傅在文中表現的是：

A. 窮則獨善其身，達則兼善天下。
B. 一怒而諸侯懼，安居而天下熄。
C. 雞鳴不已於風雨，松柏後凋於歲寒。
D. 泰山崩於前而色不變，麋鹿興于左而目不瞬。

解答：
1. B　2. D

典故　東床快婿──王羲之

大書法家王羲之，被稱為東床快婿。東床快婿被用以比喻為人豁達，才能出眾的女婿，是對於女婿的美稱。

王羲之，字逸少，原籍琅邪臨沂，後遷居山陰，為東晉書法家，有「書聖」之稱。後官拜右軍將軍，又稱王右軍。其書法師承衛夫人、鍾繇。

王羲之七歲便跟隨書法家衛鑠，也就是衛夫人，學習書法。相傳王羲之住處附近有一個小池塘，王羲之練完書法後均在此洗筆，每日習字，久而久之，池水便變成黑色的，竟能直接蘸取充墨之用。王羲之在南渡後，好山水與交友，「時人目王右軍，飄如游雲，矯若驚龍」。永和九年三月三日，與孫綽、許詢、謝尚、支遁等宴集於山陰之蘭亭，寫下名留千古的〈蘭亭集序〉。後因不受朝廷重用，即「稱病去郡」，終老於嵊縣金庭。

王羲之的書法變當時流行的章草、八分為今草、行書、楷書，是書體轉換時期平地而起的高峰。其子王獻之亦為書法家，王羲之也曾指導陳郡謝氏的謝安。王羲之在書法藝術史上取得的成就影響巨大，被後人譽為古今之冠，盡善盡美。他的作品如今已無真跡傳世，著名的〈蘭亭集序〉等帖皆為後人臨摹。

梁武帝蕭衍評其書曰：「王羲之書，字勢雄逸，如龍跳天門，虎臥鳳闕。」

唐太宗李世民讚道：「詳察古今，研精篆素，盡善盡美，其唯王逸少乎！觀其點曳之工，裁成之妙，煙霏露結，狀若斷而還連；鳳翥龍蟠，勢如斜而反直。玩之不覺為倦，覽之莫識其端。心摹手追，此人而已，其餘區區之類，何足論哉！」

唐代李白詩〈王右軍〉曰：「右軍本清真，瀟灑出風塵。山陰過羽客，愛此好鵝賓。掃素寫道經，筆精妙入神。書罷籠鵝去，何曾別主人。」

識鑒篇

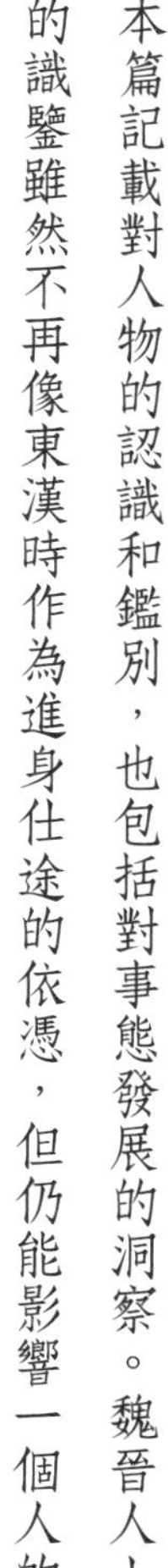

本篇記載對人物的認識和鑑別，也包括對事態發展的洞察。魏晉人士的識鑒雖然不再像東漢時作為進身仕途的依憑，但仍能影響一個人的名譽和地位。

古文鑑賞

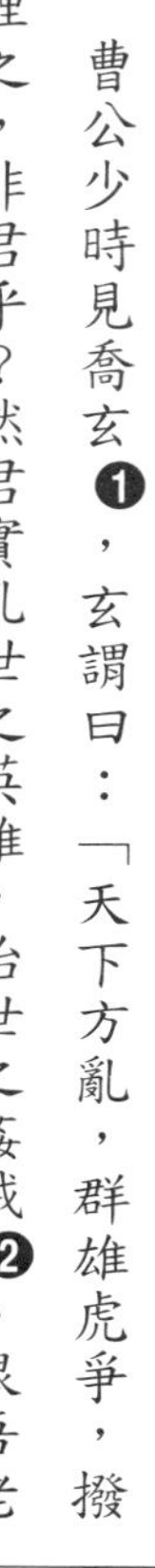

曹公少時見喬玄❶，玄謂曰：「天下方亂，群雄虎爭，撥而理之，非君乎？然君實亂世之英雄，治世之姦賊❷。恨吾老矣，不見君富貴，當以子孫相累❸。」

曹公問裴潛曰❹：「卿昔與劉備共在荊州，卿以備才如何？」潛曰：「使居中國❺，能亂人，不能為治。若乘邊守險❻，足為一方之主❼。」

何晏、鄧颺、夏侯玄並求傅嘏交，而嘏終不許。諸人乃因荀粲說合之，謂嘏曰：「夏侯太初一時之傑士，虛心於子，而卿意懷不可，交合則好成❽，不合則致隙❾。二賢若穆❿，則國之休⓫，此藺相如所以下廉頗也⓬。」傅曰：「夏侯太初，志大心勞⓭，能合虛譽⓮，誠所謂利口覆國之人⓯。何晏、鄧

【說文解字】

❶喬玄：字公祖，曾任尚書令。
❷治世：太平盛世。奸賊：狡詐兇殘的人。
❸累：牽累，此處指把子孫託付給他照顧。
❹裴潛：他曾經避亂荊州而投奔劉表，劉備亦曾投奔之。
❺居中國：占據中國，此指掌握京都統治權。
❻乘邊：駕馭邊境，即指防守邊境。
❼方：地區。
❽好成：指有交情。
❾致隙：產生裂痕。
❿穆：和睦。
⓫休：喜慶。
⓬下：此處指退讓。藺相如爲上卿，地位在大將軍廉頗之上。廉頗不服氣想羞辱他時，他以國家利益爲重，不願做兩虎相爭之事，因此選擇退讓，確保一致對外。
⓭心勞：心思勞累，用盡心思。
⓮虛譽：虛名，虛榮。
⓯利口覆國：能言善辯以傾覆國家。利口，言辭

颺有為而躁⑯，博而寡要，外好利而內無關籥⑰，貴同惡異，多言而妒前⑱。多言多釁，妒前無親。以吾觀之，此三賢者，皆敗德之人爾！遠之猶恐罹禍，況可親之邪？」後皆如其言。

晉武帝講武於宣武場⑲，帝欲偃武修文⑳，親自臨幸㉑，悉召群臣。山公謂不宜爾㉒，因與諸尚書言孫、吳用兵本意㉓。遂究論，舉坐無不咨嗟。皆曰：「山少傅乃天下名言。」後諸王驕汰㉔，輕遘禍難㉕，於是寇盜處處蟻合，郡國多以無備，不能制服，遂漸熾盛，皆如公言。時人以謂山濤不學孫、吳㉖，而闇與之理會㉗。王夷甫亦歎云：「公闇與道合。」

王夷甫父乂為平北將軍，有公事，使行人論不得㉘。時夷甫在京師，命駕見僕射羊祜、尚書山濤。夷甫時總角㉙，姿才秀異，敘致既快，事加有理，濤甚奇之。既退，看之不輟，乃歎曰：「生兒不當如王夷甫邪？」羊祜曰：「亂天下者，必此子也！」

潘陽仲見王敦小時，謂曰：「君蜂目已露㉚，但豺聲未振耳。必能食人，亦當為人所食㉛。」

石勒不知書㉜，使人讀《漢書》。聞，酈食其勸立六國後

鋒利。

⑯有為：有作為。

⑰關籥：門閂，此處指檢點，約束。

⑱妒前：嫉妒超越自己的人。

⑲講武：講授並練習武藝。

⑳偃武修文：停止武備，提倡教化。

㉑臨幸：到場。皇帝到某處稱為「幸」。

㉒山公：山濤。曾任尚書、太子少傅，所以下文稱山少傅

㉓孫、吳：孫武是春秋齊國人，著有《孫子兵法》。吳起是戰國魏國人，著名將領。後世談到擅長兵法的人，都是以孫、吳並稱。

㉔諸王：皇帝給同族人的封爵，最高一級稱王。驕汰：放縱，奢侈。

㉕輕遘禍難：八王之亂。西晉大封宗室，諸王擁兵自重，互相攻殺，內訌達十六年。

㉖以謂：認為。

㉗理會：理合，事理上相同。

㉘行人：指使者。論：陳述，此處指向上陳述。

㉙總角：指未成年時。《晉書‧王衍傳》記載當時王衍（字夷甫）十四歲。

㉚蜂目：指像胡蜂的眼睛。古人認為蜂目豺聲是殘忍的人。

㉛指會殺害別人，也將被人殺掉。

㉜石勒：東晉後趙的君主，羯族人。

㉝酈食其：漢高祖劉邦的謀士。

㉝，刻印將授之，大驚曰：「此法當失，云何得遂有天下？」至留侯諫，乃曰：「賴有此耳！」

衛玠年五歲，神衿可愛㉞。祖太保曰㉟：「此兒有異，顧吾老，不見其大耳！」

劉越石云：「華彥夏識能不足㊱，彊果有餘。」

張季鷹辟齊王東曹掾㊲，在洛見秋風起，因思吳中菰菜羹、鱸魚膾㊳，曰：「人生貴得適意爾，何能羈宦數千里以要名爵㊴！」遂命駕便歸。俄而齊王敗，時人皆謂為見機㊵。

諸葛道明初過江左㊶，自名道明，名亞王、庾之下。先為臨沂令，丞相謂曰：「明府當為黑頭公㊷。」

王平子素不知眉子，曰：「志大其量，終當死塢壁間。」

王大將軍始下㊸，楊朗苦諫不從，遂為王致力，乘「中鳴雲露車」逕前曰㊹：「聽下官鼓音，一進而捷。」王先把其手曰：「事克，當相用為荊州。」既而忘之，以為南郡。王敗後，明帝收朗㊺，欲殺之。帝尋崩，得免。後兼三公㊻，署數十人為官屬㊼。此諸人當時並無名，後皆被知遇，于時稱其知人。

㉞神衿：胸襟。

㉟祖太保：衛玠的祖父衛瓘。

㊱華彥夏：華軼，字彥夏，任江州刺史。

㊲張季鷹：張翰，字季鷹，吳郡吳人。他藉想吃家鄉名菜爲由，棄官歸家。齊王：司馬冏，封爲齊王。晉惠帝時任大司馬，日益驕奢，在諸王的討伐中被殺。

㊳菰菜羹：與鱸魚膾並爲吳中名菜。

㊴羈宦：寄居在外地當官。

㊵見機：洞察事情的苗頭。機，通「幾」。

㊶諸葛道明：諸葛恢，字道明。之所以名爲道明，就是志在使道昌明。

㊷明府：晉稱縣令爲明府。王導是臨沂人，稱曾任臨沂令的諸葛恢爲明府。黑頭公：指壯年時頭髮還沒白便升任二公之位的人。

㊸指晉明帝時，王敦起兵謀反，東下京都一事。

㊹中鳴雲露車：又名「樓車」，古代戰爭中攻城的用具。形狀似雲梯，上設有望樓，可以下瞰敵情。中鳴，指雲車中設置有鼓鑼，得以指揮軍隊進退。

㊺明帝：晉明帝司馬紹，字道畿，東晉的第二代皇帝，晉元帝司馬睿長子。母親是豫章郡君荀氏。永昌元年發生王敦之亂，大將軍王敦領兵進攻建康並占領石頭城，晉元帝派王導等人進攻石頭城但都被王敦擊敗，司馬紹於是打算率領將士與王敦決一死戰，即將出發時因遭太子

周伯仁母冬至舉酒賜三子曰㊽：「吾本謂度江託足無所㊾。爾家有相㊿，爾等並羅列吾前，復何憂？」周嵩起，長跪而泣曰51：「不如阿母言。伯仁為人志大而才短，名重而識闇，好乘人之弊，此非自全之道。嵩性狼抗，亦不容於世。唯阿奴碌碌52，當在阿母目下耳！」

王大將軍既亡，王應欲投世儒，世儒為江州。王含欲投王舒，舒為荊州53。含語應曰：「大將軍平素與江州云何？而汝欲歸之。」應曰：「此迺所以宜往也。江州當人彊盛時，能抗同異54，此非常人所行。及睹衰危，必興愍惻55。荊州守文56，豈能作意表行事？」含不從，遂共投舒。舒果沈含父子於江。彬聞應當來，密具船以待之，竟不得來，深以為恨。

武昌孟嘉作庾太尉州從事57，已知名。褚太傅有知人鑒，罷豫章還，過武昌，問庾曰：「聞孟從事佳，今在此不？」庾云：「試自求之。」褚眄睞良久58，指嘉曰：「此君小異，得無是乎？」庾大笑曰：「然！」于時既歎褚之默識59，又欣嘉之見賞。

戴安道年十餘歲，在瓦官寺畫。王長史見之曰：「此童非

中庶子溫嶠的極力勸阻而沒有實行。隨後王敦自任丞相並掌握朝政，見司馬紹勇而有謀，並且在朝野中亦有很高的名望，於是打算誣陷他不孝而將他廢掉，但因溫嶠等大臣支持司馬紹，王敦最終無法廢掉司馬紹。

㊻ 三公：指三公尚書。

㊼ 署：任命。官屬：官府屬官。

㊽ 周伯仁：周顗，字伯仁。下文的周嵩、阿奴爲他的兩個弟弟。

㊾ 度：通「渡」。

㊿ 有相：有吉相，有福相。

51 長跪：古人坐時臀部放在腳後跟上，跪時伸直腰和大腿，稱爲長跪，以表尊敬。

52 碌碌：平庸無能。

53 王應是王敦哥哥王含的兒子，過繼給王敦。王舒和王彬（字世儒）是王敦的堂弟。

54 同異：偏義詞，指「異」，不同。

55 愍惻：憐憫，同情。

56 守文：遵守成文法規，守法。

57 孟嘉：字萬年，家住武昌，被稱爲武昌孟嘉。

58 眄睞：觀察，打量。

59 默識：在不言中識別人物。

60 致名：得到名望。

61 盛時：指盛年，青壯年，即指富貴顯達之時。

62 殷揚州：殷浩，名聲響亮，但長期結廬隱居。

63 確然：形容堅決、堅定。

徒能畫，亦終當致名[60]。恨吾老，不見其盛時耳[61]！」

王仲祖、謝仁祖、劉真長俱至丹陽墓所省殷揚州[62]，殊有確然之志[63]。既反[64]，王、謝相謂曰：「淵源不起，當如蒼生何？」深為憂嘆。劉曰：「卿諸人真憂淵源不起邪？」

小庾臨終[65]，自表以子園客為代[66]。朝廷慮其不從命，未知所遣，乃共議用桓溫。劉尹曰：「使伊去，必能克定西楚[67]，然恐不可復制。」

桓公將伐蜀，在事諸賢咸以李勢在蜀既久，承藉累葉[68]，且形據上流，三峽未易可克。唯劉尹云：「伊必能克蜀。觀其蒱博[69]，不必得，則不為[70]。」

謝公在東山畜妓[71]，簡文曰[72]：「安石必出。既與人同樂，亦不得不與人同憂。」

郗超與謝玄不善。符堅將問晉鼎[73]，既已狼噬梁、岐[74]，又虎視淮陰矣。于時朝議遣玄北討，人間頗有異同之論[75]。唯超曰：「是必濟事。吾昔嘗與共在桓宣武府，見使才皆盡，雖履屐之間[76]，亦得其任。以此推之，容必能立勳。」元功既舉[77]，時人咸歎超之先覺[78]，又重其不以愛憎匿善。

---

[64] 反：通「返」。
[65] 小庾：指庾翼，庾亮的弟弟。
[66] 園客：庾翼二兒子庾爰之的小名。
[67] 西楚：此指晉國西部地區。
[68] 累葉：累世。自李特起兵傳至李勢，已累積有六個世代。
[69] 蒱博：一種賭博遊戲。蒱，樗蒲。
[70] 西元三四七年桓溫攻入成都，李勢投降。
[71] 妓：歌女，舞女。
[72] 簡文：謝安隱居時，簡文帝司馬昱尚未登位，仍任丞相。
[73] 問晉鼎：指篡奪晉室政權。
[74] 梁、岐：晉孝武帝寧康元年，前秦苻堅攻占梁州和益州。岐，應爲「益」字之誤，亦可能是指岐山。
[75] 間：悄悄地，私底下。
[76] 履屐：鞋，此處比喻小事。
[77] 元功：大功。
[78] 先覺：有預見。
[79] 謝玄：謝玄，字幼度，小名羯兒。
[80] 厲色：神色嚴厲。
[81] 君親：君和親，偏指君主。發：出兵。
[82] 相士：觀察士人的命相，以鑑別人才。
[83] 見：引見。總發：即「總角」，指幼年或未成年時期。
[84] 傅亮：晉宋時人，曾任尚書令、左光祿大夫，

韓康伯與謝玄亦無深好79。玄北征後，巷議疑其不振。康伯曰：「此人好名，必能戰。」玄聞之甚忿，常於衆中厲色曰80：「丈夫提千兵，入死地，以事君親故發81，不得復云為名。」

褚期生少時，謝公甚知之，恒云：「褚期生若不佳者，僕不復相士82。」

郗超與傅瑗周旋，瑗見其二子並總髮83。超觀之良久，謂瑗曰：「小者才名皆勝，然保卿家，終當在兄。」即傅亮兄弟也84。

王恭隨父在會稽，王大自都來拜墓。恭暫往墓下看之，二人素善，遂十餘日方還。父問恭：「何故多日？」對曰：「與阿大語，蟬連不得歸85。」因語之曰：「恐阿大非爾之友。」終乖愛好，果如其言。

車胤父作南平郡功曹86，太守王胡之避司馬無忌之難87，置郡于酆陰。是時胤十餘歲，胡之每出，嘗於籬中見而異焉。謂胤父曰：「此兒當致高名。」後遊集，恆命之。胤長，又為桓宣武所知88。清通於多士之世89，官至選曹尚書90。

後因罪被殺。他哥哥傅迪，位至五兵尚書。

85 蟬連：連續不斷。

86 車胤：字武子。少年家貧，夏夜用袋裝螢火蟲以借光讀書，車胤囊螢的典故便出於此。

87 司馬無忌之難：南郡和河東二郡太守司馬無忌的父親司馬承原爲湘州刺史，在王敦起兵叛亂時被俘，押送途中，王敦派王廙在中途將他殺害。王廙的兒子就是王胡之，害怕司馬無忌爲父報仇，因此想避開無忌。

88 桓溫任安西將軍、荊州刺史時，召車胤爲從事，漸升爲主簿、別駕、征西長史，終於名顯於朝廷。

89 清通：清廉通達。多士：人才眾多。

90 選曹尚書：吏部尚書。吏部在東漢稱爲吏部曹，末期改稱選部曹，魏晉又稱吏部，掌管用人之權。

91 門下：官署名，即門下省。殷仲堪當時爲太子中庶子，職責如同侍中，又兼任黃門侍郎。黃門侍郎是門下省官員。

92 方嶽：四岳，指四方諸侯國。此處指方鎮，即鎮守一方的長官。

93 王珣：當時任尚書左僕射。

94 陝西：指荊州。周朝的周公和召公輔佐王室時，兩人所管轄的地區以王畿陝地爲分界，周公管理陝地以東，召公管理陝地以西。東晉時，護衛首都的兩個重鎮分別是西部的荊州王忱死，西鎮未定，朝貴人人有望。時殷仲堪在門下91，雖居機要，資名輕小，人情未以方嶽相許92。晉孝武欲拔親近腹心，遂以殷為荊州。事定，詔未出。王珣問殷曰93：「陝西何故未有處分94？」殷曰：「已有人。」王歷問公卿95，咸云：「非。」王自計才地必應在己，復問：「非我邪？」殷曰：「亦似非。」其夜詔出用殷。王語所親曰：「豈有黃門郎而受如此任？仲堪此舉迺是國之亡徵。」

和東部的揚州，所以就用周公和召公分陝而治一事來比擬，稱荊州爲陝西或西陝。處分：處理，安排。

95 歷：逐個。公卿：三公九卿，重臣。

白話賞析

曹操年輕時曾拜見喬玄，喬玄對他說：「天下正動亂不定，各路豪強如虎相爭，能撥亂反正的難道不是您嗎？您是亂世中的英雄，盛世中的奸賊。遺憾的是我老了，看不到您富貴的那一天，我應該把子孫託付給您照顧。」

曹操問裴潛：「你過去和劉備一起在荊州時，認為劉備的才幹如何呢？」裴潛說：「如果讓他治理國家，會擾亂百姓，無法太平。如果讓他保衛邊境，防守險要地區，他足以成為一個地區的霸主。」

何晏、鄧颺、夏侯玄都希望結交傅嘏，但傅嘏始終沒有答應，他們便託荀粲當中間人。荀粲對傅嘏說：「夏侯太初是一代俊傑，虛心向您求教，但您卻認為他無德，不與他交往。如果兩人可以交好，就有了情誼；如果不可以，便會產生裂痕。兩位賢人如果能和睦相處，國家就會安定，這就是藺相如對廉頗退讓的原因。」傅嘏說：「夏侯太初，他的志向很大，用盡心思達到目的，迎合虛名的需要，就是所謂因耍嘴皮子而亡國的人。何晏和鄧颺，有作為卻很急躁，知識廣博卻不得要領，對外希望得到好處，對內卻不檢點約束。只重視和自己意見相同的人，厭惡和自己意見不同的人，喜愛發表想法，又忌妒超越自己的人。發表的意見越多，破綻也就越多，他們忌妒別人勝過自己，因此就不會重視情誼。依我看，這三位賢人，都只是敗壞道德的人罷了，離他們遠遠的都還怕遭到牽連，更何況去親近他們呢？」後來的情況，也都真如他所說的那般。

晉武帝命軍隊在宣武場練武，他想停止武備，提倡文教，所以親自到場，並把群臣都召集過來。山濤認為不宜如此，便和諸位尚書談論孫武和吳起用兵的本意，詳盡地探討後，滿座的人都讚嘆他的想法。眾人說：「山少傅所論的是天下名言。」後來諸王因放縱奢侈，而造成災難，兵匪像螞蟻一樣聚集，郡國多因沒有武備而不能制服他們，導致禍亂猖獗蔓延，正如山濤所說的那樣。人們認為山濤雖然不學孫、吳兵法，但見解和他們自然而然地相同。王夷甫也慨嘆道：「山公所說的都和常理暗合。」

王夷甫的父親王乂擔任平北將軍時，曾經有一件公事，派人上報，但沒有辦成。當時王夷甫在京都，便坐車謁見尚書左僕射羊祜和尚書山濤。王夷甫尚年幼，風姿才華就已與眾不同，不僅陳述想法痛快淋漓，加以事實本身又理由充分，因此山濤認為他非同小可。他告辭後，山濤一直目不轉睛地看著他，嘆息道：「如果生兒子，難道不該像王夷甫嗎？」羊祜卻說：「擾亂天下的一定是這個人。」

潘陽仲看到年少的王敦，對他說：「你已露出如胡蜂一般的眼神，只是還沒有發出豺狼般的聲音罷了。你一定能吃人，也會被他人所吃。」

石勒不識字，請別人讀《漢書》給他聽。他聽到酈食其勸劉邦將六國的後代立為王侯，劉邦隨即刻印，立即授予爵位時，大驚道：「這種做法會失去天下，他最終如何得到天下呢？」當聽到留侯張良勸阻劉邦時，便說：「幸虧有這個人啊！」

衛玠五歲時，氣度便已值得人讚許。祖父衛瓘說：「這孩子與眾不同，但我老了，看不到他將來的成就！」

劉越石說：「華彥夏的見識才能不足，倔強果敢則有餘。」

張季鷹調任為齊王的東曹屬官，在首都洛陽時，他看見秋風起，便想起老家吳中的菰菜羹和鱸魚膾，說：「人生最可貴的就是能夠順心而已，怎麼能遠離家鄉到幾千里外做官，以追求名聲和爵位啊！」於是便坐上車南歸。不久齊王敗死，當時人們都認為他能洞察先機。

諸葛道明初到江南時，自己起名為道明，名望僅次於王導和庾亮。先前任臨沂縣令時，王導曾對他說：「您將會年紀輕輕就歷任三公。」

王平子對眉子一直沒有好感，他評論王眉子：「志向大過他的氣量，終將會死在某處的小城堡裡。」

大將軍王敦剛進軍京都時，楊朗極力勸阻他，他不聽，楊朗已為他盡心盡力。在進攻時，楊朗坐著中鳴雲露車往前，說：「聽我的鼓音，一旦進攻就能獲勝。」王敦握住他的手告訴他：「如果戰事勝利了，我就任命你掌管荊州。」之後，便忘了這番話，將他派到南郡任太守。王敦失敗後，晉明帝下令逮捕楊朗，想殺掉他，但因明帝死了，才得到赦免。後又兼任三公尚書，安排幾十人做屬官。這些人在當時都沒什麼名氣，因受到他的賞識而備受重用。人們稱讚他能識別人才。

周伯仁的母親在冬至的家宴上，賜酒給三個兒子，對他們說：「我本以為避難過江後，便沒有立腳的地方，幸好你們家有福氣，你們都在我眼前，我還擔心什麼呢？」這時周嵩離座，恭敬地跪在母親面前，流著淚說：「並不像母親說的那樣。伯仁的為人志向很大但才能不足，名氣很大而見識膚淺，喜歡利用別人來達到自己的目的，這並非自保之道。我本性乖戾，也不受世人寬待。只有小弟庸碌，會在母親的眼前而已啊！」

大將軍王敦死後，王應想投奔王世儒，世儒當時任江州刺史；王含想去投奔王舒，王舒當時任荊州刺史。王含對王應說：「大將軍平時和世儒的關係如何？你竟想去投靠他。」王應說：「這才是應該去的原因。江州刺史在大將軍強大時，還能堅持不同意見，這不是普通人所能做到的。只要看見他人衰敗危急，就一定會表示同情。但荊州刺史守法，怎麼可能做意料之外的事呢？」王含不聽，於是兩人便一起投奔王舒，王舒果然將王含父子沉入長江。王世儒聽說王應會來，暗地準備好船等候他們，但他們最後沒能來訪，王彬深感遺憾。

武昌郡孟嘉任太尉庾亮手下的州從事時，已經聲名遠播。太傅褚裒有識別人物的觀察力，他罷免豫章太守後，返家路過武昌時，去見庾亮，問：「聽說孟從事很有才學，現在他還在這裡嗎？」庾亮說：「在座，你試著自己找找看。」褚裒觀察了很久，指著孟嘉說：「這一位稍有不同，應該是他吧？」庾亮大笑道：「對。」當時庾亮既讚賞褚裒能在不言中識別人物的才能，又高興孟嘉受到賞識。

戴安道十幾歲時，在京都瓦官寺畫畫。司徒左長史王濛看見他，說：「這孩子不只能畫畫，將來也會很有名望。遺憾的是我年紀大了，看不到他富貴的時候啊！」

王仲祖、謝仁祖、劉真長三人一起到丹陽郡殷氏墓地，探望揚州刺史殷淵源，談話中知道他退隱的志向堅定不移。回來後，王、謝互相議論：「淵源不出仕，那天下蒼生該怎麼辦呢？」兩人非常憂慮。劉真長說：「你們是真的擔心淵源不出仕嗎？」

庾翼臨死前，親自上奏章推薦自己的兒子園客代理職務。朝廷擔心他不肯服從命令，不知道該派誰前往，於是商議任桓溫為荊州刺史。丹陽尹劉真長說：「派他去一定能安定西部地區，但恐怕以後也無法控制他了。」

桓溫即將討伐蜀地，當時居官的士人都認為，李勢在蜀地已繼承好幾代的基業，且地理形勢又居上游，長江三峽不可能輕易遭攻克。只有丹陽尹劉真長說：「他一定能攻克蜀地。從他賭博時就可以看出，沒有必勝把握的事情，他是不會做的。」

謝安在東山隱居時曾養著歌舞女，簡文帝說：「安石一定會出仕。他既和人同樂，就不得不和人同憂。」

郗超和謝玄不和。這時，符堅打算滅亡晉朝，已占據梁州和歧山，又虎視眈眈地注視著淮陰。當時朝廷商議派遣謝玄北伐符堅，人們私下不贊成。只有郗超同意，他說：「這個人一定能成事。我曾和他一起在桓宣武的軍府共事，發現他用人時人盡其才，即便是小事，也能使眾人得到適當的安排。從此推斷，他定能建立功勳。」事成後，人們都讚嘆郗超有先見之明，又敬重他不因個人愛憎而埋沒他人長處。

韓康伯和謝玄沒有深交。謝玄北伐苻堅後，街談巷議都懷疑他會打敗仗。韓康伯說：「這個人喜愛名聲，必定善於作戰。」謝玄聽到後非常生氣，曾在大庭廣眾之下，聲色俱厲地說：「大丈夫率領千軍進入決死之地，是為了報效君主，不能說是為了名。」

褚期生年輕時，謝安很賞識他，經常說：「褚期生如果不優秀，我就不會再識別其他人才了。」

郗超和傅瑗有些交情。傅瑗叫他的兩個兒子來見郗超，兩人都還是小孩子，郗超對他們觀察許久，對傅瑗說：「弟弟將來的才學名望，一定會超過他的哥哥。但保全你們一家的終究是哥哥。」他所說的便是傅亮兄弟。

王恭隨他父親住在會稽郡，王大從京都到會稽掃墓時，王恭到墓地看望他。兩人一向要好，索性住了十多天才回家。王恭的父親問他為什麼住了許久，他回答：「和阿大談話連續不間斷，所以無法回來。」他父親告訴他：「阿大可能不會是你的朋友。」而後，兩人的愛好相反，果然如他父親所說的一樣。

車胤的父親任南平郡的功曹，郡太守王胡之為了避開司馬無忌的報復，便把郡的首府設在酆陰。此時車胤才十多歲，王胡之外出曾隔著籬笆看見他，對他感到驚奇。王胡之對車胤的父親說：「這孩子將來會有很高的名望。」後來只要有遊玩或聚會，就會把他叫來。車胤長大後，受到桓溫的賞識，在人才濟濟的當時，以清廉通達聞名，官至吏部尚書。

王忱死後，西部地區的長官人選還沒有決定，朝廷顯貴人人都對此存有冀望。當時殷仲堪在門下省任職，雖然處在機要部門，但資歷淺且名望小，眾人不贊成將地方長官的重任交給他。但晉孝武帝想提拔自己的親信心腹，所以執意委任殷仲堪為荊州刺史。事情決定，但詔令還沒發出時，王珣問殷仲堪：「為什麼荊州還沒有安排人選呢？」他說：「已經有人選了。」王珣列舉大臣們的名字，一個個詢問，殷仲堪都說不是。王珣估量自己的才能和門第，認為一定是自己，又問：「不是我吧？」殷仲堪說：「好像也不是。」當夜朝廷便下達詔令任用殷仲堪。王珣對親信說：「哪裡有黃門侍郎可以擔負起如此重任呢？對仲堪的提拔，是國家滅亡的預兆。」

源來如此

識鑒指能知人論世，鑑別是非，賞識人才。魏晉時代，講究品評人物，其中涉及人物的品德才能，並由此預見這一人物未來的變化和優劣得失，如果這一預見實現，預見者就被認為有識鑒。品評也包括審察人物的相貌和言談舉止而下斷語，這類斷語一旦被證實，同樣被認為有識鑒。這種有知人之明的人，能夠在少年、兒童中識別某人將來的才幹和官爵祿位，也能從默默無聞的人群中選拔超群的人才。

本篇主要記載識別人物的事例。根據某人過去的言談和作為，斷言他將來的結局。例如記載從桓溫過去賭博的表現，斷言他將來領兵伐蜀必能成功。有的記載很簡略，並沒有說明做出判斷的依據。還有部份條目讚賞根據風采相貌來識別人物才能的人，例如孟嘉成名後，原本不認識他的褚裒僅據「此君小異」，便把他從茫茫人海中找出來。

作文撇步

1. 排比：用結構相似的句法，接二連三地表現出同範圍同性質的意念。

例1：玄謂曰：「天下方亂，群雄虎爭，撥而理之，非君乎？然君實**亂世之英雄，治世之姦賊**。恨吾老矣，不見君富貴，當以子孫相累。」

例2：**天變不足畏，祖宗不足法，人言不足恤**。（《宋史．王安石傳》）

例3：**春不得避風塵，夏不得避暑熱，秋不得避陰雨，冬不得避寒凍**。（漢代晁錯〈論貴粟疏〉）

例4：浦陽鄭君仲辨，**其容闐然，其色渥然，其氣充然**，未嘗有疾也。（明代方孝儒〈指喻〉）

例5：臺灣固無史也。**荷人啟之，鄭氏作之，清代營之**，開物成務，以立我丕基，至於今三百有餘年矣。（清代連橫〈臺灣通史序〉）

例6：**坐山看虎鬥，借刀殺人，引火吹風，做乾岸兒，推倒油瓶不扶**，都是全掛子的武藝。（清代曹雪芹《紅樓夢》）

成語集錦

1. 才疏志大：才能淺拙而志向遠大。亦作「志大才疏」。

原典 周伯仁母冬至舉酒賜三子曰：「吾本謂度江託足無所。爾家有相，爾等並羅列吾前，復何憂？」周嵩起，長跪而泣曰：「不如阿母言。伯仁為人志大而才短，名重而識闇，好乘人之弊，此非自全之道。嵩性狼抗，亦不容於世。唯阿奴碌碌，當在阿母目下耳！」

書證1：才疏志大不自量，西家東家笑我狂。（宋代陸游〈大風登城〉）

書證2：融負其高氣，志在靖難，而才疏意廣，迄無成功。（《後漢書．孔融傳》）

書證3：志大才疏，信天命而自遂。（宋代蘇軾〈揚州謝到任表〉）

高手過招

1.（　）曹公少時見喬玄，玄謂曰：「天下方亂，群雄虎爭，撥而理之，非君乎？然君實是亂世之英雄，治世之姦賊。恨吾老矣，不見君富貴，當以子孫相累。」以上所言應置於《世說新語》哪一類別中？

A.〈識鑑〉。

B.〈容止〉。

C.〈德行〉。

D.〈方正〉。

解答：

1. A

典故 一語成讖生出兒子的女奴——李陵容

在晉簡文帝司馬昱還是會稽王時，他有三子，但都夭折，其後諸姬絕孕將近十年。《晉書》記載：「會稽王，有三子，俱夭。自道生廢黜，獻王早世，其後諸姬絕孕將十年。」司馬昱不能生子成為了門閥間的笑話，私底下的議論總是不堪入耳，年齡漸長的司馬昱迫切的需要一個兒子來闢謠。當然，堵住悠悠眾口還是其次，主要是承襲他司馬昱的王爵。

西元三五九年，四十歲的司馬昱開始著急，聽說扈謙的占卜之術了得，便花重金請來術士為司馬家卜卦。扈謙向司馬昱報喜：「後房中有一女，當育二貴男，其一終盛晉室。」也就是說，司馬昱眾多姬妾中會有一房女子替他生兩個兒子，且其中一個孩子還可以發揚司馬家的萬世基業。司馬昱姬妾眾多，但是多數已長年無孕，只有一個徐貴人剛為人丁稀薄的司馬昱產下一女，也就是後來的新安公主，司馬昱便認為術士扈謙所說的是她。但經過幾年後，依然無子。西元三六一年，四十二歲的司馬昱乾脆直接請道士為他指認，能夠生兒子的女子究竟是誰。這位相士看遍後宮後，依舊沒有找到生子之人，司馬昱便叫來府中所有女眷，從低級的宮女到卑賤的婢女無一放過，當相士看到一個崑崙人的女子後，驚呼：「此其人也！」

當時有一種奴僕被稱為「崑崙奴」，是指從東南亞一帶過來的土著人。雖然皮膚較中國人黑，但仍為黃種人，另有少部分是黑人。崑崙奴個個體壯如牛，性情溫良，踏實耿直，貴族豪門都爭相搶奪。這裡所說的這位女子便是崑崙奴，在當時是比宮女更為卑賤的種族，但也因這位相士的一句話，從此改變了這位崑崙奴——李陵容的一生。

而後，司馬昱便聽從相士的預言，召她侍寢。李陵容幾次夢到兩龍枕膝，日月入懷，認為這是吉祥之兆，遂在西元三六二年生下孝武帝司馬曜，西元三六四年生下司馬道子（會稽文孝王）及鄱陽長公主。應證了當初相士的一番話。

縱使李陵容為司馬昱生下了兒子，司馬昱卻始終沒有給她一個名分，因為在司馬昱眼裡，她僅僅是一個純粹的「生育工具」罷了。咸安元年十一月，司馬昱即皇帝位後，李陵容依舊沒有得到任何封號。咸安二年七月，李陵容為司馬昱生下的司馬曜被立為皇太子，但此時的李陵容依然是卑賤的「宮人」。

她的兒子孝武帝司馬曜即位後，尊封李陵容為淑妃。太元十九年，會稽王司馬道子上奏：「母以子貴，慶厚禮崇。伏惟皇太妃純德光大，休祐攸鍾，啟嘉祚於聖明，嗣徽音於上列。雖幽顯同謀，而稱謂未盡，非所以仰述聖心，允答天人。宜崇正名號，詳案舊典。」此後便尊李陵容為皇太后。晉安帝即位後，尊為太皇太后。隆安四年，李陵容在含章殿駕崩，上尊諡文皇太后。

賞譽包含對人物的鑑賞和讚譽。和〈識鑑〉不同的是，此篇不包括對於事態發展的預見，完全是從不同側面對於人物品格、才華、風度進行評論和讚譽。

陳仲舉嘗歎曰：「若周子居者❶，真治國之器。譬諸寶劍，則世之干將❷。」

世目李元禮❸：「謖謖如勁松下風❹。」

謝子微見許子將兄弟曰❺：「平輿之淵，有二龍焉。」見許子政弱冠之時，歎曰：「若許子政者，有幹國之器❻。正色忠謇❼，則陳仲舉之匹❽；伐惡退不肖，范孟博之風❾。」

公孫度目邴原❿：「所謂雲中白鶴，非燕雀之網所能羅也。」

鍾士季目王安豐⓫：「阿戎了了解人意。」謂裴公之談，經日不竭。吏部郎闕，文帝問其人於鍾會。會曰：「裴楷清通⓬，王戎簡要⓭，皆其選也。」於是用裴。

【說文解字】

❶周子居：周乘，字子居，東漢人。

❷干將：寶劍名。吳王闔閭命吳人干將鑄劍，鑄成兩劍，雄劍干將，雌劍莫邪。

❸目：品評，指出人或物的獨特之處。

❹謖謖：疾風聲。

❺許子將兄弟：東漢末汝南郡平輿縣人。哥哥許虔，字子政；弟弟許劭，字子將。

❻幹國：治國。

❼忠謇：忠誠正直。

❽陳仲舉：反抗貴戚，謀誅宦官，被譽爲忠正。匹：成對，相當。

❾范孟博：范滂，字孟博，有肅清天下之志。最初任清詔使，遷光祿勳主事，後爲汝南太守。以抑制豪強，反對十常侍知名於時。漢靈帝建寧二年，第二次黨錮之禍，汝南督郵吳導奉詔前往逮捕范滂，到了范滂的家鄉，竟抱著詔書在驛舍大哭。范滂聽說後，便知道要逮捕他，於是自行到縣府投案。汝南縣令郭揖不捨拘拿范滂，拿下官印，想要和范滂一起逃亡，范滂

王濬沖、裴叔則二人，總角詣鍾士季。須臾去後，客問鍾曰：「向二童何如？」鍾曰：「裴楷清通，王戎簡要。後二十年，此二賢當為吏部尚書，冀爾時天下無滯才⑭。」

諺曰⑮：「後來領袖有裴秀⑯。」

裴令公目夏侯太初：「肅肅如入廊廟中⑰，不脩敬而人自敬。」一曰：「如入宗廟，琅琅但見禮樂器⑱。見鍾士季，如觀武庫，但睹矛戟⑲。見傅蘭碩，江廧靡所不有⑳。見山巨源，如登山臨下，幽然深遠㉑。」

羊公還洛㉒，郭奕為野王令㉓。羊至界，遣人要之。郭便自往。既見，歎曰：「羊叔子何必減郭太業㉔！」復往羊許，小悉還㉕，又歎曰：「羊叔子去人遠矣㉖！」羊既去，郭送之彌日，一舉數百里，遂以出境免官。復歎曰：「羊叔子何必減顏子㉗！」

王戎目山巨源：「如璞玉渾金㉘，人皆欽其寶，莫知名其器㉙。」

羊長和父繇，與太傅祜同堂相善㉚，仕至車騎掾。蚤卒。長和兄弟五人，幼孤。祜來哭，見長和哀容舉止，宛若成人㉛，

拒絕，認爲不能連累郭縣令跟老母親。范滂與母親訣別時，說自己這次必死無疑，會追隨父親到九泉之下。但還有弟弟可以孝順並奉養母親。范母對范滂說：「兒子今天可以與李膺、杜密齊名，死了又有何遺憾啊！既有美名，又想求得長壽，這兩者是可以兼得的嗎？」范滂跪著聽完母親的教誨。聽完後，范滂對自己的兒子說：「我想使你做壞人，但做壞人不道德；我想使你做好人，但我沒做壞人卻落得如此下場。」旁人聽到他的話都流淚了。最後，范滂與李膺、杜密等百餘人被執，死於獄中。

⑩ 邴原：避亂到遼東受公孫度禮遇，後欲返鄉，公孫度曾勸阻他，但他還是偷偷逃走。

⑪ 鍾士季：鍾會，字士季。王安豐：王戎，字濬沖，伐吳有功，封爲安豐侯。

⑫ 裴楷：曾任中書令，下文亦稱裴令公。

⑬ 簡要：簡約扼要。

⑭ 滯才：被遺漏的人才。

⑮ 諺：在群眾間流傳的諺語。

⑯ 裴秀：字季彥，裴楷的堂兄。西晉政治家，地圖學家。青年起從政，一直頗受司馬昭、司馬炎父子信任，曾主持魏末晉初官職和爵位的制定工作，官至司空。他著有中國最早有記載的地圖集《禹貢地域圖》，並在其序中提出對中國古代地圖繪製影響巨大的「製圖六體」。後因服寒食散後，誤飲冷酒去世。

乃歎曰：「從兄不亡矣！」

山公舉阮咸為吏部郎，目曰：「清真寡欲㉜，萬物不能移也。」

王戎目阮文業：「清倫有鑒識㉝，漢元以來㉞，未有此人。」

武元夏目裴、王曰：「戎尚約，楷清通。」

庾子嵩目和嶠：「森森如千丈松㉟，雖磊砢有節目㊱，施之大廈，有棟梁之用。」

王戎云：「太尉神姿高徹㊲，如瑤林瓊樹㊳，自然是風塵外物㊴。」

王汝南既除所生服㊵，遂停墓所。兄子濟每來拜墓，略不過叔㊶，叔亦不候。濟脫時過㊷，止寒溫而已。後聊試問近事，答對甚有音辭，出濟意外，濟極惋愕。仍與語，轉造精微。濟先略無子姪之敬，既聞其言，不覺懍然㊸，心形俱肅㊹。遂留共語，彌日累夜。濟雖儁爽，自視缺然㊺，乃喟然歎㊻，曰：「家有名士，三十年而不知！」濟去，叔送至門。濟從騎有一馬㊼，絕難乘，少能騎者。濟聊問叔：「好騎乘不？」曰：「亦好爾。」濟，又使騎難乘馬。叔，姿形既妙，回策如

---

⑰ 肅肅：形容恭敬。廊廟：指朝廷。
⑱ 琅琅：形容玉的光彩。
⑲ 矛戟：矛和戟都是兵器。
⑳ 江廧：汪洋。
㉑ 幽然：形容深遠的樣子。
㉒ 羊公：羊祜，字叔子，博學能文，善談論。
㉓ 郭奕：字太業。
㉔ 減：不如，次於。
㉕ 小悉：少頃，沒多久。
㉖ 去人：離開別人，比喻超越他人。
㉗ 顏子：顏回，孔子最得意的門生。
㉘ 璞玉渾金：比喻本質眞純質樸。
㉙ 名：命名。
㉚ 同堂：同一個祖父。
㉛ 宛：彷佛。
㉜ 清眞：純潔眞摯。
㉝ 清倫：言行高潔，通曉倫理。
㉞ 漢元：漢初。
㉟ 森森：高聳的樣子。
㊱ 磊砢：眾多。節目：分出樹杈的地方。
㊲ 太尉：王衍，官至太尉。高徹：高雅清澈。
㊳ 瑤林瓊樹：瑤和瓊爲美玉，泛指精美的東西。
㊴ 風塵：塵世，世俗。
㊵ 王汝南：王湛，司徒王渾的弟弟。王湛二十八歲出仕，於西晉朝中曾擔任過秦王文學、太子洗馬、尚書郎、太子中庶子和汝南內史等職。

縈㊽，名騎無以過之。濟益歎其難測，非復一事。既還，渾問濟：「何以暫行累日？」濟曰：「始得一叔。」渾問其故？濟具歎述如此。渾曰：「何如我？」濟曰：「濟以上人。」武帝每見濟，輒以湛調之曰：「卿家癡叔死未？」濟常無以答。既而得叔，後武帝又問如前，濟曰：「臣叔不癡。」稱其實美。帝曰：「誰比？」濟曰：「山濤以下，魏舒以上。」於是顯名。年二十八，始宦。

裴僕射時人謂為言談之林藪㊾。

張華見褚陶，語陸平原曰㊿：「君兄弟龍躍雲津(51)，顧彥先鳳鳴朝陽(52)。謂東南之寶已盡(53)，不意復見褚生。」陸曰：「公未睹不鳴不躍者耳！」

有問秀才(54)：「吳舊姓何如？」答曰：「吳府君聖王之老成(55)，明時之儁乂(56)。朱永長理物之至德(57)，清選之高望(58)。嚴仲弼九皐之鳴鶴(59)，空谷之白駒(60)。顧彥先八音之琴瑟(61)，五色之龍章(62)。張威伯歲寒之茂松，幽夜之逸光(63)。陸士衡、士龍鴻鵠之裴回(64)，懸鼓之待槌(65)。凡此諸君，以洪筆為鉏耒(66)，以紙札為良田(67)。以玄默為稼穡(68)，以義理為豐年。以談

王渾攻滅東吳後，王湛獲封關內侯。元康五年去世，享年四十七歲。除所生服：爲父母守孝期滿，脱去孝服。所生，父母，此處指父親。

㊶ 過：過訪，探望。

㊷ 脱：或許，偶爾。

㊸ 懍然：嚴肅不苟的樣子。

㊹ 肅：恭敬，莊重。

㊺ 缺然：不足。

㊻ 喟然：長嘆的樣子。

㊼ 從騎：騎馬的隨從。

㊽ 策：馬鞭子。縈：圍繞盤旋。

㊾ 裴僕射：裴頠，曾任左僕射。林藪：草木叢聚的地方，比喻事物薈萃。

㊿ 陸平原：陸機，字士衡，吳郡吳縣人，西晉文學家，與其弟陸雲合稱「二陸」。後死於八王之亂，被夷三族。曾歷任平原內史、祭酒、著作郎等職，世稱陸平原。陸機被譽爲「太康之英」。流傳下來的詩作共一百零四首，大多爲樂府詩和擬古詩。代表作有〈猛虎行〉、〈君子行〉、〈長安有狹邪行〉、〈赴洛道中作〉等。散文中除了著名的〈辯亡論〉，代表作還有〈弔魏武帝文〉。其文音律諧美，講求對偶，善用典故，開創駢文的先河。文學理論方面，陸機也有著作《文賦》，裡面除了創作理論的論述之外，亦提出「詩緣情」之說，開啓中國文學「詩言志」一派。

論為英華69，以忠恕為珍寶70。著文章為錦繡，蘊五經為繒帛71。坐謙虛為席薦72，張義讓為帷幙73。行仁義為室宇，修道德為廣宅。」

人問王夷甫：「山巨源義理何如？是誰輩74？」王曰：「此人初不肯以談自居，然不讀《老》、《莊》，時聞其詠，往往與其旨合75。」

洛中雅雅有三嘏76：劉粹字純嘏，宏字終嘏，漠字沖嘏，是親兄弟。王安豐甥，並是王安豐女婿。宏，真長祖也。洛中錚錚馮惠卿77，名蓀，是播子。蓀與邢喬俱司徒李胤外孫，及胤子順並知名。時稱：「馮才清78，李才明79，純粹邢80。」

衛伯玉為尚書令，見樂廣與中朝名士談議，奇之曰：「自昔諸人沒已來81，常恐微言將絕。今乃復聞斯言於君矣！」命子弟造之曰：「此人，人之水鏡也82，見之若披雲霧睹青天。」

王太尉曰：「見裴令公精明朗然83，籠蓋人上84，非凡識也。若死而可作85，當與之同歸。」或云王戎語。

王夷甫自歎：「我與樂令談86，未嘗不覺我言為煩。」

郭子玄有儁才，能言《老》、《莊》。庾敳嘗稱之，每曰：

---

51 雲津：銀河。
52 顧彥先：顧榮，字彥先，吳國吳縣人。出身江南大姓，東吳丞相顧雍之孫，吳宜都太守顧穆之子。顧榮先後入仕東吳和西晉，在西晉末年支持渡江移鎮江東的晉元帝司馬睿，又推薦江南一眾名士給司馬睿任用，協助其建立東晉。
53 東南之寶：指東南的人才，即吳地的人才。
54 秀才：此處指蔡洪，字叔開，晉朝吳郡人。有才辯，本仕於三國之孫吳，吳亡後又仕晉，官至松滋令。
55 吳府君：吳展，曾在吳國任廣州刺史、吳郡太守，因此稱爲府君。老成：年老德高。
56 儁乂：才德出眾的人。
57 理物：治理人民。至德：德行最高的人。
58 清選：公正地選拔官員。
59 九皋：深潭，此處藉指名聲傳得又高又遠。
60 白駒：白馬。
61 八音：樂器的統稱，指金、石、土、革、絲、木、匏、竹八類樂器。
62 五色：青、黃、赤、白、黑五色，此處指五色交錯而成的花紋。龍章：龍紋。
63 逸光：四射的光芒。
64 鴻鵠：天鵝。裴回：也作「徘徊」。
65 懸鼓：大鼓。
66 鉏耒：鋤頭和木叉兩種農具。
67 札：寫字的木片。

「郭子玄何必減庾子嵩！」

王平子目太尉(87)：「阿兄形似道(88)，而神鋒太儁(89)。」太尉答曰：「誠不如卿落落穆穆(90)。」

太傅有三才(91)：劉慶孫長才(92)，潘陽仲大才(93)，裴景聲清才(94)。

林下諸賢(95)，各有儁才子。籍子渾，器量弘曠(96)。康子紹，清遠雅正(97)。濤子簡，疏通高素(98)。咸子瞻，虛夷有遠志(99)。瞻弟孚，爽朗多所遺(100)。秀子純、悌，並令淑有清流(101)。戎子萬子，有大成之風(102)，苗而不秀(103)。唯伶子無聞。凡此諸子，唯瞻為冠，紹、簡亦見重當世。

庾子躬有廢疾，甚知名。家在城西，號曰城西公府。

王夷甫語樂令：「名士無多人，故當容平子知(104)。」

王太尉云：「郭子玄語議如懸河寫水(105)，注而不竭(106)。」

司馬太傅府多名士，一時儁異。庾文康云：「見子嵩在其中(107)，常自神王(108)。」

太傅東海王鎮許昌，以王安期為記室參軍，雅相知重。敕世子毗曰(109)：「夫學之所益者淺，體之所安者深(110)。閑習禮度

---

(68) 玄默：玄遠沉靜。稼穡：農業勞動。
(69) 英華：花，此處指名譽。
(70) 忠恕：盡心和寬恕兩種道德。
(71) 蘊：儲藏，積聚。繒帛：絲織品。
(72) 席薦：草薦。
(73) 義讓：仗義謙讓。
(74) 輩：同一類，同一等級。
(75) 往往：處處。
(76) 洛中：洛陽。雅雅：指風雅人士眾多。
(77) 錚錚：金屬撞擊的聲音，比喻聲名顯赫。
(78) 清：清純。
(79) 明：明達。
(80) 純粹：純正完美。
(81) 諸人：何晏、鄧賜等清談家。已來：以來。
(82) 水鏡：鏡子，比喻明察秋毫。此處指對道理能清楚通透。
(83) 精明：精細明察。朗然：形容開朗。
(84) 籠蓋：籠罩，超越。
(85) 作：起立。
(86) 樂令：樂廣，彥輔，南陽淯陽人。西晉時期官員，官至尚書令，在當時聲望很高。八王之亂時，成都王司馬穎與河間王司馬顒進攻長沙王司馬乂，正要圍攻洛陽。樂廣的女兒是成都王妃，樂廣也因此遭受眾人誹謗。司馬乂亦因而去問樂廣，樂廣神色不變，答：「我怎會爲了一個女兒而換掉我家五個男子的性命

(111)，不如式瞻儀形(112)。諷味遺言(113)，不如親承音旨(114)。王參軍人倫之表(115)，汝其師之！」或曰：「王、趙、鄧三參軍，人倫之表，汝其師之！」謂安期、鄧伯道、趙穆也。袁宏作《名士傳》直云王參軍。或云趙家先猶有此本。

庾太尉少為王眉子所知(116)。庾過江，嘆王曰：「庇其宇下(117)，使人忘寒暑(118)。」

謝幼輿曰：「友人王眉子清通簡暢(119)，嵇延祖弘雅劭長(120)，董仲道卓犖有致度(121)。」

王公目太尉：「巖巖清峙(122)，壁立千仞(123)。」

庾太尉在洛下，問訊中郎(124)。中郎留之云：「諸人當來。」尋溫元甫、劉王喬、裴叔則俱至，酬酢終日(125)。庾公猶憶劉、裴之才儁，元甫之清中(126)。

蔡司徒在洛(127)，見陸機兄弟住參佐廨中(128)，三間瓦屋，士龍住東頭，士衡住西頭。士龍為人，文弱可愛。士衡長七尺餘(129)，聲作鍾聲，言多慷慨。

王長史是庾子躬外孫，丞相目子躬云：「入理泓然(130)，我已上人。」

呢？」意謂不會因爲女兒而依附司馬穎，換來五人被司馬乂誅殺。不過司馬乂並未因此釋疑，樂廣亦於太安三年憂死。

(87) 王平子：王澄，字平子，善於品評人物。
(88) 道：正直。
(89) 神鋒：氣概。儁：突出。
(90) 落落穆穆：形容豁達大度，容止溫和。
(91) 太傅：東海王司馬越，字元超，河內溫縣人，晉宣帝司馬懿的四弟，東武城戴侯司馬馗之孫，高密文獻王司馬泰的長子。司馬越被封爲東海王，是八王之亂中的最後一王，也是最後勝利者。他的死亡宣告了八王之亂的終結。
(92) 長才：指才學優異的人。
(93) 大才：指才學廣博的人。
(94) 清才：指才學精深的人。
(95) 林下諸賢：竹林七賢。
(96) 弘曠：宏大寬廣。
(97) 清遠雅正：志向高潔遠大，本性正直。
(98) 疏通高素：通達，情操高潔純眞。
(99) 虛夷：謙虛平易。
(100) 多所遺：指政務多所忽略。
(101) 令淑：善良文雅。清流：比喻德行高潔。
(102) 大成：指學問大有成就。
(103) 苗而不秀：莊稼生長卻不抽穗開花。比喻有好的資質，卻沒有成就。
(104) 王夷甫看重弟弟王平子，四海人士一經王平子庾太尉目庾中郎：「家從談談之許[131]。」

庾公目中郎：「神氣融散[132]，差如得上[133]。」

劉琨稱祖車騎為朗詣[134]，曰：「少為王敦所歎。」

時人目庾中郎：「善於託大[135]，長於自藏[136]。」

王平子邁世有儁才[137]，少所推服[138]。每聞衛玠言，輒歎息絕倒[139]。

王大將軍與元皇表云：「舒風概簡正[140]，允作雅人[141]，自多於邃[142]。最是臣少所知拔。中間夷甫、澄見語：『卿知處明、茂弘[143]。茂弘已有令名，真副卿清論；處明親疏無知之者，吾常以卿言為意，殊未有得，恐已悔之？』臣慨然曰：『君以此試，頃來始乃有稱之者。』言常人正自患知之使過，不知使負實。」

周侯於荊州敗績[144]，還，未得用。王丞相與人書曰：「雅流弘器[145]，何可得遺？」

時人欲題目高坐而未能[146]。桓廷尉以問周侯[147]，周侯曰：「可謂卓朗。」桓公曰：「精神淵箸。」

王大將軍稱其兒云：「其神候似欲可[148]。」

品評後，王夷甫便不再置評。

105 懸河寫水：形容能言善辯。寫，通「瀉」。

106 注：倒下，流下。

107 子嵩：庾敳，字子嵩。

108 神王：神旺，精神振奮。

109 敕：告誡。世子：帝王公卿之子。

110 安：安置，保留。

111 閑習：熟習。

112 式瞻：瞻仰。儀形：儀式。

113 諷味：背誦體悟。遺言：先賢流傳的話語。

114 音旨：語言和意思。

115 人倫：人類，此處指有才學的人才。

116 王眉子：王玄，字眉子。

117 宇下：屋簷下。

118 指得到王眉子的賞識，使人感到溫暖。

119 簡暢：簡約舒暢。

120 嵇延祖：嵇紹，字延祖。劭長：德行美好。

121 卓犖：卓越，傑出。致度：風致氣度。

122 巖巖：形容高峻。清峙：清靜聳立。

123 仞：七尺到八尺為一仞。

124 中郎：指庾敳，曾任太傅從事中郎。

125 酬酢：賓主互相敬酒，泛指應對。

126 清中：恬靜平和。

127 蔡司徒：蔡謨，字道明，陳留考城人，車騎從事中郎蔡克之子。蔡謨南渡避亂，並在東晉仕官。官至左光祿大夫，領司徒。後因堅持不肯卞令目叔向149：「朗朗如百間屋。」

王敦為大將軍，鎮豫章。衛玠避亂，從洛投敦，相見欣然，談話彌日。于時謝鯤為長史，敦謂鯤曰：「不意永嘉之中150，復聞正始之音151。阿平若在152，當復絕倒。」

王平子與人書，稱其兒：「風氣日上，足散人懷153。」

胡毋彥國吐佳言如屑154，後進領袖。

王丞相云：「刁玄亮之察察155，戴若思之巖巖156，卞望之之峰距157。」

大將軍語右軍158：「汝是我佳子弟，當不減阮主簿159。」

世目周侯：「嶷如斷山160。」

王丞相招祖約夜語161，至曉不眠。明旦有客，公頭鬢未理，亦小倦。客曰：「公昨如是，似失眠。」公曰：「昨與士少語，遂使人忘疲。」

王大將軍與丞相書，稱楊朗曰：「世彥識器理致162，才隱明斷，既為國器163，且是楊侯淮之子164。位望殊為陵遲165，卿亦足與之處。」

何次道往丞相許166，丞相以麈尾指坐呼何共坐曰：「來！

拜任司徒而被廢爲庶人。蔡謨被廢後，終日在家中講誦，教授子弟而不出門。數年後皇太后下詔任命蔡謨爲光祿大夫、開府儀同三司。蔡謨上表陳謝，但卻以患病爲由不再入朝。朝廷亦沒有逼令，更賜几杖及讓蔡謨門前施放行馬。永和十二年，蔡謨逝世，享年七十六歲，朝廷追贈侍中、司空，謚號爲文穆。

128 參佐：屬官。廨：官署。

129 七尺：指成年人應有的身高。

130 入理：指深入玄理之中。泓然：形容深入。

131 家從：叔父。庾亮的父親和庾敳是同一祖父，因此庾敳是庾亮的堂叔父。談談：深深地。

132 神氣：精神。融散：和樂閒散。許：讚許。

133 差如：比較地，大致。

134 祖車騎：祖逖，曾與劉琨任司州主簿，兩人感情很好。

135 託大：將高位作爲寄身之所，即指居高位而不作威作福。

136 藏：收斂，隱藏。

137 邁世：超越世俗。

138 推服：推重，佩服。

139 絕倒：傾倒，欽佩。

140 舒：王舒，字處明，王敦的堂弟。風概：風采節操。簡正：處事簡約剛直。

141 雅人：風雅之士，品德高尚的人。

來！此是君坐。」

丞相治楊州廨舍，按行而言曰[167]：「我正為次道治此爾！」何少為王公所重，故屢發此歎。

王丞相拜司徒而歎曰[168]：「劉王喬若過江[169]，我不獨拜公。」

王藍田為人晚成[170]，時人乃謂之癡。王丞相以其東海子[171]，辟為掾。常集聚，王公每發言，眾人競贊之。述於末坐曰：「主非堯、舜[172]，何得事事皆是？」丞相甚相歎賞。

世目楊朗：「沈審經斷。」蔡司徒云：「若使中朝不亂，楊氏作公方未已[173]。」謝公云：「朗是大才。」

劉萬安即道真從子。庾公所謂「灼然玉舉[174]」。又云：「千人亦見，百人亦見[175]。」

庾公為護軍[176]，屬桓廷尉覓一佳吏，乃經年。桓後遇見徐寧而知之，遂致於庾公曰：「人所應有，其不必有；人所應無，己不必無[177]。真海岱清士。」

桓茂倫云：「褚季野皮裡陽秋[178]。」謂其裁中也[179]。

何次道嘗送東人[180]，瞻望見賈寧在後輪中[181]，曰：「此人

---

[142] 邃：王邃，字處重，王舒的弟弟。永昌元年，王邃與家族南遷後，曾於東晉任中領軍。永昌元年，王敦於江州舉兵，進攻建康，晉元帝加王邃任尚書右僕射。一個月後朝廷兵敗，王敦攻陷建康並掌握朝政，王邃出任下邳內史。同年十月，王敦又升王邃爲征北將軍，都督青、徐、幽、平諸軍事，鎮淮陰。

[143] 茂弘：王導，字茂弘，王敦的堂弟。

[144] 周侯：周顗，字伯仁，剛到任便遇叛軍，大敗後投奔豫章，後受召還建康。

[145] 雅流：高雅人士。弘器：有大才的人。

[146] 題目：品評。高坐：和尚名。

[147] 桓廷尉：桓彝，字茂倫，死後追贈廷尉。

[148] 神候：神態。可：可心，合意。

[149] 下令：卞壼，字望之，曾任尚書令。

[150] 永嘉：西晉懷帝的年號，永嘉年間戰亂不斷。

[151] 正始之音：指清談玄學。

[152] 阿平：王澄，字平子。王澄路過豫章時，被王敦殺害。

[153] 稱讚子弟以藉此抬高他的身價，是晉代的文人風氣。

[154] 胡毋彥國：胡毋輔之，字彥國。

[155] 察察：指明辨是非。

[156] 巖巖：險峻，威嚴。

[157] 峰距：是孤峰特立之意。

[158] 右軍：王羲之，字逸少，曾任右軍將軍，大將

不死，終為諸侯上客[182]。」

杜弘治墓崩[183]，哀容不稱[184]。庾公顧謂諸客曰：「弘治至羸[185]，不可以致哀[186]。」又曰：「弘治哭不可哀。」

世稱：「庾文康為豐年玉[187]，稚恭為荒年穀[188]。」庾家論云：「是文康稱恭為荒年穀[189]，庾長仁為豐年玉[190]。」

世目：「杜弘治標鮮[191]，季野穆少[192]」。

有人目杜弘治：「標鮮清令[193]，盛德之風[194]，可樂詠也[195]。」

庾公云：「逸少，國舉[196]。」故庾倪為碑文云：「拔萃國舉[197]。」

庾稚恭與桓溫書，稱：「劉道生日夕在事，大小殊快。義懷通樂[198]，既佳，且足作友，正實良器，推此與君，同濟艱不者也[199]。」

王藍田拜揚州，主簿請諱[200]，教云：「亡祖先君，名播海內，遠近所知。內諱不出於外[201]，餘無所諱。」

蕭中郎[202]，孫丞公婦父。劉尹在撫軍坐[203]，時擬為太常[204]，劉尹云：「蕭祖周不知便可作三公不？自此以還[205]，無所不堪[206]。」

軍王敦的堂侄。

[159] 阮主簿：阮裕，王敦聞其名後召爲主簿。

[160] 巖：山高特立。斷山：懸崖峭壁。此句形容周顗清高正直。

[161] 祖約：字士少，曾任豫州刺史。

[162] 識器：識見和氣量。理致：義理和情趣。

[163] 國器：足以主持國政的人才。

[164] 楊侯淮：楊淮，也作「楊准」，當時名士。

[165] 陵遲：衰微。

[166] 何次道：名充，字次道，王導大姨子的兒子。王導器重何次道，有意讓他接任，因此常藉故流露此意。

[167] 按行：巡視。

[168] 司徒：官名，與司空、太尉號稱三公，爲當時最高級的官。

[169] 劉王喬：劉疇，字王喬，年輕時名望很高，後被害。被認爲是司徒的合適人選。

[170] 王藍田：王述，字懷祖，繼承其父封爵爲藍田縣侯。性恬靜，不喜愛表現，他人便認爲他是癡呆。

[171] 東海：王述的父親王承曾任東海郡太守，因此稱東海。王承的名聲響亮，王導因此有意提拔其子王述。

[172] 主：僚屬稱上司爲主。

[173] 楊氏：指楊家的六個兄弟，皆名聞遐邇，被認爲有望成爲丞相。

謝太傅未冠207，始出西208，詣王長史，清言良久。去後，苟子問曰209：「向客何如尊210？」長史曰：「向客亹亹211，為來逼人。」

王右軍語劉尹：「故當共推安石。」劉尹曰：「若安石東山志立212，當與天下共推之。」

謝公稱藍田：「掇皮皆真213。」

桓溫行經王敦墓邊過，望之云：「可兒！可兒214！」

殷中軍道王右軍云：「逸少清貴人215。吾於之甚至216，一時無所後217。」

王仲祖稱殷淵源：「非以長勝人，處長亦勝人218。」

王司州與殷中軍語，歎云：「己之府奧219，蚤已傾寫而見220，殷陳勢浩汗221，眾源未可得測。」

王長史謂林公：「真長可謂金玉滿堂222。」林公曰：「金玉滿堂，復何為簡選？」王曰：「非為簡選223，直致言處自寡耳。」

王長史道江道群：「人可應有，乃不必有；人可應無，己必無。」

---

174 灼然：鮮明。玉舉：玉立，比喻操守堅定。

175 見：通「現」。

176 護軍：護軍將軍，掌握中央軍權。

177 有、無指禮法道德，暗指徐寧與眾不同。

178 皮裡陽秋：肚裡有《春秋》筆法，即表面不作評論，內心卻褒貶。原作「皮裡春秋」，後因簡文帝母名春，爲避諱而改作皮裡陽秋。

179 裁中：裁於中，內心有裁決。

180 東人：指從建康以東來的人。

181 後輪：後車。

182 諸侯：指所分封的王侯。

183 杜弘治：杜義，字弘治。

184 不稱：不相稱，此句指他的表情不夠悲傷。

185 羸：瘦弱。

186 致哀：極其哀痛。

187 豐年玉：比喻潤色太平。此處用以形容庾亮是能錦上添花的治國人才。

188 稚恭：庾翼，字稚恭，庾亮的弟弟。

189 荒年穀：比喻能救助艱難困苦。此處用以形容庾翼是能雪中送炭，挽救危亡的人才。

190 庾長仁：庾統，字長仁，庾亮弟弟的兒子。

191 標鮮：標致鮮明。

192 穆少：溫和淡泊。

193 清令：清高純美。

194 盛德：高尚的道德。

195 樂詠：用音樂和詩歌讚頌。

會稽孔沈、魏顗、虞球、虞存、謝奉，並是四族之儁，于時之傑。孫興公目之曰：「沈為孔家金，顗為魏家玉，虞為長、琳宗224，謝為弘道伏225。」

王仲祖、劉真長造殷中軍談，談竟，俱載去。劉謂王曰：「淵源真可226。」王曰：「卿故墮其雲霧中227。」

劉尹每稱王長史云：「性至通，而自然有節。」

王右軍道謝萬石：「在林澤中，為自道上228。」歎林公：「器朗神儁。」道祖士少：「風領毛骨229，恐沒世不復見如此人230。」道劉真長：「標雲柯而不扶疏231。」

簡文目庾赤玉：「省率治除。」謝仁祖云：「庾赤玉胸中無宿物232。」

殷中軍道韓太常曰：「康伯少自標置233，居然是出群器234。及其發言遺辭，往往有情致。」

簡文道王懷祖：「才既不長，於榮利又不淡；直以真率少許235，便足對人多多許236。」

林公謂王右軍云：「長史作數百語237，無非德音，如恨不苦238。」王曰：「長史自不欲苦物。」

---

196 逸少：王羲之，字逸少。
197 拔萃國舉：意即出類拔萃、全國推崇的人。
198 義懷：仁義心懷。通樂：豁達和樂。
199 艱不：艱難困苦。不，阻塞不通。
200 諱：指家諱，避忌家內長輩的名字。晉人重視家諱，他人不能當面說出與對方長輩名字相同或同音的字。
201 內諱：指避忌家內婦女的名字。
202 蕭中郎：蕭輪，字祖周。
203 撫軍：簡文帝司馬昱，曾爲撫軍大將軍。
204 太常：九卿之一。
205 以還：以下。
206 堪：可以勝任。
207 未冠：未成年。男子二十歲冠禮表示成年。
208 出西：謝安出仕前，住在東部的會稽郡，從會稽往西去建康，稱爲出西。
209 苟子：王脩，字敬仁，小名苟子。
210 尊：稱呼父親。
211 亹亹：也作「娓娓」，勤勉不倦的樣子。此處指談論不倦。
212 東山志：指隱居的心願。
213 掇：揭去。眞：指眞率。此指裡外皆眞，表裡如一。
214 可兒：可人，可意的人，多讚其才德。
215 清貴：清高尊貴。
216 於：厚愛，親愛。甚至：到達頂點。

殷中軍與人書，道謝萬：「文理轉遒❷❸❾，成殊不易。」

王長史云：「江思悛思懷所通，不翅儒域❷❹⓿。」

許玄度送母，始出都，人問劉尹：「玄度定稱所聞不❷❹❶？」劉曰：「才情過於所聞。」

阮光祿云：「王家有三年少，右軍、安期、長豫❷❹❷。」

謝公道豫章❷❹❸：「若遇七賢❷❹❹，必自把臂入林❷❹❺。」

王長史歎林公❷❹❻：「尋微之功❷❹❼，不減輔嗣❷❹❽。」

殷淵源在墓所幾十年❷❹❾。于時朝野以擬管、葛❷❺⓿，起不起❷❺❶，以卜江左興亡。

殷中軍道右軍：「清鑒貴要❷❺❷。」

謝太傅為桓公司馬，桓詣謝，值謝梳頭，遽取衣幘，桓公云：「何煩此。」因下共語至暝❷❺❸。既去，謂左右曰：「頗曾見如此人不？」

謝公作宣武司馬，屬門生數十人於田曹中郎趙悅子❷❺❹。悅子以告宣武，宣武云：「且為用半。」趙俄而悉用之，曰：「昔安石在東山，縉紳敦逼❷❺❺，恐不豫人事❷❺❻；況今自鄉選，反違之邪？」

---

❷❶❼ 所後：後來的人。指沒有人能比得上他。

❷❶❽ 處長：處理、對待自己的長處。

❷❶❾ 府奧：肺腑，比喻內心的話。

❷❷⓿ 傾寫：也作「傾瀉」。

❷❷❶ 浩汗：浩瀚，廣大。

❷❷❷ 金玉滿堂：比喻劉眞長的玄理豐富多彩。

❷❷❸ 簡選：選擇。支道林認爲劉眞長言語謹慎，有經過挑選潤色。

❷❷❹ 長、琳：長，虞存，字道長。琳，虞球，字和琳。宗：尊重，推崇。

❷❷❺ 弘道：謝奉，字弘道。伏：通「服」，敬佩。

❷❷❻ 可：此處指才學可取。

❷❷❼ 雲霧：比喻蒙騙蔽人，使人迷離恍惚的談論。

❷❷❽ 爲：而。道：剛勁有力。

❷❷❾ 毛骨：容貌。

❷❸⓿ 沒世：終生。

❷❸❶ 標雲柯：高聳入雲的樹。扶疏：枝葉茂盛。

❷❸❷ 宿物：積物，舊物。

❷❸❸ 標置：自視甚高。

❷❸❹ 居然：顯然。

❷❸❺ 少許：一點點。

❷❸❻ 對：對當，相等。多多許：很多。

❷❸❼ 長史：指王濛，曾任司徒左長史。

❷❸❽ 如：而，卻。苦：使他人陷入無話可說、有口難言的困境裡。

❷❸❾ 文理：文辭義理。

桓宣武表云：「謝尚神懷挺率257，少致民譽。」

世目謝尚為令達258，阮遙集云：「清暢似達259。」或云：「尚自然令上。」

桓大司馬病260。謝公往省病，從東門入。桓公遙望，歎曰：「吾門中久不見如此人！」

簡文目敬豫為「朗豫」。

孫興公為庾公參軍，共游白石山。衛君長在坐，孫曰：「此子神情都不關山水261，而能作文。」庾公曰：「衛風韻雖不及卿諸人，傾倒處亦不近。」孫遂沐浴此言262。

王右軍目陳玄伯263：「壘塊有正骨264。」

王長史云：「劉尹知我，勝我自知。」

王、劉聽林公講，王語劉，曰：「向高坐者265，故是凶物266。」復東聽，王又曰：「自是鉢釪後王、何人也267。」

許玄度言：「〈琴賦〉所謂『非至精者268，不能與之析理』，劉尹其人；『非淵靜者269，不能與之閑止270』，簡文其人。」

魏隱兄弟，少有學義271，總角詣謝奉。奉與語，大說之，曰：「大宗雖衰272，魏氏已復有人。」

---

240 不翅：不止，不僅。儒域：儒學的領域。

241 稱：相稱。

242 右軍：王羲之，曾任右軍將軍。安期：王應，字安期。長豫：王悅，字長豫。三人爲同一個家族。

243 豫章：謝鯤，曾任豫章太守，不修邊幅，放蕩不羈。

244 七賢：竹林七賢。

245 把臂：手拉著手，表示親密之意。

246 支道林不僅是和尚，亦潛心玄學。

247 尋微：探索深奧微妙的玄理。

248 輔嗣：王弼，字輔嗣。

249 殷淵源：殷浩，字淵源。曾出任官職，後稱病隱居在祖墳陵園中近十年。幾：將近。

250 管、葛：管指管仲，輔助齊桓公成爲霸主，葛指諸葛亮，兩人皆爲古代名相。

251 起：指出仕當官。

252 清鑒：清高且有鑑識。貴要：指尊貴扼要。

253 下：指下堂到謝安梳頭的地方。

254 田曹中郎：掌管農事的官吏。

255 縉紳：官員。

256 豫：參加。

257 神懷挺率：指胸懷正直坦率。

258 令達：指品德美好，心胸曠達。

259 清暢：指德行高尚，通達事理。

260 桓大司馬：桓溫在晉哀帝隆和初年，加侍中、簡文云：「淵源語不超詣簡至[273]；然經綸思尋處[274]，故有局陳[275]。」

初，法汰北來未知名[276]，王領軍供養之[277]。每與周旋，行來往名勝許[278]，輒與俱。不得汰，便停車不行。因此名遂重。

王長史與大司馬書，道淵源：「識致安處[279]，足副時談。」

謝公云：「劉尹語審細。」

桓公語嘉賓：「阿源有德有言[280]，向使作令僕，足以儀刑百揆[281]。朝廷用違其才耳[282]。」

簡文語嘉賓：「劉尹語末後亦小異，回復其言，亦乃無過。」

孫興公、許玄度共在白樓亭，共商略先往名達[283]。林公既非所關，聽訖云：「二賢故自有才情。」

王右軍道東陽[284]：「我家阿林[285]，章清太出。」

王長史與劉尹書，道淵源：「觸事長易。」

謝中郎云：「王脩載樂託之性[286]，出自門風[287]。」

林公云：「王敬仁是超悟人。」

劉尹先推謝鎮西，謝後雅重劉曰：「昔嘗北面[288]。」

大司馬職，這時謝安早已離開桓溫幕府。

[261] 嘲諷他不懂山水，懂得欣賞山水才是名士。

[262] 沐浴：浸潤其中。

[263] 陳玄伯：陳泰，字玄伯。

[264] 壘塊：鬱積在心中的憤慨。

[265] 高坐：講席。

[266] 兇物：兇惡的人，指違背佛法的人。

[267] 鉢釪：即鉢盂，和尚所用的飯碗，此處借代指佛教徒。

[268] 〈琴賦〉：作者爲魏朝的嵇康。原文〈琴賦〉中描寫琴，此處借用以指人。

[269] 淵靜：沉靜。

[270] 閑止：閒居，安居無事。

[271] 學義：學識。

[272] 大宗：對宗族的尊稱。

[273] 超詣：造詣很高。簡至：簡要。

[274] 經綸：整理絲線編成繩子，比喻組織處理。

[275] 局陳：局陣，布局。

[276] 法汰：和尚名。當時北方受外族侵擾，法汰渡江到揚州。

[277] 王領軍：王洽，字敬和，王導的兒子。

[278] 行來：來往。

[279] 識致安處：有見識情趣，安適的生活。

[280] 阿源：指殷淵源。

[281] 儀刑：儀式法則，此處指作爲榜樣。

[282] 殷淵源好道學善清談，本非將才。但朝廷任他

謝太傅稱王脩齡曰289：「司州可與林澤遊。」

諺曰：「揚州獨步王文度，後來出人郗嘉賓。」

人問王長史江虨兄弟群從290，王答曰：「諸江皆復足自生活291。」

謝太傅道安北292：「見之乃不使人厭，然出戶去，不復使人思。」

謝公云：「司州造勝遍決293。」

劉尹云：「見何次道飲酒，使人欲傾家釀294。」

謝太傅語真長：「阿齡於此事，故欲太厲295。」劉曰：「亦名士之高操者。」

王子猷說：「世目士少為朗，我家亦以為徹朗296。」

謝公云：「長史語甚不多297，可謂有令音298。」

謝鎮西道敬仁299：「文學鏃鏃300，無能不新。」

劉尹道江道群：「不能言而能不言301往。」

林公云：「見司州警悟交至302，使人不得住，亦終日忘疲。」

世稱：「苟子秀出303，阿興清和304。」

爲中軍將軍，舉兵北征，結果大敗。

283 商略：品評，評論。名達：賢達。

284 東陽：即下文的阿林。

285 阿林：「林」指「臨」，王臨之，與王羲之同一家族。

286 樂託：也作「落拓」，豪放，不拘小節。

287 門風：指一家世代流傳的準則、風習。

288 北面：臉朝北，表示師事對方。

289 王脩齡：王胡之，字脩齡，朝廷曾召爲司州刺史，尚未就任便病死。故下文稱他爲司州。

290 群從：指堂房兄弟子侄輩。

291 生活：生存，自立。

292 安北：王坦之，死後追贈安北將軍。

293 造勝：深入優美的境界。遍決：排除疑難。

294 《晉書．何充傳》記載，何充（字次道）能飲酒，並提到其「言其能溫克也」，意爲喝醉後也能溫和待人，控制自己。

295 阿齡：王胡之，字脩齡。

296 我家：我。

297 長史：王濛，言談簡練且抑揚頓挫。

298 令音：優美的言辭。

299 敬仁：王脩，字敬仁，王濛的兒子。

300 文學：辭章才學。鏃鏃：形容突出。

301 能不言：指能以不言勝人。

302 警悟：機敏且澈悟。

303 苟子：王脩，字敬仁，小名苟子。

簡文云：「劉尹茗柯有實理。」

謝胡兒作著作郎305，嘗作〈王堪傳〉。不諳堪是何似人306，咨謝公。謝公答曰：「世冑亦被遇307。堪，烈之子，阮千里姨兄弟，潘安仁中外308。安仁詩所謂『子親伊姑，我父唯舅309』，是許允婿。」

謝太傅重鄧僕射310，常言：「天地無知，使伯道無兒。」

謝公與王右軍書曰：「敬和棲託好佳311。」

吳四姓舊目云312：「張文、朱武、陸忠、顧厚。」

謝公語王孝伯313：「君家藍田314，舉體無常人事315。」

許掾嘗詣簡文316，爾夜風恬月朗，乃共作曲室中語317。襟情之詠，偏是許之所長。辭寄清婉，有逾平日。簡文雖契素318，此遇尤相咨嗟。不覺造膝319，共叉手語320，達于將旦。既而曰：「玄度才情，故未易多許。」

殷允出西321，郗超與袁虎書云：「子思求良朋，託好足下322，勿以開美求之323。」世目袁為「開美」，故子敬詩曰324：「袁生開美度。」

謝車騎問謝公：「真長性至峭325，何足乃重？」答曰：「是

---

304 阿興：王蘊，小名阿興，王脩的弟弟。

305 謝胡兒：謝朗，小名胡兒，謝安的侄子。著作郎任職時必須撰寫一篇名臣傳。

306 諳：熟悉。何似：何如。

307 世冑：王堪，字世冑，後被害，追贈太尉。

308 中外：中表，指中表兄弟。

309 子親伊姑，我父唯舅：你的母親是我的姑母，我的父親是你的舅舅。伊、唯，皆爲加強肯定的助詞。

310 鄧僕射：鄧攸，官至尚書左僕射。渡江途中，爲保全弟弟的兒子，拋棄自己的兒子。

311 敬和：王洽，字敬和，王導最爲知名的兒子。棲託：安身，寄託。

312 吳四姓：吳郡有張、朱、陸、顧四姓。

313 王孝伯：王恭，字孝伯。

314 藍田：藍田縣侯王述，和王孝伯同族。

315 舉體：全身。

316 許掾：許詢，字玄度。

317 曲室：密室。

318 契素：情意相投。

319 造膝：兩人的膝蓋相碰，表示親近。

320 叉手：交手，執手。

321 殷允：字子思，故下文稱子思。

322 託好：交好。

323 開美：開朗美好。

324 子敬：王獻之，字子敬。

不見耳！阿見子敬[326]，尚使人不能已[327]。」

謝公領中書監[328]，王東亭有事應同上省[329]，王後至，坐促，王、謝雖不通[330]，太傅猶斂膝容之。王神意閑暢，謝公傾目[331]。還謂劉夫人曰：「向見阿瓜[332]，故自未易有。雖不相關，正是使人不能已已[333]。」

王子敬語謝公：「公故蕭灑[334]。」謝曰：「身不蕭灑。君道身最得，身正自調暢[335]。」

謝車騎初見王文度曰[336]：「見文度雖蕭灑相遇，其復愔愔竟夕[337]。」

范豫章謂王荊州[338]：「卿風流儁望[339]，真後來之秀。」王曰：「不有此舅，焉有此甥？」

子敬與子猷書[340]，道：「兄伯蕭索寡會[341]，遇酒則酣暢忘反，乃自可矜。」

張天錫世雄涼州[342]，以力弱詣京師，雖遠方殊類，亦邊人之桀也。聞皇京多才，欽羨彌至。猶在渚住[343]，司馬著作往詣之。言容鄙陋，無可觀聽。天錫心甚悔來，以遐外可以自固[344]。王彌有儁才美譽[345]，當時聞而造焉。既至，天錫見其風神清

---

325 峭：嚴厲。
326 阿：我。
327 指對王子敬尚且敬重，更何況是對劉眞長。
328 中書監：官名，掌管機要，中書省的長官。
329 王東亭：王珣，王導的孫子，封東亭侯。
330 王珣兄弟原爲謝家女婿，後兩家產生摩擦，便絕婚成爲仇家。
331 傾目：斜著眼睛看，意指注目。
332 阿瓜：王珣，小名一是法護，一是阿瓜。
333 已已：前「已」，停止。後「已」，語氣詞。
334 蕭灑：也作「瀟灑」，豁達不拘束的樣子。
335 調暢：指精神和適，心情舒暢。
336 王文度：王坦之，字文度，反對世俗的放縱和不學儒學的風氣。
337 愔愔：安詳和悅的樣子。
338 范豫章：范甯，曾任豫章太守。王荊州：王忱，曾任荊州刺史。王忱的母親是范甯的妹妹，因此下文王忱稱他爲舅舅。
339 風流儁望：風雅且有很高的聲望。
340 子敬：王獻之，字子敬，其兄王徽之，字子猷，皆爲王羲之的兒子。
341 兄伯：哥哥。蕭索：淡漠。寡會：寡合，指本性鮮少能與世俗相合。
342 雄：稱雄，憑武力統治。
343 渚：指江邊的碼頭。
344 遐外，邊遠地區。

令，言話如流，陳說古今，無不貫悉。又諳人物氏族，中來皆有證據。天錫訝服。

王恭始與王建武甚有情346，後遇袁悅之間347，遂致疑隙。然每至興會348，故有相思。時恭嘗行散至京口射堂349，于時清露晨流，新桐初引，恭目之曰：「王大故自濯濯350。」

司馬太傅為二王目曰：「孝伯，亭亭直上351，阿大，羅羅清疏352。」

王恭有清辭簡旨，能敘說，而讀書少，頗有重出。有人道：「孝伯常有新意，不覺為煩。」

殷仲堪喪後，桓玄問仲文353：「卿家仲堪，定是何似人？」仲文曰：「雖不能休明一世，足以映徹九泉354。」

345 王彌：王峯，小名僧彌。
346 王建武：王忱，又名阿大，王恭（字孝伯）的同族叔父輩，和王恭要好。後因袁悅在會稽王司馬道子前責備王恭，王恭以爲是王忱假袁悅之手陷害，交情因此產生裂痕。
347 間：離間。
348 興會：指有興致時。
349 京口：王恭曾鎮守京口。
350 濯濯：形容有光澤清朗的樣子。
351 亭亭直上：向上，指挺拔，形容剛強正直。
352 羅羅清疏：指清朗疏放。
353 仲文：殷仲堪的堂弟。
354 九泉：黃泉，陰間。殷仲堪是被桓玄害死的，所以殷仲文必須小心回答。

白話賞析

陳仲舉曾經讚嘆：「像周子居這樣的人，真是治國之才。拿寶劍來比喻的話，他就是當代的干將。」

世人評論李元禮：「如挺拔的松樹下呼嘯而過的疾風。」

謝子微看到許子將兄弟時說：「平輿縣的深潭裡有兩條龍。」他看到許子政年輕的樣子時讚嘆：「像許子政這樣的人，有治國的才能。態度嚴正，忠誠正直，和陳仲舉相當；抨擊惡人，斥退品行不端，又有范孟博的風采。」

公孫度評論邴原：「他是所謂的雲中白鶴，不是用捕捉燕雀的網所能得到的。」

鍾士季評論安豐侯王戎：「阿戎聰明伶俐，懂得他人的心。」又評論：「裴公善談，與他談一整天也無法結束。」而後，吏部郎空缺時，晉文帝司馬昭詢問鍾會誰是適合的人選，鍾會回答：「裴楷清廉通達，王戎能掌握要領而處事簡約，都是適當的人選。」於是司馬昭便委任裴楷。

王戎和裴楷兩人幼年時，曾拜訪鍾士季。走後，有位客人問鍾士季：「剛才那兩位小孩如何？」鍾士季說：「裴楷清廉通達，王戎簡約扼要。二十年後，這兩位賢才會就任吏部尚書，希望那時的天下沒有被遺漏的人才。」

諺語說：「後起之秀中有一位裴秀。」

中書令裴楷評論夏侯太初：「如同進入朝廷一般恭敬，人們沒有敬意，卻自然肅然起敬。」另一種說法是：「如同進入宗廟之中，看到琳瑯滿目的禮器和樂器。」又評論：「看到鍾士季，就好像參觀武器庫，矛戟森森，都是兵器。看見傅蘭碩，又好像是一片汪洋，浩浩湯湯，無所不有。看見山巨源，就好像登上山頂往下看，非常幽深。」

羊祜返回洛陽時，路過野王縣，當時郭奕任野王縣令，羊祜到了縣界，便派人邀請郭奕會面。見面後，郭奕讚嘆：「羊叔子怎麼會不如我郭太業啊！」前往羊祜住所沒多久便回去了，又讚嘆：「羊叔子遠遠超越常人啊！」羊祜離開時，郭奕為他送行了一整天，送出幾百里，最後因出縣境而被免官。他仍舊讚嘆：「羊叔子怎麼會不如顏子啊！」

王戎評論山巨源：「如璞玉渾金一般，人人都看重他為寶物，卻不知道該如何為其命名。」

羊長和的父親羊繇和太傅羊祜是堂兄弟，兩人交情很好。羊繇官拜車騎將軍府的屬官，但英年早逝，因此長和兄弟五人，幼年便成為孤兒。羊祜來哭喪時，看見長和悲痛的神情舉止，就像個成年人一樣，便嘆道：「堂兄沒有死，後繼有人啊！」

山濤推薦阮咸出任吏部郎時，評論阮咸：「純潔真摯，沒有私慾，任何事物也改變不了他的志向。」

王戎評論阮文業：「清高又通倫理，有知人論世之明，從漢初以來還沒有出現這樣的人物。」

武元夏評論裴楷和王戎兩人：「王戎注重簡要，裴楷清廉通達。」

庚子嵩評論和嶠：「如同高聳入雲的千丈青松，雖然分出樹杈的地方很多，但用來建築高樓大廈，還是可以作為棟梁之材。」

王戎說：「太尉的風度儀態高雅清澈，如同晶瑩的玉樹，自然是塵世之外的人物。」

汝南內史王湛守孝期滿，脫下孝服後，便留在墓地結廬居住。他哥哥王渾的兒子王濟掃墓時，都會去看望叔叔，叔叔也沒有等待他。王濟有時去看望，也只是寒暄幾句而已。而後，他嘗試詢問近來的時事，王湛回答的言語辭致都很不錯，出乎王濟意料之外，使王濟非常驚愕。再繼續和他談論後，便進入精深的境界。王濟本對叔叔沒有如同對待長輩的敬意，聽了叔叔的談論後，不覺肅然起敬，神情舉止都變得嚴肅恭謹。一連多日，留下來和叔叔沒日沒夜地談論。王濟雖才華出眾，性情豪爽，但卻覺得自己缺少一點什麼，於是感慨地嘆息：「家中有一位名士，但我卻三十年來都不知道。」王濟走後，叔叔送他到門口。王濟有一匹烈馬，難以駕馭，鮮少有人能騎乘。王濟詢問叔叔：「喜歡騎馬嗎？」他叔叔說：「喜歡。」王濟就讓叔叔騎那匹烈馬，叔叔不但騎馬的姿勢美妙，而且甩動起鞭子就如同帶子似的迴旋自如，就連著名的騎手都沒辦法超越他，王濟因此更加讚嘆叔叔，認為他擅長的事情絕不只一種。王濟回家後，父親王渾問：「為什麼外出這麼多天呢？」王濟說：「我找到一位叔叔。」王渾問他什麼意思，王濟便一五一十地讚嘆和述說情況。王渾問：「那和我相比如何？」王濟說：「是在我之上的人物。」從前晉武帝見到王濟時，總用王湛來與他開玩笑，說：「你家的傻子叔叔死了嗎？」王濟常常無話可說。自從發現這位叔叔後，晉武帝又像從前一樣問他，王濟說：「我叔叔不傻。」且稱讚叔叔美好的特質。武帝問：「那可以和誰相比呢？」王濟說：「在山濤之下，魏舒之上。」王湛便因此聲名大噪，在二十八歲那年當官。

左僕射裴頠，當時眾人認為他是清談的匯集之所在。

張華見到褚陶後，告訴平原內史陸機：「您兄弟兩人就如在天河上騰躍的飛龍，顧彥先像迎著朝陽鳴叫的鳳凰，我原以為東南的人才已經全在這裡了，想不到又見到褚生。」陸機說：「這是因為您沒見過不鳴不躍的人啊！」

有人問秀才蔡洪：「吳地的世家大族如何？」他回答：「吳府君是聖明君主的賢臣，太平盛世的傑出人才。朱永長是執政大臣裡德行最高尚的人，公開選拔的官員中最有聲望的人。嚴仲弼如深澤中引頸長鳴的白鶴，像潛居空曠深邃山谷中的白駒。顧彥先像樂器中的琴瑟，花紋中的龍紋。張威伯是寒冬時茁壯的青松，黑夜裡四射的光芒。陸士衡和士龍兄弟如高空盤旋的天鵝，是有待敲擊的大鼓。這些名士，將大筆作為農具，紙張作為良田；把清靜無為作為勞動，掌握義理作為豐收；將清談作為聲譽，忠恕作為珍寶；把著述文章作為刺繡，精通五經作為儲藏絲綢；將堅持謙虛作為端坐草蓆，發揚道義禮讓作為張掛帷幕；把推行仁義作為建築房屋，加強道德修養作為構築大廈。」

有人問王夷甫：「山巨源談義理如何？和誰相當呢？」王夷甫說：「這個人從來不以清談家自居，他雖不讀《老子》和《莊子》，但聽他的談論，卻處處和老莊思想相合。」

洛陽眾多風雅人士中有三嘏：劉粹，字純嘏。劉宏，字終嘏。劉漠，字沖嘏。三人為親兄弟，是安豐侯王戎的外甥，又都是王戎的女婿。劉宏就是劉真長的祖父。洛陽聲名顯赫的人士中還有馮惠卿，名蓀，馮播的兒子。馮蓀和邢喬都是司徒李胤的外孫，兩人和李胤的兒子李順同樣出名。當時的人稱讚：「馮氏才學清純，李氏才識明達，邢氏純正完美。」

衛伯玉任尚書令，看到樂廣和西晉的名士清談時，認為他非比尋常，說：「自當年那些名士逝世後，常恐懼清談就要絕跡了，如今竟然從您這裡聽到這樣的清談啊！」隨即命自己的子侄拜訪樂廣，對子侄說：「這個人，是人們的鏡子，見到他就如同撥開雲霧看見青天一樣。」

太尉王衍說：「我認為裴令公精明開朗，在眾人之上，他擁有不一般的見識。如果人能死而復生，我就要和他為同一個目標而努力。」也有人認為此為王戎所言。

王夷甫感嘆：「我和樂令清談時，曾自覺我的話語太過繁瑣。」

郭子玄才智出眾，擅長談論老莊思想，庾敳曾稱讚他，常說：「郭子玄怎麼會不如我庚子嵩啊！」

王平子評論太尉王衍：「哥哥你的外貌正直，可惜鋒芒過於強烈了。」王衍回答：「確實比不上你豁達大度，儀表溫和。」

太傅府裡有三個人才：劉慶孫是長才，潘陽仲是大才，裴景聲是清才。

竹林七賢各有才能出眾的兒子：阮籍的兒子阮渾，氣量寬宏；嵇康的兒子嵇紹，志向高遠，本性正直；山濤的兒子山簡，通達且高潔純真；阮咸的兒子阮瞻，謙虛平易，志向遠大；阮瞻的弟弟阮孚，爽朗不受政務牽累；向秀的兒子向純和向悌，都善良文雅，不同流合污；王戎的兒子王萬子，有集大成的風度，可惜早逝；只有劉伶的兒子默默無聞。在這些人裡，唯獨阮瞻可居於首位，嵇紹和山簡亦在當時備受尊重。

庾子躬有殘疾，但很有名望。他的住宅在城西，被稱為城西公府。

王夷甫告訴尚書令樂廣：「名士沒有很多，我信任平子，因此便讓他品評。」

太尉王衍說：「郭子玄的談論如同瀑布傾瀉而下，滔滔不絕。」

司馬越的太傅府裡，有很多名士，都是當時的優秀人才。庾亮說：「我覺得子嵩在這些人裡，常常精神振奮。」

太傅東海王司馬越鎮守許昌時，任王安期為記室參軍，且非常賞識他。東海王告誡自己的兒子司馬毗：「學習書本的效益較淺，體驗生活所保留的感受較深。熟習禮制法度，倒不如認真觀看禮節儀式；背誦品味前人的遺訓，倒不如親自接受賢人的教誨。王參軍是人們的榜樣，你應該學習他。」也有人認為他是說：「王、趙、鄧三位參軍是人們的榜樣，你要學習他們。」此處說的三位參軍指王安期、鄧伯道、趙穆。袁宏作《名士傳》時，只說到王參軍。有人說趙穆家原本還有此書的抄本。

太尉庾亮年輕時曾得到王眉子的賞識。而後庾亮避難過江，讚揚王眉子：「在他的房檐下得到庇護，會使人忘卻寒冷。」

謝幼輿說：「我的朋友王眉子清廉通達，簡約舒暢；朋友嵇延祖寬宏正直，德行高尚；朋友董仲道見識卓越，很有風致氣度。」

王導評論太尉王衍：「陡峭肅靜地聳立，如千丈石壁一般屹立不搖。」

太尉庾亮在洛陽時，有一次去探望中郎庾敳，庾敳挽留他，說：「眾人都會來。」一會兒後，溫元甫、劉王喬、裴叔則都來了，大家清談整整一天。直到後來，庾亮還能回憶起當時劉、裴兩人的才華，和元甫恬靜平和的樣貌。

司徒蔡謨在洛陽的時候，看見陸機、陸雲兄弟住在僚屬辦公處裡，有三間瓦屋，陸雲住在東面，陸機住在西面。陸雲為人，文雅纖弱，十分可愛；陸機身高七尺多，聲音像鐘聲般洪亮，說話大多慷慨激昂。

長史王濛是庾子躬的外孫，丞相王導評論庾子躬：「深刻地領會玄理，是超越我的人。」

太尉庾亮評論中郎庾敳：「家叔深受人們的稱讚。」

庾亮評論中郎庾敳：「他精神安適閒散，大致算的上出眾。」

劉琨稱讚祖逖是開朗通達之人，說：「他年輕時受到王敦的讚賞。」

士人評論中郎庾敳：「善於託身高位，善於自我隱藏。」

王平子有超世的卓越才華，很少有他推重佩服的人。但每當他聽到衛玠談論時，總不免為之讚嘆傾倒。

大將軍王敦呈送晉元帝的奏章時，說：「王舒很有風采節操，簡約剛直，確實稱得上高雅之人，自然勝過王邃，但他鮮少被賞識並提拔。在這期間，王衍和王澄告訴我：『你了解處明和茂弘。茂弘已有美名，確實和你的高論相符；處明卻是無論親疏都沒有人知曉他。我常把你的話放在心上，想了解處明，卻毫無所獲，你可能也對自己說過的話感到後悔了吧？』臣感慨地說：『您按我說的再試看看。』最近，方才有人讚揚處明，這說明一般人只擔心太過了解他人，而不擔心對其實際才能不夠了解。」

武城侯周顗在荊州大敗，回到京都後，未能得到委任。丞相王導寫信給他人道：「周顗是高雅人士，有優異的才能，怎麼能將他拋棄呢？」

當時士人想替高坐和尚下評語，但無法想出恰當的評論，廷尉桓彝問武城侯周顗，周顗說：「可以說是卓越開朗。」桓溫則說：「精神深沉而明澈。」

大將軍王敦稱讚他的兒子：「他的神態倒是合我的心意。」

尚書令卞壼評論叔向：「氣度寬闊，就如同上百間敞亮的大屋。」

王敦任大將軍時，鎮守豫章。衛玠為躲避戰亂，從洛陽到豫章投奔王敦，兩人見面時很高興，成天不斷地清談。當時謝鯤在王敦手下任長史，王敦對謝鯤說：「想不到已經是永嘉年間，卻又可以聽到正始年間那般的清談。如果阿平在這裡，一定佩服得五體投地。」

王平子寫信給友人，稱讚自己的兒子：「他的風采和氣量一天比一天長進，足以讓人心懷舒暢。」

胡毋彥國談吐中的優美言辭就像鋸木時的木屑一般連綿不斷，他是後生晚輩中的翹楚。

丞相王導說：「刁玄亮明察秋毫，戴若思威嚴，卞望之剛直不阿。」

大將軍王敦對右軍將軍王羲之說：「你是我們家的優秀子弟，想必不會比阮主簿差。」

世人評論武城侯周顗：「如懸崖絕壁一般陡峭高聳。」

丞相王導邀請祖約晚上清談，一整夜沒睡，談到天亮。第二天一早有客人來，王導見客時，還未梳頭，身體也有點困倦，客人問：「您昨天夜裡好像失眠了。」王導說：「昨晚和士少清談，就讓人忘卻了疲勞。」

大將軍王敦寫信給丞相王導，稱讚楊朗：「世彥很有識見和氣量，言談深得事物之義理且有情趣，才學精微，論斷高明。既是足以治國之才，又是楊侯淮的兒子，但地位和名望卻很卑微。你可以和他相處。」

何次道到丞相王導那裡時，王導拿拂塵指著座位招呼他同坐，說：「來，來，這是您的座位。」

丞相王導修建揚州的官署，視察修建情況時，說：「我只是替次道修建這個官署而已啊！」何次道年輕時就受到王導的重視，所以王導屢次發出這樣的讚嘆。

丞相王導受任為司徒時，嘆道：「如果劉王喬能過江南來，我就不會一人就任三公了。」

藍田侯王述為人處世，大器晚成，當時人們認為他癡呆。丞相王導因他為東海太守王承的兒子，便召他做屬官。王導每次講話，大家都爭相讚美，有一次聚會時，坐在末座的王述便說：「主公不是堯、舜，怎麼可能事事都正確呢？」王導因此非常賞識他。

世人評論楊朗：「深沉慎重，順理決斷。」司徒蔡謨說：「如果西晉不亂，楊氏一家任三公的人，將接連不斷。」謝安說：「楊朗是大才。」

劉萬安就是劉道真的侄子，也是庾公所謂操守鮮明且堅定的人物。又說：「他在千人中也能顯露，在百人中也能顯露。」

庾亮任護軍將軍時，託廷尉桓彝代找一位優秀的屬官，一年後都還沒有找到。桓彝遇到徐寧時，很賞識他，便將他推薦給庾亮，並介紹：「人們應該有的，他不一定有；人們不應該有的，他不一定沒有。他真的是海岱一帶清廉正直的人士。」

桓茂倫說：「褚季野是皮裡陽秋。」指的是他心中自有決斷。

何次道曾送走從東來的客人，遠遠望去，看見賈寧在後面的車上，便說：「這個人如果不死，終歸會成為王侯的尊貴賓客。」

杜弘治家中的祖墳崩塌，他沒有表現得十分悲傷。庾亮環顧眾賓客，對他們說：「弘治身體極弱，不可以太傷心。」又說：「弘治不能哭得太過悲傷。」

世人稱頌庾亮如同豐年的美玉，稱頌庾稚恭如同災荒時的糧食。庾家自己的評論則說：「是庾亮稱讚稚恭如災荒時的糧食，庾長仁如豐年的美玉。」

世人評論杜弘治風采俊秀照人，褚季野溫和淡泊。

有人評論杜弘治：「風采俊秀照人，本性清高純美，表現出大德的風範，值得歌頌。」

庾亮說：「逸少是全國所推崇的人。」因此，庾倪替他寫碑文時，便寫：「拔萃國舉。」

庾稚恭寫信給桓溫時，稱讚道：「劉道生白天和晚上都在處理政事，大小事情都處理得非常稱心如意。此人胸懷仁義，豁達和樂，不但如此，也很值得結為良友，真的是優秀人才。現在把他推薦給您，他可以和您一起度過艱難困苦的時日。」

藍田侯王述就任揚州刺史時，州府主簿向他請示避忌的名諱。王述批示：「先祖和先父的名聲遠播全國，遠近皆知，婦女的名諱不能向外人說，此外就沒有要避忌的。」

中郎蕭祖周是孫丞公的岳父，丹陽尹劉真長在撫軍大將軍家中做客時，商議提升蕭祖周任太常。劉真長說：「不知道蕭祖周可不可以提任為三公呢？三公以下，沒有他無法勝任的。」

太傅謝安還未成年時，初到京都，到長史王濛家中拜訪，清談了很久。走後，王苟子問他的父親：「剛才那位客人和父親相比如何？」王濛說：「剛才那位客人娓娓不倦，令人驚艷。」

右軍將軍王羲之對丹陽尹劉惔說：「我們一起推薦安石。」劉惔說：「如果安石志在隱居，我們應該和天下人共同舉薦他。」

謝安稱讚藍田侯王述：「剝去表皮後，依舊真率。」

桓溫出行，經過王敦的墓旁，望著王敦的墳墓說：「可意的人啊！可意的人啊！」

中軍將軍殷浩評論右軍將軍王羲之：「逸少是個清高尊貴的人，我對他甚為喜愛，沒有人能比得上他。」

王仲祖稱讚殷淵源：「他不但憑自己的長處勝過別人，且在處置自己的長處上也勝過別人。」

司州刺史王胡之和中軍將軍殷浩清談，王胡之讚嘆：「我自己的見解，都已傾訴完畢。殷浩清談的陣勢還依舊浩浩湯湯，每個源頭都無法估量。」

長史王濛對支道林說：「真長的言談可謂金玉滿堂，非常豐富。」支道林說：「既然金玉滿堂，為什麼又要挑選言辭呢？」王濛說：「不是經過挑選，而是他應用言辭的地方本就不多。」

王濛評論江道群：「人們應該有的，他不一定有；人們應該沒有的，他一定沒有。」

會稽郡的孔沈、魏顗、虞球、虞存、謝奉五人同為四個家族的英俊之才，當代的傑出人物。孫興公評論他們：「孔沈是孔家的黃金，魏顗是魏家的寶玉，虞家則應推崇道長與和琳的才識，謝家應敬佩弘道的美德。」

王仲祖和劉真長到中軍將軍殷淵源家中清談，談完後便一同坐車離開。劉真長對王仲祖說：「淵源的言論值得我們探究。」王仲祖說：「你掉進他設下的迷霧之中了。」

丹陽尹劉真長常稱讚長史王濛：「本性最為通達，且自然有節制。」

右軍將軍王羲之評論謝萬石：「在山林湖澤這種隱居地裡，自然剛勁超群。」讚嘆支道林：「胸襟開朗，精神俊逸。」評論祖士少：「風度比容貌更動人，一輩子恐怕都再也見不到這樣的人。」評論劉真長：「如高聳入雲的大樹，枝葉並不繁茂。」

簡文帝評論庾赤玉：「明察直率，有修養且潔身自好。」謝仁祖說：「庾赤玉心裡不存芥蒂。」

中軍將軍殷浩稱讚太常韓康伯：「康伯年輕時自視甚高，顯然是超群出眾的人才。當他發表意見時，他的言談辭藻，處處都有情意。」

簡文帝稱讚王懷祖：「他的才能不突出，對名利又很熱心。但僅憑著他那一點真誠直率，就足以抵過其他人很多東西了。」

支道林和尚對右軍將軍王羲之說：「王長史說上幾百句話，都是合乎仁德的言論，遺憾的是無法使人陷入困境。」王羲之說：「長史本就不想使人無話可說。」

中軍將軍殷浩寫信給友人，稱讚謝萬：「文辭和義理變得剛勁有力，取得這樣的成就很不容易。」

長史王濛說：「江思悛所貫通的思想，不止有儒學。」

許玄度送別母親後，初到京都，有人問丹陽尹劉真長：「究竟玄度和傳聞有沒有相稱呢？」劉真長說：「他的才華超越傳聞。」

光祿大夫阮裕說：「王家有三位優秀少年，逸少、安期、長豫。」

謝安稱讚豫章太守謝鯤：「如果他遇到竹林七賢，一定會手拉著手，一起進入竹林中。」

長史王濛讚賞支道林：「他探索玄理的功力，不亞於王輔嗣。」

殷淵源在陵園中住了將近十年。在這期間，朝廷內外的人士都將他比作管仲和諸葛亮，觀察其出仕或退隱，以預測東晉政權的興衰存亡。

中軍將軍殷浩稱讚右軍將軍王羲之：「清高且有精闢的見解，尊貴且簡短扼要。」

太傅謝安出任桓溫手下的司馬時，有一次，桓溫到謝安那裡，恰巧謝安正在梳頭，謝安便匆忙取來衣服和頭巾穿戴。桓溫說：「何必這麼麻煩。」便下堂和他一直談到晚上。桓溫出門後，問隨從：「你們可曾見過這樣的人嗎？」

謝安出任桓溫的司馬時，將幾十個門生託付給田曹中郎趙悅子安排職位。悅子將此事告訴桓溫，桓溫說：「姑且就用一半的人。」趙悅子不久便錄用這些人，他說：「過去安石在東山隱居時，郡縣的官員逼迫他出仕，唯恐他不過問政事。如今這些人是他自己從家鄉挑選的，怎麼反而不遵從他呢？」

桓溫上奏章說：「謝尚胸懷正直坦率，年輕時就得到眾人的讚譽。」

世人評論謝尚美好曠達，阮遙集稱讚他：「德性高尚，就如同曠野一般通達。」又有人說：「謝尚不做作，並且美好優異。」

大司馬桓溫生病時，謝安前去探望，他從東門進入。桓溫遠遠看見，便嘆息道：「我的家裡已經很久不見這樣的人了啊！」

簡文帝評王敬豫：「開朗且心氣和悅。」

孫興公任庾亮的參軍時，和庾亮同遊白石山，衛君長也在場。孫興公說：「這個人的神情一點都不關心山水風景，卻能著作文章。」庾亮說：「衛君長的風度韻味雖比不上你們，但其令人心悅誠服的地方也很突出。」孫興公反覆吟味此話，深受啟發。

右軍將軍王羲之評陳玄伯：「有憤慨，有骨氣。」

長史王濛說：「劉尹了解我，勝過我對自己的了解。」

王濛和劉惔聽支道林和尚宣講時，王濛對劉惔說：「在講壇上的人，是個違背佛法的人。」再聽下去，王濛又說：「原來是佛門後世中的王弼、何晏。」

許玄度說：「〈琴賦〉裡所謂的『不是最為精通的人，便不能和他一起辨析事理』，劉尹就是這樣的人。『不是沉靜的人，便不能和他一起安居』，簡文帝就是這樣的人。」

魏隱兄弟年輕時便有學識。幼年拜見謝奉時，謝奉和他們談話，便非常喜歡他們的談吐，說：「魏氏宗族雖已衰微，但如今又有繼承人了。」

簡文帝說：「殷淵源的清談造詣不高，也不簡練。但他認真斟酌思考過的言談，的確很有章法。」

當初，法汰從北方來到南方時，尚不出名，由中領軍王洽供養。王洽常與他應酬來往，到名勝出遊時，也總和他一起。如果法汰沒有來，王洽便停車不走。自此，法汰的聲望才逐漸壯大。

長史王濛寫給大司馬桓溫一封信，評論殷淵源：「有見識，有情致，又悠閒自得，足以符合當代的評論。」

謝安說：「劉尹的談論精微細緻。」

桓溫對郗嘉賓說：「阿源德行高潔，善於清談。當初如果任他為輔弼大臣，便足以成為百官的榜樣。只因朝廷不按他的才能任用他。」

簡文帝對郗嘉賓說：「劉尹的清談和從前稍有不同，但反覆回味他的話語，卻也沒有過錯。」

孫興公和許玄度一起在白樓亭上，共同品評從前的賢達。這本非支道林所關心的事，聽完後，他說：「兩位賢才的確有才華。」

右軍將軍王羲之評論東陽太守王臨之：「我們家的阿臨，顯明高潔，甚為突出。」

長史王濛寫信給丹陽尹劉惔時，評論殷淵源：「他處事平和。」

從事中郎謝萬說：「王脩載如此豪放不羈的性格，來自於他的家風。」

支道林說：「王敬仁是個超脫且有悟性的人。」

丹陽尹劉惔先推崇鎮西將軍謝尚，謝尚後來也很推重劉惔，他說：「過去我曾向他學習。」

太傅謝安稱讚王脩齡說：「可以和司州這個人一起隱居，縱情於山水之間。」

諺語說：「揚州的獨特人才是王文度，超越常人的後起之秀是郗嘉賓。」

有人問長史王濛關於江虨兄弟和堂兄弟的情況，王濛回答：「江氏諸人都能自立。」

太傅謝安評論安北將軍王坦之：「見到他不讓人生厭，但走了以後也不讓人思念。」

謝安說：「司州談玄能到達勝境，排除疑難。」

丹陽尹劉惔說：「看見何次道喝酒，便讓人想將家產都用來釀酒喝。」

太傅謝安告訴劉真長：「阿齡對這件事太過嚴肅了。」劉真長說：「他是名士裡面有高尚操守的人。」

王子猷說：「世人評論祖士少是開朗的，我認為他也是通達的。」

謝安說：「長史的話很少，但可以說是言辭優美。」

鎮西將軍謝尚評論王敬仁：「辭章才學，卓然不群，沒有哪一項才能是不新奇的。」

丹陽尹劉惔稱讚江道群：「雖不擅長言辭，卻善於不發言。」

支道林說：「看到王司州的清談機敏和悟性湧現時，真讓人不願停下來，聽一整天也不覺得疲勞。」

世人稱讚苟子優美傑出，阿興清靜平和。

簡文帝說：「劉尹外表好像很糊塗，但談論時卻充分有理。」

謝胡兒擔任著作郎一職時，曾作〈王堪傳〉。他不知道王堪是怎麼樣的人，便去問謝安。謝安回答：「世冑也曾受到君主重用。王堪是王烈的兒子，是阮千里的姨表兄弟，潘安仁的姑表兄弟，潘安仁的詩裡提到：『子親伊姑，我父唯舅。』他也是許允的女婿。」

太傅謝安很敬重左僕射鄧伯道，曾說：「上天沒有良知，竟使伯道絕後。」

謝安寫給右軍將軍王羲之的信中說：「敬和有很好的安身之所。」

從前評論吳郡四姓：「張家出文人，朱家出武官，陸家忠誠，顧家敦厚。」

謝安對王孝伯說：「你們家的藍田，所做的事全和普通人不同。」

許玄度曾謁見簡文帝，那一夜風靜月明，兩人一起到密室中清談，抒發胸懷。這是許玄度最為擅長的，他的言辭清新婉約，超越一般的談論。簡文帝雖一向和他情趣相投，這次會面卻更加讚賞他，言談中兩人不覺愈靠愈近，促膝相談，執手共語，一直談到天亮。事後簡文帝說：「像玄度這樣的才華，確實是不易多得。」

殷允到達京都時，郗超寫信給袁虎：「子思要尋找好友，來和您結交，請不要用開朗美好的標準要求他。」世人評論袁虎為開朗美好，所以王子敬有詩提到：「袁虎有開朗美好的氣度。」

車騎將軍謝玄問謝安：「真長稟性嚴厲，哪裡值得如此敬重他呢？」謝安回答：「你只是沒見過他而已啊！我看見子敬時，尚且對他肅然起敬。」

謝安兼任中書監時，東亭侯王珣有公事，須和他一起坐車去中書省。王珣來晚了，就算王、謝兩家已不來往，但因為座位是相連的，太傅謝安還是收起雙腿，保留位置給王珣。王珣神態閒適自在，使得謝安對他傾心注目。而後，謝安回到家裡對妻子劉夫人說：「剛才看見阿瓜，他的確是一個不易得的人物，雖和他已不相關，但還是使人心情無法平靜。」

王子敬對謝安說：「您的確風度瀟灑。」謝安說：「我不瀟灑。您評論我是最合適的，我只是精神和適舒暢。」

車騎將軍謝玄初次見到王文度時，對人說：「我覺得就算用瀟灑的態度對待文度這個人，但他也依舊整晚態度溫和，舉止安詳。」

豫章太守范甯對荊州刺史王忱說：「你很風雅，聲望過人，真是後起之秀。」王忱說：「如果沒有這樣的舅舅，哪裡會有這樣的外甥呢？」

王子敬寫給王子猷的信上說：「兄長為人淡泊，不隨流俗，看到酒便盡興痛飲，流連忘返，這的確很值得驕傲。」

張天錫世代稱雄於涼州，後因勢力衰微便投奔京都，他雖屬遠方異族，卻也是邊境上的傑出人物。他聽說京都人才濟濟，十分欽佩羨慕。抵達京都，還停留在江邊碼頭時，司馬氏便去拜訪他，他們言語粗鄙，容貌醜陋，既不中聽，亦不中看。張天錫後悔前來，認為憑著涼州那樣的邊遠地區，自己也可以固守。王僧彌才能出眾，名聲很好，聽說張天錫來訪，便去拜見他。張天錫見王僧彌風度高雅秀美，言談敏捷，說古道今，無不通曉，又熟悉各方人士宗族和親戚關係，都有真憑實據，令張天錫十分驚詫嘆服。

一開始，王恭和建武將軍王忱交情很好，受到袁悅挑撥後，兩人便產生猜疑和裂痕。但每當興致勃勃時，還是會想起他。當時王恭曾服藥後行散，走到京口的射堂，清露在晨光中閃動，新桐初吐嫩芽，王恭觸景生情，評論王忱：「王大確實清亮明朗。」

太傅司馬道子替王孝伯和王忱評道：「孝伯剛強正直，阿大清朗放達。」

王恭的談論言辭清新，意義簡明，善於暢談。但因為讀書少，多有重複之處。也有人說王恭常有新意，使人不覺得煩悶。

殷仲堪死後，桓玄問殷仲文：「你家的仲堪，是個怎麼樣的人呢？」仲文回答：「他雖然無法一輩子都德行完美，但也足以光照九泉。」

源來如此

賞譽指賞識並讚美人物，這是由於魏晉時期品評人物的風氣所形成的。品評是士大夫生活的重要組成部份，當時士大夫常在各種情況下評論人物的高下優劣，其中正面肯定的評語被紀錄在本篇，都很簡練並被認為恰如其分。從中亦可看出當時士族階層的追求和情致。

從所集結的評語來看，士人讚賞的內容很廣泛，舉凡品德、節操、本性、心地、才情、識見、容貌、舉止、神情、風度、意趣、清談、為人處世等，都在賞譽之列。其中有些讚譽因記載過於簡略，沒有記述說話的環境，時過境遷，令人難以理解所指是哪些方面。另外，展現尊貴、喜好飲酒、欣賞山光水色等，也會受到讚譽。尊貴，是士族階層所自詡異於平民的特點，如果言行神采表現出身分地位，自然也會成為學習的榜樣。例如記載殷浩評王羲之為「清貴人」。鼓吹縱情飲酒，也許在一開始有憤世嫉俗而藉酒澆愁之意，但後來也逐漸成為名士風流，借縱酒表現超脫放誕。例如記載劉尹雲說：「見何次道飲酒，使人欲傾家釀。」至於寄情山水之間，更是名士藉以表達意趣超脫或超然物外的心境，自然得到很高的評價。

作文撇步

1. 雙關：一語同時兼顧兩種事物或兼含兩種意義。

字音雙關　又稱諧音雙關，一個字詞兼含另一個與本字詞同音，或音近字詞的意義。

詞義雙關　一個字詞兼含兩種意義或事物。

句義雙關 一句話或一段文字兼含兩種意義或事物。

例1：歎云：「己之府奧，蚤已傾寫而見，殷陳勢**浩**汗，眾**源**未可得測。」

Tips：字音雙關。因為殷浩，字淵源，因此使用浩、源二字。

例2：向晚意不適，驅車登古原。**夕陽無限好，只是近黃昏**。（唐代李商隱〈登樂遊原〉）

Tips：句義雙關。指實際的時間，兼指作者內心遲暮的感受。

例3：志士幽人莫怨嗟，古來**材大**難為用！（唐代杜甫〈古柏行〉）

Tips：詞義雙關。指古柏，兼指材大之人。

成語集錦

1. 璞玉渾金：未經雕琢的玉和未曾冶鍊的金。比喻天然美質，未加修飾，後比喻人品質樸。亦作「渾金璞玉」。

原典 王戎目山巨源：「如**璞玉渾金**，人皆欽其寶，**莫知名其器**。」

書證1：璞玉渾金，鑒識莫名其器。既天資之篤實，加地胄以高華。（宋代秦觀〈賀呂相公啟〉）

2. 言談林藪：言談豐富廣博，比喻善於言論的人。

原典 裴僕射時人謂為言談之林藪。

書證1：樂廣嘗與頠清言，欲以理服之，而頠辭論豐博，廣笑而不言。時人謂頠為言談之林藪。（《晉書．裴秀傳》）

3. 懸河寫水：寫，通「瀉」。說起話來像瀑布一樣滔滔不絕，比喻能言善辯。亦作「口若懸河」。

原典 王太尉云：「郭子玄語議如懸河寫水，注而不竭。」

書證1：但遇著人，或坐或立，口若懸河，滔滔不絕，就是一回。（明代蘭陵笑笑生《金瓶梅詞話》）

聞雞起舞的東晉雙雄——祖逖、劉琨

有一次，祖逖在半夜時聽到雞啼聲，雖然天還沒亮，但他驚覺時間相當寶貴，應該好好把握，就踢醒睡在一旁的劉琨說：「聽到雞叫聲了嗎？我們得趕快起床，把握時間練武吧！」於是兩人無懼夜裡的涼意，到院子裡舞劍鍛鍊身體，每天都不間斷，最後練就了一身好武藝。這個故事便成為「聞雞起舞」的由來，用以比喻把握時機，及時奮起行動。

祖逖生於西元二六六年，大劉琨五歲。但他到了十四、五歲時，猶未知書，這在「世吏二千石，為北州舊姓」的祖家簡直不可思議，父親去世，哥哥們常為這個有些與眾不同的弟弟擔憂。祖逖的特別，還表現在輕財好俠，慷慨有節尚，每至田舍，便散谷帛救濟貧乏，並說都是哥哥們的意思，鄉里之間都非常敬佩他。祖逖和劉琨在司州主簿的職位上相遇相知，劉琨「有縱橫之才，善交勝己」，他們很快由一般同事關係發展成情好綢繆的知己，祖逖對小五歲的劉琨關心照顧，他們共被同寢，聞雞起舞，關心世事，每每中宵起坐，他們還會相互鼓勵：「若四海鼎沸，豪傑並起，吾與足下當相避於中原耳。」

但在那之後，出於不同的人生選擇，一對形影不離的朋友還是分開了。四海鼎沸的亂世來臨，他們各自成為投筆從戎的軍隊領袖，誰也沒能能遵守當年承諾，「相避於中原耳」。

品藻篇

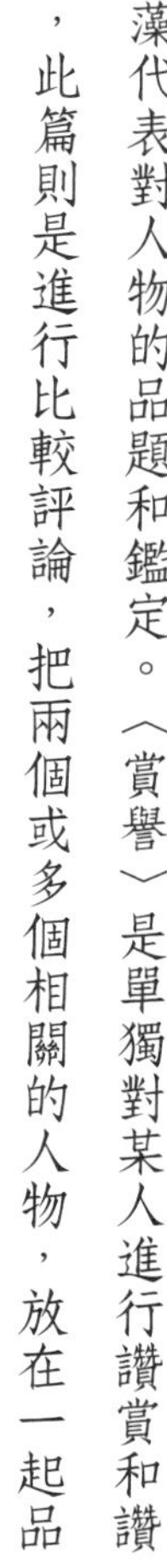
品藻代表對人物的品題和鑑定。〈賞譽〉是單獨對某人進行讚賞和讚譽，此篇則是進行比較評論，把兩個或多個相關的人物，放在一起品題鑑定。

汝南陳仲舉，潁川李元禮二人，共論其功德，不能定先後。蔡伯喈評之曰：「陳仲舉彊於犯上❶，李元禮嚴於攝下❷。犯上難，攝下易。」仲舉遂在三君之下，元禮居八俊之上❸。

龐士元至吳❹，吳人並友之。見陸績、顧劭、全琮而為之目曰：「陸子所謂駑馬有逸足之用❺，顧子所謂駑牛可以負重致遠。」或問：「如所目，陸為勝邪？」曰：「駑馬雖精速，能致一人耳。駑牛一日行百里，所致豈一人哉？」吳人無以難。「全子好聲名，似汝南樊子昭❻。」

顧劭，嘗與龐士元宿語，問曰：「聞子名知人，吾與足下孰愈？」曰：「陶冶世俗❼，與時浮沈❽，吾不如子；論王霸之餘策❾，覽倚仗之要害❿，吾似有一日之長⓫。」劭亦安其

【說文解字】

❶ 彊：通「強」，有勇氣，敢於。

❷ 攝：整治。

❸ 君：能作爲時代楷模的人。俊：士人中的英俊豪傑。陳仲舉和李元禮都是東漢的知名大官，地位不相上下。

❹ 龐士元：龐統，字士元，東漢末年襄陽郡人。名士龐德公稱其爲「鳳雛」，與被稱爲「臥龍」的諸葛亮齊名。當時俗語有云：「臥龍，鳳雛，二者得一，可安天下。」龐統被南郡郡首任爲功曹，後成爲劉備的重臣謀士，陳壽譽其可比擬爲魏國的荀彧和荀攸。歷任耒陽令、治中從事，官至軍師中郎將。死後由後主劉禪追封爲關內侯，追謚爲靖侯。

❺ 駑馬：劣馬，跑不快的馬，對比千里馬。逸足：疾足，捷足，指代步。

❻ 樊子昭：東漢劉曄評論他爲「退能守靜，進不苟競」。

❼ 陶冶：熏陶，給予良好的影響。

❽ 與時浮沈：跟著時代世俗而走，順應潮流。

言。

諸葛瑾弟亮及從弟誕，並有盛名，各在一國⑫。于時以為「蜀得其龍，吳得其虎，魏得其狗⑬」。誕在魏與夏侯玄齊名；瑾在吳，吳朝服其弘量。

司馬文王問武陔：「陳玄伯何如其父司空⑭？」陔曰：「通雅博暢，能以天下聲教為己任者⑮，不如也。明練簡至，立功立事，過之。」

正始中⑯，人士比論，以五荀方五陳⑰：荀淑方陳寔，荀靖方陳諶，荀爽方陳紀，荀彧方陳群，荀顗方陳泰。又以八裴方八王：裴徽方王祥，裴楷方王夷甫，裴康方王綏，裴綽方王澄，裴瓚方王敦，裴遐方王導，裴頠方王戎，裴邈方王玄。

冀州刺史楊淮二子喬與髦⑱，俱總角為成器⑲。淮與裴頠、樂廣友善，遣見之。頠性弘方⑳，愛喬之有高韻㉑，謂淮曰：「喬當及卿，髦小減也。」廣性清淳㉒，愛髦之有神檢㉓，謂淮曰：「喬自及卿，然髦尤精出。」淮笑曰：「我二兒之優劣，乃裴、樂之優劣。」論者評之，以為喬雖高韻，而檢不匝㉔；樂言為得。然並為後出之儁。

---

⑨王霸：王道和霸道，指用仁義治天下和用武力治天下的兩種策略。

⑩倚伏：也作「倚伏」，互相依存，制約。

⑪有一日之長：此處指較爲擅長。

⑫三國時，諸葛瑾在吳國；諸葛亮在蜀國；諸葛誕在魏國。三兄弟皆名聲響亮。

⑬龍、虎、狗：表明才智品德等級不同，虎低於龍，狗低於虎。

⑭陳玄伯：陳泰，字玄伯，潁川許昌人，曹魏名臣陳群之子，母爲荀彧之女，荀顗爲其舅舅。三國時曹魏的重要將領。父親死後，曾離開朝廷鎮守邊疆，多次與郭淮一起抵抗姜維的侵擾，死後追封爲司空，謚曰穆侯。據干寶《晉紀》記載，甘露五年，曹髦被殺後，司馬昭與朝臣商議如何善後，但太常陳泰沒有到來。派遣荀顗去請他，陳泰子弟也都去逼陳泰，陳泰只好垂淚而入。陳泰要求司馬昭誅殺下令成濟殺害曹髦的賈充，但司馬昭不肯，陳泰也沒有再提出另一個建議。

⑮聲教：聲威和教化。

⑯正始：魏齊王曹芳的年號。

⑰方：相比，並列。

⑱楊淮：也作「楊准」。

⑲成器：有成就的人才。

⑳弘方：寬宏正直。

㉑高韻：高雅的風度。

劉令言始入洛，見諸名士而歎曰：「王夷甫太解明㉕，樂彥輔我所敬，張茂先我所不解，周弘武巧於用短，杜方叔拙於用長。」

王夷甫云：「閭丘沖，優於滿奮、郝隆㉖。此三人並是高才，沖最先達㉗。」

王夷甫以王東海比樂令㉘，故王中郎作碑云：「當時標榜，為樂廣之儷㉙。」

庾中郎與王平子鴈行㉚。

王大將軍在西朝時㉛，見周侯輒扇障面不得住。後度江左，不能復爾㉜。王歎曰：「不知我進，伯仁退？」

會稽虞駿，元皇時與桓宣武同俠，其人有才理勝望㉝。王丞相嘗謂駿曰：「孔愉有公才而無公望㉞，丁潭有公望而無公才，兼之者其在卿乎？」駿未達而喪㉟。

明帝問周伯仁：「卿自謂何如郗鑒？」周曰：「鑒方臣，如有功夫㊱。」復問郗。郗曰：「周顗比臣，有國士門風㊲。」

王大將軍下，庾公問：「聞卿有四友，何者是？」答曰：「君家中郎、我家太尉、阿平、胡毋彥國㊳。阿平故當最劣。」

㉒清淳：清廉淳厚。

㉓神檢：高貴的品德修養。

㉔檢：高尚的品德修養。匝：繞一圈，此處指普遍，遍及。

㉕解明：精明，意同於鮮明。《晉書．王衍傳》曾記載道：「（王衍，字夷甫）有盛才美貌，明悟若神。」

㉖郝隆：《晉書．郗隆傳》作「郗隆」。

㉗先達：優秀顯貴。

㉘王東海：王承，曾任東海郡太守。王承清靜虛無，少有私慾，沒有特地提高自身修養。和人論辯時亦只指明要點，而沒有引以文辭修飾。有識之士都佩服他的簡約通達。二十歲時就已聞名於世，被王衍賞識，並與樂廣比擬。王承棄官南渡長江時，雖道路阻塞，人心危懼，但王承仍處之泰然。抵達琅琊王司馬睿駐鎮的建業後，被其任命爲鎮東府從事中郎，受到優厚禮待。王承有很高的聲譽，且真心誠意，多以寬恕待人，因此眾人都親近於他，在南渡的名臣中名居第一，比協助司馬睿坐鎮江南的王導更高。

㉙儷：成對的。

㉚庾中郎：庾敳，曾任太傅從事中郎。鴈行：飛雁的行列，指如飛雁一樣並列有序。

㉛西朝：指晉室尚未南渡的時代，即西晉。

㉜王敦在洛陽時畏懼周顗，過江後逐漸躊躇滿

庾曰：「似未肯劣。」庾又問：「何者居其右㊴？」王曰：「自有人。」又問：「何者是？」王曰：「噫！其自有公論。」左右躡公，公乃止㊵。

人問丞相：「周侯何如和嶠㊶？」答曰：「長輿嵯櫱㊷。」

明帝問謝鯤：「君自謂何如庾亮？」答曰：「端委廟堂㊸，使百僚準則，臣不如亮。一丘一壑㊹，自謂過之。」

王丞相二弟不過江㊺，曰穎，曰敞。時論以穎比鄧伯道，敞比溫忠武㊻。議郎、祭酒者也。

明帝問周侯：「論者以卿比郗鑒，云何？」周曰：「陛下不須牽顗比。」

王丞相云：「頃下論以我比安期、千里㊼。亦推此二人。唯共推太尉㊽，此君特秀。」

宋禕曾為王大將軍妾，後屬謝鎮西㊾。鎮西問禕：「我何如王？」答曰：「王比使君，田舍、貴人耳！」鎮西妖冶故也。

明帝問周伯仁：「卿自謂何如庾元規㊿？」對曰：「蕭條方外51，亮不如臣；從容廊廟52，臣不如亮。」

王丞相辟王藍田為掾，庾公問丞相：「藍田何似？」王

志，就不再害怕。

㉝ 勝望：美好的聲望。

㉞ 公才、公望：三公的才能，三公的名望。

㉟ 達：顯貴。

㊱ 功夫：功力，素養。

㊲ 國士：一國的傑出人物。門風：家風。

㊳ 分別指庾敳、王衍、王澄、胡毋輔之。阿平，王澄，字平子。

㊴ 其右：其上，古人以右爲尊位。

㊵ 王敦不肯說出誰較爲優秀，是因爲他認爲自己居右，最爲優異。

㊶ 和嶠：字長輿，西晉汝南西平人。祖父和洽曾任魏國尚書令，父親和逌是魏國吏部尚書。和嶠年少有風采，仰慕其舅夏侯玄的爲人，珍重自愛，有盛名於世。襲父爵上蔡伯，起家太子舍人，累遷至潁川太守。爲政清簡，甚得百姓歡心。賈充十分看重他，在武帝面前讚美他。後任給事黃門侍郎，遷中書令，武帝亦十分器重和嶠。

㊷ 嵯櫱：也作「嵯峨」，形容高峻。

㊸ 端委：此處指穿著禮服。廟堂：朝廷。

㊹ 一丘一壑：比喻寄情山水。

㊺ 王導的兩個弟弟年少時，和王導一樣聞名，但皆死於晉室南渡之前。

㊻ 溫忠武：溫嶠，謚忠武。

㊼ 安期：王承，字安期。千里：阮瞻，字千里。

曰：「真獨簡貴[53]，不減父祖；然曠澹處[54]，故當不如爾。」

卞望之云：「郗公體中有三反[55]：方於事上[56]，好下佞己[57]，一反。治身清貞[58]，大脩計校[59]，二反。自好讀書，憎人學問，三反。」

世論溫太真[60]，是過江第二流之高者。時名輩共說人物，第一將盡之間，溫常失色。

王丞相云：「見謝仁祖恒令人得上。」與何次道語，唯舉手指地曰：「正自爾馨[61]！」

何次道為宰相，人有譏其信任不得其人。阮思曠慨然曰：「次道自不至此。但布衣超居宰相之位[62]，可恨！唯此一條而已。」

王右軍少時，丞相云：「逸少何緣復減萬安邪[63]？」

郗司空家有傖奴[64]，知及文章，事事有意。王右軍向劉尹稱之。劉問：「何如方回[65]？」王曰：「此正小人有意向耳！何得便比方回？」劉曰：「若不如方回，故是常奴耳！」

時人道阮思曠：「骨氣不及右軍[66]，簡秀不如真長[67]，韶潤不如仲祖[68]，思致不如淵源[69]，而兼有諸人之美。」

---

[48] 太尉：指王夷甫。
[49] 謝鎮西：謝尚。
[50] 庾元規：庾亮，字元規。
[51] 蕭條：逍遙自在。方外：世外。
[52] 從容：周旋應付。
[53] 獨：獨特，與眾不同。
[54] 曠澹：曠達，不求名利。
[55] 郗公：郗鑒。
[56] 方：正直。
[57] 佞：諂媚。
[58] 治身：加強身心修養。清貞：清廉有節操。
[59] 計校：計算。此指對財物斤斤計較。
[60] 溫太真：溫嶠，字太真。
[61] 爾馨：這樣。
[62] 超：指超遷，越級提升。
[63] 何緣：憑什麼。萬安：劉綏，字萬安。
[64] 傖奴：指奴僕是北方人。
[65] 方回：郗愔，字方回，司空郗鑒的兒子。
[66] 骨氣：剛直的氣概。
[67] 簡秀：簡約內秀。
[68] 韶潤：指品性華美柔潤。
[69] 思致：才思和韻味。
[70] 何平叔：何晏，字平叔，玄學唯心主義的代表人物。
[71] 嵇叔夜：嵇康，字叔夜，喜好道學。
[72] 晉武帝和齊王都是晉文帝的兒子。武帝即位

簡文云：「何平叔巧累於理⑦⓪，稽叔夜儁傷其道⑦①。」

時人共論晉武帝出齊王之與立惠帝⑦②，其失孰多？多謂立惠帝為重。桓溫曰：「不然，使子繼父業，弟承家祀⑦③，有何不可？」

人問殷淵源：「當世王公以卿比裴叔道⑦④，云何？」殷曰：「故當以識通暗處⑦⑤。」

撫軍問殷浩⑦⑥：「卿定何如裴逸民？」良久答曰：「故當勝耳。」

桓公少與殷侯齊名⑦⑦，常有競心。桓問殷：「卿何如我？」殷云：「我與我周旋久，寧作我⑦⑧。」

撫軍問孫興公：「劉真長何如？」曰：「清蔚簡令。」「王仲祖何如？」曰：「溫潤恬和⑦⑨。」「桓溫何如？」曰：「高爽邁出。」「謝仁祖何如？」曰：「清易令達⑧⓪。」「阮思曠何如？」曰：「弘潤通長⑧①。」「袁羊何如？」曰：「洮洮清便⑧②。」「殷洪遠何如？」曰：「遠有致思⑧③。」「卿自謂何如？」曰：「下官才能所經，悉不如諸賢；至於斟酌時宜，籠罩當世，亦多所不及。然以不才，時復託懷玄勝⑧④，遠詠老、莊，

後，立皇子司馬衷爲太子（後繼位爲惠帝），封其弟司馬攸爲齊王。齊王後任司空，參與朝政，聲望很高。這時武帝的寵臣荀勖和馮紞看到太子無能，懼怕司馬攸將來會繼承帝位而對自己不利，於是向武帝進讒言，要武帝逼令齊王離開京都，回到自己的封國，以確保太子的繼承權。齊王因此憂憤成疾而死。

⑦③ 承家祀：接續王國的祭祀，即回到自己的封國。家，所封的王國。桓溫認爲出齊王和立惠帝兩事，從禮制上說，都是天經地義。

⑦④ 王公：王侯公卿，指顯貴。

⑦⑤ 殷淵源和裴叔道都擅長清言，此說明兩人的共同之處。

⑦⑥ 撫軍：簡文帝司馬昱。

⑦⑦ 殷侯：指殷浩。侯是敬稱，意爲「君」。

⑦⑧ 殷浩既不甘退讓，又不願和桓溫競爭。

⑦⑨ 溫潤恬和：溫和柔順、恬靜平和。

⑧⓪ 清易令達：清廉平易、善良通達。

⑧① 弘潤通長：弘潤，心地寬大，品性柔潤。通長，才思精深廣闊。

⑧② 洮洮：也作「滔滔」，形容談論滔滔不絕。清便：清雅，能說善道。

⑧③ 致思：也作「思致」，新穎的思想和情趣。

⑧④ 玄勝：玄妙的，即玄理或老莊之道。

⑧⑤ 高寄：寄情高遠，實指隱居。

⑧⑥ 與：通「以」。孫興公（即孫綽）少有高志，

蕭條高寄[85]，不與時務經懷[86]，自謂此心無所與讓也。」

桓大司馬下都，問真長曰：「聞會稽王語奇進，爾邪？」劉曰：「極進，然故是第二流中人耳！」桓曰：「第一流復是誰？」劉曰：「正是我輩耳！」

殷侯既廢，桓公語諸人曰：「少時與淵源共騎竹馬，我棄去，己輒取之，故當出我下。」

人問撫軍：「殷浩談竟何如？」答曰：「不能勝人，差可獻酬群心[87]。」

簡文云：「謝安南清令不如其弟[88]，學義不及孔巖，居然自勝[89]。」

未廢海西公時，王元琳問桓元子[90]：「箕子、比干[91]，跡異心同，不審明公孰是孰非？」曰：「仁稱不異，寧為管仲[92]。」

劉丹陽、王長史在瓦官寺集，桓護軍亦在坐，共商略西朝及江左人物。或問：「杜弘治何如衛虎？」桓答曰：「弘治膚清[93]，衛虎奕奕神令[94]。」王、劉善其言。

劉尹撫王長史背曰：「阿奴比丞相[95]，但有都長[96]。」

劉尹、王長史同坐，長史酒酣起舞。劉尹曰：「阿奴今日

早年住在會稽，遊放於山水間十多年。

87 差：比較地，大體上。獻酬：本指主人一再給賓客敬酒，此處指應酬。

88 謝安南：謝奉。其弟：謝聘，字弘遠。

89 自勝：指不受禮俗影響。

90 王元琳：王珣，字元琳，小名法護。桓元子：桓溫，字元子。

91 箕子、比干：商代紂王的兩個叔父。紂王無道，箕子進諫，不被採納，披髮佯狂，降爲奴隸。比干進諫，被紂王殺死。

92 管仲：春秋齊桓公的宰相，幫助齊桓公稱霸諸侯，孔子也稱讚過他的仁德。

93 膚清：外表清麗。

94 衛虎：衛玠，小字虎。奕奕：精神煥發。神令：精神美好。

95 阿奴：對王濛的愛稱。

96 都長：指容貌漂亮，本性淳厚。

97 向子期：向秀，字子期。此處指王濛具有向秀超塵脫俗的韻味。

98 孔西陽：孔嚴，封西陽侯。

99 仲文：指桓溫之婿殷仲文。

100 陵踐：欺壓。處：決斷，處理。

101 遏、胡兒：謝玄，小名遏。謝朗，小名胡兒，謝安的侄兒。

102 潸然：流淚的樣子。

103 璽綬：皇帝的玉璽和拴印的帶子。

不復減向子期97。」

桓公問孔西陽98：「安石何如仲文99？」孔思，未對，反問公曰：「何如？」答曰：「安石居然不可陵踐其處100，故乃勝也。」

謝公與時賢共賞說，遏、胡兒並在坐101。公問李弘度曰：「卿家平陽，何如樂令？」於是李潸然流涕曰102：「趙王篡逆，樂令親授璽綬103。亡伯雅正，恥處亂朝，遂至仰藥104。恐難以相比！此自顯於事實，非私親之言。」謝公語胡兒曰：「有識者果不異人意。」

王脩齡問王長史：「我家臨川，何如卿家宛陵105？」長史未答，脩齡曰：「臨川譽貴。」長史曰：「宛陵未為不貴。」

劉尹至王長史許清言，時苟子年十三106，倚牀邊聽。既去，問父曰：「劉尹語何如尊107？」長史曰：「韶音令辭108，不如我；往輒破的109，勝我。」

謝萬壽春敗後，簡文問郗超：「萬自可敗，那得乃爾失士卒情？」超曰：「伊以率任之性，欲區別智勇。」

劉尹謂謝仁祖曰：「自吾有四友110，門人加親。」謂許玄

---

104 仰藥：服毒。

105 臨川：王羲之，曾任臨川太守。宛凌：王述，曾任宛陵縣令。

106 苟子：王脩，小名苟子，王濛的兒子。

107 尊：對父親的稱呼。

108 韶音令辭：美音美辭。

109 破的：射中箭靶，指談論一語中的。

110 四友：「四」應是「回」的錯寫。此處的回和由，指孔子的學生顏回和仲由（字子路）。劉惔是將對晚輩弟子說的話拿來對待同輩。

111 停：正要。

112 苟子：王脩，小名苟子。

113 會名：將名理融會貫通。

114 許掾：許詢，字玄度，曾被召爲司徒掾。

115 高情遠致：高遠的情趣。

116 弟子：因支道林爲和尚，所以孫興公謙稱弟子。服膺：銘記在心，衷心信服。

117 一吟一詠：寫詩作文。

118 安石：即指謝安和謝萬。

119 相爲：向你，對你。

120 裂眼：睜大眼睛，形容憤怒的狀態。

121 金谷：園名，是晉人石崇在洛陽城外修建的園林。石崇曾大宴賓客，事後寫成〈金谷詩序〉，附錄其詩。蘇紹，年五十，爲首。

122 愔愔：靜寂無聲。道：天地萬物的本源。

123 突兀：高聳突出。

度曰：「自吾有由，惡言不及於耳。」二人皆受而不恨。

世目殷中軍：「思緯淹通，比羊叔子。」

有人問謝安石、王坦之優劣於桓公。桓公停欲言[111]，中悔曰：「卿喜傳人語，不能復語卿。」

王中郎嘗問劉長沙曰：「我何如苟子[112]？」劉答曰：「卿才乃當不勝苟子，然會名處多[113]。」王笑曰：「癡！」

支道林問孫興公：「君何如許掾[114]？」孫曰：「高情遠致[115]，弟子蚤已服膺[116]；一吟一詠[117]，許將北面。」

王右軍問許玄度：「卿自言何如安石[118]？」許未答，王因曰：「安石故相為雄[119]，阿萬當裂眼爭邪[120]？」

劉尹云：「人言江虨田舍，江乃自田宅屯。」

謝公云：「金谷中蘇紹最勝[121]。」紹是石崇姊夫，蘇則孫，愉子也。

劉尹目庾中郎：「雖言不愔愔似道[122]，突兀差可以擬道[123]。」

孫承公云：「謝公清於無奕[124]，潤於林道[125]。」

或問林公：「司州何如二謝[126]？」林公曰：「故當攀安提萬[127]。」

---

[124] 無奕：謝奕，字無奕，是謝安（此處稱謝公）的哥哥。
[125] 林道：陳逵，字林道。
[126] 司州：王胡之，字脩齡，曾召爲司州刺史。
[127] 攀安提萬：介於兩人之間，不及謝安，但超越謝萬。
[128] 造膝：指促膝交談。
[129] 又：通「有」。
[130] 詣：造詣深厚。
[131] 政：通「正」，只，僅僅。朋：同等。
[132] 庾道季：庾和，字道季。
[133] 倫和：條理和諧。
[134] 百：一百倍，此處作動詞使用。
[135] 王僧恩：王禕之，小名僧恩，王藍田（王述，字藍田）的兒子。
[136] 汝兄：王坦之，坦之與支道林不相投。
[137] 體：根本，此處指道德品行。
[138] 無骨幹：身體肥胖到好像沒有骨骼一樣。
[139] 膚立：指外表形象挺拔。
[140] 林公：支道林。下文又稱支。
[141] 勤著腳：努力。
[142] 裁：通「才」。
[143] 超拔：超塵拔俗。
[144] 懍懍：也作「凜凜」，受敬畏的樣子。
[145] 曹蜍、李志：兩人憨厚但缺乏才智，任官但功業不顯。見在：現在還活著。

孫興公、許玄度皆一時名流。或重許高情，則鄙孫穢行；或愛孫才藻，而無取於許。

郗嘉賓道謝公：「造膝雖不深徹[128]，而纏綿綸至。」又曰[129]：「右軍詣嘉賓[130]。」嘉賓聞之云：「不得稱詣，政得謂之朋耳[131]！」謝公以嘉賓言為得。

庾道季云[132]：「思理倫和[133]，吾愧康伯；志力彊正，吾愧文度。自此以還，吾皆百之[134]。」

王僧恩輕林公[135]，藍田曰：「勿學汝兄[136]，汝兄自不如伊。」

簡文問孫興公：「袁羊何似？」答曰：「不知者不負其才；知之者無取其體[137]。」

蔡叔子云：「韓康伯雖無骨幹[138]，然亦膚立[139]。」

郗嘉賓問謝太傅曰：「林公談何如嵇公[140]？」謝云：「嵇公勤著腳[141]，裁可得去耳[142]。」又問：「殷何如支？」謝曰：「正爾有超拔[143]，支乃過殷。然亹亹論辯，恐殷欲制支。」

庾道季云：「廉頗、藺相如雖千載上死人，懍懍恒如有生氣[144]。曹蜍、李志雖見在[145]，厭厭如九泉下人[146]。人皆如此，

---

[146] 厭厭：形容精神不振。
[147] 結繩而治：遠古時代沒有文字，使用結繩記事的方法處理政事。
[148] 猯狢：豬獾和狗獾。
[149] 君家：君，您。
[150] 殷洪遠：殷融，字洪遠。
[151] 林公：支道林和尚。庾公：庾亮。
[152] 沒：淹沒，超過。
[153] 謝過：謝玄，小名過，謝安的侄兒。竹林：竹林七賢。
[154] 臧貶：褒貶。竹林七賢在當時聲望很高，所以一般人不評論其中的優劣。
[155] 窟窟：也作「搰搰」，用力的樣子。
[156] 王孝伯：王恭，字孝伯，長史王濛的孫子。
[157] 奇自知：非常了解自己。
[158] 王黃門：王徽之，字子猷，王羲之的兒子，曾任黃門侍郎。
[159] 子重：王操之，字子重。
[160] 子敬：王獻之，字子敬。子敬是所有兄弟中最小的。
[161] 吉人：善良的人，賢明的人。
[162] 躁人：急躁的人。
[163] 王子敬擅長草書和隸書，當時有人認爲他的書法功力比不上他的父親王羲之，比較秀媚；有的則認爲他的父親比不上他。
[164] 韶興：美好的意趣。

便可結繩而治[147]，但恐狐狸猯狢噉盡[148]。」

衛君長是蕭祖周婦兄，謝公問孫僧奴：「君家道衛君長云何[149]？」孫曰：「云是世業人。」謝曰：「殊不爾，衛自是理義人。」于時以比殷洪遠[150]。

王子敬問謝公：「林公何如庾公[151]？」謝殊不受，答曰：「先輩初無論，庾公自足沒林公[152]。」

謝遏諸人共道「竹林」優劣[153]，謝公云：「先輩初不臧貶七賢[154]。」

有人以王中郎比車騎，車騎聞之曰：「伊窟窟成就[155]。」

謝太傅謂王孝伯[156]：「劉尹亦奇自知[157]，然不言勝長史。」

王黃門兄弟三人俱詣謝公[158]，子猷、子重多說俗事[159]，子敬寒溫而已[160]。既出，坐客問謝公：「向三賢孰愈？」謝公曰：「小者最勝。」客曰：「何以知之？」謝公曰：「吉人之辭寡[161]，躁人之辭多[162]，推此知之。」

謝公問王子敬：「君書何如君家尊？」答曰：「固當不同。」公曰：「外人論殊不爾[163]。」王曰：「外人那得知？」

王孝伯問謝太傅：「林公何如長史？」太傅曰：「長史韶

---

[165] 義理並非王子敬所長，但他能綜合各家情致，所以擅名一時。

[166] 撮：聚合。王、劉之標：王濛、劉惔的風度。

[167] 君祖：王濛。

[168] 逮：達到，趕上。

[169] 《晉書》記載，王濛和劉惔兩人齊名，並且友好，王孝伯又「慕劉惔之爲人」。但此處，王孝伯實際上是說他的祖父勝過劉惔。

[170] 已入：已經進入朝廷，此處指彥伯擔任吏部郎一職。

[171] 頓：捨棄，消除。興往：邁進，指勇往直進。

[172] 捶撻：此處指處分官吏的杖刑。郎官如有過錯，便受杖刑，因此多數人不願擔任此職務。王濛曾由長山縣令調任司徒左西屬，他認爲此職有過失則應受杖，便上表辭讓，雖下詔對他可以停罰，但他仍不肯就職。

[173] 小卻：稍稍推辭一下，即表示不接受。王子敬希望袁彥伯也上表辭讓，或可能停罰。

[174] 差：病好了，此處指好。

[175] 贊：文體的一種，放在人物傳記的結尾，作爲總評，內容主要是褒貶人物。

[176] 長卿慢世：《高士傳》中的讚語。長卿，司馬相如，字長卿。慢世，怠慢世事，玩世不恭。

[177] 袁侍中：袁恪之，字元祖，曾任黃門侍郎、侍中，因此稱之。

[178] 荊門：柴門，指貧苦人家用木頭、樹枝所編織

興164。」問：「何如劉尹？」謝曰：「噫！劉尹秀。」王曰：「若如公言，並不如此二人邪？」謝云：「身意正爾也。」

人有問太傅：「子敬可是先輩誰比165？」謝曰：「阿敬近撮王、劉之標166。」

謝公語孝伯：「君祖比劉尹167，故為得逮168。」孝伯云：「劉尹非不能逮，直不逮169。」

袁彥伯為吏部郎，子敬與郗嘉賓書曰：「彥伯已入170，殊足頓興往之氣171。故知捶撻自難為人172，冀小卻173，當復差耳174。」

王子猷、子敬兄弟共賞《高士傳》人及贊175。子敬賞井丹高潔，子猷云：「未若長卿慢世176。」

有人問袁侍中曰177：「殷仲堪何如韓康伯？」答曰：「理義所得，優劣乃復未辨；然門庭蕭寂，居然有名士風流，殷不及韓。」故殷作誄云：「荊門晝掩178，閑庭晏然179。」

王子敬問謝公：「嘉賓何如道季？」答曰：「道季誠復鈔撮清悟180，嘉賓故自上181。」

王珣疾，臨困182，問王武岡曰183：「世論以我家領軍比誰184？」武岡曰：「世以比王北中郎185。」東亭轉臥向壁，歎曰：

而成的門。

179 晏然：安安靜靜。殷仲堪能清談，擅長寫文章，在清談名理方面和韓康伯齊名。此處袁恪之避開義理，只就風流一事比較其間優劣。

180 鈔撮：聚集。此處指庾道季清談時，能學習別人，匯集他人清虛善悟的優點。

181 上：出眾，傑出。謝安認爲嘉賓勝過道季。

182 臨困：臨死。困，病重。

183 王武岡：王謐，王導的孫子，襲爵武岡侯。

184 領軍：指王洽，王導的兒子，王珣的父親，名聲響亮，曾任吳郡內史，調任領軍，不久又加中書令。

185 王北中郎：王坦之，任北中郎將。

186 無年：無壽。王珣認爲他父親的人品才德超過王坦之，但因早死，所以聲望不大，世人因此將他和王坦之相比。

187 濃至：指道德深厚到極致。

188 虛：謙虛。

189 融：恬適，指通達。

190 司州：王胡之，曾任司州刺史。此處說明右軍將軍王羲之勝過支道林，而支道林勝過王胡之。貴徹：尊貴通達。

191 卿第七叔：指王獻之。王楨之是王徽之的兒子，王羲之的孫子，歷任侍中、大司馬長史。

192 咽氣：氣塞，屏氣，此處指緊張得喘不過氣。桓玄性情暴烈，又酷愛書畫，喜歡二王的書

「人固不可以無年[186]！」

王孝伯道謝公：「濃至[187]。」又曰：「長史虛[188]，劉尹秀，謝公融[189]。」

王孝伯問謝公：「林公何如右軍？」謝曰：「右軍勝林公，林公在司州前亦貴徹[190]。」

桓玄為太傅，大會，朝臣畢集。坐裁竟，問王楨之曰：「我何如卿第七叔[191]？」于時賓客為之咽氣[192]。王徐徐答曰：「亡叔是一時之標，公是千載之英。」一坐懽然。

桓玄問劉太常曰[193]：「我何如謝太傅？」劉答曰：「公高，太傅深。」又曰：「何如賢舅子敬？」答曰：「樝、梨、橘、柚[194]，各有其美。」

舊以桓謙比殷仲文[195]。桓玄時，仲文入，桓於庭中望見之[196]，謂同坐曰：「我家中軍，那得及此也！」

法，總是以王獻之自比。王楨之如果回答不好，便會觸怒於他。

193 劉太常：劉瑾，字仲璋，歷任尚書、太常卿。他的母親是王羲之的女兒、王子敬（王獻之）的姐妹。

194 樝：山楂。柚：柚子。指幾種水果味道不同，卻都很可口，借指兩人各有各的長處。

195 殷仲文：桓玄的姐夫，投奔桓玄任咨議參軍。才華洋溢，容貌風度美麗，爲世所重。

196 指桓玄攻下建康，自稱皇帝時。桓玄篡位後，任用堂兄弟桓謙爲尚書左僕射，兼吏部，加中軍將軍。故下文直稱中軍。

汝南郡陳仲舉、潁川郡李元禮兩人，人們談論他們的成就和德行時，無法決定其中的優劣。蔡伯喈評論：「陳仲舉敢於冒犯上司，李元禮嚴於整飭下屬。冒犯上司難，但整飭下屬容易。」陳仲舉的名次就此排在三君之後，李元禮排在八俊之前。

龐士元抵達吳地時，吳人都和他交朋友。他見到陸績、顧劭、全琮三人，就替他們三人下評語：「陸君可謂能用來代步的駕馬，顧君可謂能駕車載重物並走遠路的駕牛。」有人問：「真如你的評語一般，陸君勝過顧君嗎？」龐士元說：「駕馬就算跑得再快，也只能載一個人而已。駕牛一天雖然只走一百里，但所載運的豈止一個人而已呢？」吳人無話可說。又說：「全君有很好的名聲，如同汝南郡樊子昭。」

顧劭曾和龐士元徹夜暢談，他問龐士元：「聽說您因善於識別人才而聞名，我和您兩人誰更好呢？」龐士元說：「移風易俗，順應潮流，這點我比不上您；談論歷代帝王統治的策略，掌握事物因果變化的要害，這方面我比你稍強一些。」顧劭也認為他的話恰如其分。

諸葛謹和弟弟諸葛亮，以及堂弟諸葛誕都名聞遐邇，各在一個國家任職。當時，人們認為蜀國得到了龍，吳國得到了虎，魏國得到了狗。諸葛誕在魏國時，和夏侯玄齊名。諸葛謹在吳國時，朝廷官員皆佩服他的寬宏大量。

晉文王司馬昭問武陔：「陳玄伯和他的父親相比，如何？」武陔說：「他的父親通雅博暢，以樹立君主的聲威和推行教化為自己的志業來說，陳玄伯比不上他父親。但明練簡至、建功立業，陳玄伯則超越他父親。」

正始年間，知名人士對比並且評論人物時，總用荀氏家族中的五位和陳氏家族中的五位對比：荀淑對比陳寔，荀靖對比陳諶，荀爽對比陳紀，荀彧對比陳群，荀顗對比陳泰。又比較裴氏家族中的八位和王氏家族中的八位：裴徽對比王祥，裴楷對比王夷甫，裴康對比王綏，裴綽對比王澄，裴瓚對比王敦，裴遐對比王導，裴頠對比王戎，裴邈對比王玄。

冀州刺史楊淮的兩個兒子楊喬和楊髦，幼年時就已成名。楊淮和裴頠、樂廣兩人友好，就令兩個兒子去拜見他們。裴頠稟性寬宏正直，因此喜愛楊喬高雅的風度，他對楊淮說：「楊喬將會趕上你，但楊髦稍差一點。」樂廣稟性清廉淳厚，因此喜愛楊髦高貴的品德，他對楊淮說：「楊喬自然能追上你，但楊髦將較為優秀。」楊淮笑著說：「我兩個兒子的長處和短處，就是裴頠與樂廣的長處和短處。」評論家品評二人的看法，認為楊喬雖風度高雅，但品德修養還不夠完美，樂廣的話比較正確。不過兩人皆為後起之秀。

劉令言初到洛陽時，見到諸多名士，感慨地說：「王夷甫過於精明，樂彥輔是我所崇敬的人，張茂先是我所不理解的人。周弘武能巧妙地運用自己的短處，杜方叔則不善於發揮自己的長處。」

王夷甫說：「閭丘沖超越滿奮和郝隆。這三人同為優秀人才，但閭丘沖為其中最優秀顯貴的。」

王夷甫將東海太守王承和尚書令樂廣並列，因此北中郎將王坦之替王承寫的碑文上說：「當時，王承和樂廣齊為受稱讚的榜樣。」

從事中郎庾子嵩和王平子並駕齊驅。

西晉時，大將軍王敦每次見到武城侯周伯仁，總忍不住害怕地拿扇子遮臉。到了江南後，便不再這樣。王敦嘆道：「不知道是我有長進了，還是伯仁退步了呢？」

晉元帝時，會稽郡虞騤和桓溫是同僚，此人既有才思，聲望又高。丞相王導曾對他說：「孔愉有三公的才能，卻沒有三公的名望；丁潭有三公的名望，卻沒有三公的才能；這兩方面兼而有之的，大概只有你吧？」但虞騤在還沒登上高位前，就死了。

晉明帝問周顗：「你認為自己和郗鑒相比，誰更加優秀呢？」周顗說：「郗鑒和臣相比，似乎更有素養。」明帝又問郗鑒，他說：「周顗和臣相比，他更有國士家風。」

大將軍王敦從武昌東下建康後，庾亮問他：「聽說你有四位好友，是哪些人呢？」王敦回答：「您家的中郎、我家的太尉、阿平和胡毋彥國。阿平自然是最差的。」庾亮說：「他似乎不是最差的。」庾亮又問：「哪一位最為出眾呢？」王敦說：「自然有那個人存在。」庾亮又追問：「是哪一位呢？」王敦說：「唉！自有公論。」左右踩了一下庾亮的腳示意，庾亮這才沒有繼續追問下去。

有人問丞相王導：「周顗與和嶠相比如何？」王導回答：「長輿如高山一般屹立不搖。」

晉明帝問謝鯤：「君認為自己和庾亮相比，誰比較優秀呢？」謝鯤回答：「以禮制整治朝廷，作為百官效法的榜樣，臣不如庾亮。但說到寄情於山水的志趣，我自認為超越他。」

丞相王導有兩個弟弟沒有到江南，一個名王穎，一個名王敞。眾人將王穎和鄧伯道並列，將王敞和溫嶠並列，兩人分別任議郎和祭酒。

晉明帝問武城侯周顗：「眾人將你和郗鑒相提並論，你認為如何呢？」周顗說：「陛下不必將周顗與他比較。」丞相王導說：「洛陽的輿論將我和安期、千里相提並論，我也推重他們。希望大家共同推重太尉，因為此人才能出眾。」

宋禕曾為大將軍王敦的侍妾，後來又歸屬鎮西將軍謝尚。謝尚問宋禕：「我和王敦相比如何呢？」宋禕回答：「王氏和使君相比，只是用農家與貴人比較而已啊！」這是因為謝尚容貌艷麗的緣故。

晉明帝問周伯仁：「你覺得自己和庾元規相比，誰較為優秀呢？」周伯仁回答：「論退隱山林，逍遙世外，庾亮比不上臣。至於周旋於朝廷之上，臣比不上庾亮。」

丞相王導聘請藍田侯王述任屬官時，庾亮問王導：「藍田如何呢？」王導說：「此人真率突出，簡約尊貴，這點不比他的父親和祖父遜色，但在曠達淡泊這方面，還是依舊比不上。」

卞望之說：「郗公身上有三種矛盾的特質。侍奉君主很正直，卻喜歡下級奉承自己，這是第一點；很注意清廉節操方面的修養，卻非常計較財物的得失，這是第二點；喜歡讀書，卻討厭他人研究學問，這是第三點。」

眾人評論溫太真是從江北來的第二等人物中，名列前茅的人。名士們一起品評人物，當第一等人快要列舉完畢時，溫太真緊張得臉色發白。

丞相王導說：「見到謝仁祖時，常常使人意氣高昂。」和何次道談話時，他只用手指著他說：「就是這樣！」

何次道就任宰相後，有人指責他相信不值得信任的人。阮思曠感慨地說：「次道自然不會如此。但一個平民能夠越級到宰相的地位，遺憾的是，只有這一條路可以走啊！」

右軍將軍王逸少年輕時，丞相王導說：「逸少怎麼會次於萬安呢？」

司空郗鑒家有個僕人，知曉文辭，對任何事都有見識。右軍將軍王羲之對丹陽尹劉惔稱讚他，劉惔問道：「那他和方回相比，如何？」王羲之說：「這只是小人有一點志向而已啊！怎麼能和方回相比呢？」劉惔說：「如果比不上方回，那仍舊只是個普通的奴僕而已啊！」

當時士人評論阮思曠：「他的骨氣比不上王右軍，簡約內秀比不上劉真長，華美柔潤比不上王仲祖，才思韻味比不上殷淵源，可是卻兼有這幾個人的長處。」

簡文帝說：「何平叔的精巧言辭連累了他所說的道理，導致沒有說服力；嵇叔夜的奇才妨礙了他的主張，導致無法實現。」

當時士人評論晉武帝令齊王歸國和確立惠帝的太子地位兩件事，哪一項是較嚴重的失誤。多數人認為確立惠帝一事失誤較大。桓溫說：「不是的，讓兒子繼承父親的事業，讓弟弟治理王國，有什麼不可以呢？」

有人問殷淵源：「當代的顯貴將你和裴叔道並列，你認為如何？」殷淵源說：「當然是因為我們都能運用識見，疏通疑義。」

撫軍問殷浩：「你和裴逸民相比，如何？」過了很久之後，殷浩才回答：「我當然是超越他。」

桓溫年輕時和殷浩一樣，名聲顯赫，因此常有與之競爭的心。桓溫問殷浩：「你和我相比，誰比較優秀呢？」殷浩回答：「我和我自己長期相處，因此寧願做我自己。」

撫軍司馬昱問孫興公：「劉真長這個人如何？」孫興公回答：「他的清談清新華美，稟性簡約美好。」又問：「那王仲祖如何？」孫興公回答：「溫和柔潤，恬靜平和。」又問：「那桓溫如何？」孫興公說：「高尚爽朗，神態超逸。」又問：「那謝仁祖如何？」孫興公說：「清廉平易，美好通達。」又問：「那阮思曠如何？」孫興公說：「寬大柔潤，精深廣闊。」又問：「那袁羊如何？」孫興公說：「談吐清雅，滔滔不絕。」又問：「那殷洪遠如何？」孫興公回答：「有新穎的思想情趣。」又問：「那你認為自己如何呢？」孫興公說：「下官所擅長的事，全比不上諸位賢達。至於考慮時勢的需要、全面把握時局，也大多不及他們。但我這個沒有才能的人，依舊時常寄懷於超脫的境界，讚美古代的《老子》、《莊子》，逍遙自在，寄情高遠，不讓世事打擾自己的心志，我自認這種胸懷是無可推讓的。」

大司馬桓溫到京都後，問劉真長：「聽說會稽王的清談有非常大的進步，是這樣嗎？」劉真長說：「是有進步，但仍舊是第二流中的人而已啊！」桓溫說：「那第一流的人又是誰呢？」劉真長說：「正是我們這些人啊！」

殷浩被罷官後，桓溫對大家說：「小時候我和淵源一起騎竹馬遊玩，我扔掉的竹馬，他卻總是在撿來騎，可知他本就不如我。」

有人問撫軍司馬昱：「殷浩的清談究竟如何呢？」撫軍回答：「無法超越別人，但大致能滿足大家的心願。」

簡文帝說：「謝安南在清雅善美上不如他的弟弟，學識上不如孔嚴，但顯然也有自己的優越之處。」

還未罷黜海西公時，王元琳問桓元子：「箕子和比干兩人，雖然有不同的做事方法，但心意是相同的，不知道您肯定或否定誰呢？」桓元子說：「如果他們都稱為仁人，那我寧願作為管仲。」

丹陽尹劉惔和司徒左長史王濛在瓦官寺聚會時，護軍將軍桓伊也在座，眾人一起評價西晉和江南有聲望的人士。有人問：「杜弘治和衛虎相比，誰比較優秀呢？」桓伊回答：「弘治外表清麗，衛虎神采奕奕。」王濛和劉惔都認為他的評論很好。

丹陽尹劉惔拍著長史王濛的背說：「你和王丞相互相比較，比他漂亮淳厚。」

丹陽尹劉惔和長史王濛坐在一起，王濛酒酣耳熱之際，便開始跳舞。劉惔說：「你今天不比向子期遜色了。」

桓溫詢問西陽侯孔嚴：「安石和仲文相比，誰比較優秀呢？」孔嚴考慮著沒有回答，反問桓溫：「您認為呢？」桓溫回答：「安石顯然使人無法壓制他的決斷，自然就略勝一籌了。」

謝安和賢達們一同讚賞並評論人物，謝玄和謝朗都在座。謝安問李弘度：「你家平陽和樂令相比，如何？」這時，李弘度淚流不止地說：「趙王叛逆篡位時，樂令親自奉獻皇帝的玉璽和栓印的帶子。亡伯為人正直，恥於在叛賊的朝廷中任官，服毒身死。兩人恐怕難以相比啊！這些自有事實證明，並不是我偏袒親人。」謝安對謝朗說：「有識之士果然和人民的願望都是相同的。」

王脩齡問長史王濛：「我家的臨川和你家的宛陵相比，誰比較優秀呢？」王濛還沒有回答，王脩齡又說：「臨川名聲好並且尊貴。」王濛說：「宛陵也不算不尊貴。」

丹陽尹劉惔到長史王濛家中清談，這時苟子十三歲，他靠在坐床邊傾聽。劉惔走後，苟子問他的父親：「劉尹的談論和父親相比，如何？」王濛說：「論音調的抑揚頓挫，言辭的優美，他不如我。至於一談就能切中玄理，這點卻比我優秀。」

謝萬在壽春縣戰敗後，簡文帝問郗超：「謝萬自然可能被打敗，但怎麼還會失去士兵們的愛戴之情呢？」郗超說：「他憑著任性放縱的性格，想將智謀和勇敢區分開來。」

丹陽尹劉惔對謝仁祖說：「自從我有了如顏回般的你，學生便更加親近於我了。」又對許玄度說：「自從我有了如仲由般的你，便再也聽不到對我不滿的話了。」兩人都容忍劉惔的說法而沒有怨言。

世人評論中軍將軍殷浩：「思路寬廣通暢，可以和羊叔子並駕齊驅。」

有人向桓溫詢問謝安石和王坦之的優劣。桓溫正要說，但又後悔，便說：「你喜歡八卦別人所說的話，因此我不能告訴你。」

北中郎將王坦之曾問長沙相劉奭：「我和荀子相比，如何？」劉奭回答：「你的才學本來是無法超越荀子，可是領會名理的地方卻比他優秀。」王坦之笑著說：「傻話！」

支道林問孫興公：「您和許掾相比，如何？」孫興公說：「論情趣高遠，弟子對他已心悅誠服。但若說到吟詩詠志，許掾卻要拜我為師。」

右軍將軍王羲之問許玄度：「你認為自己和安石、萬石相比，誰必較優秀呢？」許玄度還未回答，王羲之便說：「安石對你稱雄，但阿萬卻會對你怒目而視吧？」

丹陽尹劉惔說：「人們談論江虨像個農家子，認為他土氣。江虨其實是在村莊裡自營田地、房舍，自種自收。」

謝安說：「在金谷園的聚會中，蘇紹的詩最為優秀。」蘇紹是石崇的姊夫，蘇則的孫子，蘇愉的兒子。

丹陽尹劉惔評論從事中郎庾敳：「雖然他的言談不像道那般寂靜無為，但是其中的突出之處大致能和道相比。」

孫承公說：「謝公比無奕高潔，比林道濕和寬厚。」

有人問支道林：「司州和謝家兩兄弟相比，如何？」支道林說：「他當然是仰望謝安，超越謝萬。」

孫興公和許玄度都是當時的名流。有人看重許玄度的高遠情趣，便鄙視孫興公的醜惡行為；有人喜愛孫興公的才華，便認為許玄度毫無可取之處。

郗嘉賓評論謝安：「議論雖然不深透，但情意卻特別深厚。」有人說：「右軍造詣更深。」嘉賓聽到後說：「不能說他造詣很深，只能說兩人不相上下而已。」謝安認為嘉賓的話說得很對。

庾道季說：「要論思路條理清楚，我自認不如康伯；但論志氣堅強不屈，我自認不如文度。除此之外的人，我都超越他們一百倍。」

王僧恩輕視支道林，藍田侯王述告訴他：「不要學你的哥哥，你哥哥本來就比不上他。」

簡文帝問孫興公：「你認為袁羊如何？」孫興公回答：「不了解他的人不會看不到他的才能，了解他的人看不起他的品德。」

蔡叔子說：「韓康伯雖然肥胖，但體型壯美，還算過得去。」

郗嘉賓問太傅謝安：「林公的清談與嵇公相比，如何？」謝安說：「嵇公必須馬不停蹄，才得以前進。」嘉賓又問：「殷浩和支道林相比，如何？」謝安說：「只有超脫塵俗這方面，支道林才勝過殷浩。但在娓娓不倦的辯論方面，殷浩的口才可以壓制支道林。」

庾道季說：「廉頗和藺相如雖是千年以上的古人，卻依舊正氣凜然，經常使人感到敬畏不已。曹蜍和李志雖都還活著，卻精神委靡地如同墳墓裡的死人一樣。如果人人都像曹、李那樣，那乾脆回到結繩而治的原始時代罷了。只是野獸可能會把人都吃光。」

衛君長是蕭祖周的大舅子，有一次謝安問孫僧奴：「您認為衛君長這個人如何呢？」孫僧奴說：「聽說是個俗事纏身的人。」謝安說：「不是這樣的，衛君長是個研究名理的人。」當時人們將衛君長和殷洪遠並列。

王子敬問謝安：「林公和庾公相比，如何呢？」謝安不同意這樣相提並論，回答：「前輩從來沒有這樣相比較過，庾公自然能超越林公。」

謝遏等人一起談論竹林七賢的優劣，謝安說：「前輩從不褒貶七賢。」

有人將北中郎將王坦之和車騎將軍謝玄並列，謝玄聽說這事後，就說：「他努力做出了成績。」

太傅謝安對王孝伯說：「劉尹也非常了解自己，他的不言語勝過長史。」

黃門侍郎王子猷兄弟三人一同拜見謝安，子猷和子重大多談論日常事務，子敬不過寒暄幾句而已。三人走後，在座的客人問謝安：「剛才那三位賢士誰比較優秀呢？」謝安說：「小的最好。」客人問：「你怎麼知道呢？」謝安說：「善良的人話少，急躁的人話多。我是從這兩句話推斷出來的。」

謝安問王子敬：「您的書法和令尊相比，如何？」子敬回答：「本就不同。」謝安說：「外面的議論不是如此。」王子敬說：「外人哪裡會明白呢？」

王孝伯問太傅謝安：「林公和長史相比，如何？」謝安說：「長史的清談意趣清新。」王孝伯又問：「那和劉尹相比呢？」謝安說：「哎！劉尹才能出眾。」王孝伯說：「如果像您說的那樣，他完全比不上這兩個人嗎？」謝安說：「我的意思正是如此。」

有人問太傅謝安：「子敬可以和哪一位前輩相提並論呢？」謝安說：「阿敬集結了王濛、劉惔兩人的風度。」

謝安對王孝伯說：「您的祖父和劉尹齊名，自然能夠做到如他那般。」王孝伯說：「劉尹那樣的名聲並不難以達成，只是祖父不那樣做。」

袁彥伯擔任吏部郎時，王子敬寫信給郗嘉賓：「彥伯已入朝就職，這個官職特別容易傷了人的志氣。受了杖刑就很難做人，因此希望他能稍稍推辭，這樣便好了。」

王子猷和子敬兄弟兩人一起欣賞《高士傳》一書所記載的人和所寫的贊，子敬欣賞井丹的高潔，子猷說：「不如長卿的玩世不恭。」

有人問侍中袁恪之：「殷仲堪和韓康伯相比，誰比較優秀呢？」袁恪之回答：「兩人義理上的成就，其優劣尚未辨明。門庭閒靜，保存著名士風雅這一點，殷仲堪不及韓康伯。」因此，殷仲堪在哀悼韓康伯的誄文上說：「柴門白天也關閉，清幽的庭院安安靜靜。」

王子敬問謝安：「嘉賓和道季相比，誰比較優秀呢？」謝安回答：「道季的清談集結他人的清虛善悟，嘉賓卻本來就甚為出眾。」

王珣病重臨死時，問武岡侯王謐：「輿論將我家領軍和誰相提並論呢？」武岡侯說：「世人把他和王北中郎並列。」東亭侯王珣翻身面向牆壁，嘆氣說：「人確實不能英年早逝啊！」

王孝伯評論謝安道德深厚。又說：「長史謙虛寬和，劉尹才智出眾，謝公和樂通達。」

王孝伯問謝安：「林公和右軍相比，誰比較優秀呢？」謝安說：「右軍勝過林公。但林公和司州相比，還是尊貴而通達的。」

桓玄任太傅時，大會賓客，朝中大臣全都出席。大家入座後，桓玄便問王楨之：「我和你的七叔相比，誰比較優秀呢？」在座的賓客都為王楨之緊張得不敢喘氣。王楨之從容地回答：「亡叔只是一代的楷模，您卻是千古的英才。」滿座的人都一片歡喜。

桓玄詢問太常劉瑾：「我和謝太傅相比，如何？」劉瑾回答：「公高明，太傅深厚。」桓玄又問：「那和賢舅子敬相比，如何？」劉瑾回答：「山楂、梨子、橘子、柚子，各有各的美味。」

從前總是將桓謙和殷仲文相提並論。桓玄稱帝時，仲文入朝，桓玄在廳堂上望見他，對同座的人說：「我家的中軍哪裡及的上這個人啊！」

源來如此

品藻指評論人物優劣。方式就是將兩個人對比而論，一般是指出各有所長，只有部分條目點出高下之別，有時也會只就一個人的不同情況而論。例如記載有人問撫軍：「殷浩談竟何如？」答曰：「不能勝人，差可獻酬群心。」這是從不同角度說明同一人的清談，有高下之別，但是沒有貶損。從中可看出品評者總是迴避指責別人，都是善意的。所對比的兩人通常為同個時代的，當然也有使用古今對比的。不一定要說出對比內容，只要說明某人與某人相當，某人超過或不如某人時，他人便明白所指為何。

評論所涉及的內容同〈賞譽〉一樣廣泛，諸如品德、才學、功業、聲威、風度、骨氣、高潔、尊貴、出仕、歸隱、清談、吟詠等，都受到重視。也可從中探究魏晉士族階層所講究的各種層面。

作文撇步

1. **感嘆：**借助感嘆方式，形成呼聲或類似呼聲的效果，強調內心的憤怒、驚訝、讚嘆、痛苦、無奈、悲傷、歡樂、譏嘲、懷念等情緒。

例1：又問：「何者是？」王曰：「**噫！**其自有公論。」左右躡公，公乃止。

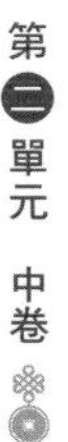

例2：問：「何如劉尹？」謝曰：「**噫！**劉尹秀。」

例3：小人之好議論，不樂成人之美，**如是哉！**（唐代韓愈〈張中丞傳後敘〉）

例4：**喲！**我就是香港總督，香港的城隍爺，管這一方的百姓，**我也管不到你頭上啊！**（張愛玲《傾城之戀》）

成語集錦

1. 公才公望：指具有三公或輔弼大臣的才識和名望。

原典 會稽虞騤，元皇時與桓宣武同俠，其人有才理勝望。王丞相嘗謂騤曰：「孔愉有公才而無公望，丁潭有公望而無公才，兼之者其在卿乎？」騤未達而喪。

書證1：時文憲作宰，賓客盈門，見暕相謂曰：「公才公望，復在此矣。」（《梁書．王暕傳》）

書證2：然公才公望，聖主探知，卿貳之遷，定當不遠。（清代袁枚《小倉山房尺牘》）

2. 自有公論：指事情的是非曲直，公眾自然會有評論。

原典 王大將軍下，庾公問：「聞卿有四友，何者是？」答曰：「君家中郎、我家太尉、阿平、胡毋彥國。阿平故當最劣。」庾曰：「似未肯劣。」庾又問：「何者居其右？」王曰：「自有人。」又問：「何者是？」王曰：「噫！其自有公論。」左右躡公，公乃止。

3. 子繼父業：兒子繼承父親的事業。

原典　時人共論晉武帝出齊王之與立惠帝，其失孰多？多謂立惠帝為重。桓溫曰：「不然，使子繼父業，弟承家祀，有何不可？」

4. 二童一馬：後用以指少年時代的好友。

原典　殷侯既廢，桓公語諸人曰：「少時與淵源共騎竹馬，我棄去，己輒取之，故當出我下。」

高手過招

1. （　）「**我無爾詐，爾無我虞。**」（《**左傳．宣公十五年**》）**所言及的道德修養與下列何者相近？**
   A. 言忠信，行篤敬。（《論語．衛靈公》）
   B. 君子成人之美，不成人之惡。（《論語．顏淵》）
   C. 小人閑居，為不善，無所不至。（《禮記．大學》）
   D. 吉人之辭寡，躁人之辭多。（《世說新語．品藻》）

解答：

1. A

典故 江左風流宰相——謝安

謝安，字安石，陳郡陽夏人，東晉政治家、軍事家。謝安少年時已在上層社會擁有非常高的聲譽，但他不願被聲名所累，多次以身體不適為由拒絕朝廷的任命。與高官厚祿相比，謝安更鍾情於幽游隱居的生活。他隱居於會稽郡的東山，與名士高僧捕魚打獵、吟詩作對，悠閒度日。哪怕朝廷不斷多次徵召，謝安也依舊婉拒。

謝安一直不願出仕，直到其弟謝萬在北伐時失誤，被貶為庶人，謝氏家族的權勢也因此受到威脅，他才在不惑之年入桓溫幕府為司馬，就如會稽王司馬昱所言：「謝安既然能與人同樂，也必能與人同憂。」後世所說的「東山再起」成語典故，也是出自於此處。

西元三七一年，桓溫廢司馬奕，改立司馬昱為帝，實際控制了東晉的所有州府，聲勢如日中天。謝安與另外兩大士族——太原王氏和琅琊王氏的王坦之、王彪之等人聯合，與之周旋。西元三七二年簡文帝病重之時，逼簡文帝改寫遺詔，阻止簡文帝打算將政權拱手讓給桓溫的打算。桓溫得知後，率軍入京，欲「誅王謝，移晉鼎」，謝安與王坦之前去新亭迎接，王坦之慌亂不已，以至於在見到桓溫以後倒持笏版，汗濕重衣。謝安卻很鎮定，不僅在臨行前安慰王坦之說：「晉祚存亡，在此一行。」並在見到桓溫後，從容就席，問桓溫：「安聞諸侯有道，守在四鄰，明公何須壁後置人邪？」桓溫笑答：「正自不能不爾耳。」二人笑著談了很久，一場大禍化解於無形。桓溫病重後，想讓朝廷加九錫於自己，讓袁宏起草。謝安見了以後，總是藉故修改，拖延時間。桓溫病故後，加九錫的事情也就不再被提起。之後，謝安一直盡心於王室，竭力輔政。後來因功高遭忌，不得不前往廣陵避禍。西元三八五年，病逝於建康，時年六十六歲，謚號文靖。

規箴篇

本篇記載魏晉名士對於他人不恰當的言行所進行的規勸和諫誡。此處的規箴多是善意的，富有教育及啟發作用。

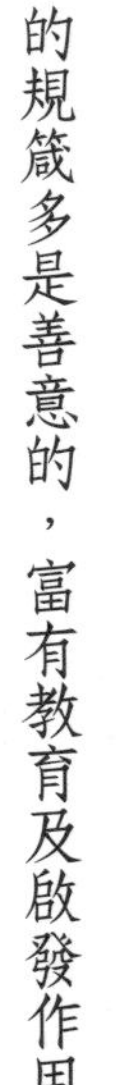

漢武帝乳母，嘗於外犯事，帝欲申憲❶，乳母求救東方朔❷。朔曰：「此非脣舌所爭，爾必望濟者，將去時但當屢顧帝，慎勿言！此或可萬一冀耳。」乳母既至，朔亦侍側，因謂曰：「汝癡耳！帝豈復憶汝乳哺時恩邪？」帝雖才雄心忍❸，亦深有情戀，乃悽然愍之❹，即敕免罪。

京房與漢元帝共論，因問帝：「幽、厲之君何以亡❺？所任何人？」答曰：「其任人不忠。」房曰：「知不忠而任之，何邪？」曰：「亡國之君，各賢其臣，豈知不忠而任之？」房稽首曰❻：「將恐今之視古，亦猶後之視今也❼。」

陳元方遭父喪，哭泣哀慟，軀體骨立。其母愍之，竊以錦被蒙上。郭林宗弔而見之，謂曰：「卿海內之儁才，四方是則

【說文解字】

❶ 申憲：申明法令，指執行法令。
❷ 東方朔：漢武帝時任侍中。
❸ 心忍：心狠。
❹ 悽然：形容悲傷。愍：憐憫。
❺ 幽、厲之君：幽指周幽王，厲指周厲王。兩人皆是暴虐之君。
❻ 稽首：最恭敬的禮節，跪下且頭至地。
❼ 漢元帝的親信中書令石顯和尚書令五鹿充宗專權，京房認爲他們將會犯上作亂，所以藉幽、厲之君向漢元帝進諫。
❽ 是則：則是，指效法你。
❾ 奮衣：振衣，拂袖，甩手。
❿ 百所日：百來天。所，表示大約的數目。
⓫ 孫休：吳國君主孫權的兒子。
⓬ 止諫：也作「上諫」。
⓭ 耿介：心意專一。托詞，爲不務正業開脫。
⓮ 覆亡是懼：畏懼覆亡。
⓯ 何晏、鄧颺：魏國曹爽執政時，何、鄧兩人爲曹爽心腹。管輅：擅長《周易》，能占卦。

❽，如何當喪，錦被蒙上？孔子曰：『衣夫錦也，食夫稻也，於汝安乎？』吾不取也！」奮衣而去❾。自後賓客絕百所日❿。

孫休好射雉⓫，至其時則晨去夕反。群臣莫不止諫⓬：「此為小物，何足甚耽？」休曰：「雖為小物，耿介過人⓭，朕所以好之。」

孫皓問丞相陸凱曰：「卿一宗在朝有幾人？」陸曰：「二相、五侯、將軍十餘人。」皓曰：「盛哉！」陸曰：「君賢臣忠，國之盛也。父慈子孝，家之盛也。今政荒民弊，覆亡是懼⓮，臣何敢言盛！」

何晏、鄧颺令管輅作卦⓯，云：「不知位至三公不？」卦成，輅稱引古義，深以戒之。颺曰：「此老生之常談。」晏曰：「知幾其神乎⓰！古人以為難。交疏吐誠，今人以為難。今君一面盡二難之道，可謂『明德惟馨⓱』。《詩》不云乎：『中心藏之，何日忘之⓲！』」

晉武帝既不悟太子之愚，必有傳後意。諸名臣亦多獻直言。帝嘗在陵雲臺上坐，衛瓘在側，欲申其懷，因如醉，跪帝前，以手撫牀曰：「此坐可惜⓳。」帝雖悟，因笑曰：「公醉

何、鄧請他占卦，詢問是否可以任三公。他趁機用易理勸戒兩人宜明存亡之理，憂慮國家危機，盡心輔助君主。

⓰ 幾：預兆，事情的苗頭。神：神妙，高超。

⓱ 明德惟馨：《左傳．僖公五年》記載，引自《周書》。意爲光明的德行是芳香的。

⓲ 何晏表示對管輅的讚賞和謝意。

⓳ 此坐可惜：讓太子登上此座，令人感到惋惜。

⓴ 厭：滿足。

㉑ 王衍（字夷甫）的妻子和晉惠帝皇后賈氏是表姐妹，她倚仗賈后權勢，使王衍無法制止她。

㉒ 樓護：漢代的遊俠，是一個重義氣並且能捨己助人的人。

㉓ 驟：屢次。

㉔ 尚：崇尚。玄遠：指道的玄妙幽遠，玄理。

㉕ 閡：阻礙。

㉖ 阿堵：這。

㉗ 王平子：王澄，字平子，王夷甫的弟弟。

㉘ 儋：通「擔」，肩挑。

㉙ 夫人：指婆婆。

㉚ 小郎：丈夫的弟弟爲小郎，即小叔。新婦：婦女的自稱。

㉛ 裾：衣服的大襟，也指衣服的前後部分。

㉜ 饒力：力氣很大。

㉝ 元帝：元帝司馬睿，東晉的第一個皇帝。

㉞ 王茂弘：王導，字茂弘。一向和元帝親近，勸

邪？」

王夷甫婦郭泰寧女，才拙而性剛，聚斂無厭⑳，干豫人事。夷甫患之而不能禁㉑。時其鄉人幽州刺史李陽，京都大俠，猶漢之樓護㉒，郭氏憚之。夷甫驟諫之㉓，乃曰：「非但我言卿不可，李陽亦謂卿不可。」郭氏小為之損。

王夷甫雅尚玄遠㉔，常嫉其婦貪濁，口未嘗言「錢」字。婦欲試之，令婢以錢遶牀，不得行。夷甫晨起，見錢閡行㉕，呼婢曰：「舉卻阿堵物㉖。」

王平子年十四、五㉗，見王夷甫妻郭氏貪欲，令婢路上儋糞㉘。平子諫之，並言不可。郭大怒，謂平子曰：「昔夫人臨終㉙，以小郎囑新婦㉚，不以新婦囑小郎！」急捉衣裾㉛，將與杖。平子饒力㉜，爭得脫，踰窗而走。

元帝過江猶好酒㉝，王茂弘與帝有舊㉞，常流涕諫。帝許之，命酌酒，一酣，從是遂斷。

謝鯤為豫章太守，從大將軍下至石頭㉟。敦謂鯤曰：「余不得復為盛德之事矣㊱。」鯤曰：「何為其然？但使自今已後，日亡日去耳！」敦又稱疾不朝，鯤諭敦曰：「近者，明公

元帝移鎮建業，並助他開創大業。

㉟ 晉元帝永昌元年，王敦以聲討劉隗和清君側爲名起兵反，帶著謝鯤一起攻下石頭城。殺了劉隗等人後，不朝見晉帝就退兵回武昌。

㊱ 盛德之事：品德高尚之事，指輔佐君主之事。王敦此話表明他目無君主，準備篡位的意圖。

㊲ 侔一匡：指和一匡天下之功相等。一匡，指一匡天下，使天下一切得到糾正。

㊳ 都門：京都中街巷的門。

㊴ 群小：老百姓，指跟張闓住在一個街坊的人。

㊵ 檛：敲擊。登聞鼓：諫鼓，掛在朝堂外，有所諫議或有冤屈者，可以擊鼓上達。

㊶ 賀司空：賀循，字彥先。爲人言行舉止必講禮讓，晉元帝時任太常，爲九卿之一，主管祭祀禮樂。死後贈司空。

㊷ 門情：世代相交之情。賀循的曾祖父賀齊和張闓的曾祖父張昭，都是吳國的名將，兩人亦私下友好。

㊸ 郗太尉：郗鑒，曾和王導、庾亮等受晉明帝遺詔，輔佐成帝。咸和初年，兼任徐州刺史，鎮守京口，後爲司空，晉升爲太尉。下文說及「還鎮」，意爲鎮守京口。

㊹ 經：治理，考慮。

㊺ 不流：不流暢，指語無倫次。

㊻ 攝其次：指整理他言談的順序。攝，整理。

㊼ 冰衿：心情冰冷。衿，心情。

之舉，雖欲大存社稷，然四海之內，實懷未達。若能朝天子，使群臣釋然，萬物之心，於是乃服。仗民望以從眾懷，盡沖退以奉主上，如斯，則勳侔一匡㊲，名垂千載。」時人以為名言。

元皇帝時，廷尉張闓在小市居，私作都門㊳，早閉晚開。群小患之㊴，詣州府訴，不得理，遂至檛登聞鼓㊵，猶不被判。聞賀司空出㊶，至破岡，連名詣賀訴。賀曰：「身被徵作禮官，不關此事。」群小叩頭曰：「若府君復不見治，便無所訴。」賀未語，令且去，見張廷尉當為及之。張聞，即毀門，自至方山迎賀。賀出見辭之曰：「此不必見關，但與君門情㊷，相為惜之。」張愧謝曰：「小人有如此，始不即知，早已毀壞。」

郗太尉晚節好談㊸，既雅非所經㊹，而甚矜之。後朝覲，以王丞相末年多可恨，每見，必欲苦相規誡。王公知其意，每引作它言。臨還鎮，故命駕詣丞相。丞相翹須厲色，上坐便言：「方當乖別，必欲言其所見。」意滿口重，辭殊不流㊺。王公攝其次曰㊻：「後面未期，亦欲盡所懷，願公勿復談。」

㊽之職：到職視事。

㊾王導任揚州刺史時，調顧和任從事。當時有別駕從事這一職位，刺史視察各地時，別駕就乘傳車隨行刺史。顧和以從事身分隨部從事到郡視察。

㊿二千石：郡太守的通稱。太守的俸祿爲二千石，即月俸一百二十斛。

(51) 網漏吞舟：讓能吞下一條船的大魚逃脫漁網，指壞人逃脫法網。此處指寧可粗疏，也不要捕風捉影。

(52) 察察：清明。

(53) 閶門：春秋時期吳國的西郭門。

(54) 階：憑藉，原因。陸邁是吳郡吳人，反對蘇峻在吳地放火，所以先說破蘇峻的意圖。

(55) 陸玩：晉成帝時，在王導、郗鑒、庾亮等相繼死後，受任爲司空。他很謙讓，曾說：「以我爲三公，是天下無人矣。」

(56) 此處以柱石比喻三公之位，以棟梁比喻國家，希望陸玩不要讓國家傾覆。

(57) 戢：收藏，記住。

(58) 小庾：庾翼，庾亮的弟弟。曾擔任安西將軍、荊州刺史。

(59) 漢高、魏武：漢高祖劉邦和魏武帝曹操，他們最終皆奪取天下。

(60) 桓、文：齊桓公和晉文公，春秋時先後稱霸，是五霸中最有聲望的兩位霸主，主張尊奉周王郗遂大瞋，冰衿而出㊼，不得一言。

王丞相為揚州，遣八部從事之職㊽。顧和時為下傳還，同時俱見㊾。諸從事各奏二千石官長得失㊿，至和獨無言。王問顧曰：「卿何所聞？」答曰：「明公作輔，寧使網漏吞舟51，何緣采聽風聞，以為察察之政52？」丞相咨嗟稱佳，諸從事自視缺然也。

蘇峻東征沈充，請吏部郎陸邁與俱。將至吳，密敕左右，令入閶門放火以示威53。陸知其意，謂峻曰：「吳治平未久，必將有亂。若為亂階54，請從我家始。」峻遂止。

陸玩拜司空55，有人詣之索美酒，得便自起，瀉箸梁柱間地，祝曰：「當今乏才，以爾為柱石之用，莫傾人棟梁56。」玩笑曰：「戢卿良箴57。」

小庾在荊州58，公朝大會，問諸僚佐曰：「我欲為漢高、魏武何如59？」一坐莫答，長史江虨曰：「願明公為桓、文之事60，不願作漢高、魏武也。」

羅君章為桓宣武從事，謝鎮西作江夏，往檢校之。羅既至，初不問郡事；徑就謝數日，飲酒而還。桓公問有何事？君

室，抵禦外患。

61 克：刻薄。

62 孔巖：王羲之曾任右軍將軍、會稽內史，曾是孔巖家鄉的長官。因此下文中孔巖尊稱王羲之爲明府，自稱爲民。

63 愼終，謹愼地對待去世的朋友。

64 謝中郎：謝萬，任西中郎將、豫州刺史，受命北征，不戰而敗。當時他的哥哥謝安尚未出任官職，僅以平民隨軍，幫助謝萬。

65 玉帖鐙：用玉裝飾的馬鐙。

66 損益：興利除弊，批評建議。

67 東亭：王珣，封東亭侯。弟弟王珉，小名僧彌、法護，名聲超越王珣。當時人們評論：「法護非不佳，僧彌難爲兄。」

68 王大意在勸阻王珣，不要招惹僧彌，以免不僅不勝，反而自降聲譽。

69 政：通「正」，只。

70 興晉陽之甲：興，興兵。晉陽之甲，指晉陽的甲兵。《公羊傳．定公十三年》記載，春秋時晉國大夫趙鞅用自己封邑晉陽的甲兵驅逐國君身邊的荀寅和士吉射。而晉安帝時，兗州刺史王恭等人想和殷仲堪聯合，以討伐尚書左僕射王國寶爲名，起兵內伐，共興晉陽之舉，後因晉室殺了王國寶，才作罷。第二年，王恭、殷仲堪又以討伐譙王司馬尚之爲名起兵反，幾個月後才罷兵。

章云：「不審公謂謝尚何似人？」桓公曰：「仁祖是勝我許人。」君章云：「豈有勝公人而行非者，故一無所問。」桓公奇其意而不責也。

王右軍與王敬仁、許玄度並善。二人亡後，右軍為論議更克61。孔巖誡之曰62：「明府昔與王、許周旋有情，及逝沒之後，無慎終之好63，民所不取。」右軍甚愧。

謝中郎在壽春敗64，臨奔走，猶求玉帖鐙65。太傅在軍，前後初無損益之言66。爾日猶云：「當今豈須煩此？」

王大語東亭67：「卿乃復論成不惡，那得與僧彌戲68！」

殷覬病困，看人政見半面69。殷荊州興晉陽之甲70，往與覬別，涕零，屬以消息所患71。覬答曰：「我病自當差，正憂汝患耳72！」

遠公在廬山中，雖老，講論不輟。弟子中或有墮者73，遠公曰：「桑榆之光74，理無遠照；但願朝陽之暉75，與時並明耳。」執經登坐，諷誦朗暢，詞色甚苦76。高足之徒，皆肅然增敬。

桓南郡好獵77，每田狩78，車騎甚盛。五六十里中，旌旗

---

71 消息：將息，休養。所患：病。

72 殷仲堪起兵時，請堂兄殷覬同時起兵。殷覬不但不肯答應，且認為殷仲堪是想排斥異己，培植親信，反對以起兵解決朝廷是非。

73 墮者：也作「惰者」，懶惰的人。

74 桑榆之光：照在桑榆和榆樹梢上的落日餘輝，比喻老年時光。

75 朝陽之暉：比喻年少時光。

76 詞色：也作「辭色」，言辭表情。苦：懇切。

77 桓南郡：桓玄，桓溫的兒子，曾任江州刺史、荊州刺史等職。

78 田狩：打獵。

79 隰：低而濕的地方。

80 雙甄：作戰時軍隊的左右兩翼稱雙甄。打獵如同打仗，亦稱之。

81 行陳：即行陣，軍隊的行列。

82 麞：獐子。

83 賊曹參軍：參軍是州府的屬官。賊曹，州府中一個部門。

84 會當：總有一天會。

85 芒：刺。縛人用粗麻繩，繩粗有刺，所以自帶綿繩，以免麻刺紮手。

86 唇齒：比喻有共同利害關係的雙方，互相依靠、生存。

87 欻欻：通「歘歘」，指輕舉妄動。

88 周勃免丞相職後，回到封國，有人告他謀反，

蔽隰[79]。騁良馬，馳擊若飛，雙甄所指[80]，不避陵壑。或行陳不整[81]，麏兔騰逸[82]，參佐無不被繫束。桓道恭，玄之族也，時為賊曹參軍[83]，頗敢直言。常自帶絳綿繩箸腰中，玄問：「此何為？」答曰：「公獵，好縛人士，會當被縛[84]，手不能堪芒也[85]。」玄自此小差。

王緒、王國寶相為脣齒[86]，並上下權要。王大不平其如此，乃謂緒曰：「汝為此欻欻[87]，曾不慮獄吏之為貴乎[88]？」

桓玄欲以謝太傅宅為營[89]，謝混曰：「召伯之仁[90]，猶惠及甘棠；文靖之德[91]，更不保五畝之宅。」玄慚而止。

漢文帝將他交給廷尉，使他遭受獄吏凌辱。周勃出獄後說：「吾嘗將百萬軍，然安知獄吏之貴乎！」此處借用此話警告王緒，如不改悔，將來也會遭下獄治罪。

[89] 營：有圍牆的住宅。桓玄得勢時，謝安已死，他想奪取謝安舊宅，但卻遭到謝安孫子謝混的反抗。

[90] 召伯：召公，周文王的兒子，封於召地，和周公一樣成為一方首領，所以又名召伯。召伯巡視南國時，住在甘棠樹下的一棟房子裡處理政事。他走後，百姓想念他的恩德，便不忍損傷那棵甘棠樹。

[91] 文靖：指謝安，謚號文靖。

漢武帝的奶媽曾在外面犯了罪，武帝要按法令治罪，奶媽便去向東方朔求救。東方朔說：「這不是靠唇舌能爭取的事。你若一定要將事情辦成，臨走時，就連連回頭望著皇帝，千萬不要說話。這樣也許還能有萬分之一的希望。」奶媽辭行時，東方朔也陪侍在皇帝身邊，奶媽照東方朔所說的，頻頻回顧武帝，東方朔便對她說：「你是傻啊！皇上難道還會想起你餵奶時的恩情嗎？」武帝雖才智傑出，心腸剛硬，但也不免引起深切的依戀之情，心中升起悲傷、憐憫的情緒，立刻下令免除她的罪。

京房和漢元帝一起談論時，趁機問元帝：「周幽王和周厲王為什麼會滅亡呢？他們所任用的是什麼樣的人呢？」元帝回答：「他們所任用的人不忠。」京房又問：「明知他不忠卻還是任用，是什麼原因呢？」元帝說：「亡國的君主都認為自己的臣下賢能。怎麼會是明知不忠還任用他呢？」京房拜伏在地，說：「就怕我們今日看古人，也像後代的人看我們一樣。」

陳元方遭遇喪父，哭泣悲慟，骨瘦如柴。他的母親心疼他，便在他睡覺時，偷偷地替他蓋上錦緞被。郭林宗前往弔喪時，看見他蓋著錦緞被子，便對他說：「你是國內的傑出人物，各地的人都學習仿效你，你怎麼能在服喪期間蓋錦緞被呢？孔子曾說：『穿著花緞子衣服，吃著大米白飯，你心裡踏實嗎？』我不認同你這種做法。」說完便拂袖而去。自此百來天，都沒有賓客前往弔唁。

孫休喜歡獵捕野雞，射獵野雞的季節時，便早去晚歸。群臣都勸止他，說：「這只是小東西，哪裡值得這麼迷戀呢？」孫休說：「雖然只是小東西，但卻比人還要耿直，因此我喜愛牠。」

孫皓詢問丞相陸凱：「你的家族有多少人在朝中為官呢？」陸凱說：「兩個丞相，五個侯爵，十幾個將軍。」孫皓說：「真是興旺啊！」陸凱說：「君主賢明，臣下盡忠，這是國家興旺的象徵；父母慈愛，兒女孝順，這是家庭興旺的象徵。現在政務荒廢，百姓困苦，臣唯恐國家滅亡，還敢說什麼興旺啊！」

何晏、鄧颺請管輅替他們占一卦，說：「我們的官位能不能升到三公呢？」卦成後，管輅引證古書的義理，意味深長地勸戒他們。鄧颺說：「這是老生常談了。」何晏說：「事物變化的徵兆是很神妙的，古人認為這很困難；交情淺淡而說話卻吐露真心，今人認為這很困難。現在您與我僅一面之交，便說出這兩個難題的解決辦法，可以說是『明德惟馨』。《詩經》說：『中心藏之，何日忘之！』我一定會牢記您的話。」

晉武帝不明白太子的愚蠢，有意把帝位傳於他，眾位名臣多有直言強諫。有一次，武帝坐在陵雲臺上，衛瓘陪侍在旁，便趁機想申述自己的心意，於是裝作喝醉酒一樣跪在武帝面前，用手拍著武帝的坐床說：「這個座位真是可惜啊！」武帝雖明白他的用意，但還是笑著說：「您醉了嗎？」

王夷甫的妻子是郭泰寧的女兒，笨拙倔強，貪得無厭，喜歡干涉他人的事，王夷甫對她感到煩惱卻又無法制止。當時他的同鄉，幽州刺史李陽，是京都的一個大俠客，如同漢代的樓護，王夷甫的妻子郭氏很畏懼他。王夷甫在勸戒他妻子時，就跟她說：「不只是我說你不能這樣做，李陽也認為你不能這麼做。」郭氏都會因此稍為收斂。

王夷甫一向崇尚玄理，厭惡他妻子的貪婪，不曾說過「錢」這個字。他的妻子想試探他，便命婢女拿錢將睡床圍住，使他無法下床走路。王夷甫起床時，看見錢妨礙自己下床，便跟婢女說：「把這些東西拿走。」

王平子十四、五歲時，看見王夷甫的妻子郭氏很貪心，她竟命婢女到路上撿糞。平子勸阻她，並說這樣不行。郭氏大怒地對平子說：「婆婆臨終時，雖把你託付給我，但並沒有將我託付給你。」說完便一把抓住平子的衣服，作勢要拿棍子打他。平子因為力氣大，且不斷掙扎，這才得以脫身，跳窗而逃。

晉元帝到江南後，依然喜愛喝酒，王茂弘和元帝素來有交情，王茂弘常常流著淚規勸晉元帝。而後，他終於答應戒酒，最後一次倒酒喝個痛快，從此以後便不再喝酒。

謝鯤任豫章太守時，隨大將軍王敦東下，到了石頭城後，王敦對謝鯤說：「我不能再做這些道德高尚的事了。」謝鯤說：「為什麼要說這樣的話？只要從今以後，一天天忘掉從前的猜嫌就好了。」而後，王敦託病不朝見，謝鯤勸告他：「近來您的舉動雖是想極力地保存國家，但全國人民還不了解您的真實意圖。如果您能前往朝見天子，使群臣放心，眾人的心也才會敬佩您。掌握人民的願望並順從眾人的心意，用謙讓之心侍奉君主。如此一來，功勳便等同一匡天下，也可以名垂千古了。」當時的人認為這句話是名言。

晉元帝時，廷尉張闓住在小市場裡，他私自設置街道大門，每天很早就關門，卻很晚才開門。附近的百姓為了此事煩惱，便到州衙門告狀，但衙門不受理。而後，民眾擊登聞鼓，卻依舊得不到裁決。眾人聽說司空賀循外出，來到破岡，便聯名向他告狀。賀循說：「我已被調任禮官，和此事無關。」百姓向他磕頭，說：「如果連府君也不管我們，我們就沒有地方可以申訴了。」賀循沒有說什麼，只命群眾暫時退下，說以後見到張廷尉時，會替大家問起此事。張闓聽說後，立刻將門拆除，且親自到方山迎接賀循。賀循拿出狀辭給他看，說：「這件事本用不著我過問，但因為我和您是世交，才捨不得扔掉它。」張闓慚愧地謝罪：「是我當初了解得不夠透澈，百姓有這樣的需要，門現在已經拆除了。」

太尉郗鑒晚年時，喜愛談論，但所談的事卻不是他一直以來所考慮的，又很自負。朝見皇帝時，因為丞相王導晚年做了許多令人感到遺憾的事，每次見到王導時，他便苦苦勸戒他。王導知道郗鑒的意圖，常常用別的話題引開他。當郗鑒要回到鎮守的地方時，特地坐車前往看望王導，他翹著鬍子，臉色嚴肅，一落座就說：「就快要分別了，我一定要把我所看到的事說出來。」他很自滿，但話卻說得不順暢。王導糾正他說話的順序後，說：「後會無定期，我也想盡量說出我的意見，那就是希望您以後不要再談論了。」聽了之後，郗鑒非常生氣，心情很差地走了，一句話也說不出來。

丞相王導任揚州刺史時，派遣八個部從事到各郡任職，顧和當時也跟著過去。回來後，眾人一起謁見王導。部從事們各自啟奏郡守的優劣，唯獨他沒有發言。王導問顧和：「你有什麼見聞嗎？」顧和回答：「明公任大臣時，寧可讓吞舟之魚逃脫。現在，怎麼能憑著這些尋訪傳聞推行清明的政治呢？」王導讚嘆著連聲說好，眾從事也自愧不如。

蘇峻起兵東下討伐沈充時，請吏部郎陸邁和他一起出征。到吳地時，蘇峻秘密吩咐手下的人，令他們進閶門放火，以顯示軍威。陸邁知曉蘇峻的意圖後，便對他說：「吳地才剛剛太平，這麼做一定會引起騷亂。如果要製造騷亂的藉口，請從我家開始放火。」蘇峻這才作罷。

陸玩就任司空時，有一位客人去看望他，向他要了一杯美酒，酒拿來後，客人便站在頂梁柱旁的地上奠酒，祝告：「現在因為缺少好材料，才將你作為柱石，你千萬不要讓這戶人家的棟梁倒塌。」陸玩聽了笑著說：「我記住你的忠告了。」

庾翼在荊州任職時，在一次僚屬拜見長官的聚會上，問僚屬們說：「我想成為如漢高祖、魏武帝那樣的人，你們覺得如何呢？」滿座沒有人敢回答。這時，長史江虨說：「希望明公效法齊桓公、晉文公，不希望您仿效漢高祖、魏武帝。」

羅君章任桓溫的從事，當時鎮西將軍謝尚任江夏相，桓溫派遣羅君章到江夏檢查謝尚的工作。羅君章到江夏後，從不過問郡裡的政事，直接到謝尚那裡喝了幾天酒便回去了。桓溫問江夏有什麼事，羅君章反問：「不知道您認為謝尚是個甚麼樣的人呢？」桓溫說：「仁祖是勝過我些許的人。」羅君章便說：「哪裡有勝過您，而還會去做不合理事情的人，所以我一點也沒有過問他的政事。」桓溫認為他的想法很奇特，也沒有責怪他。

右軍將軍王羲之和王敬仁、許玄度兩人都很友好。兩人死後，王羲之對他們的評論卻更加苛刻。孔巖告誡他：「明府以前和王敬仁、許玄度要好，但他們逝世後，卻沒有維持始終如一的友情，這是我所不認同的。」王羲之聽了之後，非常慚愧。

西中郎將謝萬在壽春戰敗，逃跑時，還要使用講究的貴重玉帖鐙。太傅謝安跟隨他在軍中時，始終沒有提過意見。這時也只說：「現在哪裡還需要這個麻煩呢？」

王大對東亭侯王珣說：「眾人對你的評論本來就不錯，為什麼要和僧彌爭論呢？」

殷覬病重時，嚴重到看人只能看見半邊。荊州刺史殷仲堪正要起兵內伐，前去和殷覬告別，看到他病重，便哭著囑咐他好好養病。殷覬回答：「我的病自然會好，我只擔心你的病啊！」

惠遠和尚住在廬山裡，雖然年老，但還是不斷地宣講佛經。弟子中有人不肯學習，惠遠便說：「我就像傍晚的落日餘輝，應該不會照得太久了。但願你們像早晨的陽光一樣，越來越亮。」而後便拿著佛經，登上講壇，誦經響亮而流暢，言辭神態懇切。弟子們皆肅然起敬。

南郡公桓玄喜愛打獵。每逢打獵時，便出動許多車馬，綿延五、六十里，旗幟鋪天蓋地。他騎著良馬奔馳，像飛一樣追擊野物。側翼隊伍所向之處，不論山坡或山溝都概不避讓。隊列不整齊，或讓獐兔等野物逃脫時，下屬官吏都被捆起來懲罰。桓道恭是桓玄的族人，當時任賊曹參軍，直話直說。打獵時腰上常帶著一條紅綿繩，桓玄問他：「這有什麼用處呢？」道恭回答：「您打獵時喜歡捆人，我總會被捆。因此自帶棉繩，怕自己受不了粗繩上的芒刺。」而後，桓玄捆人的事就稍稍減少了。

王緒和王國寶相互勾結，倚仗權勢，擾亂國政。王大很不滿意他們的所作所為，便對王緒說：「你做這種輕舉妄動的事，難道沒有考慮到終有一天會感受到獄吏的尊貴嗎？」

桓玄想索要太傅謝安的住宅，以修建成府第，謝混對他說：「召伯的仁愛，都還能為那棵甘棠樹帶來好處；文靖的恩德，難道無法保住五畝大小的住宅嗎？」桓玄聽了之後很慚愧，便不再提起此事。

源來如此

規箴指規勸告誡。本篇以規勸君主、尊長接受意見並改正錯誤的記述為主，少數幾則記載同輩或夫婦之間的勸導，還有一則是高僧對弟子，亦即長輩對晚輩的規誡。所涉及的內容多是為政治國之道、待人處事之方等。

從這裡可以看到不少直言敢諫，不阿諛逢迎的事例。例如京房向漢元帝進諫時，暗中把元帝比喻為古代的亡國之君。其中有些人性格耿直，知無不言。例如郭林宗認為陳元方在服喪期間，蓋著錦被睡覺失禮，便當面指斥他，不以私情滅道義，堅持當代的禮制標準。有一些諫諍鋒芒外露，無所顧忌。例如陸凱回答吳主孫皓的問話時直斥時政，當面指責君主禍國殃民，非聖主賢君。有一些卻是和風細雨，含而不露。例如謝萬兵敗逃跑時，仍要講究地使用玉帖鐙，他哥哥謝安勸說他時，也只從費時費事的角度點明，而沒有直接指出錯誤。還有一些是以古喻今，希望達到以古為訓的目的，或借用他人他物含蓄勸戒，以增強說服力。

作文撇步

1. 倒裝：語文中特意顛倒文法上或邏輯上順序的句子。

例1：陸曰：「君賢臣忠，國之盛也。父慈子孝，家之盛也。今政荒民弊，**覆亡是懼**，臣何敢言盛！」

Tips：「覆亡是懼」為「懼覆亡」的倒裝。

例2：文帝怒曰：「此人親驚吾馬，**吾馬賴柔和**，令他馬，固不敗傷我乎？而廷尉乃當之罰金。」（《史記．張釋之馮唐列傳》）

Tips：「吾馬賴柔和」為「賴吾馬柔和」的倒裝。

例3：荀偃令曰：「雞鳴而駕，塞井夷，**唯余馬首是瞻！**」（《左傳．襄公十四年》）

Tips：「唯余馬首是瞻」為「唯余瞻馬首」的倒裝。

成語集錦

1. 聚斂無厭：盡力搜刮錢財，永遠也不滿足。用以形容非常貪婪。

原典 王夷甫婦郭泰寧女，才拙而性剛，聚斂無厭，干豫人事。夷甫患之而不能禁。時其鄉人幽州刺史李陽，京都大俠，猶漢之樓護，郭氏憚之。夷甫驟諫之，乃曰：「非但我言卿不可，李陽亦謂卿不可。」郭氏小為之損。

2. 阿堵物：借代指錢。

原典 王夷甫雅尚玄遠，常嫉其婦貪濁，口未嘗言「錢」字。婦欲試之，令婢以錢遶牀，不得行。夷甫晨起，見錢閡行，呼婢曰：「舉卻阿堵物。」

書證1：愛酒苦無阿堵物，尋春奈有主人家？（宋代張耒〈和无咎詩〉）

3. 肅然起敬：因受感動而莊嚴地興起欽佩恭敬之心。

原典 遠公在廬山中，雖老，講論不輟。弟子中或有墮者，遠公曰：「桑榆之光，理無遠照；但願朝陽之暉，與時並明耳。」執經登坐，諷誦朗暢，詞色甚苦。高足之徒，皆肅然增敬。

書證1：沈將仕見王朝議雖是衰老模樣，自然是士大夫體段，肅然起敬。（明代凌濛初《二刻拍案驚奇》）

書證2：入殿瞻仰，神猴首人身，蓋齊天大聖孫悟空云。諸客肅然起敬，無敢有惰容。（清代蒲松齡《聊齋志異．齊天大聖》）

書證3：因將他生平的好處說了一番，季守備也就肅然起敬。（清代吳敬梓《儒林外史》）

書證4：子平聽說，肅然起敬道：「與君一夕話，勝讀十年書！」（清代劉鶚《老殘遊記》）

高手過招

1.（　）以下四個選項的故事均出自《世說新語》，請問哪一個故事所歸類的篇章是錯誤的？

A. 王黃門兄弟三人俱詣謝公，子猷、子重多說俗事，子敬寒溫而已。既出，坐客問謝公：「向三賢孰愈？」謝公曰：「小者最勝。」客曰：「何以知之？」謝公曰：「吉人之辭寡，躁人之辭多，推此知之。」〈品藻篇〉。

B. 王子猷居山陰，夜大雪，眠覺，開室，命酌酒。四望皎然，因起彷徨，詠左思〈招隱詩〉。忽憶戴安道，時戴在剡，即便夜乘小船就之。經宿方至，造門不前而返。人問其故，王曰：「吾本乘興而行，興盡而返，何必見戴？」〈任誕篇〉。

C. 魏武行役，失汲道，軍皆渴，乃令曰：「前有大梅林，饒子，甘酸，可以解渴。」士卒聞之，口皆出水，乘此得及前源。〈識鑒篇〉。

D. 京房與漢元帝共論，因問帝：「幽、厲之君何以亡？所任何人？」答曰：「其任人不忠。」房曰：「知不忠而任之，何邪？」曰：「亡國之君，各賢其臣，豈知不忠而任之？」房稽首曰：「將恐今之視古，亦猶後之視今也。」〈規箴篇〉。

2.（　）**晉武帝既不悟太子之愚，必有傳後意。諸名臣亦多獻直言。帝嘗在陵雲臺上坐，衛瓘在側，欲申其懷，因如醉，跪帝前，以手撫牀曰：「此坐可惜。」帝雖悟，因笑曰：「公醉邪？」（《世說新語．規箴》）從這則記載中可知：**

A. 晉惠帝並不愚笨。
B. 晉武帝諸臣均揣摩上意。
C. 衛瓘醉酒失態。
D. 晉武帝明白衛瓘的暗示。

3.（　）遠公在廬山中，雖老，講論不輟。弟子中或有墮者，遠公曰：「桑榆之光，理無遠照；但願朝陽之暉，與時並明耳。」執經登坐，諷誦朗暢，詞色甚苦。高足之徒，皆肅然增敬。（《世說新語．規箴》）由本文可知遠公對學生的期許為何？

A.清廉自持。
B.隱居避世。
C.精益求精。
D.當官從政。

解答：

1. C　2. D　3. C

典故　不能說出口的詞句──委婉語

古時候由於科技較不發達，生產力水平很低，人們對死亡等自然現象，神秘莫測，無法作出科學的解釋，便認為語言與事物間存在著某種必然關係。因此會盡量避免提及不吉利的事，或用一種迂迴曲折的表達方式來替代某些禁忌語。用非禁止的詞代替禁止的詞，用比較溫和的詞代替粗魯的詞，在這樣的文化之下，就產生了「委婉語」。這種代替並不改變基本意思，又可獲得含蓄和委婉的效果。

死亡一詞在古代便衍生出許多種說法。

去世：「王上先夫人去世；孫夫人又南歸，未必再來。」（《三國演義》）「從小時父親去世的早，又無同胞弟兄，寡母獨守此女，嬌養溺愛，不啻珍寶。」（清代曹雪芹《紅樓夢》）。溘逝：「寧溘死以流亡兮，余不忍為此態也。」（戰國屈原《楚辭．離騷》）「巫醫無靈，竟以溘逝。」（清代蒲松齡《聊齋志異》）。奄然而逝：「比日不知何疾，一夕奄然而逝。」（宋代陸九淵〈與朱元晦書〉）。一瞑不視：「有斷脰決腹，一瞑而萬世不視。」（《戰國策．楚策》）「則是二人者，天上人間，會當相見，定非一瞑不視者矣。」（清代紀昀《閱微草堂筆記》）。瞑目而逝：「說畢，瞑目而逝。」（清代吳敬梓《儒林外史》）。背世：「如何短折，背世湮沉，嗚呼哀哉！」（晉代潘岳〈楊仲武誄〉）。沒世：「君子疾沒世而名不稱焉。」（《論語．衛靈公》）「沒世遺愛，古之益友。」（南朝梁任昉〈王文憲集序〉）

而被認為粗俗的錢，除了本篇的阿堵物之外，也不乏其他有趣的代稱。

青蚨：傳說中的一種蟲。以「青蚨」代指錢，源自於漢代起流傳的一則神話故事，「青蚨還錢」。「青蚨，一名『魚』，或『蒲』，以其子母各等，置甕中，埋東行陰垣下。三日後開之，即相從。以母血涂八十一錢，亦以子血涂八十一錢，以其錢互市，置子用母，置母用子，錢皆自還。」（宋代《太平御覽》引述《淮南萬畢術》）意思是有一種名為青蚨的昆蟲，用母蟲的血塗遍八十一枚錢幣，再取子蟲的的血液塗滿另外的八十一枚錢幣。塗後，用塗了母血的八十一枚錢幣買東西，將塗了子血的錢幣放在家中，不久後，花掉的錢便會神奇地一個一個飛回來，反之，結果相同。孔方兄：古代的銅錢外圓，並且中有四方孔洞。「錢之為體，有乾坤之象，內則其方，外則其圓……親之如兄，字曰孔方。」（晉代魯褒《錢神論》）之後，孔方、孔方兄、孔兄、方兄，皆成為錢的代稱。錢的俗稱還有很多，例如上清童子、白水真人、板兒、棍兒等。廣東人最實際，稱錢為「水」，一針見血，世間沒有水，什麼也活不了。

捷悟篇

本篇記載當時名士在應對答辯上，聰明機智的表現。其中有關曹操和楊脩的幾則事蹟亦被納入《三國演義》中，廣泛流傳。

古文鑑賞

楊德祖為魏武主簿❶，時作相國門❷，始搆榱桷❸，魏武自出看，使人題門作「活」字，便去。楊見，即令壞之。既竟，曰：「門中『活』，『闊』字。王正嫌門大也❹。」

人餉魏武一桮酪❺，魏武噉少許，蓋頭上題「合」字以示眾❻。眾莫能解。次至楊脩，脩便噉，曰：「公教人噉一口也❼，復何疑？」

魏武嘗過曹娥碑下❽，楊脩從，碑背上見題作「黃絹幼婦，外孫齏臼」八字❾。魏武謂脩曰：「解不？」答曰：「解。」魏武曰：「卿未可言，待我思之。」行三十里，魏武乃曰：「吾已得。」令脩別記所知。脩曰：「黃絹，色絲也，於字為絕。幼婦，少女也，於字為妙。外孫，女子也，於字為

【說文解字】

❶楊德祖：楊脩，字德祖，曹操任丞相時，調他任主簿，有才學和悟性。後被曹操殺害。

❷相國：指丞相。漢代有時設相國，有時設丞相。此處指相國府。

❸榱桷：椽子，古代建築中用以支撐房頂與屋瓦的木條。

❹王：指魏王曹操。

❺餉：送。

❻蓋頭：覆蓋用的絲麻織品。

❼教人噉一口：「合」字拆開，便是「人、一、口」三字，意為一人吃一口。

❽曹娥：上虞皂湖鄉曹家堡人。其父曹盱是一名巫師，能「撫節按歌，婆娑樂神」。東漢漢安二年端午，曹盱駕船在舜江中迎潮神伍子胥，被江水淹死，不得其屍。當時曹娥年僅十四歲，遂投江而死，三日後曹娥屍抱父屍出，鄉人為紀念曹娥的孝節，遂改舜江為曹娥江，並以曹娥為水神。元嘉元年，上虞縣官度尚始建曹娥廟，又命其弟子邯鄲子禮立曹娥碑，作誄

好。齏臼，受辛也，於字為辭⑩。所謂『絕妙好辭』也。」魏武亦記之，與脩同，乃歎曰：「我才不及卿，乃覺三十里⑪。」

魏武征袁本初⑫，治裝，餘有數十斛竹片，咸長數寸，眾云並不堪用，正令燒除。太祖思所以用之⑬，謂可為竹椑楯⑭，而未顯其言。馳使問主簿楊德祖。應聲答之，與帝心同。眾伏其辯悟⑮。

王敦引軍垂至大桁⑯，明帝自出中堂⑰。溫嶠為丹陽尹，帝令斷大桁，故未斷，帝大怒，瞋目，左右莫不悚懼。召諸公來。嶠至不謝，但求酒炙。王導須臾至，徒跣下地⑱，謝曰：「天威在顏⑲，遂使溫嶠不容得謝⑳。」嶠於是下謝，帝乃釋然㉑。諸公共嘆王機悟名言。

郗司空在北府㉒，桓宣武惡其居兵權。郗於事機素暗，遣牋詣桓：「方欲共獎王室㉓，脩復園陵。」世子嘉賓出行㉔，於道上聞信至，急取牋，視竟，寸寸毀裂，便回。還更作牋，自陳老病，不堪人間，欲乞閑地自養。宣武得牋大喜，即詔轉公督五郡，會稽太守。

王東亭作宣武主簿，嘗春月與石頭兄弟乘馬出郊㉕。時彥

辭頌揚。

⑨ 齏臼：用來搗碎辛辣食物的石臼。

⑩ 辭：辭的異體字是辤。

⑪ 覺：通「較」，相差，相距。

⑫ 袁本初：袁紹，字本初。東漢末年，群雄並起，各據一方。漢獻帝時，曹操爲司空，獨攬朝政；袁紹爲大將軍，督冀、幽、青、並四川。兩人互相攻伐，最浩大的一仗爲官渡之戰，西元二〇〇年，曹操大破袁紹於官渡。西元二〇二年，袁紹死。

⑬ 太祖：曹操的廟號。

⑭ 竹椑楯：橢圓形的竹盾牌。

⑮ 伏：通「服」，佩服。辯：聰明。

⑯ 垂：將近。大桁：大橋，此處指朱雀橋。

⑰ 中堂：舉行朝會等事的廳堂。

⑱ 徒跣：光著腳。

⑲ 天威：天子的威嚴。顏：臉，此處指眼前。

⑳ 容：或許，可能。

㉑ 釋然：形容怒氣消逝而心平氣和。

㉒ 郗司空：郗愔，字方回，曾兼任徐、兗二州刺史，都督徐、兗、青、幽諸州軍事。後來徵拜司空，沒有就任。北府：即京口，別稱北府。

㉓ 獎：輔佐。

㉔ 嘉賓：郗超，字嘉賓，郗愔的長子，在桓溫的大司馬府任參軍。

㉕ 石頭：桓熙的小名，桓溫的長子。

同遊者，連鑣俱進㉖。唯東亭一人常在前，覺數十步，諸人莫之解。石頭等既疲倦，俄而乘輿回，諸人皆似從官，唯東亭弈弈在前㉗。其悟捷如此。

㉖連鑣：坐騎並排著。
㉗奕奕：精神抖擻的樣子。

白話賞析

楊德祖任魏武帝曹操的主簿，當時正在建造相國府的大門，剛架好支撐房頂與屋瓦的木條，曹操便親自來察看，並命人在門上寫了一個「活」字，就離開了。楊德祖看到時，立刻令人將門拆除。拆完後，他說：「門加『活』字，是『闊』。魏王是嫌門太大了。」

有人送魏武帝曹操一杯奶酪，曹操吃了一些後，就在蓋頭上寫了一個「合」字給大家看，沒有人看得懂是什麼意思。輪到楊脩去看時，他便吃了一口，說：「曹公令每人吃一口，還猶豫什麼呢？」

魏武帝曹操曾路過曹娥碑，楊脩跟隨著他，看到碑的背面寫了「黃絹幼婦，外孫齏臼」八個字。曹操就問楊脩：「你懂嗎？」楊脩回答：「懂。」曹操說：「你不要說，等我想一想。」走了三十里路後，曹操才說：「我已經想出來了。」他命楊脩把自己的理解另外寫下來。楊脩寫道：「黃絹，是有顏色的絲，色、絲合成絕字；幼婦，為少女之意，少、女合成妙字；外孫，是女兒的兒子，女、子合成好字；齏臼，是搗碎辛辣食物、承受辛辣食物的石臼，受、辛合成辭（辤）字。這便是絕妙好辭。」曹操也把自己的理解寫下來，結果和楊脩的一模一樣，於是感嘆地說：「我的才華不及你，我們之間相差了三十里。」

魏武帝曹操討伐袁本初，修造軍事裝備時，只剩下幾十斛竹片，且都只有幾寸長。眾人說這些都無法使用，正想要命人燒毀。曹操思考如何利用這些竹片時，認為可以用來製作竹盾牌，但還沒有把這話說出來。此時，他派人速去詢問主簿楊德祖，楊德祖隨即答覆來人，想法竟和曹操的一樣。眾人都十分佩服楊德祖的聰明和悟性。

王敦率領軍隊東下，即將逼近朱雀橋時，晉明帝親自到中堂。溫嶠當時任丹陽尹，明帝命他毀掉朱雀橋，但最後卻沒有執行，明帝怒目圓睜，非常生氣，隨從的人都很畏懼。明帝立刻召集大臣們，溫嶠沒有謝罪，只求賜酒肉請死。王導接著來到，他光著腳退到地上，謝罪說：「天子的威嚴就在眼前，使溫嶠嚇得無法謝罪了。」溫嶠這才退下謝罪，明帝也不再生氣了。大臣們都稱讚王導這番機敏而有悟性的名言。

司空郗愔鎮守北府時，桓溫不希望他掌握兵權，但郗愔對局勢的掌握不佳，還寄信給桓溫說：「想和您一起輔佐王室，修復被敵人毀壞的先帝陵寢。」當時，他的嫡長子嘉賓正前往外地，半路聽說送信的人抵達，急忙拿過父親的信，看完後便把信撕得粉碎，又代父親另外寫了一封信，訴說自己年老多病，無法承受世事煩擾，想找個閒散的官位自我調養。桓溫收到信後非常高興，立刻下令把郗愔調為都督浙江東五郡軍事、會稽太守。

東亭侯王珣任桓溫的主簿時，曾在春天和石頭兄弟騎馬到郊外遊春。當時同遊的名流都一起並馬前進，只有王珣一個人總是走在前面，和他們距離幾十步，眾人都不理解其中的緣故。石頭等人玩得很疲倦時，便坐車返回。其他人像侍從官一樣跟在後面，只有王珣精神抖擻地走在前面。他就是有這樣的悟性和機敏。

源來如此

捷悟指迅速領悟。本篇記載數個對人或對事，快速而正確的分析和理解的事例。突然遇到一件意外的事，在常人尚未理解之時，便能根據人或事物的特點、環境諸多條件綜合分析，做出判斷，這就是一種悟性。例如曹操在一杯酪的蓋頭上題「合」字，楊脩認為此時不是使用「合」字的時機，於是從該字的組成部分看出是「公教人噉一口也」。有時突然出現危險情況，一些人可能被嚇得不知所措，但機智的人卻可以迅速適應環境，並思考化險為夷的辦法。

作文撇步

***1.* 析字：**根據文字的形、音、義加以分析，利用兩字之間相同的部分進行推衍或替代。

例1：**黃絹，色絲也，於字為絕。幼婦，少女也，於字為妙。外孫，女子也，於字為好。齏臼，受辛也，於字為辭**。所謂『絕妙好辭』也。

Tips：色、絲合為絕；少、女合為妙；女、子合為好；受辛合為辭（辤）。

例2：獻帝踐祚之初，京都童謠**曰**：「**千里草，何青青。十日卜，不得生**。」（《後漢書》）

Tips：千、里、草合為董；十、日、卜合為卓。

例3：**角之為字，刀下用也**；頭上用刀，其凶甚矣。（西晉陳壽《三國志》）

Tips：刀、用合為角。

例4：初父之死也，小娥夢父謂**曰**：「殺我者，**車中猴，門東草**。」（唐代李公佐《謝小娥傳》）

Tips：門、東、草合為蘭。

成語集錦

1. 絕妙好辭：形容極為佳妙的文辭。

原典 魏武嘗過曹娥碑下，楊脩從，碑背上見題作「黃絹幼婦，外孫齏臼」八字。魏武謂脩曰：「解不？」答曰：「解。」魏武曰：「卿未可言，待我思之。」行三十里，魏武乃曰：「吾已得。」令脩別記所知。脩曰：「黃絹，色絲也，於字為絕。幼婦，少女也，於字為妙。外孫，女子也，於字為好。齏臼，受辛也，於字為辭。所謂『絕妙好辭』也。」魏武亦記之，與脩同，乃歎曰：「我才不及卿，乃覺三十里。」

書證1：悲悽固託，撫疾何成，愧不得絕妙好辭。（唐代蘇頲〈刑部尚書韋抗神道碑〉）

高手過招

1.（　）《世說新語》所記多為東漢至魏晉間士大夫言行軼聞，全書分為三十六門。以下三則故事，依內容判斷依序應屬於哪一門？（甲）殷洪喬作豫章郡，臨去，都下人因附百許函書。既至石頭，悉擲水中，因祝曰：「沉者自沉，浮者自浮，殷洪喬不能作致書郵。」（乙）人餉魏武一桮酪，魏武噉少許，蓋頭上題「合」字以示眾。眾莫能解。次至楊脩，脩便噉，曰：「公教人噉一口也，復何疑？」

A. 德行篇／捷悟篇。
B. 任誕篇／捷悟篇。
C. 紕漏篇／言語篇。
D. 任誕篇／夙慧篇。

2.（　）說話或作文時，不直講本意，而用委婉的言詞，曲折地烘托或暗示出本意，這種修辭法稱為「婉曲」。下列何者使用這種修辭法？

A.噲曰：「此迫矣！臣請入，與之同命！」（《史記．項羽本紀》）

B.魏武亦記之，與脩同。乃歎曰：「我才不及卿，乃覺三十里。」（《世說新語．捷悟》）

C.公曰：「吾不能早用子，今急而求子，是寡人之過也。」（《左傳．僖公三十年》）

D.齊王謂孟嘗君曰：「寡人不敢以先王之臣為臣！」（《史記．孟嘗君列傳》）

3.（　）**楊德祖為魏武主簿，時作相國門，始搆榱桷，魏武自出看，使人題門作「活」字，便去。楊見，即令壞之。既竟，曰：「門中『活』，『闊』字。王正嫌門大也。」（《世說新語．捷悟》）**魏武之所以在門上寫「活」是因為？

A.覺得門的設計不夠活潑。

B.強調房子要給活人住。

C.覺得門的規格過於寬大。

D.覺得門的規格過於狹小。

解答：

1. B　2. D　3. C

典故　食之無味，棄之可惜——楊脩

楊脩，字德祖，弘農華陰人，袁術的外甥，太尉楊彪之子，楊震的玄孫，出身簪纓世家，家族世世代代為官。《後漢書》記載：「自震至彪，四世太尉。」他為人好學，有俊才，建安年間被舉孝廉，後擔任丞相曹操的主簿。楊脩如此深受曹氏家族器重，為什麼最後會遭曹操殺害呢？

其一，介入曹操立嗣問題。曹丕與曹植一直以來明爭暗鬥，但因楊脩為曹植的老師，並且與之較為友好，不由自主地也捲入這場鬥爭。曹丕以竹簍藏吳質入府密商時，楊脩為維護曹植，連忙稟報曹操。不料曹丕也接到密報，吳質便將計就計，使曹操最後不但沒有搜到任何憑證，反而使曹操懷疑楊脩誣陷曹丕。又有一次，當曹操欲試探曹丕和曹植兩人的才幹時，密令鄴城門吏不讓曹丕和曹植出城。楊脩為曹植出謀：「你就對守門人說，我是奉君王命令出城，膽敢阻擋者，殺無赦。」但曹丕卻出不了鄴門。事後為曹操所知，楊脩竟插手立嗣問題，更加惱怒，厭惡楊脩。

其二，食之無味，棄之可惜。建安二十四年，曹操與劉備軍對戰於漢中，不料兵敗，退兵至斜谷。夜晚，曹操於營帳中時，守夜士兵來問軍中的通行口令，曹操見士兵碗中有雞肋，便隨口說：「雞肋。」楊脩見傳雞肋二字，便命將軍夏侯惇及隨行軍士收拾行裝準備歸程退兵。夏侯惇不明白為什麼，楊脩告訴他：「雞肋，食之無味，棄之可惜，由此可見斜谷此地不必再守。」此話後來傳到曹操耳中，終於讓曹操定下殺機。說破口令其實可大可小，以曹操的愛才之心，未必在乎自己這點心意被楊脩知曉。但他介意的是，自己沒有授權楊脩點破軍機，如果此時不處理，等於賦予楊脩更大的權力。於是曹操決定殺之而後快，在回師長安之後，以洩漏國家機密、結黨營私為由，殺了楊脩。

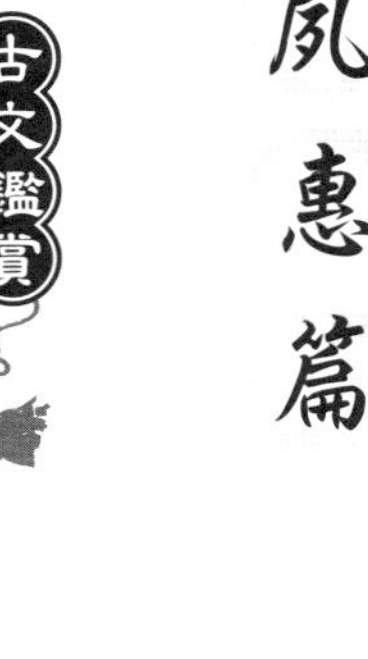

夙惠篇

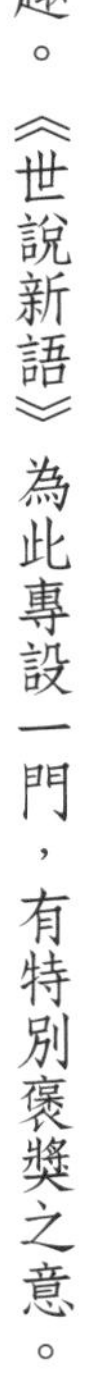

本篇記載兒童的聰明才智，和成人相比，孩子們的聰穎更有天真的童趣。《世說新語》為此專設一門，有特別褒獎之意。

古文鑑賞

賓客詣陳太丘宿，太丘使元方、季方炊。客與太丘論議，二人進火，俱委而竊聽。炊忘箸箄❶，飯落釜中。太丘問：「炊何不餾❷？」元方、季方長跪曰：「大人與客語，乃俱竊聽，炊忘箸箄，飯今成糜。」太丘曰：「爾頗有所識不？」對曰：「仿佛志之。」二子俱說，更相易奪❸，言無遺失。太丘曰：「如此，但糜自可，何必飯也？」

何晏七歲，明惠若神，魏武奇愛之❹。因晏在宮內，欲以為子。晏乃畫地令方，自處其中。人問其故？答曰：「何氏之廬也❺。」魏武知之，即遣還。

晉明帝數歲，坐元帝膝上❻。有人從長安來，元帝問洛下消息，潸然流涕。明帝問何以致泣？具以東渡意告之❼。因問

【說文解字】

❶箄：指由切割或打磨好的竹片，縱橫兩層扣接在一起，架在鍋、釜、鼎等炊具中，用以蒸悶食物的炊具。

❷餾：把半熟的食物蒸熟。

❸更：交替。易奪：改正補充。

❹何晏的父親早死，曹操任司空時，娶何晏的母親，並收養何晏。

❺廬：簡陋的房屋。此處指何晏不願改姓爲曹操的兒子。

❻元帝：晉元帝司馬睿，原爲安東將軍，鎮守建康。京都洛陽失守後，懷帝逃到平陽，不久，長安亦失守。晉愍帝死後，司馬睿才即帝位。其長子司馬紹後繼位爲明帝。

❼東渡：晉元帝爲琅邪王時，住在洛陽。他的好友王導知天下將要大亂，便勸他回自己的封國，後又勸他鎮守建康，意欲經營一個復興帝室的基地。

❽屬：依附，集中。

❾衰宗：謙稱自己的家族。

明帝：「汝意謂長安何如日遠？」答曰：「日遠。不聞人從日邊來，居然可知。」元帝異之。明日集群臣宴會，告以此意，更重問之。乃答曰：「日近。」元帝失色，曰：「爾何故異昨日之言邪？」答曰：「舉目見日，不見長安。」

司空顧和與時賢共清言，張玄之、顧敷是中外孫，年並七歲，在牀邊戲。于時聞語，神情如不相屬❽。瞑於燈下，二兒共敘客主之言，都無遺失。顧公越席而提其耳曰：「不意衰宗復生此寶❾。」

韓康伯數歲，家酷貧，至大寒，止得襦❿。母殷夫人自成之，令康伯捉熨斗，謂康伯曰：「且箸襦，尋作複褌⓫。」兒云：「已足，不須複褌也。」母問其故？答曰：「火在熨斗中而柄熱，今既箸襦，下亦當煖，故不須耳。」母甚異之，知為國器⓬。

晉孝武年十二⓭，時冬天，晝日不箸複衣，但箸單練衫五六重，夜則累茵褥⓮。謝公諫曰：「聖體宜令有常。陛下晝過冷，夜過熱，恐非攝養之術⓯。」帝曰：「晝動夜靜⓰。」謝公出歎曰：「上理不減先帝⓱。」

---

❿ 襦：短襖。

⓫ 複褌：夾褲。

⓬ 國器：治國之才。

⓭ 晉孝武：晉孝武帝司馬曜，字昌明，東晉的第九個皇帝，在位時間是西元三七二年至西元三九六年。他是晉簡文帝的第三個兒子，母親是李陵容，亦是晉安帝和晉恭帝的父親。

⓮ 茵褥：褥子。

⓯ 攝養：保養。

⓰ 晝動夜靜：《老子》記載：「躁勝寒，靜勝熱」，此用其意。

⓱ 先帝：已經去世的皇帝，此處指簡文帝。簡文帝擅長談論玄理。

⓲ 桓南郡：桓玄，字敬道，一名靈寶，譙國龍亢人，譙國桓氏代表人物，東晉名將桓溫之子，東晉末期桓楚政權建立者。曾消滅殷仲堪和楊佺期占據荊江廣大土地，後更消滅了掌握朝政的司馬道子父子，掌握朝權。次年桓玄就篡位建立桓楚，但三個月後劉裕就舉義兵反抗桓玄，桓玄不敵而逃奔江陵重整軍力，但後再遭西討的義軍擊敗。試圖入蜀途中，遇上護送毛璠靈柩的費恬等人，遭益州督護馮遷殺害。因曾襲父親南郡公之爵，故世稱桓南郡。

⓳ 桓車騎：桓沖，桓溫的弟弟，桓玄的叔父，曾任車騎將軍。送故：指護送遺體回鄉的下屬。

⓴ 酸：悲痛。

桓宣武薨，桓南郡年五歲⑱，服始除，桓車騎與送故文武別⑲，因指與南郡：「此皆汝家故吏佐。」玄應聲慟哭，酸感傍人⑳。車騎每自目己坐曰：「靈寶成人，當以此坐還之㉑。」鞠愛過於所生。

㉑桓溫本鎮守姑孰，死後，朝廷任桓沖爲中軍將軍、揚州刺史，代替桓溫鎮守姑孰。

有位客人到太丘長陳寔家過夜，陳寔便命兒子元方和季方待客，客人和陳寔一同清談時，元方兄弟正在燒火，兩人同時放下手邊的工作去偷聽，導致做飯時忘了放上箄，蒸的飯都掉到鍋裡。陳寔問他們：「為什麼不蒸飯呢？」元方和季方直挺挺地跪著說：「大人和客人清談時，我們兩人一同去偷聽，導致蒸飯時忘了放上箄，所以把飯煮成了粥。」陳寔問：「你們記住一些了嗎？」兄弟兩人回答：「似乎還能記住一些話。」於是，兄弟倆一起說，並且互相穿插補正，竟然一句話也沒有漏掉。陳寔說：「既然這樣，只吃粥也可以，何必一定要吃飯呢？」

何晏七歲時，聰明過人，魏武帝曹操特別喜愛他。因為何晏在曹操的府裡長大，曹操便想認他為乾兒子。何晏在地上畫了一個方框，自己站在裡面。別人問他是什麼意思，他回答：「這是何家的房子。」曹操知道這件事後，隨即將他送回何家。

晉明帝只有幾歲時，坐在元帝的膝上，當時有人從長安來，元帝問起洛陽的情況，不覺傷心流淚。明帝問父親什麼事使他哭泣，元帝就把過江的意圖一五一十地告訴他。問明帝：「你認為長安和太陽相比，哪個比較遠呢？」明帝回答：「太陽比較遠。沒聽說過有人從太陽那邊來的，因此可想而知。」元帝對他的回答感到驚訝。第二天，召集群臣宴飲時，便把明帝的想法告訴大家，並重問他一次，不料明帝卻回答說：「太陽比較近。」元帝驚愕失色地問：「你為什麼和昨天說的不一樣呢？」明帝回答：「現在抬起頭就能看見太陽，但卻看不見長安。」

司空顧和與當代賢達一起清談，張玄之和顧敷是他的外孫和孫子，兩人皆七歲，在坐床旁玩耍。這時兩人聽著他們談論，神情好像漠不關心。而後，兩個小孩在燈下閉著眼睛，一起重複主客雙方的談話，竟一句也沒有漏掉。顧和聽見後，離開座位，拉著他們的耳朵說：「想不到我們家族還生下這樣的寶貝。」

韓康伯幾歲時，家境非常貧苦。寒冬時也只穿一件短襖，是他母親殷夫人親手做的，製作的時候令康伯拿著熨斗取暖。母親告訴康伯：「暫時先穿著短襖，之後便替你做夾褲。」康伯說：「已經夠了，不需要夾褲。」母親問他為什麼，他回答：「火在熨斗裡面，熨斗柄也跟著熱了。現在上身穿上短襖，下身也會跟著暖和，所以不需要再做夾褲。」他母親聽了非常驚訝，明白他將來是個治國的人才。

晉孝武帝十二歲那年，當時正是冬天，他白天不穿夾衣，只穿五、六件絲綢做的單衣，夜裡卻鋪著兩張褥子睡覺。謝安規勸他：「聖上的貴體應該有規律的生活。陛下白天太冷，夜裡太熱，這不是養生的方法。」孝武帝說：「白天活動時便不會冷，夜裡不動彈便不會熱。」謝安退出後，讚嘆地說：「皇上說理並不比先帝差。」

桓溫去世時，南郡公桓玄只有五歲。守孝期滿，剛脫下喪服時，車騎將軍桓沖和前來送故的文武官員道別，指著他們告訴桓玄：「這些人都是你家的舊有下屬。」桓玄隨著他的話慟哭起來，悲痛感人。桓沖每每看著自己的座位，便說：「等靈寶長大成人，我就要把這個座位交還給他。」桓沖撫養桓玄，並疼愛他勝過自己的兒女。

源來如此

夙惠，也作「夙慧」，指從小便聰明過人，即早慧。本篇的幾則事例，皆是記述少年兒童的記憶、觀察、推理、釋因、理解禮制、表明心跡等方面的能力。用意在於說明一般的少年兒童達不到這樣的標準，而小時候的聰穎將預示長大後能成為傑出人物。例如在回答「長安何如日遠」這一問題時，一個幾歲的小孩便能從不同角度觀察，從而得出不同的結論。雖然近似於詭辯，但卻能看出小孩子的機智和善於辯論的能力。

作文撇步

***1.* 轉品：**改變其原來詞性而在語文中出現。

例1：因問明帝：「汝意謂長安何如日遠？」答**曰**：「日遠。不聞人從日邊來，居然可知。」元帝**異**之。

Tips：形容詞作動詞使用。

例1：有鄉人**貨**梨於市，頗甘芳，價騰貴。有道士破巾絮衣**丐**於車前，鄉人咄之而不去；鄉人怒，加以叱罵。（清代蒲松齡《聊齋志異》）

Tips：名詞作動詞使用。

例3：昭王得范雎，廢穰侯，逐華陽，彊公室，杜私門，**蠶**食諸侯，使秦成帝業。此四君者，皆以客之功。（戰國李斯〈諫逐客書〉）

Tips：名詞作副詞使用。

例4：斬木為兵，揭竿為旗，天下**雲**集而響應，贏糧而**景**從，山東豪俊，遂並起而亡秦族矣。（漢代賈誼〈過秦論〉）

Tips：名詞作副詞使用。

成語集錦

1. 日近長安遠： 長安，西安，古都城名，後為國都的統稱。舊指嚮往帝都卻無法到達。後比喻功不成、名不就，理想無法實現。

原典 晉明帝數歲，坐元帝膝上。有人從長安來，元帝問洛下消息，潸然流涕。明帝問何以致泣？具以東渡意告之。因問明帝：「汝意謂長安何如日遠？」答曰：「日遠。不聞人從日邊來，居然可知。」元帝異之。明日集群臣宴會，告以此意，更重問之。乃答曰：「日近。」元帝失色，曰：「爾何故異昨日之言邪？」答曰：「舉目見日，不見長安。」

書證1：眼見的天闊雁書遲，赤緊的日近長安遠。（元代喬吉《玉簫女兩世姻緣》）

高手過招

1.（　）下列那一選項最適合描寫人的成見？

A. 為其妻爨，食豕如食人。於事無與親，雕琢復朴，塊然獨以其形立，紛而封戎，一以是終。（《莊子．應帝王》）

B. 黃帝遊乎赤水之北，登乎崑崙之丘而南望，還歸，遺其玄珠。使知索之而不得，使離朱索之而不得，使喫詬索之而不得也。乃使象罔，象罔得之。（《莊子．天地》）

C. 人有亡鈇者，意其鄰之子，視其行步，竊鈇也；顏色，竊鈇也；言語，竊鈇也；動作態度無為而不竊鈇也。俄而抇其谷而得其鈇。他日復見其鄰人之子，動作態度無似竊鈇者。（《列子．說符》）

D. 晉明帝數歲，坐元帝膝上。有人從長安來，元帝問洛下消息，潸然流涕。明帝問何以致泣？具以東渡意告之。因問明帝：「汝意謂長安何如日遠？」答曰：「日遠。不聞人從日邊來，居然可知。」元帝異之。明日集群臣宴會，告以此意，更重問之。乃答曰：「日近。」元帝失色，曰：「爾何故異昨日之言邪？」答曰：「舉目見日，不見長安。」（《世說新語．夙惠》）

解答：

1. C

典故　傅粉何郎——何晏

何晏，字平叔，南陽宛人，東漢末年大將軍何進的孫子。何晏的生父何咸早逝，何晏母親被曹操納為小妾，他便成為曹操的繼子。何晏是三國時期著名的玄學家，魏晉玄學貴無派創始人，與王弼並稱「王何」，為玄學代表人物之一。

何晏有一個著名的故事，就是「傅粉何郎」。何晏七歲時形貌就已絕美，弱冠之年的他，臉龐細膩潔白，隨時都好像抹上了一層白粉。魏明帝曹叡心中疑惑，賞給何晏一碗熱湯麵。吃完熱湯麵，大汗淋漓的何晏擦掉臉上的汗水後，臉色反而更加白裡透紅。後世也用何郎粉、傅粉何郎，代指美男子。

何晏後娶曹操之女，金鄉公主為妻，生有一個兒子。但因何晏生活放蕩，又好女色，二人感情並不和睦。《魏末傳》記載，二人實為同母異父之亂倫婚姻，但裴松之反駁此說法，因《魏末傳》乃「底下之書」，而非良史，可信度不高，他引注認為金鄉公主實際為杜夫人所生，只是由尹夫人代養而已。

何晏行事獨樹一幟，被百姓視作潮流，紛紛效仿。例如，何晏服用五石散後，對其功效大加讚賞，令人神明開朗。這件事傳到民間後，瞬間引起一陣熱烈討論，眾人為體驗不一樣的感受，便爭相服用五石散。但久食五石散好比慢性中毒，越來越多人因此受苦，甚至還有人中毒身亡。

何晏因才學聞名於世，提暢清談，在品評人物及文士間頗有聲望。但因其人為曹丕所忌，僅得閒職。魏明帝曹睿亦惡其虛浮，所以並未加以重用。直到正始初年，曹爽執政時，何晏方得重用，升任為散騎侍郎，遷侍中、吏部尚書，一躍成為曹爽集團的主要角色，並被認為參與了曹爽與司馬懿之間的權力鬥爭。時人將丁謐、何晏和鄧颺三人並稱三狗，並以「臺中有三狗，二狗崖柴不可當，一狗憑默作疽囊」，形容他們操弄人事，不遺餘力地排除司馬懿集團人物的行為。

正始十年，司馬懿發動高平陵之變，誅滅曹爽。何晏因佐曹爽秉政，同時被殺，夷三族。相傳司馬懿令何晏編審曹爽集團之成員及罪狀，何晏以為司馬家要饒自己一命，故賣力緝查。不料，在陳上罪狀時，被告知名單尚缺一人，就是何晏自己。

從文化歷史上看待何晏，他是一位志崇儒雅的專家學者，一位學養深厚的朔雪鴻儒，更是一位玄學大師。何晏對名理學做出了巨大貢獻，推動從漢代經學向魏晉玄學發展的進程。他的名理學思想在其著作《官族傳》、〈白起論〉、〈冀州論〉等中都明確體現。在〈韓白論〉中，何晏認為用兵之道，出奇制勝的「奇」更重要的是站在全局的角度，是謀略上的「奇」，並非只是停留在「術」層面。在〈冀州論〉中，何晏的思想觀點在於，以儒家的道德作為品鑑冀州人才的標準。他的名理學思想亦深深影響玄學思想發展的軌跡，何晏使用「貴無」的思維方式，把握玄學的主導精神，探討「天人之際」的「道」，是積極入世的思想。玄學雖然玄虛，但何晏的思想卻體現務實的精神。何晏的思想中闡明，「無為之治」中的天道原則與人道原則是相互聯繫的，開拓了全新的玄學思想理論。

下卷

容止篇

傷逝篇

任誕篇

排調篇

輕詆篇

假譎篇

黜免篇

汰侈篇

忿狷篇

尤悔篇

惑溺篇

容止篇

容止是指一個人的神情舉止及風度。從本篇的描寫和紀錄中，我們得以一窺魏晉名士的風采、當時的審美觀及人們對於外貌的喜好。

魏武將見匈奴使❶，自以形陋，不足雄遠國❷，使崔季珪代❸，帝自捉刀立牀頭。既畢，令間諜問曰：「魏王何如？」匈奴使答曰：「魏王雅望非常，然牀頭捉刀人，此乃英雄也。」魏武聞之，追殺此使❹。

何平叔美姿儀，面至白，魏明帝疑其傅粉❺。正夏月，與熱湯餅❻。既噉，大汗出，以朱衣自拭，色轉皎然❼。

魏明帝使后弟毛曾與夏侯玄共坐❽，時人謂蒹葭倚玉樹❾。

時人目：「夏侯太初朗朗如日月之入懷❿，李安國頹唐如玉山之將崩⓫。」

嵇康身長七尺八寸，風姿特秀。見者歎曰：「蕭蕭肅肅⓬，爽朗清舉⓭。」或云：「肅肅如松下風⓮，高而徐引⓯。」山

【說文解字】

❶魏武：曹操。下文的帝、魏王都是指曹操，因他生前封魏王，諡號是武，曹丕登帝後，追尊他爲武帝。

❷雄：稱雄，顯示威嚴。

❸崔季珪：崔琰，字季珪，在曹操手下任職。儀表堂堂，非常威嚴。

❹曹操認爲匈奴使節識破他的野心和做法，因此便把使臣殺了。

❺傅粉：擦粉。漢魏時的貴公子喜歡擦粉，是當時的風氣。

❻湯餅：湯麵。

❼皎然：形容又白又亮。

❽夏侯玄：初任散騎黃門侍郎，年輕時就很出名。他曾和皇后的弟弟毛曾並排坐在一起，卻認爲這是恥辱。魏明帝因此對他不滿，便把他降爲羽林監。

❾蒹葭倚玉樹：指兩個品貌極不相稱的人在一起。蒹，荻。葭，蘆葦，比喻微賤，貌醜。玉樹，傳說中的仙樹或珍寶製作的樹，比喻品貌

公曰：「嵇叔夜之為人也，巖巖若孤松之獨立⑯；其醉也，傀俄若玉山之將崩⑰。」

裴令公目：「王安豐眼爛爛如巖下電⑱。」

潘岳妙有姿容，好神情⑲。少時挾彈出洛陽道，婦人遇者，莫不連手共縈之⑳。左太沖絕醜，亦復效岳遊遨，於是群嫗齊共亂唾之，委頓而返㉑。

王夷甫容貌整麗，妙於談玄，恒捉白玉柄麈尾，與手都無分別㉒。

潘安仁、夏侯湛並有美容，喜同行，時人謂之連璧㉓。

裴令公有儁容姿，一旦有疾至困，惠帝使王夷甫往看，裴方向壁臥，聞王使至，強回視之。王出語人曰：「雙目閃閃，若巖下電，精神挺動㉔，體中故小惡。」

有人語王戎曰：「嵇延祖卓卓如野鶴之在雞群㉕。」答曰：「君未見其父耳！」

裴令公有儁容儀，脫冠冕㉖，麤服亂頭皆好。時人以為「玉人㉗」。見者曰：「見裴叔則如玉山上行，光映照人。」

劉伶身長六尺，貌甚醜悴㉘，而悠悠忽忽㉙，土木形骸㉚。

之美。

⑩ 夏侯太初：夏侯玄，字太初。

⑪ 李安國：李豐，字安國，馮翊東縣人，在曹魏時官至中書令，其父李義爲曹魏衛尉。李豐前後歷任兩朝官，不把經營家產放在心上，只依靠俸祿，其子李韜雖娶了公主，李豐經常告誡他，不要侵占公主的財產。李豐也很捨得皇帝所給的東西，有時會將皇帝所賞賜的錢財、布帛都施捨給外面的親族，而皇帝所給的宮人大多都給了弟子，還把那些賞賜都給予其諸位外甥。李豐死後有關部門登記其家產，家中無多餘錢財。頹唐：指精神委靡不振。玉山：用玉石堆成的山，形容儀容美好。

⑫ 蕭蕭：舉止瀟灑脫俗。肅肅：形容清靜。

⑬ 舉：挺拔。

⑭ 肅肅：狀聲詞，形容風聲。

⑮ 徐引：舒緩悠長。

⑯ 巖巖：形容高峻挺拔。

⑰ 傀俄：也作「巍峨」，形容高大雄偉。

⑱ 眼爛爛：指目光閃閃。爛爛，明亮的樣子。巖下：山巖之下，比喻眉棱下。

⑲ 神情：神態風度。

⑳ 縈：圍繞。

㉑ 委頓：很疲乏。

㉒ 魏晉談玄之士，經常拿著拂塵，王公貴人也多拿此物。拂塵以玉爲柄，王衍的手非常白淨，

驃騎王武子是衛玠之舅㉛，儁爽有風姿，見玠輒歎曰：「珠玉在側，覺我形穢！」

有人詣王太尉㉜，遇安豐、大將軍、丞相在坐；往別屋見季胤、平子㉝。還，語人曰：「今日之行，觸目見琳琅珠玉㉞。」

王丞相見衛洗馬曰㉟：「居然有羸形，雖復終日調暢，若不堪羅綺㊱。」

王大將軍稱太尉：「處衆人中，似珠玉在瓦石間。」

庾子嵩長不滿七尺，腰帶十圍㊲，頹然自放㊳。

衛玠從豫章至下都㊴，人久聞其名，觀者如堵牆㊵。玠先有羸疾，體不堪勞，遂成病而死。時人謂「看殺衛玠」。

周伯仁道桓茂倫㊶：「嶔崎歷落，可笑人㊷。」或云謝幼輿言。

周侯説王長史父㊸：「形貌既偉，雅懷有概㊹，保而用之，可作諸許物也㊺。」

祖士少見衛君長云：「此人有旄仗下形。」

石頭事故，朝廷傾覆。溫忠武與庾文康投陶公求救㊻，陶公云：「肅祖顧命不見及，且蘇峻作亂，釁由諸庾，誅其兄

和玉色無異。

㉓ 連壁：指兩壁相連，比喻並美。璧，玉器。

㉔ 挺動：動搖，晃動，此處指精神渙散。

㉕ 嵇延祖：嵇紹，字延祖，其父爲嵇康。因在八王之亂中捨身保衛晉惠帝而身亡，而後被晉朝作爲忠臣頌揚。然而因其父爲司馬氏家族所殺害，嵇紹經歷的特殊性，使後世對於他的評價存在著褒貶不一的爭議。卓卓：形容超群出衆，氣度不凡。

㉖ 冠冕：帝王、大夫所帶的禮帽。

㉗ 玉人：比喻容貌美麗的人。

㉘ 悴：憔悴。

㉙ 悠悠忽忽：悠閒、不經意的樣子。

㉚ 土木形骸：把身體當成土木一般，不加修飾，狀態自然。

㉛ 王武子：王濟，字武子，死後追贈驃騎將軍。衛玠是他的外甥，風采秀逸。

㉜ 王太尉：王衍。

㉝ 五個人皆是王衍的兄弟或堂兄弟。安豐即王衍堂兄王戎，大將軍即堂弟王敦，丞相即堂弟王導，季胤是王衍弟弟王詡的字，平子是弟弟王澄的字。

㉞ 琳瑯：美玉，比喻人物風姿秀逸。

㉟ 衛洗馬：衛玠，任太子洗馬，天生體弱多病。

㊱ 羅綺：有花紋的絲織品。

㊲ 十圍：兩手的拇指和食指合攏的圓周長是一

弟，不足以謝天下。」于時庾在溫船後聞之，憂怖無計。別日，溫勸庾見陶，庾猶豫未能往，溫曰：「溪狗我所悉㊼，卿但見之，必無憂也！」庾風姿神貌，陶一見便改觀。談宴竟日，愛重頓至。

庾太尉在武昌，秋夜氣佳景清，使吏殷浩、王胡之之徒登南樓理詠㊽。音調始遒㊾，聞函道中有屐聲甚厲㊿，定是庾公。俄而率左右十許人步來，諸賢欲起避之。公徐云：「諸君少住，老子於此處興復不淺[51]！」因便據胡牀，與諸人詠謔[52]，竟坐甚得任樂[53]。後王逸少下，與丞相言及此事。丞相曰：「元規爾時風範[54]，不得不小頹[55]。」右軍答曰：「唯丘壑獨存[56]。」

王敬豫有美形[57]，問訊王公[58]。王公撫其肩曰：「阿奴恨才不稱！」又云：「敬豫事事似王公。」

王右軍見杜弘治，歎曰：「面如凝脂[59]，眼如點漆，此神仙中人。」時人有稱王長史形者，蔡公曰：「恨諸人不見杜弘治耳！」

劉尹道桓公：「鬢如反蝟皮[60]，眉如紫石稜[61]，自是孫仲

圍，腰寬十圍代表很粗。

㊳頹然：溫和順從的樣子。自放：指自我放縱，不拘禮法。

㊴下都：指京都建康。西晉舊都洛陽，因此後來稱新都爲下都。衛玠渡江後，先到豫章，後到建康。

㊵堵牆：牆。

㊶桓茂倫：桓彝，字茂倫。善於鑑別人才，享有盛名，一向爲周伯仁所推崇。

㊷嶔崎：山勢高峻，比喻人高大英俊。歷落：指舉止灑脫。可笑：可喜。

㊸王長史父：王濛的父親王訥。

㊹有概：有風度。

㊺諸許物：一切事情，許多事情。

㊻溫忠武：溫嶠，諡忠武。蘇峻作亂時，溫嶠任平南將軍、江州刺史，駐紮到尋陽。後庾亮戰敗，逃到他那裡，他勸庾亮去見陶侃，並共推陶侃爲盟主，起兵討伐。庾文康：庾亮，晉明帝皇后的哥哥，諡文康。陶公：陶侃。蘇峻作亂時，爲征西大將軍、荊州刺史，鎮守江陵。

㊼溪狗：也作「傒狗」。吳人把江西一帶的人稱爲傒狗，含鄙薄之意。

㊽使吏：指地方長官的僚屬。理詠：吟詠，作詩吟唱。

㊾遒：高昂。

㊿函道：樓梯。

謀、司馬宣王一流人[62]。」

王敬倫風姿似父[63]，作侍中，加授桓公[64]，公服從大門入。桓公望之，曰：「大奴固自有鳳毛[65]。」

林公道王長史：「斂衿作一來[66]，何其軒軒韶舉[67]！」時人目王右軍：「飄如遊雲，矯若驚龍。」

王長史嘗病，親疏不通。林公來，守門人遽啟之曰：「一異人在門，不敢不啟。」王笑曰：「此必林公。」

或以方謝仁祖不乃重者。桓大司馬曰：「諸君莫輕道，仁祖企腳北窗下彈琵琶[68]，故自有天際真人想[69]。」

王長史為中書郎，往敬和許。爾時，積雪，長史從門外下車，步入尚書[70]，著公服。敬和遙望，歎曰：「此不復似世中人！」

簡文作相王時，與謝公共詣桓宣武。王珣先在內，桓語王：「卿嘗欲見相王，可住帳裡。」二客既去，桓謂王曰：「定何如？」王曰：「相王作輔[71]，自然湛若神君[72]，公亦萬夫之望。不然，僕射何得自沒[73]？」

海西時[74]，諸公每朝，朝堂猶暗；唯會稽王來，軒軒如朝

---

[51] 老子：老夫，老人的自稱。
[52] 謔：開玩笑。
[53] 任樂：盡情歡樂。
[54] 風範：氣派。
[55] 穨：通「頹」，低落。
[56] 丘壑：山水幽美處所，隱士所居之地，比喻深遠的意境。
[57] 王敬豫：王恬，字敬豫，王導的兒子。好武且不拘禮法，因此王導不喜歡他。
[58] 問訊：問安。
[59] 凝脂：凝固的油脂，形容白嫩。
[60] 反蝟皮：刺蝟毛翻開，四散豎起。
[61] 紫石棱：隴州所產紫色石的棱角。
[62] 孫仲謀：孫權，字仲謀，吳國的開國之主。司馬宣王：司馬懿，晉國初建，追尊爲宣王。
[63] 王敬倫：王劭，字敬倫，王導的兒子。
[64] 加：加官，在原有官職外加其他官職。
[65] 大奴：王劭。鳳毛：鳳毛是珍稀之物，比喻有父輩的才華風采。
[66] 斂衿：整理衣襟，表示肅敬。來：語氣詞。
[67] 軒軒：形容儀態軒昂。韶舉：優美的舉止。
[68] 企腳：蹺起腿。
[69] 眞人：修眞得道的人，泛指仙人。
[70] 尚書：指尚書省。
[71] 輔：輔相，丞相。
[72] 神君：神靈，神仙。

霞舉。

謝車騎道謝公⑮：「遊肆復無乃高唱⑯，但恭坐捻鼻顧睞⑰，便自有寢處山澤間儀。」

謝公云：「見林公雙眼⑱，黯黯明黑⑲。」孫興公見林公：「稜稜露其爽⑳。」

庾長仁與諸弟入吳㉑，欲住亭中宿㉒。諸弟先上，見群小滿屋，都無相避意。長仁曰：「我試觀之。」乃策杖將一小兒，始入門，諸客望其神姿，一時退匿。

有人歎王恭形茂者，云：「濯濯如春月柳㉓。」

⑬ 僕射：謝安。
⑭ 海西：晉廢帝海西公。
⑮ 謝車騎：謝玄，謝安的侄兒。
⑯ 遊肆：盡情遊樂。
⑰ 捻鼻：堵住或捏住鼻子。顧睞：左右顧盼。
⑱ 林公：支道林和尚。
⑲ 黯黯：黑黑的。明：照亮。
⑳ 稜稜：形容威嚴正直。
㉑ 庾長仁：庾統，字長仁，庾亮的侄兒。
㉒ 亭：設在道邊供旅客停宿的公家客棧。
㉓ 濯濯：形容有光澤，清朗的樣子。

白話賞析

魏武帝曹操接見匈奴使節時，他自認相貌醜陋，無法對遠方國家顯示出自己的威嚴，便命崔季珪代替自己，自己握著刀站在崔季珪的坐床邊。接見後，曹操派密探詢問匈奴使節：「你認為魏王如何呢？」匈奴使節回答：「魏王的崇高威望非同小可，但床邊握刀的人，才是真正的英雄。」曹操聽完後，便趁使節回國時，派人殺了他。

何平叔相貌美麗，臉非常白。魏明帝懷疑他擦了粉，想查看一下。當時正好是夏天，便讓他吃熱湯麵。吃完後，大汗淋漓，何平叔撩起紅衣擦臉，臉色反而更加光潔。

魏明帝叫皇后的弟弟毛曾和夏侯玄並排坐在一起，當時的人評論，這是蘆葦倚靠著玉樹。

當時的人評論夏侯太初如同懷裡抱著日月一樣光彩照人。李安國精神不振，就像玉山將要崩塌一般。

嵇康身高七尺八寸，風度姿態秀美出眾。見到他的人都讚嘆：「他的舉止瀟灑安詳，氣質豪爽清逸。」有人說：「他像松樹間沙沙作響的風聲，高遠而舒緩悠長。」山濤評論他：「嵇叔夜的為人，像挺拔的孤松傲然獨立；他的醉態，像高大的玉山即將傾倒。」

中書令裴楷評論安豐侯王戎：「他的目光灼灼，如同巖下閃電。」

潘岳有美好的容貌和優雅的神態風度。年輕時夾著彈弓走在洛陽大街上，遇到他的婦女都手拉著手，一起圍住他。左太沖長得非常難看，但他也模仿潘岳到處遊蕩，這時婦女們都向他亂吐唾沫，使他垂頭喪氣地回家。

王夷甫容貌端莊漂亮，善於談玄，平常總拿著白玉柄拂塵，白玉的顏色和他的手一點也沒有區別。

潘安仁和夏侯湛兩人都很漂亮，而且喜歡一同行走，當時人們評論他們是「連璧」。

中書令裴楷容貌俊美。有一次生了病，非常疲乏，晉惠帝派王夷甫去看望他。這時裴楷正面向牆躺著，聽說王夷甫奉命來到，便勉強回頭看看他。王夷甫告辭後，告訴別人：「他雙目閃閃，如同山巖下的閃電。但精神渙散，身體確實不舒服。」

有人對王戎說：「嵇延祖氣度不凡，在人群中就像野鶴站在雞群中一般。」王戎回答：「那是因為您沒有見過他的父親啊！」

中書令裴叔則儀表出眾，即使脫下禮帽，穿著粗陋的衣服，頭髮蓬亂，依舊貌美，當時人們都說他是玉人。見到他的人說：「看見裴叔則，就像在玉山上行走一般，感到光彩照人。」

劉伶身高六尺，相貌非常醜陋憔悴，但他悠閒自在，不修邊幅，質樸自然。

驃騎將軍王武子是衛玠的舅舅，容貌俊秀，精神清爽，很有風度儀表。他每次見到衛玠，總是讚嘆：「就如同珠玉在我的身邊一般，頓時覺得自己形貌醜陋啊！」

有人去拜訪太尉王衍，安豐侯王戎、大將軍王敦、丞相王導也在座。到另一個房間時，又見到王季胤、王平子。回家後，他告訴眾人：「今天這一趟，滿眼都是珠寶美玉。」

丞相王導看到太子洗馬衛玠時，說：「他的身體顯然很瘦弱，雖然和適舒暢，但依舊弱不勝衣。」

大將軍王敦稱讚太尉王衍說：「他處在眾人之中，就像珠玉放在瓦礫石塊之間。」

庾子嵩身高不足五尺，腰帶卻有十圍大小。但他本性和順，縱情放達。

衛玠從豫章郡到京都時，人們早已聽到他的名聲，出來觀看的人圍得像一堵牆。衛玠本就虛弱，身體受不了這樣的勞累，最後重病而死。當時的人認為衛玠是被看死的。

周伯仁稱讚桓茂倫：「他高大英俊，舉止瀟灑，是個招人喜愛的人。」有人說這是謝幼輿說的話。

武城侯周顗評論長史王濛的父親：「身體既魁梧，又有高雅的情懷和不凡的風度。若他保持並發揚這些特長，一切事情都是可以辦到的。」

祖士少見到衛君長時，說：「這個人有將帥的風度。」

石頭城事變發生後，朝廷傾覆。溫嶠和庾亮投奔陶侃，陶侃說：「先帝的遺詔並沒有提到我。再說蘇峻作亂，事端都是由庾家人挑起的，便是殺了庾家兄弟，也不足以向天下人謝罪。」這時庾亮正在溫嶠的船後，聽見這些話時，既擔憂又害怕，無計可施。有一天，溫嶠勸庾亮去見陶侃，庾亮很猶豫，不敢前往。溫嶠說：「那傒狗我很了解，你去見他一定不會發生什麼事。」庾亮非凡的風度儀表，使得陶侃與他見面後，便改變原來的看法，和庾亮暢談一整天，對庾亮非常愛慕和推重。

太尉庾亮在武昌時，正值秋夜天氣涼爽，景色清幽，他的屬官殷浩和王胡之等人登上南樓吟詩詠唱。吟興正高昂之時，聽到樓梯傳來木板鞋的聲音，料想一定是庾亮。接著庾亮便帶著十來個隨從走來，大家想起身迴避。庾亮慢條斯理地說道：「諸君暫且留步，老夫對這方面的興趣也不淺。」於是便坐在胡床上，和大家一起吟詠談笑，滿座的人都盡興歡樂。後來，王逸少東下建康時，和丞相王導談論此事。王導說：「元規那時候的氣派，如今也不得不收斂了。」王逸少回答：「唯獨那幽深的情趣尚且保留著。」

王敬豫形貌很美。有一次向父親王導請安時，王導拍著他的肩膀說：「遺憾的是，你的才能和形貌不相稱。」有人說：「敬豫處處都形似王公。」

右軍將軍王羲之見到杜弘治時，讚嘆：「臉像凝脂一樣白嫩，眼睛像點上漆一樣黑亮，這是神仙。」有人稱讚長史王濛的相貌，司徒蔡謨說：「可惜他們沒有見過杜弘治啊！」

丹陽尹劉惔評論桓溫說：「雙鬢像刺蝟的毛一樣豎起，眉棱像紫石棱一樣有棱有角，確實是如孫仲謀和司馬宣王一類的人物。」

王敬倫的儀表風度都像他的父親，任侍中又再加授桓公，他穿著官服從大門進官署。桓溫望見他，說：「大奴確實有他父親的風采。」

支道林評論長史王濛：「嚴肅時做事專一，儀態是多麼軒昂優美啊！」當時的人評論右軍將軍王羲之：「像浮雲一樣飄逸，像驚龍一樣矯健。」

長史王濛有一次生病時，無論親疏來探病，都不會客。有一天，支道林來了，守門人立刻稟報王濛：「有一個相貌特別的人來到門口，我不敢不稟報。」王濛笑道：「一定是林公。」

有人拿他人和謝仁祖相提並論，且不看重他。大司馬桓溫說：「諸位不要輕易評論，仁祖蹺起腳在北窗下彈琵琶時，確實有飄飄欲仙的情意。」

長史王濛任中書郎時，有一次到王敬和那裡。那時連日下雪，王濛在門外下車，穿著官服走入尚書省。王敬和遠遠地看見雪景襯著王濛，讚嘆道：「這簡直不像是塵世中人啊！」

簡文帝任丞相時，和謝安一起去探望桓溫。王珣已在桓溫旁邊，桓溫對王珣說：「你曾想看看相王，等一下你可以在帷幔後面看他。」兩位客人走後，桓溫問王珣說：「相王如何呢？」王珣說：「相王任丞相，自然如神靈一般清澈，他也是萬民的希望。不然，僕射怎麼會自甘藏拙呢？」

海西公稱帝期間，大臣們每次早朝，當殿堂還尚未明亮時，就只有會稽王提早到來，他氣宇軒昂，就像朝霞高高升起一般。

車騎將軍謝玄稱道謝安：「一旦縱情遊樂，無須放聲高唱，只是端坐捏鼻作洛下書生詠，顧盼自如，就會有棲止於山水草澤間的儀態。」

謝安說：「我覺得林公的一雙眼睛，黑溜溜的，可以照亮黑暗的地方。」孫興公看到支道林，也說：「他威嚴的眼神裡透露出直爽。」

庾長仁和弟弟們過江到吳地，途中想在驛亭裡住宿。幾個弟弟先進入驛亭，看見滿屋都是平民百姓，眾人絲毫沒有迴避的意思。長仁說：「我試著進去看看。」於是他便拄著拐杖，扶著一個小孩進門，旅客們望見他的神采，便一下都躲開了。

有人讚賞王恭形貌豐滿美好，說：「像春天的楊柳一樣光鮮奪目。」

源來如此

容止指儀容舉止。容止，在本篇中有時偏重儀容，例如俊秀、魁梧、白淨、光彩照人；有時偏重舉止，例如莊重、悠閒。主要是從優秀的一面讚美，也有少部份譏諷貌醜。大部份的條目直接描寫容貌舉止，著重寫某一特點，例如眼睛、臉龐、某一動作。有些條目則只有點出「美姿儀」等，而沒有具體描寫。有的則使用烘雲托月法，表現人物之美。例如其中記載王武子「儁爽有風姿」，但他看到衛玠就感嘆道：「珠玉在側，覺我形穢！」沒有正面涉及衛玠的容止，但卻讓人感受到衛玠的美好容貌。

士族階層講究儀容舉止，這也成為魏晉風流的重要組成部份。儀容風彩有時甚至能成為活下去的利器。例如記載陶侃因蘇峻作亂事欲殺庾亮，但見到庾亮後，「庾風姿神貌，陶一見便改觀。談宴竟日，愛重頓至」。從此足見注重容止是當時的風尚。

另外，在讚美聲中還可以看出名士羨慕隱逸、追求超然世外的舉止風姿。例如讚嘆「此不復似世中人」，還有「寢處山澤間儀」。都是因為顧盼生姿、閒適自得而引發人們超塵出世之想。

作文撇步

1. 狀聲詞：模擬事物聲音的詞彙，當成「音標」符號用以表音，和字義無關。

例1：或云：「**肅肅**如松下風，高而徐引。」

例2：**唧唧復唧唧**，木蘭當戶織……不聞爺娘喚女聲，但聞黃河流水鳴**濺濺**。旦辭黃河去，暮宿黑山

頭。不聞爺娘喚女聲，但聞燕山胡騎聲**啾啾**。（〈木蘭詩〉）

例3：慈烏失其母，**啞啞**吐哀音。晝夜不飛去，經年守故林。（唐代白居易〈慈烏夜啼〉）

例4：怒髮衝冠，憑欄處，**瀟瀟**雨歇。抬望眼，仰天長嘯，壯懷激烈。（宋代岳飛〈滿江紅〉）

成語集錦

1. 代人捉刀：後用以比喻代人做事，多指寫文章而言。

原典　魏武將見匈奴使，自以形陋，不足雄遠國，使崔季珪代，帝自捉刀立牀頭。既畢，令間諜問曰：「魏王何如？」匈奴使答曰：「魏王雅望非常，然牀頭捉刀人，此乃英雄也。」魏武聞之，追殺此使。

2. 擲果潘郎：形容如潘安般美貌的男子。

原典　潘岳妙有姿容，好神情。少時挾彈出洛陽道，婦人遇者，莫不連手共縈之。左太沖絕醜，亦復效岳遊遨，於是群嫗齊共亂唾之，委頓而返。

書證1：擲果潘郎誰不慕？朱門別見紅妝露。（唐代司空圖〈馮燕歌〉）

3. 鶴立雞群：鶴站在雞群之中，非常突出。比喻人的儀表才能超群脫凡，後亦用以比喻事物的不平凡。

原典　有人語王戎曰：「嵇延祖卓卓如野鶴之在雞群。」答曰：「君未見其父耳！」

書證1：節操鵷雛捐鼠餌，風神野鶴立雞群。（元代耶律楚材〈和景賢〉）

書證2：方才此老何等得意……他道是鶴立雞群，我道是鴉隨鸞陣。（明代畢萬《三報恩》）

書證③：正在談論，誰知女兒國王忽見林之洋雜在眾人中，如鶴立雞群一般，更覺白俊可愛。（清代李汝珍《鏡花緣》）

書證④：這是咱逢時運，父親呵休錯認做蛙鳴井底，鶴立雞群。（元代佚名《舉案齊眉》）

4. 自慚形穢：因容貌儀態不如別人而感覺羞愧。後用以泛指與人相比自愧不如。

原典 驃騎王武子是衛玠之舅，儁爽有風姿，見玠輒歎曰：「珠玉在側，覺我形穢！」

書證①：魏視書生，錦貂炫目，自慚形穢，靦顏不知所對。（清代蒲松齡《聊齋志異》）

書證②：細細看去，不但面上這股黑氣萬不可少，並且回想那些脂粉之流，反覺其醜。小弟看來看去，只覺自慚形穢。（清代李汝珍《鏡花緣》）

書證③：誰知見了顏生，不但衣冠鮮明，而且像貌俊美，談吐風雅，反覺得踽踽不安，自慚形穢，竟自無地可容，連一句整話也說不出來。（《三俠五義》）

書證④：卻也奇怪，他的老婆聽說他要納妾，非但並不阻擋，並且竭力慫恿。也不知他是生性不妒呢？還是自慚形穢？或是別有會心？那就不得而知了。（清代吳趼人《二十年目睹之怪現狀》）

書證⑤：濟川看看他們，再看看自己，覺著背後拖了一條辮子，像豬尾巴似的，身上穿的那不伶不俐的長衫，正合著古人一句話，叫做「自慚形穢」！（清代李伯元《文明小史》）

書證⑥：婁樸學問淵博，這紹聞久不親書，已成門外漢……紹聞在婁樸面前，不免自慚形穢。（清代李綠園《歧路燈》）

高手過招

1.（　）何平叔美姿儀，面至白，魏明帝疑其傅粉。正夏月，與熱湯餅。既噉，大汗出，以朱衣自拭，色轉皎然。（《世說新語．容止》）後人遂以「傅粉何郎」指稱美男子。下列哪一句成語不是形容男子之容貌俊秀？

A. 城北徐公。
B. 貌若潘安。
C. 左思之貌。
D. 看殺衛玠。

2.（　）下列文句「」內的讀音，依序與哪一選項文字的字音完全相同？何平叔美姿儀，面至白，魏明帝疑其「傅」粉。「正」夏月，與熱湯餅。既「噉」，大汗出，以朱衣自拭，色轉「皎」然。（《世說新語．容止》）

A. 父、政、旦、角。
B. 夫、征、膽、較。
C. 膚、症、蛋、窖。
D. 婦、蒸、彈、姣。

3.（　）何平叔美姿儀，面至白，魏明帝疑其傅粉。正夏月，與熱湯餅。既噉，大汗出，以朱衣自拭，色轉皎然。（《世說新語．容止》）閱讀上列文字，選出最正確的敘述：

A. 何平叔是因為化妝才有粉白的臉色。
B. 何平叔因衣裝華美而獲魏明帝邀宴。
C.「既噉，大汗出」的「噉」是「炎熱」的意思。
D.「魏明帝疑其傅粉」的「傅」字是塗抹的意思。

4.（　）潘岳妙有姿容，好神情。少時挾彈出洛陽道，婦人遇者，莫不連手共縈之。左太沖絕醜，亦復效岳遊遨，於是群嫗齊共亂唾之，委頓而返。（《世說新語．容止》）本文所述左太沖的行為，可用下列那一成語說明？

A.吳牛喘月。
B.平分春色。
C.東施效顰。
D.咎由自取。

解答：

1.C　2.C　3.D　4.C

洛陽紙貴——左思

左思，字太沖，齊國臨淄人。西晉文學家，是太康時期最傑出的作家，其〈三都賦〉頗被當時稱頌，造成「洛陽紙貴」。左思出身儒學世家，史載其「貌寢（醜）口訥（口吃）」，故不好交遊但辭章壯麗。晉武帝泰始八年前後，左思的妹妹左棻被選入宮中，於是移家洛陽，任秘書郎。元康年間，左思參與當時的文人集團「二十四友」，並為賈謐講《漢書》。後賈謐被誅，左思退居，專心著作典籍。後齊王司馬冏召他為記室督，左思稱病不出。太安二年，河間王司馬顒派部將張方進攻洛陽，左思遷家冀州，數年後亡。

傷逝篇

傷逝表示對逝世者的傷悼及誠摯友情。值得注意的是，魏晉士人對於逝世者不合常規的哀悼方式，他們認為只要能表達自己深厚的情意，就無須顧慮傳統禮儀及他人，也顯現他們自然率真的本性。

王仲宣好驢鳴❶。既葬，文帝臨其喪，顧語同遊曰：「王好驢鳴，可各作一聲以送之。」赴客皆一作驢鳴。

王濬沖為尚書令，著公服，乘軺車❷，經黃公酒壚下過❸，顧謂後車客：「吾昔與嵇叔夜、阮嗣宗共酣飲於此壚❹，竹林之遊，亦預其末。自嵇生夭、阮公亡以來，便為時所羈紲❺。今日視此雖近，邈若山河❻。」

孫子荊以有才，少所推服，唯雅敬王武子。武子喪時，名士無不至者。子荊後來，臨屍慟哭，賓客莫不垂涕。哭畢，向靈牀曰❼：「卿常好我作驢鳴，今我為卿作。」體似真聲，賓客皆笑。孫舉頭曰：「使君輩存，令此人死！」

王戎喪兒萬子，山簡往省之，王悲不自勝。簡曰：「孩抱

【說文解字】

❶王仲宣：王粲，字仲宣，魏國人，名列建安七子之一。

❷軺車：駕一匹馬的輕車。

❸酒壚：酒館裡放酒甕的土臺，借指酒館。

❹嵇叔夜：嵇康，字叔夜。阮嗣宗：阮籍，字嗣宗。兩人皆爲竹林七賢成員。

❺羈紲：束縛。

❻邈：遠。

❼靈牀：停放屍體的床鋪。

❽孩抱：孩提，嬰兒。

❾哭：弔唁。

❿峨峨：形容巍峨的樣子。

⓫咸和：晉成帝司馬衍的年號。咸和年間，衛玠改葬江寧。

⓬教：諸侯王公的文告。

⓭薄祭：菲薄的祭品，此處是對死者的謙詞。

⓮敦：深厚。舊好：舊情，故交。

⓯琴：初爲五弦，漢朝起定製爲七弦。位列四藝「琴棋書畫」之首。

中物❽，何至於此？」王曰：「聖人忘情，最下不及情；情之所鍾，正在我輩。」簡服其言，更為之慟。

有人哭和長輿曰❾：「峨峨若千丈松崩❿。」

衛洗馬以永嘉六年喪，謝鯤哭之，感動路人。咸和中⓫，丞相王公教曰⓬：「衛洗馬當改葬。此君風流名士，海內所瞻，可脩薄祭⓭，以敦舊好⓮。」

顧彥先平生好琴，及喪，家人常以琴置靈牀上⓯。張季鷹往哭之，不勝其慟，遂徑上牀，鼓琴，作數曲竟，撫琴曰：「顧彥先頗復賞此不？」因又大慟，遂不執孝子手而出⓰。

庾亮兒遭蘇峻難遇害。諸葛道明女為庾兒婦，既寡，將改適，與亮書及之。亮答曰：「賢女尚少，故其宜也。感念亡兒，若在初沒。」

庾文康亡，何揚州臨葬云：「埋玉樹箸土中⓱，使人情何能已已！」

王長史病篤，寢臥燈下，轉麈尾視之，歎曰：「如此人，曾不得四十⓲！」及亡，劉尹臨殯⓳，以犀柄麈尾箸柩中⓴，因慟絕。

⓰ 弔喪臨走時，禮節上應與主人握手以表慰問。

⓱ 玉樹：此處以傳說中的珍稀仙樹，比喻寶貴的人材。

⓲ 王濛容貌秀麗，又善清談，死時只有三十九歲，被認爲英年早逝。故有此嘆。

⓳ 殯：入殮停靈。

⓴ 柩：棺材。清談者經常手執麈尾，因此劉惔將拂麈放在棺材裡。

㉑ 法虔：支道林的同學，才華洋溢，得到支道林的重視。

㉒ 賓喪：也作「隕喪」，指委靡不振，頹喪消沉。

㉓ 斤：斧頭。郢人：郢都的人，實指楚人。語出《莊子．徐無鬼》運斤成風的典故。郢人的鼻尖上沾了白土，匠石揮動斧頭，飛快地替他削掉且沒有碰傷鼻子。郢人一動不動地站著，面不改色。比喻神妙的技術，也需要雙方默契配合，才能發揮作用。郢人死後，匠石便失去配合的對象，神技也就無所施展。

㉔ 俞伯牙是戰國時期一位琴師，他彈奏的曲子沒有人能聽懂，他爲此感到很悲哀。成天四處遊蕩，尋找知音。有一天，他途經祖山，忽見美景，頓發彈奏之情。恰巧，鍾子期砍柴歸來，耳聞琴韻，便駐足聆聽，那悠揚的琴聲使子期開口道：「洋洋乎若水兮。」伯牙聽到有人能聽懂他彈奏的曲子，非常驚喜，隨即又奏一曲，子期又道：「巍巍乎若高山兮。」伯牙爲

支道林喪法虔之後㉑，精神霣喪㉒，風味轉墜。常謂人曰：「昔匠石廢斤於郢人㉓，牙生輟絃於鍾子㉔，推己外求，良不虛也！冥契既逝㉕，發言莫賞，中心蘊結，余其亡矣！」卻後一年，支遂殞。

郗嘉賓喪㉖，左右白郗公：「郎喪。」既聞，不悲，因語左右：「殯時可道。」公往臨殯，一慟幾絕。

戴公見林法師墓，曰：「德音未遠㉗，而拱木已積㉘。冀神理綿綿㉙，不與氣運俱盡耳！」

王子敬與羊綏善。綏清淳簡貴㉚，為中書郎，少亡。王深相痛悼，語東亭云：「是國家可惜人！」

王東亭與謝公交惡㉛。王在東聞謝喪，便出都詣子敬道㉜：「欲哭謝公。」子敬始臥，聞其言，便驚起曰：「所望於法護。」王於是往哭。督帥刁約不聽前㉝，曰：「官平生在時㉞，不見此客。」王亦不與語，直前，哭甚慟，不執末婢手而退。

王子猷、子敬俱病篤㉟，而子敬先亡。子猷問左右：「何以都不聞消息？此已喪矣！」語時了不悲㊱。便索輿來奔喪，都不哭。子敬素好琴，便徑入坐靈牀上，取子敬琴彈，弦既不

自己終能尋到知音激動萬分，便與子期結爲好友。從此，子期每次砍柴，伯牙都扶琴相接，彈琴相送。若干年後，子期因病去世，伯牙悲痛萬分，認爲自己失去知音，於是摔琴於瀑布下，以謝子期。

㉕冥契：默契，此處指互相有默契的人。

㉖郗嘉賓：郗超，字嘉賓，郗愔的兒子。

㉗德音：善言，有德者的話語，用以尊稱他人的言談。

㉘拱木：兩手合圍一般粗的樹，亦指墓上的樹。

㉙綿綿：連續不斷的樣子。

㉚清淳簡貴：指本性清廉敦厚，爲人簡約尊貴。

㉛王東亭：王珣，小名法護，兄弟兩人原來是謝家的女婿。王珣娶謝安弟弟謝萬的女兒，王殉的弟弟王峯，娶謝安的女兒。後因猜忌產生摩擦皆離婚，兩家便成爲仇人。

㉜子敬：王獻之，字子敬，王珣的族兄，甚得謝安賞識。

㉝督帥：領兵的官。

㉞官：對長官的敬稱。

㉟王子猷和王子敬是兄弟，皆爲王羲之的兒子。

㊱了：完全。

㊲夕：傍晚祭奠君主。

㊳王孝伯：王恭，字孝伯，晉孝武帝皇后的哥哥。晉孝武帝死時，王恭鎮守京口。他看到當時執政的會稽王司馬道子寵信小人，國家將有

調，擲地云：「子敬！子敬！人琴俱亡。」因慟絕良久，月餘亦卒。

孝武山陵夕37，王孝伯入臨38，告其諸弟曰：「雖榱桷惟新39，便自有〈黍離〉之哀40！」

羊孚年三十一卒，桓玄與羊欣書曰：「賢從情所寄41，暴疾而殞，祝予之歎42，如何可言！」

桓玄嘗篡位，語卞鞠云43：「昔羊子道恒禁吾此意。今腹心喪羊孚，爪牙失索元44，而匆匆作此詆突45，詎允天心？」

禍亂，非常憂慮，因此便有〈黍離〉之嘆。

39 榱桷：椽子，此處指孝武帝陵墓上的建築。

40 〈黍離〉：《詩經．王風》的篇名，借指王室衰微，心裡憂傷。

41 賢從：賢從兄弟，對他人堂兄弟的敬稱。羊孚是羊欣的同祖堂兄。

42 祝予：斷絕我，亡我。

43 卞鞠：原任桓玄的長史，後桓玄舉兵攻入京都，委派他任丹陽尹。

44 爪牙：此處比喻輔佐的人。

45 詆突：唐突，冒犯。

白話賞析

王仲宣生前喜歡聽驢叫。到了死後安葬時，魏文帝曹丕前去參加他的葬禮，回頭對往日同遊的人說：「王仲宣喜歡聽驢叫，我們每個人都應該學一聲驢叫送別他。」於是，弔喪的客人都逐一學了聲驢叫。

王濬沖任尚書令時，穿著官服，坐著輕車，從黃公酒壚旁經過，觸景生情。他回頭對後車的客人說：「我從前和嵇叔夜、阮嗣宗一同在這個酒店暢飲。竹林中的情誼，我也曾經參與其中。但自從嵇生早逝、阮公亡故後，我便被俗事纏身。如今，這間酒店雖近，但追懷往事卻如同隔著山河一般遙遠。」

孫子荊倚仗自己有才能，便不推崇或佩服別人，唯獨尊敬王武子。王武子去世時，有名望的人都前來弔喪。孫子荊後到，對著遺體痛哭失聲，賓客都感動得流淚。哭完後，他朝著靈床說：「你平時喜歡聽我學驢叫，現在我就為你學一學。」他學得就如同真的一般，賓客們都笑了。孫子荊抬起頭說：「你們這些人活著，但卻讓這個人死了啊！」

王戎的兒子萬子死後，山簡前去探望他，王戎悲傷不已。山簡說：「只是一個懷抱中的嬰兒而已，為什麼要如此悲痛呢？」王戎說：「聖人忘卻情感，最下等的人談不上有感情；感情最專注的，正是我們這一類的人。」山簡很敬佩他的話語，也更加為他感到悲痛。

有人哭弔和長輿，說：「就好像巍峨的千丈青松倒下了。」

太子洗馬衛玠在永嘉六年去世，謝鯤前去弔喪，哭聲甚至連路人都感動不已。咸和年間，丞相王導發表文告說：「衛洗馬今當改葬。此君是風雅名流，受到國內眾人仰慕，應該整治薄祭以表達我們對老友的懷念。」

顧彥先生平喜愛彈琴，在他去世之後，他的家人總是把琴放在靈座上。張季鷹前來弔喪時，非常悲痛地坐在靈座上彈琴，彈完幾曲後，撫摸著琴說：「難道顧彥先還能再欣賞嗎？」說完又哭得傷心不已，沒有盡到握孝子的手以表慰問的禮節，便離開了。

庾亮的兒子在蘇峻的叛亂中遭到殺害。諸葛道明的女兒是他的妻子，守寡後即將改嫁，諸葛道明寫信給庾亮提到此事。庾亮回信：「令嬡尚且年輕，這樣很合適。我只是感念死去的孩兒，如同他剛去世一般。」

庾亮逝世時，揚州刺史何充前去送葬，說：「把如玉樹般的人才埋到土裡，感情要如何才能平靜啊！」

長史王濛病重時，在燈下躺著，一邊轉動著拂塵觀看，一邊嘆息道：「這樣的人，竟連四十歲都活不到啊！」王濛死後，丹陽尹劉惔前去參加大殮禮，將帶有犀角柄的拂塵放到棺材裡，悲傷痛哭得昏死過去。

支道林失去法虔後，精神委靡不振，也逐漸喪失風采。他常對人說：「從前匠石因為郢人死去就不再使用斧子，伯牙也因為鍾子期死去而停止鼓琴，推己及人，確實不假啊！知己去世，話語再無人欣賞，心裡鬱結難解，我大概就要死了吧！」一年後，支道林便死了。

郗嘉賓死後，手下的人稟告郗愔：「大郎死了。」郗愔聽了並不悲傷，告訴手下的人說：「入殮時再告訴我。」入殮時，郗愔前去參加大殮禮，哀痛得幾乎氣絕。

戴公看到支道林法師的墳墓時，說：「您高明的言談尚且餘音繞梁，但墓上的樹卻已連成一片。願您那精湛的玄理能綿延不斷地流傳，不會和壽數一同完結啊！」

王子敬和羊綏交好。羊綏清廉敦厚，簡約尊貴，曾任中書郎，英年早逝。王子敬哀痛地悼念他，王子敬曾對東亭侯王珣說：「他是國內值得痛惜的人啊！」

東亭侯王珣和謝安兩家結仇，但王珣在東邊一聽說謝安去世，就到京都見王子敬，說自己想去祭弔謝安。子敬一開始躺著，聽了他的話後，便驚訝地起來，說：「這是我希望你做的事。」王珣便前去哭弔。謝安帳下的督帥刁約不讓他上前，說：「大人在世時，從來不接見這位客人。」王珣不理他，直接上前，哭得非常傷心。最後，悲痛地無法按照禮節握謝琰的手便離開了。

王子猷和王子敬皆病重，子敬先離世了。有一天，子猷問伺候的人：「為什麼沒有聽到子敬的音訊呢？他是已經去世了吧！」說話時一點都不悲傷。說完便前去奔喪，完全沒有哭泣。子敬平時喜愛彈琴，子猷便進去坐在靈座上，拿過子敬的琴彈奏，但琴弦卻不管怎樣也調不好，他便將琴扔到地上，說：「子敬，子敬，人和琴都已經不在了。」說完便悲痛得昏過去，很久之後才甦醒。一個多月後，王子猷也去世了。

晉孝武帝去世的夕祭時，王孝伯進京哭祭，對他的幾個弟弟說：「雖然這個陵寢是新的，但卻讓人感到〈黍離〉之悲啊！」

羊孚三十一歲時死了，桓玄寫給羊欣的信上說：「賢堂兄是我所信賴且寄託友情的人，竟突然暴病而死。天將亡我的這股感嘆，怎麼能用言語來表達啊！」

桓玄將要篡位時，對卞鞠說：「從前羊子道不允許我有這種意圖，現在我的心腹羊孚死了，助手索元也死了。在這種情況下，卻要匆忙進行這樣冒犯君上的事，難道可以符合天意嗎？」

源來如此

傷逝指哀念去世的人。懷念死者，表示哀思，這是人之常情。本篇記述對兄弟、朋友、屬員之喪的悼念及做法。有的依親友的生前愛好奏曲或學驢鳴以祭奠逝者。有的是睹物思人，感慨萬千，而興傷逝之嘆。有的是以各種評價頌揚逝者，以寄託自己的哀思。更有人慨嘆知音已逝，而預料自己將不久於人世。

作文撇步

1. 借代：在說話或行文中，借用其他名稱或語句，代替一般經常使用的本名或語句。

例1：孝武山陵夕，王孝伯入臨，告其諸弟曰：「雖榱桷惟新，便自有〈**黍離**〉之哀！」

Tips：此處「黍離」代指「王室衰微，心裡憂傷」。

例2：談到白話文學，他（胡適）的程度就不如我了。因為他提**周作人**，我就背段周作人；他提**魯迅**，我就背段魯迅；他提**老舍**，我就背段老舍；當然他背不過。（陳之藩《在春風裡》）

Tips：此處「周作人」、「魯迅」、「老舍」代指他們的作品。

例3：慈烏復慈烏，烏中之**曾參**。（唐代白居易〈慈烏夜啼〉）

Tips：此處「曾參」代指「孝子」。

成語集錦

1. 黃公酒壚：壚，酒肆放置酒壇的土臺，借指酒館。比喻人見景物而哀傷舊友，或作為傷逝憶舊之辭。

原典 王濬沖為尚書令，著公服，乘軺車，經黃公酒壚下過，顧謂後車客：「吾昔與嵇叔夜、阮嗣宗共酣飲於此壚，竹林之遊，亦預其末。自嵇生夭、阮公亡以來，便為時所羈紲。今日視此雖近，邈若山河。」

2. 人琴俱亡：後用作傷悼友人去世之辭，哀輓朋友喪者的輓辭。亦作「人琴俱杳」。

原典 王子猷、子敬俱病篤，而子敬先亡。子猷問左右：「何以都不聞消息？此已喪矣！」語時了不悲。便索輿來奔喪，都不哭。子敬素好琴，便徑入坐靈牀上，取子敬琴彈，弦既不調，擲地云：「子敬！子敬！人琴俱亡。」因慟絕良久，月餘亦卒。

書證1：而人琴俱亡，賞音闃然。（清代王鵬運〈彊邨詞序〉）

高手過招

1.（　）王戎喪兒萬子，山簡往省之，王悲不自勝。（《世說新語．傷逝》）劉孝標注：「年十九卒。」若欲代山簡送一輓幛，下列題辭，何者最為適當？

A.玉折蘭摧。
B.南極星沉。
C.立雪神傷。
D.老成凋謝。

2.（　）下引文章是一段筆記小說，若按文意將（甲）、（乙）、（丙）三個短語依序填入內，何者最恰當？王戎喪兒萬子，山簡往省之，王悲不自勝。簡曰：「孩抱中物，何至於此？」王曰：「聖人（　），最下（　）；情之（　），正在我輩！」簡服其言，更為之慟。（《世說新語．傷逝》）（甲）忘情（乙）不及情（丙）所鍾。
A.甲；乙；丙。
B.丙；甲；乙。
C.丙；乙；甲。
D.乙；甲；丙。

解答：
1.A　2.A

典故　子夏喪其子而喪其明

孔子的弟子子夏，因為兒子死了而哭瞎眼睛，他的同學曾子前去慰問他，曾子說：「我聽說過，朋友失明時就應替他感到難過。」說完曾子便哭了，子夏也哭了起來，同時有所抱怨地說：「天啊！我究竟犯了什麼罪過啊！為什麼要讓我遭受這樣的處境啊！」

這時，曾子生氣地對子夏說：「商！（子夏，姓卜，名商，字子夏。）你怎麼會沒有罪過呢？從前我和你曾在洙水和泗水之間，侍奉我們的老師孔子，後來你年紀大了，便退隱到西河之上。因為你沒有稱道老師的德行，使得西河的百姓不清楚孔子的德行，反而誤以為你是孔子，這是你的第一個罪過。再來，你的父母去世時，你在守孝期間對父母的哀痛之情，尚且比不上如今失去兒子所表現的哀痛，因此你並沒有留下好的孝行讓人們知曉，這是你的第二個罪過。現在你的兒子死了，你便哭瞎自己的眼睛，毀傷身體，這是你的第三個罪過。你犯下這三大罪過，怎麼能說你沒有罪過呢？」子夏聽了曾子的話後，立刻丟開手杖，對曾子下拜，說：「我錯了！我錯了！我離開人群而隱居，太久沒有朋友規過勸善了啊！」

任誕篇

反映魏晉士人對於傳統禮教的蔑視，以及追求精神超脫的風氣。〈任誕〉是魏晉士人對於舊禮制的反抗，也是處於黑暗的政治環境中，一種對於自由的嚮往。

陳留阮籍，譙國嵇康，河內山濤，三人年皆相比，康年少亞之。預此契者❶：沛國劉伶，陳留阮咸，河內向秀，琅邪王戎。七人常集于竹林之下，肆意酣暢，故世謂「竹林七賢」。

阮籍遭母喪❷，在晉文王坐進酒肉。司隸何曾亦在坐，曰：「明公方以孝治天下，而阮籍以重喪，顯於公坐飲酒食肉❸，宜流之海外，以正風教。」文王曰：「嗣宗毀頓如此❹，君不能共憂之，何謂？且有疾而飲酒食肉，固喪禮也❺！」籍飲噉不輟，神色自若。

劉伶病酒❻，渴甚，從婦求酒。婦捐酒毀器❼，涕泣諫曰：「君飲太過，非攝生之道❽，必宜斷之！」伶曰：「甚善。我不能自禁，唯當祝鬼神，自誓斷之耳！便可具酒肉。」婦

【說文解字】

❶ 契：契會，約會。

❷ 阮籍：字嗣宗，陳留尉氏（今河南開封）人，「竹林七賢」之一。晉文王司馬昭任大將軍時，調阮籍任從事中郎，後阮籍求為步兵校尉，因此人稱阮步兵。與嵇康並稱「嵇阮」。放誕不羈，居喪無禮。

❸ 重喪：重大的喪事，指父母之死。

❹ 毀頓：毀，因為心理哀傷過度而損害身理。頓，勞累。

❺ 固喪禮也：語出《禮記．曲禮上》：「居喪之禮……有疾則飲酒食肉，疾止復初。」因此，飲酒食肉並不違反喪禮。

❻ 劉伶：字伯倫，沛國（今安徽宿縣）人，竹林七賢之一，性好酒，曾為建威參軍。晉武帝泰始初年，對朝廷策問，強調無為而治，但最後以無能罷免。曾作〈酒德頌〉，宣揚老莊思想和縱酒放誕之情趣，對傳統「禮法」表示蔑視。病酒：飲酒沉醉，醒後困乏如病，病酒必須用飲酒解除。

曰：「敬聞命。」供酒肉於神前，請伶祝誓。伶跪而祝曰：「天生劉伶，以酒為名，一飲一斛❾，五斗解酲❿。婦人之言，慎不可聽。」便引酒進肉，隗然已醉矣⓫。

劉公榮與人飲酒，雜穢非類⓬，人或譏之。答曰：「勝公榮者，不可不與飲；不如公榮者，亦不可不與飲；是公榮輩者⓭，又不可不與飲。」故終日共飲而醉。

步兵校尉⓮，缺，廚中有貯酒數百斛⓯，阮籍乃求為步兵校尉。

劉伶恒縱酒放達，或脫衣裸形在屋中，人見譏之。伶曰：「我以天地為棟宇，屋室為幝衣，諸君何為入我幝中⓰？」

阮籍嫂嘗還家，籍見與別。或譏之。籍曰：「禮豈為我輩設也⓱？」

阮公鄰家婦有美色，當壚酤酒。阮與王安豐常從婦飲酒，阮醉，便眠其婦側。夫始殊疑之，伺察，終無他意。

阮籍當葬母，蒸一肥豚⓲，飲酒二斗，然後臨訣，直言：「窮矣⓳！」都得一號⓴，因吐血，廢頓良久㉑。

阮仲容、步兵居道南㉒，諸阮居道北。北阮皆富，南阮

---

❼ 捐：捨棄，倒掉。
❽ 攝生：養生。
❾ 一斛：十斗。斗，酒斗，盛酒器。
❿ 酲：酒醒後神志不清有如患病的狀態。
⓫ 隗然：頹然醉倒的樣子。
⓬ 非類：不是同類的人，此處指身分、門第不同類的人。
⓭ 輩：同一類別、等級。
⓮ 步兵校尉：官名。漢代京師置屯兵八校尉，步兵校尉掌管上林苑屯兵。校尉，古代中國的武官官職，在歷史上具重要影響力。該職位於漢朝時達到鼎盛，其地位僅次於各將軍。其手下必有親自統領的部隊，而將軍卻不一定有自己的軍隊，所以校尉實際影響力有時候甚至超過將軍。東漢末年三國序幕之時，名義上統領天下兵馬的大將軍何進被宦官所殺，而其手下的西園軍校尉袁紹、曹操等卻以此職位帶領士兵兵變，最後殺死了所有的宦官。
⓯ 廚：此處指步兵營的廚房，其中的酒爲犒勞軍隊而釀造。
⓰ 幝：褌子。
⓱ 按禮制，叔嫂不通問。
⓲ 豚：小豬。
⓳ 窮：窮盡。孝子哭時，照例要呼喊「窮、奈何」，是當時的一種習俗。
⓴ 都：總共。

貧。七月七日，北阮盛曬衣，皆紗羅錦綺㉓。仲容以竿掛大布犢鼻幝於中庭㉔。人或怪之，答曰：「未能免俗，聊復爾耳！」

阮步兵喪母，裴令公往弔之。阮方醉，散髮坐牀，箕踞不哭㉕。裴至，下席於地，哭弔喭畢㉖，便去。或問裴：「凡弔，主人哭，客乃為禮。阮既不哭，君何為哭？」裴曰：「阮方外之人，故不崇禮制；我輩俗中人，故以儀軌自居㉗。」時人歎為兩得其中。

諸阮皆能飲酒，仲容至宗人間共集㉘，不復用常桮斟酌㉙，以大甕盛酒，圍坐，相向大酌。時有群豬來飲，直接去上，便共飲之。

阮渾長成㉚，風氣韻度似父，亦欲作達。步兵曰：「仲容已預之，卿不得復爾。」

裴成公婦㉛，王戎女。王戎晨往裴許，不通徑前。裴從牀南下，女從北下，相對作賓主，了無異色。

阮仲容先幸姑家鮮卑婢㉜。及居母喪，姑當遠移，初云當留婢，既發，定將去。仲容借客驢箸重服自追之㉝，累騎而返㉞。曰：「人種不可失㉟！」即遙集之母也。

㉑ 廢：身體損傷。

㉒ 阮仲容：阮咸，字仲容，陳留尉氏人，阮籍的侄兒，竹林七賢之一。官至始平太守，人稱阮始平。

㉓ 七月七日必須曬衣裳和書籍，據說這樣就不會受蟲蛀。

㉔ 犢鼻幝：短褲。

㉕ 依喪禮，阮籍坐在坐床上是離開喪位，箕踞而坐不合禮法。下文客人席於地，而孝子坐在床上更不合禮法。

㉖ 弔喭：也作「弔唁」。

㉗ 儀軌：指禮法、禮制。

㉘ 宗人：同一家族的人。

㉙ 斟酌：斟酒。

㉚ 阮渾：字長成，阮籍的兒子。少慕通達，不飾小節。阮籍曾對他說：「仲容已預吾此流，汝不得覆爾！」太康年間，爲太子庶子。阮渾著有文集三卷，《隋書經籍志注》和二卷《兩唐書志》傳於世。

㉛ 裴成公：裴頠，字逸民，死後謚號爲成。河東聞喜人，西晉哲學家，著有〈崇有論〉。

㉜ 鮮卑：住在東北、內蒙一帶的民族。

㉝ 重服：最隆重且慎重的孝服，即爲父母喪而穿的孝服。

㉞ 累騎：重騎，此處指同乘一驢。

㉟ 人種：此處指鮮卑婢女已懷孕。

任愷既失權勢㊱，不復自檢括㊲。或謂和嶠曰：「卿何以坐視元裒敗而不救㊳？」和曰：「元裒如北夏門㊴，拉攞自欲壞㊵，非一木所能支。」

劉道真少時，常漁草澤㊶，善歌嘯，聞者莫不留連。有一老嫗，識其非常人，甚樂其歌嘯，乃殺豚進之。道真食豚盡，了不謝。嫗見不飽，又進一豚，食半餘半，迺還之。後為吏部郎，嫗兒為小令史，道真超用之。不知所由，問母；母告之。於是齎牛酒詣道真㊷，道真曰：「去！去！無可復用相報。」

阮宣子常步行，以百錢掛杖頭，至酒店，便獨酣暢。雖當世貴盛，不肯詣也。

山季倫為荊州㊸，時出酣暢。人為之歌曰：「山公時一醉，徑造高陽池㊹。日莫倒載歸，茗艼無所知㊺。復能乘駿馬，倒箸白接籬㊻。舉手問葛彊，何如并州兒？」高陽池在襄陽。彊是其愛將，并州人也。

張季鷹縱任不拘㊼，時人號為江東步兵㊽。或謂之曰：「卿乃可縱適一時㊾，獨不為身後名邪？」答曰：「使我有身後名，不如即時一桮酒！」

㊱任愷：字元裒，曹魏樂安郡博昌人。曹魏太常任昊的兒子，娶魏明帝之女齊長公主，歷事魏晉兩朝。任愷在處理公務上勤勞認眞，獲得朝野的讚譽，但與賈充有朋黨之爭，仕途因此受阻。晉武帝時爲侍中，總門下樞要，與掌朝政的賈充不和。賈充一面舉薦他爲吏部尚書，又一面指使人檢舉他。結果他被免官，受到冷落和毀謗。

㊲檢括：檢束，檢點。

㊳和嶠在晉武帝時任中書令，得到武帝的器重，又和任愷很親密。

㊴北夏門：洛陽城北邊的一座門樓，在當時高大且雄偉。

㊵拉攞：斷裂。

㊶漁：捕魚。

㊷齎：攜帶。

㊸山季倫：山簡，字季倫，西晉末年，任都督荊、湘、交、廣四州諸軍事，鎮守襄陽。當時戰亂不斷，他卻悠閒度日，沉迷飲酒。而這樣豪飲狂樂、行爲不檢的姿態，是當時文人雅士的風氣。

㊹高陽池：本名習家池，漢侍中習郁的養魚池，一處遊樂勝地。

㊺茗艼：也作「酩酊」，形容大醉。

㊻白接籬：用白鷺身上的長羽毛作爲裝飾品的白帽子。

畢茂世云[50]：「一手持蟹螯[51]，一手持酒桮，拍浮酒池中[52]，便足了一生。」

賀司空入洛赴命[53]，為太孫舍人。經吳閶門[54]，在船中彈琴。張季鷹本不相識，先在金閶亭，聞絃甚清，下船就賀，因共語。便大相知說。問賀：「卿欲何之？」賀曰：「入洛赴命，正爾進路。」張曰：「吾亦有事北京[55]。」因路寄載，便與賀同發。初不告家，家追問迺知。

祖車騎過江時[56]，公私儉薄，無好服玩[57]。王、庾諸公共就祖，忽見裘袍重疊，珍飾盈列，諸公怪問之。祖曰：「昨夜復南塘一出[58]。」祖于時恒自使健兒鼓行劫鈔[59]，在事之人，亦容而不問。

鴻臚卿孔群好飲酒[60]。王丞相語云：「卿何為恒飲酒？不見酒家覆瓿布[61]，日月糜爛[62]？」群曰：「不爾，不見糟肉[63]，乃更堪久。」群嘗書與親舊：「今年田得七百斛秫米[64]，不了麴糱事[65]。」

有人譏周僕射[66]：「與親友言戲，穢雜無檢節。」周曰：「吾若萬里長江，何能不千里一曲[67]。」

---

[47] 張季鷹：張翰，字季鷹，江東吳郡人，曾任大司馬東曹掾，不久棄官。

[48] 江東步兵：步兵，指阮籍。張翰是江東人，因此稱他爲江東步兵。此處表示他嗜酒放蕩，有如步兵校尉阮籍。

[49] 乃可：也作「那可」，哪可，豈可。

[50] 畢茂世：畢卓，字茂世，曾任吏部郎，常飲酒廢職。亦曾爲溫嶠所賞，任平南長史。豪放任性，好喝酒，不拘小節，與阮放、阮孚、謝鯤、羊曼、光逸、桓彝結爲好友，散髮裸裎，閉室酣飲。

[51] 蟹螯：螃蟹前方的一對鉗子。

[52] 拍浮：擊水浮游，游泳。

[53] 賀司空：賀循，會稽郡山陰人，死後贈司空。曾任武康縣令，後召補太子舍人，才進京。太子死後，其子立爲皇太孫，賀循轉爲太孫舍人。赴命：前去接受任命。

[54] 閶門：姑蘇城門名。

[55] 北京：指洛陽。賀、張二人都是吳人，當時南方人稱洛陽爲北京。

[56] 祖車騎：祖逖，死後贈車騎將軍。西晉末過江時，任徐州刺史、軍咨祭酒，性格放達，不拘小節。他常懷收復中原之志，賓客皆爲勇士，當時揚州鬧飢荒，此輩多爲盜賊，經常打劫富戶，救濟貧戶。

[57] 服玩：平日玩賞的物品。

溫太真位未高時68，屢與揚州、淮中估客樗蒱69，與輒不競。嘗一過，大輸物，戲屈，無因得反。與庾亮善，於舫中大喚亮曰：「卿可贖我！」庾即送直70，然後得還。經此數四。

溫公喜慢語，卞令禮法自居。至庾公許，大相剖擊。溫發口鄙穢，庾公徐曰：「太真終日無鄙言71。」

周伯仁風德雅重，深達危亂。過江積年，恒大飲酒。嘗經三日不醒，時人謂之「三日僕射」。

衛君長為溫公長史，溫公甚善之。每率爾提酒脯就衛72，箕踞相對彌日。衛往溫許，亦爾。

蘇峻亂，諸庾逃散。庾冰時為吳郡73，單身奔亡，民吏皆去。唯郡卒獨以小船載冰出錢塘口，蘧篨覆之74。時峻賞募覓冰，屬所在搜檢甚急75。卒捨船市渚，因飲酒醉還，舞棹向船曰：「何處覓庾吳郡？此中便是。」冰大惶怖，然不敢動。監司見船小裝狹76，謂卒狂醉，都不復疑。自送過浙江77，寄山陰魏家，得免。後事平，冰欲報卒，適其所願。卒曰：「出自廝下78，不願名器79。少苦執鞭80，恒患不得快飲酒。使其酒足餘年畢矣，無所復須。」冰為起大舍，市奴婢，使門內有百

---

58 南塘：秦淮河南岸。塘，堤岸。一出：一番，一回。

59 鼓行：擊鼓行進，指明目張膽、無所顧忌地進行。劫鈔：搶劫。

60 孔群：字敬休，東晉時官至御史中丞。

61 甑：小甕。

62 日月：一日一月，指時間短。

63 糟肉：用酒或酒糟醃製的肉。

64 秫米：黏高粱米。

65 麴櫱：酒麴，此處指用酒麴釀酒。

66 周僕射：周顗，字伯仁，任尚書左僕射，享有崇高聲望。縱酒放蕩，蔑視禮法，因此常常醉酒失態。

67 此處以長江的彎曲比喻自己行爲的偏差。

68 溫太眞：溫嶠，字太眞，在晉明帝時任中書令，和庾亮有深交。

69 樗蒱：一種賭博遊戲。

70 直：通「値」，代價，此處代表錢。

71 當時的風氣以傲慢放縱爲佳。庾亮這樣說，是看重太眞的放達。

72 脯：肉乾。

73 庾冰：庾亮的弟弟，曾任吳國內史。蘇峻叛亂時，曾遣兵攻庾冰，庾冰抵擋不住，棄郡奔會稽。後領兵攻蘇峻，直達京都。庾冰雅素垂風，獲得世人重視之餘，亦被庾亮視爲庾氏之寶。同時天性清廉謹愼，以儉約自居，有一次

斛酒，終其身。時謂此卒非唯有智，且亦達生81。

殷洪喬作豫章郡，臨去，都下人因附百許函書。既至石頭，悉擲水中，因祝曰：「沉者自沉，浮者自浮，殷洪喬不能作致書郵。」

王長史、謝仁祖同為王公掾82。長史云：「謝掾能作異舞。」謝便起舞，神意甚暇。王公熟視，謂客曰：「使人思安豐。」

王、劉共在杭南83，酣宴於桓子野家84。謝鎮西往尚書墓還，葬後三日反哭85。諸人欲要之，初遣一信，猶未許，然已停車。重要86，便回駕。諸人門外迎之，把臂便下，裁得脫幘箸帽87。酣宴半坐，乃覺未脫衰88。

桓宣武少家貧，戲大輸，債主敦求甚切89，思自振之方，莫知所出。陳郡袁耽90，俊邁多能。宣武欲求救於耽，耽時居艱91，恐致疑，試以告焉。應聲便許，略無嫌吝92。遂變服懷布帽隨溫去，與債主戲。耽素有藝名93，債主就局曰：「汝故當不辦作袁彥道邪94？」遂共戲。十萬一擲，直上百萬數。投馬絕叫95，傍若無人，探布帽擲對人曰：「汝竟識袁彥道不？」

兒子庾襲借了十匹官絹，庾冰知道後大怒，打了他一頓，再將絹布都送回官府。他的儉約之風至臨死前仍堅持，遺命長史江彪要節葬。死後家無妾侍婢女，亦無物資產業，得到當時人的讚許。

74 蘧篨：粗席子，用竹子或葦子編成。

75 所在：到處，各處。

76 監司：負責監察的官員。

77 淛江：浙江的古名。

78 廝：雜役。

79 名器：官爵和車服等，代表名位與等級的貴重器物。

80 執鞭：拿鞭子趕車，泛指爲他人服役。

81 達生：指看透人生的達觀處世態度。

82 王長史：王濛。王導任丞相時調他爲屬官，後轉任司徒左長史。謝仁祖：謝尚，字仁祖，擅長音樂，通曉各種技藝，能作鴝舞（即八哥舞）。性格任性開朗，形似安豐侯王戎，深受王導器重。王導將他比爲王戎，常稱他爲「小安豐」。

83 杭南：朱雀橋南，指烏衣巷。東晉時，王謝諸名族聚居在此。

84 桓子野：桓伊，小名子野。

85 反哭：古喪禮儀式，葬後迎死者神主回祖廟並哭祭。

86 要：邀請。

王光祿云：「酒，正使人人自遠[96]。」

劉尹云：「孫承公狂士[97]，每至一處，賞翫累日，或回至半路卻返[98]。」

袁彥道有二妹，一適殷淵源，一適謝仁祖。語桓宣武云：「恨不更有一人配卿。」

桓車騎在荊州，張玄為侍中，使至江陵，路經陽岐村，俄見一人，持半小籠生魚，徑來造船云：「有魚，欲寄作膾[99]。」張乃維舟而納之。問其姓字，稱是劉遺民。張素聞其名，大相忻待[100]。劉既知張銜命[101]，問：「謝安、王文度並佳不？」張甚欲話言，劉了無停意。既進膾，便去，云：「向得此魚，觀君船上當有膾具，是故來耳。」於是便去。張乃追至劉家，為設酒，殊不清旨[102]。張高其人，不得已而飲之。方共對飲，劉便先起，云：「今正伐荻，不宜久廢。」張亦無以留之。

王子猷詣郗雍州[103]，雍州在內，見有㲮㲪[104]，云：「阿乞那得此物？」令左右送還家。郗出見之，王曰：「向有大力者負之而趨。」郗無忤色。

謝安始出西戲，失車牛，便杖策步歸。道逢劉尹，語曰：

---

87 幘：頭巾。

88 衰：通「縗」，用粗麻布做的喪服。

89 敦：催促。

90 袁耽：字彥道，陳郡陽夏人，年輕時就爽朗不羈，官至司徒從事中郎。

91 居艱：居喪，守孝。

92 嫌吝：不滿意而爲難。

93 埶：通「藝」，技能，專業技術。此處指賭博的高超技巧。

94 不辨：不會。

95 馬：籌碼，計數的用具，常用於賭傳。絕叫：大叫，以此虛張聲勢。

96 自遠：疏遠自己，忘掉自己。

97 狂士：狂放的人。

98 卻返：返回。

99 寄：託付。膾：細切的魚，切割，此處特指生魚片。

100 忻：通「欣」。

101 銜命：奉命。劉遺民是隱士，知道張玄是官場中人，就不願和他深談。

102 清旨：清澈味美。

103 郗雍州：郗恢，字道胤，小名阿乞，曾任雍州刺史。

104 㲮㲪：毛毯。此物在當時非常稀少，所以十分珍貴。

105 傷：指傷氣，猶言喪氣。

「安石將無傷105？」謝乃同載而歸。

襄陽羅友有大韻106，少時多謂之癡。嘗伺人祠，欲乞食，往太蚤，門未開。主人迎神出見，問以非時，何得在此？答曰：「聞卿祠，欲乞一頓食耳。」遂隱門側。至曉，得食便退，了無怍容107。為人有記功108，從桓宣武平蜀，按行蜀城闕觀宇109，內外道陌廣狹110，植種果竹多少，皆默記之。後宣武漂洲與簡文集，友亦預焉。共道蜀中事，亦有所遺忘，友皆名列，曾無錯漏。宣武驗以蜀城闕簿，皆如其言。坐者歎服。謝公云：「羅友詎減魏陽元111！」後為廣州刺史，當之鎮，刺史桓豁語令莫來宿112。答曰：「民已有前期。主人貧，或有酒饌之費，見與甚有舊，請別日奉命。」征西密遣人察之。至日，乃往荊州門下書佐家，處之怡然，不異勝達。在益州語兒云：「我有五百人食器。」家中大驚。其由來清，而忽有此物，定是二百五十沓烏樏113。

桓子野每聞清歌114，輒喚：「奈何115！」謝公聞之曰：「子野可謂一往有深情。」

張湛好於齋前種松柏116。時袁山松出遊，每好令左右作輓

---

106 羅友：字宅仁，襄陽人。桓溫任荊州刺史時，他任刺史屬下的從事。後出任襄陽太守，累遷廣州、益州刺史。

107 怍容：羞愧的臉色。

108 記功：記憶力。

109 按行：巡視。城闕：都城，此處指李勢所在的成都。

110 道陌：街道，道路。

111 魏陽元：魏舒，字陽元，官至司徒。愛飲酒，亦喜好騎馬、射箭。曾穿著山野人民常穿的皮製上衣，走入山野和河溪之中捕魚和打獵。

112 桓豁：桓溫的弟弟，曾任荊州刺史，升爲征西將軍，都督交、廣等州軍事。莫：通「暮」。

113 沓：一沓指一套。烏樏：有格子不上油漆的黑食盒，多用於清貧之家。一沓可供兩人用，所以二百五十沓就是五百人的食器。

114 清歌：沒有樂器伴奏的歌唱。

115 奈何：《古今樂錄》記載：「奈何，曲調之遺音也。」即一人唱，眾人喚「奈何」，爲他幫腔相和。

116 松柏：一說爲松柏可製棺材，一說是墳墓必栽松柏。

117 輓歌：送葬時唱的歌。

118 張驎：張湛，小名驎。

119 田橫：秦末人，在楚漢之爭中，曾自立爲齊王，後來逃亡至海島。漢高祖劉邦定天下後，

歌[117]。時人謂「張屋下陳屍，袁道上行殯」。

羅友作荊州從事，桓宣武為王車騎集別。友進坐良久，辭出，宣武曰：「卿向欲咨事，何以便去？」答曰：「友聞白羊肉美，一生未曾得喫，故冒求前耳。無事可咨。今已飽，不復須駐。」了無慚色。

張驎酒後挽歌甚悽苦[118]，桓車騎曰：「卿非田橫門人[119]，何乃頓爾至致[120]？」

王子猷嘗暫寄人空宅住，便令種竹。或問：「暫住何煩爾？」王嘯詠良久，直指竹曰：「何可一日無此君？」

王子猷居山陰，夜大雪，眠覺，開室，命酌酒。四望皎然[121]，因起仿偟[122]，詠左思〈招隱詩〉[123]。忽憶戴安道，時戴在剡，即便夜乘小船就之。經宿方至，造門不前而返。人問其故，王曰：「吾本乘興而行，興盡而返，何必見戴？」

王衛軍云[124]：「酒正自引人箸勝地。」

王子猷出都，尚在渚下。舊聞桓子野善吹笛[125]，而不相識。遇桓於岸上過，王在船中，客有識之者云：「是桓子野。」王便令人與相聞云[126]：「聞君善吹笛，試為我一奏。」桓時已

田橫投降，未至洛陽，便羞慚自殺，隨從人員唱輓歌表示哀悼。

[120] 頓爾：突然。

[121] 四望：眺望四方。

[122] 仿偟：也作「徘徊」。

[123] 〈招隱詩〉：寫尋訪隱士和對隱居生活的羨慕。

[124] 王衛軍：王薈，任會稽內史，進號鎮軍將軍，死後贈衛將軍。

[125] 桓子野：桓伊，小名子野，曾任大司馬參軍，後任豫州刺史。

[126] 相聞：互通信息。

[127] 弄：演奏。

[128] 桓南郡：桓玄，字敬道，小名靈寶，譙國龍亢人，譙國桓氏代表人物，東晉名將桓溫之子，東晉末期桓楚政權建立者。二十三歲，始任太子洗馬。曾消滅殷仲堪和楊佺期占據荊江廣大土地，後更消滅了掌握朝政的司馬道子父子，掌握朝權。次年桓玄就篡位建立桓楚，但三個月後劉裕就舉義兵反抗桓玄，桓玄不敵而逃奔江陵重整軍力，但後再遭西討的義軍擊敗。試圖入蜀途中遇上護送毛璠靈柩的費恬等人，遭益州督護馮遷殺害。因曾襲父親「南郡公」之爵，故世稱「桓南郡」。

[129] 晉人的習俗，聽到已死尊長的名諱必須哭，是一種禮節。王大命「溫酒」，犯了桓溫的名諱，所以桓玄必須哭。

貴顯，素聞王名，即便回下車，踞胡牀，為作三調。弄畢127，便上車去。客主不交一言。

桓南郡被召作太子洗馬128，船泊荻渚。王大服散後已小醉，往看桓。桓為設酒，不能冷飲，頻語左右：「令溫酒來！」桓乃流涕嗚咽129，王便欲去。桓以手巾掩淚，因謂王曰：「犯我家諱，何預卿事？」王歎曰：「靈寶故自達。」

王孝伯問王大：「阮籍何如司馬相如130？」王大曰：「阮籍胸中壘塊，故須酒澆之。」

王佛大歎言131：「三日不飲酒，覺形神不復相親。」

王孝伯言132：「名士不必須奇才。但使常得無事，痛飲酒，熟讀〈離騷〉，便可稱名士。」

王長史，登茅山，大慟哭曰：「琅邪王伯輿133，終當為情死。」

130 阮籍：爲人本有濟世志，後縱酒談玄，不問世事。司馬相如：本名犬子，因慕藺相如之人，故更名相如，字長卿，蜀郡成都人，一說爲四川蓬安縣人。西漢大辭賦家。其代表作品爲〈子虛賦〉、〈上林賦〉。作品詞藻富麗，結構宏大，使他成爲漢賦的代表作家，後人稱之爲「賦聖」。他與卓文君的私奔也廣爲流傳。《高士傳》記載：「仕宦不慕高爵，常托疾不與公卿大事。終於家。」贊曰：「長卿慢世，越禮自放。托疾避官，蔑此卿相。」

131 王佛大：王忱，字佛大，也名王大。性嗜酒，一飲連日不醒，最後因喝酒而死。

132 王孝伯：王恭，字孝伯，太原晉陽（今山西太原）人，孝武帝皇后王法慧之兄，晉朝名士王濛孫。曾任兗、青二州刺史，讀書少，不熟悉用兵，在第二次起兵時因劉牢之叛變而兵敗，後被捕並被處死，死前仍堅持自己起兵之出發點是忠於朝廷。

133 王伯輿：王廞，字伯輿，琅邪人，曾任司徒左長史。王恭起兵時，他正逢母喪，王恭任他爲吳國內史，令他起兵聲援，他即響應，以爲可以乘機富貴。幾天後，王恭罷兵，命他離職回去服喪，他大怒，回軍討伐王恭。從此可以看出他的狂放。

陳留郡阮籍、譙國嵇康、河內郡山濤三個人年紀相仿，嵇康的年紀比他們稍微小一些。參與他們聚會的人還有：沛國劉伶、陳留郡阮咸、河內郡向秀、琅邪郡王戎。七個人經常在竹林之下聚會，毫無顧忌地開懷暢飲，所以世人稱他們為「竹林七賢」。

阮籍在為母親服喪期間，於晉文王的宴席上依然喝酒吃肉。司隸校尉何曾也在座，對晉文王說：「您正用孝道治理天下，但阮籍身居重喪，竟公然在您的宴席上喝酒吃肉。應該將他流放到荒漠，以端正風俗教化。」文王說：「嗣宗哀傷勞累，您不能和我一起擔心他，還說什麼呢？再說有病而喝酒吃肉，這本就合乎喪葬禮節啊！」阮籍吃喝不停，神色自若。

劉伶患有酒病，口渴時，便向妻子要酒喝。妻子把酒倒掉，將裝酒的容器也毀了，哭著勸告他：「您喝得太過分了，這不是養身的方法，您一定要把酒戒掉啊！」劉伶說：「好。不過我無法靠自己戒除，只有在鬼神面前禱告發誓才能戒掉啊！你趕快去準備酒肉。」他妻子說：「好的。」把酒肉供在神前時，劉伶禱告發誓，跪著說：「天生我劉伶，靠喝酒出名；一喝就十斗，五斗便解酲。婦人家的話，千萬不要聽。」說完便開始喝酒吃肉，一會兒後，就又喝得醉醺醺地倒下。

劉公榮和別人喝酒時，會和不同身分或地位的人一起，雜亂不純，有人因此指責他。他回答：「勝過公榮的人，我不能不和他一起喝；不如公榮的人，我也不能不和他一起喝；和公榮同類的人，更不能不和他一起喝。」因此，他每天都和別人共飲而醉倒。

步兵校尉的職位空缺，步兵廚中儲存著幾百斛酒，阮籍便去請求調任步兵校尉。

劉伶經常不加節制地喝酒，任性放縱。他有時在家裡赤身裸體，有人看見便責備他。劉伶說：「我把天地作為我的房子，把屋子作為我的衣褲，諸位為什麼要跑進我褲子裡呢？」

阮籍的嫂子有一次回娘家時，阮籍去看望她，與她道別，有人責怪阮籍叔嫂應不通問。阮籍說：「禮法難道是為我們這類人所制定的嗎？」

阮籍鄰居的主婦，容貌美麗，在酒壚旁賣酒。阮籍和安豐侯王戎常到那裡買酒喝，阮籍喝醉後，便睡在主婦身旁。那家的丈夫一開始懷疑阮籍，不斷探察他的行為，最後發現他自始至終也沒有別的意圖。

阮籍在葬母時，蒸熟一隻小肥豬，喝了兩斗酒，而後便去向母親的遺體訣別，只叫了聲：「完了！」哭號一聲便吐血不止，身體損傷，衰弱不堪。

阮仲容和步兵校尉阮籍住在道南，其他阮姓住在道北，道北阮家很富有，道南阮家比較貧窮。七月七日那天，道北阮家正在曬衣服，曬的都是華貴的綾羅綢緞，阮仲容卻只用竹竿掛起一條粗布短褲，曬在院子裡。有人對他的做法感到奇怪，他回答：「我還無法免除世俗之情，所以還是要姑且做做樣子啊！」

步兵校尉阮籍母親死後，中書令裴楷去弔唁。阮籍剛喝醉，披頭散髮，雙腿打開坐在坐床上，沒有哭泣。裴楷到後，墊著坐席坐在地上，哭泣盡哀，弔唁完畢便離開。有人問裴楷：「弔唁之禮時，主人哭泣，客人才行禮。阮籍既不哭，您為什麼要哭呢？」裴楷說：「阮籍是超脫世俗的人，因此不尊崇禮制。我們這種世俗中人，應該自己遵守禮制準則。」當時的人很讚賞這句話，認為對雙方而言都很恰當。

姓阮一族的人都能喝酒，阮仲容來到族中聚會時，便不再用普通的杯子倒酒喝，而是用大酒甕裝酒，大家圍成圓圈，面對面暢飲。當時有一群豬也來喝酒，他們便直接把表面那層被豬喝過的酒舀掉後，就又喝了起來。

阮渾長大成人後，風采和氣度形似父親，也想學習成為放達的人。父親阮籍對他說：「仲容已經成為我們這一流的人了，你不能再這樣做。」

裴頠的妻子是王戎的女兒。王戎有一天清早到裴頠家，不經通報便直接進去。裴頠看到他來，便從床前下床，他的妻子從床後下床，和王戎賓主相對，一點也沒有難為情的樣子。

阮仲容本就喜歡著姑姑家的鮮卑族婢女。在替母親守孝期間，他的姑姑要遷到遠處，一開始說要留下這個婢女，起程後卻把她帶走。仲容知道後，借了客人的驢子，穿著孝服親自去追趕，而後，兩人便一起騎著驢回來。仲容說：「懷裡的小孩不能丟掉。」這個婢女就是阮遙集的母親。

任愷失去權勢後，便不再自我約束。有人問和嶠：「你為什麼眼看著著元裒衰敗而袖手不管呢？」和嶠說：「元裒就好比北夏門，本就要毀壞，便不是一根木頭可以支撐的了。」

劉道真年輕時，常到草澤打魚，他擅長用口哨吹小曲，聽到的人都流連忘返。有一個老婦人知道他不是普通人，且很喜歡他所吹的口哨，便殺了頭小豬送他吃。道真吃完小豬後，沒有道謝。老婦人看他還沒吃飽，便又送上一頭小豬。劉道真吃完一半後，剩下一半，便退回給老婦人。而後，劉道真擔任吏部郎時，老婦人的兒子是個職位低下的令史，道真便越級任用他。令史不知道為什麼，回去詢問母親，母親才一五一十地告訴他。而後，他便帶上牛肉酒食拜見道真，道真說：「走吧！走吧！我已經沒有什麼可以回報你了。」

阮宣子常常步行，拿著一百錢掛在手杖上，到酒店裡時，便獨自開懷暢飲。即使是當時的顯要人物，他也從不肯登門拜訪。

山季倫任都督荊州時，經常出遊暢飲。人們替他編的一首歌說：「山簡經常在喝醉時，直接到高陽池遊玩。天晚了便倒臥在車上回家，喝得酩酊大醉，一無所知。酒醒一些後，也能騎駿馬，只是白頭巾卻戴顛倒了。舉起手問葛強，我和你這個并州兒相比如何呢？」高陽池在襄陽縣。葛強是他的愛將，并州人。

張季鷹任情適性，放誕不羈，當時的人稱他為江東步兵。有人對他說：「你怎麼如此放縱安逸，難道不考慮身後的名聲嗎？」季鷹回答：「與其讓我身後有名，還不如現在喝一杯酒啊！」

畢茂世說：「一隻手拿著蟹螯，一隻手拿著酒杯，在酒池裡游泳，這就足夠一輩子了。」

司空賀循到京都洛陽就職，擔任太孫舍人。經過吳地的閶門時，在船上彈琴。張季鷹本不認識他，恰巧正在金閶亭上，聽見琴聲清朗，便下船尋找。於是，兩人就一同談論，非常高興。張季鷹問賀循：「你要去哪裡？」賀循說：「要到洛陽就職，正在趕路。」張季鷹說：「我也有事要到洛陽。」張季鷹便順路搭船，和賀循一同上路。他並沒有告訴家裡，直到家中詢問，才知道此事。

車騎將軍祖逖過江到南方時，國家和個人都很貧困，沒有名貴的用品和玩賞物。有一次，王導和庾亮等人一起去看望祖逖，看見一疊又一疊的皮袍，珍寶服飾排得滿滿的。王導等人感到很奇怪，便詢問祖逖，他回答：「昨天夜裡又到南塘走了一趟。」祖逖當時經常親自派遣勇士公然搶劫，主管的人也容忍，並沒有追究他。

鴻臚卿孔群喜愛喝酒。丞相王導對他說：「你為什麼經常喝酒呢？你難道沒看見酒店蓋酒壇的布，過沒有多少時間便腐爛了嗎？」孔群說：「不是這樣的。您難道沒看見糟肉，反而更能耐久嗎？」孔群曾寫信給親友寫信：「今年田地裡只收到七百石秫米，不夠釀酒用。」

有人指責尚書左僕射周顗：「和親友言談玩笑，粗野駁雜，失於檢點節制。」周顗說：「我就好比萬里長江，怎麼能一瀉千里不轉彎呢？」

溫太真官職不高時，曾屢次和揚州、淮中的客商賭博，但卻總是賭輸他們。有一次，他又輸了一大筆錢，錢都輸光了，無法回去。他和庾亮很友好，便在船上大聲招呼庾亮：「你快來贖我啊！」庾亮立刻送錢過去，他才回來。這種事曾發生很多次。

溫太真喜歡說些輕慢放肆的話，尚書令卞壺則以禮法之士自居。兩人到庾亮那裡時，互相分辨反駁。溫太真出口庸俗粗鄙，庾亮卻慢悠悠地說：「太真整天出言不遜。」

周伯仁德行高尚莊重，深知國家的危亂。過江後，連年豪飲，曾經一連三天酒醉不醒。當時的人經常他稱為「三日僕射」。

衛君長任溫嶠的長史，溫嶠非常讚賞他，經常提著酒肉到衛君長那裡，兩人打開雙腿相對而坐，一喝就是一整天。衛君長到溫嶠那裡時也是如此。

蘇峻發動叛亂時，姓庾的一族都逃散了。庾冰當時任吳郡內史，獨自逃亡，百姓和官吏都離開他逃跑了，只有郡衙裡一個差役用小船載著他逃到錢塘口，用席子遮掩他。當時蘇峻懸賞搜捕庾冰，要求搜查各處，非常緊急。差役把船停在市鎮的碼頭上離開了，喝醉了才回來，舞著船槳對著船說：「還要到哪裡找庾吳郡呢？這裡面就是。」庾冰聽了非常恐懼，卻不敢亂動。監司看見船小艙窄，認為是差役爛醉後胡說八道，便不再懷疑。直到過浙江後，寄住在山陰縣魏家，庾冰這才得以脫險。而後，叛亂平定，庾冰想報答那個差役，滿足他的要求。差役說：「我是差役出身，不羨慕官爵器物。只是從小就擔任奴僕，經常不能痛快地喝酒。如果讓我後半輩子有足夠的酒可以喝，那就太好了，不需要其他的。」庾冰便替他建造了一所大房子，買來奴婢，使他家裡經常有成百石的酒，供養他一輩子。當時的人認為這個差役不只有智謀，且對人生也很達觀。

殷洪喬出任豫章太守，臨走時，京都人士趁便託他帶去一百多封信。他走到石頭城時，將信全都扔到江裡，接著禱告：「要沉的便自己沉下去，要浮的便自己浮起來，我殷洪喬無法擔任送信的郵差。」

長史王濛和謝仁祖同為王導的屬官。王濛說：「謝掾會跳一種特殊的舞。」謝仁祖便開始跳舞，神情意態非常悠閒。王導仔細地看著他對客人說：「他讓人想起了安豐。」

王濛和劉惔一起在烏衣巷的桓子野家開宴暢飲。此時，鎮西將軍謝尚從他叔父尚書謝裒的陵墓回來，他在謝裒安葬後三天，奉神主回祖廟哭祭。大家想邀請他來宴飲，一開始派送信人去邀請他，他沒有答應。而後把車停在門口後，又去請，他便立刻掉轉車頭來參加。大家都到門外去迎接謝尚，他親熱地拉著大家的手下車。進門後，剛脫下頭巾，便戴上便帽馬上入座，直到暢飲到中途，才發覺還沒有脫掉孝服。

桓溫年輕時家中貧困，有一次賭博輸得很慘，債主又非常急迫地催他還債。他考慮如何自救，卻又想不出辦法。陳郡的袁耽英俊豪邁，多才多藝，桓溫想去向他求救。當時袁耽正在守孝，桓溫擔心引起疑慮，便試著把自己的想法告訴他，他隨口便答應了，沒有絲毫的不滿和為難。袁耽換了孝服後，把戴的布帽揣起來跟桓溫走，去和債主賭博。袁耽賭博的技巧一向出名，債主卻不認識他，臨開局時說：「你想必不會成為袁彥道吧？」一次便押了十萬錢做賭注，一直上升到一次百萬錢。每次擲籌碼就大聲呼叫，旁若無人。贏夠了，袁耽才伸手從懷裡摸出布帽，擲向對手說：「你到底認識不認識袁彥道呢？」

光祿大夫王蘊說：「酒能使每個人在醉眼朦朧中忘掉自己。」

丹陽尹劉惔說：「孫承公是個狂放的士人，每到一個風景勝地，就一連幾天賞玩，有時卻已回到半路又折返。」

袁彥道有兩個妹妹：一個嫁給殷淵源，一個嫁給謝仁祖。有一次他對桓溫說：「遺憾的是沒有另一個妹妹可以許配給你。」

車騎將軍桓沖任荊州刺史時，在江陵鎮守，當時張玄任侍中，奉命到江陵出差。他坐船途經陽歧村，忽然看到一個人拿著半筐活魚，走到船旁邊，說：「有一些魚，想託你們切成生魚片。」張玄便命人拴好船讓他上來，問他的姓名，他自稱是劉遺民。張玄聽過他的名聲，便高興地接待他。劉遺民知曉張玄是奉命出差後，問：「謝安和王文度都好嗎？」張玄很想和他談論一番，劉遺民卻完全無意停留。等到把生魚片拿進來後，他便想離開，說：「剛才得到一些魚，因為料想您的船上一定有刀具可以切魚，這才來的。」說完便走了，張玄跟著送到劉家。劉遺民擺上酒，酒很濁，味道也不好，但張玄敬重他的為人，不得已喝了下去。剛準備和他一起對飲時，劉遺民便站起來說：「現在正是割荻時，不宜停工太久。」張玄也沒辦法留住他。

王子猷拜訪雍州刺史郗恢時，郗恢還在裡屋，王子猷看到廳上有毛毯，便說：「阿乞是怎麼得到這樣的好東西呢？」便命隨從送回自己家裡。郗恢出來尋找毛毯時，王子猷說：「剛才有個大力士背著它跑了。」郗恢也沒有不滿。

謝安當初到西邊賭博時，輸掉車子和駕車的牛，只好拄著拐杖走回家。半路碰見丹陽尹劉惔，劉惔說：「安石喪氣嗎？」謝安便搭他的車回去。

襄陽人羅友有異於常人的風度，年輕時人們多認為他傻。有一次，他打聽到有人要祭神，便想去討要酒飯，但去得太早，那家的大門還沒開。而後，那家的主人出來迎神，看見他便問還不到時候，怎麼在這裡等著呢？他回答：「聽說你祭神，想討一頓酒飯而已。」便在門邊躲著。天亮時，得了吃食便離開，一點也不羞愧。他為人處事記憶力強，曾隨從桓溫平定蜀地，占領成都後，他巡視整個都城，宮殿樓閣的裡外，道路的寬窄，所種植的果木和竹林的多寡，全都記在心裡。後來，桓溫在漂洲和簡文帝舉行會議時，羅友也與會。會上談及蜀地的情況，桓溫有所遺忘時，羅友都能按名目一一列舉，一點也沒有錯漏。桓溫拿蜀地記載都城情況的簿冊來驗證，竟都和他說的一樣，在座的人都很佩服。謝安說：「羅友怎麼會比魏陽元差啊！」後來，羅友出任廣州刺史，當他要到鎮守地赴任時，荊州刺史桓豁讓他晚上前來往宿，他回答：「我已經有約會了，那家主人貧困，但也許會破費錢財置辦酒食，他和我是老交情，我不能不赴約，請允許我以後再前往。」桓豁暗中派人觀察他，發現他竟到荊州刺史的屬官書佐家，在那裡非常愉快，就和對待名流顯貴沒有兩樣。任益州刺史時，他對兒子說：「我有五百人的食具。」家裡的人都大吃一驚，他向來清廉卻突然有這種貴重用品。後來才知道，原來是二百五十套黑食盒。

桓子野每逢聽到別人清唱時，便總是幫腔呼喊：「奈何！」謝安聽見後，說：「子野可以說是一往情深。」

張湛喜歡在房屋前栽種松柏。當時袁山松外出遊賞時，經常喜歡命隨從唱輓歌。人們形容：「張湛是在房前停放屍首，袁山松是在道上出殯。」

羅友任荊州刺史桓溫的從事，有一次，桓溫聚集大家替車騎將軍王洽送別，羅友前來坐了很久之後，才告辭。桓溫問他：「你剛才好像有什麼事要商量，為什麼還沒商量就離開了呢？」羅友回答：「我聽說白羊肉味道很好，但這輩子還沒有機會吃過，所以冒昧地請求前來，其實也沒有什麼事要商量。現在已經吃飽了，便沒有必要留下。」說時沒有絲毫羞愧。

張驎酒後唱起輓歌，非常悽苦。車騎將軍桓沖說：「你不是田橫的門客，怎麼突然如此悲苦呢？」

王子猷曾暫時借住在他人的空房，隨即命人種植竹子。有人問他：「暫時借住而已，何必如此麻煩呢？」王子猷吹口哨並吟唱許久，才指著竹子說：「怎麼可以一天沒有這位先生呢？」

王子猷住在山陰縣。有一夜下大雪，他一覺醒來打開房門時，命人拿酒。眺望四方，一片皎潔，於是起身徘徊，朗誦左思的〈招隱〉。忽然想起戴家道，當時戴安道住在剡縣，他立即連夜乘坐小船到戴家。船行了一夜才到，抵達戴家門口後，沒有進去，便原路返回。別人問他什麼原因，王子猷說：「我本就是趁著一時興致而去，沒有興致便回來，為什麼一定要見到戴安道呢？」

衛將軍王薈說：「酒可以使人進入一種美妙的境界。」

王子猷坐船進京，停泊在碼頭上尚未上岸。曾聽說桓子野擅長吹笛子，但並不認識他。這時恰巧遇到桓子野從岸上經過，王子猷在船中，聽到有個認識桓子野的客人說那是他。王子猷便派人傳話給桓子野，說：「聽說您擅長吹笛子，請為我奏一曲。」子野當時已是大官，一向聽過王子猷的名聲，立刻掉頭下車，上船坐在胡床上，為王子猷吹奏三支曲子，吹奏完畢便上車離開，賓主雙方都沒有交談。

南郡公桓玄應召出任太子洗馬，坐船赴任，船停在荻渚。王大服用五石散後有點醉，前去探望桓玄。桓玄為他安排酒食，因為王大不能喝冷酒，便頻頻告訴隨從：「命他們溫酒來啊！」而後，桓玄低聲哭泣，王大便想離開。桓玄拿手巾擦著眼淚，隨即對王大說：「犯了我的家諱，關你什麼事呢？」王大讚嘆道：「靈寶確實曠達。」

王孝伯問王大：「阮籍和司馬相如相比如何呢？」王大說：「阮籍心裡鬱積著不平之氣，因此需要藉酒消愁。」

王佛大嘆息說：「三天不喝酒，就覺得魂不守舍。」

王孝伯說：「做名士不一定需要特殊的才能，只要能經常無事，盡情地喝酒，熟讀〈離騷〉，便可以稱為名士。」

王長史登上茅山，非常傷心地痛哭道：「琅邪王伯輿，終歸要為情死啊！」

源來如此

任誕指任性放縱。這是魏晉名士的主要生活方式，名士們主張言行不必遵守禮法，憑本性行事，不做作，不受任何拘束，認為這樣才能回歸自然，才是真正的名士風流。在這種標榜下，許多人以放達為名，實際是以不加節制地縱情享樂為目的。

名士縱情的首要表現就是蔑視禮教，不拘禮法。例如記載阮籍說：「禮豈為我輩設也。」便道出這一點。他們不在乎男女有別、婚喪禮節等，亦執意我行我素。除此以外，他們也隨心所欲，不勉強自己，不限制自己。例如記載王子猷雪夜忽憶鄰縣的戴安道，立刻乘船去拜訪，經一夜才到，但又及門而返，說：「吾本乘興而行，興盡而返，何必見戴。」其餘如賭博、搶劫、偷拿別人財物、酒後唱輓歌、言談不檢點等，都是放縱自己的表現。

作文撇步

1. 感嘆：借助感嘆方式，形成呼聲或類似呼聲的效果，強調內心的憤怒、驚訝、讚嘆、痛苦、無奈、悲傷、歡樂、譏嘲、懷念等情緒。

例①：桓子野每聞清歌，輒喚：「**奈何！**」謝公聞之曰：「子野可謂一往有深情。」

例②：**嗚呼！念哉！**凡我多士，及我友朋，惟仁惟孝，義勇奉公，以發揚種性；此則不佞之幟也。（連橫〈臺灣通史序〉）

例③：前十餘日回家，即欲乘便以此行之事語汝；及與汝對，又不能啟口。且以汝之有身也，更恐不勝悲，故惟日日呼買醉。**嗟夫！**當時余心之悲，蓋不能以寸管形容之。（林覺民〈與妻訣別書〉）

例④：**嗟夫！**予嘗求古仁人之心，或異二者之為。（宋代范仲淹〈岳陽樓記〉）

成語集錦

1. 引人入勝：引領人進入美麗玄妙的境地。

原典 王衛軍云：「酒正自引人箸勝地。」

書證①：林光巖翠，襲人襟帶間，而鳥語花香，固自引人入勝。（清代厲鶚《東城雜記》）

書證②：設科之嬉笑怒罵，如白描人物，鬚眉畢現，引人入勝者，全借乎此。（清代孔尚任《桃花扇》）

書證③：此其中求其能翼經詮史，明道垂教，檢束身心，開發神智，標新領異，引人入勝者，蓋未之有也。（清代黃虞稷〈書影序〉）

書證④：山光平遠，水氣中和，步步引人入勝。（清代李汝珍《鏡花緣》）

2. 處之怡然：遇到事情時態度鎮定，神色自若。亦作「處之泰然」、「處之夷然」。

原典 宣武驗以蜀城闕簿，皆如其言。坐者歎服。謝公云：「羅友詎減魏陽元！」後為廣州刺史，當之鎮，刺史桓豁語令莫來宿。答曰：「民已有前期。主人貧，或有酒饌之費，見與甚有舊，請別日奉命。」征西密遣人察之。至日，乃往荊州門下書佐家，處之怡然，不異勝達。在益州語兒云：「我有五百人食器。」家中大驚。其由來清，而忽有此物，定是二百五十沓烏樏。

書證①：江陵大府，雄據上流，表裡襄、漢，西控巴蜀，南扼湖、廣，兵民雜處，庶務叢集，霆隨事裁決，處之泰然。（《宋史．尹穀傳》）

書證②：家貧躬耕，粟熟則食，粟不熟，則食糠覈菜茹，處之泰然。（《元史．許衡傳》）

高手過招

1. （　）《世說新語．任誕》中的人物大部分具有何種特質？
   A. 寡廉鮮恥，爭權奪利。
   B. 率性任真，特立獨行。
   C. 為所欲為，不受拘束。

D. 謹言慎行，明哲保身。

2. （　）閱讀下文，關於王子猷行事風格的形容，下列何者正確？王子猷居山陰，夜大雪，眠覺，開室，命酌酒。四望皎然，因起彷徨，詠左思〈招隱詩〉。忽憶戴安道，時戴在剡，即便夜乘小船就之。經宿方至，造門不前而返。人問其故，王曰：「吾本乘興而行，興盡而返，何必見戴？」（《世說新語．任誕》）

A. 虎頭蛇尾。

B. 擇善固執。

C. 求真務實。

D. 隨興自得。

3. （　）王子猷居山陰，夜大雪，眠覺，開室，命酌酒。四望皎然，因起彷徨，詠左思〈招隱詩〉。忽憶戴安道，時戴在剡，即便夜乘小船就之。經宿方至，造門不前而返。人問其故，王曰：「吾本乘興而行，興盡而返，何必見戴？」（《世說新語．任誕》）請問以下敘述何者正確？

A. 王子猷徹夜失眠感到心情沉鬱。

B. 王子猷認為見不到戴安道也無所謂。

C. 王子猷搭了一個月的船去見戴安道。

D. 戴安道不在家所以兩人沒有碰面。

解答：

1. B　2. D　3. B

典故　袒胸露背的竹林七賢

竹林七賢代表魏末晉初的七位風流名士——阮籍、嵇康、山濤、劉伶、阮咸、向秀、王戎。其中一種說法認為「竹林」位於嵇康在山陽的寓所附近，七賢在其間暢飲聚會，因而時人稱之為「竹林七賢」。

雖然他們的思想傾向不同，但七人皆為當時玄學清談的代表人物。嵇康、阮籍、劉伶、阮咸主張老莊之學，「越名教而任自然」；山濤、王戎則好老莊而雜以儒術；向秀則主張名教與自然合一。他們在生活上不拘禮法，清靜無為，在竹林喝酒、縱歌，是為魏晉南北朝時期灑脫不拘的名士代表人物。

竹林七賢對於司馬氏朝廷各有各的態度，最後導致七人分崩離析。阮籍、劉伶、嵇康對司馬朝廷堅決表達不合作的立場，最後嵇康被殺害，阮籍避世。王戎、山濤則選擇投靠司馬朝廷，竹林七賢各散東西。

竹林七賢之名的由來，長久以來存在爭議。東晉孫盛《魏氏春秋》記載：「（嵇）康寓居河內之山陽縣，與之游者，未嘗見其喜慍之色。與陳留阮籍，河內山濤，河內向秀，籍兄子咸，琅邪王戎，沛人劉伶相與友善，游於竹林，號為七賢。」一般認為「竹林七賢」之名與「集於竹林之下」的竹林之遊有關。

傳統說法認為「竹林」位於嵇康在山陽的寓所附近。嵇康與其好友山濤、阮籍以及竹林七賢中的其他四位常在其間暢飲聚會，因而時人稱之為「竹林七賢」。這種說法見於《晉書．嵇康傳》及《世說新語．任誕》中。

現代四大史學家之一的陳寅恪認為，「竹林七賢」的活動地方實際上並沒有產「竹林」，竹林七賢是先有「七賢」而後有「竹林」，七賢出自《論語》中「作者七人」的事數，有標榜之義。「竹林」之辭，源於西晉末年，佛教僧徒比附內典、外書的格義風氣盛行，乃托天竺「竹林精舍」之名，加於七賢之上，成「竹林七賢」。

排調篇

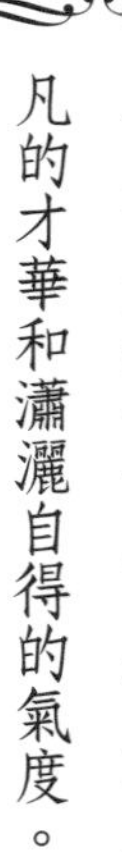

本篇記載魏晉士人間相互調侃的逗趣言談內容，從中可以看出他們非凡的才華和瀟灑自得的氣度。

諸葛瑾為豫州，遣別駕到臺❶，語云：「小兒知談，卿可與語。」連往詣恪，恪不與相見。後於張輔吳坐中相遇❷，別駕喚恪：「咄咄郎君❸。」恪因嘲之曰：「豫州亂矣，何咄咄之有？」答曰：「君明臣賢，未聞其亂。」恪曰：「昔唐堯在上❹，四凶在下。」答曰：「非唯四凶，亦有丹朱❺。」於是一坐大笑。

晉文帝與二陳共車，過喚鍾會同載，即駛車委去。比出，已遠。既至，因嘲之曰：「與人期行，何以遲遲？望卿遙遙不至❻。」會答曰：「矯然懿實❼，何必同群？」帝復問會：「皋繇何如人❽？」答曰：「上不及堯、舜，下不逮周、孔，亦一時之懿士❾。」

【說文解字】

❶臺：中央機關的官署。

❷張輔吳：張昭，字子布，徐州彭城人，東漢末年東吳的政治家。年卒八十一，死後謚爲文侯。西元二三二年公孫淵在遼東反魏，向孫吳稱臣以爲外應。張昭認爲公孫淵必敗，因此反對孫吳支持公孫淵，但意見沒有被孫權採納。結果公孫淵出賣東吳，殺了孫權派到遼東的使者張彌和許晏，張昭因此退居不朝。孫權爲張昭之舉感到盛怒，命令用土封住張昭的家門，暗示他永遠不必出門了，張昭也將內門堵住，強硬表示他也不打算出門了。盛怒之下，孫權下令改用火燒張昭的家，以此逼張昭出門，這個方法不但沒嚇倒張昭，反而使他在家裡寧死不出，孫權見狀急忙下令將火撲熄。最後孫權只好在張昭家門前久站不去示軟認錯，但張昭還是不願出門。張昭的兒子張承、張休看不下去，認爲再不出門給皇帝面子，將反變張昭理虧，便強帶張昭出門與孫權和解。

❸郎君：尊稱貴公子或上司的子弟。

鍾毓為黃門郎⑩，有機警，在景王坐燕飲⑪。時陳群子玄伯⑫、武周子元夏同在坐，共嘲毓。景王曰：「皐繇何如人？」對曰：「古之懿士。」顧謂玄伯、元夏曰：「君子周而不比，群而不黨。」

嵇、阮、山、劉在竹林酣飲，王戎後往。步兵曰：「俗物已復來敗人意⑬！」王笑曰：「卿輩意，亦復可敗邪？」

晉武帝問孫皓：「聞南人好作〈爾汝歌〉⑭，頗能為不？」皓正飲酒，因舉觴勸帝而言曰：「昔與汝為鄰，今與汝為臣。上汝一桮酒，令汝壽萬春⑮。」帝悔之。

孫子荊年少時欲隱，語王武子「當枕石漱流」，誤曰「漱石枕流」。王曰：「流可枕，石可漱乎？」孫曰：「所以枕流，欲洗其耳；所以漱石，欲礪其齒。」

頭責秦子羽云⑯：「子曾不如太原溫顒、潁川荀寓、范陽張華、士卿劉許⑰、義陽鄒湛、河南鄭詡。此數子者，或謇喫無宮商⑱，或尪陋希言語⑲，或淹伊多姿態⑳，或讙譁少智諝㉑，或口如含膠飴㉒，或頭如巾齏杵㉓。而猶以文采可觀，意思詳序㉔，攀龍附鳳㉕，並登天府㉖。」

---

❹ 唐堯：遠古的賢明君主。

❺ 丹朱：丹朱，本姓祁，名朱，丹朱最初的封地在丹淵（丹水），故稱之為丹朱，帝堯十子中的長子。傳說堯創立圍棋以教丹朱，並使其成為史上第一圍棋高手，故圍棋雅號丹朱。帝堯崩後，丹朱離開丹水回華夏部落奔喪，身為堯指定繼承人的舜卻躲到南河之南，因此丹朱稱了三年的帝，故《竹書紀年》、《山海經》等古籍將丹朱稱為「帝丹朱」。又因為丹朱是三苗首領並稱帝三年，故在南方的少數民族聚居地區地位崇高，後來被湖南、廣東等地奉為衡山皇、丹朱皇。丹朱稱帝期間，天下人心歸於舜，並不理會丹朱，大臣們都跑到南河之南朝覲舜而不朝覲丹朱。於是，舜便認為這是天意，便在人民的呼聲中登上了帝位，是為「堯舜禪讓」。

❻ 遙遙：形容時間長久。因鍾會的父親名繇，而繇和遙同音，所以用「遙遙」戲弄鍾會。

❼ 陳騫的父親名陳矯，晉文帝的父親是司馬懿，陳泰的父親名陳群，祖父名陳寔。鍾會回答時或直用其名，或用同音字，以此犯諱報復他們三人。

❽ 皐繇：舜時的法官。繇和鍾會父親的名字同字同音。

❾ 懿士：有美德的人。

❿ 鍾毓：鍾會的哥哥。

王渾與婦鍾氏共坐，見武子從庭過㉗，渾欣然謂婦曰：「生兒如此，足慰人意。」婦笑曰：「若使新婦得配參軍㉘，生兒故可不啻如此㉙！」

荀鳴鶴、陸士龍二人未相識，俱會張茂先坐。張令共語。以其並有大才，可勿作常語。陸舉手曰：「雲間陸士龍㉚。」荀答曰：「日下荀鳴鶴㉛。」陸曰：「既開青雲睹白雉㉜，何不張爾弓，布爾矢？」荀答曰：「本謂雲龍騤騤㉝，定是山鹿野麋㉞。獸弱弩彊，是以發遲。」張乃撫掌大笑。

陸太尉詣王丞相，王公食以酪。陸還遂病。明日與王牋云㉟：「昨食酪小過，通夜委頓㊱。民雖吳人，幾為傖鬼㊲。」

元帝皇子生，普賜群臣。殷洪喬謝曰：「皇子誕育，普天同慶。臣無勳焉，而猥頒厚賚㊳。」中宗笑曰㊴：「此事豈可使卿有勳邪？」

諸葛令、王丞相共爭姓族先後㊵，王曰：「何不言葛、王㊶，而云王、葛？」令曰：「譬言驢馬，不言馬驢，驢寧勝馬邪？」

劉真長始見王丞相，時盛暑之月，丞相以腹熨彈棋局㊷，

---

⑪ 景王：司馬懿的兒子司馬師。

⑫ 玄伯：陳泰，字玄伯。

⑬ 俗物：魏晉時名士以脫離世務爲清高，常以俗物罵那些和自己不相合的人。敗人意：敗壞人意，掃興。

⑭〈爾汝歌〉：晉時民歌。用爾汝稱呼對方很失禮，更何況君臣之間。晉武帝讓降臣以爾汝稱呼自己，是自取其辱，故後悔。爾、汝，你。

⑮ 壽萬春：壽萬年，長壽。

⑯ 頭責秦子羽：假託爲子羽的頭顱譴責秦子羽。

⑰ 士卿：宗正卿，爲九卿之一，掌管皇族事務。

⑱ 謇喫：口吃。無宮商：說話沒有抑揚頓挫。宮商是五音宮、商、角、徵、羽中的兩個音，泛指音樂。

⑲ 尪陋：瘦弱醜陋。希：通「稀」，少。

⑳ 淹伊：矯揉造作。

㉑ 讙嘩：也作「喧嘩」。智諝：才智。

㉒ 膠飴：像膠一樣黏的糖漿。

㉓ 巾齏杵：用頭巾包著搗物的棒槌，用以比喻頭小而尖。齏，調味用的薑、蒜等碎末。

㉔ 意思：思想內容。詳序：完備而有條理。

㉕ 攀龍附鳳：原指依附帝王以建立功業，後也用以比喻趨炎附勢。

㉖ 天府：比喻朝廷。

㉗ 武子：王濟，字武子，王渾的兒子。

㉘ 參軍：王淪，字太沖，王渾的弟弟，曾爲晉文

曰：「何乃洶43？」劉既出，人問：「見王公云何？」劉曰：「未見他異，唯聞作吳語耳！」

王公與朝士共飲酒44，舉琉璃碗謂伯仁曰：「此碗腹殊空，謂之寶器，何邪45？」答曰：「此碗英英46，誠為清徹，所以為寶耳！」

謝幼輿謂周侯曰47：「卿類社樹48，遠望之，峨峨拂青天49；就而視之，其根則群狐所託，下聚溷而已！」答曰：「枝條拂青天，不以為高；群狐亂其下，不以為濁；聚溷之穢50，卿之所保，何足自稱？」

王長豫幼便和令51，丞相愛恣甚篤52。每共圍棋，丞相欲舉行，長豫按指不聽。丞相笑曰：「詎得爾？相與似有瓜葛53。」

明帝問周伯仁：「真長何如人？」答曰：「故是千斤犗特54。」王公笑其言。伯仁曰：「不如捲角牸，有盤辟之好55。」

王丞相枕周伯仁膝，指其腹曰：「卿此中何所有？」答曰：「此中空洞無物，然容卿輩數百人。」

干寶向劉真長敘其《搜神記》56，劉曰：「卿可謂鬼之董狐57。」

王大將軍參軍。

29 不啻：不止。

30 陸士龍：陸雲，字士龍，吳郡吳縣人，西晉文學家，與其兄陸機合稱「二陸」，曾任清河內史，故世稱陸清河。其祖父陸遜曾任東吳丞相，父陸抗爲東吳大司馬。陸雲少聰穎，六歲即能文，被薦舉時才十六歲。吳亡後，不受重用，與其兄隱退故里，十年閉門勤學。晉武帝太康十年，陸機和陸雲來到京城洛陽。初時由於談吐有吳國鄉音，受時人嘲弄，但陸氏兄弟不氣餒，拜訪太常張華，張華頌之：「伐吳之役，利獲二俊。」並介紹兩人給劉道眞，日後二陸名氣大振。時有「二陸入洛，三張減價」之說（三張指張載、張協和張亢）。雲中之龍，既切陸雲的名和字，也是暗喻其高。

31 日下：京都。荀鳴鶴：穎川人，晉代的穎川郡首府在河南許昌，和京都洛陽靠近，因此荀鳴鶴也被認爲是日下人。日下的字面義指太陽之下，日下之鶴，既切荀姓（荀字從日），也是暗喻其高。

32 白雉：鳥名，形似野雞而色白，暗指荀不是鶴。此話針對荀鳴鶴的名字，暗指射鶴。

33 騤騤：形容強壯。

34 麇：麇鹿。此話暗指陸士龍並不是龍。

35 牋：一種文體，寫給尊貴者的信。

36 委頓：委靡疲困。

許文思往顧和許，顧先在帳中眠。許至，便徑就牀角枕共語58。既而喚顧共行，顧乃命左右取杭上新衣59，易己體上所著。許笑曰：「卿乃復有行來衣乎60？」

康僧淵目深而鼻高，王丞相每調之。僧淵曰：「鼻者面之山，目者面之淵。山不高則不靈，淵不深則不清。」

何次道往瓦官寺禮拜甚勤。阮思曠語之曰：「卿志大宇宙，勇邁終古。」何曰：「卿今日何故忽見推？」阮曰：「我圖數千戶郡，尚不能得；卿迺圖作佛，不亦大乎！」

庾征西大舉征胡，既成行61，止鎮襄陽。殷豫章與書，送一折角如意以調之62。庾答書曰：「得所致，雖是敗物，猶欲理而用之。」

桓大司馬乘雪欲獵，先過王、劉諸人許。真長見其裝束單急63，問：「老賊欲持此何作64？」桓曰：「我若不為此，卿輩亦那得坐談65？」

褚季野問孫盛66：「卿國史何當成67？」孫云：「久應竟，在公無暇，故至今日。」褚曰：「古人『述而不作』68，何必在蠶室中69？」

---

37 傖鬼：鄙夷的稱呼。因南方人不吃酪，所以這樣說。

38 猥：謙詞，表示謙卑。賚：賞賜。

39 中宗：晉元帝死後的廟號。

40 姓族：姓氏家族。此處說兩人按習慣說法來爭辯姓氏的先後順序，以別高低。當時的習慣說法爲，凡兩字連續而有平仄聲的不同，總是平聲字在前，仄聲字在後。

41 葛：諸葛氏原爲葛氏，後稱諸葛。

42 熨：壓，緊貼。彈棋局：彈棋的棋盤。

43 渹：冰涼，此爲吳語。

44 朝士：周代官名，後泛稱朝廷官吏。

45 王導以碗比喻伯仁，嘲笑他無能，且腹中空洞無物。

46 英英：明亮的樣子。

47 謝幼輿：謝鯤，字幼輿，喜歡玄學，任達不拘，曾任豫章太守，後任王敦長史。

48 社樹：社壇周圍的樹。

49 峨峨：形容高峻。

50 聚溷：聚集污穢。

51 王長豫：王悅，字長豫，丞相王導的兒子。和令：溫順善良。

52 愛恣：溺愛。

53 瓜葛：瓜和葛都是蔓生植物，比喻有一定的牽連或關係。

54 犦特：閹割過的公牛。指能任重致遠。

謝公在東山，朝命屢降而不動。後出為桓宣武司馬，將發新亭，朝士咸出瞻送。高靈時為中丞(70)，亦往相祖(71)。先時，多少飲酒，因倚如醉，戲曰：「卿屢違朝旨，高臥東山，諸人每相與言：『安石不肯出，將如蒼生何？』今亦蒼生將如卿何？」謝笑而不答。

初，謝安在東山居，布衣，時兄弟已有富貴者，翕集家門(72)，傾動人物(73)。劉夫人戲謂安曰：「大丈夫不當如此乎？」謝乃捉鼻曰：「但恐不免耳(74)！」

支道林因人就深公買印山，深公答曰：「未聞巢、由買山而隱。」

王、劉每不重蔡公。二人嘗詣蔡，語良久，乃問蔡曰：「公自言何如夷甫？」答曰：「身不如夷甫。」王、劉相目而笑曰(75)：「公何處不如？」答曰：「夷甫無君輩客！」

張吳興年八歲(76)，虧齒，先達知其不常，故戲之曰：「君口中何為開狗竇？」張應聲答曰：「正使君輩從此中出入！」

郝隆七月七日出日中仰臥(77)。人問其故？答曰：「我曬書(78)。」

---

(55) 犙角牸：犙角母牛。牛老了便犙角，無法快走。此處嘲笑王導，暗示他是犙角牸，老年無所作爲，但能讓騎牛的人滿意。

(56) 干寶：字令升，博學多才，曾任散騎常侍，著《搜神記》。此書爲六朝志怪小說的代表作，所記多神怪靈異之事。

(57) 董狐：春秋時晉國太史，敢於堅持史官的記事原則，素有古之良史的稱呼。

(58) 角枕：用獸角作裝飾的枕頭。

(59) 杭：通「桁」，衣架。

(60) 行來衣：出門所穿的體面衣物。

(61) 成行：指軍隊已經出發。

(62) 折角：指如意的一角折斷，有殘缺，亦比喻折損他人的傲慢。

(63) 單急：單薄緊窄。

(64) 老賊：朋友間的戲稱。

(65) 桓溫穿的是戎裝，所以這樣說。

(66) 孫盛：歷任參軍、廷尉正、秘書監。好學不倦，著《晉陽秋》，詞直而理正，被讚爲良史。

(67) 何當：何時。

(68) 述而不作：語出《論語．述而》，意指傳述而不創作。

(69) 司馬遷因李陵事件被判宮刑，剛受過宮刑的人畏風寒，要居於蠶室中調養，蠶室是執行宮刑和受宮刑者所居的獄室。最後司馬遷忍辱負重，完成《史記》。

謝公始有東山之志[79]，後嚴命屢臻[80]，勢不獲已，始就桓公司馬。于時人有餉桓公藥草，中有「遠志」[81]。公取以問謝：「此藥又名『小草』，何一物而有二稱？」謝未即答。時郝隆在坐，應聲答曰：「此甚易解：處則為遠志，出則為小草[82]。」謝甚有愧色。桓公目謝而笑曰：「郝參軍此過乃不惡，亦極有會[83]。」

庾園客詣孫監[84]，值行，見齊莊在外[85]，尚幼，而有神意[86]。庾試之曰：「孫安國何在[87]？」即答曰：「庾稚恭家。」庾大笑曰：「諸孫大盛，有兒如此！」又答曰：「未若諸庾之翼翼[88]。」還，語人曰：「我故勝，得重喚奴父名[89]。」

范玄平在簡文坐[90]，談欲屈，引王長史曰：「卿助我。」王曰：「此非拔山力所能助！」

郝隆為桓公南蠻參軍[91]，三月三日會[92]，作詩。不能者，罰酒三升。隆初以不能受罰，既飲，攬筆便作一句云：「娵隅躍清池[93]。」桓問：「娵隅是何物？」答曰：「蠻名魚為娵隅。」桓公曰：「作詩何以作蠻語？」隆曰：「千里投公，始得蠻府參軍，那得不作蠻語也？」

---

70 高靈：高崧，小名阿酃。中丞：御史臺長官，掌管公卿奏事、察舉非法等事。

71 祖：餞行的隆重儀式。

72 翕集：聚集。家門：家族。

73 傾動：震動，傾倒。

74 謝安一族之中，堂兄謝尚、哥哥謝奕、弟弟謝萬都已高官厚祿，富貴一時，而謝安有隱居之志，無出仕之心。但他名聲已顯，恐爲時勢所逼，不得不出仕。

75 相目：相看，互相使眼色。

76 張吳興：張玄之，字祖希，曾任吳興太守。

77 郝隆：字佐治，曾任征西將軍桓溫的參軍。

78 我曬書：民間風俗，七月初七要日曬經書和衣裳，郝隆戲稱自己滿肚子經書也要曬書。

79 東山之志：隱居東山的意願。

80 嚴命：嚴厲的命令。

81 遠志：中藥名。根名遠志，苗名小草。

82 處、出：指埋在土中和露出地面，暗指隱居和出仕，以譏笑謝安的出仕。

83 會：興會，意趣。

84 庾園客：庾爰之，小名園客，庾翼（字稚恭）的兒子。孫監：孫盛，字安國，任秘書監，因此稱孫監。

85 齊莊：孫放，字齊莊，孫盛的兒子。

86 神意：靈氣。

87 直呼對方父親的名字，非常不敬。

袁羊嘗詣劉惔，惔在內眠未起。袁因作詩調之曰：「角枕粲文茵，錦衾爛長筵94。」劉尚晉明帝女95，主見詩，不平曰：「袁羊，古之遺狂96！」

殷洪遠答孫興公詩云：「聊復放一曲97。」劉真長笑其語拙，問曰：「君欲云那放98？」殷曰：「榻臘亦放99，何必其鎗鈴邪？」

桓公既廢海西，立簡文，侍中謝公見桓公拜。桓驚笑曰：「安石，卿何事至爾？」謝曰：「未有君拜於前，臣立於後100！」

郗重熙與謝公書，道：「王敬仁聞一年少懷問鼎101。不知桓公德衰，為復後生可畏？」

張蒼梧是張憑之祖102，嘗語憑父曰：「我不如汝。」憑父未解所以103。蒼梧曰：「汝有佳兒。」憑時年數歲，斂手曰104：「阿翁，詎宜以子戲父？」

習鑿齒、孫興公未相識，同在桓公坐。桓語孫：「可與習參軍共語。」孫云：「『蠢爾蠻荊』，敢與大邦為讎105？」習云：「『薄伐獫狁』，至于太原106。」

桓豹奴是王丹陽外生107，形似其舅，桓甚諱之。宣武云：

---

88 翼翼：形容旺盛，興旺。庾園客直呼齊莊父親的名字，齊莊也直稱庾翼報復。

89 奴：卑賤之稱。因上文提到兩個「翼」字。

90 范玄平：范汪，字玄平，曾任吏部尚書，徐、兗二州刺史。

91 桓溫曾任南蠻校尉，即駐守南方民族地區的將領，郝隆在他的府中任參軍。

92 三月三日會：原來爲農曆的上巳節，魏代以後定在三月三日，這一天人們到水邊洗濯，祈福驅邪，也藉此宴飲郊遊。

93 娵隅：古時南方的民族稱魚爲娵隅，此話指魚在清池中跳躍。

94 語出《詩經．葛生》，大意是華麗的褥子上，用獸角裝飾的枕頭鮮豔奪目，精美的席子上錦被光輝燦爛。是一首描寫丈夫出征，生死不明，妻子在家思念的詩。袁羊用這篇詩的語句嘲笑劉惔。

95 尚：指娶公主爲妻。

96 狂：放蕩不羈。

97 大意是姑且再放聲歌一曲。

98 劉眞長認爲「放」字用在此處很拙劣，因此反問他。

99 放：放出，發出。殷洪遠意在說明自己的詩雖然像鼓聲，比不上金石聲清脆悅耳，卻也能表情達意，何必雕章琢句，刻意假裝金石聲。

100 君：用以尊稱在上位者，也指君主。臣：既是

「不恒相似，時似耳！恆似是形，時似是神。」桓逾不說。

王子猷詣謝萬，林公先在坐，瞻矚甚高。王曰：「若林公鬚髮並全，神情當復勝此不？」謝曰：「脣齒相須108，不可以偏亡。鬚髮何關於神明？」林公意甚惡。曰：「七尺之軀109，今日委君二賢。」

郗司空拜北府，王黃門詣郗門拜，云：「應變將略110，非其所長。」驟詠之不已。郗倉謂嘉賓曰111：「公今日拜，子猷言語殊不遜，深不可容！」嘉賓曰：「此是陳壽作諸葛評。人以汝家比武侯112，復何所言？」

王子猷詣謝公，謝曰：「云何七言詩113？」子猷承問，荅曰：「昂昂若千里之駒，汎汎若水中之鳧114。」

王文度、范榮期俱為簡文所要。范年大而位小，王年小而位大。將前，更相推在前。既移久，王遂在范後。王因謂曰：「簸之揚之，糠秕在前115。」范曰：「洮之汰之116，沙礫在後117。」

劉遵祖少為殷中軍所知，稱之於庾公。庾公甚忻然118，便取為佐119。既見，坐之獨榻上與語120。劉爾日殊不稱，庾小失望，遂名之為「羊公鶴」121。昔羊叔子有鶴善舞，嘗向客稱

謙稱，也指臣子。謝安諷刺桓溫想當君主。

101 問鼎：篡位。先秦時代將九鼎作爲傳國之寶，詢問鼎的大小輕重，就是意欲奪取天下。

102 張蒼梧：張鎮，字義遠，曾任蒼梧太守。

103 所以：緣故。

104 斂手：拱手，兩手在胸前相抱，表示恭敬。

105 語出《詩經．小雅》，大意爲，你們楚國蠢蠢欲動，和我們大國結爲仇敵。蠻荊，本指春秋時代的楚國。孫興公藉此嘲笑習鑿齒的籍貫爲蠻荊，是南蠻。

106 語出《詩經．小雅》，大意爲，討伐匈奴，到了太原（指把匈奴趕出太原）。獫猶，北方的一個民族，即匈奴。習鑿齒藉此嘲笑孫興公的籍貫是匈奴所處之地。

107 桓豹奴：桓嗣，字恭祖，小名豹奴。王丹陽：王混，字奉正，官至丹陽尹。

108 須：依賴，憑藉。

109 七尺之軀：身高七尺，成人的身長。借指男子漢，大丈夫。

110 將略：用兵的謀略。

111 郗倉：郗融的小名，郗愔第二子。嘉賓：郗超，字嘉賓，郗倉的哥哥。

112 汝家：你，此處指其父郗愔。武侯：諸葛亮，輔佐劉備建立蜀國。劉備死後，劉禪繼位，封爲武鄉侯。

113 七言詩：相傳漢武帝在柏梁臺上和群臣聯句，

之。客試使驅來，氃氋而不肯舞⑫。故稱比之。

魏長齊雅有體量⑬，而才學非所經。初宦當出，虞存嘲之曰：「與卿約法三章：談者死，文筆者刑⑭，商略抵罪。」魏怡然而笑⑮，無忤於色⑯。

郗嘉賓書與袁虎，道戴安道、謝居士云：「恒任之風，當有所弘耳⑰。」以袁無恆，故以此激之。

范啟與郗嘉賓書曰：「子敬舉體無饒縱⑱，掇皮無餘潤⑲。」郗答曰：「舉體無餘潤，何如舉體非真者？」范性矜假多煩，故嘲之。

二郗奉道⑳，二何奉佛㉑，皆以財賄。謝中郎云：「二郗諂於道㉒，二何佞於佛㉓。」

王文度在西州，與林法師講，韓、孫諸人並在坐。林公理每欲小屈，孫興公曰：「法師今日如著弊絮在荊棘中，觸地挂閡㉔。」

范榮期見郗超俗情不淡，戲之曰：「夷、齊、巢、許㉕，一詣垂名。何必勞神苦形，支策據梧邪㉖？」郗未荅。韓康伯曰：「何不使遊刃皆虛㉗？」

賦七言詩，每人一句，一句一意，世稱柏梁體。舊說七言詩起源於此。

⑭ 語出《楚辭．卜居》，大意爲，像千里馬那樣高視闊步，像野鴨子那樣漂浮不定。王子猷引此，說明他不懂裝懂。

⑮ 糠秕：穀類廢棄的部分，比喻無用的事物。

⑯ 洮：洗。

⑰ 沙礫：沙子和小石塊。

⑱ 忻：通「欣」，喜悅。

⑲ 佐：指佐官，下屬。

⑳ 獨榻：一人坐的榻，尊敬的賓客坐獨榻。

㉑ 羊公鶴：不舞之鶴，指名不副實的人。

㉒ 氃氋：羽毛鬆散的樣子。

㉓ 體量：氣量。

㉔ 文筆：韻文稱文，散文稱筆，文筆泛指文章，此處指寫文章。

㉕ 怡然：愉快的樣子。

㉖ 忤：抵觸。

㉗ 弘：擴大，光大。

㉘ 子敬：王獻之，字子敬。饒：指肌膚豐滿。

㉙ 掇皮：剝皮。餘潤：指豐潤的肌肉。

㉚ 二郗：郗愔和弟弟郗曇。

㉛ 二何：何充和弟弟何准，兩人廣修佛寺，供養和尚。

㉜ 諂：巴結，奉承。

㉝ 佞：巧言諂媚。

簡文在殿上行，右軍與孫興公在後。右軍指簡文語孫曰：「此噉名客138！」簡文顧曰：「天下自有利齒兒139。」後王光祿作會稽，謝車騎出曲阿祖之。王孝伯罷秘書丞在坐，謝言及此事，因視孝伯曰：「王丞齒似不鈍。」王曰：「不鈍，頗亦驗。」

謝遏夏月嘗仰臥，謝公清晨卒來，不暇著衣，跣出屋外140，方躡履問訊141。公曰：「汝可謂前倨而後恭。」

顧長康作殷荊州佐，請假還東142。爾時例不給布颿143，顧苦求之，乃得發。至破冢，遭風大敗。作牋與殷云：「地名破冢144，真破冢而出145。行人安穩，布颿無恙。」

符朗初過江146，王咨議大好事147，問中國人物及風土所生，終無極已。朗大患之。次復問奴婢貴賤，朗云：「謹厚有識148，中者，乃至十萬；無意為奴婢149，問者，止數千耳。」

東府客館是版屋150。謝景重詣太傅，時賓客滿中，初不交言，直仰視云：「王乃復西戎其屋151。」

顧長康噉甘蔗，先食尾。人問所以，云：「漸至佳境。」

孝武屬王珣求女婿，曰：「王敦、桓溫，磊砢之流152，既

---

134 觸地：遍地，到處。挂閡：罣礙。
135 夷、齊、巢、許：伯夷、叔齊、巢父、許由，都是上古清廉之士。
136 支策據梧：語出《莊子．齊物論》，大意爲，春秋時晉國的樂師師曠持杖敲擊樂器，戰國時宋人惠子倚著梧桐樹辯論，他們的技藝學識登峰造極，故晚年仍堅持不懈。
137 游刃皆虛：指刀刃在骨節的間隙切割，比喻順應環境，保全自己。
138 噉名客：指好名之士。噉，嗜好，喜好。此處噉名應爲噉石，是王右軍和簡文帝共嘲孫興公的話。道家有噉石法，而孫興公善於持論，然多強詞奪理，所以王右軍戲之爲噉石客。
139 利齒兒：牙齒非常堅利的人，對噉名（噉石）的解釋。
140 跣：赤腳。
141 躡履：穿鞋。
142 還東：回東邊去，此處指回家。
143 布颿：布做的船帆，也指帆船。
144 破冢：地名。
145 破冢而出：指死裡逃生。冢，墳墓。
146 符朗：字元達，前秦苻堅的侄兒。
147 王咨議：王肅之，字幼恭，王羲之第四子。
148 有識：知識。
149 無意：無見識。
150 東府：原爲晉簡文帝的府第，後爲他兒子會稽

不可復得，且小如意，亦好豫人家事，酷非所須。正如真長、子敬比，最佳。」珣舉謝混。後袁山松欲擬謝婚，王曰：「卿莫近禁臠[153]。」

桓南郡與殷荊州語次[154]，因共作了語[155]。顧愷之曰：「火燒平原無遺燎[156]。」桓曰：「白布纏棺豎旒旐[157]。」殷曰：「投魚深淵放飛鳥。」次復作危語。桓曰：「矛頭淅米劍頭炊[158]。」殷曰：「百歲老翁攀枯枝。」顧曰：「井上轆轤臥嬰兒。」殷有一參軍在坐，云：「盲人騎瞎馬，夜半臨深池。」殷曰：「咄咄逼人[159]！」仲堪眇目故也[160]。

桓玄出射，有一劉參軍與周參軍朋賭[161]，垂成，唯少一破[162]。劉謂周曰：「卿此起不破[163]，我當撻卿。」周曰：「何至受卿撻！」劉曰：「伯禽之貴[164]，尚不免撻，而況於卿？」周殊無忤色。桓語庾伯鸞曰：「劉參軍宜停讀書，周參軍且勤學問[165]。」

桓南郡與道曜講《老子》，王侍中為主簿在坐。桓曰：「王主簿，可顧名思義[166]。」王未答，且大笑。桓曰：「王思道能作大家兒笑[167]。」

王司馬道子的住宅。客館：招待賓客的處所。版屋：用木板修築的房子。

[151] 西戎其屋：西方民族的房子。西戎人通常住在板屋裡。

[152] 磊砢：形容才能卓越。

[153] 禁臠：比喻不許別人染指的東西。臠，切成塊的肉。

[154] 語次：談話之間。

[155] 了語：一種語言遊戲，說出了結之事。

[156] 遺燎：餘火，剩下的火種。

[157] 旒旐：招魂幡，出殯時在棺材前引路的旗子。

[158] 淅米，掏米。

[159] 咄咄逼人：此處形容出語侵人，令人難受。

[160] 眇目：瞎了一隻眼睛。

[161] 朋賭：指分組賭射箭。一朋等於一組。

[162] 破：破的，中箭靶。

[163] 此起：這一發，這一箭。起，發射。

[164] 伯禽是周朝周公的兒子，受封於魯。周公輔佐周成王處理國政，成王有罪時，便鞭打伯禽。

[165] 桓玄認爲，劉參軍濫引古書故事，用伯禽的事比擬不倫不類，因此應停止讀書；周參軍不知道劉參軍在捉弄自己，是因爲不學習，所以應勤做學問。

[166] 王主簿：王楨之，小名思道，曾任侍中，大司馬長史。《老子》全書著重闡明道，使道顯明。王楨之名思道，因此可以顧名思義。

祖廣行恒縮頭。詣桓南郡，始下車，桓曰：「天甚晴朗，祖參軍如從屋漏中來168。」

桓玄素輕桓崖169，崖在京下有好桃，玄連就求之，遂不得佳者。玄與殷仲文書，以為嗤笑曰：「德之休明170，肅慎貢其楛矢171；如其不爾，籬壁間物172，亦不可得也。」

167 大家兒：士族豪門的子弟。王思道是王羲之的孫子，也是士族子弟。此話譏諷他放縱失禮。
168 屋漏：破屋漏雨之處。
169 桓崖：桓脩，小名崖，桓玄的堂兄弟。
170 休明：美善光明。
171 肅慎：古代民族名，從事狩獵。周武王克商，肅愼來貢楛矢。楛矢：用楛木做桿的箭。
172 籬壁間物：指家園所生產的東西。

白話賞析

諸葛瑾任豫州牧時，派遣別駕入朝並告訴他：「我的兒子善於談吐，你可以和他談論一番。」別駕再去拜訪諸葛恪，諸葛恪不和他見面。後來在輔吳將軍張昭家中作客時相遇，別駕招呼諸葛恪：「哎呀，公子。」諸葛恪嘲笑他：「豫州危亂，有什麼好驚嘆的呢？」別駕回答：「君主聖明，臣子賢良，沒有聽說哪裡有危亂。」諸葛恪說：「古時上面雖有唐堯，下面仍有四凶。」別駕回答：「不僅有四凶，也有丹朱。」滿座哄堂大笑。

晉文帝和陳騫、陳泰一同乘車，當車子經過鍾會家時，招呼鍾會一起乘車，但卻還沒等他出來，便丟下他駕車離開。鍾會出來後，車子已經走遠了。他趕到後，晉文帝藉機嘲笑他：「我們早已約好了，你為什麼姍姍來遲呢？大家已經等你很久了，你卻遲遲不來。」鍾會回答：「高超出眾，有美德實才的人，為什麼要合群呢？」文帝又問鍾會：「皋繇如何呢？」鍾會回答：「比上不如堯舜，比下不如周公和孔子，但也是當時的懿德之士了。」

鍾毓任黃門侍郎，機靈敏銳。有一次陪侍景王宴飲，當時陳群的兒子玄伯和武周的兒子元夏一同在座，他們嘲笑鍾毓。景王問：「皋繇是個怎麼樣的人？」鍾毓回答：「古代的懿德之士。」又回過頭對玄伯和元夏說：「君子團結，卻不互相勾結。君子合群，而不互相袒護。」

嵇康、阮籍、山濤、劉伶在竹林中暢飲，王戎後到，步兵校尉阮籍說：「俗物又來敗壞他人的意興了啊！」王戎笑著說：「你們的意興也能被敗壞嗎？」

晉武帝問孫皓：「聽說南方人喜好作〈爾汝歌〉，你會作嗎？」孫皓正在飲酒，舉杯向武帝勸酒，並且作歌：「從前和你是近鄰，現在替你做一個小臣。獻給你一杯酒，祝你壽長享萬春。」武帝事後為這件事感到很後悔。

孫子荊年輕時想要隱居，想告訴王武子應「枕石漱流」，但口誤說成「漱石枕流」。王武子說：「流水可以作為枕頭，石頭可以用來漱口嗎？」孫子荊說：「枕流水是想藉此洗淨自己的耳朵，漱石頭是想磨練自己的牙齒。」

子羽的頭顱譴責秦子羽：「你竟比不上太原溫顒、潁川荀寓、范陽張華、士卿劉許、義陽鄒湛、河南鄭詡。這幾個人，有的口吃，語不成調；有的瘦弱醜陋，寡言少語；有的矯揉造作，扭捏作態；有的吵吵嚷嚷，缺少智謀；有的口像含著如膠一樣黏的糖漿；有的頭像包著頭巾的棒槌。然而，他們還是因為文辭值得觀賞，思想周備而有條理，很會趨炎附勢，最後都能一齊入朝為官了。」

王渾和妻子鍾氏一同坐著，看見他們的兒子武子從院中走過，王渾高興地對妻子說：「生下這樣的兒子，便可以安心了。」他的妻子笑著說：「如果我能婚配參軍，生的兒子本來可以不止如此。」

荀鳴鶴、陸士龍兩人本不相識，在張茂先家中作客時遇見。張茂先讓他們談論一番，且因兩人皆有很高的才學，便讓他們不要說平常的俗話。陸士龍拱手說：「我是雲間陸士龍。」荀鳴鶴回答說：「我是日下荀鳴鶴。」陸士龍說：「已經撥開雲彩現青天，看見了白雉，為什麼不張開你的弓，搭上你的箭呢？」荀鳴鶴回答：「我本以為是威武的雲龍，但原來只是山野麋鹿，獸弱而弓強，因此遲遲不敢放箭。」張茂先於是拍手大笑。

太尉陸玩前往拜訪丞相王導，王導拿奶酪招待他。陸玩回家後就病倒了。第二天寫信給王導：「昨天吃奶酪時，稍微過量，整夜精神不振，疲困不堪。小民雖然是吳人，卻幾乎成為北方的傖鬼了。」

晉元帝的皇子降生時，賞賜群臣。殷洪喬謝賞時說：「皇子誕生，普天下共同慶賀。臣下沒有功勞，卻辱蒙重賞。」元帝笑著說：「這種事難道能讓你有功勞嗎？」

尚書令諸葛恢和丞相王導兩人爭論姓氏的先後。王導說：「為什麼不說葛、王，而說王、葛呢？」諸葛恢說：「就像說驢、馬，而不說馬、驢，驢難道勝過馬嗎？」

劉真長初見丞相王導時，是在最熱的月分，丞相把腹部壓在彈棋盤上，說：「怎麼這麼涼呢？」劉真長辭別後，有人問他見到王導後覺得如何，劉真長說：「沒有什麼特別的，只是聽到他說吳語而已啊！」

王導和朝廷的官員一同飲酒時，他舉起琉璃碗對周伯仁說：「這個碗腹內空空，還稱它是寶器，為什麼呢？」周伯仁回答：「這個碗亮晶晶的，確實晶瑩澄澈，這就是成為寶器的原因啊！」

謝幼輿對武城侯周顗說：「你就像社壇上的樹，遠遠望去，高聳入雲霄。走近一看，才發現根部是群狐聚居的地方，堆積著污穢的東西啊！」周顗回答：「樹枝直衝青天，我也不認為高大；群狐在它根部搗亂，我也不認為混亂。至於藏污納垢這種醜惡的事，是你所有的，哪裡值得自誇呢？」

王長豫幼年時很和善，丞相王導非常疼愛他。每次都和他一起下圍棋，王導要走動棋子時，長豫卻按著指頭不讓他動。王導笑著說：「你怎麼能這樣做呢？我們之間應該還有點關係。」

晉明帝問周伯仁：「真長如何呢？」周伯仁回答：「他自然是個千斤重的閹牛。」王導嘲笑他說的話。周伯仁說：「當然比不上捲角老母牛，可以好好地盤旋進退。」

丞相王導枕著周伯仁的膝，用手指著他的肚子說：「你的這裡有什麼東西呢？」周伯仁回答：「這裡空空如也，但卻能容納幾百個像你這樣的人。」

干寶向劉真長敘說他的《搜神記》，劉真長說：「你可以說是鬼神的董狐。」

許文思到顧和家裡時，顧和在帳子裡睡覺，許文思到後，便直接上床靠著角枕與顧和交談。不久又招呼顧和一起走，顧和便命隨從拿衣架上的新衣，換下自己身上的衣服，許文思笑著說：「你竟然還有出門穿的正式服裝嗎？」

康僧淵眼睛深陷，鼻梁很高，丞相王導時常嘲笑他。僧淵說：「鼻子是臉上的山，眼睛是臉上的深潭。山不高，就沒有神靈，潭不深，就不會清澈。」

何次道經常去瓦官寺拜佛，非常虔誠。阮思曠對他說：「你的志向比宇宙還大，你的勇氣超越古人。」何次道說：「你今天為什麼忽然推崇我呢？」阮思曠說：「我謀求幾千戶的小郡郡守之職，尚且得不到。你卻希望成佛，這個志向很大啊！」

征西將軍庾翼大舉征伐胡人，軍隊出發後停留在襄陽防守。豫章太守殷羨寫信給他，並送他一個破損一角的如意戲弄他。庾翼回信：「收到你送來的禮物了。雖然是破損的東西，但我還是想修好它。」

大司馬桓溫趁著下雪前去打獵，順道前去探望王仲祖、劉真長等人。劉真長看見他的裝束單薄緊窄，問：「老傢伙穿著這身衣服要做什麼呢？」桓溫說：「我如果不穿這種戎裝，你們這些人又哪能在這裡閒坐清談呢？」

褚季野問孫盛：「你寫的國史什麼時候可以完成呢？」孫盛回答：「早就應該完成了。只是由於公務在身，沒有閒暇時間，所以才拖到今天。」褚季野說：「古人只是『傳述前人之言，而不創作』，你為什麼一定要在蠶室中才能完成呢？」

謝安在東山隱居，朝廷多次下令徵召他出仕，但他都不應命。而後，當他出任桓溫的司馬，從新亭出發時，朝中官員都來送行。高靈當時任中丞，也前去替他餞行。在這之前，高靈已經喝了一些酒，於是就藉著這點，如喝醉一般開玩笑地說：「你多次違抗朝廷旨意，在東山高枕無憂地躺著，大家常常一同交談：『安石不肯出仕，天下蒼生該怎麼辦呢？』現在百姓又將如何看待你呢？」謝安笑著不回答。

當初，謝安在東山時，還是平民的他在兄弟中已算是富貴的，名士都集中在他的家族。謝安的妻子劉夫人對謝安開玩笑地說：「大丈夫不該如此嗎？」謝安捏著鼻子說：「只怕避免不了吧！」

支道林託人向竺法深買印山，竺法深回答：「沒聽說過巢父、許由買一座山隱居的。」

王濛和劉真長常常不尊重蔡謨。兩人曾去看望蔡謨，談了很久之後，竟問蔡謨：「你自己認為，你和夷甫相比如何呢？」蔡謨回答：「我不如夷甫。」王濛和劉真長相視而笑，又問：「你什麼地方不如呢？」蔡謨回答：「夷甫沒有你們這樣的客人。」

吳興太守張玄之八歲那年掉牙，前輩賢達皆認為他異於常人，故意戲弄他，說：「你的嘴裡為什麼開了一個狗洞呢？」張玄之回答：「正是要讓你們這樣的人從中出入。」

郝隆在七月七日那天到太陽下，臉朝上躺著。有人問他在做什麼，他回答：「我在曬書。」

謝安起初有隱居山林的意願，後來官府徵召的命令不斷下達，情勢所逼，這才就任桓溫屬下的司馬。這時，有人送給桓溫草藥，其中包含遠志。桓溫拿來問謝安：「這種藥又名小草，為什麼一樣東西有兩種名稱呢？」謝安沒有立即回答，當時郝隆在座，回答：「這很容易解釋，不出土就是遠志，出土就是小草。」謝安深感慚愧。桓溫看著謝安，笑著說：「郝參軍這個失言不算太壞，話也說得極為有趣。」

庾園客前去拜訪秘書監孫盛時，恰巧孫盛外出，他看到齊莊在外面，年紀雖小，卻有一股靈氣。庾園客便考驗他，說：「孫安國在哪裡呢？」齊莊馬上回答：「在庾稚恭家裡。」庾園客大笑著說：「孫氏家族非常旺盛，竟有這樣的兒子啊！」齊莊又回答：「不如庾氏家族那樣旺盛。」齊莊回家告訴別人說：「其實是我勝了，因為我多叫了一次那奴才父親的名字。」

范玄平在簡文帝家中作客，眼看談論就要理虧。他把左長史王濛拉過來說：「你幫幫我。」王濛說：「這不僅僅是拔山的力量所能挽回的啊！」

郝隆任桓溫南蠻校尉府的參軍。三月三日的聚會上一起作詩，不能作詩的要罰喝三升酒。郝隆因作不出詩而受罰，喝完酒後，提起筆寫了一句：「娵隅躍清池。」桓溫問：「娵隅是什麼？」郝隆回答：「南蠻稱魚為娵隅。」桓溫說：「作詩為什麼使用蠻語呢？」郝隆說：「我從千里之外來投奔您，才得到南蠻校尉府的參軍一職，哪能不說蠻語呢？」

袁羊有一次前去拜訪劉惔，劉惔正在內室睡覺，還沒有起床。袁羊於是作詩戲弄他：「角枕粲文茵，錦衾爛長筵。」劉惔娶晉明帝的女兒為妻，廬陵公主看見袁羊的詩後，憤憤不平地說：「袁羊是古代狂徒的後代啊！」

殷洪遠答孫興公的詩：「聊復放一曲。」劉真長嘲笑他用語拙劣，問：「您想說怎麼放呢？」殷洪遠說：「鼓聲也是放，為什麼一定要放出金石聲呢？」

桓溫廢黜海西公後，立簡文帝。侍中謝安晉見桓溫，行大禮，桓溫驚訝地笑道：「安石，你為什麼這樣呢？」謝安回答：「沒有君先行禮，臣後站起來的道理。」

郗重熙寫信給謝安，說：「王敬仁聽說有一個年輕人，正在圖謀篡奪王位的事。不知道是桓公德行衰微，還是後生可畏呢？」

蒼梧太守張鎮是張憑的祖父，他曾對張憑的父親說：「我比不上你。」張憑的父親不明白是什麼原因，張鎮說：「因為你有一個出色的兒子。」當時，張憑只有幾歲而已，他恭恭敬敬地拱手說：「爺爺，怎麼可以拿兒子來開父親的玩笑呢？」

習鑿齒和孫興公還不認識對方時，兩人一起在桓溫家作客。桓溫對孫興公說：「你可以和習參軍一起談論。」孫興公說：「你們荊蠻蠢蠢欲動，怎麼敢和大國結為死對頭呢？」習鑿齒說：「討伐獫狁，已經攻打到太原了。」

桓豹奴是丹陽尹王混的外甥，容貌形似他的舅父，桓豹奴很忌諱這點。桓溫說：「不是總像他，有時形似而已啊！和他相像的是外貌，有時形似的是神態。」桓豹奴聽了之後更加不高興。

王子猷到謝萬家時，支道林和尚已在座，他眼光很高，瞧不起人。王子猷說：「如果林公的鬍鬚和頭髮都齊全，神態風度會比現在更強大嗎？」謝萬說：「嘴唇和牙齒是互相依存的，不可缺少任何一部份。至於鬍鬚、頭髮和人的精神有什麼關聯呢？」支道林心裡很不高興，說：「我這堂堂七尺之軀，今天就交給你們兩位賢達談論了。」

司空郗愔就任北府長官時，黃門侍郎王子猷登門祝賀，說：「隨機應變和用兵謀略兩方面，都不是他的長處。」並且不停地反覆朗誦著這兩句。郗倉對嘉賓說：「父親今天受任，子猷說話不恭敬，不該寬容他啊！」嘉賓說：「這是陳壽給諸葛亮下的評語，他把你的父親比作諸葛亮，你還有什麼好說的呢？」

王子猷前去拜訪謝安，謝安問：「什麼是七言詩呢？」王子猷回答：「昂昂若千里之駒，汎汎若水中之鳧。」

王文度和范榮期皆得到簡文帝邀請。范榮期年紀大而職位低，王文度年紀小而職位高。在簡文帝那裡，將要進去時，兩人相互推讓，要對方走在自己前面。推讓許久後，王文度走在范榮期的後面。王文度說：「簸米和揚米時，秕子和糠在前面。」范榮期說：「淘米和洗米時，沙子和石子在後面。」

劉遵祖年輕時為中軍將軍殷浩所賞識，殷浩向庾亮推薦他。庾亮很高興，便聘請他擔任僚屬。見面後，讓他坐在獨榻上和他交談。劉遵祖那天的談話，卻和他的名望不相稱，庾亮有些失望，於是便稱他為「羊公鶴」。從前，羊叔子有隻鶴善於舞蹈，羊叔子曾向客人稱讚這隻鶴。客人命鵝舞蹈，鶴的羽毛卻鬆垮垮的，不肯舞蹈。於是，便以此稱呼劉遵祖。

魏長齊很有氣量，但才學卻不是他所擅長的。剛任官赴任時，虞存嘲笑他說：「和你約法三章，高談闊論的人處死，舞文弄墨的人判刑，品評人物的人就治罪。」魏長齊和悅地笑，一點都沒有不開心。

郗嘉賓寫信給袁虎時，轉述戴安道和謝居士的話說：「有恆心和負責這種作風，就應當發揚光大。」因為袁虎沒有恆心，所以便用此話激勵他。

范啟寫給郗嘉賓的信道：「子敬全身乾扁，即使扒下他的皮，也沒有一點豐滿的光澤。」郗嘉賓說：「全身乾扁和全身都是假的相比，哪個比較好呢？」范啟本性矯揉造作，郗嘉賓因此嘲笑他。

郗愔和郗曇信奉天師道，何充和何准信奉佛教，都耗費了很多財物供奉。西中郎將謝萬說：「二郗奉承道教，二何討好佛教。」

王文度在西州，和支道林法師一起講論，韓康伯和孫興公等人都在座。支道林每逢道理稍虧時，孫興公就說：「法師今天就像穿著破棉衣走入荊棘中，到處都是阻礙。」

范榮期看到郗超的世俗之情不減，便戲弄他說：「伯夷、叔齊、巢父、許由一舉而留名後世，你為什麼一定要勞損身心，像師曠和惠子那樣勞苦呢？」郗超還沒有回答，韓康伯接著說：「為什麼不讓自己游刃有餘呢？」

簡文帝在大殿上行走，右軍將軍王羲之和孫興公跟隨在後。王羲之指著簡文帝對孫興公說：「這是好名之士。」簡文帝回頭說：「天下自有利齒兒。」後來光祿大夫王蘊出任會稽內史，車騎將軍謝玄到曲阿設宴為他送行時，被免去秘書丞職務的王孝伯也在座，謝玄談起這件事，看著王孝伯說：「王丞的牙齒好像不鈍。」王孝伯說：「不鈍，還相當靈光。」

謝遏在夏天的一個夜晚，臉朝上睡著了。謝安清晨突然來訪，謝遏來不及穿衣服，光著腳跑出屋外，這才穿鞋請安。謝安說：「你可以說是前倨而後恭。」

顧長康任荊州刺史殷仲堪的參軍，請假回家。當時按照慣例不供給帆船，顧長康極力懇求殷仲堪借船給自己，最後才得以起程。到了破冢時，遇到大風，布帆全壞了。顧長康寫信給殷仲堪說：「地名為破冢，而我們真是破冢而行，死裡逃生。行人安穩，布帆安好。」

苻朗剛過江到晉國時，驃騎咨議王肅之非常好管閒事，不停地詢問中原地區的人物、風土人情、物產，沒完沒了。苻朗對他感到心煩。他又詢問奴婢價錢的高低，苻朗說：「謹慎、忠厚、有見識的，可達十萬錢。沒有見識，只是問問的，不過幾千錢而已。」

東府的賓館，是用木板修建的房子。謝景重前去拜訪太傅司馬道子時，賓客滿座，他並沒有和別人交談，只是抬頭望著房頂說：「王竟然住在西戎的板屋。」

顧長康吃甘蔗，總是先從蔗梢吃起。有人問他為什麼，他說：「這樣可以逐漸進入美妙的境界。」

晉孝武帝囑託王珣挑選女婿，說：「王敦、桓溫屬於才能卓越一類的人，不可能再找到。且這種人只要稍為得意，就喜歡過問別人的家事，不是我需要的女婿。像真長、子敬一樣的人最理想。」王珣提出謝混。而後，當袁山松打算把女兒嫁給謝混時，王珣就對袁山松說：「你不要靠近我的東西。」

南郡公桓玄和荊州刺史殷仲堪談話時，說起表明一切都終了的事。顧愷之說：「火燒平原無遺燎。」桓玄說：「白布纏棺豎旒旐。」殷仲堪說：「投魚深淵放飛鳥。」接著又說處於險境的事。桓玄說：「矛頭淅米劍頭炊。」殷仲堪說：「百歲老翁攀枯枝。」顧愷之說：「井上轆轤臥嬰兒。」殷仲堪有一個參軍也在座，說：「盲人騎瞎馬，夜半臨深池。」殷仲堪說：「咄咄逼人！」因為殷仲堪瞎了一隻眼睛。

桓玄出外射箭時，有一位劉參軍和周參軍正在打賭射箭，快要成功了，只差射中一箭。劉參軍對周參軍說：「你這一箭不中，我就要鞭打你。」周參軍說：「我怎麼會受你的鞭打啊！」劉參軍說：「伯禽那樣顯貴，也不免受到鞭打，更何況是你呢？」周參軍聽了之後，一點也沒有不開心的樣子。桓玄對庾伯鸞說：「劉參軍應該停止讀書，周參軍應該加以用功學習。」

南郡公桓玄和道曜研討《老子》時，侍中王楨之正好任桓玄的主簿，亦在座。桓玄說：「王主簿可以從自己的名字想到道的含義。」王楨之沒有回答，且放聲大笑。桓玄說：「王思道能發出士族豪門的笑聲。」

祖廣走路經常縮著腦袋。他前去拜訪南郡公桓玄時，剛下車，桓玄便說：「天氣很晴朗，祖參軍卻像從漏雨的房子裡出來一樣。」

桓玄一向輕視桓崖。桓崖在京都的家裡有好的桃子，桓玄接連去向他索要種子，但還是沒獲得良種。桓玄寫信給殷仲文，嘲笑自己：「如果道德美善光明，連肅慎這樣的邊遠民族都會來進貢弓箭。如果不是，那就連家園裡出產的物品也得不到。」

源來如此

排調指戲弄嘲笑。本篇記載包括嘲笑、戲弄、諷刺、反擊、勸告，也有親友間的開玩笑。從中可以看出當時士人在交往中講究機智和善於應付，要求做到語言簡練有味、機變有鋒、大方得體、擊中要害等，這也是魏晉風度的重要特色之一。

在言談中，對方經常會提出問題，有善意的，有不懷好意的，也有不易察覺其用意的。應對的人就要審時度勢，確定說話的態度，選擇言辭，做到針對性強，又無懈可擊。有一些事例則只是親友間為了活躍氣氛，使談話生動滑稽，而增加的詼諧成分。當然，也有一些近乎惡意攻擊的排調需要認真對付，例如故意犯諱。古人注重避家諱，如果有意說出對方尊親的名字，必然會受到反擊。這類排調，除了直呼對方父祖名字外，主要是講究詞藻問題，或者引用古籍、成語、典故，或者應用現成的詞語，以點出對方的家諱，做到針鋒相對，鋒芒逼人。

作文撇步

1. 雙關：一語同時兼顧兩種事物或兼含兩種意義。

字音雙關 又稱諧音雙關，一個字詞兼含另一個與本字詞同音，或音近字詞的意義。

詞義雙關 一個字詞兼含兩種意義或事物。

句義雙關 一句話或一段文字兼含兩種意義或事物。

例1：殷豫章與書，送一**折角如意**以調之。庾答書**曰**：「得所致，雖是敗物，猶欲理而用之。」

Tips：詞義雙關。如意的一角折斷殘缺，亦表示折損他人的傲慢。

例2：時郝隆在坐，應聲答**曰**：「此甚易解：**處**則為遠志，**出**則為小草。」謝甚有愧色。

Tips：詞義雙關。處表示埋在土裡，亦代表隱居；出表示離開土中生長，亦代表出仕為官。

例3：作牋與殷云：「地名**破冢**，真**破冢**而出。行人安穩，布颿無恙。」

Tips：詞義雙關。破冢表示地名，亦指破開墳墓，安然無恙。

成語集錦

1. 枕石漱流：以山石為枕頭，以溪流漱口，用以形容高潔之士的隱居生活。亦作「枕流漱石」、「漱流枕石」、「漱石枕流」。

原典 孫子荊年少時欲隱，語王武子「當枕石漱流」，誤曰「漱石枕流」。王曰：「流可枕，石可漱乎？」孫曰：「所以枕流，欲洗其耳；所以漱石，欲礪其齒。」

書證1：道深有可得，名山歷觀。遨遊八極，枕石漱流。（漢代曹操〈秋胡行〉）

書證2：當時離亂之際，多少富貴的，死于兵革之中。爭如老夫枕石漱流，快活山中度日。（明代陸采《明珠記》）

2. 攀龍附鳳：攀附著龍或鳳，比喻依仗有聲望的人。後用以比喻巴結權貴，以求晉升。

原典 頭責秦子羽云：「子曾不如太原溫顒、潁川荀寓、范陽張華、士卿劉許、義陽鄒湛、河南鄭詡。此數子者，或謇喫無宮商，或尪陋希言語，或淹伊多姿態，或讙譁少智諝，或口如含膠飴，或頭如巾齏杵。而猶以文采可觀，意思詳序，攀龍附鳳，並登天府。」

書證1：舞陽鼓刀，滕公廏騶，潁陰商販，曲周庸夫。攀龍附鳳，並乘天衢。（漢代班固《漢書》）

書證2：天下士大夫捐親戚，弃土壤，從大夫於矢石之閒者，其計固望其攀龍鱗，附鳳翼，以成其所志耳。（南朝宋范曄《後漢書》）

書證3：終搆帝基，以協天符，是烈士攀龍附鳳馳騖之秋。（晉代陳壽《三國志》）

書證4：方今天下分崩，英雄並起，各霸一方，四海才德之士，捨死亡生而事其上者，皆欲攀龍附鳳，建立功名也。（《三國演義》）

書證5：將士皆關中人，豈不日夜思歸？其所以不憚崎嶇，遠涉沙塞者，亦冀攀龍附鳳，以建尺寸之功耳。（清代褚人獲《隋唐演義》）

3. 漸入佳境：比喻境況逐漸進展至美好的境界。後亦用以比喻興味漸濃。

原典 顧長康噉甘蔗，先食尾。人問所以，云：「漸至佳境。」

書證1：迎賓一紅亭，棟宇飛半嶺。松筠引幽步，以漸入佳境。（宋代葛勝仲〈次長清寺〉）

書證2：長老攜著那怪，步賞花園，看不盡的奇葩異卉。行過了許多亭閣，真個是漸入佳境。（明代吳承恩《西遊記》）

書證3：我正忖度莫決。今日忽然現出『若花』二字，莫非從此漸入佳境？——倒要留意了。（清代李汝珍《鏡花緣》）

高手過招

1.（　）謝公始有東山之志，後嚴命屢臻，勢不獲已，始就桓公司馬。于時人有餉桓公藥草，中有「遠志」。公取以問謝：「此藥又名『小草』，何一物而有二稱？」謝未即答。時郝隆在坐，應聲答曰：「此甚易解：處則為遠志，出則為小草。」謝甚有愧色。桓公目謝而笑曰：「郝參軍此過乃不惡，亦極有會。」《世說新語》將此篇歸類於〈排調〉，請以此例推測〈排調〉一類多記何種言行軼事？

A. 稱賞讚譽。
B. 如珠妙語。
C. 讒佞陰險。
D. 嘲笑戲謔。

2. （　）《世說新語．排調》中的人物大多具有何種特質？
A. 率性任真。
B. 寡廉鮮恥。
C. 詼諧幽默。
D. 虛假欺詐。

3. （　）初，謝安在東山居，布衣，時兄弟已有富貴者，翕集家門，傾動人物。劉夫人戲謂安曰：「大丈夫不當如此乎？」謝乃捉鼻曰：「但恐不免耳！」（《世說新語．排調》）上文中，謝安捉鼻曰：「但恐不免耳！」表達的想法應是：
A. 自嘲恐將難免於和兄弟同路。
B. 自信可免於與兄弟同路之危。
C. 譏笑兄弟未免太過貪求富貴。
D. 感嘆兄弟恐難免於富貴之害。

解答：
1. B
2. C
3. A

典故　洗耳朵的許由和給牛喝水的巢父

晉代皇甫謐《高士傳》中記載：「堯讓天下於許由，許由不受而逃去，於是遁耕於中岳，潁水之陽，箕山之下。堯又召為九州長，由不欲聞也，洗耳於潁水濱。時其友巢父牽犢欲飲之，見由洗耳。問其故。對曰：『堯欲召我為九州長，惡聞其聲，是故洗耳。』巢父曰：『子若處高岸深谷，誰能見之？子故浮游，欲聞求其名聲，污吾犢口！』牽犢上流飲之。」

帝堯請許由代他治理天下，許由不接受。帝堯又派人去讓許由幫他治國，擔任九州牧。然而，許由還是不答應，認為帝堯和大臣的那些話污染了他的耳朵，便跑出山洞，來到潁水河邊清洗自己的耳朵。許由到河邊洗耳朵時，恰巧碰見好友巢父牽著牛犢飲水。巢父問他在做什麼，他便將帝堯要自己治理天下、當九州牧的事情與巢父說。巢父聽了之後，不屑地說：「如果你一直住在深山高崖，誰能看見你呢？帝堯一定也找不到你。你到處遊蕩換取名聲，現在卻來洗耳朵，別故作清高了啊！」說完之後，他便牽著牛離開，頭也不回地說：「不喝了，我怕你洗過耳朵的水，弄髒了我牛犢的嘴。」

輕詆篇

本篇記載關於魏晉士人交往間的評論或言談。和〈排調〉不同的是，此篇記載的大部份是含有貶抑對方的意思，即用輕詆的言辭蔑視對方。

古文鑑賞

王太尉問眉子❶：「汝叔名士，何以不相推重？」眉子曰：「何有名士終日妄語？」

庾元規語周伯仁：「諸人皆以君方樂。」周曰：「何樂？謂樂毅邪？」庾曰：「不爾。樂令耳！」周曰：「何乃刻畫無鹽❷，以唐突西子也❸。」

深公云：「人謂庾元規名士，胸中柴棘三斗許❹。」

庾公權重，足傾王公。庾在石頭，王在冶城坐❺。大風揚塵，王以扇拂塵曰：「元規塵汙人！」

王右軍少時甚澀訥❻，在大將軍許，王、庾二公後來，右軍便起欲去。大將軍留之，曰：「爾家司空、元規❼，復可所難❽？」

【說文解字】

❶眉子：王玄，字眉子，王衍的兒子。他的叔父是王澄，字平子，善於品評人物。

❷刻畫：描摹。無鹽：鍾離春，姓鍾離，名春，戰國時齊國無鹽人，又稱鍾無鹽，後來便以訛傳訛成為鍾無艷。貌醜，年過四十未嫁，後來親自向齊宣王主張：「拆漸台，罷女樂，退諂諛，進直言，選兵馬，實府庫。」漢代劉向《列女傳》也記載：「鍾離春者，齊無鹽邑之女，齊宣王之正后也。其為人也，極醜無雙，臼頭深目，長壯大節，卬鼻結喉，肥項少髮，折腰出匈，皮膚若漆。年四十，行嫁不售，自謁宣王。」後世以「無鹽女」作為醜女的代稱，典故便由來自此。

❸西子：西施，中國四大美女之一。唐突，冒犯。此句指用醜婦與美女相互比較，顯得不倫不類。

❹柴棘：枯枝和荊棘，比喻有心計。

❺坐：駐守。

❻澀訥：說話遲鈍不流利。

王丞相輕蔡公❾，曰：「我與安期、千里共遊洛水邊，何處聞有蔡充兒？」

褚太傅初渡江，嘗入東❿，至金昌亭。吳中豪右⓫，燕集亭中。褚公雖素有重名，于時造次不相識別⓬。敕左右多與茗汁，少箸粽⓭，汁盡輒益，使終不得食。褚公飲訖，徐舉手共語云⓮：「褚季野！」於是四坐驚散，無不狼狽。

王右軍在南，丞相與書，每歎子姪不令。云：「虎㹠、虎犢⓯，還其所如。」

褚太傅南下，孫長樂於船中視之。言次，及劉真長死，孫流涕，因諷詠曰：「人之云亡，邦國殄瘁⓰。」褚大怒曰：「真長平生，何嘗相比數⓱，而卿今日作此面向人！」孫回泣向褚曰：「卿當念我！」時咸笑其才而性鄙。

謝鎮西書與殷揚州，為真長求會稽。殷答曰：「真長標同伐異⓲，俠之大者。常謂使君降階為甚⓳，乃復為之驅馳邪⓴？」

桓公入洛，過淮、泗，踐北境，與諸僚屬登平乘樓㉑，眺矚中原，慨然曰：「遂使神州陸沈㉒，百年丘墟，王夷甫諸人㉓，不得不任其責！」袁虎率爾對曰：「運自有廢興，豈必諸

---

❼司空：王導，官至侍中、司空。

❽可所難：也作「何所難」。

❾蔡公：蔡謨，字道明，蔡充的兒子，蘇峻叛亂時，他出任吳國內史，當時的王導已爲顯官。後還五兵尚書、司徒。有一次，他和王導開了一個玩笑，使王導既慚愧又生氣，因此王導便貶損他。

❿東：對建康來說，吳郡和會稽爲東。

⓫豪右：豪門大族。

⓬造次：匆忙。

⓭粽：粽子，一說指蜜餞果品。

⓮舉手：拱手作揖。

⓯虎㹠：王彭之，小名虎㹠。虎犢：王彪之，小名虎犢，王彭之三弟。兩人爲王導族人。㹠的原義是豬，犢的原義是小牛。

⓰殄瘁：困苦不堪。語出《詩經．大雅》，大意爲賢德的人都逃亡了，國家就要陷入艱難危急中了。

⓱比數：並列在一起計算，此處指和禮法之士相提並論。

⓲標同伐異：黨同伐異，稱讚同道而攻擊異己。

⓳降階：降低官位。階，舊時官員的品級。

⓴驅馳：奔走，效勞。

㉑平乘樓：指大船的船樓。

㉒陸沈：比喻國家動亂，國土淪陷。

㉓王夷甫：王衍，字夷甫，位至三公，喜好清談

人之過？」桓公懍然作色㉔，顧謂四坐曰：「諸君頗聞劉景升不？有大牛重千斤，噉芻豆十倍於常牛，負重致遠，曾不若一羸牸。魏武入荊州，烹以饗士卒㉕，于時莫不稱快。」意以況袁。四坐既駭，袁亦失色。

袁虎、伏滔同在桓公府㉖。桓公每遊燕，輒命袁、伏，袁甚恥之，恒歎曰：「公之厚意，未足以榮國士㉗！與伏滔比肩㉘，亦何辱如之？」

高柔在東，甚為謝仁祖所重。既出，不為王、劉所知。仁祖曰：「近見高柔，大自敷奏㉙，然未有所得。」真長云：「故不可在偏地居，輕在角䚥中㉚，為人作議論。」高柔聞之，云：「我就伊無所求㉛。」人有向真長學此言者，真長曰：「我寔亦無可與伊者。」然遊燕猶與諸人書：「可要安固？」安固者，高柔也。

劉尹、江虨、王叔虎、孫興公同坐，江、王有相輕色。虨以手歙叔虎云㉜：「酷吏！」詞色甚彊。劉尹顧謂：「此是瞋邪？非特是醜言聲，拙視瞻㉝。」

孫綽作〈列仙商丘子贊〉曰㉞：「所牧何物？殆非真豬。

玄學，《晉書．王衍傳》記載：「不以經國為念，而思自全之計。」後被後趙主石勒俘虜，還勸石勒稱帝，最後被殺。

㉔懍然：令人生畏的樣子。

㉕饗：用酒肉招待他人。

㉖袁虎：袁宏，字彥伯，小字虎，所以當時的人一般稱他為袁虎，陳郡陽夏縣人，東晉的文學家、史學家。著有《後漢紀》、《竹林名士傳》三卷、〈東征賦〉、〈北征賦〉、〈三國名臣頌〉。年少家裡很貧苦，有超人之才華，文章絕美於世。最初做謝安的參軍，後來擔任了桓溫的記室，並出任東陽太守。因為不滿當時的《後漢書》，因此便繼荀悅編著《漢紀》後，他也編著了《後漢紀》。

㉗國士：一國所推崇的傑出人物。

㉘比肩：並肩，比喻聲望地位相等。

㉙敷奏：向君主諫言陳事。

㉚角䚥：屋角，角落。此處指偏僻的地方。

㉛就伊：親近他，和他交往。

㉜歙：用力進逼，捅。

㉝視瞻：指顧盼的眼神。

㉞《列仙傳》記述商丘子喜歡吹竽放豬，七十餘歲也尚不顯老。孫綽曾為《列仙傳．商丘子》作贊。

㉟攄：飛騰。

㊱其意為譏諷孫綽的文章粗俗。

儻遇風雲，為我龍攄㉟。」時人多以為能。王藍田語人云：「近見孫家兒作文，道何物、真豬也㊱。」

桓公欲遷都，以張拓定之業㊲。孫長樂上表，諫此議甚有理。桓見表心服，而忿其為異，令人致意孫云：「君何不尋〈遂初賦〉㊳，而彊知人家國事㊴？」

孫長樂兄弟就謝公宿㊵，言至款雜。劉夫人在壁後聽之，具聞其語。謝公明日還，問：「昨客何似？」劉對曰：「亡兄門㊶，未有如此賓客！」謝深有愧色。

簡文與許玄度共語，許云：「舉君、親以為難㊷。」簡文便不復答。許去後而言曰：「玄度故可不至於此！」

謝萬壽春敗後，還，書與王右軍云：「慚負宿顧㊸。」右軍推書曰：「此禹、湯之戒㊹。」

蔡伯喈睹睞笛椽㊺，孫興公聽妓，振且擺折。王右軍聞，大嗔曰：「三祖壽樂器，虺瓦弔㊻，孫家兒打折。」

王中郎與林公絕不相得㊼。王謂林公詭辯，林公道王云：「箸膩顏帢㊽，緰布單衣，挾《左傳》，逐鄭康成車後㊾，問是何物塵垢囊㊿！」

㊲拓定：指擴展國土，安定國家。

㊳孫綽年輕時便想隱居，在會稽住了十多年，遊山玩水，後作〈遂初賦〉用以表明自己隱居的心意。

㊴家國事：國事，政務。

㊵孫長樂兄弟：孫綽和他的哥哥孫統。

㊶亡兄：指已死的劉眞長。謝安的妻子是劉眞長的妹妹。

㊷君、親：君主和父母，此處指盡忠和盡孝。

㊸《晉書．王羲之傳》記載，謝萬任豫州都督時，王羲之曾寫信告誡他不要高傲，但謝萬不肯採納意見。晉穆帝昇平三年，謝萬受命北伐，仍然傲慢異常，不肯撫慰將士，終於未遇敵而先潰。

㊹禹、湯之戒：即說上古帝王禹、湯譴責自己，國家就興旺。此處譏笑謝萬仍然傲慢，沒有眞正體認錯誤。

㊺蔡伯喈：蔡邕，字伯喈，東漢人。他避難到江南時，住在客舍裡，觀察房上的竹椽子，認爲是好竹便用來做笛子，果然聲音美妙，這支笛子便一直流傳下來。

㊻虺瓦弔：罵人的話。虺瓦，毒物和輕賤之物。

㊼相得：彼此合得來。

㊽顏帢：魏朝士人戴的一種便帽，晉代以後，去掉縫邊，便名「無顏帢」。顏帢爲舊制，因此譏爲「膩」。

孫長樂作〈王長史誄〉云[51]：「余與夫子[52]，交非勢利，心猶澄水，同此玄味。」王孝伯見曰：「才士不遜[53]，亡祖何至與此人周旋[54]！」

謝太傅謂子姪曰：「中郎始是獨有千載[55]！」車騎曰：「中郎衿抱未虛[56]，復那得獨有？」

庾道季詫謝公曰[57]：「裴郎云[58]：『謝安謂裴郎乃可不惡，何得為復飲酒？』裴郎又云：『謝安目支道林，如九方皋之相馬[59]，略其玄黃，取其儁逸。』」謝公云：「都無此二語，裴自為此辭耳！」庾意甚不以為好，因陳東亭〈經酒壚下賦〉[60]。讀畢，都不下賞裁，直云：「君乃復作裴氏學！」於此《語林》遂廢。今時有者，皆是先寫，無復謝語。

王北中郎不為林公所知，乃箸論〈沙門不得為高士論[61]〉。大略云：「高士必在於縱心調暢，沙門雖云俗外，反更束於教，非情性自得之謂也。」

人問顧長康：「何以不作洛生詠？」答曰：「何至作老婢聲[62]！」

殷顗、庾恒並是謝鎮西外孫。殷少而率悟，庾每不推。嘗

---

[49] 鄭康成：鄭玄，字康成，東漢時的經學大師，遍注群經。此段譏諷王坦之食古不化。

[50] 塵垢囊：用來裝灰塵和污垢的口袋，用以比喻王坦之。

[51] 誄：哀悼死者的一種文體。

[52] 夫子：對學者的尊稱。

[53] 才士：此處指孫綽。

[54] 亡祖：指王濛，王孝伯是王濛的孫子。

[55] 中郎：撫軍從事中郎謝萬，謝安的弟弟。

[56] 衿抱：胸襟，胸懷。虛：指沒有慾望。

[57] 詫：告訴。

[58] 裴郎：裴啓，曾撰《語林》一書，其中蒐羅漢代至魏晉的言語應對。

[59] 九方皋：春秋時代善於相馬的人。有一次，秦穆公命他尋找千里馬，他回報找到一匹黃色公馬，牽來一看卻是黑色母馬。伯樂認爲他看重馬的本質，不關心外表。

[60] 經酒壚下一事出自裴啓《語林》，王珣爲之作賦。庾道季讀這篇賦，是要說明《語林》所記並非爲假。

[61] 高士：德行高尚而不任官的人，指隱士。沙門：佛教徒。

[62] 洛生詠的語音低沉粗重，而顧長康是南方人，語音清細，因此輕視洛生詠。

[63] 阿巢：殷顗，小名阿巢。

[64] 作健：成爲強者。

俱詣謝公，謝公熟視殷曰：「阿巢故似鎮西63。」於是庾下聲語曰：「定何似？」謝公續復云：「巢頗似鎮西。」庾復云：「頗似，足作健不64？」

舊目韓康伯：「將肘無風骨65。」

符宏叛來歸國66。謝太傅每加接引67，宏自以有才，多好上人68，坐上無折之者69。適王子猷來，太傅使共語。子猷直孰視良久，回語太傅云：「亦復竟不異人！」宏大慚而退。

支道林入東，見王子猷兄弟。還，人問：「見諸王何如？」答曰：「見一群白頸烏，但聞喚啞啞聲70。」

王中郎舉許玄度為吏部郎。郗重熙曰71：「相王好事72，不可使阿訥在坐73。」

王興道謂：「謝望蔡霍霍如失鷹師74。」

桓南郡每見人不快，輒嗔云：「君得哀家梨75，當復不烝食不76？」

---

65 將時：握住手肘。

66 苻宏：前秦王苻堅的太子。晉孝武帝太元十年，西燕王慕容沖攻打苻堅所據的長安，苻堅留苻宏守長安，自己出奔。後來慕容沖攻入長安，苻宏歸降晉朝。

67 接引：接待推薦。

68 上：凌駕，高出。

69 折：折服。

70 王氏兄弟多穿白衣領的服裝，故譏爲白頸烏。啞啞聲是譏笑作揖時，出聲致敬的聲音。

71 郗重熙：郗曇，字重熙，簡文帝爲撫軍時，召爲司馬。

72 相王：簡文帝。

73 阿訥：許玄度，小名阿訥。

74 謝望蔡：謝琰，因淝水之戰破苻堅有功，封望蔡公。後任會稽內史、都督五郡軍事，但因沒有加強武備，終被孫恩戰敗而死。霍霍：原指鳥急飛的聲音，此指來去匆匆的樣子。師：馴鷹的人。

75 哀家梨：指秣陵人哀仲家的梨，又大又好吃，入口即化。

76 烝：通「蒸」。

白話賞析

太尉王衍問眉子：「你的叔父是名士，你為什麼不推崇他呢？」眉子說：「哪有名士整天胡言亂語的呢？」

庾元規對周伯仁說：「大家都將你和樂氏相提並論。」周伯仁問：「哪個樂氏？是指樂毅嗎？」庾元規說：「不是，是樂令啊！」周伯仁說：「怎麼會美化無鹽類比西施呢？」

竺法深說：「有人評論庾元規是名士，可是他心裡暗藏的心計，恐怕有三斗之多。」

庾元規權勢滔天，足以超越王導。庾元規在石頭城時，王導在冶城坐鎮。有一次，大風揚起塵土，王導用扇子搧落塵土，說：「元規的塵土真是玷污人啊！」

右軍將軍王羲之年少時不善於說話。他在大將軍王敦府上時，王導和庾元規兩人後到，王羲之便要離開。王敦挽留他，說：「這是你家的司空和元規兩人，又有什麼好為難的呢？」

丞相王導輕視蔡謨，說：「我和安期、千里一同在洛水之濱遊覽時，哪裡聽說過蔡充的兒子呢？」

太傅褚季野剛到江南時，曾到吳郡，抵達金昌亭時，吳地的豪門大族正在亭中聚會宴飲。雖然褚季野一向有很高的名望，但當時那些富豪在匆忙之中，並沒有認出他。因此，便吩咐手下多給他一些茶水，少擺一些粽子，茶喝完就馬上添滿，使得他無法吃到粽子。褚季野喝完茶後，便慢慢地作揖，說：「我是褚季野。」滿座的人聽到後，都驚慌地散開，個個狼狽不已。

右軍將軍王羲之在南方時，丞相王導寫信給他，慨嘆子侄輩們的才質平庸，他說：「虎犺、虎犢，正如他們的名字一般。」

太傅褚季野到南方鎮守京口時，長樂侯孫綽到船上看望他。言談之間說到劉真長之死，孫綽流著眼淚，背誦道：

「人之云亡，邦國殄瘁。」褚季野很生氣地說：「何嘗要將真長和他們相提並論，你今天竟裝出這付面孔對著我！」孫綽收起眼淚，對褚季野說：「你應該同情我啊！」眾人都笑話他雖有才學，但本性庸俗。

鎮西將軍謝尚寫信給揚州刺史殷浩時，推薦劉真長主管會稽郡，殷浩回信：「真長稱讚同道，攻擊異己，是位俠士。他曾說刺史降級是很嚴重的事，你為什麼會為他奔走呢？」

桓溫進兵洛陽時，經過淮水和泗水後，踏上北方地區。他和下屬們登上船樓，遙望中原，感慨地說：「國土淪陷，成為廢墟，王夷甫等人不能不承擔這一項罪責啊！」袁虎輕率地回答：「國家的命運本就有興有衰，怎麼會是他們的過錯呢？」桓溫神色威嚴，面露怒容，環顧滿座的人說：「諸位都聽說過劉景升吧？他有一條千斤重的大牛，吃的草料比普通的牛多十倍，但拉重物、走遠路時，卻連一頭瘦弱的母牛都不如。魏武帝進入荊州後，將大牛殺了慰勞士兵，當時沒有人不叫好的。」桓溫的本意是以大牛比擬袁虎。滿座的人都瞠目結舌，袁虎也大驚失色。

袁虎和伏滔在桓溫的大司馬府中任職。桓溫每逢遊樂宴飲時，便命袁虎和伏滔陪同。袁虎對此感到非常羞愧，常對桓溫嘆息道：「您的深厚情意，不足以使國士感到光榮。將我和伏滔同等對待，還有什麼比這個更加恥辱的呢？」

高柔在東方時，為謝仁祖所敬重。到京都後，不被王濛、劉真長所賞識。仁祖說：「近來看高柔大力地呈上奏章，但卻沒什麼效果。」劉真長說：「本就不該在偏僻的地方居住。隨便地居住在一個偏僻的鄉下，只會被人作為議論的對象。」高柔聽到後，說：「我和他交往並沒有貪圖什麼。」有人將此話告訴劉真長，劉真長說：「我也沒有什麼東西可以給他。」遊樂宴飲時還是會寫信給眾人，說：「可以邀請安固。」安固就是高柔。

丹陽尹劉惔、江虨、王叔虎、孫興公坐在一起，江虨和王叔虎露出互相輕視的神色。江虨用手捅了一下王叔虎，說：「殘暴的官吏！」言詞十分強硬。劉惔看著他說：「這是生氣嗎？這不只是說話難聽、眼神拙劣而已了。」

孫綽作〈列仙傳商丘子贊〉，其中寫道：「放牧的到底是什麼呢？恐怕不是真正的豬。如果風雲變化時，便會載著我像龍一般飛騰而去。」眾人大都認為他有才能。藍田侯王述告訴別人：「最近看到孫家那小子寫的文章，說什麼何物、真的豬之類的。」

桓溫想遷都洛陽，以擴充疆土，安定國家。長樂侯孫綽上奏章諫阻，他的主張很有道理。桓溫看到奏章後，雖然心裡很服氣，但卻厭煩他與自己持反對意見，便命人向孫綽轉達自己的想法，說：「您為什麼不重溫〈遂初賦〉，而硬要去過問他人的家國大事呢？」

長樂侯孫綽兄弟到謝安家住宿，言談空洞雜亂，謝安的妻子劉夫人在隔壁聽到他們的談話。謝安第二天回到內室時，問劉夫人昨晚的客人如何，劉夫人回答：「亡兄家裡從沒有這樣的賓客。」謝安臉色很羞愧。

簡文帝和許玄度一起談話，許玄度說：「我認為選拔忠孝兩全的人很困難。」簡文帝不回答，許玄度離開後才說：「玄度本不可以說這種話。」

謝萬在壽春戰敗後，寫信給右軍將軍王羲之，說：「我很慚愧，辜負了你對我的關懷照顧。」王羲之推開信說：「這是夏禹和商湯警誡自己的話。」

蔡伯喈觀察竹椽子而製成竹笛，孫興公聽妓樂時用那支竹笛打拍子，抖動搖晃時折斷了。右軍將軍王羲之聽說後，非常生氣地說：「那是祖上三代保存的樂器，竟被孫家那混蛋小子打斷了。」

北中郎將王坦之和支道林不合。王坦之認為支道林只會詭辯，支道林批評王坦之：「戴著油膩的古帽，穿著布製單衣，夾著《左傳》，跟在鄭康成的車子後面奔跑。這是什麼樣裝滿塵垢的口袋啊！」

長樂侯孫綽替司徒左長史王濛撰寫誄文，說：「我和您的交往並非勢利之交。我們的心如同水一樣清澈，都有談玄的趣味。」王孝伯看後說：「文人不謙虛，亡祖何至於和這種人交往啊！」

太傅謝安對子侄們說：「中郎是千百年來獨一無二的。」車騎將軍謝玄說：「中郎胸懷不夠開闊，又怎麼能算是獨一無二的呢？」

庾道季告訴謝安：「裴郎說：『謝安認為裴郎不錯，不然又怎麼會跟他喝酒呢？』裴郎又說：『謝安評論支道林如同九方皐相馬一樣，不看馬的毛色，只注意馬是否跑得快。』」謝安說：「我根本沒說過這兩句話，這是裴啟編造的啊！」庾道季心裡不以為然，便讀出東亭侯王珣的〈經酒壚下賦〉。讀完後，謝安也不評論好壞，只說：「你竟然研究裴氏的學問！」從此之後，《語林》便不再流傳。現在流傳下來的，都是先前的抄本，沒有記載謝安說的話。

北中郎將王坦之不被支道林所賞識，便著述〈沙門不得為高士論〉。大致說：「隱士必定處在隨心所欲、心境協調的境界。和尚雖置身世外，反而受到宗教的束縛，說明他們的本性並非悠閒自得。」

有人問顧長康：「為什麼不模仿洛陽書生讀書的聲音詠詩呢？」顧長康回答：「何至於模仿老婢女的聲音啊！」

殷顗和庾恒都是鎮西將軍謝尚的外孫。殷顗年少直爽，有悟性，但庾恒不推重他。有一次他們前去拜訪謝安，謝安仔細地看著殷顗說：「阿巢像鎮西。」庾恒低聲問：「到底哪裡像呢？」謝安又說：「阿巢的面孔像鎮西。」庾恒又問：「面孔相像，便能成為強者嗎？」

過去人們評論韓康伯：「即使捏著他的手肘，也沒有一點剛強之氣。」

苻宏逃跑並歸降晉國，太傅謝安常加以接待且推薦。苻宏自認為有才能，經常壓制他人，座上賓客沒有人能折服他。有一次，恰好王子猷來訪，謝安便讓他們一起交談。王子猷仔細地打量他後，回頭對謝安說：「和別人沒有什麼不同啊！」苻宏深感慚愧，便告辭了。

支道林到會稽時，見到王子猷兄弟。他回到京都後，有人問他：「你認為王氏兄弟如何？」支道林回答：「我只看見一群白脖子烏鴉在啞啞叫。」

從事中郎王坦之推薦許玄度任吏部郎，郗重熙說：「相王喜歡管事，所以不可以讓阿訥在座。」

王興道評論望蔡公謝琰說：「來去匆匆像個丟了鷹的鷹師。」

南郡公桓玄每當看到他人不痛快時，就生氣地說：「您得到哀家的梨，該不會蒸著吃吧？」

源來如此

輕詆指輕視詆毀。對人有所不滿，或當面、或背地裡說出，其中有批評、指摘、責問、譏諷。篇內一般記述說話的環境，都能使人了解是在什麼情況下說出的話，僅有有少數條目所述情況過於簡略，甚至只是一兩句評論，不易讓人了解。

輕詆的著眼點是多方面的，有言論、文章、行為、本性、胸懷等，甚至形貌、語音不正都會受到輕蔑。其中有一些事例也有助於後人了解當代的價值觀與態度。例如記載王眉子對他叔父王澄的批評，王澄以善於品評人物而成為名士，王眉子卻認為他的品評是妄語。可知當代流行一時，令士人如痴如醉的品評，在另一些人看來卻只是胡說八道。又如記載周伯仁輕視樂廣，其實據《晉書》所載，兩人在當時俱有重名，所不同的只是周伯仁襲父爵武城侯，而樂廣卻門第寒微，少孤貧。可見輕詆的是門第，是為了維護門閥制度。又如記載桓溫斥責清談名士王夷甫誤國，可知當時便有人知曉清談的危害。

作文撇步

1. 轉化：將抽象或無生命的事物以具體事例代替。描述一件事物時，轉變它原來的性質，化成另一種與本質截然不同的事物。

擬人化 將無生命的物品賦予具體的行為，使它們似乎是有了生命似的。

擬物化 將有生命的人物轉變為虛構的狀態，或是將此物擬彼物。

形象化 把抽象的事物當成具體的事物描寫。

例1：深公云：「人謂庾元規名士，胸中**柴棘**三斗許。」

Tips：形象化。

例2：粉紅的海棠，**含著**幸福的微笑。（謝冰瑩〈愛晚亭〉）

Tips：擬人化。

例3：**把你的影子加點鹽／醃起來／風乾**／老的時候／下酒（夏宇〈甜蜜的復仇〉）

Tips：擬物化。

成語集錦

1. 唐突西子： 唐突，冒犯。西子，西施，春秋時的美女。比喻褻瀆比自己強大的人。

原典 庾元規語周伯仁：「諸人皆以君方樂。」周曰：「何樂？謂樂毅邪？」庾曰：「不爾。樂令耳！」周曰：「何乃刻畫無鹽，以唐突西子也。」

書證1：前書可謂刻畫無鹽，唐突西子矣。（清代惲敬〈與李汀洲〉）

2. 標同伐異： 結合同黨，攻擊異己。原指學術上派別之間的鬥爭，後泛指一切團體之間的鬥爭。亦作「黨同伐異」。

原典　謝鎮西書與殷揚州，為真長求會稽。殷答曰：「真長標同伐異，俠之大者。常謂使君降階為甚，乃復為之驅馳邪？」

書證1：自武帝以後，崇尚儒學，懷經協術，所在霧會，至有石渠分爭之論，黨同伐異之說，守文之徒，盛於時矣。（《後漢書．黨錮列傳序》）

書證2：勘會數十年來學者黨同伐異，今當崇雅黜浮，抑其專門私己。（《續資治通鑑》）

書證3：昔顛倒是非在小人，今乃在君子。意氣感激，偶成一二事，遂自負不世之節，號召浮薄喜事之人，黨同伐異，罔上行私，其風不可長。（《明史．趙用賢列傳》）

書證4：繼以李、杜代興，杯酒論文，雅稱同調，而李不襲杜，杜不謀李，未嘗黨同伐異，畫疆墨守。（清代王夫之《薑齋詩話》）

3. 哀梨蒸食：比喻不識貨，糊里糊塗地糟蹋東西。

原典　桓南郡每見人不快，輒嗔云：「君得哀家梨，當復不烝食不？」

入口即化的哀家梨

哀家梨又名「哀梨」。相傳漢代秣陵人哀仲所種之梨果大而味美，當時人稱為「哀家梨」。

東漢建安十七年，孫權聽從諸葛亮建議遷都秣陵，改秣陵為建業。傳說漢朝時秣陵有一個名為哀仲的人，他家裡種出來的梨子特別大且味道鮮美，又脆又嫩，入口而化，被當時人稱為「哀家梨」。唐朝的古典小說《幽夢影》中有一段用哀家梨來作形容的話語：「今舉集中之言，有快若并州之剪，有爽若哀家之梨，有雅若鈞天之奏。」可見當時哀家梨名聲之大。由於哀家梨名氣響亮，當時的人們常以能吃到哀家的梨為榮。有些附庸風雅的人，為了炫耀自己的家財和能耐便想盡辦法得到哀家梨，但他們得到哀家梨後卻用蒸籠蒸熟來吃。梨子本就是生吃才能吃出它的脆嫩味美，更何況是以脆嫩和鮮美著稱的哀家梨。因此人們就用哀梨蒸食比喻不懂得某個東西的長處，隨便糟蹋東西的人。

哀家梨後來也引申為許多不同的意思。清代趙翼〈哈密瓜〉：「甘芬不數文官果，清脆欲賽哀家梨。」用以比喻美好事物。清代平步青《霞外捃屑》：「千巖萬壑，不讓會垣……耳食者口沫虎林，自嗤鄙壤，所謂哀家梨烝食者矣。」此喻秀麗山水。清代沈濤《交翠軒筆記》：「愜心動目，元氣不死。哀家一梨，脆乃如此。」此喻優美文辭。清代趙翼《甌北詩話．蘇東坡詩》：「（東坡）天生健筆一枝，爽如哀梨，快如並剪。」用以比喻流暢俊爽的文辭。

假譎篇

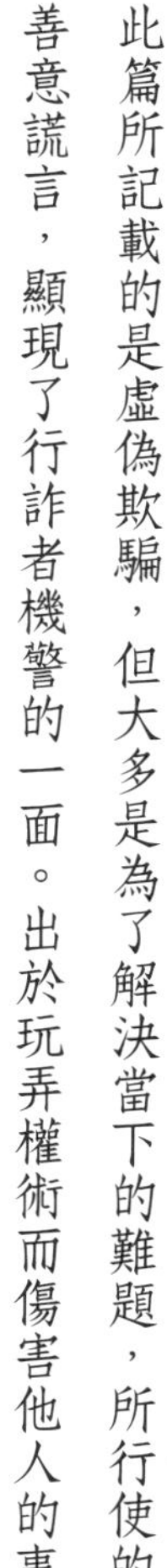

此篇所記載的是虛偽欺騙，但大多是為了解決當下的難題，所行使的善意謊言，顯現了行詐者機警的一面。出於玩弄權術而傷害他人的事例為少數。

魏武少時，嘗與袁紹好為游俠❶，觀人新婚，因潛入主人園中，夜叫呼云：「有偷兒賊！」青廬中人皆出觀❷，魏武乃入，抽刃劫新婦與紹還出❸，失道，墜枳棘中❹，紹不能得動，復大叫云：「偷兒在此！」紹遑迫自擲出❺，遂以俱免。

魏武行役，失汲道❻，軍皆渴，乃令曰：「前有大梅林，饒子❼，甘酸，可以解渴。」士卒聞之，口皆出水，乘此得及前源。

魏武常言：「人欲危己，己輒心動。」因語所親小人曰：「汝懷刃密來我側，我必說心動。執汝使行刑，汝但勿言其使，無他❽，當厚相報！」執者信焉❾，不以為懼，遂斬之。此人至死不知也。左右以為實，謀逆者挫氣矣❿。

【說文解字】

❶ 游俠：重義氣、勇於救人急難的人。
❷ 青廬：當時的婚俗需用青布做帳幕，設於門旁，名爲青廬。新婚夫婦在裡面行交拜禮。
❸ 還：迅速。
❹ 枳：多刺的樹，枳樹和棘樹都多刺。
❺ 遑迫：恐懼急迫。擲：騰躍。
❻ 汲：取水。
❼ 饒子：果實很多。
❽ 無他：沒有別的，無害。
❾ 執者：指被逮捕的人。
❿ 挫氣：挫傷了勇氣，喪氣。
⓫ 斫：砍。
⓬ 陽：通「佯」，假裝。
⓭ 所幸：寵幸的人。
⓮ 揆：揣測。
⓯ 帖：通「貼」，緊貼著。
⓰ 晉明帝太寧元年，大將軍王敦任揚州牧時，鎮守姑孰。第二年王敦起兵再反，直指建康，晉明帝事先知曉王敦將謀反，便暗中前往察看王

魏武常云：「我眠中不可妄近，近便斫人⑪，亦不自覺，左右宜深慎此！」後陽眠⑫，所幸一人竊以被覆之⑬，因便斫殺。自爾每眠，左右莫敢近者。

袁紹年少時，曾遣人夜以劍擲魏武，少下，不箸。魏武揆之⑭，其後來必高，因帖臥床上⑮。劍至果高。

王大將軍既為逆⑯，頓軍姑孰。晉明帝以英武之才，猶相猜憚⑰，乃箸戎服，騎巴賨馬⑱，齎一金馬鞭⑲，陰察軍形勢。未至十餘里，有一客姥⑳，居店賣食。帝過愒之㉑，謂姥曰：「王敦舉兵圖逆，猜害忠良，朝廷駭懼，社稷是憂。故劬勞晨夕㉒，用相覘察㉓，恐形跡危露，或致狼狽。追迫之日，姥其匿之。」便與客姥馬鞭而去。行敦營匝而出㉔，軍士覺，曰：「此非常人也！」敦臥心動，曰：「此必黃須鮮卑奴來㉕！」命騎追之，已覺多許里，追士因問向姥：「不見一黃須人，騎馬度此邪？」姥曰：「去已久矣，不可復及。」於是騎人息意而反。

王右軍年減十歲時㉖，大將軍甚愛之，恒置帳中眠。大將軍嘗先出，右軍猶未起。須臾，錢鳳入㉗，屏人論事㉘，都忘

敦的營壘。

⑰猜憚：疑懼。

⑱巴賨馬：巴州賨人進貢的馬。賨人，秦漢時居住在四川和湖南一帶的民族。

⑲齎：攜帶。

⑳客姥：客居此鄉的老婦人。

㉑愒：通「憩」，休息。

㉒劬勞：勞苦。

㉓覘察：偵察。

㉔匝：一周，一圈。

㉕鮮卑奴：對晉明帝的蔑稱。晉明帝母親是燕代人，鮮卑族曾居此地，而明帝相貌也像外族人一般，有黃鬚。

㉖減：少於。王敦是王羲之的堂伯父。

㉗錢鳳：字世儀，任王敦的參軍，王敦的謀主。王敦在武昌起兵時，錢鳳建議繞過晉軍主力，直取建康。石頭城守將周札不願爲朝廷賣力，當即投降，王敦順利進入建康。王敦並沒有殺元帝，自帶大軍返回武昌，最後元帝憂憤而死，其子司馬紹繼位，是爲晉明帝。王敦年齡大了，忍耐不住，再次起兵攻打建康，企圖廢帝自立。軍隊行至姑孰，爲江南大族周札勢力所擋，錢鳳認爲：「王公若想成大事，必先除掉這些礙事的宗族勢力。」王敦隨即誘殺周札，周家一門被滅絕。大軍即將進入建康時，王敦卻病勢沉重。錢鳳試問之：「公若有萬

右軍在帳中，便言逆節之謀㉙。右軍覺，既聞所論，知無活理，乃剔吐汙頭面、被褥㉚，詐孰眠。敦論事造半，方意右軍未起，相與大驚曰：「不得不除之！」及開帳，乃見吐唾從橫㉛，信其實孰眠，於是得全。于時稱其有智。

陶公自上流來，赴蘇峻之難，令誅庾公。謂必戮庾，可以謝峻。庾欲奔竄，則不可；欲會，恐見執，進退無計。溫公勸庾詣陶，曰：「卿但遙拜，必無它。我為卿保之。」庾從溫言詣陶。至，便拜。陶自起止之，曰：「庾元規何緣拜陶士衡？」畢，又降就下坐。陶又自要起同坐。坐定，庾乃引咎責躬㉜，深相遜謝。陶不覺釋然。

溫公喪婦，從姑劉氏，家值亂離散，唯有一女，甚有姿慧㉝，姑以屬公覓婚㉞。公密有自婚意，答云：「佳婿難得，但如嶠比云何？」姑云：「喪敗之餘㉟，乞粗存活㊱，便足慰吾餘年，何敢希汝比？」卻後少日，公報姑云：「已覓得婚處，門地粗可，婿身名宦，盡不減嶠。」因下玉鏡臺一枚㊲。姑大喜。既婚，交禮，女以手披紗扇㊳，撫掌大笑曰：「我固疑是老奴，果如所卜！」玉鏡臺，是公為劉越石長史，北征劉聰所

一，王應能接過重任嗎？」王敦說：「王應年少，不堪大任。我死之後，散去兵眾，歸附朝廷，當爲上策。」錢鳳眼見大事將成，便沒有按照王敦的指示辦。不日，錢鳳和沈充率軍攻打建康。晉明帝下詔起兵爲朝廷奮戰，各路大軍蜂擁而至。錢沈二人商議，撇開援軍，先拿下皇帝。全力攻城之際，蘇峻突然殺出，錢沈軍隊潰敗。此時，王敦病死。其兄王含統領著五萬大軍駐足觀望，並沒有支援錢鳳和沈充。眼見兩人戰敗，王含立即逃跑。錢鳳逃亡至廬州，投奔舊友周光，但被周光斬殺。

㉘屏人：命他人避開。

㉙逆節：叛逆。

㉚剔吐：用指頭摳出口水。

㉛從橫：也作「縱橫」，此指四處流淌。

㉜引咎：歸罪自己。

㉝有姿慧：漂亮又聰明。

㉞屬：通「囑」。

㉟喪敗之餘：兵荒馬亂後的倖存者。

㊱粗：大體上，馬馬虎虎。

㊲玉鏡臺：玉製鏡座，用以承托圓形的銅鏡。

㊳紗扇：新娘遮臉的用具。

㊴劉聰：字玄明，新興匈奴人。五胡十六國時的漢趙國君，漢光文帝劉淵的第四子，母親爲張夫人。劉聰學習漢人典籍，深受漢化。執政時期先後派兵攻破洛陽和長安，俘虜並殺害晉懷

得39。

諸葛令女，庾氏婦，既寡，誓云：「不復重出！」此女性甚正彊，無有登車理40。恢既許江思玄婚41，乃移家近之。初，誑女云：「宜徙。」於是家人一時去，獨留女在後。比其覺，已不復得出。江郎莫來42，女哭詈彌甚43，積日漸歇。江虨暝入宿，恒在對牀上。後觀其意轉帖44，虨乃詐厭45，良久不悟，聲氣轉急。女乃呼婢云：「喚江郎覺！」江於是躍來就之曰：「我自是天下男子，厭，何預卿事而見喚邪？既爾相關，不得不與人語。」女默然而慚，情義遂篤。

愍度道人始欲過江，與一傖道人為侶46，謀曰：「用舊義往江東47，恐不辦得食48。」便共立「心無義」49。既而此道人不成渡，愍度果講義積年。後有傖人來，先道人寄語云：「為我致意愍度，無義那可立？治此計，權救饑爾！無為遂負如來也。」

王文度弟阿智，惡乃不翅50，當年長而無人與婚。孫興公有一女，亦僻錯51，又無嫁娶理。因詣文度，求見阿智。既見，便陽言：「此定可，殊不如人所傳，那得至今未有婚處？

帝及晉愍帝，覆滅西晉政權並拓展大片疆土。但政治上創建了一套胡、漢分治的政治體制，甚至同時大行殺戮，又寵信宦官和靳準等人，甚至於在位晚期疏於朝政，只顧情色享樂。其執政末期甚至出現「三后並立」的荒誕情況。

40 登車：指女人出嫁乘車。

41 江思玄：江虨，字思玄。下文又稱江虨。

42 莫：通「暮」。

43 哭詈：又哭又罵。

44 帖：安定。

45 厭：通「魘」，做惡夢。

46 傖道人：中州來的和尚，當時吳人鄙薄中州人為傖。

47 舊義：佛家原來的教義。

48 不辦：不能。

49 心無義：佛教的一種教義。

50 不翅：不啻，不止，不僅。

51 僻錯：怪僻，不近情理。

52 頑嚚：愚蠢而頑固。

53 范玄平：范汪，字玄平，南陽順陽人。官至安北將軍、徐兗二州刺史，但不久被桓溫所廢。范汪在東陽郡大興學校，甚有惠政。後來被徵召入朝為中領軍、本州大中正。當時會稽王司馬昱在朝輔政，十分親近范汪。因此在昇平五年，北中郎將，徐、兗二州刺史郗曇去世後，讓范汪都督徐、兗、青、冀、幽五州及揚州之我有一女，乃不惡，但吾寒士，不宜與卿計，欲令阿智娶之。」文度欣然而啟藍田云：「興公向來，忽言欲與阿智婚。」藍田驚喜。既成婚，女之頑嚚[52]，欲過阿智。方知興公之詐。

范玄平為人[53]，好用智數[54]，而有時以多數失會[55]。嘗失官居東陽，桓大司馬在南州[56]，故往投之。桓時方欲招起屈滯[57]，以傾朝廷；且玄平在京，素亦有譽，桓謂遠來投己，喜躍非常。比入至庭，傾身引望[58]，語笑歡甚。顧謂袁虎曰：「范公且可作太常卿。」范裁坐，桓便謝其遠來意。范雖實投桓，而恐以趨時損名，乃曰：「雖懷朝宗[59]，會有亡兒瘞在此[60]，故來省視。」桓悵然失望，向之虛佇[61]，一時都盡。

謝遏年少時[62]，好箸紫羅香囊，垂覆手。太傅患之，而不欲傷其意，乃譎與賭，得即燒之。

晉陵諸軍事、安北將軍、徐兗二州刺史、假節。然而桓溫憎恨范汪，以將行北伐爲由命范汪率眾到梁國，後指責范汪超過約定時間而廢他爲庶人。當時朝廷因畏懼桓溫而不敢爲范汪爭理。范汪後居於吳郡，從容講學，不論是非。寧康元年，范汪六十五歲時在家中去世，朝廷追贈散騎常侍，謚爲穆侯。

54 智數：智謀，權術。

55 會：時機，機會。

56 南州：姑孰。桓溫曾兼任揚州牧，鎮守姑孰。

57 屈滯：指被委屈埋沒的人才。

58 傾身：側身，表示仰慕。

59 朝宗：謁見長官。

60 瘞：埋葬。

61 虛佇：虛心期待。

62 遏：謝玄，小名遏。

白話賞析

魏武帝曹操年輕時，和袁紹兩人喜愛做遊俠。在觀他人的結婚禮時，乘機潛入主人的園子裡，半夜大喊大叫：「有小偷！」青廬裡的人都跑出來察看，曹操便進去，拔出刀搶劫新娘。接著和袁紹迅速逃跑，但中途卻迷了路，陷入荊棘叢中，袁紹動彈不得。曹操又大喊：「小偷在這裡！」袁紹驚恐著急，最後趕快跳出來，兩人才得以逃脫。

魏武帝曹操率部遠行軍時，找不到取水的路，全軍都很口渴。於是便傳令說：「前面有一大片梅樹林，梅子很多，味道酸甜，可以解渴。」士兵聽了這番話後，口水便自動流出來。最後，利用這個辦法才得以趕到前方的水源。

魏武帝曾說：「如果有人要害我，我立刻就會心跳。」而後，又授意身邊的侍從：「你帶著刀隱蔽地來到我身邊，我一定會說我心跳。然後我便命人逮捕你去執行刑罰，你不要說出是我指使的。不會有事的，我到時候一定重重答謝你。」侍從相信他的話，不覺得害怕，但最後還是被殺了，這個人到死也沒有醒悟。手下的人因此認為魏武帝說的話是真的，謀反者也垂頭喪氣地認為渺無希望了。

魏武帝曹操曾說：「我睡覺時不可以隨便靠近我，一靠近，我就會殺人，自己也不知道，身邊的人應該小心。」有一天，曹操假裝熟睡，親信偷偷地拿了一條被子替他蓋上，曹操便趁機將他殺死。從此以後，每次睡覺時，身邊都沒有人敢靠近他。

袁紹年輕時，曾派人在夜裡投劍刺殺曹操，但稍微偏低了一點，沒有刺中。曹操思考後，認為第二次投的劍一定偏高，於是便緊貼床躺著。第二次的劍果然偏高。

大將軍王敦發動叛亂後，晉明帝縱有文才武略，還是依舊疑懼他，便穿上軍裝，騎著良馬，拿著一條金馬鞭，暗中察看王敦軍隊的情況。離王敦的軍營還差十多里時，有一個外鄉老婦在店裡賣小吃，晉明帝經過休息，對她說：「王敦起兵圖謀叛亂，猜忌且陷害忠臣良將，朝廷驚恐。我擔心國家的安危，因此早晚辛勞前來偵察王敦的動向。我擔心行動敗露會陷於困境，我被追擊時，希望老人家為我隱瞞行蹤。」而後，便將馬鞭送給老婦。晉明帝沿著王敦的營區走了一圈後，王敦的士兵發現他，說：「這不是普通人啊！」此時，王敦躺在床上，忽然心跳得厲害，說：「一定是黃鬍子的鮮卑奴來了啊！」便下令騎兵追趕他，可是早已相距甚遠。追擊的士兵便問剛才那位老婦：「有沒有看見一個黃鬍子的人，騎馬從此經過呢？」老婦說：「他已經走很久了，你們追不上。」於是，騎兵便打消追趕的念頭。

右軍將軍王羲之不滿十歲時，大將軍王敦很喜愛他，常常安排他在自己的床帳中睡覺。有一次，王敦先出帳時，王羲之還沒有起床。一會兒後錢鳳進來，隨從退下後，兩人便開始商議事情，忘記王羲之還在床上，即說起叛亂的計劃。王羲之醒後，聽到他們的談論，就知道自己無法活命了。於是，隨即用指頭摳出口水將頭臉和被褥都弄髒，假裝熟睡。王敦中途時，才想起王羲之還沒有起床，彼此十分驚慌地說：「不得不把他殺了啊！」掀開帳子後，才看到他的口沫到處都是，便相信他是真的熟睡，王羲之這才得以保住性命。當時的人們都稱讚他有智謀。

陶侃從荊州趕來平定蘇峻的叛亂，下令懲辦庾亮，認為一定要殺了庾亮，才可以拒絕蘇峻的要求，使他退兵。庾亮想要逃亡，卻不行；想要去見陶侃，又害怕被逮捕，因此進退兩難。溫嶠勸庾亮前去拜會陶侃，說：「你只要遠遠地向他下拜行禮，一定沒事的，我替你擔保。」庾亮採納溫嶠的意見前去拜訪陶侃，一到就行了個大禮。陶侃親自站起來不讓他行禮，說：「庾元規為什麼要拜我陶士衡呢？」庾亮行完大禮後，便退下坐在下座，陶侃又親自請他和自己一同就座。坐好後，庾亮保證所有罪過都由自己承擔，且將嚴格地要求自己，深切地自責並表示謝罪，陶侃聽了之後，不知不覺便心平氣和，不再生氣了。

溫嶠的妻子死了。堂房姑母劉氏的一家人碰上戰亂後，輾轉離散，只有一個女兒，漂亮又聰明，堂姑母託溫嶠替女兒找一個丈夫。溫嶠心中有意替自己定親，便回答：「稱心如意的女婿不容易找到，只是和我一樣的可以嗎？」姑母說：「我們都是經過戰亂活下來的人，只要能保住性命，便足以讓我安享晚年，哪裡還敢奢望和你一樣呢？」幾天後，溫嶠回覆姑母：「已經找到一戶人家，門第還過得去，女婿本人的名聲和官位也全都不比我差。」最後，送上一個玉鏡臺作為聘禮，姑母非常高興。結婚時，行交拜禮後，新娘用手撥開紗扇，拍手大笑說：「我本就懷疑是你這個老傢伙，果然不出所料啊！」玉鏡臺是溫嶠任劉越石的長史時，北伐劉聰得到的。

尚書令諸葛恢的女兒是質會的媳婦，守寡後便發誓不再嫁人。這個女兒本性正派剛強，不可能答應改嫁。諸葛恢答應江思玄的求婚後，便搬家到靠近江思玄的住所住下。起初，他欺騙女兒：「應該搬到這裡。」後來家裡的人都走光了，只剩下她自己。等她發現時，已經再也出不去了。江思玄晚上進來後，她哭罵得更加厲害，過了好多天才逐漸平靜。江思玄天黑來往宿時，總是睡在對面床上，察覺她的心情已逐漸平穩，便假裝做惡夢無法醒來，叫聲和呼吸也越來越急促。她命侍女：「去叫醒江郎啊！」這時，江思玄跳到她的床上，說：「我若是世上的普通男子，做惡夢和你有什麼關係，你為什麼要叫醒我呢？你既然這麼關心我，便不能不與我說話。」她默不作聲，感到羞愧，從此兩人的情感逐漸深厚。

愍度和尚想過江到江南，邀請一個中州和尚為伴，兩人商量：「在江南宣講舊教義，恐怕難以糊口。」便一同創立「心無義」。但這個和尚最後沒有渡江，愍度和尚便一個人在江南宣講了多年的「心無義」。而後，有個中州人過江，先前那個和尚請他傳話：「請替我問候愍度，告訴他『心無義』怎麼可以成立呢？當初想出這個辦法，只是姑且用來度過飢寒而已啊！不要最終違背如來佛了。」

王文度的弟弟阿智，不僅極壞且年齡大了，沒有人與他結親。孫興公有一個女兒，也很乖僻且不近情理，還沒有出嫁。他便去拜訪王文度，要求拜訪阿智。見面後，便假意說：「這孩子必定合意，一點也不像人們所說的那樣，怎麼會到現在還沒有成親呢？我有一個女兒，不醜，只不過我是貧寒之士，本不應和你商量，但我想讓阿智娶她。」文度很高興地告訴父親藍田侯王述：「興公剛才來過，說起要和阿智結親。」王述又驚訝又高興。結婚後，才發現女方的愚蠢頑固遠遠超越阿智，這才明白被孫興公欺詐。

范玄平為人處世愛用權術，但有時因多用權術而錯失良機。他曾經失掉官職住在東陽郡，由於大司馬桓溫在姑孰，便特意前去投奔他。桓溫當時正想招攬不得志的人才，藉此勝過朝廷。范玄平在京都一向很有聲譽，桓溫認為他是遠道而來投奔自己的，格外高興激動。他進入院內時，便側身伸長脖子遠望，說說笑笑，十分高興，還回頭對袁虎說：「范公暫且可任太常卿。」范玄平剛坐下，桓溫便感謝他遠道而來的好意。范玄平雖然確實是來投奔桓溫，但又怕他人批評自己趨炎附勢，有損名聲，便說：「我雖有心拜見長官，但也是因為我有個兒子葬在這裡，特意前來看望。」桓溫聽後便無精打采，大失所望，虛心期待之情頃刻便消失了。

謝遏年輕時，喜歡帶紫羅香囊，掛著覆手。太傅謝安為此事擔憂，又不想傷他的心，於是便騙他打賭，將他的香囊贏過來燒掉。

源來如此

假譎指虛假欺詐。本篇所記載的事例皆是使用作假的手段，或說假話，或做假事，以達到一定的目的。有一些手段是陰謀詭計，而有一些也並非如此。例如記載孫興公嫁女之詐，是事先策劃的陰謀，而記王羲之幼年為保全性命而「詐孰眠」，就是一種應變之計。還有一些隨機應變的事例，雖然也是所謂「譎」，但全無惡意。例如記載謝安不喜歡他的侄兒帶香囊，「而不欲傷其意。乃誘與賭，得即燒之」。又如記曹操讓士卒望梅止渴，取得預期的效果，於假譎中見機智。至於敘述曹操的奸詐，藉殘殺別人以保護自己，也透露士族階層中，掌握生殺大權者的虛偽和殘忍。又如記載范玄平喜好玩弄權術，本是有求於人卻又心口不一，終於自食其果。

作文撇步

1. 轉品：改變其原來詞性而在語文中出現。

例1：江郎莫來，女哭詈彌甚，積日漸歇。江彪暝入宿，恒在對牀上。後觀其意轉帖，彪乃詐**厭**，良久不悟，聲氣轉急。

Tips：名詞作動詞使用。

例2：童年舊事，歷歷在目，而今早已年過而立，自然不再是**涎**著臉要求母親摺紙船的年紀。（洪醒夫〈紙船印象〉）

Tips：名詞作動詞使用。

例3：**介**而馳，初不甚疾，比行百里，始奮迅，自午至酉，猶可二百里，褫鞍甲而不息不汗，若無事然。（宋代岳飛〈良馬對〉）

Tips：名詞作動詞使用。

成語集錦

1. 望梅止渴：後用以比喻以空想安慰自己。

原典 魏武行役，失汲道，軍皆渴，乃令曰：「前有大梅林，饒子，甘酸，可以解渴。」士卒聞之，口皆出水，乘此得及前源。

書證1：吳人多謂梅子為「曹公」，以其嘗望梅止渴也。（宋代沈括《夢溪筆談》）

書證2：官人今日見一文也無，提甚三五兩銀子，正是教俺望梅止渴，畫餅充饑。（《水滸傳》）

書證3：小生待畫餅充飢，小姐似望梅止渴。（明代湯顯祖《還魂記》）

書證4：姐姐說我日後飛昇，談何容易！這才叫作「望梅止渴」哩！（清代李汝珍《鏡花緣》）

書證5：鸞拆書看了，雖然不曾定個來期，也當畫餅充饑，望梅止渴。（清代馮夢龍《警世通言》）

高手過招

1.（　）**魏武常云：「我眠中不可妄近，近便斫人，亦不自覺，左右宜深慎此！」後陽眠，所幸一人竊以被覆之，因便斫殺。自爾每眠，左右莫敢近者。**（《世說新語．假譎》）文中魏武殺所幸之人，其最可能之原因為：

A. 魏武常夜夢，夢則常殺人而不覺。

B. 殺雞以儆猴，睡時使人不敢接近。

C. 所幸之人欲刺殺，魏武覺而殺之。

D. 所幸之人常自負，魏武殺以洩恨。

2.（　）**魏武行役，失汲道，軍皆渴，乃令曰：「前有大梅林，饒子，甘酸，可以解渴。」士卒聞之，口皆出水，乘此得及前源。**（《世說新語．假譎》）**以上這段話應為哪一句成語的出處？**

A. 口若懸河。

B. 信口雌黃。

C. 望梅止渴。

D.信以為真。

3.（　）魏武常云：「我眠中不可妄近，近便斫人，亦不自覺，左右宜深慎此！」後陽眠，所幸一人竊以被覆之，因便斫殺。自爾每眠，左右莫敢近者。根據上文敘述內容，本文應歸類到《世說新語》的哪一篇？

A.〈忿狷〉。

B.〈紕漏〉。

C.〈假譎〉。

D.〈仇隙〉。

解答：

1. B　2. C　3. C

典故　治世之能臣，亂世之奸雄——曹操

曹操，字孟德，小名吉利，小字阿瞞，沛國譙人。東漢末年著名軍事家、政治家和詩人，三國時代魏國奠基者和主要締造者。曹操在世時官至漢丞相，爵至魏王，去世後，諡號武王。其子曹丕稱帝後，追尊其為武皇帝，廟號太祖。

曹操性格嚴厲，辦理公務時，常罰杖刑。其中唯有何夔經常帶著毒藥，決心寧死也不受侮辱，才始終沒有遭受杖刑。其性格猜忌，凡是有得罪之處都一律殺死，例如：崔琰、許攸、婁圭、孔融、楊脩、華佗、邊讓、桓卲、劉勳等人。欲親近漢獻帝者亦殺死，如趙彥。即使沒犯錯只要威脅到曹操，曹操亦殺之，神童周不疑便

是最好的例子。

但曹操也不是一味殘酷，他的性格也是有兩面性的，從〈讓縣自明本志令〉中可以看出曹操有政治智慧，也有真性情。這樣一份有重要政治意義的綱領性文件，卻使用非常樸實的語言風格。以及他的遺囑中也很少提及他的政治生涯，很大篇幅都是講述瑣碎的家務事，雖說蘇東坡曾對此評價「平生奸偽，死見真性」，但「惟大英雄能本色，是真名士自風流」，可見他的性情。

他妻妾眾多，不過娶納方面並不是毫無標準，其中出名者多是自他處改嫁而來。收降張繡時，收了張繡伯母入側室，引來張繡不快。曹操得知後想殺害張繡，但由於計畫洩漏，引起張繡兵變，其長子曹昂、侄兒曹安民以及典韋因此犧牲。曹操曾許諾將秦宜祿的前妻杜夫人贈與關羽，但見其美色後自納之。雖說好色，但縱觀曹操所收的妻妾，不是寡婦就是別人休離的前妻，因此曹操才會如此不齒呂布染指有夫之婦的行為。曹操也很疼愛妻子所帶來繼子，並不會因為非己所出就有所忌諱。

黜免篇

本篇記載關於士人遭黜退而免官的事蹟，反映出魏晉時期統治階級內部的權力鬥爭。

諸葛宏在西朝，少有清譽，為王夷甫所重，時論亦以擬王。後為繼母族黨所讒❶，誣之為狂逆❷。將遠徙，友人王夷甫之徒，詣檻車與別❸。宏問：「朝廷何以徙我？」王曰：「言卿狂逆。」宏曰：「逆則應殺，狂何所徙？」

桓公入蜀，至三峽中，部伍中有得猿子者。其母緣岸哀號，行百餘里不去，遂跳上船，至便即絕。破視其腹中，腸皆寸寸斷。公聞之，怒，命黜其人。

殷中軍被廢，在信安，終日恒書空作字。揚州吏民尋義逐之，竊視，唯作「咄咄怪事」四字而已❹。

桓公坐有參軍椅烝薤不時解❺，共食者又不助，而椅終不放，舉坐皆笑。桓公曰：「同盤尚不相助，況復危難乎？」敕

【說文解字】

❶族黨：同族親屬。

❷狂逆：狂放且叛逆。

❸檻車：囚車。

❹咄咄怪事：形容令人驚訝的怪事。

❺椅：通「敧」，用筷子夾菜。烝薤：《齊民要術．素食篇》記載，有薤白蒸，是米薤同蒸，調以油豉。蒸熟後必凝結，故夾取較難。薤，又名藠頭。

❻儋：通「擔」，扛著。殷浩兵敗時，桓溫上表請求罷免他。當時簡文帝以撫軍錄尚書事，輔助朝政，所以奏請廢殷浩。

❼鄧竟陵：鄧遐，字應遠，曾任桓溫參軍，升至竟陵郡太守，隨桓溫征伐多次，桓溫戰敗後，罷免他的官職。

❽叔達：孟敏，字叔達，敦厚正直。有一次到市場買甑（做飯用的陶器），失手打破了，但他連看也不看一眼便走了。因為他認為既已打破，看也沒用。鄧遐指自己沒有叔達那樣的品德，對於丟掉官職無法不感到遺憾。

令免官。

殷中軍廢後，恨簡文曰：「上人箸百尺樓上，儋梯將去❻。」

鄧竟陵免官後赴山陵❼，過見大司馬桓公。公問之曰：「卿何以更瘦？」鄧曰：「有愧於叔達，不能不恨於破甑❽！」

桓宣武既廢太宰父子❾，仍上表，曰：「應割近情，以存遠計。若除太宰父子，可無後憂。」簡文手答表曰：「所不忍言❿，況過於言？」宣武又重表，辭轉苦切。簡文更答曰：「若晉室靈長⓫，明公便宜奉行此詔⓬。如大運去矣，請避賢路⓭！」桓公讀詔，手戰流汗，於此乃止。太宰父子，遠徙新安。

桓玄敗後，殷仲文還為大司馬咨議，意似二三，非復往日。大司馬府聽前，有一老槐，甚扶疏⓮。殷因月朔⓯，與眾在聽，視槐良久，歎曰：「槐樹婆娑⓰，無復生意！」

殷仲文既素有名望，自謂必當阿衡朝政⓱。忽作東陽太守，意甚不平⓲。及之郡，至富陽，慨然歎曰：「看此山川形勢，當復出一孫伯符⓳！」

---

❾太宰父子：司馬晞和他的兒子司馬綜。司馬晞，字道升，晉元帝第四子，簡文帝之兄。初封武陵王，後升任太宰，爲桓溫所畏懼。簡文帝即位後，桓溫誣他將謀反，上奏章請逮捕司馬晞父子問罪，但簡文帝不答應問罪。而後，桓溫便又奏請將他們流放到揚州新安郡。

❿所：可。

⓫靈長：綿延長久。

⓬明公：對地位尊貴者的敬稱。

⓭賢路：任用賢德的人做官的途徑和機會。簡文帝此話暗指請桓溫退位讓賢，所以恆溫看後不免害怕。

⓮扶疏：枝葉四散分離的樣子。

⓯月朔：陰曆每月初一。

⓰婆娑：形容枝葉紛飛。

⓱阿衡朝政：輔佐帝王，主持國政。阿衡，一說爲商代官名，此處指輔佐。

⓲殷仲文脱離桓玄回歸朝廷後，任大司馬咨議，忽調離京都，出任揚州東陽郡太守，實爲降職故不平。

⓳孫伯符：孫策，字伯符，東漢末吳郡富春縣人，曾任會稽太守，平定江東，爲他弟弟孫權創立吳國奠定下基礎。此話暗指自己要成爲孫伯符一般的人物。

諸葛宏在西晉時，年紀尚輕便擁有美好的聲譽，受到王夷甫的推重，當時眾人都將他與王夷甫相提並論。後來，他被繼母的親族造謠中傷，誣衊他是狂放叛逆之徒。將要把他流放到邊遠地區時，他的朋友王夷甫等人到囚車前和他告別，諸葛宏問：「朝廷為什麼流放我呢？」王夷甫說：「因為你狂放、叛逆。」諸葛宏說：「叛逆就應當斬首，但狂放有甚麼好流放的呢？」

桓溫進軍蜀地，到達三峽時，部隊中有一個人獵捕到一隻幼猿。幼猿的母親沿著江岸悲哀地號叫，一直跟著船行走幾百里也不肯離開，最後奮不顧身地跳上船，但一跳上便馬上氣絕。剖開母猿的肚子一看，發現腸子都一寸一寸地斷裂。桓溫聽說後，大怒，下令革除那個人。

中軍將軍殷浩被免官後，住在信安縣，一天到晚總是在半空中虛寫字形。揚州的官吏和百姓暗中察看，沿著他的筆順跟著他寫，發現他只是寫了「咄咄怪事」四個字而已。

桓溫的宴席上有一個參軍用筷子夾烝薤，無法一次夾起來，同桌的人又不幫忙，他只好夾個不停。滿座的人都笑了起來，這時桓溫說：「一起在一個盤子裡用餐，尚且不能互相幫助，更何況是遇到危急患難呢？」便下令罷了他們的官。

中軍將軍殷浩被罷官後，不滿簡文帝，說：「將人送到百尺高樓上，卻自己扛起梯子走了。」

竟陵太守鄧遐罷官後，前去參加皇帝的葬禮時，拜見大司馬桓溫，桓溫問：「你為什麼更加消瘦了呢？」鄧遐說：「我在叔達面前有愧，無法打破飯甑而不感到遺憾。」

桓溫罷免太宰司馬晞父子後，上奏章說：「應割斷私情，顧全長遠之計。如果清除太宰父子，便可以免除後患。」

簡文帝親手批示：「我不忍心這樣說，更何況對他們做的已經超越所說的。」桓溫又上奏章，言辭越發迫切。簡文帝再批示：「如果晉王室的國運長久，您就應奉行這個詔令；如果晉王室國運已去，請允許我不要再進用如您一般的賢人了。」桓溫讀著詔書，害怕得手發抖且流汗，這才終於停止上奏。最後，太宰父子被流放到遙遠的新安郡。

桓玄失敗後，殷仲文回到京都任大司馬咨議，心情陰晴不定，不再如從前一般。大司馬府的官廳前，有一棵老槐樹，枝葉鬆散。殷仲文在月初集會時，和眾人一同在官府廳堂上，他對著槐樹看了很久，嘆息道：「槐樹枝葉散亂，不會再有生機了吧！」

殷仲文一向名聲響亮，自認為得以主持國政。有一天，他忽然被調任東陽太守，心裡非常不平。到郡上任，經過富陽時，感慨地嘆息道：「看這裡的山河地形，應當再出一個孫伯符啊！」

源來如此

黜免指降職、罷官。本篇主要記述黜免的事由和結果，從其中可以窺見統治者內部的勾心鬥角和晉王室衰微的情況。例如記載諸葛宏「為繼母族黨所讒，誣之為狂逆」，最後遭到流放，便是表現親戚間的排擠陷害。另外，也記載了桓溫要挾朝廷，強迫朝廷接受自己的安排。當時各大臣擁兵自重，就連皇帝也無可奈何，可見晉王室的衰微。

作文撇步

1. 誇飾：將客觀之人、事、物的特點，透過主觀情意，故意誇大鋪張地渲染與鋪飾，使它與真正的事實相差甚遠。

例1：其母緣岸哀號，行百餘里不去，遂跳上船，至便即絕。破視其腹中，**腸皆寸寸斷**。

例2：人生天地間，**若白駒之過隙**，忽然而已。（《莊子．知北遊》）

例3：**忽有龐然大物，拔山倒樹而來**，蓋一癩蝦蟆也。（清代沈復〈兒時記趣〉）

成語集錦

1. 肝腸寸斷：比喻悲傷到極點，也形容飢餓到極點。亦作「柔腸寸斷」。

原典 桓公入蜀，至三峽中，部伍中有得猿子者。其母緣岸哀號，行百餘里不去，遂跳上船，至便即絕。破視其腹中，腸皆寸寸斷。公聞之，怒，命黜其人。

書證1：萬種悽涼，肝腸寸斷。（清代李汝珍《鏡花緣》）

書證2：想到這裡，不覺柔腸寸斷，那淚珠兒滾滾的滴下來。（清代吳趼人《恨海》）

2. 咄咄怪事：咄咄，感嘆聲、驚怪聲。指令人感到驚訝，不可思議的事情。

原典 殷中軍被廢，在信安，終日恒書空作字。揚州吏民尋義逐之，竊視，唯作「咄咄怪事」四字而已。

書證1：書空咄咄知誰解，擊缶嗚嗚卻自驚。（金代元好問〈鎮平縣齋感懷詩〉）

書證2：流水不鳴而似鳴，高山是寂而非寂。坐客別去者，皆作殷浩書空，謂咄咄怪事，無有過此者矣。（清代李漁《閒情偶寄》）

高手過招

1.（　）殷中軍被廢，在信安，終日恒書空作字。揚州吏民尋義逐之，竊視，唯作「咄咄怪事」四字而已。（《世說新語．黜免》）後世遂以「殷浩書空」比喻什麼？

A. 行為怪誕。

B. 事情令人驚奇詫異。

C. 行為好笑。

D. 事與願違。

2.（　）桓公入蜀，至三峽中，部伍中有得猿子者。其母緣岸哀號，行百餘里不去，遂跳上船，至便即絕。破視其腹中，腸皆寸寸斷。公聞之，怒，命黜其人。（《世說新語．黜免》）根據上文，下列選項何者正確？

A. 父母疼愛子女，猿猴也一樣。

B. 桓公視猿猴之命，更甚於人。

C. 猿子貪玩，故落於士兵之手。

D. 得猿子者，欲以之換取金錢。

解答：

1. B　2. A

典故 江東小霸王——孫策

孫策，字伯符，吳郡富春人，長沙太守孫堅的嫡長子，吳大帝孫權的長兄，也是為東吳政權奠定基礎的先鋒，《三國演義》中稱其武勇猶如霸王項羽，故有「小霸王」的美譽，死時年僅二十六歲。在割據群雄時期，因討伐袁術有功，曹操奏許朝廷任命他為討逆將軍，並封為吳侯。其弟孫權稱帝後，追謚其為長沙桓王，故官職為討逆將軍。因而傳書稱為孫討逆，與其父孫堅（孫破虜）合稱為「孫破虜討逆」。

孫策寫信向曹操求官職大司馬時，曹操不答應，孫策因此心生怨恨。孫策想暗中計畫偷襲許都，為了迎奉天子漢獻帝，秘密在江東部署諸將，準備跨江北上，但尚未出兵襲許昌便遭刺身亡了。原來是因為，孫策曾殺死吳郡太守許貢。《江表傳》記載，許貢上表給漢帝說孫策驍勇，應召回京師控制使用，免生後患。此表被孫策的密探獲得，孫策將許貢召來，許貢謊稱沒有此表，孫策便責備許貢，並下令將其絞死。許貢死後，其門客潛藏在民間，尋機為他報仇。孫策很喜歡輕騎外出狩獵，《三國志》記載曹操的謀士郭嘉曾說：「策新並江東，所誅皆英豪雄傑，能得人死力者也。然策輕而無備，雖有百萬之眾，無異於獨行中原也。若刺客伏起，一人之敵耳。以吾觀之，必死於匹夫之手。」果然如郭嘉所料，有一日，孫策在丹徒狩獵時，他騎的是上等精駿寶馬，馳驅逐鹿，隨從的人趕不上。正當他快如疾風時，突然從草叢中躍出三人，彎弓搭箭，向他射來。孫策倉促間不及躲避，面頰中箭。這時，後面的扈從騎兵才匆匆趕到，將三個人殺死。孫策中箭後，血流滿面且創痛甚劇，最後傷重身亡。

汰侈篇

本篇記載魏晉時期統治者的縱情揮霍和享受，揭露當時執政高層腐朽墮落的生活。

古文鑑賞

石崇每要客燕集❶，常令美人行酒。客飲酒不盡者，使黃門交斬美人❷。王丞相與大將軍嘗共詣崇。丞相素不能飲，輒自勉彊，至於沈醉。每至大將軍，固不飲，以觀其變。已斬三人，顏色如故，尚不肯飲。丞相讓之，大將軍曰：「自殺伊家人，何預卿事！」

石崇廁，常有十餘婢侍列❸，皆麗服藻飾❹。置甲煎粉❺、沈香汁之屬❻，無不畢備。又與新衣箸令出，客多羞不能如廁。王大將軍往，脫故衣，箸新衣，神色傲然。群婢相謂曰：「此客必能作賊。」

武帝嘗降王武子家❼，武子供饌，並用琉璃器。婢子百餘人，皆綾羅絝纚❽，以手擎飲食❾。烝㹠肥美，異於常味。帝

【說文解字】

❶石崇：字季倫，小名齊奴，勃海郡南皮縣人。西晉司徒石苞的第六子，西晉著名官吏、盜賊。為人奢暴好殺，八王之亂時遭孫秀誣陷，被處死。

❷黃門：閹人，可以在內庭伺候的奴僕。交：接連，交替。

❸侍列：侍位，在各自的位置上伺候。

❹藻飾：修飾，打扮。

❺甲煎粉：一種香粉。

❻沈香汁：沉香木製成的香水。

❼降：臨幸，指皇帝到某處去。

❽纚：女人的上衣。

❾擎：托著。

❿王、石：指王愷、石崇。

⓫王君夫：王愷，字君夫，晉武帝司馬炎的舅父。粭糒：也作「飴糒」，即糕餅。粭：通「飴」，麥芽糖。糒：乾飯。

⓬紫絲布：用紫色的絲織成的布。步障：古代貴族出行，於道旁設置遮避風塵或禁止他人窺視

怪而問之，答曰：「以人乳飲㹠。」帝甚不平，食未畢，便去。王、石所未知作⑩。

王君夫以粭糒澳釜⑪，石季倫用蠟燭作炊。君夫作紫絲布步障碧綾裹四十里⑫，石崇作錦步障五十里以敵之。石以椒為泥⑬，王以赤石脂泥壁⑭。

石崇為客作豆粥，咄嗟便辦⑮。恒冬天得韭蓱虀⑯。又牛形狀氣力不勝王愷牛，而與愷出遊，極晚發，爭入洛城，崇牛數十步後，迅若飛禽，愷牛絕走不能及⑰。每以此三事為搤腕。乃密貨崇帳下都督及御車人⑱，問所以⑲。都督曰：「豆至難煮，唯豫作熟末⑳，客至，作白粥以投之。韭蓱虀是搗韭根，雜以麥苗爾。」復問馭人牛所以駛㉑。馭人云：「牛本不遲，由將車人不及制之爾。急時聽偏轅㉒，則駛矣。」愷悉從之，遂爭長㉓。石崇後聞，皆殺告者。

王君夫有牛，名「八百里駮」㉔，常瑩其蹄角㉕。王武子語君夫：「我射不如卿，今指賭卿牛，以千萬對之。」君夫既恃手快㉖，且謂駿物無有殺理㉗，便相然可㉘。令武子先射。武子一起便破的，卻據胡牀，叱左右：「速探牛心來！」須

的布幕。

⑬椒：指花椒，其種子可用以和泥塗牆。

⑭赤石脂：某一種類的風化石，可用以塗抹、裝飾牆壁。

⑮咄嗟：呼喚答應聲。此處指一呼一應之間，即頃刻。

⑯韭蓱虀：用韭菜、艾蒿等搗碎製成的醃菜。這種醃菜是八月時做的，冬天就難以吃到。

⑰絕：盡力。

⑱貨：賄賂。

⑲所以：原因。

⑳末：末子，細碎的東西。

㉑駛：跑得快。

㉒偏轅：指讓車的重心偏向一根轅木。如此一來，另一個車輪和地面的摩擦就較輕，車就走得快。

㉓爭長：爭勝。

㉔八百里駮：牛名。八百里，指可日行八百里。駮，牛色黑白相間。

㉕瑩：珠玉的光采，此處指磨得晶瑩光潔。

㉖手快：技術好。

㉗駿物：此處指好牛，跑得快的牛。

㉘然可：許可。

㉙臠：切成小塊的肉。

㉚衵：內衣。

㉛曲閣重閨：指隱僻且彎曲相連的深宮內室。

臾，炙至，一臠便去㉙。

王君夫嘗責一人無服餘衵㉚，因直內箸曲閤重閨裡㉛，不聽人將出。遂饑經日㉜，迷不知何處去。後因緣相為垂死㉝，迺得出。

石崇與王愷爭豪㉞，並窮綺麗，以飾輿服。武帝，愷之甥也，每助愷。嘗以一珊瑚樹，高二尺許賜愷。枝柯扶疏，世罕其比。愷以示崇。崇視訖，以鐵如意擊之，應手而碎。愷既惋惜，又以為疾己之寶，聲色甚厲。崇曰：「不足恨，今還卿。」乃命左右悉取珊瑚樹，有三尺、四尺，條幹絕世㉟，光彩溢目者六、七枚，如愷許比甚眾㊱。愷惘然自失㊲。

王武子被責㊳，移第北邙下。于時人多地貴，濟好馬射，買地作埒，編錢匝地竟埒㊴。時人號曰「金溝」。

石崇每與王敦入學戲㊵，見顏、原象，而歎曰㊶：「若與同升孔堂，去人何必有間㊷！」王曰：「不知餘人云何？子貢去卿差近㊸。」石正色云：「士當令身名俱泰㊹，何至以甕牖語人㊺！」

彭城王有快牛㊻，至愛惜之。王太尉與射，賭得之。彭城

㉜經日：過了幾天。

㉝因緣：親近的人，朋友。

㉞豪：豪華，闊綽。

㉟絕世：冠絕當代，舉世無雙。

㊱許：這樣。

㊲惘然：失意的樣子。

㊳王武子：王濟，字武子，後出爲河南尹。尚未到任，行過王宮時，因鞭打王府官吏而被免官，於是移居北郊山下。

㊴埒：矮牆，此處指馬埒，即跑馬射箭的場所，四周用矮牆圍著。竟：從頭到尾。

㊵學：學校。

㊶顏、原：顏，顏回，字子淵。原，原憲，字子思。兩人皆是孔子的弟子。

㊷有間：有距離，有差別。

㊸子貢：端木賜，字子貢，孔子的得意弟子之一。曾在魯國任官，家累千金，成爲孔子周遊列國的經濟來源之一。差近：比較近。

㊹泰：平安。

㊺甕牖：用破甕作爲窗户，比喻貧苦人家，原憲家便是如此。石崇醒悟不該以顏、原自比，所以正色而言。

㊻彭城王：司馬權，字子輿，晉武帝的堂叔父，封爲彭城王。

㊼周侯：周顗，曾任吏部尚書，名望很大。王羲之十三歲拜謁周顗時，周顗看出他非比尋常。

王曰：「君欲自乘則不論；若欲噉者，當以二十肥者代之。既不廢噉，又存所愛。」王遂殺噉。

王右軍少時，在周侯末坐㊼，割牛心噉之。於此改觀。

㊼ 當時人們看重烤牛心這道菜，因此吃飯時，周顗特意先切了一塊烤牛心給王羲之，於是他才出名。

白話賞析

石崇請客宴會時，常讓美人勸酒，如果哪位客人不乾杯，便命家奴接連殺掉勸酒的美人。丞相王導和大將軍王敦曾一同到石崇家赴宴，王導一向不能喝酒，在石崇家中時，總是勉強自己喝得大醉。輪到王敦時，他卻堅持不喝且觀察情況的變化。石崇連續殺了三個美人後，王敦依舊神色不變，還是不肯喝酒。王導責備他，王敦說：「他殺自己家的人，關你什麼事啊！」

石崇家的廁所，經常有十多位婢女伺候，都穿著華麗的衣服，並且放上甲煎粉、沉香汁一類的物品，各樣東西都準備齊全。又讓上廁所的賓客換上新衣服再出來，客人大多因難為情而無法正常如廁。大將軍王敦上廁所時，就正大光明地脫掉原來的衣服，穿上新衣服，神色傲慢。婢女們互相評論：「這個客人將來一定會作亂。」

晉武帝曾到王武子家中，武子設宴款待，用的全是琉璃器皿。婢女共有一百多人，都穿著綾羅綢緞，用手托著食物。蒸的小豬肥嫩又鮮美，和一般的味道不同。武帝感到奇怪，問他是如何烹調的，王武子回答：「這是用人乳餵養的小豬。」武帝非常不滿意，還沒吃完便離開了。這是連王愷和石崇也不知道的作法。

王君夫用麥芽糖和飯擦鍋子；石季倫用蠟燭當柴火做飯。王君夫用紫絲布做步障，再襯上綠縷的裡子，共長達四十里；石季倫則用錦緞做成長達五十里的步障和他抗衡。石季倫用花椒刷牆；王君夫則用赤石脂刷牆。

石崇替客人做豆粥，很快就做好了，也常使客人在冬天吃到韭蓱齏。另外，石崇家牛的外形和力氣都不及王愷家的牛。當他和王愷出外遊覽，回來時，他遲了很久才坐上牛車起程，兩人爭先進入洛陽城，石崇的牛走了幾十步後就快得像飛鳥一般，但王愷的牛拚命跑也追不上。王愷常認為以上三件事是最令人惋惜的，於是便暗中賄賂石崇府中的衛隊長和馭手，詢問是什麼原因。衛隊長說：「豆子是最難煮爛的，所以必須事先煮熟成豆末。客人到後，煮好白粥再把豆末加進去。韭蓱齏只是將韭菜根搗碎，再加上麥苗而已。」他又問馭手，石崇的牛為什麼跑得飛快。馭手說：「牛本就不慢，是因為馭手跟不上，反而控制使牠變慢。緊急時，就任車側過一邊，那麼牛就會跑得飛快了。」王愷按照他們所說的去做，最後成為贏家。石崇聽說後，便把洩密的人都殺了。

王君夫有一隻牛，名為「八百里駮」，牠的牛蹄和牛角經常被打磨得晶瑩發亮。有一次，王武子對王君夫說：「我射箭的技術不及你，今天想用你的牛和你賭射箭，我押一千萬錢賭你的這頭牛。」王君夫仗著自己射箭技術高超，又認為沒有人會殺掉如此神駿之物，便答應他，並且禮讓王武子先射。王武子一箭就射中箭靶，退下來坐在胡床上，吆喝隨從將牛心取來。一會兒後，隨從送來烤牛心，王武子吃了一塊後便離開了。

王君夫曾處分過一個人，不准他穿衣服，將他關在深宮內院中，不讓他出門。這個人餓了好幾天後，被折磨得精神恍惚，不知道該往哪裡走。而後，是一個朋友幫助他，使他從垂死邊緣逃出。

石崇和王愷爭相比較闊綽，兩人都用盡最鮮豔華麗的物品裝飾車馬和服裝。晉武帝是王愷的外甥，常資助王愷。他曾把一棵二尺高的珊瑚樹送給王愷，這棵珊瑚樹枝條繁茂，世上鮮少有與它相當的。王愷拿來給石崇看，石崇看後便拿起鐵如意，隨手將珊瑚樹敲碎。王愷非常惋惜，並且認為石崇是妒忌自己的寶物，一時聲色俱厲。石崇說：「這不值得遺憾，我現在就賠給你。」於是，便命手下把家裡的珊瑚樹全都拿出來，甚至有三、四尺高的，樹幹和枝條舉世無雙且光彩奪目的也有六、七棵，像王愷那般的就更多了。王愷看後，惘然若失。

王武子被處分後，移居到北邙山下。當時人多地貴，他喜歡跑馬射箭，便買地建成跑馬場，地價是用繩子穿著錢圍著跑馬場排成一圈。當時的人將此處命名為金溝。

石崇常和王敦到學校遊覽，看見顏回和原憲的畫像就嘆息道：「我如果和他們一起登上孔子的廳堂成為弟子，那麼和這些人又會有什麼差別啊！」王敦說：「不知道孔門的其餘弟子如何，但我認為子貢和你比較相像。」石崇神色嚴肅地說：「讀書人應使生活舒適、名位安穩，我怎麼拿貧苦人家來和他人談論啊！」

彭城王有一頭跑得很快的牛，他非常愛惜這頭牛。太尉王衍和他賭射箭時，將牛贏了過來。彭城王說：「如果您想要用牠來駕車，我便不說什麼；如果您想殺來吃，我便用二十頭肥牛和您交換。既不妨礙您吃肉，又能留下我所喜愛的牛。」但是，王衍還是把牠殺來吃了。

右軍將軍王羲之幼年時，在武城侯周顗家作客，他坐在末座，吃飯時周顗先切了牛心給他吃。從此人們便改變對王羲之的看法。

源來如此

汰侈指驕縱奢侈。本篇記載豪門貴族兇殘暴虐、窮奢極侈的本性。他們視人命如兒戲，例如記石崇宴客，讓美人行酒，客人飲酒不盡就殺美人，但連殺三人後，王敦依舊不肯飲。石崇的兇暴，王敦的狠毒，在此表現得淋漓盡致。另一方面，他們又極盡奢侈之能事，爭豪鬥富，暴殄天物。例如記石崇和王愷鬥富，用蠟燭做飯，用綠綢做步障，大肆揮霍民脂民膏。可見當時貴族官僚及皇親國戚，竟驕縱奢侈到如此程度。

作文撇步

1. 摹寫：對人、事、物的聲音、顏色、形體、氣味等各種感受，透過作者的主觀，加以描繪形容。

視覺摹寫 包括色彩、景物、動作、空間等，能引起視覺意象的文字。

聽覺摹寫 對事物所發出的各種聲音加以描繪。

嗅覺摹寫 對鼻子所聞到的氣味加以描繪。

味覺摹寫 對嘴巴及舌頭品嘗到的、感受到的口感和滋味加以描繪。

觸覺摹寫 描寫身體皮膚所接觸到事物的軟、硬、輕、重等。

例1：乃命左右悉取珊瑚樹，有三尺、四尺，條榦絕世，**光彩溢目者六、七枚**，如愷許比甚眾。愷惘然自失。

Tips：視覺摹寫。

例2：大絃**嘈嘈**如急雨，小絃**切切**如私語；**嘈嘈切切**錯雜彈，大珠小珠落玉盤。（唐代白居易〈琵琶行並序〉）

Tips：聽覺摹寫。

例3：忽然一個右轉，**最鹹最鹹**／劈面撲過來／那海（余光中〈車過枋寮〉）

Tips：味覺摹寫。

成語集錦

1. 光彩奪目：色彩鮮明耀人眼目。亦作「光采奪目」。

原典 石崇與王愷爭豪，並窮綺麗，以飾輿服。武帝，愷之甥也，每助愷。嘗以一珊瑚樹，高二尺許賜愷。枝柯扶疏，世罕其比。愷以示崇。崇視訖，以鐵如意擊之，應手而碎。愷既惋惜，又以為疾己之寶，聲色甚厲。崇曰：「不足恨，今還卿。」乃命左右悉取珊瑚樹，有三尺、四尺，條榦絕世，光彩溢目者六、七枚，如愷許比甚眾。愷惘然自失。

書證1：繡就長旛，用根竹竿叉起，果然是光彩奪目。（清代馮夢龍《醒世恆言》）

書證2：只見一團錦裹著寸許大一顆夜明珠，光彩奪目。（明代凌濛初《初刻拍案驚奇》）

高手過招

1.（　）石崇每要客燕集，常令美人行酒。客飲酒不盡者，使黃門交斬美人。王丞相與大將軍嘗共詣崇。丞相素不能飲，輒自勉彊，至於沈醉。每至大將軍，固不飲，以觀其變。已斬三人，顏色如故，尚不肯飲。丞相讓之，大將軍曰：「自殺伊家人，何預卿事！」上列引文應置於《世說新語》哪一類別中？

A.〈識鑑〉。

B.〈容止〉。

C.〈假譎〉。

D.〈方正〉。

E.〈汰侈〉。

2.（　）石崇每要客燕集，常令美人行酒。客飲酒不盡者，使黃門交斬美人。王丞相與大將軍嘗共詣崇。丞相素不能飲，輒自勉彊，至於沈醉。每至大將軍，固不飲，以觀其變。已斬三人，顏色如故，尚不肯飲。丞相讓之，大將軍曰：「自殺伊家人，何預卿事！」（《世說新語．汰侈》）下列關於本文的說明，何者錯誤？

A. 文中顯示王敦似無收場的意思，顯示其嗜殺成性。

B. 石崇草菅人命，但王敦比起石崇卻更加毒辣。

C. 文章主要目的是以王敦的「惡」襯托出王導的「善」。

D. 石崇藉由宴客殺人，無非是想顯示威風、爭豪鬥富。

解答：

1. E　2. C

富可敵國的古代富豪們

一、富甲陶朱——范蠡

陶朱公即范蠡，春秋時期越國大政治家、軍事家和經濟學家。輔助越王句踐一戰滅吳，堪稱歷史上棄政從商的鼻祖，和開創個人致富記錄的典範。《史記》中記載其「累十九年三致金，財聚巨萬」，但他仗義疏財，從事各種公益事業。他的行為使他獲得「富而行其德」的美名，成為幾千年來我國商業的楷模。

二、儒商鼻祖——端木子貢

端木賜，字子貢，名賜，姓端木，春秋末期衛國人。孔門七十二賢之一，也是「孔門十哲」之一。子貢雖出儒門，卻懂經商之術。多年的經商活動使他積累大量的財富，為孔子與其門徒的周遊列國提供經濟支持，歷史上多用「端木遺風」以表經商致富之人，即源於此。孔子曾稱其為「瑚璉之器」（比喻有立朝執政才能的人）。他利口巧辭，善於雄辯，且曾任魯、衛兩國之相。

三、清朝巨貪——和珅

清高宗乾隆皇帝的寵臣，清代最大貪官。嘉慶抄其家時，所獲財產相當於乾隆盛世十八年的全國賦稅收入，難怪時諺說：「和珅跌倒，嘉慶吃飽。」

四、營國巨商——呂不韋

呂不韋，戰國末年著名商人、政治家、思想家，衛國濮陽人。史載其「往來販賤賣貴，家累千金」，但其一生中最為成功的大買賣應是，結識秦流亡公子嬴異人並資助其回國即位，從而成功實現由商從政的歷史性轉變。呂不韋以「奇貨可居」聞名，曾輔佐秦始皇登上帝位，任秦朝相國，並組織門客編寫著名的《呂氏春秋》，亦是雜家思想的代表人物。

五、第一富翁——伍秉鑒

商名伍浩官，清代廣東十三行怡和行之行主。他憑著與英國東印度公司走私鴉片迅成巨富。西元一八三四年宣稱已有資產兩千六百萬元（一說為兩千六百萬兩）。西方稱其為「世界上最大的商業資財，天下第一大富翁」。西元一八四三年，清廷令行商償還《南京條約》規定的三百萬元外商債務，他便有能力獨自承擔一百萬。

忿狷篇

本篇記載魏晉士人急躁易怒、心胸狹窄的個性。其中最廣為流傳，也被收錄於教科書中的篇章為王藍田食雞子的事蹟。

魏武有一妓，聲最清高，而情性酷惡。欲殺則愛才，欲置則不堪❶。於是選百人一時俱教。少時，還有一人聲及之，便殺惡性者。

王藍田性急。嘗食雞子，以箸刺之，不得，便大怒，舉以擲地。雞子於地圓轉未止，仍下地以屐齒蹍之❷，又不得，瞋甚，復於地取內口中❸，齧破即吐之。王右軍聞而大笑曰：「使安期有此性❹，猶當無一豪可論❺，況藍田邪？」

王司州嘗乘雪往王螭許❻。司州言氣少有牾逆於螭❼，便作色不夷❽。司州覺惡❾，便輿牀就之，持其臂曰：「汝詎復足與老兄計？」螭撥其手曰：「冷如鬼手馨，彊來捉人臂！」

桓宣武與袁彥道樗蒱❿，袁彥道齒不合，遂厲色擲去五木

【說文解字】

❶置：赦免。

❷屐：木板鞋。齒：木板鞋底部前後兩塊突出的木頭。

❸內：通「納」。

❹安期：王述的父親王承，字安期，清虛寡欲，爲政寬恕，名聲響亮。

❺豪：通「毫」。

❻王螭：王恬，字敬豫，小名螭虎，琅琊臨沂人。東晉丞相王導次子，王胡之的堂弟。官至後將軍。王恬年少好武藝，因而不被公門所器重。而相比起哥哥王悅，王恬亦不被父親疼愛，史載王導見王悅就會高興，見到王恬就有怒色，王恬後承襲即丘子爵位。王恬晚年喜好結交士人，亦多才多藝。他擅長隸書，更是東晉第一圍棋好手。

❼言氣：話語和態度。牾逆：觸犯。

❽不夷：不平和，不愉快。

❾惡：冒犯。

❿樗蒱：古代一種賭博棋戲，以擲五木決勝負。

⑪。溫太真云：「見袁生遷怒，知顏子為貴⑫。」

謝無奕性麤彊。以事不相得，自往數王藍田⑬，肆言極罵⑭。王正色面壁不敢動⑮，半日。謝去良久，轉頭問左右小吏曰：「去未？」答云：「已去。」然後復坐。時人歎其性急而能有所容。

王令詣謝公⑯，值習鑿齒已在坐⑰，當與併榻。王徙倚不坐⑱，公引之，與對榻。去後，語胡兒曰⑲：「子敬實自清立⑳，但人為爾多矜咳㉑，殊足損其自然。」

王大、王恭嘗俱在何僕射坐㉒。恭時為丹陽尹，大始拜荊州。訖將乖之際㉓，大勸恭酒。恭不為飲，大逼彊之，轉苦，便各以裙帶繞手㉔。恭府近千人，悉呼入齋，大左右雖少，亦命前，意便欲相殺。何僕射無計，因起排坐二人之間，方得分散。所謂勢利之交，古人羞之。

桓南郡小兒時，與諸從兄弟各養鵝共鬥。南郡鵝每不如，甚以為忿。迺夜往鵝欄間，取諸兄弟鵝悉殺之。既曉，家人咸以驚駭，云是變怪，以白車騎㉕。車騎曰：「無所致怪，當是南郡戲耳！」問，果如之。

---

⑪五木：一種棋戲用具，用木頭製成，一套是五顆，故稱五木。每個五木都有兩面，一面塗黑，一面塗白。以五木擲采，按所擲采數，執馬（棋子）在棋盤上行棋。

⑫顏子：指顏回，孔子的弟子。孔子說：「有顏回者好學，不遷怒，不貳過。」袁彥道遷怒，因此比不上顏回。

⑬數：數說，數落。

⑭肆言極罵：肆意攻擊，極力謾罵。

⑮面壁：臉對著牆。

⑯王令：王獻之，字子敬，曾擔任吳興太守、中書令。

⑰習鑿齒：字彥威，曾任桓溫的主簿，後出爲滎陽太守。

⑱徙倚：徘徊。王獻之不肯和習鑿齒並榻而坐，是因爲自己出身士族，而習鑿齒雖世爲鄉閭豪族，但卻是寒門。晉代看重門閥等級，士族不願意與庶民同座。

⑲胡兒：謝朗，小名胡兒，謝安的侄兒。

⑳清立：清高特立。

㉑矜咳：傲慢固執。

㉒王大、王恭：兩人是同族叔侄關係。何僕射：何澄，字子玄，曾任尚書左僕射，爲人清正。

㉓訖：通「迄」，到。乖：指意見不合。

㉔裙：古人穿的下裳。

㉕車騎：桓沖，桓玄的叔父，曾任車騎將軍。

魏武帝曹操有一名歌女，她的歌聲特別清脆高亢，但性情卻極其惡劣。曹操想殺了她，又因愛惜她的才能而赦免她，卻也難以忍受她惡劣的性格。於是，同時也挑選了一百名歌女培養。不久之後，果然有一名歌女的歌喉與她並駕齊驅，曹操便把那名性情惡劣的歌女殺了。

藍田侯王述性情急躁。有一次吃雞蛋時，用筷子戳雞蛋，因為沒有戳進去，便生氣地拿起雞蛋扔在地上。雞蛋在地上不停旋轉，他便用木履齒踩，又沒有踩破。此時，他怒火攻心之下便從地上拿起雞蛋，放進嘴裡咬破，再吐出來。右軍將軍王羲之聽說後，大笑著說：「如果安期有這種性格，尚且都沒有任何一點可取，更何況是藍田呢？」

司州刺史王胡之有一次冒雪前往王螭家中。王胡之說話時的言談和態度冒犯了王螭，王螭非常生氣。王胡之也覺得自己冒犯了他，便把坐床挪到王螭身邊，拉著他的手臂說：「你值得和老兄我計較嗎？」王螭撥開他的手說：「冷的像鬼手一樣，還硬要拉我的胳膊啊！」

桓溫和袁彥道賭博，袁彥道擲五木的采數不合自己的期望，便生氣地板著臉把五木扔掉。溫太真說：「看到袁生把怒氣發洩到五木上，更知道顏子的寶貴。」

謝無奕性情粗暴固執。因一件事和藍田侯王述不合，便親自去數落他，肆意攻擊謾罵。王述表情嚴肅地轉身對著牆，不敢動。過了半天，謝無奕已經走了很久，他才回頭問身旁的小官吏說：「他走了嗎？」小官吏回答：「已經走了。」王述這才轉過身，坐回原處。當時的人讚賞他雖性情急躁，但卻能寬容他人。

中書令王子敬拜訪謝安時，恰巧遇到習鑿齒已經在座，按禮法他本應和習鑿齒並排坐。於是，子敬來回走動，不肯落座。而後，謝安拉著他坐在習鑿齒的對面。客人走後，謝安對胡兒說：「子敬確實清高不隨俗，不過他傲慢固執，這將會損害其本身天然的本性。」

王大和王恭曾一起在左僕射何澄家作客，王恭當時任丹陽尹，王大剛受任荊州刺史。他們鬧彆扭時，王大勸王恭喝酒，但因王恭不肯喝，王大就越來越急切地強迫他，隨即各自拿起裙帶纏在手上，準備開始打架。王恭府中有近千人，全都被叫來何澄家中助陣，王大的隨從雖少，但也全都被叫來，眼看著就要打起來了。何澄沒有辦法，只好站起來，在兩人中間坐著將他們分開。人們所謂的依仗權勢和財富的交往，古人認為非常可恥。

南郡公桓玄年幼時，和堂兄弟們養鵝爭鬥。桓玄因常常鬥鵝輸了，便非常生氣。於是，便在夜裡到鵝欄，將堂兄弟的鵝全部殺掉。天亮後，家人都被嚇了一跳，認為這是妖物作怪，前去告訴車騎將軍桓沖。桓沖說：「不可能是鬼怪，一定只是桓玄開玩笑而已吧！」而後，追問桓玄，發現果然如此。

源來如此

忿狷指憤恨急躁。本篇所述多是因一些小事而生氣、仇視或性急的事例。例如記載曹操只因一名歌女「情性酷惡」，就把歌女殺了。這樣僅因自身情緒而濫殺無辜的行為，可以看出當時統治者的殘酷。又記王子敬去謝安家時，不肯與習鑿齒並榻而坐，只因王子敬出身士族，便仇視出身寒門的人，不肯屈尊。當時的階級之森嚴，可見一斑。至於描繪性情急躁者的表現，最生動的莫過於記載「王藍田性急」一事，透過幾個小動作便把一個因性急而暴怒的人，活靈活現地刻劃出來。

作文撇步

***1.* 設問**：語文中，故意採用詢問語氣，以引起對方注意的一種修辭技巧。

提問 作者先假設問題，激發讀者疑惑，再說出答案。有引起注意、加深印象、凸顯論點、啟發思考的效用。

激問 又名「反問」或「詰問」，為激發本意而問，表面上雖然沒有說出答案，其實答案就在問題的反面，所以「問而不答」。

懸問 作者內心確實存有疑惑，並刻意將此疑惑說出詢問。

例1：王右軍聞而大笑曰：「使安期有此性，猶當無一豪可論，**況藍田邪？**」

Tips：激問。

例2：**什麼是路？就是從沒有路的地方踏出來的，從祇有荊棘的地方開闢出來的**。（梁啟超〈最苦與最樂〉）

Tips：提問。

高手過招

1.（　）**《世說新語．忿狷》中記載王藍田食雞子的動作順序下列何者為正確的？**

A. 以箸刺之→舉以擲地→復於地取內口中→齧破即吐之→下地以屐齒蹍之。

B. 舉以擲地→以箸刺之→下地以屐齒蹍之→齧破即吐之→復於地取內口中。

C.以箸刺之→舉以擲地→下地以屐齒踾之→復於地取內口中→齧破即吐之。

D.舉以擲地→以箸刺之→復於地取內口中→齧破即吐之→下地以屐齒踾之。

2.（　）**嘗食雞子，以箸刺之，不得，便大怒，舉以擲地。雞子於地圓轉未止，仍下地以屐齒踾之，又不得，瞋甚，復於地取內口中，齧破即吐之。（《世說新語．忿狷》）由上述引文可知，王藍田個性和以下成語何者較為相近？**

A.勇敢正義。

B.豪放不羈。

C.情緒多變。

D.暴躁易怒。

3.（　）**《世說新語．忿狷》中記載王藍田食雞子，全文最後王右軍評論：「使安期有此性，猶當無一豪可論，況藍田邪？」這句話的意思，以下說明何者正確？**

A.王安期的急躁程度比王藍田還嚴重。

B.王藍田與王安期父子兩人皆個性急躁。

C.王右軍認為王安期的人格成就比藍田高，但整句語意實有嘲諷意味。

D.王安期的性情雖不暴躁，但還是一無可取。

解答：

1.C　2.D　3.C

典故 解決性情急躁的古人祕方

一、寫字散氣——韓愈

韓愈曾在〈送高閒上人序〉中提到，草書大家張旭，寫字不為練技，僅以此抒發情感，或「不平有動於心，必以草書發之」。韓愈稱讚此法簡單有效，握筆草書，尤其是狂草，寫字前所發之怒氣，皆移向筆端，流向書面而消散。

二、佩韋緩氣——西門豹

《韓非子》記載，春秋時代，魏國鄴令西門豹為克服性情急躁的毛病，便「佩韋以緩氣」。「韋」是熟牛皮，取其質地柔軟的特性以自戒。每當脾氣發作時，即用手撫之良久，怒則消除。

三、弈棋息怒——李綱

明代鄭瑄在《昨非庵日纂》中記載，監察御史李綱性急，但非常喜愛弈棋。每逢下棋，性情便安詳寬緩。他的家人每次發現他躁怒時，便將棋盤放在他眼前，他的臉色便立即轉為平和，開始取子布局，怒氣瞬間煙消雲散。

四、畫竹忘怒——鄭板橋

清代「揚州八怪」之一的鄭板橋，任范縣、濰縣知縣時，鬱郁不得志。常受到上司欺壓，怒氣來時，他便鋪好宣紙，提筆畫竹，以忘所怒。尤其在他因助農民勝訟及辦理賑濟，而得罪豪紳遭罷官後，畫竹更成為他晚年排怒解愁的主要方式。

尤悔篇

本篇記載人們對於自己過失所引發的悔恨，涉及面極廣，大到政治鬥爭，小至生活瑣事，表現出士人對於自我行為的反省能力。

魏文帝忌弟任城王驍壯❶。因在卞太后閤共圍棋❷，並噉棗，文帝以毒置諸棗蔕中。自選可食者而進，王弗悟，遂雜進之。既中毒，太后索水救之。帝預敕左右毀缾罐，太后徒跣趨井，無以汲。須臾，遂卒。復欲害東阿❸，太后曰：「汝已殺我任城，不得復殺我東阿。」

王渾後妻，琅邪顏氏女。王時為徐州刺史，交禮拜訖，王將答拜，觀者咸曰：「王侯州將，新婦州民❹，恐無由答拜。」王乃止。武子以其父不答拜，不成禮，恐非夫婦；不為之拜，謂為顏妾。顏氏恥之。以其門貴，終不敢離。

陸平原河橋敗，為盧志所讒，被誅。臨刑歎曰：「欲聞華亭鶴唳❺，可復得乎！」

【說文解字】

❶任城王：曹彰，字子文，曹魏家族將領。曹操的第三子，卞氏所生的第二子，魏文帝曹丕之弟，妻子爲孫賁之女。曹彰降服遼東後，曹操大喜，拉著其子的鬍子稱其爲黃鬚兒。魏文帝曹丕即位時，曹彰認爲自己曾於曹操尚在位時立下功勳，現在必應更被大用，誰知曹丕卻只是依隨常例，命他回鄢陵自守，所以對此非常不滿，更不等上命便自行回封地去。而且封王期間，嚴苛剛厲。黃初二年，進爵爲公。三年，立爲任城王。黃初四年，到洛陽朝見，患病薨於府邸，死後諡號爲威，故亦稱爲任城威王。驍壯：勇猛剛強。

❷卞太后：魏文帝曹丕的母親，曹丕登位時尊爲太后。

❸東阿：曹植，字子建，卞太后的第四子，被封東阿王。

❹王渾襲父爵爲京陵侯，故稱王侯。晉代，州刺史往往掌握軍權，王渾是揚烈將軍、徐州刺史，所以稱州將。顏氏女是琅邪人，琅邪屬徐

劉琨善能招延❻，而拙於撫御。一日雖有數千人歸投，其逃散而去亦復如此。所以卒無所建。

王平子始下❼，丞相語大將軍：「不可復使羌人東行❽。」平子面似羌。

王大將軍起事，丞相兄弟詣闕謝❾。周侯深憂諸王，始入，甚有憂色。丞相呼周侯曰：「百口委卿❿！」周直過不應。既入，苦相存救。既釋，周大說，飲酒。及出，諸王故在門。周曰：「今年殺諸賊奴，當取金印如斗大繫肘後。」大將軍至石頭，問丞相曰：「周侯可為三公不？」丞相不答。又問：「可為尚書令不？」又不應。因云：「如此，唯當殺之耳！」復默然。逮周侯被害，丞相後知周侯救己，嘆曰：「我不殺周侯，周侯由我而死。幽冥中負此人⓫！」

王導、溫嶠俱見明帝，帝問溫前世所以得天下之由。溫未荅。頃，王曰：「溫嶠年少未諳，臣為陛下陳之。」王迺具敘宣王創業之始⓬，誅夷名族，寵樹同己。及文王之末，高貴鄉公事⓭。明帝聞之，覆面箸牀曰：「若如公言，祚安得長⓮！」

王大將軍於眾坐中曰：「諸周由來未有作三公者。」有人

州管轄，所以是州民。

❺ 華亭鶴唳：華亭，有華亭谷、華亭水，是陸機的故居。其地出鶴，故當地人稱其爲鶴窠。唳，鳴叫。

❻ 劉琨：劉琨在西晉永嘉元年出任并州刺史，當時并州飢荒，百姓流散，寇盜猖狂。劉琨轉戰至晉陽時，那裡已是一片廢墟。

❼ 王平子始下：王平子，字王澄，西晉惠帝末年出任荊州刺史，東晉元帝召他爲軍咨祭酒，路過豫章，前去探望堂兄弟王敦，被王敦殺害。

❽ 羌人：羌族人，此處指王平子。

❾ 闕：皇宮門前兩邊的樓臺，泛指皇宮、朝廷。大將軍王敦是王導的堂兄，在東晉初年，兩人共同輔佐晉元帝。永昌元年，王敦在鎮守地武昌起兵反，以誅劉隗爲名，直下建康。當時王導任司空、錄尚書事，每天帶著同宗族的人到朝廷待罪，劉隗則勸晉元帝殺王氏。

❿ 委：託付。此話希望周侯保全其家族。

⓫ 幽冥：昏庸。

⓬ 宣王：司馬懿，曾受魏文帝曹丕重用，而後爲了奪權，尋機把皇族曹爽和曹操的女婿、吏部尚書何晏殺掉，並殺太尉王凌等，還逮捕魏朝諸王公，這便是誅夷名族。與此同時，因太尉蔣濟追隨他殺曹爽等，便進封蔣濟爲都鄉侯，這便是寵樹同己。

⓭ 高貴鄉公事：文王司馬昭繼其兄司馬師任魏大

答曰：「唯周侯邑五馬領頭而不克⑮。」大將軍曰：「我與周，洛下相遇，一面頓盡⑯。值世紛紜，遂至於此！」因為流涕。

溫公初受劉司空使勸進，母崔氏固駐之⑰，嶠絕裾而去⑱。迄於崇貴，鄉品猶不過也⑲。每爵皆發詔。

庾公欲起周子南，子南執辭愈固。庾每詣周，庾從南門入，周從後門出。庾嘗一往奄至，周不及去，相對終日。庾從周索食，周出蔬食⑳，庾亦彊飯㉑，極歡；并語世故，約相推引，同佐世之任。既仕，至將軍二千石，而不稱意。中宵慨然曰：「大丈夫乃為庾元規所賣！」一嘆，遂發背而卒。

阮思曠奉大法㉒，敬信甚至。大兒年未弱冠，忽被篤疾。兒既是偏所愛重，為之祈請三寶㉓，晝夜不懈。謂至誠有感者，必當蒙祐。而兒遂不濟㉔。於是結恨釋氏㉕，宿命都除㉖。

桓宣武對簡文帝，不甚得語。廢海西後，宜自申敘㉗，乃豫撰數百語，陳廢立之意。既見簡文，簡文便泣下數十行。宣武矜愧，不得一言。

桓公臥語曰：「作此寂寂㉘，將為文、景所笑㉙！」既而屈起坐曰㉚：「既不能流芳後世，亦不足復遺臭萬載邪？」

將軍後，圖謀代魏，殺魏帝高貴鄉公，立曹奐爲帝，並進爵爲晉王，死後諡爲文王。

⑭ 祚：通「阼」，帝位。

⑮ 邑：通「挹」，取。馬：賭博用的籌碼。此處以賭傳爲喻，指周顗將作三公而被殺害。

⑯ 頓盡：指立刻傾吐眞心。

⑰ 駐：車馬停止不前。

⑱ 絕裾：扯斷衣襟，表示去意堅決。裾，衣服的大襟或前後部分。

⑲ 鄉品：本鄉的品評。不過：不能通過。溫嶠母親在江北去世，溫嶠無法歸葬，所以後來便提升他爲散騎侍郎時，他堅決辭讓。只是由於晉元帝詔令朝臣議定，這才接受任命。

⑳ 蔬食：粗食。

㉑ 彊飯：盡力進餐。

㉒ 大法：指大乘佛法，是佛教的一派，泛指各種佛法。

㉓ 三寶：佛教稱佛、法、僧爲三寶。佛指創教者釋迦牟尼（泛指一切佛），法即佛教教義，僧指繼承和宣揚佛教教義的僧徒。

㉔ 不濟：無法挽救，逝世。

㉕ 釋氏：釋是釋迦牟尼的簡稱，釋氏泛指佛教。

㉖ 宿命：佛教用語，指前世善惡會決定今世命運。此話指阮思曠爲事實所教訓，因此不再相信宿命論。

㉗ 申敘：陳述事情。

謝太傅於東船行，小人引船，或遲或速，或停或待，又放船從橫㉛，撞人觸岸。公初不呵譴。人謂公常無嗔喜。曾送兄征西葬還㉜，日莫雨駃㉝，小人皆醉，不可處分㉞。公乃於車中，手取車柱撞馭人㉟，聲色甚厲。夫以水性沈柔，入隘奔激。方之人情，固知迫隘之地，無得保其夷粹。

簡文見田稻不識，問是何草？左右答是稻。簡文還，三日不出，云：「寧有賴其末，而不識其本㊱？」

桓車騎在上明畋獵㊲。東信至，傳淮上大捷。語左右云：「群謝年少，大破賊。」因發病薨。談者以為此死，賢於讓揚之荊㊳。

桓公初報破殷荊州，曾講《論語》，至「富與貴，是人之所欲，不以其道得之不處」。玄意色甚惡。

㉘寂寂：形容冷落悽清，比喻無法做一番事業，登上帝位。
㉙文、景：晉文帝司馬昭和晉景帝司馬師。兩人都曾廢舊主，立新君，為子孫篡位打下基礎。
㉚屈起：崛起，起來。
㉛放船：縱船，指讓船任意漂蕩，不加牽引。
㉜征西：謝奕，曾任安西將軍、豫州刺史，卒於官，追贈鎮西將軍。
㉝雨駃：雨很急。
㉞處分：處理。
㉟車柱：支撐車篷的柱子。
㊱末：穀穗。本：禾苗。意指依靠穀米生活卻不識其根本，代表簡文帝因不識稻子而自責。
㊲上明：桓沖的鎮守地。畋獵：打獵。
㊳讓揚之荊：桓沖原為揚、豫二州刺史，後因謝安輔政，聲望很高，就要求解除揚州職務離京。於是改授徐州刺史，後調荊州。

白話賞析

魏文帝曹丕忌妒弟弟任城王曹彰勇猛剛強。趁著在卞太后的住房裡一起下圍棋且吃棗的機會，文帝事先將毒藥放在棗蒂裡。自己挑沒有毒的吃，任城王沒有察覺，便把有毒、沒毒的都吃下了。中毒後，卞太后要找水解救他，但文帝已事先命手下將裝水的瓶罐都打碎。卞太后又在匆忙間，光著腳趕到井邊，卻沒有容器打水，不久任城王便死了。而後，魏文帝又要害死東阿王，卞太后說：「你已經害死我的任城王，不能再害我的東阿王了。」

王渾的後妻是琅邪顏家的女兒，王渾當時任徐州刺史。顏氏行完交拜禮後，王渾剛要答拜，旁觀的人都說：「王侯是州將，新娘是本州百姓，王渾沒有理由答拜。」王渾便不答拜。王武子認為自己的父親不答拜，就沒有成婚，因此也不算夫妻，也就不拜後母，只稱她為顏妾。顏氏認為這是恥辱，但因為王渾門第高貴，始終不敢離婚。

平原內史陸機在河橋兵敗後，受到盧志的殘害，最後被殺。臨刑時嘆息道：「想聽一聽故鄉的鶴鳴，怎麼可能還聽得到啊！」

劉琨擅長網羅人才，卻不善於安撫和駕馭。一天之內雖有幾千人前來投奔他，但逃跑的也有這麼多，因此他始終沒有什麼建樹。

王平子剛從荊州下建康時，丞相王導告訴大將軍王敦：「不可以再讓那個羌人到東邊來了。」因為王平子的臉長得像羌人。

大將軍王敦起兵反叛時，丞相王導的兄弟到朝廷請罪。武城侯周顗特別擔憂王氏一家，剛進宮時，表情很憂慮。王導招呼周顗說：「我一家百口就拜託你了啊！」周顗直接走過去，沒有回答。進宮後，極力援救王導。事情解決後，周顗極為高興地喝酒。出宮時，王氏一家仍然在門口。周顗說：「今年把亂臣賊子都消滅了，我一定會拿到斗大的金印掛在手肘上。」王敦攻陷石頭城後，問王導說：「周侯可以做三公嗎？」王導不回答。又問：「那可以做尚書令嗎？」王導又不回答。王敦就說：「這樣就該殺了他吧！」王導再次默不作聲。等到周顗被害後，王導才知道周顗救過自己，嘆息道：「我沒有殺周侯，但周侯卻因我而死，我在糊里糊塗中辜負了這個人啊！」

王導和溫嶠一同謁見晉明帝，明帝問溫嶠，前代統一天下的原因是什麼。溫嶠尚未回答，一會兒後，王導說：

「溫嶠年輕，還不熟悉這一段歷史，請允許臣為陛下說明。」王導便一一敘說晉宣王創業時，誅滅有名望的家族，寵幸並栽培贊成自己的人，以及文王晚年殺高貴鄉公的事。晉明帝聽後，掩面伏在坐床上，說：「如果真的像您說的那樣，那皇位怎麼會長久啊！」

大將軍王敦在大庭廣眾之下說：「周氏一族從來沒有人擔任過三公。」有人回答說：「只有周侯已拿到致勝的五個籌碼，但卻沒有取勝。」王敦說：「我和周顗在洛陽相會，初次見面便推心置腹。但因世事紛亂，他最後竟落得這樣的結局啊！」而後，他便為周顗流淚不止。

溫嶠受司空劉琨委派，過江勸說晉元帝即帝位，他的母親崔氏堅決阻止他前往，但溫嶠還是不顧一切地走了。直到他顯貴後，鄉里的眾人還是無法同意他的做法。每當他晉升官爵時，都要由皇帝發布命令說明。

庾亮想起用周子南任官，周子南執意推辭，且越來越堅決。庾亮每次拜訪周子南時，當庾亮從大門進來，周子南就從後門出去。有一次，庾亮突然到來，周子南來不及躲開，便和庾亮面對面坐了一整天。庾亮向周子南要飯來吃，周子南拿出粗茶淡飯，庾亮也吃得津津有味，特別高興。兩人談論世事，約定互相推薦，共同擔負輔助國家的重任。周子南任官後，升為將軍、郡守，卻不稱心。夜半感慨地說：「大丈夫竟被庾元規出賣了啊！」一聲長嘆後，便背瘡發作而死。

阮思曠非常虔誠地信奉佛教。他的大兒子尚未成年，卻忽然罹患重病，這個兒子是阮思曠特別喜愛且看重的，於是便為他祈請三寶，晝夜堅持不懈。自認為信仰虔誠定能有所感應，並且得到保佑，但這個兒子最終卻沒有救回來。於是，阮思曠便懷恨佛教，拋棄命定論。

桓溫回答簡文帝的問話時，說得不盡意。廢黜海西公後，他應當親自申奏說明，於是便事先構思了好幾百句話，陳述廢黜舊君和擁立新君的本意。見到簡文帝後，簡文帝便淚流不止。桓溫既憐憫又羞愧，一句話也說不出來。

桓溫躺在床上和他的親信說：「做這種寂寂無聞的事，會被文帝和景帝恥笑。」接著又坐起來說：「既不能流芳百世，難道也不值得遺臭萬年嗎？」

太傅謝安在會稽坐船，船夫拉船時慢時快，有時又停下等候，有時又任意船隻漂蕩，撞到別人的船或碰到河岸時，謝安從不喝斥或責備。人們認為謝安喜怒不形於色。有一次，謝安替他的哥哥鎮西將軍謝奕送葬回來，恰巧天色已晚，雨又急，趕車的馭手喝醉了，無法掌控車子。於是，謝安便從車廂中取下車柱撞了撞馭手，聲色俱厲。本來，水的本性是很沉靜柔和的，但一流入狹窄的地方便會奔騰激盪，用人之常情和水相比，自然懂得人逢險境，就不可能依舊保持平淡如水。

簡文帝看到田裡的稻子，不知道那是什麼，便問那是什麼草，近侍回答是稻子。簡文帝回到宮裡後，三天沒有出門，說：「哪裡有依靠它的末梢活命，卻不識其根本的呢？」

車騎將軍桓沖在上明打獵。東邊的信使送來淮上大捷的消息。桓沖對隨從說：「謝家的年輕人，大敗賊寇。」而後便發病死了。眾人認為這樣死，勝過讓出揚州刺史，前往荊州。

桓玄接到打敗荊州刺史殷仲堪的報告時，正在講解《論語》，講到：「富有和尊貴，是人人都想得到的。但如果不使用正當的方法得到，君子是不能受用的。」桓玄聽了之後，心情和臉色都很不好。

源來如此

尤悔指罪過和悔恨。本篇所記多涉及政治上的鬥爭，少數為生活上的事情。有的條目側重記述言行上的錯誤和壞事，有的則側重於悔恨，有的同時述及錯誤和悔恨。牽涉到政治鬥爭的條目則記載為了爭權奪位，置對手於死地的事實，可以看出當時統治階級內部鬥爭的殘酷性。例如記載魏文帝為保住帝位，殘忍殺害親兄弟。又記陸機因受誣陷而被殺時的慨嘆：「欲聞華亭鶴唳，可複得乎！」也記因王導三緘其口，使得王敦殺了周侯，事後王導知錯而悔恨。

作文撇步

1. 譬喻：描寫事物或說明道理時，將一件事物或道理指成另一件事物或道理，該兩件事物或道理中具有一些共同點。

明喻 以喻體、喻詞、喻依三者組成的譬喻。

隱喻 凡具備本體、喻體，而喻詞由「是」、「為」、「成」等代替。

略喻 省略喻詞，只有喻體和喻依。

借喻 省略喻體和喻詞，只剩下喻依。

例1：王大將軍於眾坐中曰：「諸周由來未有作三公者。」有人荅曰：「**唯周侯邑五馬領頭而不克。**」

Tips：借喻。

例2：**那明湖業已澄淨得同鏡子一般。**（清代劉鶚〈大明湖〉）

Tips：明喻。

例3：**那河畔的金柳，是夕陽中的新娘。**（徐志摩〈再別康橋〉）

Tips：隱喻。

成語集錦

1. 華亭鶴唳：比喻留戀往事故物或官場受挫之懊悔心情。亦作「鶴唳華亭」、「華亭唳鶴」。

原典 陸平原河橋敗，為盧志所讒，被誅。臨刑歎曰：「欲聞華亭鶴唳，可復得乎！」

書證1：華亭鶴唳詎可聞，上蔡蒼鷹何足道。（唐代李白〈行路難〉）

2. 流芳後世：美名流傳後世，為人所稱頌。亦作「流芳百世」。

原典 桓公臥語曰：「作此寂寂，將為文、景所笑！」既而屈起坐曰：「既不能流芳後世，亦不足復遺臭萬載邪？」

書證1：故西陵配黃，英、娥降嬀，並以賢明，流芳上世。桀奔南巢，禍階末喜；紂以炮烙，怡悅妲己。（晉代陳壽《三國志》）

書證2：人生世上，不特忠孝節義與夫功動事業、道德文章，足以流芳後世，垂名不朽。（清代褚人獲《隋唐演義》）

3. 遺臭萬載：指惡名永傳後世，為人所唾棄。亦作「遺臭萬年」。

原典 桓公臥語曰：「作此寂寂，將為文、景所笑！」既而屈起坐曰：「既不能流芳後世，亦不足復遺臭萬載邪？」

書證1：論曰：「若乃程珌之竊取富貴，梁成大、李知孝甘為史彌遠鷹犬，遺臭萬年者也。」（《宋史》）

書證2：允見其意已決，便說之曰：「將軍若扶漢室，乃忠臣也，青史傳名，流芳百世；將軍若助董卓，乃反臣也，載之史筆，遺臭萬年。」（《三國演義》）

書證3：余嘗扼腕而歎，必有後日之患。終為一賤倡禍及數萬家，非小變也。與敬負逆賊之名，遺臭萬

年。（元代陶宗儀《南村輟耕錄》）

書證4：匹夫不顧父母妻子，失身反叛，苟圖爵位，遺臭萬年！（《封神演義》）

書證5：總之：人活百歲，終有一死。當其時，與其忍恥貪生，遺臭萬年；何如含笑就死，流芳百世。（清代李汝珍《鏡花緣》）

高手過招

1.（　）簡文見田稻不識，問是何草？左右答是稻。簡文還，三日不出，云：「寧有賴其末，而不識其本？」（《世說新語．尤悔》）這段記載主要表現：

A. 佞臣的阿諛諂媚。
B. 世人的本末倒置。
C. 簡文帝的用心反省。
D. 簡文帝的愚昧無知。

解答：

1. C

惑溺篇

惑溺表示沉迷不悟，無所節制。本篇主要描寫男女之間情愛上的迷惑和沉溺，以及因此而喪失神志的舉止。

魏甄后惠而有色❶，先為袁熙妻，甚獲寵。曹公之屠鄴也，令疾召甄，左右白：「五官中郎已將去❷。」公曰：「今年破賊正為奴❸。」

荀奉倩與婦至篤，冬月婦病熱，乃出中庭自取冷❹，還以身熨之。婦亡，奉倩後少時亦卒。以是獲譏於世。奉倩曰：「婦人德不足稱，當以色為主。」裴令聞之曰：「此乃是興到之事❺，非盛德言，冀後人未昧此語。」

賈公閭後妻郭氏酷妒❻，有男兒名黎民，生載周❼，充自外還，乳母抱兒在中庭，兒見充喜踴，充就乳母手中嗚之❽。郭遙望見，謂充愛乳母，即殺之。兒悲思啼泣，不飲它乳，遂死。郭後終無子。

【說文解字】

❶ 魏甄后：魏文帝曹丕的皇后，姓甄。建安九年，冀州鄴城被曹操攻破，甄氏因有姿色，被曹丕所納。甄氏初有寵於曹丕，生下兒子曹叡和女兒東鄉公主。甄氏對曹丕妾室中有寵的勸勉她們努力上進，對無寵的安慰開導，並常建議曹丕爲子孫昌盛多娶妻妾。

❷ 東漢末，袁紹割據河北和山西等地，與曹操爭雄。袁紹死後，其小兒子袁熙出任幽州刺史，把妻子留在鄴城。西元二〇四年，曹操大破袁尚，取鄴城。

❸ 五官中郎：曹丕。曹丕登位前曾任五官中郎將，主管宮廷保衛。

❹ 曹操想得到甄氏，但是因曹丕搶先一步，只好改口。

❺ 中庭：庭中。

❻ 興到：興致所到。

❼ 賈公閭：賈充，字公閭。

❽ 載周：周歲。

❾ 嗚之：親他。

孫秀降晉⑩，晉武帝厚存寵之⑪，妻以姨妹蒯氏，室家甚篤⑫。妻嘗妒，乃罵秀為「貉子」⑬。秀大不平，遂不復入。蒯氏大自悔責，請救於帝。時大赦，群臣咸見。既出，帝獨留秀，從容謂曰：「天下曠蕩⑭，蒯夫人可得從其例不？」秀免冠而謝⑮，遂為夫婦如初。

韓壽美姿容⑯，賈充辟以為掾。充每聚會，賈女於青璅中看⑰，見壽，説之。恒懷存想，發於吟詠。後婢往壽家，具述如此，并言女光麗。壽聞之心動，遂請婢潛修音問。及期往宿。壽蹻捷絕人⑱，踰牆而入，家中莫知。自是充覺女盛自拂拭⑲，説暢有異於常⑳。後會諸吏，聞壽有奇香之氣，是外國所貢，一箸人，則歷月不歇。充計武帝唯賜己及陳騫，餘家無此香，疑壽與女通，而垣牆重密，門閤急峻，何由得爾？乃託言有盜，令人修牆。使反曰：「其餘無異，唯東北角如有人跡。而牆高，非人所踰。」充乃取女左右婢考問，即以狀對。充秘之，以女妻壽。

王安豐婦，常卿安豐㉑。安豐曰：「婦人卿婿，於禮為不敬，後勿復爾。」婦曰：「親卿愛卿，是以卿卿；我不卿卿，

---

⑩孫秀：字彥才，三國時吳國人，曾任夏口督，王室的至親。吳國亡國之主孫皓想除掉他，但被他事先知曉，於是投奔晉國。

⑪存：慰向，安撫。

⑫室家：夫婦。

⑬貉子：又名狸，北方人輕視或辱罵南方人的口頭語。

⑭曠蕩：宏大，寬大。

⑮免冠：脱下帽子，表示謝罪。

⑯韓壽：字德眞，官至散騎常侍、河南尹。

⑰青璅：也作「青瑣」，鏤刻成連環格並塗上青色的窗户。

⑱蹻捷：指動作強勁迅速。

⑲拂拭：指梳妝打扮。

⑳説暢：歡欣舒暢。説，通「悅」。

㉑卿安豐：稱安豐爲卿。稱對方爲卿是平輩間表示親熱，而不拘禮法的稱呼。

㉒按禮法，夫妻應相敬如賓，而王妻認爲夫妻相親相愛，不須客套。

㉓王丞相：王導，字茂弘，琅邪臨沂人。東晉初年的權臣，歷經並輔佐晉元帝、晉明帝、晉成帝三代，爲晉朝打下良好基礎，是東晉政權的奠基者。他與堂兄王敦及其家族隨晉元帝南渡，並在南渡後積極聯結南方士族以支持晉室，又團結北來僑姓氏族，讓晉元帝得以在南方立足，並在西晉亡後建立東晉。

誰當卿卿㉒？」遂恒聽之。

王丞相㉓，有幸妾㉔，姓雷，頗預政事納貨。蔡公謂之「雷尚書㉕」。

㉔幸妾：受寵愛的妾。
㉕尚書：官名，掌管文書奏章，並且協助皇帝處理政務。

魏甄后既溫柔又漂亮，她本是袁熙的妻子，很受寵愛。曹操攻陷鄴城，屠殺百姓時，下令傳見甄氏，侍從稟告：「五官中郎已經把她帶走了。」曹操說：「今年打敗賊寇，正是為了她。」

荀奉倩和妻子的感情深厚，冬天妻子發燒時，他就親自到院子裡受凍，再回到屋裡用身體貼著妻子。妻子死後，沒過多久，荀奉倩也死了，因此受到世人的譏諷。荀奉倩曾說：「婦女的德行不值得稱道，應以姿色為主。」中書令裴楷聽說這句話，說：「這只是一時興趣所至，不是德行高尚的人該說的話，希望後人不會被此話蒙蔽。」

賈充的後妻郭氏善妒。她有一個兒子名為黎民，出生滿一周歲時，賈充從外面回來，奶媽正抱著小孩在院子裡玩，黎民看見賈充便高興得活蹦亂跳，賈充走過去在奶媽的手裡親了小孩一下。郭氏遠遠看見，認為賈充愛上奶媽，便立刻把她殺了。黎民因為想念奶媽，不停啼哭，又不吃其他人的奶，最終餓死。而後，郭氏也沒有再生兒子了。

孫秀投降於晉國，晉武帝安撫並寵愛他，將小姨子蒯氏嫁給他，夫妻間感情深厚。蒯氏曾因忌妒，罵孫秀是貉子。孫秀因此非常不滿，便不再進入內室。蒯氏悔恨自責，請求武帝幫助。當時正大赦天下，群臣都受到召見。召見完畢後，群臣離開，武帝單獨把孫秀留下，和緩地對他說：「國家寬大為懷，實行大赦，蒯夫人是否也可以得到寬恕呢？」孫秀脫帽謝罪。最後，夫妻兩人和好如初。

韓壽相貌俊美，賈充聘請他擔任屬官。賈充每次會集賓客時，他的女兒都從窗戶中張望，見到韓壽便對他一見鍾情，心裡時常想念他，並在詠唱中表露。而後，她的婢女到韓壽家中，將情況一五一十地說明，並說賈女艷麗奪目。韓壽聽說後，便託婢女暗中傳遞音信，在約定日期到賈女閨房過夜。韓壽動作有力迅速，身手不凡，夜晚跳牆時，賈家沒有人知道。自從那時候開始，賈充發覺女兒越來越用心打扮，心情歡暢。有一次，賈充會見下屬時，聞到韓壽身上有一股異香，是外國貢品的味道，一旦沾到身上便幾個月也不會消散。賈充思考著晉武帝只把這種香賞賜給自己和陳騫，其餘人家沒有這種香，因此懷疑韓壽和女兒私通。但圍牆嚴密，他要從哪裡進來呢？於是，便藉口有小偷，派人修理圍牆。派去的人稟告：「沒有異常，只有東北角好像有人跨過的痕跡，但圍牆很高，人是無法跨越的。」而後，賈充便審訊女兒身邊的婢女，婢女隨即坦白。最後，賈充只好祕而不宣，把女兒嫁給韓壽。

安豐侯王戎的妻子常稱王戎為卿。王戎說：「妻子稱丈夫為卿，在禮節上不敬重，以後不要再這樣稱呼。」妻子說：「親卿愛卿，因此稱卿為卿；我不稱卿為卿，那誰該稱卿為卿呢？」最後王戎便任憑她稱呼。

丞相王導有個愛妾姓雷，時常干預朝政，收受賄賂。蔡謨稱她為雷尚書。

源來如此

惑溺指沉迷不悟。沉迷於聲色、財富、忌妒、情愛而無法自拔，無所節制，都屬惑溺。其中有記男子沉迷女色，還有女子沉迷於男色而至於偷情，還有記述因忌妒起風波。也有同是記載夫婦間惑於情愛，有因寵幸而縱容，以至受譏諷，有認為情愛可以不受禮法約束，其情雖深，但仍被認為是惑溺。

作文撇步

1. **轉品：**改變其原來詞性而在語文中出現。

例1：婦曰：「親卿愛卿，是以**卿**卿；我不**卿**卿，誰當**卿**卿？」

Tips：名詞作動詞使用。

例2：當靖之騁辯也，一妓有殊色，執紅拂，立於前，獨**目**靖。（唐代杜光庭《虬髯客傳》）

Tips：名詞作動詞使用。

例3：春未**綠**，鬢先絲，人間別久不成悲。（宋代姜夔〈鷓鴣天〉）

Tips：形容詞作動詞使用。

例4：**火**紅的太陽也滾著**火**輪子回家了。（楊喚〈夏夜〉）

Tips：名詞作副詞使用，名詞作形容詞使用。

成語集錦

1. **卿卿我我：**相親相愛，親密的樣子。

原典 王安豐婦，常卿安豐。安豐曰：「婦人卿婿，於禮為不敬，後勿復爾。」婦曰：「親卿愛卿，是以卿卿；我不卿卿，誰當卿卿？」遂恒聽之。

高手過招

1.（　）**甲、王太尉不與庾子嵩交，庾卿之不置。王曰：「君不得為爾。」庾曰：「卿自君我，我自卿卿。我自用我法，卿自用卿法。」（《世說新語．方正》）**
乙、王安豐婦，常卿安豐。安豐曰：「婦人卿婿，於禮為不敬，後勿復爾。」婦曰：「親卿愛卿，是以卿卿；我不卿卿，誰當卿卿？」遂恒聽之。（《世說新語．惑溺》）
根據上引兩段文字，下列敘述錯誤的選項是：
A. 甲、乙兩段文字中，作為動詞用的「卿」字共有七個。
B.「庾卿之不置」的「卿」和「卿自君我」的「君」字，詞性不同。
C. 文中所有「卿卿」的第一個「卿」字都是動詞，第二個「卿」字都是名詞。
D.「庾卿之不置」的「之」字和「誰當卿卿」的第二個「卿」字，都當賓語（受詞）用。

2.（　）**王安豐婦，常卿安豐。安豐曰：「婦人卿婿，於禮為不敬，後勿復爾。」婦曰：「親卿愛卿，是以卿卿；我不卿卿，誰當卿卿？」遂恒聽之。（《世說新語．惑溺》）由「親卿愛卿，是以卿卿。我不卿卿，誰當卿卿？」可見王安豐「遂恒聽之」的原因應該是：**
A. 王安豐愛敬名公巨卿，因此虛心納諫。
B. 王安豐身居客卿之位，因此不拘於禮。
C. 婦本於夫妻之情，所言理中著情，情中著理，合於人倫之禮。
D. 婦本於家國之愛，所言奉法循理，切乎世用，合於君臣之義。

解答：
1. B
2. C

與韓壽並駕齊驅的美男子們

一、潘安

潘岳，字安仁，全名應是潘安仁。後世稱之為潘安。姿容俊美，辭藻華麗，尤其善於寫作哀悼誄祭的文章。他年輕的時候，常常帶著彈弓走在洛陽的大道上，遇到他的婦女們，都會手拉手圍成圓圈環繞著他，爭相一睹他的俊容。還有婦女丟水果給他作為禮物，於是潘岳常常滿載而歸。潘安在十二歲時，便與晉代名儒、荊州刺史楊肇的女兒楊容姬定親。婚後兩人共同生活了二十餘年，夫妻情深。平時兩人舉案齊眉，相敬如賓。但楊容姬不幸早亡，而潘安也一直對她念念不忘。在妻子生前潘安沒有納妾，妻子死後潘安也終生沒有續弦，只是年復一年地懷念自己的妻子。而後也寫下這首名列中國四大悼亡詩之一的〈悼亡詩〉。晉武帝時，潘安擔任河陽令，將母親迎接至任所侍奉。他喜愛花木，閒暇之餘便常常栽植桃李。繁花盛開時，他就會攙扶母親出遊。後來，潘安的母親病重，思鄉情切，他毅然決然地辭官，帶著母親返鄉養病。回歸顧里後，因為家裡貧窮，所以潘安躬自耕農，種菜出售，又餵養群羊，用羊奶替母親滋補身體。最後，他的母親終於得以病癒，享樂晚年，潘安的孝心也令人感佩不已。

二、高長恭

高長恭，名肅，一名孝瓘，字長恭。因曾受封為蘭陵郡王，後世稱之為蘭陵王。雖然外貌柔美，但內心藏有雄才大略。他擔任將領時，親自處理瑣碎事務，每次得到好吃的食物，即便是一個瓜或幾個果，也一定會和將士們分享。在瀛洲時，行參軍陽士深列舉高長恭所收受的贓物，上呈給長官，最後高長恭因此而被免官。在高長恭討伐定陽時，陽士深恰好也在同一個軍隊中，他非常害自自己會遭到報復。高長恭聽說後，說：「我本來就沒有想要報仇。」為了讓陽士深安心，便尋了陽士深的幾個小過失，打了他二十棍。有一次高長恭入朝後，出來時僕從都散去，只剩下他自己一個人。高長恭就獨自一人回朝，也沒有譴責或處罰僕從。齊武成帝高湛為了獎賞高長恭的功勞，便命令賈護為高長恭買妾二十人，贈給他，但高長恭最後只有接受一人。傳說蘭陵王高長恭，皮膚白皙如玉就像貌美的婦人一樣。因此當他上戰場殺敵時，為了塑造英勇威武的形象，就會戴著面具奔馳於戰場上。邙山之戰時，北齊與北周戰於金墉城下，高長恭的軍隊因為蘭陵王而軍心振奮，於是大捷。後人以舞蹈來彷效蘭陵王的指麾擊刺動作，也就是所謂的「代面舞」。

三、衛玠

衛玠，字叔寶。他五歲的時候，神態就異於常人，他的祖父衛瓘說：「這個孩子與眾不同，只是我年紀大了，沒辦法看到他成長的那一天。」在衛玠還是個兒童時，他乘坐羊車到街市上，看到他的人都以為那是一個玉人，人們都興奮地圍觀。驃騎將軍王濟是衛玠的舅舅，他英俊豪爽又風度翩翩，每次見到衛玠時，他就嘆息說：「有一顆珠玉在身旁，就會覺得自己形貌醜陋。」也曾對別人說：「與我的外甥衛玠一同出遊時，就像有顆光亮的珠子在旁邊一樣，光彩照人。」衛玠從豫章郡到京都時，人們早已耳聞他的名聲，爭相目睹他的姿容，觀看他的人圍得像一堵牆。衛玠本來就身體虛弱，沒辦法承受勞累，在永嘉六年時，虛弱重病而死，年僅二十七歲。當時的人們都說，是眾人把衛玠看死的，最後他被葬在南昌。衛玠死時，好友謝鯤哭得十分悲痛，有人問他：「為什麼你要如此悲傷呢？」謝鯤說：「因為衛玠就如同棟梁一般。棟梁斷了，所以我才這麼悲傷哀痛。」

國家圖書館出版品預行編目資料

世說新語好好讀 / 謝哲夫 編著 . --初版.　--新北市：典藏閣，采舍國際有限公司發行, 2017.10
面； 公分． -- (經典今點；05)

ISBN 978-986-271-787-5 （平裝）

1.世說新語　2.注釋

857.1351　　106015059

世說新語好好讀

出版者 ◤ 典藏閣
編著 ◤ 謝哲夫
總編輯 ◤ 歐綾纖
文字編輯 ◤ 范心瑜、孫琬鈞
品質總監 ◤ 王擎天
出版總監 ◤ 王寶玲
美術設計 ◤ 蔡瑪麗

郵撥帳號 ◤ 50017206 采舍國際有限公司（郵撥購買，請另付一成郵資）
台灣出版中心 ◤ 新北市中和區中山路2段366巷10號10樓
電話 ◤（02）2248-7896　傳真 ◤（02）2248-7758
ISBN ◤ 978-986-271-787-5
出版年度 ◤ 2017年10月

全球華文市場總代理/采舍國際
地址 ◤ 新北市中和區中山路2段366巷10號3樓
電話 ◤（02）8245-8786　傳真 ◤（02）8245-8718

全系列書系特約展示
新絲路網路書店
地址 ◤ 新北市中和區中山路2段366巷10號10樓
電話 ◤（02）8245-9896
網址 ◤ www.silkbook.com

線上pbook&ebook總代理：全球華文聯合出版平台
地址：新北市中和區中山路2段366巷10號10樓
主題討論區：www.silkbook.com/bookclub/　● 新絲路讀書會
紙本書平台：www. book4u.com.tw　● 華文網網路書店
電子書下載：www.book4u.com.tw　● 電子書中心（Acrobat Reader）

本書採減碳印製流程並使用優質中性紙（Acid & Alkali Free）通過綠色印刷認證，最符環保要求。

典藏風華，品悅智識

典藏閣

智慧，

不是死的默念，而是生的沉思。

——巴魯赫・斯賓諾莎（Baruch de Spinoza）

典藏風華，品悅智識
典藏閣

智慧，

不是死的默念，而是生的沉思。

——巴魯赫・斯賓諾莎（Baruch de Spinoza）